라플란드의 밤

LE DERNIER LAPON

라플란드의 밤

올리비에 트뤽 장편소설

김도연 옮김

달콤한 책

“극지의 분위기, 종교적인 전통과 순록치기들의 분쟁. 프랑스인 올리비에 트뤽은 이방인의 신분으로 놀라운 스릴러를 써냈다. 독보적이고 웅장하다!” _텔레라마 ‘2012년 베스트 스릴러’

“시선을 사로잡는 매혹적인 디테일, 속도감 있는 전개. 트뤽은 세상의 어두운 면을 생생한 생활상과 결합했다.” _퍼블리셔스 위클리

“이제껏 보지 못한 새로운 목소리로 완성한 빛나는 북유럽 스릴러! 강력 추천한다.” _인디펜던트

“머나먼 노르웨이 마을을 배경으로 한 서정적이고 이국적인 미스터리. 흥미진진한 미스터리와 매력적인 인물들이 결합된 소설. 북유럽 스릴러를 찾는 독자들이라면 반드시 이 책을 읽어야 한다.” _북리스트

“트뤽은 수많은 층으로 깔린 미스터리를 천천히 벗겨낸다. 극지 툰드라 지역인 라플란드의 숨 막히는 아름다움은 단숨에 눈길을 사로잡는다. 이 책을 읽고 나면 당장이라도 카우토카이노로 떠나고 싶어진다.” _북브라우저

“흥미진진한 경찰소설이자 매혹적인 문화인류학 보고서이며 여행기인 이 스릴러는 척박한 라플란드에서 생활하는 사미 순록치기들의 삶 속으로 독자를 끌어들인다. 독특한 분위기의 이 스릴러는 현대 세계의 압제 하에 있는 옛 문화를 서술하며 깊은 인상을 남긴다.” _라이브러리 저널

“뇌리를 떠나지 않는 책.《라플란드의 밤》은 살인사건의 수사나 그 결과 이상을 넘어, 살아남기 위해 모든 비정상과 대항해 싸우는 피로 물든 역사와 문화와 토착 소수민족에 대한 매혹적인 이야기이다. 놀라울 정도로 실감나는 겨울 풍경은 경외감과 숨이 멎을 듯한 감정마저 자아낸다. 절대 잊지 못

할 책이며, 파워풀하고 독창적인 범죄소설의 걸작이다." _뉴욕 저널 오브 북스

"스릴러에서 비범한 설정을 만나는 것은 언제나 큰 즐거움이다. 그러나 참신함만으로는 충분치 않다. 끝까지 밀고 나가는 제대로 된 이야기가 반드시 필요하다. 올리비에 트뤽이 쓴《라플란드의 밤》은 이 두 가지를 모두 충족한다. 단단하면서도 긴장감 넘치는 이 스릴러는 지역적 색채로 가득 차 있다." _모닝 스타(영국)

"올리비에 트뤽은 이미 장르소설의 대가 수준으로 이 놀라운 데뷔소설을 써냈다." _가랭 서점

"우리를 신비한 땅으로 멀리 데려가는 아름다운 스릴러." _뤼니타

"강력한 북유럽 스릴러. 마침내 프랑스 작가가 세련된 문체로 북유럽 스릴러 장르를 눈부시게 계승했다. 이렇게 어둡고 흥미진진한 범죄소설을 마지막으로 읽은 게 언제였는지 기억도 나지 않을 정도이다." _뤼자주 뒤 몽드 서점

"독특한 배경, 눈, 얼어붙은 날씨, 순록, 매력적인 인물들…. 이 모두로 인해 이 책은 반드시 읽어야 한다." _일 파토 코티디아노

"눈 내리는 광활한 툰드라의 뼈를 깎는 추위가 소름 돋는 이야기를 더욱 강조한다." _피터버러 텔레그래프(영국)

"독창적이고 위대한 소설! 트뤽은 끝없는 밤이 펼쳐지는 겨울의 나라, 황량한 북극으로 독자를 이끌어간다." _RTL

"서스펜스 넘치는 이야기, 다채롭고 매혹적인 인물들, 숨을 멎게 하는 분위

기, 그리고 무엇보다 한 지역과 그곳에 사는 사람들의 비극적인 역사가 한데 어우러진 이 강렬한 소설을 단 몇 마디로 표현하기는 무척 힘들다. 이 민속학 스릴러는 두말이 필요 없는 걸작이다!" **_라 프레스(캐나다)**

"사미 문화 속으로 푹 빠져들게 만드는 완벽한 북유럽 스릴러! 손에 땀을 쥐게 하는 서스펜스가 얼어붙은 신비한 극야의 풍경을 뒤흔든다!"
_스톡홀름 아 라 카르트

"깊이 있고 철저한 역사적 고증과 사실에 근거한 지식 덕분에 트뤽은 완전무결한 배경을 만들어냈다. 그는 거의 알려지지 않은 이 소수민족의 문화 속으로 완전히 스며든다." **_디아리오 델 알토 아라곤**

"평범함을 훌쩍 뛰어넘은 고무적인 범죄소설." **_베르당 강**

"올리비에 트뤽은 밤의 끝까지 우리를 몰고 간다. 문체는 근육질처럼 단단하다!" **_팜 악튀엘**

"엄청난 공이 들어간 수작!" **_르 드부아르**

"강한 스타일과 잘 짜인 구성, 격렬한 이야기." **_리르**

"올리비에 트뤽의 이 스릴러는 단숨에 읽힌다. 끝까지 손을 뗄 수 없다."
_라 프로방스

"〈르몽드〉와 〈르 푸앵〉의 스톡홀름 통신원인 트뤽의 세밀한 시선이 경이로운 작품을 만들어냈다." **_르 푸앵**

"현대성과 전통이 맞부딪히는 강력한 다큐멘터리 스릴러!"
_코티디앵 데 메드생

"이 작품은 생생하고 선명하며 마음을 떨리게 한다!" _마리안

"사미족이 살아가는 황량한 라플란드를 배경으로 한 데뷔소설. 살인사건이 일어나고 수사는 폴 에밀 빅토르가 탐사를 하던 1930년대까지 거슬러 올라간다. 눈을 뗄 수 없는 이 훌륭한 책에는 숨어 있는 보물의 향기가 가득하다." _마담 피가로

"북극에서 펼쳐지는 순수한 열정!" _레코

"마지막 페이지까지 삼킬 수밖에 없다!" _그랑 르포르타주

"척박한 동토에서 정체성을 지키기 위해 투쟁하는 민족과 조우하는 흥미진진한 여행." _르 피가로 마가진

"라플란드에 대한 고정관념을 깨뜨리는 놀라운 프랑스 스릴러!"
_르 피가로 리테레르

"사미 문화와 현대 세계 사이의 투쟁에 기초한 극지 스릴러. 어둡고 매혹적이며 독창적이다." _리브르 엡도

"완벽한 성공을 거둔 데뷔소설!" _라 몽타뉴

"밤을 하얗게 지새우게 만들 누아르 소설. 숨 막히는 서스펜스로 사라져가는 문화를 고증한 경이로운 문학 다큐멘터리." _NVO

"직설적이고 강력한 문체로 써내려간 놀라운 스릴러." _RFI

"거장의 솜씨로 써내려간 이 소설은 대단한 즐거움을 준다. 독창적이고 매혹적인 이 스릴러는 대단한 작품이다!" _라틀리에 서점

조상의 힘, 조상의 꿈

살아 있는 생각과 살아 있는 희망들

우리는 결코 굴복하지 않으리

우리는 결코 사라지지 않으리

베리트 오스칼, 요이크 '조상의 힘'

차 례

사미 북 상상도

실제 사미 북을 참고하여 재구성한 도안입니다.

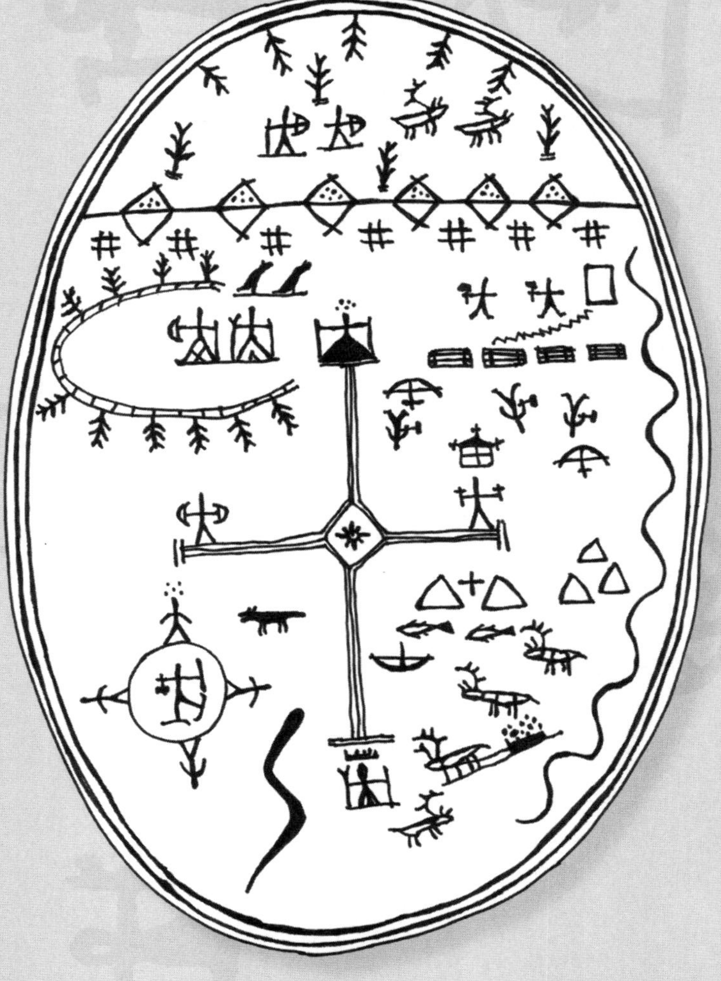

라플란드 지도

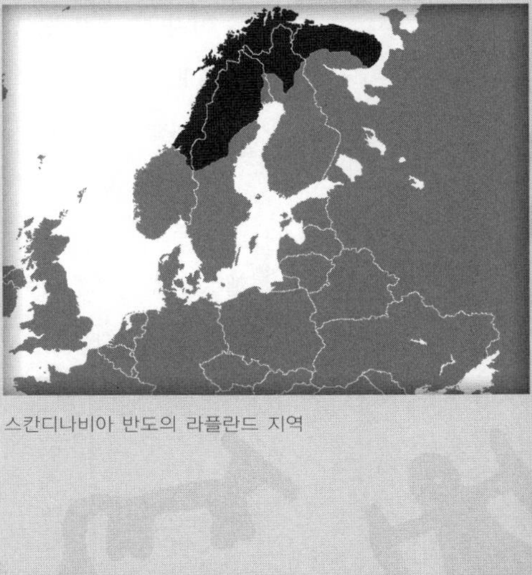

스칸디나비아 반도의 라플란드 지역

등장인물

클레메트 낭고	순록경찰
니나 난센	순록경찰
롤프 브랏센	형사
토르 옌센	경찰서장
프레드리크	과학수사관
안데르스 수네보른	법의관
마티스 라바	순록치기
안타 라바	마티스 아버지
요한 헨리크	순록치기
올라프 렌손	순록치기, 정치인
아슬락 가웁사라	순록치기
아일라	아슬락 아내
아일로 핀만	순록치기
미켈	순록치기
욘	순록치기
헬무트 율	박물관 관장
토마스 미켈센	기자
칼 올센	농부, 시의원

베리트 쿠치	사미족 할머니
라르스 욘손	루터교 목사
마즈	빌마르크센터 호텔 주인
소피아	마즈 딸
앙드레 라카냘	프랑스 지질학자
레나	술집 종업원
울리카	레나 동생
잉리	시청 직원
닐스 안테	클레메트 경찰의 숙부, 요이크 가수
창	닐스 안테 여자친구
에바 닐스도테르	북유럽지질학연구소 소장
후리 만케르	사미 학자

앙리 몽	프랑스 민속학자, 지질학자
폴 몽	앙리 몽 아들
폴 에밀 빅토르	프랑스 탐험가
에른스트	독일 지질학자
라타르제 형제	프랑스 의사 형제
니일스	사미 가이드

프롤로그

요이크 '조상의 힘'

1693년, 라플란드 내륙

아슬락은 발을 헛디뎌 앞으로 고꾸라졌다. 지쳤다는 신호다. 평소에는 이런 적이 전혀 없었다. 그는 땅 위를 구르면서도 품에 안은 보따리만은 꽉 움켜잡았다. 뭉개진 히스 덤불에서 주머니쥐 한 마리가 빠져나와 쏜살같이 도망쳤다.

다시 일어나 뒤돌아보고 추격자와의 거리를 가늠했다. 개 짖는 소리가 점차 가까워졌다. 시간이 얼마 남지 않았다. 묵묵히 가던 길을 재촉했다. 사미족 노인의 깊게 주름진 얼굴과 높이 솟은 광대뼈는 신비한 분위기를 자아냈고 움푹 들어간 눈은 형형한 빛으로 타올랐다.

달리기 시작했다. 이제 두 발은 땅을 박차며 가볍고 힘차게 달려갔다. 날카롭게 빛나는 눈빛이 굳은 의지를 드러냈다.

그는 알았다. 더는 넘어지지 않으리란 것을. 부드러운 대기로 뒤덮인 이날, 살아남지 못하리란 사실도.

놈들이 쫓아온 지 꽤 오랜 시간이 흘렀다. 그것도 곧 끝난다.

주위의 풍경을 눈에 담았다. 높이 솟은 산과 돌들의 움직임, 곰 머리 형상의 강 둔덕, 멀리 완만하게 뻗은 벌거숭이산과 그 품에 잠든 순록들.

아슬락은 마침내 멈춰 서서 숨을 헐떡였다. 이곳이다. 세차게 흐르는 물이 호수로 쏟아지고 동쪽 산을 향해 순록이 오고가는 곳. 태양은 마지막 날이 시작되었음을 알리며 서서히 떠올랐다.

비장한 표정으로 보따리를 끌어안고 호숫가 근처의 작은 섬으로 다가간 그가 난쟁이자작나무를 단도로 잘라냈다. 섬은 히스와 작은 관목으로 뒤덮여 있었다. 개 짖는 소리가 한층 크게 들렸다.

아슬락이 신발을 벗고 축축한 진흙땅에 나뭇가지들을 던졌다. 발자국을 남기지 않기 위함이다. 그는 가지들을 밟고 바위섬까지 가서 무성한 히스 덤불 속에 보따리를 숨기고 원래 자리로 돌아왔다.

마지막으로 호수와 계곡과 산과 작은 섬을 보았다. 태양은 보라색과 오렌지색의 물결무늬를 구름에 새겨놓았다. 다시 달리기 시작했다. 더는 두렵지 않았다.

바투 쫓아온 개들이 그를 둘러싸고 사납게 짖어댔다. 아슬락은 그 자리에 멈춰 서서 움직이지 않았다. 뒤이어 모습을 드러낸 추격자들이 땀을 흘리며 가쁜 숨을 몰아쉬었다. 옷은 찢어졌고 신발은 흠뻑 젖어 있었다. 그들은 험상궂은 표정으로 사미족 노인을 죽일 듯이 노려봤지만 눈동자에 서린 두려움은 숨길 수 없었다.

막대기를 든 사내 한 명이 앞으로 나섰다.

아슬락은 자신의 운명을 예감했다.

사내가 시선을 깔고 노인의 눈을 피하며 뒤로 돌아갔다. 그와 동시에 둔탁한 충격이 노인의 뺨을 강타하고 턱을 깨뜨렸다. 피가 사방으로 튀었다. 아슬락은 무릎을 꿇고 털썩 주저앉았다. 숨조차 쉬기 힘들었다. 두 번째 몽둥이가 날아왔다. 강한 타격에 몸이 휘청거렸다.

무리 중에 있던 깡마른 남자가 아슬락 앞으로 다가왔다. 노인을 내리치던 자가 뒤로 물러섰다.

"몸을 수색하라!"

기다렸다는 듯 사내 두 명이 성큼 나서서 아슬락의 외투를 우악스레 벗겨냈다.

"징그러운 악마 새끼, 움직이기만 해봐!"

아슬락은 입을 꾹 다물고 저항하지 않았다. 통증이 몰려오고 피가 흘렀다. 놈들은 사정없이 옷을 벗기고 신발을 잡아챘다. 한 명이 네 모서리가 뿔처럼 튀어나온 모자를 벗겨내고 그 위에 침을 뱉어 휙 내던졌다. 다른 한 명은 순록 뿔 칼날과 자작나무 손잡이가 달린 단도를 빼앗았다.

"어디다 숨겼어?"

툰드라 위로 부는 바람에 숨 쉬기가 조금 편해졌다.

"어디 감췄는지 말하지 못해, 이 사탄의 자식아!"

검은 옷을 입은 마른 남자가 고함을 내질렀다. 그 기세에 놀라 함께 온 무리마저 움찔하며 뒤로 물러섰다. 산마루에 걸린 태양이 뜨거운 빛을 쏟아냈다. 바람이 잦아들자 모기들이 날아왔다. 노인의 머리가 고통스럽게 흔들렸다. 몽둥이가 관자놀이를 반쯤 날려 보내도 충격을 느낄 수 없었다.

아슬락은 한동안 정신을 잃었다가 심한 통증에 의식이 돌아왔다. 태양은 어느새 중천으로 자리를 옮겼다. 넝마를 걸친 이 빠진 사내와 아낙과 아이 들의 사나운 눈길이 느껴졌다. 두려움과 무지가 뿜어내는 썩은 내가 사방에 진동했다.

검은 옷을 입은 노레우스 목사가 무리를 가르고 다가와 아슬락 앞에 우뚝 섰다.

"어디 있지?"

온몸에서 열이 끓었고 옷을 적신 비릿한 피냄새에 머리가 핑 돌았다. 한 여자가 아슬락에게 침을 뱉었다. 아이들이 자지러지게 웃어댔다.

노인은 병든 아들을 생각했다. 아들을 구하기 위해 사미족 신들에게 얼마나 간절히 기도했던가! 목사가 옆에서 웃던 아이의 뺨을 후려치며 버럭 소리를 질렀다.

"어디다 두었느냐고, 이 개자식아!"

아이들은 소스라치며 황급히 엄마 뒤로 숨어들었다. 목사의 신호에 두 사내가 아슬락의 겨드랑이에 팔을 넣어 일으켜 세웠다. 또 다른 사내가 그를 잡아끌었다. 노인이 인상을 쓰며 비명을 질렀다. 그들이 끌고 간 곳은 낮은 목조건물이었다. 마을에서 만든 물건들이 쌓여 있는 곳이다.

"이 불경한 우상들이 뭔지는 잘 알겠지?"

아슬락은 간신히 숨을 쉬었다. 두개골이 빠개질 듯이 욱신거렸고 찢어진 뺨에 모여든 파리 떼의 공격에 견딜 수가 없었다. 주민들이 들어서자 건물 안은 숨 막힐 정도의 지독한 열기와 악취로 가득 찼다.

"벌써 똥파리들 먹이가 됐군."

한 사내가 이죽거리며 사미족 노인에게 침을 퉤 뱉었다.

"그만!" 목사는 주민들 입을 다물게 하려고 두꺼운 통나무 탁자를 쾅 쾅 내려치며 노인에게 외쳤다. "너는 심판을 받을 것이다!"

구역질나는 무리들. 목사는 어서 서둘러 웁살라로 떠나고 싶었다. 매서운 눈길로 사미족 신들의 성상과 토르신의 성상화를 훑어보며 목사가 다시 소리를 높였다.

"이 우상들이 네게 조금이라도 복을 주더냐?"

아슬락은 눈을 감았다. 어린 시절의 호수와 수없이 뛰어다니던 산과 유유히 시간을 보내던 툰드라, 사미 칼로 조각을 하던 난쟁이자작나무들이 떠올랐다.

"대답해, 이 더러운 사미족 놈아!"

"우리의 신들이 병을 고쳐줬소. 당신의 신보다 훨씬 능력 있는 신들이오." 아슬락이 헐떡이며 겨우 말을 내뱉었다.

사람들이 웅성이자 목사가 조용히 하라며 다시 고함쳤다.

"어디다 감췄어? 산 채로 타고 싶지 않으면 어서 말해, 악마 새끼야! 어서 말하라고, 어서!"

"불살라 죽여버려!"

축 늘어진 희멀건 가슴팍에 아기를 안고 있던 아낙이 소리쳤다. 다른 여자들도 가세했다.

"죽여! 죽여! 불살라 죽여!"

"지옥불에 처넣어라!"

"조용히 하지 못해!"

목사의 얼굴에 진땀이 흘러내렸다. 빨리 끝내고 싶었다. 피로 뒤덮인 거무튀튀한 얼굴의 악마 자식과 흉한 몰골의 촌무지렁이들 틈에 있으니 숨이 턱턱 막혔다.

신은 그를 시험에 들게 했다. 어떤 목사도 오고 싶어 하지 않는 척박한 라플란드의 이 처녀지에서 열정적으로 주님을 섬기지 않았던가! 이 사실을 웁살라의 주교에게 반드시 고하리라.

목사는 흥분한 군중을 가라앉히기 위해 손을 들고 큰 목소리로 말했다.

"너는 이제껏 이교도의 미신에 열광하며 죄인의 삶을 살았다."

정적이 흐르는 실내에 금방이라도 터질 듯한 긴장이 감돌았다. 목사가 두툼한 붉은 가죽 성경을 사미족 노인에게 내밀고 기독교 신이 경고한 구절을 가리켰다.

"다른 신을 섬기는 자는 저주를 받으리라!"

깊은 동굴 속처럼 우렁우렁 울리는 목소리에 사람들이 질겁하며 몸을 떨었다. 뚱뚱한 농부가 달아오른 얼굴로 깊은 숨을 토해내더니 실내의 열기를 버티지 못하고 픽 쓰러졌다. 아슬락도 바닥에 엎어졌다.

"영을 미혹하는 이 거짓선지자는 죽어 마땅하다. 너희 주 여호와를 배반하라고 선동하는 자는 결단코 살아남지 못할 것이다!"

마을 주민들이 무릎을 꿇고 기도하기 시작했다. 아이들은 공포에 질려 눈을 껌벅이며 주위를 두리번거렸다. 밖에서 개들이 짓던 소리가 그치자 마을회관 안에는 바람에 실려 온 음습하고 무더운 공기와 역겨운 냄새만 떠돌았다.

"스톡홀름 왕궁법정에서 형을 선고했다. 사미인 네게 하늘과 왕궁의 심판이 따르리라!"

꾀죄죄한 차림의 두 사내가 아슬락을 거칠게 밖으로 끌어냈다. 마을을 이루는 통나무집 십여 채와 호숫가 사이에 화형대가 이미 세워져 있었다.

목사는 모기들이 피를 빨아도 아랑곳 않고 꼿꼿이 서서 말뚝에 묶인 아슬락을 노려보았다.

호수 아래쪽에서 나룻배가 다가왔다. 물물교환을 위해 순록가죽을 가득 실은 배였다. 마을 사람들은 이 배를 보지 못했다.

배에 타고 있던 소년은 눈앞에서 펼쳐지는 이 참극을 똑똑히 목도했다. 소년의 몸은 마비된 듯 움직이지 않았다. 화형대의 노인은 이웃부족 사람이었다.

농부 한 명이 장작에 불을 붙였다. 불은 곧바로 나무를 타고 활활 타올랐다. 아슬락이 신음을 토해냈다. 그러면서도 눈꺼풀이 들러붙지 않도록 눈을 부릅떴다.

저 앞에 호수와 언덕이 보였다. 온몸이 경직되어 놀란 눈으로 자신을 보는 사미족 소년이 보였다. 불길이 널름거리며 아슬락을 핥아댔다.

불길에 휩싸인 사미족 노인이 이성을 잃고 단말마의 비명을 뽑아내며 큰소리로 울부짖었다. 마치 차원을 달리한 목소리가 고통을 넘어서서 리듬을 타는 것만 같았다. 소름끼치는 괴로움마저도 순수하게 정화한 예기치 않은 선율이었다.

"저 악마가 자기 신들에게 노래하고 있어!"

겁에 질린 마을 주민이 두 귀를 막으며 소리쳤다. 목사는 얼굴색 하나 변하지 않았다. 오로지 물건을 감춘 장소를 알아내겠다는 듯, 화염에 휩싸인 사미인의 눈만 뚫어지게 쳐다보았다.

나룻배에 탄 소년은 공포에 사로잡혀 홀린 듯 노인의 목소리를 들었다. 목구멍에서 나오는 사미족 노래, 요이크였다. 이곳에서 가사의 의미를 알아챈 사람은 오직 소년뿐이었다.

노래는 마음을 저미며 소년을 세상 밖으로 이끌었다. 요이크 가락이 툭툭 끊기다가 점점 빨라졌다. 사미인은 사력을 다해 후세에 전해야 할 것을 전달하기 원했다.

갑자기 목소리가 뚝 그치고 정적이 찾아왔다. 사미족 소년의 머릿속은 죽어가는 자의 헐떡이는 소리로 가득 찼다. 소년이 뱃머리를 돌렸다. 깨달은 바가 너무 명징해서 피까지 차갑게 얼어붙은 듯했다.

소년은 자신이 해야 할 일을 알았다. 자기가 죽은 후에 자기 아들이, 그리고 그 아들의 아들이 해야 할 일이기도 했다.

제1주

태양의 귀환

요이크 ‘베아이비’

I

1월 10일 월요일

극야

오전 9시 30분, 라플란드 내륙

이날은 일 년 중 가장 놀라운 날이다. 인류의 모든 희망을 품은 날이기도 하다. 내일이면 태양이 다시 떠오른다. 사십 일 전부터 비다 고원에 사는 남자와 여자들은 생명의 근원을 박탈당한 채 영혼을 다독이며 살아남았다.

경찰이고 이성적인, 아니, 경찰이기 때문에 이성적인 클레메트에게 이 자연현상은 원죄의 상징처럼 보였다. 그렇지 않다면 왜 인간에게 이런 고통을 준단 말인가? 기어다니는 벌레처럼 땅바닥에 그림자 하나 없는 사십 일.

혹시 내일 태양이 뜨지 않는다면? 그러나 클레메트는 이성적인 사람이다. 경찰이니까. 태양은 다시 태어날 것이다. 지역 신문 〈핀마르크 다그블라〉는 심지어 조간 발행판에 이 저주가 사라지는 정확한 시각도 발표했다. 진보란 얼마나 멋진 것인가! 조상들은 겨울 끝자락이면 태양이

다시 돌아온다는 사실을 신문에서 읽지도 않고 어떻게 견딜 수 있었을까? 어쩌면 희망이란 걸 전혀 몰랐던 게 아닐까?

내일 태양이 돌아오는 열한 시 십사 분과 열한 시 사십일 분 사이에 클레메트는 다시 그림자를 지닌 인간이 된다. 그 다음 날에는 그림자를 사십이 분 동안 더 간직할 수 있다. 태양이 떠오르면 모든 일이 순식간에 진행된다. 산들도 웅장한 자태를 되찾는다. 태양은 라플란드 내륙에 광활하게 펼쳐진 황량한 고원들의 온순함과 침울함을 깨우고, 잠자던 풍경에 생기를 주면서 골짜기 밑바닥까지 훑어가리라.

지금, 태양은 연약한 희망의 빛에 불과하다. 푸르스름한 설산의 정상을 휘감은 주홍색과 분홍색 구름들에 반사된 여린 빛일 뿐이다.

클레메트는 이런 광경을 목도할 때마다 늘 닐스 안테 숙부를 떠올렸다. 숙부는 한때 라플란드에서 가장 재능 있고 유명한 요이크 가수였다. 시인 숙부는 목구멍 깊은 곳에서 터져 나오는 가슴 저릿한 멜로디로 세상의 신비와 경이를 노래했다.

닐스 안테는 클레메트가 어렸을 때 매혹적인 요이크로 가슴 뛰는 이야기들을 들려주며 재우곤 했다. 그 이야기들은 노르웨이 꼬마들이 집에서 읽는 모든 책과 맞먹는 가치를 지니고 있었다. 클레메트에게는 책이 필요 없었다. 그에겐 닐스 안테 숙부가 있었다. 대신 클레메트는 전혀 노래할 줄 몰랐다. 자기에겐 사방을 둘러싼 대자연을 단어로 묘사할 능력이 없다고 생각했다.

"선배님!"

클레메트는 을씨년스러운 비다 고원의 드넓은 땅을 순찰할 때면 오늘처럼 가끔씩 향수에 젖곤 했다. 다만 시상을 떠올리지 못하는 무능함 속에서 요이크의 추억에 빠져들어 침묵할 뿐이다.

"선배님, 사진 한 장만 찍어주세요. 뒤에 구름 배경으로요."

젊은 동료가 파란색 방한복에서 작은 카메라를 꺼내 흔들었다.

"지금 찍어야 한다고 생각해?"

"멍 때리고 있는 것보단 낫죠."

그녀가 사진기를 건네며 대답했다.

클레메트는 투덜댔다. 이 여자는 모든 말에 재빨리 응수한다. 그로 치자면, 좋은 대답은 늘 한 박자 뒤늦게 떠올랐다. 장갑을 벗었다. 어차피 할 거면 빨리 해치우는 편이 낫다. 하늘은 맑게 개었고 추위는 더 심해졌다. 기온은 영하 이십팔 도였다.

니나는 바다표범 가죽과 여우털로 만든 샤프카를 벗었다. 털모자 속에 숨어 있던 금발 머리가 쏟아졌다. 그녀가 스노모빌에 올라타고 오색 구름을 배경으로 환한 미소를 지으며 포즈를 취했다. 굉장한 미인까지는 아니지만 귀여운 매력을 지닌 여자였다. 크고 파란 눈은 풍부한 표현력을 지녀서 감정을 조금도 숨기지 못했다. 클레메트는 매우 편리한 눈이라고 생각했다. 경찰이 사진을 찍었다. 초점이 살짝 맞지 않았다.

니나는 순록경찰에 합류한 지 석 달이 지났지만 순찰은 처음이었다. 그 전에는 스웨덴의 키루나 경찰서에 있다가 노르웨이의 카우토카이노로 발령받았다.

사진을 찍어달라는 끝없는 요청에 짜증이 난 클레메트는 일부러 카메라 렌즈에 손가락 끝을 살짝 대고 찍었다. 클레메트가 찍은 사진을 볼 때마다 니나는 상냥하게 웃으며 사진 가장자리에 손가락이 나오지 않도록 주의해야 한다고 설명하곤 했다. 마치 열 살짜리 아이에게 말하는 것 같았다. 클레메트는 잔소리가 듣기 싫어서 손가락을 대는 건 포기하고, 대신 다른 방법을 궁리했다.

바람이 가볍게 불었다. 약한 바람도 이 추위에서는 금세 고문으로 변한다. 클레메트는 스노모빌의 지피에스를 힐끗 쳐다보았다. 단순히 반사적인 행동이었다. 이 산에 대해서는 속속들이 알았다.

"자, 가자."

클레메트는 스노모빌에 올라타고 달리기 시작했다. 니나가 뒤를 따랐다. 언덕 기슭에 있는, 얼음과 눈에 뒤덮여 보이지 않는 시냇물을 따라 달렸다. 난쟁이자작나무 가지들을 피하기 위해 몸을 옆으로 기울이면서 고개를 뒤로 돌려 신참이 잘 따라오는지 확인했다. 그러나 니나가 스노모빌 조작법을 이미 완벽하게 익혔다고 인정할 수밖에 없었다. 두 사람은 길게 이어진 언덕과 골짜기를 훑으며 한 시간 반 동안 순찰을 계속했다. 라게스바리 산머리에 가까워질수록 경사면은 단단해졌다. 클레메트는 스노모빌에서 일어선 채 속도를 냈다. 니나가 여전히 그 뒤를 따랐다. 이 분 후 정적이 찾아왔다.

클레메트는 샤프카 위에 쓴 헬멧을 벗고 쌍안경을 꺼냈다. 스노모빌의 발판에 서서 안장에 무릎을 댄 채 주위를 찬찬히 둘러보았다. 산등성이를 살피고 눈 위에 움직이는 점들이 있는지 찾았다. 그런 후 보온병을 꺼내 니나에게 커피타임을 제안했다. 니나가 허벅지 중간까지 쌓인 눈을 뚫고 클레메트의 스노모빌로 다가왔다. 간신히 도착한 니나를 보며 클레메트의 눈에 장난기가 반짝였지만 웃음만은 애써 참았다. 또 사진 찍어달라면 골치 아픈데. 그가 생각했다.

"너무 조용한 것 같지 않아요?"

커피를 두 모금 삼키고 니나가 말했다.

"그러게. 요한 헨리크가 그러는데 자기 순록들이 흩어지기 시작했대. 먹을 게 벌써 충분치 않다더군. 만일 헨리크의 순록들이 강을 건너면 고집불통 아슬락이 또 난리를 칠 텐데 말이야. 그 사람 성질은 내가 좀 알거든."

"아슬락이요? 천막에서 사는 사람 말이에요? 두 사람의 순록이 서로 섞일 거라고 생각하세요?"

"내 생각엔 이미 그랬을 확률이 커."

클레메트의 휴대전화가 울렸다. 경찰은 샤프카의 귀덮개 밑으로 전화기를 갖다대느라 얼른 전화를 받지 못했다.

"순록경찰, 클레메트 낭고입니다." 그가 전화에 대고 말했다.

그는 두 손에 여전히 커피 잔을 들고 한 모금씩 홀짝이며 큼큼댔다. 상대의 말은 한참 이어졌다.

"네, 몇 시간 후에 가죠. 아니면 내일 갈지도 모르고요. 그런데 정말 흔적이 아무 데도 없어요?"

클레메트는 상대방 말을 들으면서 커피를 다시 한 모금 마시고 전화를 끊었다.

"캠프를 처음 빠져나간 건 마티스의 순록들이라는군. 요한 헨리크였는데, 마티스의 순록 서른 마리 정도가 길을 건너서 자기네한테 와 있는 걸 봤대. 자, 이제 출발하지."

2

새벽 5시 30분, 카우토카이노

박물관 입구는 엉망이었다. 열린 이중문을 통해 눈보라가 몰아쳤다. 잘게 부서진 유리 파편이 칼바람에 급속도로 얼어버린 눈송이들과 뒤섞였다.

건물 앞에 황급하게 멈춰 선 스노모빌의 헤드라이트 불빛이 어지러워진 현장을 비췄다. 무거운 방한복 때문에 둔해진 몸놀림으로 운전자가 입구에 들어섰다. 그는 손바닥으로 볼을 세게 문지르면서 나쁜 예감을 떨쳐버리려 애를 썼다.

이 남자와 그의 아내가 노르웨이 북극권의 알려지지 않은 이 땅에 정착한 것은 이 지역에서 관광이 활성화되기 훨씬 전이었다. 사미 문화와 그들의 세공기술에 매료된 부부는 카우토카이노에서 열정을 꽃피울 수 있는 장소를 발견했다. 그는 아내와 함께 이 지역에서 가장 놀라운 건물을 몇 년에 걸쳐 끈기 있게 건축해나갔고, 마침내 십여 개의 비대칭

건물들이 골짜기 위로 당당한 모습을 드러냈다.

헬무트는 입구에 걸린 손전등을 들고 괴로운 심정으로 박물관 내부를 조사하기 시작했다.

사람들이 종종 '금지된 도시'라고 부르는 이 박물관의 설립에 사미 문화를 전공한 미학자들은 놀라움과 함께 환영의 뜻을 내보였으나 사미족 수공예 장인들은 헬무트 율 부부의 시도를 의심쩍은 눈초리로 바라보았다. 사미족의 전통 은세공 기술도 배우기 시작한 헬무트는 얼마 안 가 그 지역에서 으뜸가는 전문가의 실력을 갖추게 되었다. 그는 유목생활을 하느라 여기저기 흩어진 사미 예술에 높은 가치를 부여하고 야심찬 전시장소를 마련했다.

부오리에 시다는 카라쇼크 서쪽에 위치한 사미 마을이다. 어느 날 이 마을 족장인 이삭 마티스 사라가 자작나무로 만든 어릴 적 아기침대를 기증했다. 사미족 생활양식을 위해 마련한 건물에 전시하라고 기증한 것이다. 북유럽에서 가장 아름다운 예술작품 중 하나를 손에 넣은 셈이다. 헬무트는 자신이 사미족의 신뢰를 얻었음을 알았다.

다음 전시실로 건너갔다. 중앙아시아 컬렉션을 전시하는 넓은 방이다. 은장신구와 도자기들이 진열된 이곳엔 아무 문제없었다.

갑자기 깨진 유리 조각을 밟는 소리가 멀리서 들려왔다. 입구에서 걸어 들어오는 발소리였다. 헬무트는 소리의 정체를 파악하려고 걸음을 멈췄다. 희미한 잔음이 전시실에 울려 퍼졌다. 그는 귀를 기울이며 숨을 들이쉬고 반사적으로 벽에 걸린 아프가니스탄 단도를 낚아채고 손전등을 껐다.

"헬무트 관장님!"

누군가가 그의 이름을 불렀다. 그는 안도의 숨을 내쉬었다.

"이쪽이오. 아프가니스탄 전시실!" 이번엔 헬무트가 소리쳤다. 단도는 원래 자리에 걸어놓았다.

잠시 후 둔중한 발걸음 소리와 함께 따뜻하게 몸을 감싼 사람이 등장했다. 두툼한 방한복 때문에 더 뚱뚱해 보였다. 헬무트는 즉시 기자를 알아보았다.

"토마스 기자! 세상에! 지금 여기서 뭐 하는 거요?"

"베리트 부인이 전화했어요. 삼십 분쯤 전에 스노모빌 한 대가 출발하는 걸 봤대요."

헬무트는 혼란스러운 마음으로 다시 전시실을 돌기 시작했다. 문제는 전혀 없어 보였다. 술 취한 젊은 놈이 현관 유리문을 깨뜨렸나? 이런 생각은 마지막 전시실에 갔을 때 더욱 강해졌다. '하얀 방'이라고 이름 붙인 전시실에는 귀중한 사미 예술품들과 섬세하게 세공한 은장신구를 비롯하여 가장 아름다운 수공예품들을 보관해두었다. 헬무트가 수장고 문을 보았다. 열려 있는 문은 문고리가 떨어져 나간 상태였다. 누군가가 뜯어내고 침입한 흔적이다. 심장이 또다시 오그라들었다.

전등을 켜자마자 넓은 공간이 훤하게 드러났다. 벽 선반에 번호를 매겨 정리해둔 상자들이 보였다. 중앙에는 소나무로 만든 오래된 탁자들이 있었다. 모두 다 제자리에 있다. 좋아, 좋아. 그의 시선이 선반으로 다시 돌아왔다. 그 위에 놓인 상자 두 개를 열어보았다. 아프가니스탄의 칸다하르에서 뿔로 제작한 낙타 조각품들이 원래대로 얌전히 들어 있었다. 좋아. 그런데 그 위 칸에는 아무것도 없었다. 강한 충격이 급작스레 뱃속을 치고 들어왔다. 비어 있다니! 상자가 사라졌다!

독일인의 얼굴을 보고 기자가 눈치를 챘다.

"뭐가 없는 거죠?"

헬무트는 하얗게 질린 얼굴로 입을 쩍 벌렸다.

박물관장이 기자를 쳐다보며 입을 다물었다. 침을 꿀꺽 삼키는 소리가 났다.

"부… 북이요." 그가 간신히 말했다.

"오, 말도 안 돼!"

3

오전 11시 30분, 라플란드 내륙

니나는 스노모빌의 액셀 핸들을 끝까지 돌리고 몸을 옆으로 기울였다. 난쟁이자작나무 가지가 얼굴을 후려쳤다. 강력한 성능의 스노모빌은 두툼하게 눈이 덮여 평평해진 비탈길을 수월하게 올라갔다.

클레메트와 불과 몇 초 차이로 니나도 오두막 앞에 도착했다. 오두막은 얕은 골짜기 안의 완만한 산등성이 중턱에 있었다. 첫 번째 마을과 수십 킬로미터나 떨어진 곳이다. 순록치기들이 세상과 고립되어 영하 삼십오 도, 때로는 영하 사십 도까지 내려가는 한겨울에 이토록 허술한 오두막에서 몇 주 동안이나 지낸다는 사실이 놀랍기만 했다.

그래도 이 오두막은 헐벗고 황량한 산에서 매섭게 부는 바람을 막아주는 유일한 피난처였다. 니나는 헬멧을 벗고 샤프카를 매만지며 오두막을 관찰했다.

캠핑트레일러와 건설현장의 가건물을 뒤섞은 모양새에 크기는 아주 작았다. 밧줄로 끌어당길 수 있도록 스케이트 날처럼 생긴 레일 위에 세운 흰색 오두막은 양 측면을 철판으로 덧대었고, 양철 연통에서는 연기가 빠져나왔다. 볼품없는 생김새였다. 하지만 툰드라에서 멋진 디자인이 무슨 소용인가!

피난처 앞에는 온갖 잡동사니가 굴러다녔다. 순록치기의 스노모빌, 장작더미에 박아놓은 도끼, 양철통과 플라스틱 통들, 스노모빌 트레일러에 실린 금속상자 두 개, 여기저기 널려 있는 비닐 끈들, 심지어 바닥에 나뒹구는 순록 머리와 순록가죽까지. 피로 얼룩진 눈밭에 널브러진 쓰레기봉투는 여우가 그랬는지 가운데가 찢어졌고, 그 틈으로 순록 내장이 삐져나왔다.

클레메트는 노크도 없이 좁은 문을 열고 안으로 쑥 들어갔다. 니나도 그 뒤를 따랐다. 침대에 누워 있던 마티스가 뺨을 문지르며 천천히 상체를 일으켰다.

"잘 지냈나?" 클레메트가 인사를 건넸다.

니나가 앞으로 나서며 마티스에게 고개를 숙였다.

"안녕하세요. 니나 난센입니다. 순록경찰에 합류한 지 얼마 안 됐어요. 클레메트 팀장님과 순찰을 돌고 있습니다."

마티스가 기름 묻은 손을 내밀었다. 여경이 미소를 지으며 악수했다.

니나는 쓰레기통처럼 지저분하고 정신없는 실내에 눈이 휘둥그레졌다. 가구는 꼭 필요한 것밖에 없어서, 오른쪽 벽면의 소파와 화로, 맞은편의 이층침대, 중간에 놓인 좁고 긴 탁자, 왼쪽 벽에 세워둔 여러 단짜리 선반이 다였다.

선반에는 여러 색깔의 용액이 채워진 통들, 보관함, 냄비 몇 개, 가죽 끈, 단검 같은 물건들이 쌓여 있었다.

선반은 그나마 정리된 편이네. 니나가 생각했다.

천장을 가로지르는 빨랫줄에는 순록가죽 신발, 전혀 깨끗해 보이지 않는 양말 몇 켤레, 털을 제거한 순록가죽 두 장이 널려 있었다.

이층침대 위 칸에는 옷 봉지, 식료품 상자, 밧줄, 이불, 방한복, 순록가죽 외투, 장갑, 샤프카 등이 무질서하게 쌓여 있었다.

마티스가 누워 있는 침대 아래 칸에는 여러 장의 순록가죽을 깔고 그 위에 올린 커다란 침낭을 여러 겹의 담요들로 덮었다. 헤져서 너덜거리는 담요들은 온통 음식과 기름 자국 천지였다.

작은 화로에 올려놓은 커다란 솥에서 보글보글 끓는 소리가 났다. 화로 발치의 냄비에 가득 담긴 눈이 서서히 녹고 있었다.

니나는 눈을 크게 뜨고 허름한 오두막을 살펴보았다. 사진을 찍고 싶었으나 차마 실행에 옮길 용기는 나지 않았다. 불쾌할 정도로 더러우면서도 비현실적인 공간이었다.

여태껏 알지 못하던 세계에 발을 막 들여놓았다. 상상을 뛰어넘었다. 노르웨이에서 어떻게 이렇게 살 수 있단 말인가? 바로 자신의 조국에서.

왠지 모르게 마음이 불편했다. 하지만 클레메트는 편안해 보였다. 이 지역 출신이니 당연할 것이다. 이런 모습 또한 스칸디나비아 왕국의 얼굴임을 알고 있을 테니까.

니나가 살던 노르웨이 남쪽 마을의 어부들에겐 이것보다 약간 더 큰 수상 오두막이 있다. 배와 그물을 보관하는 곳이다. 어릴 때 마을 항구에 커다란 어선이 들어오면, 엄마는 가까이 가지 말라고 누누이 이르곤

했다. 그래도 배들을 훔쳐보려고 어부들의 오두막에 숨어들었다. 엄마는 그 사람들이 죄를 짓는다고 말했다. 니나의 엄마는 어디서건 죄악을 보았다.

그래도 어부들의 오두막에는 이곳과 같은 비참함이 없었다. 잠깐 생각에 잠긴 니나는 마티스의 이 집도 그렇지 않다고 생각했다. 이 집은 궁핍함을 내보이고 있을 뿐이다.

여기서는 모두들 이런 생활을 당연하다고 여길까?

마티스가 침낭에 몸을 반쯤 묻은 채 애매한 표정으로 두 사람을 보았다. 회피하는 시선이었다.

"아, 조금 전에 전화 받고 잔뜩 쫄았잖아. '경찰'이라고 말해서 무서워 죽는 줄 알았지 뭐야. 순록경찰이라고 얘기했어야지."

순록치기가 소파에 앉은 클레메트에게 말을 건넸다.

클레메트는 배낭에서 컵을 꺼내며 껄껄 웃었다. 마티스가 말을 이었다.

"정말 그랬다니까. 경찰이 전화하면 어떤 재수 없는 일이 벌어질지 알 수 없으니 말이야. 그래도 순록경찰이면 아주 심각한 문제는 아니란 소리지. 안 그렇수?"

클레메트는 마티스의 말에 만족한 표정을 지으며 투명한 액체가 든 플라스틱 병을 꺼냈다.

"이런, 이런! 나한테 이러지 마!" 마티스가 소리쳤다.

"아니, 이건 물이야." 클레메트가 그를 안심시켰다.

한결 편안해진 모습으로 마티스가 니나를 향해 팔을 벌리고 노래를 부르기 시작했다. 불규칙한 리듬으로 목구멍에서 나오는 노래였다. 니나는 전혀 이해할 수 없었다. 환영의 뜻을 담은 요이크일 거라고만 짐작했다. 클레메트는 웃으며 노래를 들었다.

니나는 소파 끝에 앉았다. 소파 역시 수많은 자국들로 얼룩덜룩했다.

"식탁에 솥 좀 갖다주쇼." 마티스가 니나에게 말했다.

니나는 일어날 생각도 안 하는 마티스를 황당한 표정으로 쳐다보다가 미소를 띠며 답했다.

"네, 그러죠. 많이 피곤하신가 봐요. 노래가 정말 멋지네요."

마티스는 잔뜩 취한 것 같았다. 이렇게 취한 사람들을 볼 때마다 니나는 불안해졌다. 샤프카를 벗고 조용히 일어난 니나가 그나마 깨끗한 곳을 찾아 탁자 위에 솥을 올려놓았다. 마티스가 포크를 솥 안에 쑥 넣어 고기를 한 점 꺼내서 우적우적 씹기 시작했다. 몸만 슬쩍 빠져나온 침낭에 국물이 흘렀다.

"우리 숙부도 요이크 가수야." 클레메트가 말했다.

"아, 그래. 닐스 안테 할아범이야 말로 훌륭한 요이크 가수지."

"숙부는 즉석에서 노래를 짓는 재주가 있어. 방금 보거나 알게 된 건, 그게 장소든 사람이든 뭐가 됐든 금세 노래로 만들거든. 말할 때도 목소리가 느려진다니까."

"그 어른은 요새 뭐하쇼?"

"이제 많이 늙으셨지. 공연은 그만두셨어."

이번엔 클레메트가 그릇에 건져놓은 고기를 나이프로 푹 찔러 집어 올렸다. 니나는 그 모습을 지켜보았다. 팀장은 순록치기들과 많은 시간을 보내야 한다고 말하곤 했다. 문득, 마티스가 순록을 이렇게 도살할 권리가 있는지 궁금증이 일었다.

클레메트는 단박에 본론으로 들어갈 생각이 없는지 다시 그릇으로 몸을 숙이고 넓적다리 살을 보았다.

"먹어도 되지?" 경찰이 마티스에게 물었다.

마티스는 턱을 주억거리며 담뱃갑을 꺼냈다. 클레메트가 칼자루로 순록 넓적다리를 깨뜨리려는 찰나, 휴대전화가 울리기 시작했다.

"이런, 제기랄!"

클레메트는 투덜대며 뼈다귀에 잠시 눈길을 주었다. 팔팔 끓는 짭짤한 국물 속에는 이제 고기 몇 점만 남았을 뿐이다. 못마땅한 표정을 지으며 클레메트가 마티스 쪽으로 돌아섰다. 담배를 종이에 둘둘 만 사미인의 턱에 고깃국물이 반짝였다. 턱수염에 걸린 작은 고깃점도 보였다.

전화벨이 두 번 울리는 사이에, 이틀 전부터 핀마르크의 땅을 꽁꽁 얼린 거센 시베리아 바람 소리가 들렸다. 강풍은 영하 삼십 도로도 성이 안 찬다는 듯 사납게 몰아쳤다.

마티스는 이불 밑에서 삼 리터짜리 물통을 꺼내 식탁에 올리고 컵에 따랐다.

전화벨이 계속 울리다가 뚝 끊겼다. 클레메트는 스마트폰 화면을 흘끗 쳐다보고 다시 뼈다귀로 눈을 돌렸다. 그러나 니나의 집요한 시선에 결국 전화기를 건네주었다. 발신자는 요한 헨리크였다.

"나중에 전화하지 뭐." 클레메트가 말했다.

순록치기들은 자기 순록이 다른 무리와 뒤섞이면 급속도로 신경질적이 되면서 인내심을 잃는 모양이다. 마티스가 니나 쪽으로 물통을 밀었다.

"괜찮습니다."

니나는 고개를 저어 사양하며 고맙다는 표시로 미소를 지었다. 마티스가 컵을 절반쯤 비우고 눈살을 찌푸렸다.

차츰 시간이 흘러 분위기에 약간 익숙해진 니나는 소파에 몸을 반쯤 누이고 방한복 지퍼를 내렸다. 미지근한 온기가 오두막 안을 떠돌았다. 클레메트가 넓적다리를 다시 들고 뚝 부러뜨려 하나를 니나에게 건넸다. 젊은 경찰의 얼굴에서 미소가 싹 사라졌다.

"좀 먹지?"

"됐어요." 니나가 딱 잘라 거절했다. 그러면서도 클레메트의 실없는 농담에 결국은 적응할 거라는 생각이 들었다.

클레메트는 니나를 보며 고기 뼈를 천천히 입으로 가져가 골수를 후루룩 들이마시고 소매로 입을 쓱 닦았다. 마티스에게 윙크하는 클레메트의 눈에 장난기가 한 가득 차 있었다.

마티스가 이 빠진 입을 내보이며 미친 사람처럼 웃어댔다. 눈이 동그래진 니나 앞에서 그도 골수가 가득 찬 뼈다귀를 게걸스럽게 먹어치웠다.

"헤이, 이게 사미족의 비아그라라고!"

숨넘어갈 듯이 웃어대는 마티스의 크게 벌린 입 안에서 썩어문드러진 잇몸이 보였다. 고기조각들이 입에서 튀어나왔다. 니나는 당황스러웠지만 내색하지 않았다. 클레메트가 장난치고 있다는 건 알았다. 그래도 너무 선을 넘지는 않기를 바랐다. 또한 순록치기들의 생활에 대해 아무것도 모르면서 아무 말이나 내뱉을 수 없다는 생각도 들었다.

이번에는 순록치기가 국물이 뚝뚝 떨어지는 뼈다귀를 니나에게 내밀었다. 그의 입에서 침이 흘렀다.

"자, 자, 사미족의 비아그라 맛 좀 보쇼!"

니나의 얼굴이 저절로 굳어졌다. 그래도 몸에 밴 예의로 순록치기에게 정중히 거절의 미소를 지어보였다.

마티스가 클레메트를 흘깃 쳐다보며 또다시 웃음을 터트리고는 니나를 보며 새로운 요이크를 불렀다. 손을 휘저으며 흥을 돋우느라 니나를 진짜로 보는 것 같지는 않았다. 클레메트는 이 상황이 무척 재미있는지 눈가를 훔치며 큰소리로 웃어댔다.

"이걸 먹으니 난 완전 힘이 솟는걸."

클레메트가 악동 같은 눈빛을 던지며 니나에게 말했다. 그 말에 마티스는 허벅지를 치며 박장대소했다.

"정말 아름다운 여인네구먼. 그렇잖수?"

순록치기가 딸꾹질을 했다. 곁눈질로 니나를 훑어보는 마티스의 시선이 가슴 윤곽을 완곡히 드러낸 짙은 파란색 목폴라에 가닿았다. 그러더니 재빨리 클레메트를 치켜보고 눈을 내리깔았다.

니나는 불편했다. 그를 측은히 여겨야 한다고 생각했지만 노골적으로 욕망을 내비치는 이 사내가 역겨웠다.

클레메트의 얼굴에 어느새 장난기가 사라졌다. 마티스도 이내 웃음을 거뒀다.

"이봐, 마티스. 자네 순록들이 길 반대편으로 갔어. 지금 요한 헨리크의 방목지에 가 있다는 건 알지? 요한이 전화했어."

정색한 클레메트의 목소리에 마티스는 부루퉁한 표정으로 눈만 끔벅였다. 그러고는 다시 니나의 얼굴에서 가슴으로 눈길을 돌렸다.

"아, 그래?"

천진난만한 목소리였다. 그가 클레메트를 슬쩍 쳐다보며 목덜미를 문질렀다. 다시 전화벨이 울렸다. 클레메트는 마티스에게 눈을 떼지 않고 전화기를 쥐었다. 벨소리가 금세 끊어졌다. 화면에 뜬 발신자는 카우토카이노 경찰서였다. 그는 잠시 뜸을 들이다가 전화를 걸었다.

"여보세요."

니나는 순록치기를 뜯어보았다. 툭 튀어나온 광대뼈, 푹 꺼진 턱, 세파에 찌든 낯빛, 사미족에게서 찾아보기 힘든 무성한 수염. 그는 말을 할 때 일단 얼굴부터 찡그리는 버릇이 있었다. 그러곤 눈살을 찌푸리고 윗입술로 아랫입술을 덮었다가 눈과 입을 크게 벌렸다. 다른 사람을 불편하게 하면서도 알 수 없는 묘한 분위기를 풍겼다. 이런 인물은 한 번도 만나본 적이 없었다. 이곳에서 이천 킬로미터 떨어진 피오르 만 근처의 고향, 남쪽 작은 마을에서는 마티스 같은 사람을 보지 못했다. 아니 아예 존재하지도 않았다.

전화를 끊은 클레메트는 배낭을 열고 지도를 꺼냈다.

"좀 보라고. 우리가 있는 곳이 여기고, 강은 여기야. 자네는 이 호수에서 순록을 데리고 출발해서 북쪽으로 떠나지. 지금 요한 헨리크는 이쪽 숲에서 순록을 치고 있어."

"아, 그래?" 마티스가 하품을 했다.

"자네 순록들이 강을 건넜다고."

"강이라…"

그가 딸꾹질을 하며 실실 웃다가 정색했다.

"하지만 우리 순록들은 표지판을 읽지 못해."

"마티스, 내가 무슨 말을 하는지 잘 알면서 왜 이래? 자네 순록은 강 이쪽에 있으면 안 돼. 봄이 돼서 자네 순록과 요한 헨리크네 순록을 분류하려면 또다시 지옥이 시작된다고. 매번 그렇듯이 두 사람 다 길길이 뛸 거 아냐. 순록을 분류하는 작업이 얼마나 힘든지 자네가 제일 잘 알지 않나?"

"오줌도 얼어버리는 툰드라에서 순록들을 혼자서 감시하는 게 쉬운 일인 줄 알아?"

"겨울 방목지 경계가 어디까지죠?" 니나가 물었다.

그녀가 순록 사육에 대해 아는 건 키루나에서 교육받을 때 알게 된 몇 가지 이론뿐이었다. 순록을 돌보기 위해 매서운 칼바람을 맞으며 밤을 지새워야 한다는 사실이 놀라웠다. 니나로서는 단지 숫자와 그래프를 이용한 자료들로만 이런 생활을 어렴풋이 짐작할 수밖에 없었다.

마티스가 다시 하품을 하며 눈을 비볐다. 그리고 코냑을 한 모금 들이켰다. 니나의 질문 따위는 새카맣게 잊어버렸다.

"그런데 요한 헨리크는 왜 그렇게 화가 났대? 일꾼도 많으니 자기네 순록을 언덕으로 몰면 그만이잖아." 마티스가 클레메트를 쳐다보며 말했다.

"방목지 경계가 어디까지냐고 제가 여쭤봤는데요." 신참 경찰이 차분한 목소리로 말했다. 이 사내가 자기 질문을 일부러 무시했다고는 상상도 하지 못했다.

"그렇지. 일할 사람이야 많지. 그래도 자네 순록이 헨리크네 방목지에 있다는 건 사실이야. 자네 순록들을 책임져야 한다고." 클레메트가 마티스의 말에 응수했다.

"이보쇼, 내가 우리 순록들한테 이 경계를 넘어서 다른 길로 가라고 했겠어? 그 경계라는 것도 망할 놈의 순록관리청 공무원 새끼들이 색연필과 자를 가지고 따뜻한 사무실에 앉아 색칠놀이하며 그려낸 거잖아."

그가 이번에는 눈썹 하나 까딱 않고 코냑을 들이켰다. 신경이 곤두선 듯했다.

"그리고 난 순록들을 지키느라 거의 매일 밤을 지새운다고. 그게 장난인 줄 알아?"

"가끔씩 아슬락이 도와주잖아."

“이번엔 아니야. 겨울은 누구에게나 지랄 같다고. 아슬락도 당연히 싫겠지. 더구나 요즘 날씨엔 순록이 먹을 것도 별로 없어. 얼음을 깨고 이끼를 뜯어먹을 순 없잖아. 정말 지긋지긋하다고. 난 사료를 살 돈도 없으니까. 그러니 우리 순록들은 먹을 게 있는 데로 알아서 찾아간 거야. 숲속의 나무에 난 이끼를 찾아서 지들이 떠난 거라고. 난들 할 수 있는 게 있겠어?”

“어쨌든 이따가 확인하러 가겠네.”

마티스는 코냑 잔을 비우고 길게 하품했다.

“저 아가씨는 내가 자기 미래를 보여주길 원하시나?”

“아가씨께선 자네가 자네 방목지 경계를 보여주길 원하지.”

“그건 클레메트가 얘기해줄 거요. 미래는 안 봐줘도 되겠소? 그럼, 난 잠이나 자야겠네.”

그 말을 끝으로 마티스는 침낭에 쑥 들어가 두 경찰에게서 등을 돌렸다. 클레메트는 한숨을 쉬며 니나에게 떠나자고 신호를 보냈다.

밖으로 나온 클레메트는 마티스의 스노모빌 엔진에 손을 대보고 잠시 기계를 살폈다.

“선배님, 저 사람은 왜 제 질문을 무시하죠?”

“아, 그건… 이런 환경에서 살다보면 누구든 마초가 되거든. 겨울 한복판에 얼어붙은 툰드라에서 여자를 보는 건 아마 처음일걸? 게다가 경찰 제복을 입은 여자라면 더더욱이나 말이야. 어떻게 대해야 할지 몰라서 그래.”

“흠…, 그러면 선배님은 알아요?”

“뭘 말이야?”

"아무것도 아니에요. 그런데 방목지 경계는요? 친구분 말씀이 선배님이 제게 알려줄 거라던데요."

얼어붙는 날씨에도 불구하고 눈이 다시 내리기 시작했다. 클레메트는 스노모빌 안장 위에 지도를 펼치고 니나에게 방목지를 보여줬다.

"지금 마티스 씨에게 필요한 곳이 숲이라면 북서쪽으로 자기 순록들을 데리고 가면 되잖아요. 그곳 숲이 더 넓지 않나요? 더구나 요한 헨리크 씨의 방목지와 멀리 떨어져 있어서 아무 문제없을 텐데요."

"맞아. 어쩌면 그곳에 이미 갔었는지도 모르지. 마티스네 순록 중에 거기에 있는 놈들도 있을 수 있고. 원한다면 보러 가자고. 요한 헨리크한테는 그 다음에 가도 되니까."

두 사람은 다시 스노모빌에 올라탔다. 몇 분 후, 클레메트는 전화 신호가 잡히는 호수 한복판에 이르렀다.

메시지가 두 통 와 있었다. 첫 번째 메시지는 요한 헨리크가 보낸 것으로 몹시 흥분한 듯했다. 두 번째 메시지의 발신자는 카우토카이노 경찰서였다.

P9 순찰대는 모든 걸 중단하고 즉시 돌아가야 했다. 요한 헨리크는 좀더 기다려야 한다.

4

12시 정오, 카우토카이노

칼 올센은 트럭 시동을 끄지 않고 그대로 놔두었다. 카우토카이노 외곽에서 수 킬로미터 떨어진 옥외주차장에 세워진 차는 하나도 없었다. 버려진 트레일러만 순록보호구역 입구 앞에 덩그러니 놓여 있었다. 순록보호구역은 지금 계절에는 따로 관리하지 않으며 입구는 길에서 보이지 않는다.

그는 김이 펄펄 나는 커피를 따라 한 모금 홀짝이면서 주위를 둘러보았다. 장비를 꼼꼼히 관리해야 할 시기가 곧 다가온다. 사료회사 로고가 박힌 초록 모자의 갈색 챙을 이마 위로 올리고 머리를 긁으며 눈살을 찌푸렸다. 올해는 보리가 많이 필요하겠군. 온실에서 토마토를 키우는 것도 생각해봐야겠어.

유럽연합에서 받을 수 있는 새로운 지원책들이 있었다. 사실, 토마토를 재배하는 건 지역시장에 내다 팔기 위해서가 아니다. 라플란드의 토마토가 관광객들에게 인기 상품이기 때문이다. 올센은 혼자 히죽거렸다.

박물관 도난사건은 아홉 시 뉴스에도 나왔다. 독일인 관장이 라디오에서 인터뷰를 했다.

> 이 북은 사미족의 땅으로 돌아온 첫 번째 사미 전통 북입니다. 샤먼들이 사용했던 북이죠. 도난당한 북은 이 민족에게 커다란 가치와 의의를 지니고 있습니다. 그걸 도난당했다는 건 사미족에게 진정한 비극, 그야말로 진정한 비극입니다. 조상의 땅으로 북을 다시 가져오기 위해 수많은 세월 동안 각고의 노력을 기울였으니까요.

칼 올센은 인터뷰를 들으며 불쾌한 심정이 되었다.

"조상의 땅이라고? 더러운 독일 놈 같으니. 지는 지 조상에 대해 아는 게 뭔데?"

그는 식어버린 커피를 창밖으로 쏟아버렸다. 오늘 아침부터 똑같은 말만 반복하는군. 올센이 혼잣말을 뇌까렸다. 그리고 커피를 다시 따랐다.

몇 분 후, 하늘색 볼보가 올센의 한국산 트럭 옆에 섰다.

"커피 할 텐가?"

"좋죠. 그런데 무슨 일이죠? 빨리 말씀하세요. 시간이 별로 없어서."

새로 온 사람이 말했다.

"북 사건 때문인가?"

"그렇죠. 모두들 정신없어요."

"이봐, 롤프. 난 자네 아버지를 잘 알아. 아주 용감한 사람이지. 자네 아버지도 날 꽤 좋아했어."

"그래서요?"

"자네가 경찰이 된 지 얼마나 됐지?"

"십칠 년이요. 이곳에 절 부른 이유가 제 인생을 논하기 위해선가요?"

"아, 그리고 자네가 이 마을에 돌아온 지 삼 년쯤 됐나?"

"삼 년 조금 넘었죠. 잘 아시네요."

"어떻게 생각해? 이 북 이야기, 정말 거슬리지 않아?"

"당연하죠. 신경을 박박 긁어요. 왜요?"

"이 사건 때문에 모두가 잔뜩 흥분할 거라고."

"모두들 이미 흥분했어요."

"그래, 그렇지. 방금 머저리 독일 놈이 하는 말을 들었네. '이건 친정한 비극, 그야말로 친정한 비극입니다'라며 떠들어대더군." 농부가 문화박물관 관장의 말을 흉내 냈다.

롤프 브랏센도 그 독일인 관장이 마음에 들지 않긴 매한가지였다. 사미족에 열광하며 많은 의미를 부여하지만 노르웨이 민족은 언급도 하지 않는다.

칼 올센은 경찰 쪽으로 살짝 몸을 틀었다. 목이 늘 뻣뻣하게 굳어 있어서 대화하는 사람을 보려면 몸을 뒤틀어야 했다. 그가 삐딱한 자세로 롤프 브랏센을 쳐다보았다.

"잘 듣게나, 롤프. 할 말이 있어. 자네도 알다시피 난 진보당원이야. 우리 당에서 사미족의 이 황당한 이야기에 대해 어떤 생각을 하고 있는지 알 걸세."

경찰은 입을 다물었다.

"자네 생각은 모르지만 자네 아버지가 무슨 생각을 했는지는 아네. 우리 둘 다 생각이 비슷했거든. 자네도 아버지가 훌륭한 노르웨이 시민이었다는 건 알고 있지? 자네도 마찬가지야. 그렇지 않나?"

자세가 불편해진 늙은 농부는 목을 돌리지 않고도 경찰의 눈을 볼 수 있도록 백미러 쪽으로 상체를 움직였다.

"자넨 멋진 사내야. 아버지를 똑 닮았어. 예전에 빨갱이 새끼들 때문에 자네 부친은 꽤나 고생했지. 사미족도 그렇고. 땅에 대한 권리를 주장한 공산주의자들과 사미 놈들은 공통점이 꽤 많다니까. 난 땅을 아네. 그 주인을 결정하는 건 바로 땅이야. 누가 자기를 소유하고 돌볼지 땅 스스로 정한다는 말일세. 무슨 말인지 아나? 난 땅을 관리해왔어. 그런데 그 빌어먹을 북이 그 놈들을 각성시킬 거란 말이지. 나의 북, 나의 땅 어쩌고 하면서 들고 일어나겠지. 그런 일이 시작되면 우리에게 좋을 건 없네. 결국 오슬로의 땅거지들이 모두 결집할 테니 말이야. 핏대 세우는 얼간이들이 모이는 건 별로 좋지 않아. 우리끼리 해결하는 편이 좋다고. 사미족이 없으면 금상첨화고 말이야."

농부는 차가워진 커피를 창밖으로 버리느라 잠시 입을 다물었다. 그리고 다시 뜨거운 커피를 따랐다.

"말을 아끼는 건 자네 아버지와 똑같군 그래. 정말 좋은 친구였지. 우직하고 믿을 만한 사람이었어. 빨갱이 새끼들이 아무리 우릴 괴롭혔어도 말이야. 자넨 아버지와 많이 닮았어. 자네 부친도 자네를 자랑스럽게 여길 거야."

"저 망할 놈의 사미인들은 저도 좋아하지 않아요. 이 땅에 널린 러시아 놈들이나 파키스탄 놈들 면상을 보는 것도 싫고. 그러나 전 경찰이라고요. 아시겠어요?"

경찰이 말을 툭 내뱉었다.

"그럼, 그럼, 당연하지. 진정하라고."

마침내 경찰을 대화로 끌어들이는데 성공한 농부의 얼굴에 교활한 미소가 떠올랐다.

"물론 자네는 경찰이야. 그것도 아주 훌륭한 경찰이지. 난 단지 자네가 혼자가 아니라는 걸 알아주었으면 해서 말이야. 사람들이 사미인들에 대해 관심을 쏟기 시작하면 안 돼. 생각해봤는데, 도둑맞은 북을 찾지 못하면 아무 문제없을 걸세. 반대로 북을 찾는다면 사미족은 다른 생각을 하게 될 거야. 그들에겐 이미 자기네 전속 경찰도 있지 않나. 안 그래?"

"순록경찰 말이에요? 그 같잖은 엉터리 경찰? 순록경찰은 이름만 경찰이지 경찰도 뭣도 아니라고요!"

경찰이 벌컥 화를 냈다.

"카우토카이노의 순록경찰은 게을러터진 마티스한테 갔어요. 순록을 지키는 대신 허구한 날 술이나 처먹고 노래나 흥얼대는 미친놈 말이죠."

"아하, 순록경찰이 마티스한테 갔어?"

농부는 경찰 쪽으로 간신히 몸을 돌리며 곧바로 말을 이었다.

"그 더러운 술주정뱅이한테 갔다는 말이지? 가족끼리 그 짓거리를 해서 그놈이 세상에 태어났지. 자넨 그럼 그놈 아버지도 아나?"

"그 미친 늙은이요? 샤먼이라는 사람?"

"다들 그렇게 믿더군. 사실, 마티스는 아버지가 자기 삼촌이야. 마티스 부모가 오누이 사이거든. 알고 있었나?"

롤프 브랏센은 고개를 가로저었다.

"어쨌든 전 다시 일하러 가야 합니다. 제 선친과 그렇게 친한 사이였는지 전혀 몰랐네요."

경찰은 농부 쪽으로 몸을 돌리고 그를 뚫어져라 쳐다보았다.

"아버지께서 그런 말씀을 하신 적이 한 번도 없어서요."

농부가 그를 보더니 눈길을 돌렸다.

"가서 일하게나. 그리고 누가 자네 편인지 잊지 말게. 북을 빨리 찾으려고 애쓸 필요는 전혀 없어. 라플란드의 빨갱이들이 잔뜩 흥분해서 날뛸 테니까 말이야."

5

오후 4시 30분, 카우토카이노

클레메트 낭고와 니나 난센은 남동쪽 언덕을 지나 마을로 들어섰다. 경찰서가 있는 시내로 가기 위해 마을 중심부를 가로지르는 얼어붙은 너른 강을 거슬러 올라가 겨울철에 '고속도로'라고 불리는 길을 달렸다. 경찰서 입구는 주류전매상점 '빈모노포렛' 옆에 붙어 있어서 술을 사려는 사람들이 경찰서로 들어오는 경우가 종종 있었다.

태양은 한참 전에 지평선 너머로 사라졌지만 하늘에는 어스름한 푸른빛이 여전히 남아 있었다. 클레메트와 니나는 스노모빌을 주차장에 세우고 저장품 박스를 차고에 옮긴 후 사무실로 올라갔다.

"딱 맞춰서 왔네요. 보안관 방에서 회의를 막 시작했어요. 그놈의 북 때문에 정신이 하나도 없네요." 계단에서 두 사람과 마주친 비서가 말했다.

"뭔 북이요?"

"소식 못 들었어요? 곧 알게 될 거예요. 전 바빠서 이만!"

비서가 손에 든 서류 뭉치를 흔들며 부리나케 떠났다.

두 경찰은 순찰장비를 제자리에 갖다놓고 회의실로 들어갔다. 토르 옌센 서장의 목소리가 그들을 맞이했다. 서장은 어깨를 돌리는 버릇이 있는 데다가 업무시간 외에는 항상 카우보이 가죽 모자를 쓰고 다녀서 보안관이라고 불렸다.

보안관은 두 사람이 자리를 잡고 앉도록 잠시 기다렸다. 회의실에는 그들 외에 경찰 네 명이 더 있었다. 롤프 브랏센 형사는 보이지 않았다.

"일요일과 월요일 밤 사이에 헬무트 율의 박물관에서 사미족 전통 북이 도난당했네."

토르 옌센이 이야기를 시작했다.

"여러분도 알다시피, 이 북은 특별한 가치를 지니고 있어. 라플란드에서 영구히 보존하도록 조상의 땅으로 돌아온 첫 번째 북이니까. 나는 사미인은 아니지만 사미인들에게 이 북이 엄청나게 중요하다는 건 아네. 클레메트, 자네에게도 이 북이 중요한가? 자네는 우리 경찰서에서 유일한 사미인이니 의견을 말해보지."

"그렇다고 생각해요. 아니, 사실 잘 모르겠네요."

클레메트가 약간 거북한 표정으로 대답했다.

"아무튼 이 북 때문에 난리가 났어. 사미인들은 또다시 자기네 정체성을 도둑맞았다고 소리소리 질러대면서 차별도 여전하다고 법석을 떨고 있거든. 오슬로에선 더 격앙된 분위기라고. 더구나 유엔에서 주최하는 소수민족에 대한 컨퍼런스가 삼 주 후에 열릴 예정이야. 다들 아시다시피, 친애하는 우리의 벗, 사미인들이 바로 이곳의 소수민족이라고. 이 사건 때문에 오슬로의 친구들이 몹시 흥분했어. 오슬로에 사는 사미인들은 유엔 컨퍼런스 때 자기네 민족이 가장 비중 있게 거론되길 원하거든. 지원금 문제도 걸려 있으니까. 그러니 북 도난사건을 알고도 가만히 있지는 않을 게야."

"용의자는 파악했나요?" 니나가 물었다.

"아니." 보안관이 대답했다.

"짐작 가는 인물이 있나요?" 니나가 다시 물었다.

그때 비서가 들어와서 스테이플러로 찍은 다섯 장짜리 보고서를 각 사람에게 나누어주었다.

"북은 자물쇠로 잠긴 케이스 안에 들어 있었어."

보안관이 다시 말을 이었다.

"어떤 수집가가 최근에 이 북을 박물관으로 보냈는데, 그 북이 케이스째 사라졌어. 없어진 건 그것뿐이야. 불법침입 흔적이 있었어. 문 두 개가 파손됐고, 현관문 유리는 산산조각이 났지. 첫 번째 사진일세. 그리고 수장고 문의 문고리를 뜯어냈어. 두 번째 사진이야. 어떻게 했는지는 아직 밝혀내지 못했어. 다음은 박물관 지도야. 잘들 살펴보게나."

클레메트가 보고서를 휙휙 넘겼다. 참고할 만한 사항은 별로 없었다. 날림으로 작성한 티가 났다.

"다시 강조하지만 오슬로의 정치 외압이 상당해. 이곳의 사미 정치인들 입김은 말할 것도 없다고. 이 일을 한껏 부풀려서 사미족보다 더 유리한 위치를 차지하려는 극우파도 있어. 자, 이제 박물관에 가서 이 사건을 조사하게! 클레메트와 니나 경관은 시내 순찰을 더 강화하고. 벌써 소요가 일어날 조짐이 보여."

"짐작 가는 인물은요?" 니나가 미소를 띠며 물었다.

상대방이 자기 질문을 무시한 게 오늘 벌써 두 번째였다. 신경이 곤두

서기 시작했다.

보안관은 잠깐 입을 닫고 그녀를 쓱 쳐다보더니 별 내용이 없는 보고서에 눈길을 주었다.

"현재로선 박물관 옆에 사는 베리트 쿠치가 새벽녘에 스노모빌 소리를 들었다는 것밖에 없어. 물론 밤이든 낮이든 순록치기들이 오가는 게 이상한 건 아니야. 그 장소를 지나갔다는 사실이 의심쩍긴 하지만 말일세. 눈보라 때문에 흔적은 지워졌어. 아 참, 수사는 롤프 반장이 맡을 걸세. 모두들 내일 아침까지 보고서를 가져오게나."

"클레메트, 비다 고원에선 어떻게 됐지?"

다른 경찰들이 떠난 후, 보안관이 클레메트에게 물었다.

"다시 긴장 상태죠. 무지하게 추운 겨울이라 소규모 순록치기들은 더 힘들어요. 분쟁이 많아질 거예요."

"클레메트, 컨퍼런스를 목전에 두고 곤란한 일들이 생기면 안 돼. 무슨 말인지 알지?"

클레메트가 인상을 찌푸렸다.

"그런 건 순록들한테 말하셔야죠."

"자네는 순록치기들한테 말하라고. 그게 자네 일이야. 그동안 니나를 데리고 동네 한 바퀴 돌고 오게. 둘이서 수다나 떨라는 소리가 아냐. 일을 하란 거지."

"하나도 재미없다고요. 좀 신선한 농담 없어요?"

"됐고, 어서 출발해."

클레메트와 니나는 스노모빌을 타고 사거리가 나올 때까지 알타 도로를 따라 수백 미터를 달렸다. 카우토카이노의 주요 교차로인 이곳은 단순히 '사거리'로 불린다. 북쪽의 알타에서 출발하여 핀란드 방향으로 이어지다가 스웨덴의 키루나로 향하는 이 도로는 대형 트럭들이 자주 이용한다. 노르웨이 북쪽에서 남쪽으로 가려면 두 나라 국경을 통과하더라도 노르웨이의 피오르 주위로 빙글빙글 끝없이 이어진 도로를 타는 것보다 빨리 갈 수 있기 때문이다.

사거리의 남북 방향 도로는 상대적으로 더 짧다. 한쪽은 슈퍼마켓의 주차장으로 이어지고 반대편 방향은 상업지구로 연결된다. 거기서 조금 더 가면 마을 어디서건 웅장한 목조교회를 볼 수 있다.

사거리 주위에 모인 십여 명의 사람들이 보였다. 이들 대부분은 보란 듯이 사미족 전통의상 차림이었다. 화려한 원색 옷이 흰 눈을 배경으로 더욱 돋보였다. 두 할머니가 서둘러 만든 플래카드를 들고 있었다. '우리에게 우리의 북을 돌려 달라'고 적힌 글씨가 천에 번져 어룽댔다. 사람들이 모닥불 주위로 모여들었다. 날씨는 영하 이십 도로 약간 누그러졌지만 바람이 불어 맹렬한 추위가 기세를 떨쳤다.

두 경찰은 모닥불 옆 주차장에 스노모빌을 세웠다. 지나다니는 차는 거의 없었다. 사실 다른 때도 이곳에는 차가 거의 지나다니지 않았다. 예순 살가량 된 여자가 두 사람 쪽으로 몸을 돌리며 커피를 권했다.

"베리트, 여기서 뭐 해요?" 클레메트가 물었다.

베리트 쿠치와는 오래전부터 알고 지낸 사이다. 광대뼈가 튀어나온 얼굴은 웃을 때마다 주름이 더욱 깊어졌다. 얼굴에서는 선한 인상이 풍겨 나왔고, 눈가로 살짝 내려앉은 눈꺼풀은 풍부한 감정이 담긴 시선을 더욱 강조했다.

클레메트는 베리트 말고도 시위하는 사람들을 전부 알았다. 모두들 사미인이었다. 이들 중, 가장 젊은 올라프 렌손을 제외하면 순록 사육을 업으로 삼는 사람은 없었다. 올라프는 멈춰 선 자동차의 열린 창문으로 몸을 숙여 운전자와 얘기를 나누었다.

다른 순록치기들은 이곳에 올 시간이 없었다. 지금은 비다 고원에서 순록을 치거나 혹한에 밤을 새워 방전된 체력을 충전하느라 자고 있을 시간이다. 한창 골아 떨어졌을 마티스처럼. 몇 시간 후엔 옷을 잔뜩 껴입고 숙취에서 벗어나 사고가 나지 않기만을 바라면서 스노모빌을 타고 칼바람이 몰아치는 툰드라로 다시 홀로 나서야 한다. 당장은 그런 사실을 떠올리지 않으려 머리를 비우는 시간이다.

스노모빌을 타고 달리다 눈에 덮여 보이지 않는 바위와 충돌하는 일이 발생하기도 한다. 사고가 난 스노모빌과 멀지 않은 곳에서 얼어 죽은 순록치기를 발견하는 경우도 간혹 있다. 순록치기는 북극권에서 가장 위험한 직업이다.

"어머, 경찰 아가씨가 아주 미인이네. 이봐요, 경찰 아가씨. 클레메트를 조심해. 완전 바람둥이거든. 겉으론 그렇게 안 보이겠지만 말이야. 엉덩이 조심하라고." 베리트가 웃으며 니나에게 말했다.

니나는 곤란한 표정을 지으며 클레메트를 힐끔 쳐다보았다. 북쪽 사람 특유의 노골적인 말에 당혹스러웠다. 언행에 신중한 스칸디나비아 남쪽 사람들이 들으면 불쾌할 수도 있었다. 물론 북쪽 거주민은 그런 남부인들을 위선적이라며 욕하지만 말이다. 클레메트를 젊은 시절부터 알고 지낸 베리트는 늘 그를 놀려먹곤 했다.

"박물관 앞에서 스노모빌 소리를 들었다면서요?" 클레메트가 베리트에게 물었다.

"어. 롤프 반장에게 이미 말했어. 그 소리를 듣고 북쪽 골짜기에서 온 순록치길 거라고 생각했지. 박물관이 있는 언덕 반대편 말이야. 그쪽에 순록 떼가 있거든. 그런데 스노모빌이 박물관 앞에 멈춰 서더라고. 이른 새벽에 그 앞에서 스노모빌 소리를 들은 건 처음이야. 엔진이 계속 돌아가는 소리가 났어." 베리트가 니나를 위해 구체적으로 말해주었다.

"그때가 몇 시였죠?"

"새벽 다섯 시쯤? 더 전일 수도 있고. 난 보통 그때쯤 잠에서 깼다가 다시 자곤 해. 그런데 스노모빌이 출발하는 소리 때문에 잠을 깼어."

"스노모빌이나 사람은 봤어요?" 니나가 물었다.

"헤드라이트 불빛이 비춰서 내 방이 대낮처럼 환해졌어. 빛 때문에 누가 탔는지 보이진 않았고. 앞모습은 전혀 못 봤어. 대신 떠나는 뒷모습만 봤는데, 오렌지색 방한복을 입었더구먼. 그 왜 공사판 사람들이 입는 작업복 같은 거 말이야."

이 말에서 얻을 수 있는 정보는 거의 없었다.

사실, 보안관의 생각과 달리, 클레메트는 범죄가 발생했다는 것 말고는 북이 사라졌다는 이유 때문에 충격을 받지는 않았다. 여러 가지 이유로 정통 사미인이라고 볼 수 없는 클레메트는 자신이 사미인이란 사실을 드러내는 것도 별로 좋아하지 않았다. 사미인이 아닌 사람들 앞에선 더욱 그랬다.

베리트는 교회로 가는 길목을 막아 선 다른 시위자들과 함께 사거리 끝에서 돌아섰다.

올라프는 사십 대 후반이었지만 시위대 중 가장 젊었다. 그가 긍지와 확신에 찬 걸음으로 클레메트에게 다가왔다. 높은 광대뼈 아래 탐욕스러운 입과 강한 턱이 자리했다. 어깨까지 오는 까만 고수머리는 클레메트의 바짝 깎은 밤색 스포츠머리와 뚜렷한 대비를 이루었다.

"경찰이 오셨군."

올라프가 빠르게 말했다.

"우리에게 원하는 게 있나요? 벌써 북을 찾았어요? 처음 뵙네요. 경관님." 그가 니나에게 유혹하는 눈짓을 보냈다.

"안녕하세요." 니나는 정중하게 미소를 지으며 대답했다. 클레메트는 인사할 필요를 느끼지 못했다.

"클레메트 경관님, 경관님에게 약간이라도 사미족의 피가 남아 있다면 이 북을 훔친 게 얼마나 엄청난 일인지 알아야 해요. 비수를 꽂은 거라고요! 우리 사미인들은 절대 용납하지 않을 겁니다. 이건 우리를 모독한 거예요. 무슨 말인지 알아요? 아니, 혹시 자신이 사미인이란 걸 잊은 거예요?"

"올라프, 그만하지."

"북을 본 적 있어요?" 니나가 물었다.

"아뇨. 몇 주 후에 전시될 예정이었다는 거만 알죠."

"그 북이 왜 그렇게 중요하죠?" 니나가 연이어 질문했다.

"라플란드에 처음으로 되돌아온 북이니까요." 두 경찰을 차례로 훑어보며 올라프가 대답했다. "수십 년 동안 스웨덴과 덴마크, 노르웨이 목사들은 샤먼의 북을 빼앗고 불태우려고 우리를 박해했어요. 두려워한 거죠. 북을 통해 죽은 자와 얘기를 하거나 환자를 치료할 수 있다고 생각해보세요. 수백 개에 달하는 북들이 불태워졌어요. 전 세계에 겨우 오십여 개 남았죠. 스톡홀름 박물관들이나 유럽 곳곳에요. 개인 수집가가 갖고 있는 경우도 있고. 하지만 우리에겐 없어요. 우리가 사는 이 땅엔 하나도 없다고요. 정말 웃기지 않아요? 그런데 마침내 북이 돌아왔어요. 이 나라에 처음으로 말이에요. 그런 북을 훔쳐갔다고요. 그건 도발이에요!"

"북을 훔쳐서 이득을 볼 사람은 누가 있을까요?" 니나가 물었다.

"누가 이득을 보냐고요?"

올라프는 턱을 치켜 올리고 손으로 머리칼을 쓰윽 훑었다.

"경관님 생각엔 이 북이 사라지면 누구한테 좋은 일일 것 같나요? 그야 당연히 사미인들이 자기 권리를 되찾는 걸 싫어하는 사람들이겠죠."

클레메트가 올라프를 조용히 쳐다봤다. 이 목부의 당당한 태도에 신경이 거슬렸다. 올라프 렌손은 순록치기인데도 이런 시위가 있을 때마다 늘 참석했다. 하지만 그는 원래 그런 사내였다. 1970년대 중반부터 사미인들의 이익을 옹호하는 강경한 투사로 활동했다.

그 당시, 노르웨이, 칠레, 호주를 비롯한 여러 다국적 기업들은 라플란드에서 광산이나 댐을 개발했다. 그중 하나인 칠레 기업 미노 솔로는 비열한 방법으로 온갖 짓을 자행하여 모든 이의 원한을 샀고 결국 대규모 시위를 촉발했다. 그 시위의 중심에 올라프 렌손이 있었다. 이를 통해 올라프는 투사이자 정의의 수호자라는 명성을 얻었다. 클레메트는 그를 볼 때마다 양심의 가책을 느끼곤 했다.

트럭 두 대가 사거리에 도착했다. 두 명의 사미 할머니는 미리 정한 대로 각 트럭 앞을 잠시 막아섰다가 보내줬다. 스웨덴 번호판을 달고 있는 두 트럭 운전사는 별로 기분 나쁜 표정은 아니었다. 반대 방향에서 여러 대의 차들이 꼬리를 물고 길게 늘어섰다. 빨간색 볼보 차 운전자가 경적을 울리기 시작했다. 곧이어 다른 차들도 합세해 빵빵거렸다. 키 작은 두 노인은 아랑곳 않고 지나가는 차마다 오 초씩 막았다가 보내는 일을 계속 했다.

트럭 한 대가 사거리에 이르렀다. 두 사람이 타고 있었는데 스웨덴 운전사는 기분이 좋아보였다. 그가 동승자의 팔꿈치를 툭툭 쳤다. 동승자는 클레메트도 아는 사람으로 부유한 순록치기들 밑에서 일하는 미켈이었다. 운전사가 창문을 내리고 창턱에 문신한 팔을 걸쳤다. 바깥의 추위쯤은 상관없다는 표정이었다. 근처에 있던 클레메트는 스웨덴 운전사가 사미 할머니에게 외치는 소리를 들었다.

"어이, 이 얼어 죽을 할망구야, 염병 좀 작작 떨어!"

다행히도 노파는 소리를 잘 알아듣지 못했다. 운전사는 웃음을 터뜨리며 동승자와 하이파이브를 하고 시동을 걸었다. 클레메트는 넌더리가 나서 고개를 좌우로 흔들었다. 그들이 창피했다.

사거리 다른 편에서 돌아온 올라프가 빨간 볼보 앞에 우뚝 서서 말 한마디 없이 운전사를 쏘아보았다. 그리고 클레메트 쪽으로 몸을 돌려 도전적인 시선을 던지더니 운전사에게 지나가라는 신호를 보냈다.

방금 도착한 토마스 미켈센 기자가 올라프에게 마이크를 들이댔다. 올라프는 격분한 모습이었다. 입술의 움직임만으로도 무슨 말을 하는지 짐작할 수 있었다. 평상시처럼 배를 잔뜩 내민 올라프가 과장된 손짓을 섞어가며 열변을 토했다.

인터뷰가 진행 중일 때, 미니버스가 경적을 울리며 슈퍼마켓 맞은편 길에서 달려왔다. 기자는 마이크를 경적 소리 쪽으로 향했다. 저녁 여섯 시 뉴스의 분위기를 달구기에 안성맞춤인 효과음이다. 건장한 사내가 소리를 지르며 미니버스에서 내렸다. 목사였다. 굵직한 선을 지닌 얼굴에 금빛 턱수염을 무성하게 기른 목사의 인상은 자못 사나워 보였다. 지금의 모습은 마치 고래고래 소리치는 벌목꾼 같았다.

클레메트와 니나가 사거리를 건넜다.

"당장 여기서 비켜요! 당신들 도대체 뭐하자는 거요?"

목사는 몹시 흥분했다. 길을 막고 있던 시위대의 세 노인은 목사가 지나가도록 순순히 옆으로 물러섰다. 목사는 금세 흥분을 가라앉혔다.

"형제님들, 무슨 일입니까?"

"아, 목사님, 그게 북 때문에 말이죠." 한 노인이 대답했다.

목사가 얼굴을 찌푸렸다.

"그놈의 북! 형제님들, 물론 기분 나쁜 일이죠. 하지만 곧 되찾을 겁니다. 자, 어서 집으로 돌아가세요. 그리고 더는 제 길을 막지 말아요."

올라프가 목사한테 다가갔다. 동시에 두 경찰과 여전히 마이크를 든 기자도 그 옆으로 갔다.

"여긴 목사님 전용도로가 아니에요. 그리고 이 북은 그놈의 북이 아니라고요. 누구보다 잘 아실 텐데요. 다른 북들을 불태운 게 바로 목사님 선조들이니까요."

사람들 앞에 선 목사의 말투는 꿀처럼 부드럽게 바뀌었다. 하지만 입술이 뒤틀어져 억지로 참고 있다는 게 빤히 보였다.

"자, 자, 여러분. 그건 모두 과거의 일이에요. 올라프, 자네도 잘 알지 않나. 선량한 사람들을 선동하면 안 돼."

"선동한다고요? 이 북은 우리의 영혼이자 역사예요!"

목사가 다시 분노를 터뜨렸다.

"이 북은 저주를 담고 있어. 악마의 도구라고! 그리고 거기 경찰분들, 교회로 가는 길 좀 터주시오. 전 신도들을 기다리고 있습니다."

클레메트는 이 목사가 늘 불편했다. 관용과는 거리가 먼 루터교 목사. 그를 보면 자기 가족이 생각났다.

"올라프, 시위는 계속 해도 돼. 하지만 길은 막지 말라고. 알겠나?" 클레메트 낭고가 지시를 내렸다.

"협력은 끝났군요. 늘 권력에 빌붙어 먹기나 하고. 그렇지 않아요, 낭고 경관님? 하긴 제복을 입고 있으니 어쩔 수 없겠죠. 자, 여러분, 북을 불태운 자를 보내줍시다."

올라프가 비꼬자 목사가 그를 째려봤다.

"목사님, 교회로 가시죠. 그리고 다음부터 그런 말은 혼자만 생각하시고요."

불쑥 튀어나온 니나의 말에 모두가 깜짝 놀란 표정으로 그녀를 쳐다보았다. 올라프가 니나에게 미소를 건넸지만 니나의 시선은 이미 사거리로 다시 향한 후였다.

클랙슨 소리가 더 커졌다. 자동차 줄은 여전히 길게 늘어졌다. 장을 보는 시간이었다. 다른 차들 틈에 꼼짝없이 갇힌 칼 올센이 경적을 눌러댔다. 농부는 벌겋게 흥분한 얼굴로 베리트 쿠치에게 소리쳤다.

"이런 빌어먹을! 베리트, 날 보내주라고 말해!"

"아, 좀 서두르라고 할게요." 농부를 알아본 베리트가 대답했다.

"오늘 농장에 일하러 왔어야 하잖아!" 올센이 차가운 목소리로 베리트에게 말했다. 그러고는 욕설을 지껄이며 부리나케 속도를 내어 경적을 울리는 차들 속으로 사라졌다.

"정말 사나워 보이네요." 니나가 베리트에게 말했다.

"여기선 사는 게 그렇게 만만하지 않아. 하지만 비다 고원을 지키는 선한 마음들은 언제나 우리 옆에 있지. 신의 은총 덕분에 말이야." 그 자리를 벗어나며 베리트가 대답했다.

6

1월 11일 화요일

일출: 오전 11시 14분, 일몰: 오전 11시 41분

일조 시간: 27분

오전 8시 30분, 카우토카이노

전날 벌어진 사건은 순록경찰에게는 낯설기만 한 격랑의 소용돌이였다. P9 순찰대도 이 소용돌이 속으로 빠져들었다. 물론 경찰학교 학위를 지닌 젊은 경찰 니나는 이 사건을 좀더 유연한 시각으로 바라보았다. 정치 사회 문제가 날 서게 대립하는 오슬로에서 이미 이 년을 보냈다. 사거리 장면은 이곳에서도 정쟁과 긴장이 존재한다는 걸 깨닫게 해주었다. 사미족 문제에 관해 아는 건 거의 없었다.

극우 포퓰리즘 정당인 진보당의 한 의원이 사미족 사건들만 처리하는 사미 법정이 생기는 걸 우려하며, "다음엔 파키스탄 법정이란 말이오?"라고 소리친 일이 있었다. 그는 많은 비난을 받았지만 그 일은 어물쩍 넘어갔다. 그리고 사람들은 진보당의 도발에 익숙해지기 시작했다.

카우토카이노 경찰들은 탐문 내용을 공유했다. 롤프 브랏센 반장과 그의 부하들은 토요일 저녁에 의심스러운 행적을 지닌 자들을 맡았다. 주말 밤에는 할 일 없는 젊은이들이 술집 당구대 주위에 모여 있다가 술기운에 난동을 벌이는 일이 빈번했다. 브랏센의 말에 의하면 심각한 사건은 별로 없었다. 쓰레기통이 엎어지고 이웃이 잠에서 깨고 얼어붙은 호수 위로 자동차나 스노모빌이 질주하고 가로등에 총격을 가하고 여자를 거칠게 다루는 일들뿐이었다. 그는 이들을 하나하나 채문하여 욜의 박물관에 간 적이 있는지 알아볼 작정이다.

클레메트와 니나는 다른 사람들, 즉 롤프 브랏센이 '정치꾼'이라고 얕잡아보는 사미 시위대, 목사, 진보당원들, 그 외 혐의를 둘 수 있는 자들을 둘러보기로 했다.

P9 순찰대가 오전에 처음으로 방문할 사람은 건장한 체격에 억센 얼굴선을 지닌 라르스 욘손 목사였다. 경찰차는 사거리에서 멈춰 섰다. 열두 명의 사미인이 어제와 똑같은 방식으로 시위를 했다. 그곳을 빠져나갈 도리는 없었다. 베리트 쿠치가 오 초 후에 차 옆으로 비켜서서 니나와 클레메트에게 손을 흔들어 인사했다.

클레메트는 '목사의 길'을 따라 달리다가 붉은색의 화려한 목조교회 앞에 정차했다. 목사는 제의실에서 업무를 보고 있었다.

"목사님, 안녕하세요. 도난당한 북 때문에 왔습니다." 클레메트가 말을 꺼냈다.

"북이라고? 내가 그 북을 불태웠다고 누가 고소라도 합디까?"

목사가 숨을 깊게 들이쉬며 분노가 뒤섞인 말을 쏟아냈다.

"북을 이곳에 다시 가져온다는 생각부터가 글러먹었어요. 왠지 아시오? 그건 북 자체의 문제가 아니라 거기에 부수적으로 따라오는 모든 문제 때문이에요. 북은 방황하는 영혼이자 최면 상태에서 벌이는 일탈일 뿐입니다. 최면에 들어가는 방법이 바로 알코올이에요. 술은 영혼을 피폐하게 만들어요. 난 그런 걸 절대 받아들일 수 없습니다!"

두 경찰은 잠시 꿀 먹은 벙어리처럼 가만히 있었다. 목사의 눈은 열기로 차올랐고 턱은 덜덜 떨렸다.

"이것 보세요. 사미인들을 이 저주의 굴레에서 빠져나오게 하는데 수십 년이 걸렸어요. 신의 은총만이, 그리고 그들의 오랜 믿음을 거부하는 것만이 그들을 구하는 유일한 방법이었습니다. 그 사람들은 이제 아주 좋아졌어요. 신을 두려워하는 백성이 된 겁니다. 앞으로도 쭉 그래야만 하고요. 그런데 북이라니! 악마가 되돌아왔어요. 혼란 속에서 알코올로 인한 고통이 다시 생겨나고 가족들이 뿔뿔이 흩어지는 일들이 일어날 거요. 백오십 년 동안 우리가 이곳에 애써 만들어온 모든 것이 무너질 겁니다."

니나는 자신이 이런 문제에 워낙 문외한이라 목사와 토론할 수준은 안 된다고 생각했다. 클레메트가 몸을 비틀었다.

"요즘도 샤먼을 추종하는 사미인들이 있던가요?" 클레메트가 응수했다.

목사가 그를 노려봤다.

"믿음도 없는 경찰 나리가 아는 게 뭡니까? 언제부터 영혼의 구원에 관심이 있었던 거요? 당신 가족들은 그렇다 쳐도, 본인은 아니지 않소? 젊었을 때도 교회보다 차 정비소나 파티에 더 많이 들락거린 주제에."

"목사님, 우리가 알고 싶은 건 이 북을 훔쳐서 이득을 볼 사람이 누구냐는 겁니다."

니나가 목사의 말을 끊었다.

"그리고 그걸 불태워서 말입니까? 내 수중에 북이 들어왔다면 틀림없이 불태웠을 겁니다. 그것도 즉시!"

목사가 갑자기 흥분을 가라앉혔다.

"물론 그냥 상상일 뿐입니다. 난 우리 사미 친구들의 문화를 존중하니까. 흠, 그게 전통문화로만 남아 있다면 말입니다."

"오히려 경멸하는 말투신데요." 니나가 불쑥 내뱉었다.

"경멸이라고요? 아니, 아니, 오해하지 말아요. 하지만 그 이면에 무엇이 들끓고 있는지는 압니다. 사악한 힘은 매력적이에요. 난 그 악한 힘들과 싸웁니다. 우리의 선조 레스타디우스Lars Levi Laestadius 1800~1861, 스웨덴 사미인으로 라플란드에 경건파 부흥운동을 주창한 루터교 목사께서는 그 누구보다 먼저 어떻게 사미인들을 구원할 것인지 알고 있었어요. 우리의 연약함을 조금이라도 보여서는 안 되는 겁니다!" 목사가 다시 격분한 목소리로 말했다.

"목사님, 일요일 저녁에 어디 계셨죠?"

"클레메트 경관, 말조심하시오! 내가 정말로 그 북을 훔쳤을 거라고 생각하시나?"

니나는 목사가 자기 동료에게 한참 윗사람인 척하며 막 대한다고 생각했다. 그런 태도가 불쾌했다.

"질문에 답만 해주시죠. 경찰과 얘기하고 있다는 점을 잊지 마시고요."

니나가 차갑게 쏘아붙이자 목사는 애써 자애로운 미소를 띤 얼굴로 돌아왔다.

"주일 예배를 마치면 늘 가족과 오후를 보냅니다. 아내와 네 명의 아이들과 함께요. 따뜻한 크랜베리 차와 귀리 비스킷을 챙겨서 산책을 가죠. 이때가 일주일 동안 유일하게 과자를 먹는 시간입니다. 아내는 아침에 과자를 구워요. 저녁은 일찍 먹습니다. 빵에 버터와 잼을 발라서요.

그후에 딸아이들의 숙제를 봐줍니다. 그리고 성경을 읽고 일찍 잠자리에 들죠. 주일마다 늘 그래요. 아내와 우리 딸들이 확인해줄 겁니다."

"북의 존재가 사람들을 혼란스럽게 만들 거라고 생각하십니까?" 니나가 다시 물었다.

"그래요. 충분히 그럴 수 있죠. 우리 교구 신도들도 이 북에 대해 얘기하더군요. 어쩌면 내가 느끼는 위험을 똑같이 느끼진 못하겠지만 그렇다고 그들을 비난할 순 없습니다. 단순한 사람들이니까요. 그래야만 하고요. 신은 마음이 순전한 사람들을 사랑하십니다. 저는 물론 그들을 안심시킵니다. 자기 양 떼를 안심시키는 건 목자의 일이죠. 그러나 전 이들 중 그 누구도 그런 범죄를 저질렀으리라곤 생각하지 않아요. 우리 신도들은 신을 경외하고 인간의 법을 준수합니다. 이게 제 대답입니다." 목사가 도전적인 어투로 말했다.

롤프 브랏센은 용의자들이 학교나 직장에 있지 않을 때, 혹은 실직 중이라 빈둥거리며 시간을 보낼 때 함께 어울리는 장소를 알고 있었다. 그들은 늘 사미 힙합 춤을 연습하거나 그와 비슷한 바보짓거리를 하곤 했다.

가장 좋은 건 한 놈을 재빨리 잡아 처넣는 거지. 적어도 유치장에 가둬놓을 수는 있어. 브랏센은 생각했다. 유엔 컨퍼런스가 시작하기 전까지 할 수 있는 가장 최선의 방법이다.

순록경찰과 달리 그는 사복 차림으로 활동했다. 그렇다고 변하는 건 없었다. 멀리서 오는 것만 봐도 누구나 그를 알아보았다. 한 곳에서 너무 많이 지내면 이게 문제란 말이야. 롤프 브랏센이 혼잣말을 지껄였다.

칼 올센의 말이 떠올랐다. 자신이 이곳에서 경찰로 지낸 세월에 대해서

한 말들이. 그래서 얻은 게 뭔가? 카우토카이노에서 노르웨이인들은 늘 사미인들에게 권리를 내줄 뿐이다. 정부는 과거에 핍박을 받았다고 주장하는 소수민족에 대해 늘 죄책감을 지니고 있다. 핍박이라고? 흥, 거지발싸개 같은 놈들! 그러니 뭔 일을 해도 강하게 밀어붙이질 못하는 거 아냐. 난 할 수 있는 것도 없고 단지 들러리 신세지.

그가 극장 뒤에 차를 세웠다. 청소년 세 명이 담배를 피우며 맥주를 마시고 있었다. 그들은 롤프 브랏센이 차에서 내려도 꼼짝하지 않았다.

셋 다 아는 아이들이었고 사소한 사건들로 그들을 이미 잡아넣은 적이 있었다. 브랏센은 그들을 계속 주시했다. 그가 일하는 방식이기도 했다. 즉, 자기가 지켜보고 있다는 걸 알게 하고, 조금이라도 허튼 짓을 벌이면 바로 쇠창살행이라는 걸 느끼게 한다. 또한 계속 긴장을 유지하면서 그들이 사미족이란 이유로 모든 게 허용된다고 결코 생각지 못하게 한다.

"우린 열심히 시험공부 중인데."

청소년들은 여전히 담배 연기를 뿜어대며 서로 마주보고 웃었다. 특이한 점은 없군. 브랏센이 생각했다.

"주말은 잘들 보냈나?"

"그럼요."

농구화를 신은 아이 하나가 퉁명스럽게 대답했다.

"파티를 했나?"

"그렇죠."

"일요일엔 어떤 파티에 갔지?"

"일요일이요?"

이곳의 다른 아이들처럼 캐나다산 거위털 파카를 입고 농구화를 신은 아이가 잠시 기억을 더듬었다.

“어쨌든 형사님은 초대받지 못했잖아요.”

건방진 대꾸에 친구들이 웃음을 터뜨렸다. 그러나 불안한 시선이었다. 뭔가가 있군. 브랏센이 생각했다.

“멋진 파카구먼.” 브랏센이 말했다.

아이는 아무 말 없이 담배를 한 모금 빨았다.

“옷 좀 한 번 봐도 될까?”

브랏센은 파카를 관찰하다가 소매 끝에 삐죽 나온 걸 잡아당겼다. 깃털이 빠져나왔다. 깃털을 주의 깊게 살피며 다른 두 아이의 옷도 보았다. 아이들은 이제 꽤 성가신 표정이었다.

“요즘에도 야생 거위가 날아다니나 보네? 철새가 이동할 시기는 이미 지나지 않았나?”

브랏센이 말했다. 세 명의 십 대들이 어리둥절한 표정을 지었다.

“이봐, 너희들 날 바보천치로 아는 거야? 너희가 입은 거 짝퉁이잖아. 트럭에서 떨어진 걸 주워 입은 거 아냐?”

긴 침묵이 이어졌다.

“말하지 못해!”

“우린 감출 게 없어요, 형사님.”

농구화를 신은 아이가 담배를 마저 피우고 손을 주머니에 찔러 넣으며 말했다.

“이것 봐, 에릭, 날 엿 먹이려고 작정했나? 일요일에 어디 있었고 누구를 봤고 몇 시까지 있었고 어디로 해서 집에 갔는지 얘기하라고. 다른 일요일 밤도 포함해서 전부 다 털어놔, 당장! 그렇지 않으면 그 짝퉁 거위털을 똥구멍에 한 명씩 쑤셔 박을 테니까!”

에릭이 재빨리 친구들을 돌아보았다.

"일요일에 파티는 한 군데에서만 했어요. 유스호스텔의 아르네 바에서요."

"율 박물관 근처 말이야? 오, 이런! 얘들아, 따뜻한 경찰서에 가서 전부 다 말하는 게 좋겠다."

P9 순찰대 두 명은 교회를 나와 차에 올라탔다. 니나가 동료를 돌아봤다.

"선배님, 아까 그 목사님하고 있을 때 불편해 보이던데요?"

클레메트가 그녀를 빤히 쳐다보다가 검지를 자기 입술에 갖다댔다.

"쉿! 그런 말 할 때가 아냐. 일 년 중 가장 마법 같은 순간을 망치는 거라고."

니나는 무슨 말인지 몰라 눈을 껌벅거렸다. 클레메트가 〈핀마르크 다그블라〉 조간신문을 들고 마지막 페이지를 보여주었다. 기상정보였다. 바로 이해한 니나가 미소를 지으며 시계를 들여다봤다. 십오 분이 채 안 남았다. 클레메트가 재빨리 차를 몰았다. 경찰서를 그대로 지나쳐 카우토카이노 출구까지 쭉 직진해서 마을을 한눈에 볼 수 있는 언덕 꼭대기까지 구불구불한 길을 달렸다.

그곳엔 이미 여러 대의 차와 스노모빌이 서 있었다. 보온병과 샌드위치를 가져와서 순록가죽을 펼쳐놓고 앉아 있는 마을 주민들도 보였다. 아이들이 소리 지르며 뛰어다녔고 엄마들은 아이들에게 조용히 하라고 일렀다. 사람들은 파카를 입고 담요를 두르고 샤프카를 썼다. 추위를 이기기 위해 제자리 뛰기를 하는 사람들도 있었다. 모두들 지평선에서 눈을 떼지 않았다.

저 멀리 띄엄띄엄 떠 있는 구름을 물들이며 다가오는 황홀한 빛이 점점 더 강렬해졌다. 숨이 멎을 것처럼 아름다웠다. 시계를 봤다. 열한 시 십삼분. 모두가 눈을 떼지 못하고 지평선에서 부챗살처럼 퍼지는 광채를 지켜보았다. 니나는 자동적으로 방한복 주머니에 손을 넣어 카메라를 잡았지만 감동에 찬 클레메트의 얼굴을 보고는 사진을 찍어달라고 감히 요청할 수 없었다. 대신 클레메트의 모습을 몰래 찍고 다시 지평선으로 눈을 돌려 그 순간을 음미했다. 아이들도 입을 다물었다. 침묵 속에서 펼쳐진 장관이 니나를 압도했다.

노르웨이 남쪽에서는 이런 현상을 본 적이 없었다. 관능적이면서도 영적인 힘이 그녀를 사로잡았다. 니나는 클레메트처럼 자동차에 등을 기대고 태양의 첫 광선을 온몸으로 받아들였다. 고개를 돌렸다. 클레메트는 눈부신 빛에 눈살을 찌푸린 채 깊은 생각에 잠겼다. 태양은 땅으로 내려오기가 버거운 듯 지평선 근처에 머물렀다.

클레메트는 이제 눈 위에 새겨진 자신의 그림자를 감상했다. 마치 예술작품이라도 발견한 표정이었다. 아이들이 다시 떠들며 장난을 치고, 어른들은 손을 비비며 제자리에서 팔짝팔짝 뛰었다.

태양은 약속을 지켰다. 모두가 안도했다. 그림자 없이 견딘 사십 일의 기다림은 헛되지 않았다.

태양이 뜨고 진 후, 클레메트와 니나는 빌마르크센터 호텔 식당으로 점심을 먹으러 갔다. '중앙 황무지'라는 뜻을 지닌 이 숙박시설의 이름은 이 지역의 지리적 위치와 잘 어울렸다.

약 이천 명 정도의 주민이 거주하는 카우토카이노의 사미 마을은 해변에서 멀리 떨어진 라플란드 내륙에 위치한다. 마을을 굽어보는 산들에서부터 강의 양쪽 기슭을 거쳐 전망은 비다 고원을 지나 광활하게 펼쳐져 있다. 하지만 레바논만 한 크기를 지닌 이 지역의 실제 면적을 가늠하기는 힘들다. 드넓은 이 땅에 거주하는 천여 명가량의 다른 주민들은 외딴 곳에 작은 촌락을 이루어 순록을 치면서 살아간다.

두 사람은 오늘의 요리를 주문했다. 브라운소스로 조리한 잘게 다진 순록고기에 붉은 크랜베리 잼과 으깬 감자를 곁들인 요리였다. 니나는 포크를 들기 전에 사진부터 찍었다. 식사를 하는 도중에는 사미족의 식문화에 대해 끊임없이 질문했다. 니나가 식사를 마쳤을 때, 클레메트는 포크를 들기 시작하면서 머릿속에 떠오른 생각을 말했다.

"니나, 앞으로는 사람들을 탐문할 때 날 변호해줄 생각은 하지 마. 목사 앞에서야 그렇다 쳐도 순록치기 앞에선 절대 그러지 말라고. 무슨 말인지 알겠어?"

"아뇨, 무슨 말인지 모르겠어요. 누가 됐든 경찰을 존중하지 않는 말을 내뱉으면, 그건 저한테도 해당되는 말이라고요. 그런 걸 못 들은 체할 순 없어요."

"그 문제가 아냐, 니나. 사미인들은 권력과 특별한 관계를 맺고 있어. 이해할지 모르겠지만, 그 관계란 게… 약간은 오래된 전통 같은 거야. 그 안에서의 역할이 중요한 거지."

클레메트는 니나가 행간의 뜻을 알아차리길 바랐다. 그러나 니나는 그를 바라보며 다음 말을 기다렸다. 클레메트는 이 얘기는 그쯤에서 끝내자고 생각했다.

호텔 주인 마즈가 커피를 갖다 주며 그들 옆에 앉았다.

"장사는 잘 되시나?" 클레메트가 물었다.

"뭐 별 볼일 없지. 프랑스인 한 명, 트럭 운전사 두세 명, 늙은 덴마크

부부 관광객이 전분걸 뭐. 일 년 중 이 시기는 늘 그래. 자네는 어때? 잘 돼가나?"

"예전 이맘때와 비교하면 조금 더 부산스럽긴 해. 참, 니나를 소개하지 않았군. 새로 들어온 후밸세. 남쪽의 스타방에르에서 왔어." 클레메트가 웃으며 말했다.

"잘 왔어요, 니나. 여기는 마음에 들어요?"

"네, 아주 좋아요. 저한텐 모든 게 새롭네요."

"더구나 오자마자 아주 재미있는 사건으로 시작하는군요. 그 북 사건 말이에요."

"아, 그렇긴 해요. 우리 소관은 아니지만. 우린 그저 거들기만 하는 거죠. 더구나 오늘 오후에 마시에서 사고가 난 순록들이 있어서 확인하러 가야 해요. 순록경찰의 일상 업무가 무엇보다 우선이거든요."

"게다가 마티스는 여전히 자기 순록이 여기저기 싸돌아다니게 놔둔다고. 이웃들에게 전화를 해서 이 상황을 분명히 해둘 필요가 있지. 니나, 마시에서 돌아오면 순록관리청에 들러서 마티스의 순록들 상태를 보고해야 해." 클레메트가 말했다.

"그건 그렇고 그 북이 사라졌다니…. 정말이지, 너무 끔찍한 일이야! 모두들 그 얘기밖에 안 해." 마즈가 다시 북 이야기로 돌아왔다.

"다들 뭐라고 하든가?" 클레메트가 물었다.

"자네도 그 소문은 알아야 해. 러시아 마피아나 늙은 샤먼들이 이 일과 관련이 있을 거래. 내 생각엔 다들 미친 것 같아. 특히 그 도둑맞은 북에 특별한 뭔가가 있다고들 생각해."

"그렇구먼." 클레메트가 고개를 끄덕였다.

식사를 마친 두 순록경찰은 식당 주인에게 손을 흔들어 인사하고 그곳을 나왔다.

P9 순찰대는 순록이 사고를 당한 마시에 들렀다가 오후 늦게 경찰서에 돌아왔다. 오전에 잠시 떠올랐던 태양은 이미 과거의 추억이 되었다. 니나는 처음으로 순록 사고에 관한 보고서를 작성했다. 보고서 양식에는 순록 그림이 그려져 있어서 순록이 사고당한 부위에 동그라미를 쳐서 표시할 수 있었다. 양식이 무척 구체적이라 니나는 깜짝 놀랐다.

보고서 작성 후에는 사고 현장에서 가져온 순록 귀를 순록경찰의 냉동고에 보관했다. 순록이 사고를 당하면 순록경찰은 순록 귀를 잘라 보관한다. 주인의 고유 표식이 새겨진 순록 귀는 발생한 사고에 대한 증거물이기도 하고, 순록치기들이 동일한 순록으로 또다시 보상 요청을 하지 못하게 하는 안전장치이기도 하다.

그 다음에 두 순록경찰은 순록관리청으로 가서 마티스가 소유한 순록 떼의 상황을 보고했다. 물론 신나는 일은 아니었다. 차에 올라탔을 때 클레메트의 전화기가 울렸다. 그는 얘기를 듣고 곧바로 끊었다. 클레메트의 얼굴에 니나가 한 번도 보지 못했던 표정이 떠올랐다.

"당장 가야겠어. 마티스의 오두막으로. 마티스 시체가 발견됐대."

7

저녁 7시 45분, 라플란드 내륙

클레메트와 니나는 전날 갔던 길을 다시 달렸다. 사방은 새카만 어둠으로 뒤덮여 있어서 더욱 조심해야 했다. 목적지에 도착한 그들은 스노모빌을 세우고 헤드라이트는 그대로 켜두었다. 니나는 엔진의 열기를 떠나기가 망설여졌다. 진이 빠져서 꼼짝하기가 힘들었다. 니나가 클레메트를 보았다. 클레메트는 추위나 피곤도 상관없다는 듯 헤드라이트 불빛에 드러난 오두막을 향해 뛰어갔다. 주위에는 플라스틱 통, 장작, 밧줄 따위의 잡동사니들이 어제 아침 그대로 난잡하게 널려 있었다.

"기마경찰이 오셨군."

오두막에서 한 남자가 나오면서 말했다. 비꼬는 말투였다. 니나는 방한복 차림에 샤프카를 쓴 남자를 바로 알아보지 못했다. 롤프 브랏센이었다. 스노모빌 여러 대의 헤드라이트 불빛이 현장을 훤하게 밝혔다. 분말 같은 눈이 빛을 받아 소용돌이쳤고 눈 그림자가 춤을 췄다. 마치 다른 세상에 와 있는 것 같았다.

"순록들을 우리에 다 몰아넣어서 할 일이 없는 건가?"

니나는 브랏센 반장이 클레메트를 좋아하지 않는다는 인상을 받았다. 왜 그러지?

"저치는 다른 사람들한테도 그래."

클레메트는 니나의 궁금증을 눈치 채고 속삭였다. 니나가 주변을 둘러보았다. 롤프 브랏센이 다시 말을 꺼냈다.

"이것 봐, 뚱보, 언제부터 순록경찰이 진짜 경찰 행세를 했나? 여기서 뒈진 건 순록이 아니라고. 도대체 왜 온 거야?"

"보안관이 가보라고 했네. 순록치기들 사이에 다툼이 있었을지도 모르니까."

클레메트가 대답했다.

"순록치기끼리 싸웠다고? 나 참, 주정뱅이들끼리 싸운 거겠지!"

"뚱보라고요?" 니나가 자기 동료를 쳐다보며 웃었다.

"니나…."

"네?"

클레메트는 웃을 기분이 아니었다.

"일이나 하자고."

니나가 계속 웃는 바람에 클레메트는 신경이 날카로워졌다.

"귀엽네요."

"니나!"

"농담이에요."

클레메트는 오두막 주위를 걸어갔다. 오두막을 동풍에서 보호해주는 언덕 비탈에 경찰 두 명이 서 있었다. 스노모빌의 헤드라이트가 눈이 수북이 쌓인 길을 비췄다. 클레메트를 보고 한 경찰이 인사했다.

"클레메트 팀장님, 오셨네요."

"어, 그래."

"이것 좀 보세요. 이런 건 한 번도 본 적 없을걸요?"

평평한 큰 바위에 널브러진 시체가 보였다. 그 위에 쌓인 눈은 일부 치워져 있었다.

"맙소사…." 클레메트가 인상을 찌푸리며 중얼거렸다.

니나도 그 뒤에 서서 보았다. 얼음장처럼 차가운 바람은 감각도 무디게 만들었다. 다행이라면 다행이었다. 하늘을 보고 누운 순록치기의 얼굴은 파르스름했다. 헤드라이트 불빛이 눈을 부릅뜬 시체의 얼굴에 불길한 그림자를 떨어뜨려서 그렇게 보이는 건지도 몰랐다.

클레메트가 얼굴 위에 얇게 깔린 눈을 입으로 불고 들여다보았다. 소름끼치는 상흔이 눈에 들어왔다. 귓구멍만 남은 두 귀. 드러난 살점은 꽁꽁 얼어붙었고 귓구멍은 눈으로 반쯤 차 있었다. 도려낸 두 귀의 흔적은 고요하고 아름다운 풍경에 기괴한 균열을 자아냈다.

"귀는 못 찾았어요." 먼저 와 있던 경찰이 말했다. "법의관이 아직 안 왔지만 죽은 지 여섯 시간 이내라고 추정돼요. 칼에 찔려 죽었고. 오두막에 들어가 보세요. 샅샅이 뒤졌는지 다 뒤집어엎어져 있더라고요."

그가 전소된 스노모빌을 가리켰다.

"우리가 여기 온 건 연기 때문이었어요. 아니 실은 마티스 이웃인 요한 헨리크의 신고를 받았어요. 경찰서에 전화를 했더라고요. 그 사람 아니었으면 몰랐을 거예요."

"고문당한 것처럼 보이네요. 정말 야만스럽네." 니나가 말했다.

"이자가 살아 있을 때 마지막으로 본 사람들 중에 당신 둘도 포함되어 있어. 그러니 도움 되는 일을 하라고. 여기 왔을 때와 비교해서 없어진 게 있는지 잘 생각해봐." 롤프 브랏센이 다가와 불쑥 말을 던졌다.

"그때도 이미 정신없이 어질러져 있었는걸요." 니나가 응수했다.

브랏센은 눈 위에 침을 카악 뱉고 아무 말도 하지 않았다.

니나가 죽은 마티스의 얼굴과 부릅뜬 눈을 한참 쳐다보았다. 이상하게도 그가 말하기 직전에 버릇처럼 인상을 쓰던 표정이 생각났다. 칼에 찔리는 순간 살인자에게 간청하려 했던 것일까? 뭘 말하려고 했을까? 꽉 쥔 주먹은 오그라들었고 구멍만 남은 귀는 이제 그리 끔찍해 보이지 않았다.

"추운 데다가 눈까지 와서 다행이네. 덕분에 피도 안 흐르고 냄새도 안 나니 말이야. 시체 냄새를 맡고 온 짐승도 아직 없고. 죽은 순록을 발견할 때도 마찬가지야. 시체를 뜯어먹으려고 호시탐탐 기회를 노리며 하늘에서 빙빙 도는 새들만 있지."

"어제는 눈 밑이 이렇게 거무죽죽하지 않았는데." 니나가 말했다.

"고문 때문에 그럴 수도 있어요. 아니면 추위 때문이거나. 잘은 모르겠지만요. 가끔 시체가 이상한 반응을 보일 때도 있거든요." 다른 경찰이 대답했다.

살짝 벌어진 입 안으로 드문드문 이가 빠져 잇몸만 남은 부분들이 보였다. 그러나 그건 오래전부터 그런 상태였다.

"죽은 모습이 마치 살아 있을 때 같아. 너무 가난해서 죽음조차 그의 입을 다물게 하지 못한 것처럼 말이야. 죽은 후에도 이 빠진 극빈자처럼 보여." 클레메트가 시체를 바라보며 말했다.

그도 거무스름한 마티스의 눈 밑을 보았다. 그 부분을 꼼꼼히 들여다보다가 귓구멍을 살펴봤다.

"아주 깨끗하게 도려냈구먼." 클레메트가 말했다.

"옷 속은 아직 안 봤어요. 칼에 찔린 상처가 있겠죠. 옷이 이렇게 두꺼운 데도 단번에 찔러서 죽일 정도면 엄청난 힘이었을 거예요. 위치도 정확했을 테고요." 다른 경찰이 의견을 내놓았다.

클레메트는 시체의 귀 가장자리를 슬쩍 만져보았다. 딱딱하게 얼어 있었다. 그는 마티스의 얼굴과 눈 밑의 다크서클을 다시 들여다본 후 오두막으로 향했다.

"지문을 채취해!"

브랏센이 시체와 범죄현장을 사진 찍는 경찰에게 소리쳤다. 그리고 오두막 입구에 있는 클레메트에게 다가갔다.

"어이, 뚱보. 여기서 시간 낭비하지 말라고. 자네가 관여할 일이 아냐. 이 주정뱅이의 순록들이나 가서 챙기시지. 이젠 감시할 사람도 없어졌으니 이자의 순록 때문에 모두들 귀찮아질 거라고."

헬멧을 고쳐 쓴 브랏센은 신경질적으로 스노모빌에 올라타고 다른 경찰과 함께 그곳을 떠났다. 짙은 어둠이 갑작스레 찾아왔다. 감식팀과 P9 순찰대의 스노모빌만 남았다.

"선배님, 이제 어떻게 하죠? 순록들을 보러 갈까요?" 니나가 물었다.

"브랏센은 내 상관이 아니야. 지시를 내린 건 보안관 서장이라고."

클레메트가 툴툴댔다.

"그건 그렇지만 순록에 관한 건 브랏센 반장님 말이 맞아요."

"순록은 보러 가야지. 다른 순록경찰들도 필요해. 우리 둘이 하는 건 불가능하거든. 호수로 내려가서 전화하자고."

클레메트는 마티스의 오두막으로 들어가 전날 아침과 똑같은 자리에 앉았다. 안은 훨씬 더 어질러져 있었다. 가스램프가 실내를 희미하게 비췄다. 이층침대 위쪽 칸에 쌓여 있던 물건들이 바닥에서 나뒹굴었다. 침낭과 이불도 마찬가지였다. 솥도 엎어져 있었다. 서로 싸웠거나 누군가가 이 안을 샅샅이 뒤진 듯했다. 아니면 둘 다였거나. 마티스의 스노모빌은 불에 탔지만 오두막은 아니었다. 왜 그랬을까?

"니나, 뭔가 눈에 띄는 거 있어?"

니나도 전날과 똑같은 시야를 확보하기 위해 클레메트처럼 자신이 앉았던 자리에 앉아보았다.

"훨씬 더 난장판이 됐네요."

오두막을 세심하게 살피던 니나가 일어서서 세 발짝 앞으로 걸어갔다.

"선반은 건드리지 않았나 봐요."

보관용 통이나 상자들은 바닥에 떨어져 있었지만 칼, 가죽 끈, 나무 조각품 들은 그대로였다. 정교하게 세공된 사미 칼들도 모두 있었다.

클레메트가 니나의 시선을 따라갔다.

"순록치기는 절대 칼을 훔치지 않아. 사미인은 순록을 훔치더라도 썰매 위에 있는 것들은 손대지 않거든. 비다 고원에서 생명을 구할 수 있는 물건은 건드리지 않는 게 불문율이야. 닐스 안테 숙부가 알려줬지. 순록치기라면 이 선을 결코 넘지 않는다고 말이야."

니나는 칼들을 보면서 마티스의 잘린 귀에 생각이 머물렀다. 자기가 태어나고 자란 이 나라에서 이렇게 야만적인 사건이 일어났다는 게 놀라웠다. 장갑을 끼고 첫 번째 칼을 들고 칼집을 벗겼다. 뒤이어 나머지 세 개도 똑같이 했다. 모두 깨끗했다. 그녀는 다시 벤치로 돌아와 앉았다.

"순록경찰은 분쟁을 중재하거나 예방하는 일을 한다고 들었어요. 물론 다툼이야 있을 수 있겠죠. 그런데 살인까지 할 정도로 다투는 일도 있나요? 이런 식으로 귀까지 자르면서요?"

"그러게. 정말 이상하단 말이야. 오래전에 순록치기끼리 총격을 가한 적은 있어. 술이 거나하게 취한 상태였지. 하지만 아무리 심하게 다퉈도 누가 죽은 적은 없었어. 적어도 분쟁이 사망의 직접적인 원인은 아니었단 말이지. 내가 아는 한은 그래. 그런데 귀는…."

"왜 귀를 잘랐을까요?"

클레메트는 잠시 침묵을 지켰다.

"도둑질 때문이겠지."

"네? 도둑질이라고요?"

"모든 순록은 양쪽 귀에 표시를 하게 돼 있어. 키루나에서 실습할 때 안 배웠나? 주인을 식별하기 위해 양쪽 귀에 표시가 필요한 거야. 도둑들은 순록의 귀를 잘라버려. 순록 주인이 누군지 모르게 말이야. 주인이 없으면 불만도 없으니까."

"불만이 없으면 조사도 없을 테고요." 니나가 덧붙였다.

"만일 조사가 있다 해도 아주 빨리 끝나고 말지." 클레메트가 말했다.

"그럼, 이건 뭘까요? 복수? 마티스가 순록을 훔쳤나요?"

클레메트는 미간을 찌푸렸다.

"절도야 늘 있지. 그래, 그럴 수도 있어. 더구나 마티스는 가난했으니까. 이 오두막만 봐도 그렇잖아. 지저분하고 엉망진창이고. 그리고 알코올중독자였어. 복수? 가능한 일이야. 지금은 모두에게 힘든 시기거든. 요한 헨리크와 얘기 좀 해봐야겠어. 그도 만만한 타입은 아니지만."

"이런 짓을 저지를 만한 사람이에요?"

"마티스는 주변의 다른 순록치기들 모두와 척을 지고 살았어. 자기 순록을 거의 돌보지 않았거든. 혼자라서 더 그랬을 수도 있고. 가끔 아슬락이 도와주곤 했지만 그때 말고는 늘 혼자였어. 사실 비다 고원에서 혼자 순록을 친다는 건 불가능해."

"이웃한 순록치기들은 몇 명이나 돼요?"

클레메트는 방한복 지퍼를 내리고 지도를 꺼내 식탁 위에 펼쳤다. 그리고 손가락으로 마티스의 오두막을 짚었다.

"기억해둬. 요한 헨리크가 순록을 치는 숲은 여기야. 마티스의 순록은 바로 이 강을 건너갔어. 마티스의 방목지는 이곳이지. 요한 헨리크는 이 강부터 여기 호수까지야. 아슬락은 이 산의 반대편에서 순록을 치지. 한 명 더 있어. 아일로라는 사람인데 핀만 일가야."

클레메트가 손가락을 움직이며 설명했다.

"핀만이라고요? 그 집안에 대해서 들은 적 있어요. 키루나에서도 유명하던데요?" 니나가 말했다.

마티스의 방목지와 인접한 이웃들을 하나하나 꼽으면서 클레메트는 이 순록치기가 지지리도 운이 없는 사내였다고 생각했다. 깐깐한 이 세 명과 이웃한 겨울 방목지에서 순록을 사육하는 일이 만만할 리 없었다.

8

1월 12일 수요일

일출: 오전 10시 53분, 일몰: 오후 12시 2분

일조 시간: 1시간 9분

라플란드 내륙

노르웨이의 카라쇼크와 알타, 핀란드의 에논테키오, 심지어는 스웨덴의 키루나에서까지 네 팀의 순록경찰을 불러야 했다. 작전의 총책임은 클레메트가 맡았다. 니나는 유일한 여자경찰이었다. 지평선에 어른대는 희미한 빛 덕분에 일은 그나마 견딜 만했다.

열 명의 경찰이 마티스의 순록을 한데 모으는 데만 꼬박 한나절이 걸렸다. 다행히 순록의 수도 그리 많지 않았고, 급한 경사지로 둘러싸인 곳이라 순록들이 멀리 가지 못했다. 순록경찰은 이웃 순록치기들의 동의하에 순록을 작은 무리로 나누어 오두막의 남동쪽으로 십 킬로미터 정도 떨어진 우리로 몰고 가기로 했다.

제일 먼저 할 일은 우두머리 순록을 파악하는 것이다. 나이와 뿔로 쉽게 판별이 가능해서 이 일은 별다른 어려움이 없었다. 클레메트가 호숫가로 내려왔다. 여러 곳으로 흩어진 무리 중 이곳에 가장 많은 순록이 모여 있었다. 마티스의 순록들이 겁에 질려 있다는 건 경험상 잘 알았다. 섣불리 다가갔다간 놀라서 도망친다.

그는 순록들을 자극하지 않도록 둥글게 원을 그리며 접근하라고 경찰들에게 지시했다. 짐승들은 보이지 않는 이 장벽을 넘지 못하고 평상시 습관대로 빙글빙글 돌기 시작했다.

클레메트는 스노모빌을 아주 천천히 몰아 순록들의 원형 대열 근처까지 갔다. 그러고는 주황색 올가미 밧줄을 잡고 계속 걸었다. 순록들은 클레메트가 다가오자 그를 피하면서도 눈 위의 느릿한 원무를 멈추지 않았다. 간혹 스노모빌의 헤드라이트 불빛에 비친 순록들의 커다란 눈망울에서 공포가 엿보였다. 그럼에도 순록들은 원형 행진을 깨려는 어떤 시도도 하지 않았다.

클레메트가 우두머리 순록을 향해 올가미를 던졌다. 그런데 다른 순록의 뿔에 걸리고 말았다. 올가미에 걸린 순록이 격렬하게 몸부림쳤다. 이제 나머지 순록들은 클레메트와 미친 듯이 버둥대는 순록을 중심으로 돌았고, 경찰들은 순록 떼 주위를 돌았다. 완벽한 두 줄의 원이 만들어졌다.

올해 두 번째 태양이 지평선에 떠올랐다. 클레메트는 끊임없이 뒷발로 일어서며 발버둥치는 순록에게 천천히 다가섰다. 밧줄을 팽팽하게 붙잡고 아래로 힘껏 잡아당겨 짐승의 무릎을 꿇렸다. 뿔에 걸린 올가미를 풀어주자마자 순록은 펄쩍 뛰며 원형 대열로 돌아갔다. 우두머리 순록을 잡기까지 같은 일을 두 번이나 반복해야 했다.

우두머리는 무리 중 덩치가 제일 컸지만 왕성한 혈기를 과시하진 않았다. 더욱이 이런 일에도 길들여진 듯했다. 클레메트는 올가미 밧줄을 길게 늘어뜨려 스노모빌까지 끌고 왔다. 시동을 걸고 천천히 달리기 시작하자 우두머리가 순순히 따라왔다. 다른 순록들도 길쭉한 삼각형 형태를 이루며 자연스럽게 그 뒤를 따랐다.

경찰들은 무리를 둘러싸고 이동하면서 낙오하거나 이탈하는 순록들을 대열로 다시 밀었다. 스노모빌에 트레일러를 부착한 핀란드 순찰대는 무리를 따라잡지 못하는 어린 순록 두 마리를 잡아 트레일러 위에 싣고 묶어야 했다.

우리와 조금 떨어진 곳에서 경찰 네 명이 순록의 도착을 준비했다. 우리에 출입문을 만들기 위해 울타리 여러 개를 제거하고 입구 양쪽에 깔때기 모양으로 사람 키만 한 플라스틱 조립식 울타리를 수십 미터 설치했다. 우리와 가까워졌을 때 뒤쪽에 있던 순록들 몇 마리가 흥분하기 시작했다. 순찰대들은 순록을 우리로 몰기 위해 스노모빌의 속도를 더 높였다.

네 명의 경찰은 플라스틱 울타리 뒤에 가만히 서서 움직이지 않았다. 순록이 혹시 그들을 보고 겁을 먹는다면 스노모빌로 막는다 해도 순록들이 뒤로 돌아가는 사태가 벌어질 수 있다. 그러면 처음부터 다시 시작해야 한다.

순록들은 다행히 아무 눈치도 못 채고 우리 안으로 모두 들어갔다. 서 있던 경찰들은 조립식 울타리를 든 채 눈 위를 힘겹게 달려 마지막 순록 뒤에서 문을 닫았다. 이어서 순록들을 바로 옆에 붙은 더 큰 우리로 몰아넣었다.

하루가 이렇게 흘렀다. 나머지 무리는 다섯 마리씩 작은 그룹으로 흩어져 있었다. 똑같은 작업을 시행할 때마다 지형과 짐승들의 행동을 관찰하고, 원하는 방향으로 순록을 몰기 위해 스노모빌이 가야 할 길을 파악하고, 무리가 곁길로 새지 않도록 막아야 할 장소를 찾는 일을 반복했다. 태양빛이 스러져갔다. 야간투시경 덕분에 작업을 계속할 수 있었지만 순찰대들은 부족한 빛 때문에 시간과 다투는 경주를 수행했다. 모든 순록을 우리로 몰아넣었을 때는 벌써 캄캄한 저녁이었다.

열 명의 경찰이 울타리 앞에 모여 불을 피우기 위해 나무를 자르고 눈에 구덩이를 팠다. 니나는 극도로 피곤했고 추위에 얼어 죽을 지경이었다. 갑자기 하늘이 춤추듯 일렁이더니 북극광이 창공을 뒤덮었다. 초록빛의 거대한 커튼이 유령처럼 소리 없이 나타나 한 방향으로 천천히 움직였다. 환상적인 장면이었다. 모두가 침묵했다. 오로라가 연이어 이어졌다. 가느다란 자태를 수줍게 너울거리는 오로라가 허공을 에워싸고 지나가면서 화려하고 고요한 군무는 그 세를 점점 더 확장했다. 하늘이 깜박이며 고동치고 회오리 모양으로 휘우듬한 줄무늬 빛살 아래 경이로운 가장행렬이 펼쳐졌다. 온 천지가 빛의 파동에 사로잡혔다.

커피가 끓었다. 경찰들의 생각은 다시 마티스에게로 돌아갔다. 고립된 순록들이 있을 게 분명했다. 이웃의 순록 떼에 섞여 들어간 놈들도 있을 것이다. 그렇게 뒤섞인 순록들은 봄에 있을 분류 작업 때 확인하는 수밖에 없다.

"마티스 씨의 순록들은 이제 어떻게 되는 거죠?" 니나가 물었다.

"순록관리청 사람들이 내일 올 거야. 이제 그 사람들 처분에 달렸어. 먹이를 주고 운명을 결정할 테지." 클레메트가 대답했다.

마티스는 가까운 일가친척이 없었다. 그러니 순록들은 도축장에 가게 될 확률이 높다. 슬픈 아이러니군. 클레메트가 생각했다. 온몸에 녹지근한 피곤이 몰려왔다. 죽기 전에 마티스가 순록관리청 공무원들에 대해 했던 불평이 떠올랐다. 우리에 몰아넣은 순록들은 굶주린 것처럼 보였다. 마티스의 순록들은 이 지역에서 가장 안 좋은 상태라 해도 과언이 아니었다. 이 빠진 입을 벌린 채 숨진 마티스의 모습이 다시 떠올랐다. 죽은 자가 사육했던 순록들은 주인의 이미지와 흡사했다.

클레메트는 오래전에 식어버린 커피를 무의식적으로 후후 불면서 생각에 잠겼다. 저 위에서는 모자이크를 이루며 화르르 타오르는 천상의 불길이 무서운 기세로 망자들의 왕국을 집어삼켰다.

9

1월 13일 목요일

일출: 오전 10시 41분, 일몰: 오후 12시 15분

일조 시간: 1시간 34분

오전 9시, 카우토카이노

클레메트 낭고와 니나 난센은 부족한 잠을 뒤로 하고 여느 때처럼 출근했다. 아홉 시에 보안관 서장이 주재하는 회의가 열렸다. 브랏센도 와 있었다. 탁자 중앙에 준비된 보온병 두 개에서 각자 커피를 따랐다.

보안관의 기분은 썩 좋아 보이지 않았다. 그는 아무 말 없이 모두가 커피를 따를 때까지 기다렸다. 보안관을 잘 아는 클레메트는 오슬로에서 경고 전화를 받아서 그런 모양이라고 추측했다.

보안관이 벌떡 일어섰다.

"그래. 우리에게 큰 일이 터졌네."

그는 '큰'이란 말을 강조했다.

"스물네 시간 차이로 큰 사건이 두 개나 터졌단 말이지. 연간 목표를 맞추기가 아주 빡세게 생겼어. 절도도 단순 소매치기가 아니고 살인사건만 해도 정말 예외적인 케이스야. 오슬로에선 컨퍼런스를 앞두고 이런 사건이 터져서 다들 기겁하고 있어. 마티스의 잘린 귀를 취재하러 오슬로와 스톡홀름에서 기자들이 온다 해도 그러려니 할 것 같아. 어쩌면 외국 기자들이 올 수도 있지. 이 년 전의 성범죄사건 이후엔 잠잠했는데 말이야. 그래서 알아낸 것들은 있나?"

브랏센이 첫 번째 타자로 말을 시작했다.

"살인사건과 관련해서 마티스 이웃들을 탐문하고 있습니다. 현재로선 아일로 핀만의 증언만 들었고요. 아직 정확한 사망 시간도 밝혀지지 않았어요. 핀만은 카우토카이노에 있었다고 합니다. 그 말은 확인 중이에요. 하지만 핀만의 다른 가족들도 확인해야 해요. 그 당시, 일을 교대한 사람이 모두 다섯 명이거든요. 핀만이 그러는데 자기는 마티스와 방목지 문제로 갈등을 겪지 않았답니다. 물론 게을러터진 마티스가 순록을 치는 꼬락서니를 보고 있자니 조만간 두들겨 팰 것 같았다고는 하더군요. 아, 이건 핀만이 말한 그대로 옮긴 겁니다."

말의 출처를 정확하게 밝혀야겠다고 생각했는지 이 말을 하며 브랏센이 히죽 웃었다.

"핀만 일가의 다른 멤버들 확인은 언제 끝나지?"

"오늘 저녁까지는 끝낼 수 있지 않을까 생각합니다. 툰드라에 나가 있는 사람이 두 명 있어서 저녁 전에는 만날 수 없거든요."

"또 다른 사람은?"

"요한 헨리크와 아슬락이 있어요." 클레메트가 브랏센보다 먼저 대답했다. 브랏센이 클레메트를 싸늘하게 노려보았다.

"저 뚱보 말대로," 이 대목에서 일부러 잠시 침묵한 브랏센이 다시 말을 이었다. "순록치기가 두 명 더 있습니다. 아직 만나지는 못했어요."

"단서는 있나?"

"스노모빌 흔적이 없습니다. 눈이 와서 모두 지워졌어요. 그래도 눈이 많이 온 건 아니라서 그 밑에 흔적이 남아 있을 겁니다. 지금은 지문을 찾고 있고요. 스노모빌은 완전히 전소됐어요. 그게 살인과 연관이 있는지는 아직 모릅니다. 어쩌면 살인이 일어나기 전에 불에 탄 걸 수도 있어서요. 모르죠. 귀가 잘린 걸 보면 순록치기들 사이에 복수혈전이 일어난 게 아닌가 하는 생각이 듭니다. 사실 전 그럴 거라고 확신하고 있어요. 하지만 우리의 전문가 생각도 한 번 들어보죠." 브랏센이 빈정대며 마지막 말을 덧붙였다.

클레메트가 입을 열었다.

"사실 믿기 힘든 일이긴 해요. 그런데 마티스는 요즘 더 의기소침해 보였어요. 죽기 전에 봤을 땐 아무런 의욕도 없이 절망에 빠진 사람 같았고요. 마티스가 그런 식으로 술을 마시는 건 처음 봤어요."

"응, 그랬군. 그래도 자살했다고 믿을 사람은 아무도 없을 것 같은데? 뭐 다른 얘긴 없나?" 보안관이 말을 이었다.

"이 년 전부터 순록 절도사건에 대해선 계속 체크하고 있습니다." 브랏센이 말했다.

"그게 수사에 도움이 되겠어? 순록을 도난당해도 순록치기들이 관리청에 신고하는 경우는 거의 없다고. 아무 소용없다는 걸 아는 거지. 그런 일은 경찰을 끼지 않고 자기들끼리 해결하는 걸 좋아해." 클레메트가 브랏센의 말을 끊고 얘기했다.

"아, 그러셔? 하긴 뚱보 경찰이 도대체 무슨 일을 하고 다니는 건지 물어보는 사람들도 있더군." 브랏센이 즉각 말대포를 날렸다.

"어쨌든 전방위로 모두 살펴보라고. 어떤 실마리에서든 일단 시작해야 하니까. 요약을 한 번 해보자고. 순록치기가 변사체로 발견됐다. 그런데 죽을 때까지 고문당한 걸로 보인다. 왜 고문했을까? 복수 때문일 수도 있고 자백이 필요해서 그랬을 수도 있지. 복수라면 뭐에 대한 복수일까? 절도? 아니면 다른 무언가? 자백 때문이라면 무엇에 대한 자백이지? 그가 뭘 훔쳤나? 순록? 아니면 다른 거? 아니면 다른 뭔가에 대해 자백을 받았어야 했나? 마티스 이자는 어떤 사람이지? 클레메트, 자네가 이 일들을 전부 파헤쳐주게. 난 답이 필요해. 아주 빨리 말이야. 다른 두 순록치기도 자네가 만나보고. 마티스와 분쟁했던 요한 헨리크는 특히 잘 살펴보게. 그런데 북에 관한 소식은 없나?"

"아, 네, 사미인들의 도깨비 상자 말이죠." 브랏센이 비웃었다.

다른 경찰이 말을 꺼냈다.

"북은 상자 안에 있었습니다. 개인 수집가가 기증한 작품이고요. 나이 많은 프랑스인이라고 들었어요. 박물관 관장에 따르면 북 사진을 찍을 시간도 없었고 누군가가 찍었을 가능성도 없다고 해요. 박물관에선 북을 보호하기 위해 사진 찍는 걸 미루었다고 합니다. 개관일 며칠 전에 찍을 생각이었답니다. 그래서 지금은 북 사진이 없어요. 적어도 이곳에는요. 북 위에 어떤 그림이 그려져 있는지도 모르고요."

"뭐 그런 말도 안 되는 소리가 다 있어. 땅바닥에 굴러다니는 휴지 조각도 구글이 촬영하는 시대에 그놈의 빌어먹을 북 사진 하나 없다는 게 말이나 돼? 뭐가 그렇게 중요해서 비밀리에 보관을 하셨대? 보험용으로 찍어놓은 사진도 없는 거야?" 브랏센이 목청을 돋웠다.

"그러게, 믿을 수가 없군." 보안관이 말했다.

"제가 프랑스 기증자에게 연락해보겠습니다. 학생 때 프랑스에서 체류한 적이 있거든요. 덕분에 프랑스어가 약간 늘었어요." 니나가 말했다.

"좋아. 그렇게 하지. 그건 그렇고 우선 단서로 삼을 만한 게 있나?" 보안관 서장이 말했다.

"일요일 저녁에 십 대 애들 몇 명이 율 박물관 근처의 유스호스텔에서 술파티를 벌였어요. 그들 중 한 아이의 부모가 운영하는 곳입니다. 파티가 늦게 끝나긴 했지만 새벽 다섯 시까지 파티를 했던 건 아니고요."

"베리트 아주머니가 이 파티에 대해 말하는 건 못 들었는데요." 니나가 말했다.

"안 했을 수도 있지. 그래도 틀림없이 그날 벌어진 파티라고. 이 아이들은 도난사건과는 상관없어 보여. 서로의 말이 일치하거든. 들어보니 거짓말 하는 것 같지도 않았고." 브랏센이 다 안다는 듯 씩 미소를 짓고 다시 말을 이었다. "그리고 이 사건은 미술품 밀거래와 연관이 있을 수도 있어요. 이 북을 주문한 다른 수집가에게 팔려고 훔쳤을 수도 있죠. 어쨌든 흔한 물건은 아니니까요."

"음, 돈 때문일 수도 있다는 거지? 하긴 그럴 가능성도 있지. 니나, 자네는 프랑스 기증자와 연락해서 이 문제를 파헤쳐보도록 하게. 다른 북들도 도둑맞은 적이 있었는지 조사해야 할 걸세."

"삼백 년 전부터 스웨덴 목사나 노르웨이 목사가 훔쳐간 다른 북들을 말씀하시는 겁니까?" 장난기가 발동한 클레메트가 농담을 던졌다.

보안관은 클레메트가 우스갯말을 했다는 사실에 깜짝 놀라 그를 물끄러미 바라보았다. 그답지 않은 일이었다. 특히 이런 종류의 농담은 더욱 삼가던 그였다.

보안관은 허허 웃다가 브랏센이 인상 쓰는 모습을 보았다.

"그런데 북이 사라지면 누구한테 이득이지?"

"적어도 목사가 북이란 존재 자체를 좋아하지 않는다는 건 누구나 알고 있죠. 목사들은 북이 오래된 악마들을 깨우고 자기 양 떼를 흩어놓을 거라고 두려워하니까요. 옛날 종교나 그 비슷한 게 다시 일어날까 봐 두려운 거죠." 클레메트가 대답했다.

"올라프일 수도 있어요." 브랏센이 툭 내뱉었다. "결국 이 도난사건을 이용해 먹는 건 그 작자니까요. 인간 권리니 땅 권리 같은 얘기를 다시 들먹이면서 사람들을 선동하기 딱 좋잖아요? 게다가 우연처럼 유엔 컨퍼런스를 코앞에 두고 이런 일이 생겼단 말이죠. 이자들은 우리를 대외적으로 엿 먹이고 싶어 해요. 조금 전에 라디오에서 이자가 하는 말을 들었는데, 아주 게거품을 물더군요. 그 북은 자기네 사미인들 거라서 박물관에 있어서도 절대 안 된다고 하면서 말이죠. 이 자식은 완전히 정신 나간 빨갱이 새낍니다. 사람들을 조종하면서 쾌감을 느껴요. 스웨덴에서 철광을 폭파하려고 기도하다가 감옥에 갔다 온 전적도 있고요."

"그건 확인되지 않은 일이야. 그래서 나흘 만에 풀려났고. 이미 알고 있지 않나? 올라프가 극히 적은 소수의 사람들만 대변하고 있다는 건 나만큼 잘 알 텐데?" 클레메트가 브랏센에게 말했다.

"뭐, 그럴 수도 있겠지. 그래도 이자는 뭔가 트릿해. 알타 댐 반대 시위 때 IRA'아일랜드 공화국군 임시파'라는 명칭을 지닌 무장테러단체 측에 가담했다는 건 유명한 사실이잖아? 이자가 사람들을 선동하려고 북을 훔쳤다고 봐도 큰 무리는 없지. 빨갱이들이 했던 선동방식 그대로 말이야." 브랏센이 기분 나쁜 표정으로 대꾸했다.

오전 11시 30분, 카우토카이노

클레메트와 니나는 스노모빌을 타고 순찰을 떠나기 전에 며칠 동안 먹을 음식들을 사려고 카우토카이노의 슈퍼마켓에 들렀다. 비다 고원에서 순록을 치는 요한 헨리크를 보러 갈 예정이다. 지리적으로 마티스와 가장 가까운 이웃이기도 하고, 마티스와 마지막까지 접촉이 있었던 사람이다. 그를 만나고 아슬락을 방문하기로 했다.

순록경찰에게 장을 보는 건 주요 업무 중 하나이다. 야생의 툰드라로 떠나 몇 시간에 이르는 피곤한 운전 끝에 강추위 속에서 막사나 산장에서 밤을 보내는 순찰 업무에서 식사는 그만큼 중요했다. 순찰이 예상보다 길어질 경우 식사를 건너뛸 경우도 생기므로 맛있는 음식보다는 기력을 오래 버티게 해주는 음식이 필요하다.

클레메트는 장 보는 시간을 좋아했다. 냉동감자를 고르면서 생각은 자유로이 날아다녔다. 베어네이즈 소스를 곁들인 스테이크에는 감자가 제격이지. 냉동고기도 한 봉지 집어들었다. 두세 시간 이상 스노모빌로 이동해야 하니, 오늘 저녁에 먹으면 완벽하겠어. 고기는 너무 익히면 안 돼. 감자에는 다진 마늘도 약간 넣어야지. 이 요리 팁은 휴가 때 마요르카 섬에 다녀온 동료가 알려주었다.

"오늘 저녁은 내가 할게." 클레메트가 말했다.

그는 위험을 감수하고 싶지 않았다.

"좋죠. 전 요리를 잘 못하거든요." 니나가 대답했다.

카트에 쌓인 냉동식품을 보면서 니나는 클레메트도 요리에 재능이 없나 보다고 생각했다.

"그래도 요리는 하루씩 번갈아해야 해. 그게 우리 규칙이야."

두 사람은 마트 안을 샅샅이 뒤지며 재료를 고를 때마다 매번 의견을 교환했다. 클레메트는 아침거리로 단맛이 도는 얇고 납작한 툰브뢰드 빵과 부드러운 갈색 미소스트 치즈, 새우 페이스트와 어란 페이스트를 골랐다. 순찰대원에게는 아침 식사도 중요하다.

슬슬 배가 고프기 시작했다. 얼른 장보기를 마치려고 서둘러 커피, 설탕, 초콜릿, 말린 과일, 케첩, 파스타, 저알코올 맥주 두세 팩을 카트에 담았다. 주류판매점에 들러 코냑을 살까도 생각했지만 이내 마음을 접었다.

그런 다음, 둘은 스노모빌에 연료를 가득 채우고 비축용으로 휘발유통도 여러 개 챙겼다. 니나가 휘발유를 넣는 동안 클레메트는 물통에 물을 받아왔다. 이어서 스노모빌의 트레일러에 실은 물통과 휘발유통, 저장박스를 묶은 끈에 문제가 없는지 확인했다.

그들은 얼어붙은 고속도로를 달려 마을을 벗어나자마자 재빨리 언덕으로 올라갔다. 눈부신 빛이 쏟아졌다. 클레메트는 태양이 다시 떴다는 사실도 잊고 있었다. 가슴이 벅차올랐다. 좋은 징조군. 그가 생각했다.

흰 눈에 반사되는 태양광이 너무 강해서 길을 잘못 들곤 했다. 특히 니나의 선글라스는 성능이 너무 약해서 제대로 앞을 볼 수가 없었다. 니나는 클레메트만 믿고 뒤를 따랐다.

오후가 되고 얼마 후 둘은 요한 헨리크의 오두막에 도착했다. 태양은 사라졌지만 여전히 환한 빛이 남아 있었다. 요한 헨리크에게 방문하겠다는 전화를 미리 해두었다. 순록치기들은 지금처럼 스트레스가 넘치는 시기에 예기치 않은 일로 놀라는 건 좋아하지 않는다.

요한 헨리크는 두 경찰을 오두막 앞에서 맞았다. 클레메트와 니나가 스노모빌에서 내리는 순간, 아들로 보이는 청년이 샤프카만 머리에 쓰고 스노모빌을 타고 떠났다. 청년은 넓은 안장에 무릎을 대고 몸을 세운 채 두 사람에게 머리를 까딱하고는 액셀을 있는 힘껏 밟아 로켓처럼 튀어나갔다.

요한 헨리크의 얼굴에 난 수염은 며칠 동안 깎지 않아 텁수룩했다. 담배를 꼬나 문 그가 오두막 바깥에 걸어놓은 순록가죽 외투를 움켜잡았다. 그러고는 담배를 입에 문 채 외투를 걸쳐 입고 경찰들에게 다가와 인사를 건넸다. 교활한 작은 눈에 입은 한쪽이 처졌고, 콧대가 가는 사내였다. 뒤로 젖힌 털가죽 샤프카 밖으로 떡 진 머리칼이 삐져나왔다. 고생의 흔적이 굵게 새겨진 얼굴에 세상의 풍파를 견뎌낸 자의 불퉁한 표정이 고스란히 드러났다.

클레메트는 요한 헨리크가 외투를 입는 걸 보고 자기네를 오두막 안으로 들일 생각도 없으며 면담도 가능한 한 짧게 끝내고 싶어 한다는 걸 알았다. 여전히 고약한 영감탱이구먼. 클레메트가 생각했다. 요한 헨리크도 다른 사미 순록치기들처럼 권위에 복종을 하기는 했지만 순록 경찰 편에 선 적은 한 번도 없었다. 모든 순록치기는 자기들 문제를 자기네끼리 알아서 처리했다.

“아드님은 어딜 가시나요?” 클레메트가 말을 꺼냈다.

“순록들이 불안해해서 말이지. 요즘 부쩍 통행량이 많아졌거든. 마티스 사건 때문에 경찰도 왔다 갔다 하는 데다가 사료를 나르는 순록치기들도 있고 말일세. 순록들 스트레스가 말이 아니야. 좋지 않다고.”

늙은 순록치기가 담배를 잘근잘근 씹었다.

“그래서, 자넨 내가 마티스를 죽였는지 알고 싶은 건가?”

“이를테면 그렇죠.”

두 남자가 서로를 관찰했다. 순록치기는 눈을 가늘게 뜨고 경찰을 바라보았다. 그러고는 입에 문 담배에 다시 불을 붙였다.

“내가 무슨 생각을 하는지 아나?” 담배를 한 모금 빨고 헨리크가 입을 열었다. "스노모빌에 불을 낸 자는 일부러 그랬다는 거야. 시체가 있다는 걸 알리려고 말이지. 그게 내 생각이네. 자네가 아직 묻지 않은 질문에 대한 대답이기도 하고. 그거 말고 난 아무것도 몰라."

"아무것도 모른다…."

"아무것도. 또 질문 있나?"

클레메트가 그를 보았다. 태도가 맘에 들지 않았다. 살짝 이는 바람도 얼굴을 물어뜯을 정도로 매서웠다. 그러나 클레메트는 추위를 느끼지 못했다. 일찍부터 추위를 타지 않는 법을 체득했다.

어릴 때, 추위는 정신을 앗아갈 정도로 치명적이었고 캄캄한 밤처럼 끔찍한 공포를 불러일으켰다. 그는 자신이 추위에 진다는 생각을 용납할 수 없었다. 그래서 오래전에 추워하지 않겠다고 맹세했다. 지금은 생각도 하지 않는 옛날이야기지만 그때의 맹세가 가끔 떠올랐다.

요한 헨리크는 눈살을 찌푸린 채 외투를 걸친 그대로 미동도 하지 않았다. 다만 담배 끝을 질근거리며 담뱃불이 꺼지지 않게 더 자주 빨아댈 뿐이었다. 니나는 두 사람의 말 없는 대치 속에서 자신만 소외됐다는 느낌에 사로잡혔다. 클레메트도 그 사실을 알았지만 지금으로선 젊은 동료에게 해줄 수 있는 게 아무것도 없었다.

팽팽한 긴장이 감돌았다. 요한 헨리크는 스노모빌이나 사륜오토바이, 헬리콥터가 없던 옛날부터 순록을 사육했던 사람으로 산전수전을 다 겪어 웬만한 일에는 눈도 꿈쩍하지 않았다. 그 당시에는 날씨가 어떻든 몇 시간이나 스키를 타고 순록을 몰았다. 오늘날 스노모빌을 타고 단 몇 분 만에 같은 일을 해내는 것과는 비교도 할 수 없었다.

클레메트는 니나를 생각해서 아무 성과도 없는 이 대치를 끝내기로 했다.

"마지막으로 마티스를 본 게 언제죠?"

"마티스? 나야 좀더 자주 보고 싶었지. 그 친구 순록은 늘 근처에 있는데 정작 주인은 보이지 않았거든."

클레메트는 요한 헨리크가 질문에 답하기를 기다리며 침묵을 지켰다. 니나는 의연한 태도로 서 있었다. 여간내기가 아니군. 클레메트가 추위도 아랑곳 않는 니나를 보며 생각했다. 뺨과 살짝 들린 코끝은 새빨개졌고 눈썹에는 서리도 살짝 맺혔지만 자세는 조금도 흔들리지 않았다.

요한 헨리크는 두 손가락으로 꽁초를 집고 손을 오그렸다. 그러고는 눈 위에 침을 퉤 뱉고 다른 담배를 꺼냈다. 그러나 아무 말도 하지 않았다. 한쪽 입이 비틀린 고집스러운 표정은 여전했다.

"순록들은 괜찮나요?" 클레메트가 불쑥 물었다.

순록치기 입이 경련하듯 한층 더 일그러졌다.

"당연하지. 그거하고 무슨 상관이 있나?"

입이 다시 뒤틀렸다.

"아무 상관없어요. 그냥 물어본 거죠. 마티스의 순록들을 분류하는 작업들을 해야 할 겁니다. 여기저기 흩어져 있어서요. 헨리크 씨 순록들 사이에도 섞여 있을 테고. 잘 아시겠지만 지금 저희는 살인자를 찾기 위해 탐문 중입니다."

"그래서 내 순록들과 무슨 관계라도 있다는 건가?"

"아뇨. 전 헨리크 씨 순록들에는 별로 관심 없어요. 당연히 안 그렇죠. 그런데 마티스의 순록들이 몇 마리나 살아 있는지 알아야 하거든요. 정확한 상태를 알아야 해요. 마티스의 죽음과 순록 절도사건이 연관 있을 것 같다는 생각이 드는데, 그렇지 않나요?"

"그것 때문에 순록치기를 죽인다고?"

"십 년 전에 총격전을 벌인 적이 있죠?"

"그건 얘기가 달라."

"그건 두고 보죠. 어쨌든 마티스의 순록은 거의 대부분 모았어요. 하지만 이웃들의 순록도 살펴봐야 합니다."

클레메트는 잠시 뜸을 들이며 요한 헨리크의 뒤틀린 입을 보았다. 입술에는 꺼진 담배가 여전히 매달려 있었다. 경찰이 형을 선고하는 말투로 다시 입을 열었다.

"요한 헨리크 씨, 저희는 그쪽 순록들을 전부 모아서 수를 셀 겁니다."

"이 미친 새끼!" 그가 반사적으로 소리를 지르며 눈 위에 꽁초를 내뱉었다. 거무튀튀한 꽁초 끝이 클레메트의 그림자에 떨어졌다. 경찰은 꽁초가 자기 그림자에 닿지 않게 한 발짝 옆으로 비켜섰다. 가끔 미신에 휘둘리는 스스로에게 정나미가 떨어지기도 했다. 경찰이 미신이라니, 얼마나 바보 같은 일인가! 그래도 자기 그림자가 손상되지 않는 편이 좋았다.

"잘 생각해보십쇼. 나중에 또 들르겠습니다."

이 싸움에서 애끓을 사람은 순록치기였다.

"난 마티스를 죽이지 않았어. 도대체 뭘 더 알고 싶은 거야?"

요한 헨리크가 두꺼운 털가죽 외투 밑에서 몸을 떨었다. 순록치기들은 누군가가 자신이 소유한 순록의 수에 관심을 보이면 기겁을 한다.

그건 마치 은행잔고가 얼마나 되느냐고 물어보는 일과 같다. 헨리크는 덫에 걸려들었다. 자신도 그걸 알았다.

"물론 다른 방법도 있을 겁니다." 클레메트는 순록치기가 메시지를 똑바로 이해했음을 알았다.

늙은 목부의 입이 다시 일그러졌다. 험상궂은 표정이었다. 툰드라에서 반세기 넘는 세월을 보낸 그는 경찰이 생각하는 것보다 훨씬 더 저급한 간계에 익숙했다.

"최근에 마티스를 봤을 때 많이 걱정되더군요." 클레메트가 말을 이었다. "그 친구에게 무슨 일이 있었는지 알아야겠어요. 헨리크 씨가 마티스와 문제가 있었다는 것도 알고 그 친구를 잘 안다는 것도 압니다."

요한 헨리크는 그의 말을 재보는 눈치였다. 마티스는 죽었다. 그리고 경찰들이 자기 순록들을 헤아리게 놔둘 생각은 없었다. 터무니없는 할당량을 들먹이며 등기우편을 끊임없이 보내 자기를 귀찮게 하는 순록관리청의 트집에도 이미 지친 상태였다.

"마티스는 더는 어찌할 바를 알지 못했네. 귀가 잘리지만 않았다면 난 그 친구가 자살을 했다고 확신했을 거야."

요한 헨리크는 담배를 새로 말면서 시간을 끌었다. 그리고 혀로 담배종이를 적시며 눈을 치켜뜨고 클레메트를 보았다. 경찰의 반응을 테스트하려는 듯 탐색하는 시선이었다.

"아슬락이 마티스를 조종했어. 상상할 수 없겠지만 말일세. 마티스는 아슬락을 마치 신처럼 떠받들었다고. 두려워하기도 했지. 그래, 아슬락은 마티스를 공포에 떨게 만들었어. 둘이 함께 있는 걸 볼 때마다 어찌나 가소롭던지."

"공포에 떨게 만들었다고요? 어떻게 했는데요?" 니나가 물었다.

요한 헨리크는 니나가 깜짝 놀랄 정도로 그녀를 뚫어지게 쳐다보았다. 담배를 다 말고 나서 클레메트를 흘깃 본 그가 다시 니나를 쳐다보며 대답했다.

"신참이구먼." 순록치기가 말했다.

질문이 아닌 사실 확인이었다.

“아슬락을 만난 적 있나?”

“아뇨.” 니나는 의아해하며 대답했다.

“곧 보게 될 걸세.”

요한 헨리크의 의뭉스러운 눈빛이 더는 보이지 않았다. 아슬락에 대한 생각이 이 완고한 노인에게 영향을 미친 듯했다.

“아슬락은 다른 사람과 달라. 툰드라에서 세상과 동떨어져 살고 있지. 아내와 자기 순록들과 함께 말이야. 요즘에는 그자처럼 사는 사람은 없어.”

클레메트는 입을 다물고 고개만 끄덕였다. 니나의 시선이 자기에게 와닿는 게 느껴졌다. 오래전부터 아슬락을 알았지만 니나에게 이 사람에 대해 말한 적은 한 번도 없었다. 니나는 무슨 낌새를 챈 듯했다. 클레메트는 궁금증을 참고 순록치기 앞에서 아무 내색도 하지 않는 그녀가 고마웠다. 요한 헨리크가 담배를 한 모금 빨고 말을 이었다.

“아슬락은 비다 고원에서 모두를 두렵게 하는 것처럼 마티스를 두렵게 했지. 나는 무서워하지 않지만 말이야. 그자의 실체를 알고 있으니까. 직접 봤다고. 아슬락은 반인반수야. 언젠가 자기 순록 떼 중앙에서 네 발로 걷는 걸 봤어. 그자는 비다에서 자기 순록을 이로 물어뜯어 거세한 마지막 사람이야. 클레메트, 자네도 알고 있었나?”

늙은 순록치기가 다시 니나에게 몸을 돌렸다.

“이 지역을 통틀어 그자만큼 뛰어난 늑대 사냥꾼은 찾지 못할 걸세. 내 눈으로 똑똑히 봤지. 아슬락은 자기 순록들을 죽인 늑대를 쫓아갔어. 늑대를 지치게 만들려고 눈밭을 몇 시간 동안 따라간 거야. 무게를 줄이려고 총도 내려놓고 갔어. 방망이만 갖고 있었지. 결국 늑대를 따라

잡았는데 곧바로 늑대가 덤벼들었어. 난 거기서 멀리 떨어져 있었지만 계곡 반대편에서 망원경으로 그 장면을 모두 지켜봤다고. 그자가 어떻게 한 줄 아나? 늑대가 아가리를 벌리고 덤벼드니까 주먹을 날려서 팔까지 그 주둥이에 모두 처박은 거야. 그리고 다른 손으론 방망이로 늑대 대가리를 두들겨 패서 아주 으스러뜨렸어. 상상이 돼? 목구멍 속으로 팔을 처박았다고!"

"마티스 씨한테는 어떻게 했는데요?" 니나가 물었다.

"아슬락을 보면 아마 알게 될 거야. 입 벙긋 안 하고 가만있는 모습을 보는 것만으로도 아주 강한 인상을 받으니까. 마티스는 특히 더 그랬지. 마티스의 아버지가 샤먼이었다는 건 아나? 클레메트가 말 안 했어? 옛날 사람이지. 비밀에 싸인 이상한 사람이지만 모두의 존경을 받았어. 지금이야 죽은 지 몇 년 됐지만 말일세. 마티스는 그 세계에서 자랐는데 재능도 능력도 없었어. 아무것도. 샤먼의 아들로서 그건 성공할 수 없다는 소리야. 당연히 사람들의 존경도 받을 수 없고. 그가 폭음을 하게 된 것도 그게 큰 이유일 거야. 이게 바로 내가 말하고자 했던 거네."

요한 헨리크가 담배에 다시 불을 붙였다. 바람이 잦아들었다. 추위가 조금 가셨다. 차가운 기운에 몸이 뻣뻣해졌지만 클레메트는 순록가죽 부츠를 신고 있어서 못 견딜 정도는 아니었다. 그러나 니나의 경찰 부츠는 추위에 그다지 효과적이지 못했다. 그녀는 몸을 덥히기 위해 제자리 뜀을 뛰었다.

대화가 예상보다 훨씬 길어졌다. 요한 헨리크는 이제 한결 편안해진 얼굴로 말을 늘어놓았으나 몸을 녹일 수 있는 오두막으로 들어오라는 소리는 결코 하지 않았다.

"아슬락은 자기 방식으로 마티스를 좋아했어. 옛날에는 마티스 아버지 안타와 자주 만났을 거야. 두 사람은 아주 친했거든. 그리고 아슬락과 마티스는 둘 다 나름대로 세상에서 배척된 자들이었어. 마티스는 다른 사람들에게 배척당했고 아슬락은 스스로 세상으로부터 고립되는 편을 택했지. 아슬락은 마티스가 순록을 칠 때 가끔씩 도와줬어."

"최근에는 안 그랬나요?"

"마티스는 술을 퍼마시기 시작하면서부터 부쩍 움츠러들었어. 아슬락에게 감히 도움을 요청하러 갈 용기도 없었을걸? 아슬락 앞에서 그런 모습을 보인다는 게 창피했던 거지."

"두 사람은 가끔 싸우기도 했나요?"

"뭐라고 해야 하나…. 마티스는 모든 사람과 싸웠어. 매번 그랬지. 최근에 별다른 일은 없었어. 아슬락은 그런 걸 싫어해서 마티스에게 경고했고 말이야. 난 그렇게 알고 있네. 마티스가 지난주에 그 얘길 하더라고. 마티스는 두려워했어. 아슬락이 마티스에게 조금이라도 해를 끼쳤을 거라고 생각하지는 않아. 하지만 마티스는 절대적으로 그의 영향을 받았어. 아슬락이 무언가 말만 해도 공포에 사로잡힐 정도였으니까."

"그러면 왜 우리가 아슬락을 봐야 한다고 말씀하시는 거죠?"

"그건… 그건… 내가 모든 걸 아는 게 아니니까."

"혹시 북에 대해 특별히 생각하는 게 있나요?" 클레메트가 물었다.

"북?"

요한 헨리크는 담배연기를 내뿜고 바닥에 침을 뱉었다.

"이곳에는 북이 필요 없어. 그 시대는 이미 끝났다고. 지질한 사미인들 몇 명 빼고 누가 그런 이야기에 관심을 갖겠어? 자네는 내가 북에 신경 쓸 시간이 있다고 생각하나? 그런 시시껄렁한 일에 시간을 쓰는 순록치기가 한 명이라도 있다면 말해보게."

"올라프는 그 일에 깊이 관여하고 있어요."

"그 스페인 놈? 장난하나? 파트타임으로 순록치기를 할 수는 없어. 그런 건 있을 수 없다고. 그자가 어떻게 그렇게 할 수 있는지 정말 궁금해. 그리고 설령 북을 되찾는다고 해도 도대체 그걸로 뭘 하겠다는 거야? 어? 마티스 꼬락서니를 보라고!"

"그게 무슨 말씀이에요?" 니나가 놀란 목소리로 물었다.

"마티스는 북에 푹 빠져 있었어. 샤먼 아버지와 관련된 거니까. 특히 샤먼의 북이라면 사족을 못 썼지. 북의 능력과 샤먼의 능력, 그런 거에 열광했어. 자기 순록을 돌보는 대신 말이야."

그가 외투 안에서 망원경을 불쑥 꺼내들고 계곡을 훑어봤다.

"이제 가야겠네."

"요한 헨리크 씨, 월요일에는 어디에 있었죠?"

목부가 불쾌한 표정으로 담배를 내던지고 순록가죽 장갑을 제대로 꼈다.

"아들과 순록을 돌보고 있었네. 온종일 말이지. 핀만 가의 순록치기인 미켈과 욘도 있었고. 우리는 마티스의 순록들을 돌려보내려고 했어. 그 순록들이 사방에 있었거든. 그게 알리바이로 충분하지 않은가?"

요한 헨리크는 땅에 침을 뱉으며 스노모빌에 올라타고 거칠게 시동을 걸었다. 몇 초 후, 그의 모습은 계곡을 달리는 작은 점으로만 보였다.

10

1월 13일 목요일

저녁 8시, 카우토카이노

카운터 바에 몸을 기댄 고객은 키 작은 남자가 꽤 오랫동안 자기 옆에서 몸을 흔드는 데도 별로 신경 쓰지 않는 눈치였다. 별일은 아니었다. 그 남자는 공격적이지도 않았고 단지 몸만 움직였다. 가끔씩 동작이 커질 때도 있었다. 갑자기 남자가 너털웃음을 터뜨리며 맥주잔을 들고 벌컥벌컥 마시더니 바에 팔꿈치를 기댄 고객 옆에서 다시 몸을 흔들기 시작했다.

카우토카이노의 술집은 커다란 목조교회 바로 맞은편 건물의 일 층에 있었다. 이 목조교회는 카우토카이노 교회에서 분파되어 나온 근본주의자들이 최근에 세운 것이다. 이런 성속의 혼재를 이상하게 여기는 사람도 있었다. 그러나 거룩한 종교인들과 고질적인 죄인들은 서로를 필요로 하기 마련이다.

술집 홀에는 십여 개의 테이블이 있었는데 사각식탁과 원형식탁이

기묘하게 어울려 조화를 이루었다. 의자들도 제각기 다른 모양이었다. 바닥에는 어두운 붉은색 리놀륨이 깔려 있었다.

통나무 벽에 걸린 액자들은 희한한 조합을 자랑했다. 1950년대와 1960년대 자동차 사진, 앨비스와 다른 록스타들의 사진, 사미 문양 그림, 순록치기 오두막이나 순록 혹은 오로라 사진…. 액자들의 사진과 그림에서는 어떤 통일성도 볼 수 없었다.

바 위쪽 공간은 다양한 크기와 형태의 순록 뿔로 장식해놓았다. 천장의 붉은 전구들이 내보내는 빛은 리놀륨 바닥에 녹아 있는 눈에 반사되어 한층 아늑한 분위기를 자아냈다.

그날 저녁 술집에는 평일 저녁의 단골 몇 사람만 있었다. 손님이 앉은 테이블은 단 두 개에 불과했다. 한 테이블에는 낡은 방한복을 입은 세 남자가 앉아 조용히 맥주를 들이켰다.

이들 중 한 남자는 가슴에 주황색 올가미를 달고 있었고 샤프카를 머리 뒤로 반쯤 젖혔다. 땀으로 착 달라붙은 머리칼이 보였다. 복장이나 피곤에 지친 행색으로 판단하건데, 마을에서 그리 멀지 않은 곳에서 밤샘 작업을 하고 돌아온 순록치기들이다.

다른 테이블에는 화려한 원색의 전통 사미복장과 헤어스타일을 한 여자가 있었다. 바에 기댄 남자는 여자가 마시는 게 맥주가 아니라 커피라는 걸 알아챘다. 술집이라는 장소와 동떨어진 모습의 여자는 한시도 가만히 못 있는 키 작은 남자를 흘긋흘긋 쳐다보았다. 마치 감시라도 하는 듯했다. 젊은 여종업원이 바 뒤에서 여자에게 말을 건넸다.

"베리트 아줌마, 커피 더 드려요?"

베리트는 고개를 가로젓고 손으로 고맙다는 인사를 했다.

"그런데 아줌마 동생이 새로 오신 고객을 쫓아내지 않았으면 좋겠어요. 좀 붙잡고 있지 그래요."

고객이 잔을 내려놓았다.

"괜찮으니까 신경 쓰지 말아요." 그가 말했다.

"어머나, 우리 말을 아시네요. 스웨덴어를 할 줄 아세요? 억양은 스웨덴 사람이 아닌데요." 종업원은 깜짝 놀란 목소리로 응수했다.

"난 프랑스 사람이에요. 몇 년 전에 스웨덴에서 산 적이 있고요."

"아, 프랑스분이시구나."

여종업원이 사랑스러운 미소를 내비쳤다.

"맥주 한 잔 더 드릴까요?"

"네, 고마워요."

"이곳에 외국인은 별로 없어요. 우리 말을 하는 외국인은 더 드물고요."

"그럴 것 같아요."

남자는 맥주잔을 입에 대면서 소녀의 통통하고 귀여운 몸을 찬찬히 훑어보았다. 종업원은 남자의 눈길을 느끼고 다시 미소를 지었다.

"휴가차 오셨어요?" 종업원이 물었다.

"레나! 맥주 줘!" 순록치기 한 명이 소리쳤다.

레나는 잠시 하늘을 쳐다보고 순록치기들에게 맥주 세 잔을 새로 갖다주었다. 그녀를 부른 순록치기는 올가미를 가슴에 건 사내였다. 그가 레나를 뚫어지게 쳐다봤다. 레나는 무심한 표정으로 그의 시선을 피했다. 프랑스인은 그 장면을 모두 지켜보았다. 그러나 전혀 개의치 않았다.

앙드레 라카날은 오십 대 후반이지만 나이보다 젊어 보였다. 몸은 탄탄했고 갈색 머리는 뒤로 빗어 넘겼다. 얼굴에는 자연 속에서 보낸 세월이 고스란히 드러났다. 허벅지에 주머니가 달린 트래킹용 바지와 양털 재킷을 입고 목에는 스카프를 둘렀다. 툰드라를 탐험하는 사람의 복장이다. 왼쪽 손목에는 두꺼운 글씨가 새겨진 은팔찌를, 다른 쪽 손목에는 금속 줄의 커다란 시계를 차고 있었다.

레나가 바로 돌아와서 프랑스인에게 다시 미소를 지었다.

"휴가 중이세요?" 그녀가 재차 말을 걸었다.

"아뇨."

프랑스인은 맥주를 천천히 들이켜고 담뱃갑을 꺼내 레나에게 담배를 한 개비 건넸다.

"실내에선 금연이에요. 흡연 장소를 알려드릴게요."

레나가 프랑스 남자의 눈을 똑바로 쳐다보며 말했다. 남자는 여종업원을 평가하듯 눈을 가늘게 떴다. 그리고 옅은 미소를 입가에 떠올리며 레나에게 안내를 부탁하는 자세로 팔을 쭉 내밀었다.

"레나!"

뒤에서 다급하게 외치는 소리가 들렸다.

레나는 또다시 하늘로 눈을 치켜떴다. 프랑스인은 그녀의 이런 버릇이 신경에 거슬렸다. 그러나 소녀의 몸은 그를 사로잡았다. 앙드레 라카날은 뒤돌아보지 않고 맥주만 홀짝였다.

뒤에서 순록치기의 커다란 목소리가 들렸다. 목소리에는 피곤함이 묻어 있었다. 아니 그보다는 술에 취한 소리였다. 레나가 거만해 보이는 외국인에게 선웃음을 치는 본새에 기분이 상한 모양이다. 프랑스인은 레나가 낮게 내뱉는 소리를 들었다.

"저 사람이 스웨덴어를 말하는 게 뭐 어떻다는 거야. 나 참, 별꼴 다 보겠네."

프랑스인은 천천히 일어나서 다시 맥주를 한 모금 마시고 잔을 내려놓은 후, 다른 사람들 눈에 잘 보이도록 주먹 쥔 양손을 바에 올렸다. 등은 여전히 순록치기에게 돌린 채 한참을 그대로 서 있었다.

바와 베리트가 앉은 테이블 사이를 왔다 갔다 하던 작은 남자가 잠깐 가만히 있다가 다시 몸을 흔들기 시작했다. 그가 인상을 쓰며 프랑스인에게 말을 건넸다. 빠른 말투는 툭툭 끊기고 앞뒤가 맞지 않았다.

"그래서, 그래서, 난 자동차를 탔어. 자동차 타고 돌아왔어. 아저씨도 자동차 있어요? 날 데려가 줄래요? 내 거는 바퀴가 네 개야, 네 개. 내 손가락도 네 개야…."

이 말을 하면서 남자가 프랑스인의 코밑으로 오른손을 쑥 내밀었다. 손가락은 정말 네 개뿐이었다. 남자는 네 손가락으로 바 위를 달리면서 부릉부릉하며 자동차 엔진 소리를 내고 맥주잔들 사이로 요리조리 빠져나갔다. 허벅지를 치면서 미친 듯이 웃어대고 하늘로 두 팔을 벌리며 베리트를 돌아보는가 하면 박수를 치고 시끄럽게 웃으며 프랑스인의 등을 철썩 때렸다. 라카냘은 잠자코 맥주를 들이켰다. 베리트가 조용히 일어나 남자의 손을 잡고 테이블로 데려왔다. 베리트의 동생은 싱글벙글 웃다가 다시 잠잠해졌다.

"레나, 맥주 세 잔하고 슈납스 한 잔 줘." 올가미를 건 순록치기가 말을 길게 빼며 불만스러운 목소리로 주문했다.

레나는 주문받은 술을 가져다주고 프랑스인에게 다시 돌아왔다.

"가시죠. 담배 피우는 곳을 알려드릴게요."

소녀가 목에 털이 달린 긴 외투를 걸치고 앞장섰다. 순록치기는 슈납스를 단숨에 입에 털어 넣고 두 사람을 무섭게 노려보았다. 레나는 그 시선을 피하며 테이블 사이로 지나갔다.

프랑스인이 맥주잔을 손에 들고 뒤를 따랐다. 바 안쪽에 있는 좁은 복도를 조금 지나 오른쪽 문을 열면 두 번째 홀로 통한다. 이곳은 중앙에 덜렁 놓인 당구대 외에는 텅 비어 있다. 레나가 복도 왼편에 난 문을 밀자 투박한 나무 지붕으로 덮인 작은 공간이 나왔다. 벽은 여름에 떼어낼 수 있게 만든 조립식 패널로 되어 있었다. 몹시 추웠다.

여종업원에게 담배를 권한 프랑스인은 담뱃불을 붙여주기 위해 소녀의 포동포동한 손을 손가락으로 부드럽게 쓰다듬다가 한참 동안 감싸쥐었다. 그리고 자기 담배에도 불을 붙였다. 레나가 연기를 내뿜으며 미소를 지었다.

"레나를 짝사랑하는 것 같던데?"

"에이, 그냥 오랜 친구예요."

"순록치기?"

레나가 웃었다.

"여기선 누구나 그렇죠. 아니, 대부분 그래요. 만일 자기가 순록치기가 아니라면 가족이 순록치기 집안이고. 아까 그 친구도 핀만 가라고 순록 사육으로 유명한 집안의 아들이에요. 비다 고원에서 순록 수천 마리를 치고 있는 가문이죠."

"레나는 여기서 태어났어?"

"네. 아저씨는 파리가 고향이에요?"

앙드레 라카냘은 루앙 출신이지만 레나를 실망시키고 싶지 않았다.

"응, 파리에서 태어났어. 파리에 가본 적 있니?"

"아니요. 하지만 언젠가 꼭 가보고 싶어요."

"지금 몇 살이지?"

"몇 달 전에 열여덟 살이 됐어요. 생일을 맞은 주부터 이 술집에서 일하기 시작했고요. 그 전에는 불가능하거든요. 아저씨 이름이 뭐예요?"

"앙드레."

앙드레 라카날은 추위를 느끼기 시작했다. 이 무익한 대화를 얼른 끝내고 싶었다. 그가 원하는 건 오로지 키스뿐이었다. 그게 다였다.

소녀의 얇은 입술이 눈에 들어왔다. 그게 약간 걸리긴 했다. 그는 두툼한 입술을 좋아했다. 아프리카의 추억이 떠올랐다. 그러나 입술을 제외한 나머지, 바에서 봤던 소녀의 모습은 완벽했다. 다만 열여덟 살이라는 나이에서 오는 풋풋한 맛은 없었다. 하지만 이곳의 소녀들은 어릴 때부터 화장을 진하게 해서 더 나이 들어 보인다는 건 알고 있었다.

소녀의 얼굴로 손을 내미는 순간 문이 벌컥 열렸다. 샤프카를 여전히 삐딱하게 쓰고 눈은 게슴츠레하게 풀린 핀만 가의 아들이었다. 완전히 취했군. 조심해야겠어. 앙드레가 생각했다. 술 취한 순록치기를 휘어잡는 건 일도 아니었다. 하지만 상대는 세 명이었다. 게다가 키가 작아도 순록치기들이 바위처럼 탄탄한 몸을 지니고 있다는 건 잘 알았다.

핀만이 자기보다 머리 하나는 큰 프랑스인 앞에 버티고 섰다. 그가 레나에게 손을 번쩍 들어올렸다. 소녀가 소리를 질렀다. 라카날이 핀만의 행동을 제지했다. 순록치기의 다른 주먹이 프랑스인을 향해 날아갔다. 그러나 두꺼운 방한복 때문에 속도가 나지 않았다.

라카날은 수월하게 피하고 순록치기를 거칠게 밀어냈다. 핀만이 막 도착한 다른 순록치기들 발치에 나가떨어졌다. 레나가 핀만에게 욕설을 퍼부었다. 다시 일어선 핀만이 프랑스인에게 덤벼들었다. 그 틈을 타서 레나는 방을 빠져나갔다.

이번에 핀만은 바닥 일부에 쌓인 눈 위에 쿵 떨어졌다. 그가 얼굴에 묻은 눈을 털고 또다시 몸을 날렸다. 핀만이 하도 서툴러서 라카냘은 피하는 데 아무 문제가 없었다. 그러나 사미인은 끈덕지게 다시 덤볐다.

몸을 던지고 피하는 슬로모션 싸움이 이어졌다. 고집불통 핀만의 공격을 너무 쉽게 피하다보니 라카냘은 방심하고 말았다. 핀만은 그 기회를 놓치지 않고 프랑스인의 턱을 쳤다. 다른 순록치기가 뛰어들면서 프랑스인의 허벅지를 발로 가격했다. 그가 급작스러운 고통에 비틀댔다. 세 번째 순록치기도 가세해 그를 밀쳐냈다. 프랑스인이 뒤로 넘어져 눈 위로 떨어졌다. 앙드레 라카냘은 벌떡 일어나 반격을 시작했다. 싸움은 여전히 슬로모션으로 흘러갔다.

바에 있던 작은 남자가 몸을 흔들며 들어왔다. 입에서는 알 수 없는 소리가 끊임없이 흘러나왔다. 그때 쩌렁쩌렁한 목소리가 눈 쌓인 공간에 울려 퍼졌다.

"미켈, 욘, 아일로, 이제 그만해!"

그 소리를 듣자마자 세 명의 순록치기가 벌떡 일어나 순한 양처럼 잠잠해졌다. 앙드레 라카냘은 그 광경을 보고 깜짝 놀랐다.

"바에서 기다리고 있어."

세 명은 입을 다물고 조용히 나갔다.

롤프 브랏센이라고 자신을 소개한 경찰은 라카냘이 이 도시에 있는 걸 의아해했다.

"괜찮습니까?"

"네에. 이곳 사람들은 좀 예민한 것 같군요."

"이 지역분이 아니신가 보네요. 사미인들은 스칸디나비아 사람들보다 훨씬 뜨거운 피를 가지고 있죠. 자기네 스스로 그렇게 불리는 걸 좋아하고요. 그래도 나쁜 사람들은 아닙니다. 경찰서로 함께 가시죠. 바로 옆에 있어요. 진술을 듣도록 하죠."

"아, 전 불평을 접수할 생각이 없어요."

"그러실 수도 있겠죠. 어쨌든 선생님 진술이 필요합니다."

라카날은 자기가 이곳에서 무슨 일을 하는지 말할 생각이 없었다. 그러나 경찰의 의심을 살 필요는 더더욱 없었다. 경찰은 융통성이 없어 보였지만 문제를 해결할 방법은 있었다. 바에 돌아온 세 명의 순록치기들은 한마디도 하지 않고 선 채로 경찰을 기다렸다.

"퍽이나 자랑스럽겠구먼. 집으로 가서 술이나 깨고 있어. 조금 있다가 보러 가지." 경찰은 아이들에게 말하듯 했다.

앙드레 라카날은 레나에게 집요한 시선을 남기고 술집에서 나왔다. 소녀가 은밀하게 손을 흔들었다. 프랑스인은 브랏센 경찰도 그 장면을 봤다는 걸 알아차리고 심장이 덜컥 내려앉았다.

두 사람은 추운 대기 속으로 들어서서 길을 건너고 슈퍼마켓을 지나 경찰서로 들어갔다. 모두 퇴근하고 아무도 없었다. 브랏센이 프랑스인을 자기 방으로 들이고 컴퓨터 앞에 앉았다.

"세 사람은 누구죠?" 프랑스인이 물었다.

"올가미를 걸고 있던 자는 아일로 핀만. 이 지역 유지의 아들입니다. 순록치기예요. 사육하는 순록이 거의 이천 마리 정도죠. 나머지 두 순록치기는 미켈과 욘인데 일손이 필요할 때마다 핀만 가에서 일합니다. 그 외 시간에는 다른 농장에서 일을 해주거나 온갖 허드렛일을 하죠. 온종일 바깥에서 순록을 치고요. 최근에 이 마을에 몇 가지 사건들이 터졌어요. 별로 심각한 건 아닙니다."

프랑스인이 아무 질문도 하지 않자 브랏센은 약간 실망했다.

"자, 그럼 간략하게 선생님 얘기를 해주시죠. 누구인지, 여기서 뭘 하고 있는지, 그 외 전부요."

라카냘은 자신이 지질학자이며 프랑스 회사에서 일하고 있고 이 지역 광물탐사를 위해 왔다고 말했다. 또한 신축호텔들이 더 럭셔리하긴 하지만 빌마르크센터 호텔에서 묵고 있으며 몇 주간 시내에서 머물 예정이라고 설명했다.

"지금 시기에는 탐사를 하는 사람이 거의 없는데…. 대부분 바위를 볼 수 있는 여름에 오죠. 모든 게 눈에 덮여 있는데 뭘 보겠다는 거죠?"

경찰은 회의적이었다. 라카냘은 그 말에 신경 쓰지 않았지만 경찰을 안심시켜야 했다.

"전 오래전부터 이 지역에서 일했어요. 몇 년 동안요. 이곳은 나름 잘 압니다. 모든 게 꽁꽁 얼어붙는 계절이 되면 여름에는 갈 수 없는 늪지대도 갈 수 있죠. 제가 관심 있는 지역이 바로 그런 곳이거든요. 그리고 잘 아시겠지만 비다 고원 안쪽은 말라 있고 눈도 별로 많지 않아요. 좋은 탐사자는 겨울에도 작업을 효율적으로 해냅니다."

경찰은 그리 수긍하지 않는 표정이었다. 그렇다고 지질학 강의를 늘어놓을 생각은 없었다. 무슨 말을 해도 전혀 이해하지 못할 게 뻔했다.

"뭘 찾고 있죠?"

"뭐, 평상시 하던 대로…. 다른 사람들과 비슷하죠. 단지 제가 원하는 건 다른 사람들보다 더 빨리 찾아내는 겁니다."

지질학자는 경찰이 사적인 영역을 침입했다는 걸 알리기 위해 못마땅한 표정으로 억지웃음을 지어 보였다.

"그래서 그게 뭔데요?"

망할 놈의 자식. 프랑스인이 벌떡 일어섰다.

"이것 보세요. 제가 그걸 말할 이유는 없습니다. 그렇다고 법을 위반하는 것도 아니고요. 시청에 탐사허가신청서를 제출해놨습니다. 법대로요. 전 제가 원하는 걸 찾을 거고, 그걸 발견한다면 경관님도 금세 소식을 듣게 될 겁니다."

라카냘은 경찰이 입을 닫기를 원했다. 그러나 경찰은 노르웨이 법에 대해 설교를 늘어놓는 외국인에게 불쾌한 표정을 노골적으로 내비쳤다.

"화요일에는 어디 있었습니까?" 그를 쏘아보던 브랏센이 갑작스레 질문을 던졌다.

II

1월 13일 목요일

저녁 8시, 라플란드 내륙

클레메트와 니나는 순록경찰 막사에 도착했다. 한참 전에 모든 빛이 사라진 대기는 온통 어둠뿐이었다. 경찰 숙소는 순록치기들의 피난처보다 조금 더 아늑했다. 경찰 막사는 이곳 말고도 라플란드 전 지역을 아우르기 위해 곳곳에 설치되어 있다. 산 위에는 진짜 샬레처럼 통나무로 예쁘게 지은 막사들도 있었다. 두 사람이 도착한 막사는 두 칸짜리로 한 칸은 주방으로 쓰였다. 이곳은 소박하네. 니나가 생각했다.

클레메트가 나서서 할 일을 정리했다. 일단 스노모빌에서 장비와 식량박스, 가방들을 내리고 좁은 현관에 쌓아놓았다. 니나는 순찰대 경험이 거의 없었지만 야영지에 도착했을 때 해야 할 일 정도는 알았다. 먼저 막사에 불을 피우고 음식을 준비하는 걸로 시작한다.

니나는 마른 장작을 가지러 다시 나왔다. 툰드라로 임무를 떠날 때 장작은 반드시 가져가야 한다. 막사에 저장해둔 장작이 떨어지는 일이 없어야 하기 때문이다. 첫 번째 규칙이었다. 순찰대가 위급상황에 처했을 때 본인이나 다른 사람의 생명과 직결된 문제이기도 했다. 니나는 척박한 환경에서 꼭 필요한 규칙들을 재빨리 습득했다. 남쪽의 어촌 출신이지만 피오르 만에서 깊숙이 들어간 마을에서 자랐다. 고립된 환경은 이곳과 크게 다르지 않았다.

니나가 막사 주변에 있는 자작나무 껍질을 벗겼다. 불쏘시개용이다. 화덕에 넣은 나무껍질에 불을 붙이자 불꽃이 화르르 일어났다. 큰 솥에 눈을 채우고 화덕에 올렸다.

막사의 생활공간에는 소파 겸용인 이층침대 두 개가 양쪽 벽에 붙어 있었다. 그 중간에 놓인 긴 테이블이 공간을 분리했다. 니나는 한쪽 침대의 윗부분을 침대용으로 삼고 아래쪽 칸에 가방을 던져 넣었다. 그리고 테이블 위의 초 두 개에 불을 붙였다.

이제 좀 안정된 느낌이었다. 둘이 함께 순찰을 다닌 이후 처음으로 클레메트가 편하게 느껴졌다. 파트너인 클레메트는 입이 무거운 타입이라 그 점이 좀 아쉬웠다. 키루나에 있을 때 클레메트가 가장 노련한 순록경찰이라는 얘기를 들었다. 순록경찰 중 유일한 사미인이기도 했다. 클레메트가 순록경찰 중에 사미인이 거의 없다는 사실을 불평한 적이 있었다. 니나는 그의 말에 수긍했다. 사미어를 주로 사용하는 사미족 순록치기들과 협상하기 위해선 그들의 언어를 아는 게 중요하기 때문이다. 니나는 부엌에서 요리하는 클레메트를 지켜보았다. 긴장을 풀고 편안해진 모습이었다. 궁금했던 걸 물어볼 수 있는 좋은 기회였다.

"선배님, 뚱보라는 별명이 왜 붙었어요? 전혀 뚱뚱하지도 않잖아요. 제 말은 선배님 나이에는요."

니나는 실언을 했다는 걸 재빨리 깨닫고 입술을 깨물었다. 그러고는 실수를 만회하려는 듯 곧바로 환한 미소를 날렸다. 클레메트는 소스를 뒤적이다가 니나 쪽으로 몸을 돌렸다. 니나는 자기 질문에 나쁜 의도가 전혀 없다는 걸 보여주기 위해 연달아 미소를 보냈다. 클레메트가 다시 소스를 저었다. 그러더니 아무 말 없이 그녀를 흘끔 쳐다보다가 난처해 하는 니나에게 대답했다.

"신경 쓰지 마, 니나. 난 별로 개의치 않으니까. 어렸을 때는 그런 별명들이 늘 붙어 다녔어. 요즘엔 브랏센 같은 자가 그 별명을 사용한다는 게 좀 기분 나쁘긴 하지만 말이야. 날 상처주려고 일부러 그런다는 걸 아니까."

니나는 다시 미소를 지었지만 다른 주제로 넘어가고 싶었다.

"요한 헨리크 씨는 올라프를 왜 스페인 놈이라고 해요?" 니나가 자리에 앉으며 물었다.

클레메트가 재미있어 하는 표정으로 말했다.

"못 알아챈 거야?"

"뭘요? 갈색 눈에 밤색 머리라는 거요?"

"아니, 그게 아냐. 사미인은 모두 갈색 눈에 밤색 머리야. 다른 건?"

니나에겐 떠오르는 게 없었다.

"올라프를 스페인 사람이라고 하는 건 자세 때문이야. 텔레비전에서 보는 투우사처럼 엉덩이를 자랑스럽게 뒤로 빼고 다니거든. 그래서 스페인 놈이라고 불러."

"엉덩이를 뒤로 뺀다고요?"

니나는 시위를 할 때 자기한테 끈적끈적한 눈길과 미소를 보냈던 올라프를 생각하며 웃었다. 모두가 아주 오래전부터 서로에 대해 잘 알고 있다. 그런데 자신은 이 새로운 세계에서 여전히 헤매는 중이다.

불과 몇 달 전 오슬로에서 경찰학교를 졸업했을 때 그녀에겐 다른 장학생들과 마찬가지로 부임지를 선택할 권리가 없었다. 국가가 학비를 내준 대가로 발령받은 임지로 가서 근무를 해야만 했다. 그리고 북극권의 도시에 지원하는 사람은 거의 없었다. 그게 바로 니나가 이곳으로 온 이유였다. 그전에는 한 번도 와본 적이 없었다. 대다수의 노르웨이 남부 사람들처럼 그녀도 인구가 적고 야생의 땅으로 뒤덮인 북쪽 지방에 대해 알지 못했다.

"올라프가 감옥에 갔던 거는요?"

"올라프는 스웨덴 사람이야. 이곳에서 여권과 국경은 별로 중요하지 않아. 러시아만 빼고 자유롭게 돌아다닐 수 있지. 여기 사람들 중에 피가 안 섞인 사람은 없을 거야. 나만 해도 어머니가 스웨덴인이거든. 스웨덴의 사미 의회 의원으로 뽑힌 올라프는 주로 키루나에서 살아. 그런데 그 친구 방목지는 국경 양 끝에 있지. 방목지가 그렇게 떨어져 있는 순록치기는 아주 많아. 더구나 노르웨이의 카우토카이노와 스웨덴의 키루나 중간은 핀란드 땅이라고. 아마 1995년이었지? 올라프는 광산에 폭발물을 설치했다는 혐의를 받고 수감됐어. 그런데 증명할 수 있는 게 아무것도 없었지. 그때 사미족 투사를 감방에 넣은 일 때문에 엄청 시끌시끌했어. 결국 일주일 만에 풀려났는데 덕분에 의원으로 선출된 거야. 그 일은 지금도 모르는 사람이 없어."

"IRA 무장테러단체 얘기는요?"

"1970년대 말에 알타 댐에 반대하는 시위가 연일 일어났어. 테러단체 조직원들이 시위에 끼어들었지. 경찰은 러시아와 멀지 않은 작은 항구에 정박한 배를 조사했는데 폭발물과 무기들이 나왔어. 두 사람이 체포되고 나서 사건은 묻혔지. 그런데 나중에 그 두 사람이 테러단체의 일원이었고 연락책이 올라프였다는 게 밝혀진 거야. IRA가 올라프에게 댐을 폭파하는 걸 도와주겠다고 제의했던 거지. 그런데 이미 말한 것처럼 그 사건은 묻혀버렸고 올라프도 별다른 제재를 받지 않았어."

"댐 얘기는 뭔데요?"

"아, 그때 난 신입경찰이었어. 이곳과 알타 사이에 수력발전을 하기 위해 댐을 세우려고 했는데, 댐을 세우면 계곡이 수몰되는 문제가 있었던 거야. 그 계곡은 사미인들의 순록 방목지였거든. 그래서 시위가 일어났어. 환경주의자들도 가세했고. 그 사람들은 오슬로에서 왔는데 사미인의 문제와는 상관없이 자연을 지키길 원했을 뿐이야. 어쨌든 댐에 반대하는 사람들이 바리케이드 앞에 모이게 됐어."

"선배님은요?"

"나? 나야 경찰이었으니까. 스톡홀름으로 떠나기 직전이었어. 난 경찰로서 일을 했지."

"하지만 그 댐 설립은 공정하지 않은 거잖아요. 안 그래요?"

클레메트가 니나를 바라보았다. 이곳 공무원들은 정치적 문제에 의견을 표현할 권리가 없었다. 그러나 니나의 질문에 침묵하는 건 너무 우유부단하다는 생각이 들었다. 동료는 진지해 보였다.

"솔직히 말하면 난 시위대를 이해했어. 사미족의 생활방식과 자연을 명백히 훼손하는 거니까. 어쩌면 나도 그들 편에 설 수도 있었을 거야. 그렇다고 경찰인 내가 뭘 할 수 있었겠어."

커다란 화덕에서 장작이 타닥타닥 타올랐다. 실내에 따뜻한 공기가 퍼졌다. 클레메트는 고기를 굽고 프라이팬에 감자를 올렸다. 니나의 볼이 빨개졌다. 온종일 추위 속에 있던 두 뺨에서 뜨거운 열이 분출되는 것 같았다. 베리트가 했던 경고가 떠올랐다. 하지만 동료인 클레메트와 단둘이 있어도 걱정은 되지 않았다.

"순록치기들을 전부 알아요?" 니나가 물었다.

"대부분 알아. 십 년 이상 순록경찰로 살다보면 그럴 수밖에 없지." 클레메트가 대답했다.

"그게 아니라, 그 사람들을 개인적으로 잘 아느냐고요. 경찰이 되기 전부터 알았어요?"

클레메트가 고기를 뒤집으며 잠시 뜸을 들였다.

"응, 몇 명은."

질문이 조금씩 사적인 영역으로 들어가자 클레메트의 대답은 점점 짧아졌다.

"아슬락과 마티스는요?"

"으응. 조금 알고 있었어. 많이는 아니고. 연락 안 한 지 오래됐어. 특히 아슬락은."

"서로 친했어요?"

"아니, 안 친했어."

"선배님도 순록치기였어요?"

클레메트는 잠깐 동작을 멈추고 요리를 지켜보다가 니나 쪽으로 시선을 돌렸다.

"아니, 우리 가족은 가난했어."

니나는 잠시 생각에 잠겼다.

"마티스도 순록치기였잖아요. 그래도 부자랑은 전혀 거리가 먼 것 같던데요."

"우리 가족 중에는 알코올중독자가 없었거든. 만약 마티스가 정신이 말짱했다면 순록 사육은 애초에 관뒀을 거야. 우리 할아버지가 그랬던 것처럼 말이지. 그 일로 식구들을 먹여 살릴 수가 없어서 그만뒀어. 마티스는 다른 사미인들하고 똑같은 생각을 했을 거야. 순록치기를 그만두면 인생에 실패했다고 여기는 거지."

니나는 아무 말도 하지 않았다. 클레메트의 생각에 동의할 수 없었다. 혹시 순록치기들한테 질투를 하는 건 아닐까 하는 생각도 들었다.

"자, 이제 먹지. 먹고 나서 경찰서에 전화하자고."

그런 대화는 이제 끝내자고 말하는 듯했다.

"제가 살던 곳에는 알코올중독자가 없었어요. 피오르에선 서로가 서로를 지켜보거든요. 어머니는 독실한 기독교 신자였어요. 마을 사람들도 거의 그랬고요. 가끔 항구에 배가 들어왔는데 선원들은 술을 마시고 늘 문제를 일으켰죠. 어머니는 그걸 견디지 못했어요. 그래서 배가 떠날 때까지 친구들과 감시하곤 했어요."

"술은 늘 문제를 일으키지." 클레메트가 테이블에 접시를 놓으며 말했다. 두 사람은 조용히 음식을 먹었다.

저녁을 다 먹고 치운 후에 클레메트는 테이블에 지도를 펼치고 그 위에 초를 올려놓았다. 그 지역 순록치기들에게 전화를 몇 통 돌린 다음 스피커폰을 켜고 보안관 서장에게 전화를 걸었다. 클레메트는 보안관에게 요한 헨리크를 만났던 일과 내일 아침 일찍 아슬락을 보러갈 예정이라는 걸 간략하게 보고했다.

"생각해봤는데, 마티스의 스노모빌이 영 걸린단 말이야. 왜 불태웠을까? 오두막은 그대로 놔두고 말이지." 서장이 말했다.

"지문을 지우려고 그랬던 건 아닐까요?" 니나가 의견을 냈다.

"그렇다면 오두막에도 불을 냈어야지." 클레메트가 바로 반박했다.

경찰은 프랑스 기증자의 연락처를 입수했다. 그 사람은 영어를 못 하기 때문에 니나의 옛 프랑스어 실력을 활용할 수밖에 없었다.

"니나 경관이 최대한 빨리 전화를 해야겠어. 수사에 진척이 전혀 없거든. 오슬로에선 벌써부터 들들볶기 시작했다고. 기자들도 속속 도착하고 있네. 다들 신경이 곤두선 상태야. 브랏센이 핀만 가에서 일하는 순록치기 두 명과 얘기를 했는데 그날 하루 종일 툰드라에서 핀만과 함께 있었다고 확인해주었어. 고브게코르 쪽으로 함께 이동했다고 하더군. 사망추정시각에 마티스의 오두막까지 왕복하기에는 너무 먼 곳이야. 그러니 별 도움이 안 되는 정보였지."

보안관이 우물거리며 말을 했다. 니나는 서장이 책상 위에 늘 쌓아놓는 짭짤한 감초사탕 살미아키를 먹고 있다는 생각이 들었다. 보안관이 다시 말을 할 때 씹는 소리가 났다.

"클레메트, 내일 아침 일찍 아슬락을 만나도록 해. 마티스와 인접한 이웃 중에서 남은 사람은 아슬락밖에 없어. 만일 알리바이가 없다면 당장 체포하게. 아슬락이 한 짓이 아니라면 우린 완전 똥물을 뒤집어 쓴 거야."

"체포를 하라고요? 그건 브랏센에게 맡기세요. 아주 행복해할 겁니다. 그게 우리 업무가 아니라는 건 서장님도 잘 아시잖아요."

"물론 알지. 하지만 그렇게 해야 한다면 자네가 해야 해. 최근 이 년 동안 있었던 순록 절도사건은 살펴봤나?"

"아직요. 시간이 없었어요. 어쨌든 십 년 전이든 이십 년 전이든 과거의 일들을 뒤져볼 필요가 있습니다. 순록 도둑질은 오랜 세월 동안 순록을 사육하는 집안 간에 반목의 원인이 됐고 유혈 복수까지 불러일으켰거든요. 그 일은 니나와 오늘밤에 조사해보겠습니다. 오두막에서 발견한 단서들에 대해서 분석은 끝났습니까?"

전화기 너머로 바스락거리는 소리가 들렸다. 보안관이 사탕 통에서 감초사탕을 하나 더 꺼내는 모양이었다.

"지문이 열 개 넘게 발견됐어. 물론 자네 두 사람의 지문도 있고. 사망 시간은 화요일 오후 두 시경으로 추정되네. 전소된 스노모빌은 마티스 거 맞아. 다시 쌓인 눈 밑에 남은 스노모빌 자국들을 조사 중인데 지금은 별거 없어. 참고로 올라프와 그의 사미족 노친네들은 여전히 사거리에 있네. 텐트도 두 개나 만들고 아예 눌러 앉았어. 천막도 여러 개 설치했고. 거기서 밤을 보낼 작정인 거지. 마을 축제가 따로 없다니까. 그런데 목사는 군말 없이 잠잠하더군."

통화를 끝낸 클레메트는 휴대전화를 테이블에 올려놓고 밖으로 나와 발전기에 디젤연료를 채우고 가동했다. 막사 안에서는 발전기 소리가 거의 들리지 않았다. 니나는 노트북을 꺼내 위성인터넷에 접속했다. 막사는 촛불이 있는 아늑한 식당에서 작전사령부로 바뀌었다. 두 사람은 휴대전화를 충전기에 꽂았다. 클레메트도 노트북을 꺼내 경찰서의 인트라넷 서버에 연결했다. 암호를 입력하고 검색어를 몇 개 쳐서 순록 절도사건 리스트를 찾았다. 옆에 앉은 니나는 회의적인 눈초리로 클레메트의 작업을 살펴봤다.

"이 년 동안 이백삼십오 건이네요. 정말 많은데요. 이 주변에 그렇게 문제가 많나요?"

클레메트는 턱을 문지르며 사건 보고서 리스트를 보더니 잠시 침묵했다.

"우리가 알지 못하는 건들도 많아. 이 다섯 배는 될 거야. 순록 절도는 이곳에서 늘 문제지. 그래서 결국 이차대전 후 순록경찰이 창설됐어. 사미 순록치기들은 노르웨이인들이 계속 순록을 훔쳐가는 바람에 더는 참을 수가 없었거든. 그 당시 독일군이 퇴각하면서 이곳에 있는 모든 걸 불태워서 먹을 게 아무것도 없었으니까."

"그럼, 요즘은요?"

"노르웨이인들이 저지르는 절도는 계속 있어. 특히 순록들이 여름에 많이 먹고 난 다음, 겨울 방목지로 이동하기 전인 가을에 집중적으로 훔쳐. 고기가 가장 연할 때거든. 해안에서 온 노르웨이인들이 길가에 있는 순록을 죽여서 냉동운반선에 싣고 가는 거야. 그런데 이곳에서 일어나는 절도는 그것과는 상관없어. 노르웨이인들은 한겨울에 툰드라까지 오진 않으니까. 여기는 사미족의 땅이니 말이야."

"이상하네요. 전 사미인들이 순록을 훔친다고는 생각도 못 했어요. 자기네끼리 싸우는 것도 그렇고. 같은 동족이니 서로 연대할 거라고 생각했거든요."

클레메트가 미간을 찡그렸다. 니나가 말을 이었다.

"제가 잘 이해한 거라면 순록치기들 간에 수백 건의 절도사건이 남아 있다는 거네요? 수십 년 동안 있었던 복수들도 전부 고려한다면요."

"이론상으론 그래. 그런데 복수만 있는 건 아냐. 두 순록 떼가 섞이면 순록치기는 자기 무리에서 발견한 낯선 순록들을 도살하겠다고 결정할 수 있어. 자기 순록들 먹을 게 줄어드니까. 순록은 두 귀에 소유주 표시를 해놔. 그런데 두 귀를 잘라버리면 누구 건지 모르게 되는 거지. 그럼 모든 게 깔끔히 끝나는 거야. 소유주를 모르니 불평도 할 수 없거든. 조사도 할 수 없고. 여기 사람들이 그런 일을 입 밖에 내는 법은 거의 없지만 보통 그래. 이웃의 순록 중에서 몇 마리를 취하는 건 그리 큰 문제가 아냐. 이웃들도 똑같은 짓을 한다고 생각하니까. 봄에 어미를 잃은 어린 순록들도 마찬가지야. 숲에서 표시가 안 된 어린 순록을 발견하면 그 순록은 숲에 속한 게 되는 거야. 다시 말하면 발견한 사람이 임자인 거지. 순록치기는 대부분 이런 경우를 절도라고 생각하지 않아. 우리한테 신고도 안 한다고."

"마티스가 이런 일에 연루되었나요?"

"마티스도 다른 사람들과 똑같아. 정도의 문제지. 순록을 한두 마리 데려가는 사람이 있는 반면에 열 마리를 훔쳐가는 사람도 있거든. 몇 년 안에 순록 수가 두 배로 느는 순록치기도 있고. 예를 들어 핀만 가는 이런 일로 아주 악명이 높아. 증명할 방법이 전혀 없어서 그렇지 알 만한 사람은 다 알고 있어. 난 절도사건들을 분류할 테니 니나는 너무 늦기 전에 프랑스에 전화해봐."

니나는 고등학교 시절에 프랑스 가정에서 숙식하며 그 집 아이들을 돌봐주는 오페어 프로그램을 통해 아홉 달 동안 프랑스에 체류했다. 경찰학교에 들어가기 일 년 전 일이다. 사실 경찰이 되겠다고 결심한 건 프랑스에서 겪은 일 때문이었다. 아무에게도 이 일을 얘기한 적은 없었다. 다만 경찰학교에 지원했을 때 면접을 보고 나서 니나의 비밀을 지켜주고 다음 단계도 지원하도록 도와준 경찰 간부에게만 말했을 뿐이다.

니나는 프랑스에서 겪은 일에 수치심을 느꼈다. 옳고 그름에 대해 분명한 생각을 지니고 있었지만 어머니에게 받았던 엄격한 훈육의 잔재는 그녀의 무의식을 지배했다. 니나는 프랑스에서 일어났던 일이 나쁜 거라는 걸 알았다. 하지만 저항하지 못했다. 자신의 의지와 상관없이 무조건적인 순종이 미덕이라는 얘기를 수도 없이 들으며 자랐다. 니나는 자신을 제어할 수 없었다. 스스로를 통제하지 못했던 기억은 고통스럽게 남아 있었다. 그 남자가, 그리고 자기 자신이 역겨웠다. 왜 거부하지 못했을까? 그 남자는 왜 자기 말을 듣지 않았을까?

전화번호를 보았다. 파리 지역 국번. 그 일이 일어났던 건 파리에서였다. 전화번호를 누르고 귀에 댔다. 곧바로 남자 목소리가 들렸다. 니나는 입을 떼자마자 프랑스어를 아직 잊지 않고 유창하게 할 수 있다는 사실에 깜짝 놀랐다.

"안녕하세요. 저는 니나 난센이라고 합니다."

"안녕하세요."

점잖고 예의바른 목소리였다. 나이가 아주 많은 사람 같지는 않았다.

"선생님께서 카우토카이노 박물관에 기증한 사미 북 때문에 전화드렸습니다."

"아, 북이요. 아버지하고 통화하고 싶으신가 보군요. 북을 기증한 분이 저희 아버지시거든요. 저는 아들인 폴 몽입니다."

"그렇군요. 전화를 바꿔주시겠어요?"

"그런데 지금 아버지께선 전화를 받으실 수가 없어요. 몸이 좀 안 좋아서 침대에 누워계시거든요. 기력이 상당히 떨어지셨어요. 제가 도와드릴 일이 있을까요?"

"저는 노르웨이 경찰입니다. 기증하신 북이 카우토카이노의 율 박물관에서 일요일 밤과 월요일 새벽 사이에 도난당했어요. 그 일 때문에 전화드린 겁니다."

"알고 있습니다. 다른 경찰이 낮에 전화했어요. 프랑스어를 하는 사람이 전화할 거라고 알려주더군요. 그런데 정말 이상한 사건이네요. 북은 찾았어요?"

"아니, 아직요. 실은 아버님께 몇 가지 여쭤보고 싶은 게 있어요."

"제가 도울 수 있는 게 있으면 기꺼이 도와드리죠. 아니면 경관님 질문을 아버지께 대신 전해드릴 수도 있고요."

"사실, 박물관 측에선 북이 담긴 상자를 열지 않고 있었어요. 그래서 이 북이 어떻게 생겼는지 아는 사람이 한 명도 없습니다. 이 북에 특별한 점이 있는지, 관심을 가질 만한 사람은 누구인지 알고 싶은데요."

"몇 분 후에 이 번호로 전화를 드릴까요? 아버지께 여쭤볼게요."

전화를 끊은 후, 니나는 몸을 돌려 클레메트의 노트북 화면을 들여다보았다. 동료는 절도에 관한 제소서류들을 훑었다. 경찰기록에 마티스의 이름은 이 년 동안 세 번 언급되었다. 궁금해진 클레메트는 1995년 이후 전산화된 사건기록을 모두 찾았다. 총 열두 건의 사건들이 있었고 그중 아홉 건은 증거 불충분으로 불기소처분을 받았다. 이런 종류의 사건에서 흔한 비율이었다.

고소인은 대부분 인접한 이웃들이었는데 주로 핀만 가 사람들과 요한 헨리크였다. 핀만 가는 아무리 악명이 높다고 해도 별나게 보일 정도로 많은 고소를 했고, 요한 헨리크는 좀더 심각한 절도사건을 고소했다. 아슬락이 고소한 사건은 없었다. 아직 아슬락을 한 번도 만난 적은 없지만 니나는 그 사실이 놀랍지 않았다. 오히려 무성한 소문을 달고 있는 이 남자의 이미지와 어울린다고 생각했다.

잠시 후 니나의 휴대전화가 울렸다. 기증자의 아들인 폴이 아버지에게 물어봐서 얻은 대답은 이러했다. 기증한 북은 이차대전 이전에 어떤 사미인이 직접 손으로 만든 걸로 보인다. 노인이 라플란드에 있던 시기였다.

“그 당시 아버지는 폴 에밀 빅토르와 함께 여러 번 그린란드와 라플란드 탐험을 했어요. 그래서 제 이름도 폴이라고 지었죠. 아버지는 평생 빅토르 선생을 존경했어요. 제가 알기론 때가 되면 라플란드에 북을 돌려주겠다고 약속을 하셨답니다. 더 자세한 설명은 못 들었고요. 제가 직접 박물관에 북을 보냈어요. 아버지 말씀으로는 이 북에 문제가 있었다고 해요. 어떤 문제인지 저는 모릅니다. 말씀드렸다시피 아버지는 기력이 많이 떨어진 상태라 한꺼번에 많은 질문을 할 수 없거든요. 더 자세한 건 다음에 전화해서 알려드릴게요. 지금으로선 이게 제가 알고 있는 전부입니다.”

“그러면 아버님께 그 사미인이 누구고 북에 어떤 그림이 있었는지도 여쭤봐주시겠어요?”

니나는 통화를 마쳤다. 폴 에밀 빅토르라는 프랑스인의 이름은 한 번도 들어본 적이 없었다. 그러나 폴 몽이 얘기해준 사미인과 북에 얽힌 문제가 궁금했다.

“폴 에밀 빅토르? 모르겠는데.” 니나가 통화 내용을 들려주자 클레메트가 말했다.

그는 무전기로 아슬락에게 다음 날 아침 방문하겠다는 교신을 보냈다. 아슬락은 유선전화도 휴대전화도 없었다. 오로지 북대서양조약기구의 재고품인 낡은 무전기뿐이었다. 아슬락이 메시지를 들었는지 알 수 없었다. 설령 들었다 해도 답을 줄 사람도 아니었다. 사실 메시지를 보낸 건 내일 미팅에 앞서 마음의 준비를 하기 위해서였다. 클레메트는 아슬락을 만나는 게 불편했다.

일어나서 화덕에 장작을 더 넣었다. 막사 안은 이제 제법 따뜻해졌다.

작은 창문 바깥에는 짙은 어둠이 깔려 있었다. 왼편으로 초록빛이 감도는 오로라가 희미하게 보였다. 그뿐이었다. 내일은 날씨가 좋을 것이다. 닐스 안테 숙부가 생각났다. 왠지 모르게 자연이 보여주는 신비한 모습을 볼 때마다 늘 숙부가 떠올랐다. 그는 아름답고 단순한 언어로 자연현상을 묘사할 줄 알았다. 그런 재능이 없는 클레메트는 자연 앞에서 아무런 표현도 할 수 없었다. 가만 생각해보면 자신이 어설프고 서투르다고 느끼는 건 비단 자연현상을 볼 때만이 아니었다. 그는 머릿속에서 오로라에 대한 생각을 지워버렸다.

니나가 인스턴트커피를 준비했다. 하나로 묶은 금발 머리가 두툼한 스웨터 위에서 춤을 췄다. 커피를 타느라 집중하는 니나의 얼굴에 홍조가 살짝 어렸다. 스웨터가 가슴 윤곽을 드러냈다. 클레메트는 청년 시절에 키 크고 글래머러스한 여자애들을 좋아했다. 그러나 그들과 사귀어본 적은 한 번도 없었다. 니나를 보면 그 여자애들이 떠올랐다. 마음만 애태우고 감히 접근하지도 못했던 여자들이다. 그는 항상 자신이 별나다고, 너무 섣부르다고 생각했다. 이런 자의식은 어느 때고 불쑥불쑥 튀어나왔다. 지금 이 막사에서도 그랬다.

"니나, 불편한 건 없어?"

니나가 돌아보며 눈부신 미소를 건넸다.

"그럼요. 평소처럼 설탕 세 개 넣어드려요?"

"응, 세 개. 여기가 마음에 들어?"

"아주 많이요."

화려한 색감의 플라스틱 잔에 커피를 따르며 니나가 덧붙였다.

"경찰학교에서 극지에 지원하는 사람이 별로 없다는 게 좀 이해가 안 돼요. 전 이곳이 정말 좋거든요."

"다행이네. 남부 출신이 와줘서 고맙지. 여성 지원자는 특히나 말이야. 이곳엔 여경이 거의 없으니까."

니나는 다시 미소를 지었지만 아무 말도 하지 않았다. 클레메트는 바보 같은 말을 했다고 자책했다. 이십 대 때 생각이 나서 마음이 불편해졌다. 적절한 말이 적시에 떠오른 적은 없었다. 아니면 누군가가 그 말을 써먹은 다음에야 생각나곤 했다. 그가 자리에서 일어나 잔을 집으러 동료 가까이 다가갔다.

"게다가 이곳엔 자네만큼 예쁜 여자들이 많지 않아. 여기서 계속 근무할 생각도 있는 거야?"

니나는 분위기를 풀려는 동료의 노력에 무관심해 보였다. 기분이 상했나? 클레메트가 생각했다. 커피에 가루우유를 넣고 섞는 니나의 얼굴에 여전히 미소가 맴돌았다.

"여기도 꽤 살 만해요. 이곳의 사미인과 노르웨이인에 대해 알게 되는 것들도 재미있고요. 몇 년 동안 이곳에서 근무해도 괜찮을 것 같아요. 남자친구에게도 얘기하려고요."

젠장. 얼간이가 따로 없군. 클레메트가 생각했다. 이런 대화를 시작한 게 후회스러웠다. 니나는 별로 신경 쓰지 않는 눈치였는데 그게 더 기분이 상했다. 기회를 잘 타서 눈짓 한 번만으로도 여자들을 사로잡던 친구가 떠올랐다. 자기는 결코 할 수 없는 일이다. 때마침 울린 휴대전화 벨 소리가 적잖이 고마웠다. 니나에게 온 전화였다.

12

밤 10시, 카우토카이노

앙드레 라카냘은 한 시간쯤 지나 경찰서에서 나왔다. 이 경찰은 머리는 나빠 보였지만 만만한 사람은 아니었다. 둔하면서도 고집불통인 성격이 얼굴에 고스란히 드러났다. 화요일에 무엇을 했는지 묻는 순간, 라카냘은 머리끝이 쭈뼛 곤두섰다. 재빨리 그날 있었던 일을 돌이켜보았다. 그러나 경찰의 관심사는 그게 아니었다. 브랏센 형사는 순록치기 살인사건을 언급하면서 심문하려는 내용을 즉시 밝히기까지 했다.

라카냘은 아무런 내색도 하지 않았지만 깊이 안도하며 가슴을 쓸어내렸다. 경찰이 아무 의심도 하지 않았기에 태연한 척하며 시니컬한 말투로 그날의 일을 요약했다. 그러나 경찰은 계속 질문했다. 사건이 일어난 화요일에 확실한 알리바이가 있는 것만으로는 만족하지 않았다. 그는 탐사가라는 직업에 대해 다시 끝없는 질문을 던졌다.

사미인 순록치기가 살해된 화요일, 라카냘이 카우토카이노에 없었다는 건 틀림없는 사실이었다. 그날, 북쪽으로 한 시간 반 거리인 알타에 갔다. 그런데 알타에 도착한 후, 정비소에 맡긴 차를 찾을 수가 없었다. 진보당의 시위 때문에 정비소가 문을 닫았기 때문이다. 그 지역에서는 이십오 년 만에 일어난 시위였다. 라카냘이 있던 바로 그날이었다.

정비소 주인은 빠질 수 없는 시위라며 함께 일하는 정비사 두 명까지 데리고 갔다. 멍청한 새끼! 그러고는 설명을 해야겠다고 느꼈는지 이 시위는 노르웨이인들이 그 망할 놈의 북을 가지고 거들먹거리는 사미인들에게 질려서 벌이는 거라고 말했다.

사미인들은 카우토카이노에서 도난당한 북 때문에 미친 듯이 흥분하며 자기네가 무슨 권리라도 있는 양 목소리를 높이지만 노르웨이 사람도 그 정도의 권리는 있으며 만일 사미인에게 더 많은 권리를 허락하면 소말리아인도 곧바로 들고 일어나 똑같이 요구할 거라고 주장했다. 그러면서 그게 가당키나 한 거냐고 앙드레에게 물었다.

미친놈이 따로 없군. 라카냘이 생각했다. 사미인이건 노르웨이인이건 소말리아 이민자건 북이 도둑맞았건 말건 자기와는 전혀 상관없는 일이었다. 그들이 생난리를 피우거나 말거나 아무 관심도 없었다. 원하는 건 오로지 정비를 맡긴 지프차뿐이었다. 더 가관인 건, 자기가 노르웨이인의 시위에 감명을 받았다고 착각하는 거였다. 꼴통하고는.

그는 장비들을 사러 갔고, 구입한 물품은 나중에 다시 와서 찾아갔다. 그리고 남은 시간에는 술집을 순례했다. 먼저 택시 운전사의 추천으로 노르리스 호텔 바에 갔다가 시내에 있는 한스타이케 카페 술집에 들렀다. 오후 늦게 학교를 마친 여중생들이 쏟아져 들어오자 카페 분위기는 더욱 후끈해졌다. 노르웨이 소녀들이 깔깔대며 이야기꽃을 피웠다.

소녀들을 머리부터 발끝까지 꼼꼼히 관찰했다. 다른 사람이 눈치 채지 못하게 조심해야 했다. 앞머리가 눈을 덮을락 말락 한 바가지 머리 소녀가 한눈에 들어왔다. 예쁜 편은 아니었다. 그러나 눈까지 내려오는 앞머리 때문에 턱을 들어올려 앞을 보는 이 아이한테서 도도하고 깍쟁이 같은 창녀의 모습이 겹쳐 보였다. 그렇다. 이 아이는 준비된 어린 창녀였다! 평상시 그의 취향은 곱슬머리 소녀들이었다. 그런데 이곳에서 앞머리의 금발 소녀가 그를 흥분시켰다.

주변을 재빨리 살폈다. 자리에 앉은 손님은 대략 열 명 정도였다. 대부분 커피 잔을 앞에 두었고, 일을 마치고 온 형광색 작업복 차림의 노동자 세 명이 바에 기대서서 맥주를 마셨다. 여중생들이 자지러질 듯이 웃어댔다. 앞머리 소녀가 노트를 꺼냈다. 카페에서 숙제를 하는 아이들은 여럿이었다. 이곳은 너무 위험해. 프랑스인이 생각했다.

들고 있는 잔과 자신이 맡은 탐사작업에 집중해보아도 전혀 도움이 되지 않았다. 소녀의 앳된 얼굴이 어른거렸다. 보드라운 살갗의 어린 창녀. 눈을 감았다. 마음을 진정하기 위해 지난번 콩고 여행을 떠올렸다. 콩고. 키부 지역의 어린 소녀들. 그곳에는 소녀들이 지천에 깔려 있었다. 설령 그렇지 않더라도 사람들이 알아서 데리고 왔다. 이곳에서는 훨씬 더 복잡했다.

알타에 다녀온 지도 벌써 이틀이 지났다. 경찰이 더는 괴롭히지 않아서 임무 준비에 집중할 수 있었다. 그는 빌마르크센터에 묵었다. 오랫동안 카우토카이노에는 단조로운 외양을 지닌 이 호텔 하나밖에 없었다. 사람 좋은 호텔 주인의 아내는 덴마크 출신으로 툭하면 언성을 높이기 일쑤였고 술 담배를 즐겼다. 그래도 손님들에게 불쾌감을 주지 않기 위해 담배는 베란다에서만 폈다. 라카냘은 옛날에도 이 호텔에 묵은 적이 있었다.

최근 이곳에는 공항을 건설 중이고, 호텔도 세 개나 들어섰다. 철광업체들이 이 지역에 부쩍 관심을 쏟으면서 도시개발 속도가 점점 빨라졌다. 핀마르크 내륙의 카우토카이노 일대는 원칙적으로 여름에만 광물탐사를 허락했다.

여름은 순록들이 해안을 따라 나 있는 여름 방목지에 흩어져 풀을 뜯으며 북쪽으로 수백 킬로미터를 이동하는 계절이다. 겨울이 되면 순록들은 가을 이동 후 카우토카이노와 카라쇼크 중간 지역에 모여들어 이끼를 뜯어먹으며 추운 시기를 보낸다. 사미인들은 자기네 가축들을 놀라게 하거나 이웃의 순록 방목지로 가게 할 수 있는 어떤 활동도 허락하지 않는다.

예외적인 경우도 있긴 했다. 탐사구역이 제한되어 있거나 순록들을 방해하지 않는 한에서 활동을 허락하는 경우도 가끔 있었다.

앙드레 라카냘은 탐사허가신청서를 작성하면서, 대부분 걸어서 탐사할 예정이며 극히 예외적인 경우, 정해진 코스를 지키며 제한된 지역 내에서만 스노모빌을 이용하겠다고 기재했다. 콩고의 키부에서는 훨씬 간단했다. 그러나 이곳에서 일하기 원하면 이곳의 규칙을 준수해야 한다는 걸 잘 알았다. 물론 그 규칙이 합리적이어야 한다는 전제가 필요했지만 말이다.

클레메트 낭고는 니나가 전화를 받는 동안 자리로 돌아와 노트북 앞에 앉아서 순록 도난 신고서류들을 읽었다. 그러나 통화를 하는 니나의 입술과 스웨터에 드러난 예쁜 윤곽을 보면서 다시 상념에 빠져들었다.

이십오 년 전에 느꼈던 씁쓸함이 밀려왔다. 수없이 놓쳐버린 기회들이 떠올랐다.

젊었을 때 클레메트는 다른 또래들이 참석하던 파티에 가곤 했다. 그들이 가던 동일한 파티였고 모두 동일한 헛간이나 동일한 숲속 빈터에서 열렸다. 헛간 주위를 맴돌거나 숲으로 가는 길목 어귀에 빨간색 볼보 P1800 오픈카를 세우고 차에 기댄 채 서 있던 일이 얼마나 많았던가. 대시보드의 카세트덱에 테이프를 끼우고 로이 오비슨의 〈오, 프리티 우먼〉을 틀기도 했다.

그러나 제아무리 많은 노력을 기울여도 뚱보라는 별명으로 불리던 과묵한 청년에게 '예스'라고 답한 여자는 한 명도 없었다. 더구나 그의 볼보 유리창은 완전히 내려가지 않았다. 운전석에 앉아 아무리 쿨해 보이려 해도 이상한 각도로 창에 올린 팔 때문에 우스운 꼴이 되고 말았다.

그는 차와 기계를 몹시 좋아해서 정비사가 되기를 원했다. 엔진이 부릉부릉하는 소리는 닐스 안테 숙부의 요이크 가락만큼이나 아름다웠다. 성 요한 축제일인 하지 축제 때 꽃으로 뒤덮은 높은 기둥이 세워지면 운전대를 잡고 고장 난 차창 유리 턱에 팔꿈치를 높이 기댄 채 그 장면을 바라보았다. 니나 같은 애들이 자신의 여자친구가 된 적은 한 번도 없었다.

클레메트는 술을 마시지 않았다. 볼보 차 보닛에 기대어 다른 이들이 즐기는 것만 지켜보았다. 그렇게 나쁘기만 한 건 아니었다. 여자애들은 파티가 끝나면 자기 파트너가 떡이 되도록 술에 취했을 때 대신 집에 데려다줄 수 있는 클레메트를 보고 좋아했다. 술을 절제하고 기다려주는 뚱보는 믿을 만한 단 하나의 친구였다.

때때로 도둑 키스를 하기도 했지만 단지 그뿐이었다. 상대도 별로 개의치 않았다. 여자애들은 클레메트가 그 이상의 행동은 하지 않을 거라고 생각했고, 적어도 '싫다'고 말하면 그만두리란 걸 알았다. 사실 그편이 마음 편하기도 했다. 스스로에게 화가 날 때도 많았지만 대체로 자기 역할에 만족했다. 도둑 키스를 하고 나면 며칠간은 두근두근한 흥분 상태로 보낼 수 있었다.

경찰이 된 후, 여성들은 그를 더욱 신뢰했다. 믿을 만하게 행동해서 그런 건지도 몰랐다. 그러나 딱딱하고 무심한 듯한 태도 뒤에는 여자를 어떻게 대해야 할지 몰라 어색해하는 마음이 숨어 있었다.

몇 년간 카우토카이노를 떠났다가 경찰복을 입고 돌아온 날이 어제 일처럼 생생했다. 여전히 큰 체구였지만 훈련을 통해 군살이 쏙 빠졌고 탄탄한 근육질로 변했다.

예전과 달라진 사람들의 시선에 클레메트는 무척 기뻤다. 여자들은 입에 하는 키스 이상도 허락했다. 특히 목장을 순찰하러 며칠간 떠날 때면 더 많은 사랑을 받았다.

더는 뚱보라고 부르는 사람도 없었다. 퍽이나 친절한 어떤 자가 브랏센에게 클레메트의 옛날 별명을 알려주기 전까지는 그랬다. 브랏센은 즉시 '뚱보'라는 별명을 사용하기 시작했다. 다른 사람은 그렇지 않았다. 그러나 클레메트는 브랏센이 뚱보라고 할 때 자기에게 쏠리는 주위의 시선을 느끼고 깜짝깜짝 놀라며 마음에 상처를 입었다.

니나가 전화를 끊었다. 클레메트는 옛 생각에서 빠져나왔다.

"폴이었어요. 아버지가 알았던 사미인은 프랑스 탐사대에서 가이드로 일했대요. 북은 아버지 서재에 놓여 있어서 자주 봤다고 하고요. 가운데에 십자가 표시가 있고 북을 둘로 구분하는 선이 중앙에 그어져 있었대요. 순록들 말고 다른 기호들은 기억이 잘 나지 않는다고 해요."

"별로 특별한 것도 없네. 중앙에 있는 십자가는 대부분의 사미 북에서 볼 수 있어. 그 기호는 보통 태양을 상징하지. 그리고 북을 둘로 나눈 선도 공통적인 표식이고. 그 선은 산 자와 죽은 자의 세계를 분리하는 거야. 닐스 안테 숙부한테 들었어. 내가 정확하게 기억하는 건지는 모르겠지만. 순록 그림도 마찬가지로 별다른 의미를 지니진 않아."

클레메트가 한숨을 쉬며 머리를 긁적였다. 이런 사건을 순록경찰이 맡는 일은 드물었다. 도난당한 북과 살인. 순록치기들 사이에서 흔하게 일어나는 다툼 외에는 아무 단서도 없다.

마티스의 죽음으로 이득을 보는 자는 누굴까? 클레메트는 판단이 서지 않았다. 마티스의 순록은 순록관리청이 맡아서 도축할 것이다. 어찌됐든 그 순록들의 영양 상태는 몹시 나쁘다. 마티스가 사용하던 방목지는 누가 차지할까? 그게 단서가 될 수 있을까? 순록청에 문의해봐야 한다. 그러나 클레메트는 큰 기대를 하지 않았다. 토지 할당 문제는 엄격한 행정명령에 따라 철저하게 관리되고 있었다.

"폴이 그러는데 폴의 아버지는 당시의 탐험과 관련한 오래된 자료들을 금고에 보관해두었대요."

클레메트는 무언가를 고심하다가 갑자기 휴대전화를 들고 보안관에게 전화를 걸었다. 토르 옌센이 바로 전화를 받았다. 늦은 시각이었다.

"토르 서장님, 니나를 조사차 프랑스에 보내는 게 좋겠어요. 그거 말고는 뭐든 알아낼 방도가 없어요."

니나는 눈을 휘둥그레 뜨고 동료를 바라보았다. 클레메트는 니나의 의견을 묻지도 않았다. 작은 경찰서에서 해외출장 결정을 내린다는 건 쉬운 일이 아니다. 보안관 서장의 목소리는 들을 수 없어도 그의 복잡한 속내를 빤히 짐작할 수 있었다.

클레메트는 전화를 끊자마자 니나가 항의할 틈도 없이 서장의 결정을 알렸다.

"보안관 서장이 수락했어. 보나마나 오슬로 사람들이 무지하게 괴롭히고 있을 거야. 추가예산을 요청해도 괜찮을 거라고 생각한 거지. 좋은 생각 같지 않아?"

"저한테 물어보셨어야죠!"

"왜? 더 좋은 생각을 가지고 있나? 금고에 넣어뒀다는 자료들을 확인할 필요가 있어. 지금으로선 아무런 단서도 없다고. 다들 예민해져 있어. 보안관이 그러는데 알타에서 진보당의 시위가 있었다는군. 사미족 시위에 반대하는 시위인 거지."

"선배님은 절 어린애 취급할 권리가 없다고요!"

니나가 화를 냈다. 클레메트는 입을 다물었다. '젊었을 때 파티장 입구에서 늘 너를 기다렸는데 넌 다른 모든 남자에게 키스를 했지. 이건 그에 대한 벌이야'라는 기묘한 생각이 들었다. 그 당시 니나가 갓난아기에 불과했다는 사실도 깨닫지 못했다.

"더 좋은 생각이 있다면 말해봐." 클레메트가 퉁명스럽게 말했다.

"선배님 아이디어에 대해서 말하는 게 아니잖아요. 절 언제나 투명인간 취급하는 게 이해가 안 되네요. 선배님이나 선배님의 순록치기 친구들이나."

"순록치기들은 내 친구가 아니야."

"아, 그래요? 서로를 아주 잘 이해하는 것 같던데요. 다음번 탐문수사 때는 그냥 명확하게 말해주세요. 커피나 준비하라고요. 오슬로 경찰학교에는 수사관을 지망하는 여학생들을 위한 특별수업이 있어요. 아세요? 그 수업 이름은 '자기가-하기에는-너무-어려운-사건을-해결할-수-있도록-남성-동료를-돕는-법'이에요. 탐문수사를 하는 동안 남성 동료의 현명한 질문이 부각될 수 있게 커피를 타고 미소를 짓고 격려의 말을 하고 약한 척하는 법을 배운다고요. 무슨 말인지 아시겠어요?"

클레메트는 고집스러운 표정을 풀지 않았다. 무언가 대답을 하고 싶었지만 어떤 말을 해야 할지 알 수 없었다. 가장 화딱지가 나는 건 하고 싶었던 말이 얼토당토않은 때에 너무 늦게 떠오른다는 거였다.

성가신 계집애. 그는 니나보다 서른 살이나 위였다. 스톡홀름은 말할 것도 없고 이 지역에서도 근무를 안 해본 경찰서가 없었다. 그런데 어린 여경에게 트집이나 잡히고 있다. 게다가 커피 얘기를 하는 바람에 커피가 마시고 싶어졌다.

못된 계집애. 그가 다시 생각했다. 자리에서 일어났다. 니나는 화가 좀 누그러진 듯했다. 자기 아이디어 자체에 반대하는 게 아니라서 그리 기분이 나쁘진 않았다. 커피를 마시자고 하자 니나는 상황 종료라는 의미로 그 제안을 받아들였다.

니나가 말했다.

"사미족 분리독립주의자들이 북을 훔쳤을 수도 있다고 생각하세요?"

"그럴 수도 있고, 진보당 소행일 수도 있지. 이곳에서 소동이 일어나면 양쪽 다 얻을 게 있거든. 지방선거와 총선이 일 년 앞으로 다가왔으니까."

"마티스 씨와 순록 절도에 관한 사건은요?"

"마티스가 연루된 가장 큰 사건은 거의 십여 년 전으로 거슬러 올라가. 요한 헨리크가 총격을 당했던 때이기도 해. 올해처럼 그때도 가을부터 날씨가 안 좋더니 겨울은 완전히 최악이었어. 눈이 쏟아지고 녹은 다음에 추위가 몰려와서 얼음 층이 생겼는데, 그런 다음 다시 얼음이 녹았다가 얼어버리는 일이 두세 번 반복된 거야. 얼음이 너무 단단하게 얼어서 순록들이 얼음을 깨고 이끼를 뜯어먹을 수가 없게 됐지. 다들 난리였어. 모두들 신경이 날카로워졌고. 수백 수천 마리의 순록들이 굶어죽을 수도 있었거든. 그 상황을 피할 수 없었던 어떤 일가는 실제로 수천 마리의 순록을 잃었어. 그리고 잃은 순록을 벌충하려고 이웃들의 순록 수백 마리를 훔치는 짓을 했어. 마티스도 그 일에 연루된 거야. 그 일을 꾸미지는 않았지만 공모 혐의로 고발당했어. 결국 몇 달 동안 감옥에서 살다 나왔고."

"순록 귀에 표시를 해놓는데 어떻게 훔치죠?"

"귀를 자르지."

"자른다고요?"

"그래. 소유주 표시가 있는 귀 부분을 잘라내고 자기네 마크를 새기는 거야."

"세상에나!"

"그 결과 수백 마리의 순록들이 아주 작은 귀를 갖게 됐어. 너무 심하게 잘라내서 감염된 순록들도 생겼고 말이지. 감염된 것들은 모두 도살했어. 그 사건 이후로 귀 크기도 법으로 규정해놨지. 귀가 너무 작으면 안 돼."

니나는 놀라움을 감출 수 없었다. 사미인이 그런 일까지 벌인다는 걸 상상하기 힘들었다. 대부분의 북유럽 사람처럼 니나도 사미족의 생활방식에 대해서 전혀 알지 못했다. 아니 오히려 그들에 대해 고정적인 이미지만 가지고 있었다.

"마티스 씨가 연루된 다른 사건들은 또 뭐가 있어요?"

"이것저것. 마티스는 불쌍한 사람이야. 다른 사람들도 그렇게 생각하고. 위험한 사람이 아니라 운이 없는 불쌍한 사내로 말이야."

"그런 일 때문에 라플란드에서 가난한 사람의 귀를 자른다고요?"

클레메트는 아무 말도 하지 않았다. 니나가 옳았다. 무언가 들어맞지 않았다. 순록을 훔쳤다고 사람을 죽이진 않는다. 더구나 마티스는 좀도둑에 불과하지 않은가.

"마티스 씨는 혼자 살았나요?"

"내가 알기론 그래. 아슬락한테서 좀더 많은 얘기를 들을 수 있을 거야. 마티스가 다른 사람과 같이 있는 건 한 번도 못 봤어. 니나도 마티스가 살던 곳은 봤잖아. 홀아비 냄새가 물씬 나던데."

"보통 순록치기의 오두막에 아내는 같이 살지 않나요?"

"아니, 내가 말하려던 건 그게 아니야. 순록치기의 거처는 남자들의 영역이야. 보통 아내들은 거의 안 와. 순록치기들은 자기들만의 질서를 유지하려는 경향이 있어. 마티스도 마찬가지였고."

"그 사람을 봤을 때 정말 불쾌했어요. 계속 제 가슴만 보더라고요."

"어… 어… 그랬어?"

클레메트는 니나의 눈을 보면서 말하려고 애썼다.

"음흉한 눈초리라고 해야 하나…."

그가 괜스레 자기 손가락을 만지작거리다가 입을 열었다.

"너무 신경 쓰지 마. 툰드라에서 혼자 살던 남자가 갑자기 예쁜 여자를 봤으니 마음이 흔들릴 법도 하지. 그냥 자연스러운 거야."

"아뇨. 그건 자연스러운 게 아니에요."

니나의 표정이 딱딱하게 굳었다. 클레메트는 우기지 않는 게 좋겠다고 생각했다. 이제는 눈을 어디다 두어야 할지 알 수 없었다. 다행히도 니나는 그 얘기를 더는 화제로 삼지 않았다.

"마티스 씨는 가족이 전혀 없었어요?"

"어머니는 오래전에 돌아가셨어. 아버지는 좀더 최근에 돌아가셨고. 형제자매가 있다고 해도 이 지역에 살지 않는 건 확실해."

"어떤 면에선 외로운 사람이네요. 외톨이에 돈도 없고 불쌍한 알코올 중독자인데다가 무슨 이유인지 칼에 찔려 죽기 전에 양쪽 귀도 잘렸고. 그런데 북이 없어지고 스물네 시간 만에 이런 사건이 또 터졌고요. 이상하지 않아요?"

"당연히 이상하지! 이런 상황을 안 이상하다고 할 사람이 도대체 누가 있겠어!"

클레메트는 감정이 격앙되었다. 현재로서는 아무런 단서도 없다. 범죄 도구도, 쓸 만한 지문도, 동기도….

"그럼, 북은요?"

"북이 뭐?"

"글쎄요. 두 사건이 서로 연결됐을 수도 있다는 생각이 들어서요. 마티스 씨가 북에 집착했다는 요한 헨리크 씨의 얘기도 있었고."

"맞아. 나도 그런 생각이 들었어. 하지만 무슨 연관이 있겠어? 오래된 북이라는 것 외엔 아는 것도 전혀 없으니 말이야. 그건…."

클레메트가 갑자기 노트북 뚜껑을 닫고 그 위에 손을 얹었다. 니나는 그의 말을 기다렸다. 클레메트는 두 사건이 연결됐을 거라는 니나의 직감에 동의했다. 그러나 일상이 복잡해지는 건 원치 않았다. 순록경찰에 들어온 것도 평온한 생활을 원해서였다.

해안가의 작은 마을들에서 근무할 때는 허구한 날 만취한 술꾼들의 싸움이나 매춘, 마약거래를 수사했다. 카우토카이노로 돌아온 것도 이 모든 일이 지긋지긋했기 때문이다. 부족한 예산 탓에 토요일 저녁마다 혼자 순찰을 돌았고 나갈 때마다 불안감이 엄습했다. 이런 생활이 몇 년 동안 지속되다보니 극심한 우울증까지 찾아왔다. 자기처럼 한계에 다다른 동료도 많았다.

니나가 이런 걸 이해할 수 있을까? 심신이 지쳐 몇 달 동안 휴직했던 일까지 들려줄 생각은 없었다. 물론 그 일에 대해 할 말도 없었다. 대자연을 누비는 순록경찰로 일하면서 마음의 평안을 되찾았다. 험한 사건을 다루지 않는 것도 큰 행운이었다.

클레메트는 한숨을 길게 내쉬었다. 무언가를 말하려다 그만두었다. 지금은 이것저것 까다롭게 따질 처지가 아니었다. 경찰 내부의 공식적인 지침에 따라 여경 비율은 점점 높아질 예정이다. 간부급에서만 최소 사십 퍼센트 이상을 여성 간부로 임명해야 한다. 북극에서 활동하는 여경이 드문 만큼 순록경찰 업무를 하면서 실수만 안 한다면 니나에게 빠른 출세는 보장되어 있다.

"자네 말이 맞을지도 몰라." 클레메트가 말을 내뱉었다.

13

1월 14일 금요일

일출: 오전 10시 31분, 일몰: 오후 12시 26분

일조 시간: 1시간 55분

오전 7시 30분, 라플란드 내륙

순록경찰 막사

다음날 아침 클레메트는 일찍 일어났다. 바깥은 새카만 어둠이었다. 강풍이 창문을 흔들며 그 위에 쌓인 반짝이는 눈들을 벗겨냈다. 화덕의 불은 어느새 꺼져 실내에 냉기가 감돌았다. 침낭에 남은 온기 속에서 다리가 뻣뻣해졌다. 그렇다고 뭉그적거릴 수는 없었다. 침낭에서 완전히 빠져나와 순록가죽장화를 신고 기지개를 켰다.

니나는 테이블 건너, 반대쪽 침대에서 여전히 자고 있었다. 그녀는 순록경찰에 합류한 최초의 여경이었다. 경찰 숙소는 애초에 남자와 여자를 동시에 수용할 수 있게 만들지 않았다. 그런데 전날 저녁에 보니 니나는 이런 불편한 혼숙도 별로 상관하지 않는 듯했다. 다행이었다. 불평을 늘어놓았다면 견디기 힘들었을 것이다.

화덕에 장작을 넣고 불을 붙였다. 그 소리에 니나가 깼다. 클레메트가 커피를 준비하는 동안 니나는 재빨리 옷을 입고 동료에게 아침인사를 하고 밖으로 나갔다가 오 분 만에 눈으로 세수를 하고 돌아왔다.

"이런 방식도 꽤 괜찮네요." 차가운 눈으로 얼굴을 비벼서 볼이 빨개진 니나가 말했다.

클레메트는 테이블에 커피와 아침거리를 놓았다. 니나가 밖에 있는 동안 가방도 정리해두었다. 화덕에서 끓고 있는 물을 가리키며 클레메트가 말했다.

"원하면 더 씻도록 해. 난 오 분 후에 돌아올 테니까."

그는 막사 앞 층계에 잠시 서서 얼음장 같은 바람을 맞으며 뭔가를 찾듯이 어둠 속을 노려보았다. 그러고는 방한복 단추를 풀어 어깨를 빼고 무릎까지 옷을 내렸다. 툰드라가 아직 어둠에 잠겨 있을 때 매일 아침을 이렇게 시작했다. 좋아하진 않았지만 하루를 여는 의식이었다. 하기 싫어도 억지로 하곤 했다. 시선이 캄캄한 허공을 훑었다. 미동도 하지 않는 몸에 추위가 달려들었다. 깊게 숨을 내쉬고 어둠 속으로 한 발짝 내밀었다. 어깨를 두드리고 눈을 집어 얼굴과 상체, 겨드랑이, 목을 문지르고 물기를 닦은 다음 막사 안으로 들어왔다.

두 사람은 조용히 앉아 아침을 먹었다.

"아슬락 씨한테는 언제 가요?"

"바로 출발해야지."

클레메트는 어란 페이스트를 바른 토스트를 천천히 씹었다.

"아슬락은 특이한 사람이야. 이 지역에서 존경과 두려움의 대상이지. 사람들이 아슬락을 두려워하는 건 다른 사람들과 달라서 그래. 집을 사고, 스노모빌을 사고, 지프차를 사거나 순록을 사육하기 위해 헬리콥터를 이용하고 심지어 태국인들도 고용하는 사람들과는 전혀 다르거든.

아슬락은… 아슬락은 옛날 방식 그대로 살아."

"그것 때문에 특별한 거예요?"

"그 사람한테서 과거의 이미지를 보는 거지. 향수를 느끼는 그런 이미지 말이야."

"선배님도 그 사람을 보면 향수를 느껴요?"

클레메트는 아무 대답도 하지 않았다.

오전 8시 30분, 라플란드 내륙

두 사람은 스노모빌에 올라타고 아슬락의 캠프로 향했다. 사십오 분쯤 달렸을 때 장애물에 살짝 부딪혀 스노모빌이 기우뚱했다. 별거 아닌 사고였으나 니나는 심장이 오그라들었다. 평상시처럼 클레메트가 앞장섰다. 날은 여전히 어두컴컴했다. 그러나 두텁게 깔린 눈 위로 새벽빛이 퍼지면서 헤드라이트를 켜지 않고도 시야를 확보할 수 있었다.

니나는 따뜻한 핸들을 꽉 잡고 약간만 힘을 줘도 반응하는 엔진의 강력한 소리에 몸을 실었다. 허벅지에 전해지는 엔진의 열기가 온몸으로 전해졌다. 아슬락의 거처가 멀지 않았다. 헬멧 바이저가 날카로운 바람을 막아주었지만 틈새로 들어오는 가는 바람이 앵앵대는 모기처럼 신경을 건드렸다.

니나는 모두가 기상천외한 사람으로 묘사하는 아슬락의 모습을 상상해보았다. 왼쪽으로 얼어붙은 강을 따라 서 있는 난쟁이자작나무들이 보였다. 완만한 산비탈을 타고 올라갈수록 구불구불한 눈 덮인 강은 시야에서 멀어졌다.

둘은 천천히 달렸다. 니나는 스노모빌을 타고 가면서 자연의 소리를 듣는 건 처음이라고 생각했다. 헬멧을 벗고 샤프카만 쓴 채 이런저런 상념에 빠져들었다.

갑자기 귀청이 떨어질 듯한 총성이 울렸다. 니나는 소스라치게 놀라 몸을 움찔했다. 검은 그림자가 니나의 오른쪽을 휙 스쳐갔다. 스키 신발을 신은 커다란 실루엣이 클레메트의 스노모빌 앞에서 손짓하는 모습을 보고도 니나는 뭐가 나타난 건지 짐작도 할 수 없었다.

위쪽에서 스키를 타고 내려온 남자가 클레메트의 길을 가로막으며 멈춰 서자 바닥에 쌓인 눈이 구름처럼 일어났다. 남자가 분노한 표정으로 욕을 퍼부었다. 클레메트는 조용히 헬멧의 바이저를 위로 올렸다.

니나는 아연실색했다. 남자는 방금 전에 자기들에게 총을 쐈다. 적어도 경고하기 위해 쐈을 것이다. 그런데도 클레메트는 욕하는 남자에게 반응하지 않고 앉아 있기만 했다. 직감적으로 이 남자가 아슬락임을 알았다. 그녀는 남자가 무슨 말을 하는지 좀더 잘 듣기 위해 샤프카의 귀덮개를 들어올렸다.

"… 제기랄, 이런 개 같은 경우가 어딨어? 도대체 무슨 말을 해야 알아듣겠나? 이쪽으로 지나가면 안 돼! 내 순록들이 저기 있어. 당신들 때문에 겁을 집어먹으면 먹을 것도 없는 곳으로 다 내뺀다고! 이게 경찰이야? 이곳을 생난리통으로 만드는 게 경찰이냐고! 여기로 오면 안 돼! 저쪽으로 다녀야 한다고! 알아듣겠어?"

목소리는 놀랄 만큼 힘이 넘쳤고 심장이 떨릴 정도로 위협적이었다. 협박하는 표현을 전혀 쓰지 않았는데도 그랬다. 순록치기가 발산하는 강력한 힘과 카리스마에 둘러싸인 것만 같았다. 아슬락에 대해 상상하던 이미지 때문이었는지 니나는 아슬락이 클레메트에게 덤벼들어 통째로 삼켜버릴지도 모른다고 생각했다. 기이하게도 클레메트는 아무 반응 없이 가만히 있었다. 이상하네. 니나가 생각했다.

아슬락이 걸친 순록가죽 털외투는 요한 헨리크가 입었던 것과 똑같이 생겼는데 길이만 다소 짧았다. 바지와 부츠, 장갑도 모두 순록가죽으로 만든 거였다. 헬멧 없이 머리에 쓴 두꺼운 샤프카는 순록경찰이 쓰는 것과 비슷했다.

니나는 감히 움직일 수 없었다. 스노모빌의 불빛이 미동 없는 동료의 실루엣과 분노로 이글거리는 아슬락의 검은 눈동자를 비추었다. 깊은 주름이 가득 팬 얼굴에 며칠 동안 깎지 않은 수염이 텁수룩했다. 다른 사미인들보다 훨씬 더 발달한 사각 턱에 광대뼈는 높이 솟았고 콧날은 날카롭고 입술은 관능적일 정도로 두툼했다. 가장 인상적이었던 건 꿰뚫는 듯 강렬한 시선이었다. 원초적인 야성의 기운이 흘러나왔다.

아슬락은 한 손에 총을, 다른 손에 막대기를 들고 있었다. 몸짓은 느렸지만 작은 행동 하나에도 몸 전체가 움직였다. 두꺼운 옷도 민첩한 몸놀림을 감추지 못했다.

순간 니나의 머릿속에 자기네는 무장하지 않았다는 사실이 떠올랐다. 노르웨이 경찰은 무기를 소지하는 경우가 거의 없었다. 총은 경찰서 금고에 안전하게 보관되어 있다. 꽤나 실용적이다….

아슬락이 몸을 돌리고 니나를 쏘아봤다. 니나는 그 시선에 맞섰다. 위협과 분노는 더 이상 찾아볼 수 없었다. 극심한 피로만 엿보였다. 지금 질문하면 상황이 더 악화될 수 있다는 생각이 들었다.

난데없이 날카로운 비명 소리가 들렸다. 인간의 것이 아닌 듯한 소리에 온몸이 얼어붙고 모골이 송연해졌다. 끔찍한 고통을 호소하는 탁한 외침이 공기를 가르며 길게 이어졌다. 멀리서 나는 소리였지만 어디인지 알 수 없었다. 눈에 보이지 않는 공포가 계곡을 휘감았다. 소리가 뚝 끊겼다. 소리를 실어온 바람의 음산한 신음만 그 자리에 남았다.

설명할 수 없는 불안감이 엄습했다. 그래도 무언가 해야 했다. 니나는 두 남자를 향해 돌아섰다. 아슬락은 놀란 기색이 전혀 없었다. 단지 고요한 시선으로 니나를 응시할 뿐이었다. 얼굴에 일어난 표정 변화를 보고 니나는 깜짝 놀랐다. 꽉 다문 입술에서 관능이 사라졌다. 클레메트가 침묵을 깼다.

"무슨 소리지?"

오전 10시, 카우토카이노

앙드레 라카냘이 카우토카이노의 사냥용품과 낚시용품을 파는 전문점에 들어섰다. 그 주위를 돌다가 정차하는 경찰차가 눈에 띄었다. 며칠 전 자기를 심문했던 경찰이 차에서 나왔다. 이런, 빌어먹을! 그가 욕설을 낮게 뇌까렸다. 프랑스 지질학자는 잠시 되돌아갈까 고민하다가 판매원의 이목을 끄는 대신 안에 남아 있는 게 낫다고 판단했다. 그리고 가게 안쪽의 칼 코너로 갔다.

롤프 브랏센이 들어와서 낚시용품이 진열된 왼쪽 벽으로 갔다. 라카냘이 방향을 틀어 넓은 칼날들을 비교하는데 바로 뒤에서 인기척이 느껴졌다.

"그건 진짜 사냥감을 잡기 위한 건데…."

라카냘이 고개를 들었다. 경찰이었다. 지질학자는 인사를 건네며 억지웃음을 지었다.

"혹시 압니까? 비다 고원에서 멋진 놈을 하나 잡게 될지. 이 칼날이 괜찮습니까?"

"난 칼에 대해선 하나도 몰라요. 사냥하러 갑니까?"

"탐사를 떠날 거예요. 허가증이 나오면 즉시 떠날 생각이죠. 빨리 나왔으면 좋겠는데…. 짐을 다 싸놨거든요."

사실 라카냘은 칼이 필요 없었다. 칼을 내려놓았는데도 경찰이 떠날 기미가 없자 다시 말을 꺼냈다.

"수사에 진전은 있습니까?"

"계속 찾고 있어요. 계속."

남자 곁으로 바싹 다가간 브랏센은 경찰 체통을 팽개친 듯 친한 사람처럼 굴었다. 어색한 미소와 함께 너무 완고한 인상을 주지 않으려 노력하는 모습이 여실히 보였다. 연기는 더럽게 못 하는군. 라카냘이 생각했다.

이렇게 시간만 허비할 수는 없었다. 하지만 어제의 심문 후 감시를 받고 있다는 건 알았다. 알타에서 일어났던 일에 경찰을 끌어들일 수는 없었다. 알타의 술집에 갔던 일이 떠올랐으나 그 생각을 바로 떨쳐냈다.

"지난밤에 별일은 없었소?" 경찰이 물었다.

맙소사. 라카냘은 대답하기 전에 재빨리 머리를 굴렸다. 경찰이 뭔가 냄새를 맡았나? 아니, 그건 불가능하다.

"아뇨. 내 로맨스를 포기해야 할까 봐 두렵긴 해도 잠시 이곳에서 일해야 하니 누구와도 척을 질 순 없죠."

"당연히 안 되죠."

잠시 침묵이 흘렀다. 브랏센이 다시 말을 이었다.

"그 계집애한테 관심이 많던데. 바에 있던 여자애 말입니다. 나도 눈은 있거든."

라카냘은 말의 의도를 파악하려 애쓰며 경찰을 쳐다보았다. 여전히 친한 척하고 있다. 아니면 정말로 그렇게 생각하는지도.

"그 여자애는… 흥미롭더군요."

"너무 어리지 않나요?"

"미성년자는 아니에요." 지질학자가 신중하게 대답했다.

"그렇죠. 그렇긴 하죠."

눈을 똑바로 쳐다보며 맞장구치는 브랏센의 얼굴에 원래 그대로의 완고하고 깐깐한 성격이 드러났다. 브랏센이 표정을 다시 누그러뜨렸다.

"비다 고원으로 언제 떠납니까?"

"장비를 다 갖추고 나서요. 그리고 무엇보다 가이드를 찾아야 해요. 여기 사람으로요."

"아, 그렇군요. 가이드가 정말 필요하겠죠. 생각해둔 사람이 있소?"

"아직 몰라요. 그곳 지리를 잘 알고 끈기 있는 사람이 필요해요."

"오, 그런 사람은 널렸어요. 여기 남자들은 사무실 타입은 아닐지 몰라도 강하고 튼튼하죠. 바깥이 활동무대예요. 술고래한테 걸리지만 않으면 돼요."

"어떤 사람이 빠릿빠릿하다며 올라프 렌손이라는 스웨덴 출신의 순록치기를 추천하던데…."

갑자기 브랏센이 심기 불편한 표정을 지으며 지질학자의 말을 끊었다.

"렌손? 나라면 다른 사람을 찾겠소."

"왜요?"

"탐사를 질질 끌고 싶지 않으면 다른 사람을 찾아요. 그게 팩트예요. 친구로서 해주는 말입니다."

앙드레 라카냘은 우기고 싶은 생각이 전혀 없었다. 그러나 빌마르크센터에서 렌손을 칭찬하는 얘기를 잔뜩 들었기에 브랏센의 말이 성가셨다. 고집은 좀 세지만 민첩한 데다가 아는 사람도 많고 부재 시에 자기 순록들을 돌봐줄 수 있는 친척들도 많은 순록치기라고 했다.

"할 수 없죠. 다른 사람을 찾아봐야겠네요."

"당연히 그래야 해요. 그리고 걱정 말아요. 그 귀여운 여자친구를 다시 보게 될 겁니다."

경찰이 툭 내뱉으며 몸을 돌려 가게를 나갔다. 아무것도 안 사고 구경도 안 하는 걸 보면 이곳에 우연히 들른 게 아닌 건 분명했다.

14

1월 14일 금요일

오전 10시 30분, 라플란드 내륙

니나는 아슬락의 대답을 듣지 못했다. 그가 답을 했는지도 확신할 수 없었다. 고통스럽게 꾹 다문 입술은 움직이지 않았다. 얼음같이 냉혹하면서도 불같이 뜨거운 시선이 그녀를 꿰뚫었다. 니나는 몹시 불편했다. 짐짓 아무렇지도 않은 척했지만 오래도록 침묵만 지키는 두 사람을 이해할 수 없었다.

클레메트는 이 상황을 당연하게 여기는 것 같았다. 하지만 경찰 아닌가! 답을 요구해야 하고 그럴 권리도 있다. 하지만 아무 말 없이 그대로 서 있을 뿐이다. 아슬락에게 맞설 방법을 모두 잊어버린 듯 단 한마디도 하지 않았다. 선배도 저 사람을 섣불리 대할 수 없어서가 아닐까? 니나가 생각했다.

스웨덴의 키루나 순록경찰 팀장에게 첫인사를 하러 갔을 때 팀장은 순록경찰대에 대해 설명했다. 순록경찰은 다른 경찰과 다르다. 원칙적으로 너무 젊은 사람은 팀원으로 뽑지 않는다. 하지만 순록경찰대에 남자만 있어서 여자를 뽑아야 했다. 그러나 여자들의 세계는 아니다. 그리고 잠시 망설이다가 이 일은 우리처럼 사미족이 아닌 사람들에게 맞는 일은 아니라고 덧붙였다.

다시 고요가 찾아왔다. 비명 소리가 계곡 멀리로 사라졌지만 니나는 여전히 소름이 가시지 않았다. 주위를 둘러보았다. 온통 새하얀 땅과 난쟁이자작나무 몇 그루를 얹은 벌거숭이산들, 드문드문 솟은 바위, 태양이 끼어들기 시작한 어슴푸레한 푸른빛.

산비탈에서 멀리 떨어진 곳까지 시선을 돌려도 사람 하나 보이지 않았다. 아슬락의 캠프는 산꼭대기 반대편에 있는 듯했다.

"아슬락, 물어볼 게 있어. 니나 경관이 따라갈 테니 함께 얘기하면 되네."

니나는 무슨 일이 일어나든 침착하려 마음의 준비를 단단히 하고 있었지만 클레메트의 말은 전혀 예상하지 못했다. 반박하기 위해 입을 여는 순간 클레메트가 말을 이었다. 니나의 시선을 피하는 듯 눈도 마주치지 않았다. 시선을 피한 건 사실이었다! 아슬락을 보는 것도 아니었다. 무슨 일이지?

"난 막사로 돌아가야 해. 나중에 설명해줄게. 일이 다 끝나면 알려줘. 데리러 올 테니까. 아니면 다른 데서 만나든지."

클레메트는 니나를 흘끗 보고 다시 시선을 돌렸다. 그런 모습은 처음이었다. 아슬락이 두 사람을 쏘아봤다. 그러나 아무 말도 하지 않았다. 그가 재빨리 총을 위로 올리고 클레메트를 보았다. 그러고는 총을 허리춤에 차고 조용히 산 정상을 향해 올라갔다.

두 사람은 산 반대쪽에 있는 아슬락의 캠프에 도착했다. 니나는 스노모빌 시동이 꺼진 후에도 잠시 앉아 있었다. 눈앞에 펼쳐진 광경이 그녀를 압도했다. 흰 눈으로 뒤덮인 천막 세 채와 땅과 이끼가 그의 캠프였다. 가장 큰 천막 꼭대기의 열린 틈으로 연기가 빠져나왔다.

그들이 도착하자 가장 멀리 떨어진 천막 옆의 우리에 있던 순록 열댓 마리가 빙글빙글 돌기 시작했다. 엔진 소리에 익숙하지 않은 순록들은 불안함을 감추지 못했다. 캠프에 스노모빌은 보이지 않았다.

이차대전 이전의 풍경이 담긴 엽서를 보는 듯했다. 키루나에서 뒤적거렸던 사미족 관련 책들에 나온 사진 속 모습 그대로였다. 이런 캠프는 이제 찾아볼 수 없었다. 아직 모두 본 것은 아니었지만 지금껏 만난 순록치기 중에서 현대의 편리성을 거부하고 살아가는 사람은 없었다.

아슬락은 예외였다. 다른 시대에 속한 사람이었다. 천막 입구 옆에는 자작나무 가지로 높이 쌓아올린 비계 위에 고기를 널어 바람에 말리고 있었다. 니나는 고기가 돌처럼 딱딱해졌을 거라고 생각했다.

한 번도 보지 못한 세계였다. 신비롭고 새로운 땅에 한 발 들어섰다. 바람이 이끄는 대로 입구를 향해 걸어가는 니나의 귀에 아슬락의 호통과 총성과 끔찍한 비명이 여전히 맴돌았다.

아슬락이 먼저 허리를 숙이고 천막 안으로 들어갔다. 어두컴컴한 실내로 먼저 사라진 그가 뒤를 돌아 문으로 사용하는 두꺼운 덮개를 들어올렸다. 몸을 숙여 들어가다가 그를 보았다. 깊이 팬 주름 사이에서 강렬하게 빛나는 검은 눈과 마주쳤다. 텁수룩한 수염이 반쯤 가린 얼굴에는 풍파의 세월이 고스란히 새겨져 있었다. 니나는 집요한 이 시선의 의미를 파악할 수 없었다.

두 발짝 앞에 화로가 있었다. 안을 가득 채운 연기에 기침이 나왔다. 왼쪽 빈 곳에 자리를 잡고 앉았다. 바닥에서는 숨을 쉴 만했다. 샤프카를 벗자 황금빛 머리가 흘러내렸다. 아슬락의 눈이 여전히 니나를 향했다. 갑자기 풀어헤친 머리가 신경 쓰였다. 마치 부도덕한 여자가 된 느낌이었다. 얼른 머리를 묶었지만 곧바로 후회했다. 아슬락은 니나가 똑바로 앉길 기다리며 침묵을 지켰다.

이제껏 알아왔던 모든 것과 멀리 떨어져 있는 것만 같았다. 한마디도 할 수 없었다. 어둠에 익숙해지자 화로 건너편에서 움직이는 형체가 보였다. 자리를 살짝 옮기자 여자가 눈에 들어왔다. 무거운 순록가죽 옷을 입고 머리에 쓴 샤프카의 끈을 턱 아래에 묶은 여자의 행동은 매우 굼떴다. 턱은 살짝 들어갔고, 광대뼈는 아슬락만큼은 아니어도 높이 솟았다. 길쭉한 두 눈은 아름다웠지만 텅 비어 있었다. 그 속에서 어떤 빛도 찾을 수 없었다. 왠지 모르게 조금 전 비명의 주인공을 찾았다는 생각이 들었다. 여자는 두 사람의 존재도 알아채지 못하는 듯했다.

그녀가 천천히 뒤로 돌아 장작을 하나 잡고 조심스럽게 화로에 넣었다. 니나는 혼란스러웠다. 특별히 몸이 아픈 것처럼 보이지는 않았다. 다만 이 세상으로부터 벗어나 다른 곳에 가 있는 듯했다.

여자가 갑자기 긴 숨을 토해냈다. 니나는 저도 모르게 숨을 훅 들이켰다. 또다시 비명 소리를 듣게 될 것만 같았다. 하지만 아무 일도 일어나지 않았다. 여자는 꼼짝 않고 불꽃을 응시했다.

"내 아내요. 말은 하지 않아요. 다른 곳에 가 있죠." 아슬락이 말했다.

아슬락의 목소리가 들리자마자 여자는 최면에서 깨어난 듯 노래를 흥얼거렸다. 목구멍 뒤에서 나오는 선율은 마티스가 부르던 노래와 동일했다. 사미족의 노래, 요이크다. 여자의 나이는 짐작하기 힘들었다. 서른 살로도 예순 살로도 보였다.

"사모님이 소리를 질렀나요?" 무겁게 내리누르던 침묵을 깨고 니나가 물었다.

"그래요."

"왜죠?"

"아내가 말하는 방식입니다."

아슬락은 잠시 침묵했다가 무심하게 입을 열었다.

"아이들처럼."

니나가 그를 보았다. 아슬락의 말은 단어 하나하나에 무게가 실려 있었다. 그들을 갈라놓은 건 화로뿐이었다. 클레메트의 행동이 다시 머리에 떠올랐다. 아슬락과 클레메트, 두 사람이 뿜어내던 기가 워낙 세서 그들 주위로 기의 장막이 둘러쳐진 듯했다.

니나는 선뜻 대화를 시작하지 못하는 자신을 이해할 수 없었다. 이곳엔 딱 꼬집어 말할 수 없는 무언가가 연기에 섞여 떠다녔다. 이성을 되찾아야 했다. 익숙한 땅을 벗어나 너무 멀리까지 오게 한 이 수사에 집중해야 했다. 아슬락은 한갓 이웃에 불과할까? 혹시 마티스를 죽일 만한 이유가 있었던 걸까?

"질문할 게 있다고 했죠?"

이곳에서 환영받지 못한다는 느낌이 들었다.

"마티스 씨 살인사건에 대해 수사하고 있습니다. 마티스 씨는 살해당했어요. 스노모빌이 전소되고 오두막을 뒤진 흔적이 있고요. 그래서 이웃 순록치기들을 방문하고 있습니다. 구체적으로 알고 싶은 것들이 좀 있어서요. 모두에게 질문하는 내용들이에요. 탐문수사의 일부입니다."

니나는 필요 이상으로 부연설명을 늘어놓았다. 그럴 이유가 없었다. 그러나 아슬락의 예리한 시선과 침묵은 그녀를 불안하게 했고 무기력하게 만들었다.

"월요일과 화요일에 어디 계셨죠?"

"어디 있었을 것 같나요?"

순록치기를 물끄러미 바라보았다. 입술이 경멸하듯 삐죽거렸다. 그럼에도 그 입술은 야생의 관능을 간직했다. 이 사람이 죽였을 수도 있어. 니나가 생각했다.

"어디에 계셨죠?"

"순록들과 함께 있었어요."

"순록들과요. 음…."

아슬락이 자기 일에 도움을 주지 않으리란 사실이 눈에 훤히 보였다. 물론 그는 자신이 체포될 수도 있다는 건 알지 못한다. 요한 헨리크를 탐문하던 때의 상황이 그대로 재연된다는 느낌을 받았다. 아슬락의 부인을 보았다. 그녀는 멍한 시선으로 연기가 빠져나가는 천막 꼭대기를 보고 있었다. 여자로부터 알아낼 수 있는 것도 없었다.

"마지막으로 마티스 씨를 본 게 언제였나요?" 다시 질문을 던졌다.

아슬락이 솥 위로 몸을 숙이고 자작나무 컵으로 펄펄 끓는 순록국물을 퍼서 한 모금 마셨다. 그리고 여경에게도 마시라고 손짓했다. 니나도 한 컵 떴다.

"일요일에 마티스를 봤어요. 몸이 안 좋더군요. 늘 아프긴 했지만 확실히 더 심했죠. 그날 이곳에 식사를 하러 왔어요. 서쪽에서 만났고요. 이곳에서 사십오 분 걸리는 곳이에요. 마티스에게 순록 좀 돌보라고 얘기했죠. 마티스 순록들이 내 방목지로도 넘어왔거든요. 요한 헨리크네 쪽으로도 가고. 마티스는 자기 순록들을 감당하지 못했어요."

그가 후루룩 소리를 내며 국물을 길게 들이마셨다. 그러고는 다시 쏘는 듯한 눈빛으로 니나를 보았다.

"당신들이 마티스를 죽인 거예요. 당신들 모두가. 규칙과 지도상에 그려놓은 선으로. 예전처럼 순록을 치면서 살 수가 없어요."

"마티스 씨에게 술을 마시라고 강요한 사람은 아무도 없어요." 니나가 말했다.

"그걸 어떻게 압니까? 누구도 마티스를 도와주지 않았어요. 반년 동안 자기 앞으로 온 편지들을 뜯어보지도 않았어요. 감히 그럴 수 없었던 거죠. 두려웠으니까."

"뭘 두려워했는데요?" 니나가 물었다.

"길을 잃을까 봐, 실패할까 봐 두려웠던 거죠."

"순록치기로서 그렇다는 거예요?"

"순록치기로도 한 인간으로도 그렇다는 겁니다. 순록을 돌볼 줄 모르는 순록치기는 참된 인간이 아닙니다."

"제가 바로 본 거라면 선생님처럼 혼자서 일하는 순록치기에게는 어떤 기회도 오지 않아요. 마티스 씨가 진짜 인간이냐 아니냐는 사실과 아무 관계가 없는 거죠. 비다 고원에서는 서로 도와주는 걸로 알고 있는데. 아닌가요?"

"아, 당연히 그렇죠. 클레메트가 말해줬나요? 꼭 사미족 사람만이 이곳에서 무슨 일이 벌어지는지 알 수 있는 건 아니죠."

"마티스 씨 스스로가 이런 상황에 빠진 거예요. 시스템의 잘못이 아닙니다. 월요일과 화요일에 어디 계셨죠?" 니나가 반박하며 재차 물었다.

아슬락이 어떤 대답을 하든 증명할 길은 없었다. 마을 사람들과 거의 접촉하지 않는 데다가 석유를 사러 마을로 갈 필요도 없는 사람 아닌가. 추적 가능한 휴대전화도 없다. 막다른 길이었다.

클레메트가 요한 헨리크에게 했던 방식은 아슬락에게는 통하지 않을

게 뻔했다. 그는 완전히 다른 시대에서 온 사람이었다.

다르게 접근해야 했다. 수사를 하면 할수록 제자리걸음만 하는 느낌이었다. 게다가 클레메트는 순록치기들을 너무 조심스럽게 대했다. 조금 전 아슬락을 대할 때 그의 행동도 이해할 수 없었다. 그들과 너무 가까워서일까? 그러나 사미인들은 클레메트를 경계하는 듯했다. 수사를 하러 떠나기 전 알리바이가 없으면 아슬락을 체포하라고 했던 보안관 서장의 말이 떠올랐다.

"혐의를 받을 수도 있는 질문들에 답하지 않으시네요."

순록치기가 차가운 눈으로 니나를 보았다. 아무래도 상관없다는 눈빛 같기도 했다.

"마티스 씨와 어떤 관계죠? 서로 가깝게 지내셨던 것 같은데. 그래도 다툼은 있었던 걸로 보이지만요."

아슬락은 입을 굳게 다물고 니나를 뚫어지게 쳐다보았다. 굴복하지 않으려 눈길을 맞받던 니나는 비극적이면서도 강렬한 눈빛에 놀라지 않을 수 없었다. 왜 그가 다른 사람들에게 그렇게 강한 인상을 주는지 알 것 같았다. 그러나 니나는 두려워하지 않았다.

"마티스는 방황했어요. 오래전부터. 특히 아버지가 돌아가신 다음부터 쭉. 마티스의 아버지는 잘 압니다. 진정한 사미인이었죠. 우리가 어디에서 왔는지 잘 알았어요. 그 어른에 대한 얘기는 많이 듣게 될 거예요. 좋은 얘기든 나쁜 얘기든. 하지만 사람들은 아무것도 몰라요. 마티스의 아버지는 신비한 힘을 가지고 있었어요. 지식도 많았고 기억력도 뛰어났죠. 마티스는 그런 걸 하나도 물려받지 못했어요. 샤먼 행세만 했죠."

"네? 그게 무슨 말씀이에요?"

"마티스가 죽기 전에 만난 적 있어요?"

"네. 왜요?"

"미래를 알려주겠다고 하거나 북을 팔려고 하지 않던가요?"

니나는 마티스의 오두막에 있었던 일을 떠올렸다. 그는 거나하게 취해 있었고 자기 가슴을 훔쳐보았다.

"맞아요. 그랬어요."

"마티스는 아이 같았어요. 그에게 아버지는 너무 큰사람이었죠. 당신들의 사회와 시스템은 마티스를 더 밑으로 끌어내리고 방황하게 만드는 데 일조했을 뿐이에요."

니나는 이런 대화를 나누고 싶지 않았다. 요한 헨리크가 아슬락의 놀라운 힘에 대해 말했던 게 생각났다.

"아슬락 씨, 늑대 입에 주먹을 넣어 죽였다는 게 사실인가요?"

아슬락은 곧바로 대답하지 않았다. 숯이 된 나뭇가지들만 뒤적였다. 화로 위에서 움직이는 아슬락의 손을 보았다. 손목 윗부분에 많은 흉터가 보였다. 늑대 이빨자국이 분명했다. 니나의 가슴이 두방망이질을 쳤다.

"맞아요."

"스키를 타고 몇 시간 동안 늑대를 쫓아간 거예요?"

"그랬을 겁니다."

"하루에 몇 킬로미터나 가실 수 있죠?"

아슬락이 다시 입을 다물었다. 두 입술은 또다시 가는 선으로 변했다. 그의 아내가 천천히 머리를 흔들기 시작했다. 입속말로 흥얼거리는 소리가 새어나왔다. 목구멍에서 나오는 소리였다. 입이 살짝 벌어지면서 소리는 점차 강력해졌다.

"나가요!" 아슬락이 갑자기 소리쳤다.

뜻밖의 일갈에 니나는 화들짝 놀랐다. 예민한 문제를 건드려서 그런 모양이라는 생각이 들었다.

“당장 나가요! 어서!” 아슬락이 으르렁댔다.

뭐지? 니나는 아슬락이 자리에서 일어나는 걸 지켜보았다. 험상궂은 표정이었지만 위협적인 행동을 하지는 않았다. 위협은 아슬락의 존재 자체로 충분했다.

단호한 시선이었다. 아슬락 아내가 점점 큰소리로 웅얼대기 시작했다. 니나는 번뜩 자신이 어디에 있는지를 깨달았다. 얼음과 눈으로 뒤덮인 황폐한 툰드라 한복판, 수상쩍은 명성을 지닌 남자 앞, 동료와 멀리 떨어진 곳이다. 급작스레 한기가 느껴졌다. 그러나 오싹한 이 기분은 스스로 인정하고 싶지 않은 두려움을 드러내주었다. 연기가 눈을 찔렀다. 가방을 닫았다. 끊임없이 이어지는 산란한 멜로디에서 도망치고 싶었다.

엉거주춤 일어나 출입구로 향했다. 아슬락이 천막 바깥까지 따라와 우뚝 섰다. 스노모빌의 시동을 걸었다. 귀곡성 같은 울부짖음이 천지를 뒤흔들었다. 뒤를 돌아보자 아슬락은 안으로 다시 들어가려고 천막 자락을 들어올렸다. 비명 소리가 들렸다. 모든 질문과 두려움은 어느새 사라졌다. 니나는 그 자리에서 움직이지 않고 아슬락을 보았다. 굳은 표정의 그는 주먹을 꽉 쥐고 도전하듯 턱을 내민 채 숨을 몰아쉬었다.

니나의 마음에 연민이 일었다. 천막의 열린 문틈으로 하늘을 향해 두 팔을 벌린 아슬락의 아내가 보였다. 끔찍한 고통이 그녀의 얼굴에 새겨져 있었다.

그리고 들었다. 돌아가는 내내 니나를 쫓아오는 소리, 그건 바로 아슬락의 아내가 울부짖는 소리였다.

15

1월 14일 금요일

오전 11시, 카우토카이노

그날 아침, 베리트 쿠치는 평소보다 늦게 도착했다. 칼 올센과 마주칠까 봐 겁이 났지만 걸핏하면 화를 내는 늙은 농부의 모습은 보이지 않았다. 다행히 지시를 받기 위해 올센을 만날 필요는 없었다. 무슨 일을 해야 할지는 잘 알고 있었다.

사실, 베리트는 자기가 할 일을 언제나 잘 알았다. 어릴 때부터 해오던 일이었고, 자기 자리가 어디인지도 잘 알았다.

베리트 같은 사람들은 자기 위치를 늘 자각하기 마련이다. 그녀는 갓 열한 살에 학교를 그만두었다. 학교에 대한 좋은 기억도 없었다. 그곳에서 노르웨이어를 배웠고, 언어가 어느 정도 익숙해졌을 때 학교를 떠났다. 노르웨이 사회에서 자신의 자리가 어디인지는 이미 충분히 깨달았다.

소를 돌보기 위해 축사로 갔다. 소들은 외양간에서 일 년 중 가장 좋은 때를 보내고 있다. 순록을 제외하고 척박한 이 야생의 땅에서 잘 버틸 수 있는 가축은 거의 없다. 그러나 농부들 중에는 올센처럼 다른 가축을 키우는 데 성공한 사람들도 간혹 있었고 그 가축들은 대부분 사미인이 돌보았다.

올센은 성격이 포악하고 인색한 사람이었다. 베리트는 그를 경계했고 두려워했다. 하지만 자신은 그 지역에서 차별받는 사미족 출신이었다. 더구나 순록을 소유하지 못한 집에서 태어나고 자랐다면 일자리를 구하는 건 거의 불가능했다.

감사하게도 베리트는 믿음으로 이 모든 시련을 극복할 수 있었다. 신은 두려우면서도 자비로운 존재였다. 비록 신의 섭리를 다 알 수 없었지만 베리트의 믿음은 흔들리지 않았다.

올센이 자신을 모욕할 때 속으로 저주를 퍼붓는 일도 있었다. 그러나 대개는 그를 용서했다. 목사는 늘 용서하라고 가르쳤다. 천국에 들어가려면 죄지은 자들을 용서하고 그들을 주님의 손에 맡겨야 한다고 했다. 그것만큼 간단한 일도 없으며, '용서 없이는 마음의 평안도 없다'고 강조했다.

베리트는 신을 경외하고 섬기는 신실한 루터교 신자였다. 남동생을 보살피기 위해 일찍부터 개인의 삶을 포기해야 했지만 이조차도 신이 허락한 시련일 따름이었다.

젖소들 사이로 걸었다. 아이를 낳아본 적은 없어도 자식처럼 사랑하고 잘 아는 짐승들이다. 소들과 오랜 세월을 지내다보니 사람보다 이들을 이해하는 게 훨씬 수월했다. 가끔씩 모든 사람이 올센 같다면 인간이란 동물은 하등의 가치도 없을 거란 생각이 들었다. 그럴 바에야 소가 훨씬 나았다. 열두 살 때부터 이 농장에서 일했다. 지금은 쉰아홉 살이다.

칼 올센과 친구인 목사는 그의 사업이 잘 되어야 신이 기뻐한다고 올센에게 말했다. 소는 순록과 달리 신의 피조물이기 때문이다. 베리트는 소와 순록 사이에 왜 그런 차이가 있는지 알 수 없었다.

목사는 신도들의 일상생활과 비즈니스에 관심이 매우 많았고, 지역 정치에도 지대한 관심을 쏟았다. 베리트는 목사가 자기 양 떼를 똑같이 대하지 않는다고 생각했다. 그녀가 소들을 돌보는 방식이 훨씬 나았다.

어느 날 이런 얘기를 꺼냈더니 목사는 불같이 화를 냈고 그 이후에도 그 얘기를 계속 들먹였다.

"베리트 자매님, 자매님은 전혀 이해를 못 하고 있어요. 그건 훨씬 복잡한 문젭니다. 예배가 끝나면 설명해드리죠."

목사는 늘 이렇게 말하곤 했지만 그 문제에 대해 설명한 적은 한 번도 없었다. 북 도난사건도 목사를 열 받게 만들었다. 사미 의회 의원인 올라프 렌손이 라디오에 나와 북을 도난당한 건 사미족 정체성에 대한 위협이라고 주장하며 사거리에서 목사를 '북을 불태운 자'로 취급한 날, 욘손 목사는 베리트에게 분노를 쏟아냈다.

"하나님은 사미족에 대해선 한마디도 하지 않았어요. 그 사실을 절대 잊으면 안 됩니다!"

베리트는 목사의 말을 순순히 믿었다. 노르웨이어로 된 성경을 읽는 법을 배웠기 때문이었다.

사실, 베리트는 칼 올센의 소들을 돌보는 일로 만족하지 않았다. 비다 고원의 가엾은 영혼도 돌봐야 했다. 순수한 영혼도. 그런 영혼의 소유자를 생각하면 머리에 선명히 떠오르는 사람들이 있었다. 바로 마티스와 아슬락이었다. 두 사람은 비다 고원에서 살아가는 순록치기들을 상징했다. 위대함과 가난함, 자부심과 혹독함이 어우러진 순록치기의 삶을 고스란히 보여주었다.

베리트는 심지어 그들과 같은 리듬으로 살았다. 마음속에선 늘 함께 산을 누볐고 맹렬한 추위가 몰아치는 무수한 밤마다 그들에게 온기를 불어넣기 위해 기도했다.

노르웨이어 성경에는 비다의 영혼들을 위로할 수 있는 좋은 구절들이 차고 넘쳤다. 게다가 루터교 목사들은 대대로 하나님의 말씀을 전달하는 데 결코 소홀하지 않았다. 하지만 자신이 알고 있는 바를 생각하면 오싹해졌다.

베리트는 잠시 묵상의 시간을 갖기 위해 소 떼를 떠나 손을 씻고 얼굴을 닦고 외양간 안쪽 구석으로 갔다. 그러고는 성호를 긋고 비다 고원의 연약하고 순수한 영혼들의 안녕을 위해 기도를 올렸다.

오후 4시 30분, 카우토카이노

니나가 도착했을 때 클레메트는 아슬락 앞에서 했던 자신의 기묘한 행동에 대해 아무런 설명도 하지 않았다. P9 순찰대가 휴식을 취한 시간은 단 몇 시간뿐이었다. 순록경찰에게는 스노모빌로 이백오십 킬로미터 이상 이동하면 막사에서 하룻밤 동안 쉬어야 한다는 규정이 있다. 그러나 수사가 너무 지체되면 안 된다고 니나가 우기는 바람에 클레메트는 결국 그 말에 굴복했다.

자기 능력을 입증하고 싶어서 안달이군. 클레메트가 생각했다. 그런 생각이 들자 여성 인력 할당제가 다시 떠올랐다. 경력으로 보나 연륜으로 보나 지금 순찰대를 이끄는 사람은 자신이지만 니나에겐 미래가 보장되어 있었다.

지금으로선 수사를 진전시킬 전략을 찾는 게 급선무였다. 그리고 아슬락을 대면했을 때처럼 당황스러운 상황을 피해야 한다. 다행히 니나는 따져 묻지 않았다. 뭔가를 알아차렸을까? 아슬락이 얘기했을까? 그렇지 않을 것이다. 아슬락은 그럴 사람이 아니다.

보안관이 사무실에서 그들을 기다렸다. 그는 감초사탕 그릇을 휘저으며 사탕을 하나 꺼냈다. 롤프 브랏센은 이미 그곳에 앉아 있었다. 클레메트는 보안관 서장이 무슨 생각을 하는지 짐작했다.

토르 옌센 서장은 브랏센이 언젠가 자신의 자리를 꿰차리란 걸 알았다. 브랏센은 야심만만한 사내였다. 그게 서장을 불편하게 한다는 것쯤은 클레메트도 잘 알았다.

게다가 극단적인 브랏센의 견해들은 지역 전반에서 유지해야 할 미묘한 균형을 파괴하는 경향이 다분했다. 카우토카이노는 노르웨이의 다른 도시들과 비슷한 특성을 지녔지만 어디에서도 흔하지 않은 사미 마을이었다. 주민 대다수가 사미인인 이곳에서는 사미어를 사용하는 게 가능했고 그들의 권리를 지킬 수 있는 사법 장치도 마련되어 있었다. 이뿐만 아니라 국경을 넘어 업무를 보는 순록경찰은 매우 신중하게 행동해야 했다. 그들은 노르웨이의 라플란드, 스웨덴과 핀란드의 사미 영토를 관할하며, 순록경찰본부는 스웨덴의 키루나에 있다. 정부와 지역 행정기관들은 순록경찰을 북극권 공조체제의 롤모델로 여기지만 각 지역간의 균형은 늘 살얼음처럼 아슬아슬했다.

클레메트는 이 사실을 잘 알았다. 그로 치자면 '스웨덴인 할당제'에 따라 경찰이 된 것이라 경찰학교도 스웨덴에서 나왔다. 그렇다고 해서 그 사실에 의미를 부여한 적은 없었다. 부모님은 노르웨이 카우토카이노 출신이었고, 어차피 사미인들에게 국경은 아무 의미 없었다. 비록 공직자 신분이긴 하지만 클레메트에게도 마찬가지였다. 그러나 인종차별과 민족주의를 지향하는 브랏센의 언행은 지역 간의 균형을 유지하는 것과는 거리가 멀었다.

"롤프, 진전이 좀 있나?"

보안관이 브랏센에게 먼저 포문을 열었다.

"오슬로에서 남쪽 팀을 파견한다는 얘기는 들었지? 그쪽 팀이 오면 상황은 더 악화돼. 오슬로와 스톡홀름에서는 소아성폭행사건 이후로 우리를 그리 신뢰하지 않아. 그러니 결과를 빨리 얻는 게 중요하다고. 지금 상황은 어때?"

클레메트가 브랏센을 주시했다. 브랏센은 입을 열기 전에 좌중을 돌아보며 뜸을 들였다. 그곳에는 보안관 외에 클레메트와 니나, 키루나 본부에서 파견한 과학수사팀 소속 경찰이 있었다.

"음, 제 생각엔 이 사건의 과학수사를 맡은 프레드리크 수사관이 요점을 말해주는 게 더 좋을 것 같습니다."

키루나에서 온 스웨덴 경찰은 큰 키에 배가 나왔고 뻣뻣한 금발 머리였다. 그가 사람들을 둘러보다가 처음 보는 니나에게 잠시 시선을 두었다. 그러고는 서류철을 열었다. 프레드리크는 서류를 재빨리 훑어보고 초조하게 감초사탕을 씹어대는 서장에게 보고했다.

"우선 살인사건부터 말씀드리겠습니다. 검시 보고서는 좀 기다리셔야 할 겁니다. 사미 순록치기가 살해당한 사건은 수사 리스트의 최우선

건은 아니거든요. 그래도 어떤 결론을 내리기 전에 보고서를 받아보는 게 좋겠죠. 사용된 칼의 종류나 중요한 단초가 될 수 있는 칼날 길이, 폭력의 흔적과 귀를 자른 흔적 모두요. 그건 서장님이 잘 아시는 그대로입니다. 피해자의 오두막에서 많은 지문을 채취했습니다. 아직 진전이 있는 상태는 아니고요. 경찰을 비롯해서 주변 순록치기들 지문까지 너무 다양하게 나왔거든요. 순록치기들이야 그렇다 쳐도 경찰 지문까지 나왔다는 건 좀 그러네요."

과학수사관은 다른 말을 보태지 않고 클레메트와 니나를 바라보았다. 브랏센이 그 기회를 놓치지 않았다.

"기마경찰이 진짜 경찰 업무에 익숙하진 않겠지. 안 그래, 뚱보?"

"브랏센, 그만해. 프레드리크, 다른 건 또 뭐가 있지?" 보안관이 브랏센의 말을 끊고 스웨덴 경찰에게 물었다.

"눈이 그친 후 오두막에 다시 갔습니다. 눈에 덮인 스노모빌 흔적을 찾는 중입니다. 이를 파워포인트로 발표할 필요까지는 없을 것 같습니다. 잠시 동안 눈이 내리지 않았는데, 밑에 층은 단단하게 굳어 있어요. 위에도 바람 때문에 군데군데 굳고 있고요. 지겨운 작업이긴 하지만 오두막을 중심으로 반경을 넓혀가며 위에 쌓인 눈을 걷어내고 있습니다. 이 방법으로 흔적을 찾을 수도 있을 겁니다."

"바보같이 시간 낭비만 하고 있군! 그래서 도대체 무슨 흔적을 찾을 건데? 스노모빌 흔적? 아니면 스키 흔적? 우리한테 필요한 건 동기라고. 동기를 알아야 어딜 찾아야 할지 알 거 아닌가! 그 동기는 명확하다고. 바로 순록치기 간의 분쟁이야." 브랏센이 말했다.

"브랏센, 하늘 아래 벌어지는 모든 일에서 동기를 찾을 수 있다고 믿는 모양인데, 현장에서 찾아낸 증거와 살인사건을 연결할 수 없으면 아무리 그럴듯한 동기도 법정에서 채택되지 않아. 예전에 팔메 총리의 암살사건을 수사하면서 배운 사실이지." 클레메트가 대꾸했다.

브랏센은 클레메트의 말을 무시하고 계속 프레드리크에게 얘기했다.

"진공청소기 따위는 놔두고 순록치기들 칼에 남은 흔적이나 찾아보라고. 자네가 정말로 증거를 원한다면 말이지. 눈 밑을 파헤치면서 시간만 허비하는 것보단 나을걸? 한정 없이 늘어져 있을 순 없다고."

브랏센이 보안관 서장을 오만하게 쳐다보며 한마디 툭 던졌다.

"오슬로에선 우리가 툰드라를 청소기로 밀고 있다는 말 따위는 듣고 싶어 하지 않을걸요?"

침묵이 내려앉았다. 아무도 입을 열지 않자 보안관이 클레메트를 쳐다봤다.

"순록치기들은 뭐라고 하던가?"

"요한 헨리크와 아슬락을 만나서 이야기했습니다. 결론 난 건 아무것도 없고요. 요한 헨리크는 알리바이가 있는 듯했어요. 증명할 수 있는 사람이 자기 아들뿐이라 신빙성이 떨어지긴 하지만요. 헨리크는 순록치기 간의 분쟁이 이 사건의 원인이라고 생각하지 않더군요."

"그자야 당연히 그렇게 말하겠지! 워낙 이빨이 세니까 무슨 말이든 못 하겠어? 그자가 총을 맞은 게 언제더라? 십 년이나 십이 년 전 아닌가? 아주 순진하시구먼." 브랏센이 클레메트를 한껏 조롱했다.

"헨리크가 총을 맞았던 건 사실이지. 하지만 상대방은 인사불성으로 취해 있었어. 여기서 분쟁은 그런 식으로 풀지 않아. 다혈질이라고 해서 범죄자로 몰아가면 안 된다고."

"아, 그러셔. 그럼 오두막에 난 총자국은 장식인가?"

"요한 헨리크 얘기에 집중하라고!" 보안관이 두 사람의 말을 끊었다.

"브랏센이 말한 동기는 헨리크한테서 찾을 수 없었습니다. 순록 몇 마리 훔쳤다는 게 충분한 이유가 되지는 않아요. 브랏센도 그 점은 인정할 겁니다."

"제기랄. 뚱보한테서 경찰 직무를 듣고 있다니! 그래, 올로프 팔메 총리가 암살당했을 때 조사에 참여했던 건 인정하지. 그런데 생각해보쇼. 1986년, 총리가 사망한 후에 몇 년이 흘렀지? 그런데도 증거가 없다는 이유로 정작 유력한 용의자는 풀려났잖아." 브랏센이 날 선 목소리로 말했다.

"브랏센, 그만 좀 하게. 자네가 자꾸 논점을 흐려서 머리가 지끈거려. 클레메트, 아슬락 얘기를 해보게." 보안관이 브랏센의 말을 끊고 클레메트에게 물었다.

클레메트가 말하려는 순간 니나가 불쑥 끼어들었다.

"알리바이는 확실하지 않습니다."

니나는 생각을 정리하기 위해 잠시 입을 다물고 아슬락과의 만남을 떠올렸다. 그와 만났던 일은 니나에게 깊은 인상을 심어주었다. 두려움을 자아낼 정도로 강력한 기운을 지닌 사람이었지만 그가 말할 때 이상하게도 세계의 중심에 들어선 듯한 느낌을 받았다. 어쩌면 아슬락의 눈에 깃든 무언가 때문에 그런 걸 수도 있었다.

"아슬락 씨의 알리바이를 확인해줄 사람은 아무도 없습니다." 니나가 말을 이었다.

"뭐라고? 그렇다면 그자를 이리 데려왔어야지! 지금 아슬락은 어디 있지?"

보안관이 주먹으로 책상을 쾅 치면서 니나의 말을 끊었다.

니나는 당황하여 클레메트를 쳐다보았다. 클레메트가 계속 말하라는 듯 니나에게 머리를 끄덕였다.

“어…, 아슬락 씨 집에서 이상한 일이 있었어요. 아니, 그 일은 거기 도착하기도 전부터 시작됐습니다. 소름끼치는 비명 소리를 들었거든요. 처음에는 무슨 소리인지 알 수 없었어요. 그런데 그 집을 떠날 때 똑같은 소리를 들었습니다. 아슬락 씨 부인이 지르는 소리였어요. 정신이 온전치 않은 것 같더군요. 끔찍한 소리를 질러대더라고요.”

그 말을 들은 브랏센이 웃음을 터뜨렸다.

“장난하나? 그게 우리 일하고 무슨 상관이지? 그 여자가 악마라는 거야? 하긴 마티스도 빛의 자식은 아니었지. 근친상간의 결실이었으니 말이야. 안 그래? 마티스의 아버지가 그의 삼촌이라는 건 모두들 알고 있잖아!”

클레메트가 입을 열려는 찰나에 보안관이 벌컥 성을 냈다.

“브랏센! 자넨 선을 넘었어! 경찰 신분이라는 걸 잊은 건가? 루머나 떠들고 다니기 좋아하는 자와 지문을 사방팔방 남기고 다니는 수사관들이 우리 팀이라니 정말 불쾌하기 짝이 없군. 현안에 집중하게!”

클레메트 낭고와 롤프 브랏센의 시선이 날카롭게 부딪혔다. 니나가 말을 이었다.

“북 도난사건과 관련해서, 브랏센 반장님이 반대하시지 않는다면 북을 증여한 분을 만나러 프랑스에 갈 용의가 있습니다. 직접 만나면 수사에 큰 도움이 될 거라고 생각합니다.”

“북 사건을 해결하러 프랑스에 간다니 퍽이나 좋은 아이디어구먼. 니나 경관이 보고서에 밝힌 대로 기증자한테 자료가 있다면 더더욱 말이지.” 브랏센이 볼멘소리로 말했다.

“난 그 아이디어가 아주 맘에 드네. 클레메트와 니나가 북 도난사건에도 좀더 활발하게 참여했으면 하고 바랄 정도로 말이야. 롤프, 모든 걸 명확히 밝히려면 좀더 신중하게 접근해야 해." 보안관이 말했다.

"신중하게라뇨? 순록치기들을 왜 신중하게 다뤄야 하죠? 사미족이라서요?"

토르 옌센이 조용히 그를 바라보았다.

"니나, 프랑스로 언제 떠날 예정이지?" 옌센 서장이 물었다.

니나가 클레메트 쪽으로 몸을 돌렸다.

"며칠 내로 출발할 생각입니다."

"좋아. 빠르면 빠를수록 좋지. 수사에 진전이 있을지도 모르니까." 보안관 서장이 말했다.

토르 옌센 서장이 다른 말을 하기 전에 니나가 다급하게 말을 꺼냈다.

"북 도난사건과 북 전문가인 순록치기 피살사건은 이틀 간격으로 일어났습니다. 이 우연에 대해 반드시 짚고 넘어가야 한다고 생각합니다. 두 사건을 어떻게 연결해야 할지 아직 잘 모르겠습니다만 두 건이 별개의 사건이라고 보기는 힘듭니다."

"그건 좀 너무 나갔어. 그런 말을 하려면 확실한 증거가 필요하다고. 지금은 아무것도 확보된 게 없잖아. 팔메 총리 암살사건 때도 그럴듯하게 부풀려졌지만 소득 없는 추론만 몇 년 동안 좇아다녔다고." 클레메트가 니나의 말에 반박했다.

"클레메트, 지금은 다른 실마리가 없으니 자네가 계속 순록치기들을 요리해야겠네. 현재로선 그쪽에서 이유를 찾는 게 가장 합리적이야. 하지만 자네가 여전히 아슬락을 너그럽게 대한다는 게 놀라워. 그자의 알리바이가 제일 약하고 확인도 불가능한데 말이지. 나중에 그 이유를 설명해야 할 거야."

16

1월 14일 금요일

오후 5시 30분, 카우토카이노

토르 옌센의 사무실을 나오는 경찰들의 얼굴에는 불만이 서려 있었다. 프레드리크는 얼른 키루나로 돌아가 확보한 증거물과 샘플들을 분석하기 위해 제일 먼저 그곳을 떴다.

클레메트가 니나를 붙들었다. 순록치기들을 탐문하러 비다 고원으로 돌아가기 전에 박물관의 독일인 관장 헬무트를 만나서 몇 가지 물어보고 싶은 게 있었다. 니나가 프랑스로 떠나기 전에 꼭 해야 할 일이었다.

두 사람은 큐레이터가 아프가니스탄 유물 상자를 열고 있는 수장고에서 헬무트 욜을 만났다. 욜 관장이 사무실로 그들을 안내했다. 창밖으로 황혼이 길게 드리운 카우토카이노 계곡이 한눈에 보였다. 헬무트는 그동안 아무도 만나지 않았고, 북에 대해 아무 소식도 듣지 못했다고 말했다. 루머조차도 못 들었다고 했다. 그는 박물관에서 일어난 일 때문에 여전히 충격에 휩싸인 듯했다.

"도난당한 북에 보험을 들어놨나요?"

"네. 하지만 실제 가치에 따라 보험을 든 건 전혀 아니에요. 실제 가치를 산정할 수 있다면 말이죠. 그렇지 않아도 며칠 내로 전문가에게 감정을 의뢰하려고 하던 차였는데…" 헬무트가 얘기했다.

"진품인지 확신하지 않았다는 말씀이신가요?" 니나가 물었다.

"아니요. 당연히 진품이라고 생각했죠. 다만 그 근거가 북을 기증한 프랑스인 앙리 몽 씨의 진술뿐이었거든요. 그분의 말씀이나 북의 진위성에 대해서는 조금도 의심하지 않습니다. 다만 금전적인 가치는 확인해보고 싶었죠. 제가 평가를 내릴 순 없으니까요. 그리고 프랑스에는 이 분야의 권위자가 없어요."

"그 북은 도난당하기 일주일 전에 이곳에 도착한 걸로 아는데요, 그동안 북을 살펴보지 않으셨나요? 그건 정말 이상하네요. 관장님 같은 사미 문화 전문가가 귀중한 유물을 입수했는데 보지도 않고 내버려두었다니요." 니나가 말했다.

독일인은 잘못을 저지른 사람처럼 당황해했다.

"경관님이 의아해하는 것도 당연합니다. 하지만 며칠 후에 유엔 컨퍼런스가 열리니 정신이 없었어요. 대표단들이 카우토카이노를 방문하러 속속 도착할 예정이거든요. 이 박물관에도 들를 거예요. 북을 살펴보는 게 그 목적이고요. 그런데 그 전에 처리해야 할 일들이 산적해 있어서 경황이 없었어요. 그래도 이 북에 대해 늘 신경은 쓰고 있었죠."

"알겠습니다. 그러면 이 북이 어떻게 생겼는지 전혀 모르신다는 말씀인가요?" 클레메트가 물었다.

관장은 다시 어쩔 줄 모르며 머리를 긁적였다.

"앙리 몽 씨가 대단한 분이라는 건 잘 알고 있습니다. 폴 에밀 빅토르의 가장 가까운 협력자로서 그와 함께 탐험한 분이죠. 뛰어난 전문가이자 훌륭한 사람입니다. 이런 분이 특별한 뭔가를 주겠다고 연락해온다면 경관님도 그 말을 의심하지 않을 겁니다. 대가도 바라지 않고 그냥 주겠다고 한다면 더더욱요. 앙리 몽 씨는 아무것도 요구하지 않았어요. 수송비와 보험료만 부담해달라고 했죠."

"보험을 들기 위해 찍은 사진도 없습니까?"

관장은 양팔로 가위표를 만들었다.

"프랑스인의 연락에 놀라셨습니까?"

"놀라는 게 당연하죠. 누가 전화를 해서 오리지널 사미 북을 가지고 있다고 말하면 놀라지 않을 도리가 있겠어요? 특히 저같이 사미 북에 대해 잘 아는 사람이라면 더욱 그럴 수밖에요. 사미 북은 전 세계를 통틀어 일흔한 개가 남아 있어요. 일흔한 개요. 생각해보세요. 루터교 목사들은 수백 개 혹은 수천 개에 달하는 북을 불태웠어요. 도난당한 북은 사미족의 나라로 돌아온 첫 번째 북이에요."

"일흔한 개라고요? 그러면 사라진 북은 이미 알려진 북인가요?" 니나가 물었다.

"아마도 아닐 겁니다."

"아마도?"

"어…, 진품으로 밝혀진 북들이 있는데, 그 북들은 시중에서 사라졌어요. 대부분은 유럽 박물관에 가 있고, 없어진 것들도 있죠. 하지만 일흔한 개 북들에 대해선 자세하게 묘사한 자료도 있고 가죽에 그려진 그림을 찍은 사진들도 있어요."

"없어졌다고요? 어떻게요? 도둑맞았나요?"

"물론 도둑맞은 북들도 있어요. 개인 수집가들한테 팔려고 훔친 거죠. 이런 일은 비일비재하니까요."

"그럼, 북을 밀거래하는 일도 가능하다는 말인가요?" 니나가 물었다.

독일인은 잠시 생각에 잠긴 듯했다.

"그건 아니라고 봐야죠. 사미 문화가 그렇게 잘 알려진 건 아니거든요. 밀거래가 일어날 정도로 널리 퍼진 문화가 아니에요."

"네, 그 문제는 넘어가죠. 하지만 북이 도착한 즉시 들여다보지도 않았다는 건 여전히 이해할 수 없네요." 니나가 말했다.

"들어보세요. 그런 북은 아주 조심스럽게 다뤄야 합니다. 제가 보지 않은 거엔 그런 이유도 있어요. 전문가와 얘기를 하기 전에 조금이라도 위험에 노출되면 안 되니까요. 그저께 전문가가 오기로 되어 있었고요. 그런 거예요. 전 이 사건이 일어나서 부들부들 떨릴 정도로 화가 났고 몹시 상심하고 있습니다. 사미인들을 배신했다는 생각까지 들어요."

헬무트는 진심으로 그래 보였다.

"앙리 몽 씨가 처음 연락한 건 언제였죠?" 클레메트가 말을 이었다.

"그렇게 오래되진 않았어요. 원하시면 정확한 날짜를 확인해드릴 수 있습니다. 앙리 몽 씨가 제게 편지를 써서 보냈으니까요. 아마 한 달 전쯤이었을 겁니다.

"이 북에 대해 소식을 들은 사람은 누가 있었죠?"

헬무트가 팔을 양옆으로 활짝 폈다.

"이 지역 사람들은 모두 알았을걸요? 뉴스에 나왔으니까요. 저희는 그 소식을 감출 이유가 전혀 없었어요. 지금이야 그러지 말았어야 했다고 생각하지만요."

"앙리 몽 씨를 아십니까?"

"명성이야 들어서 알고 있죠. 저한테 폴 에밀 빅토르의 책들이 있어요. 혹시 경관님들도 갖고 계신가요?"

"어…, 아뇨. 빅토르가 누구죠?" 클레메트가 물었다.

"아…, 네, 그 사람은 아주 유명한 프랑스 탐험가예요. 폴리네시아와 극지 탐험전문가죠. 이차대전 직전에 라플란드를 횡단했어요."

"그럼, 앙리 몽 씨가 폴 에밀 빅토르와 같이 라플란드를 탐험했다는 건가요?"

"네. 앙리 몽 씨는 지질학자면서 민속학자예요. 당시의 모험가들은 거의 만물박사 수준이었죠. 지금이야 모든 지식분야가 세분화되어 있지만요. 그때는 이런 탐험에 몽 씨처럼 여러 분야에 재능을 가진 사람들이 동행했어요. 그게 비용이 덜 먹혔을 겁니다. 게다가 몽 씨는 자기 전문 분야에서 매우 뛰어난 사람이었어요."

"앙리 몽 씨가 어떻게 북을 갖게 되었죠?"

"사실, 저도 자세한 내용은 잘 모릅니다. 사미족 가이드가 주었을 거라고 생각해요. 선물이었을 수도 있고요. 앙리 몽 씨에게 물어보려고 했는데 북을 도둑맞는 바람에 모든 게 틀어졌어요. 어디서 났느냐는 이제 부차적인 문제가 되어버렸죠."

"만약 이 사미 북들이 흔하지 않은 거라면 아주 예외적인 선물이었겠네요?"

"정말 그래요. 하지만 그 사미 가이드가 과연 북의 가치를 알고 있었을까요? 그건 알 수 없죠. 현존하는 북들은 대부분 개인 수집가들이 대를 이어 보관하고 있어요. 그 당시 이미 많은 사미인들이 기독교를 받아들였습니다. 그렇지만 사미 북은 북극지역의 문화에서 매우 중요한 위치를 차지하고 있어요. 유럽에서도 마찬가지고요. 사미족은 유럽의 마지막 소수민족이에요. 사미족, 그리고 그들의 문화와 역사를 유럽인들이 어떻게 다뤄왔는지 살펴보면 우리들의 과거를 이해할 수 있어요."

"그럼요, 당연하죠. 그런데 이야기가 옆길로 좀 샌 것 같군요." 클레메트는 이런 대화가 불편한 듯 얼른 화제를 바꿨다.

"살해당한 마티스 라바 씨는요? 혹시 그 사람에 대해 아는 바가 있으신가요?" 니나가 지나가는 말로 물었다.

"마티스요? 물론 잘 알아요."

헬무트의 대답에 두 사람은 깜짝 놀라 서로를 쳐다보았다. 그 표정을 보며 헬무트가 웃었다.

"마티스는 아주 대단한 사람이었어요."

"구제불능인 가난한 술고래였다고 말하는 사람이 많던데요." 니나가 클레메트의 표정을 살피며 말했다.

"그렇게 볼 수도 있죠. 하지만 마티스는 좀더 복잡한 사람이었답니다. 사실 야망이 아주 많았어요. 문제는 자기 능력이 원하는 수준에 이르지 않았다는 데 있었죠. 그것 때문에 좌절했고요. 전 이해합니다. 마티스에게 그건 아주 심각한 문제였어요."

"어떤 야망인데요?"

"마티스 아버지에 대해선 알고 계시죠? 사람들 말에 따르면 미스터리한 인물, 진짜 샤먼이었다고 하더군요. 이제 그런 걸 믿는 사람은 없지만 거기엔 향수 어린 감성적 가치가 스며들어 있어요. 부정할 수 없는 사실이에요. 역사적, 문화적 가치는 말할 것도 없고요."

"그럼, 마티스 씨의 야망은 뭔가요?"

"그 사람은 오랫동안 자기 아버지 그늘에서 살아왔어요. 자기 스스로 샤먼이 되고 싶어 했죠. 하지만 마티스는 샤먼의 능력보다는 북을 제작하는 데 타고난 재능이 있었어요."

"어떤 종류의 북을 말씀하시는 거예요?"

"샤먼들이 사용했던 북이요. 사실은 그런 이유 때문에 마티스와 자주 만났습니다. 박물관 기념품 가게에서 마티스가 만든 북을 팔았거든요. 주문한 북을 찾으러 오지 않은 손님이 있어서 저한테도 하나 있어요. 중요한 작업이라 마티스는 주문제작을 했답니다. 대부분은 개인 수집가들이 샀어요. 관광객들을 위해서도 만들었고요. 물론 관광상품용은 가격이 더 저렴하고 공은 덜 들어가죠."

니나는 마티스의 오두막에 있던 도구들을 떠올렸다. 순록들을 돌보지 않을 때 마티스는 술을 마시고 북을 만들었을 것이다. 눈보라가 몰아치는 날씨에 오두막에 틀어박혀 술 때문에 침침해진 눈으로 나뭇조각에 몸을 기울이고 세밀하게 작업하는 마티스의 모습을 상상해보았다. 그 모습에서 자기를 불쾌하게 하던 시선은 없었다. 니나의 생각은 자연스럽게 아슬락에게까지 흘러갔다. 준엄하고 확고한 시선 속에서 번뇌와 격랑이 요동치던 눈빛….

"마지막으로 마티스를 본 게 언제입니까?" 클레메트가 물었다.

독일인이 수염을 문질렀다.

"음…, 이 주 전이었을 겁니다."

"원하던 게 있었나요?"

"아, 그냥 일상적인 만남이었어요. 두 달에 한 번은 봤거든요. 주로 마티스가 돈이 필요할 때였죠. 만나면 북 제작주문을 넘겼고요. 전 마티스를 좋아했어요. 사라져가는 직종인 순록치기의 일원이잖아요. 마티스처럼 소규모 순록치기들은 이제 설 자리가 없어요. 순록을 치기 위한 고정비용도 만만치 않은 데다가 순록관리청이 압력을 가하기도 하고요.

제가 말을 너무 많이 했네요. 제 분야도 아닌데."

"마지막으로 봤을 때 어때 보였나요?"

"마티스는 끝에서 끝까지 갈 수 있는 사람이었어요. 그날그날 상태에 따라서."

"음주 여부에 따라서 말이죠?" 니나가 관장의 말에 끼어들었다.

독일인은 불편한 기색으로 두 경찰을 훑어보다가 다시 말을 이었다.

"네. 그런데 전 마티스에 대한 기억을 더럽히고 싶진 않네요."

"그렇게 하라고 요구하지 않았습니다. 계속 말씀해주시죠." 클레메트가 말했다.

"제가 볼 때 마티스는 몹시 예민한 사람이었어요. 이 세상에서 살기에 적합한 사람이 아니었죠."

"마지막으로 만났을 때 예전과 다른 점이 있었습니까? 마티스는 언제부터 알았습니까?"

"스칸디나비아로 오자마자 마티스를 알게 되었어요. 벌써 삼십 년이 훌쩍 지났네요. 그때 마티스는 청소년이었고 다른 순록치기들 밑에서 일했어요."

즐거웠던 추억을 되새기는 듯 독일인의 얼굴에 미소가 떠올랐다.

"저는 순록 사육이 기계화되던 시기를 알고 있어요. 스노모빌도 개발됐죠. 마티스는 이 기계에 홀딱 빠져서 거칠게 질주하고 다녔답니다."

헬무트는 말을 마치고 조용히 미소를 지었다. 그러고는 눈을 들어 두 경찰을 차례차례 보았다.

"마티스는 변했어요. 늘 변했죠. 언제나 벼랑 끝에 있는 거나 마찬가지였어요. 술도 어느 정도 영향을 끼쳤겠지만 점점 더 자신의 내면으로 빠져들었고요. 그를 괴롭히는 게 있다는 생각이 들었어요. 아니, 그보단 무언가에 사로잡혀 있었다고 말하는 게 더 적당하겠네요. 물론 말도 안 되는 얘기 같지만 마티스는 자기 안에 무언가를 갖고 있었는데 그걸 다른 사람들과 나누지 못했다는 생각이 들어요. 그 때문에 쇠약해진 거예요. 이 박물관에 마티스가 마지막으로 왔던 때에 대해 물어보셨죠? 마티스는 그때 꽤 오래 머물렀어요. 작업실에서 다른 장인들이 작업하는 모습을 보았고 이 안을 돌아다녔어요. 전 마티스가 그 순간을 만끽했다는 생각이 들어요. 춥고 위험한 비다 고원으로 돌아가 순록을 돌보는 끝없는 일로 돌아가기 전에 말이죠. 이곳에서 마음의 평화를 조금은 얻지 않았을까 생각합니다."

클레메트와 니나는 아무 말도 하지 않았다. 더 물어볼 것도 없었다. 두 사람은 서로 다른 이유로 각자 자신의 생각에 빠져들었다. 박물관을 나오면서 클레메트는 니나에게 저녁 때 자기 집에 들르지 않겠느냐고 물었다. 니나는 그의 요청에 기꺼이 응했다.

17

1월 14일 금요일

저녁 7시, 카우토카이노

니나가 클레메트의 집 대문을 두드렸다. 저녁 일곱 시였다. 몸에 달라붙는 파카를 입고 양 옆에 빨간 술이 달린 알록달록한 털모자를 썼다. 조금 이상한 기분이 들었다. 클레메트 집에 가는 것도, 사복으로 만나는 것도 처음이었다. 아무 반응이 없어서 다시 문을 두드렸다. 여전히 대답이 없었다. 뒤를 돌아 가로등이 켜진 길을 살펴보았다. 클레메트의 차가 서 있었다. 정원 쪽을 보았지만 너무 어두워 아무것도 보이지 않았다. 이번에는 더 세게 문을 두드리며 클레메트를 불렀다. 마침내 소리가 들렸다.

"여기야!"

"여기가 어딘데요?"

"정원 안쪽에!"

집을 빙 둘러 조심스럽게 눈길을 걸었다. 정원 안쪽에 희미한 빛이 어른거렸다. 빛은 텐트 안에서 새어나왔다. 사미족 전통 텐트 '라부'처럼 보였다. 천막 끝자락을 들어올리자 클레메트의 모습이 나타났다. 클레메트가 천막 문을 들어주었다.

니나는 눈을 휘둥그레 뜬 채로 몸을 숙이고 그 안으로 들어갔다. 허리를 펴고 주위를 본 니나는 자기 눈을 믿을 수 없었다. 클레메트는 정원에 진짜 사미 텐트를 설치해놓았다.

중앙의 화로에서 타닥타닥 타오르는 불길이 기분 좋은 온기를 뿜어냈다. 위쪽은 연기로 가득 찼다. 자작나무 가지들이 깔린 입구만 빼고 바닥은 순록가죽으로 뒤덮여 있었다.

"앉고 싶은 데 앉아." 클레메트가 말했다.

"선배님은 어디 앉으실 건데요?"

"걱정 마. 반대쪽에 앉을 테니까." 그가 웃음기 없는 얼굴로 대꾸했다.

"걱정 안 해요."

니나는 왼쪽에 앉아서 주위를 다시 찬찬히 돌아보았다. 텐트 가장자리를 따라 빙 둘러 배치한 폭 삼십 센티미터 정도의 기다란 나무상자들 위에는 공들여 만든 다양한 색깔의 실크 쿠션들이 올려져 있었다.

입구 맞은편의 화로 뒤에는 모서리를 동으로 세공한 아름다운 장식장이 있었고, 그 앞에 광택 나는 예스러운 궤짝이 있었다. 궤짝은 크지는 않았지만 육중해 보였다.

텐트 위에 매단 가느다란 끈과 나뭇가지에는 그림과 사진 복사본들이 걸려 있었다. 마법 같은 빛이 둘러싼 황홀한 풍경 혹은 하늘과 숲과 땅의 색을 추상적으로 표현하여 비다 고원의 아름다움을 담은 작품들이었다. 니나는 연기에 뒤덮여 신비함이 한층 가미된 이 이미지들에 매료되었다.

뚫린 텐트 꼭대기로 연기가 빠져나갔다. 작품들과 뾰족한 꼭대기 사이의 위쪽 부분에는 보이지 않는 장치로 매달아놓은 수십 개의 순록 뿔들이 촘촘히 맞물려 있었다. 뿔 장벽으로 스며들어 사라지는 연기의 모습이 눈길을 사로잡았다. 마치 텐트 안에 떠도는 생각들이 신비한 필터를 통과하는 듯했다. 주인의 취향과 따뜻한 호의가 속속들이 배어 있는 장소였다.

클레메트의 평상시 행동을 보면 차원이 다른 이런 은신처를 꾸며놨으리라고는 생각할 수도 없었다. 감탄과 동시에 두려운 마음이 들었다. 두려움은 예상치도 못하게 급격히 찾아왔다. 무언가 좀더 평범하고 일상적인 것들을 얘기해야 한다는 생각이 들었다.

"프랑스행 비행기 표를 예약했어요. 월요일에 출발할 거예요."

"좋아."

클레메트는 이 말만 하고 다른 말은 덧붙이지 않았다. 그는 텐트 안의 분위기에 니나가 적응할 시간이 필요하다는 걸 알았다.

"뭐 마실래? 먹을 것도 좀 있어. 순록 넓적다리뼈는 아니니까 걱정하지 않아도 돼."

마침내 클레메트가 입을 열었다. 니나는 그의 얼굴에 얼핏 떠오른 미소를 보았다.

"선배님, 여긴… 정말 대단하네요. 진짜 놀랐어요. 다른 세계에 온 것 같아요. 뭐라고 할까…, 조화롭고 따스하고 마술 같고… 무슨 마법의 세계로 들어온 기분이네요. 정원에 이런 텐트를 만들 생각을 하다니…."

"술 한잔 할래?"

니나는 주위를 둘러보았다. 모든 게 질서정연했다. 순록경찰에 합류하면서 순록치기의 텐트에는 스무 번도 넘게 가봤지만 이런 곳은 한 번도 본 적이 없었다.

“맥주 마실게요.”

클레메트가 궤짝을 열고 트롬쇠 지역의 마크 양조장에서 만든 맥주 두 병을 꺼냈다. 그러고는 장식장을 열고 컵을 두 개 꺼내 니나에게 컵 하나와 뚜껑을 딴 맥주 한 병을 건넸다.

“사미 북과 이차대전 직전의 탐사와 북을 줬다는 사미인 가이드는 물론이고, 가능하다면 다른 개인 수집가들에 대해서도 알아내야 해. 헬무트 관장이 무슨 말을 했건 밀매를 위해 북을 훔쳤을 가능성도 배제할 순 없어. 도둑맞은 북이 잘 알려진 북인지 아닌지도 알아봐야 하고. 만일 올라프든 다른 사람이든, 이곳 사람이 북을 훔쳤다면 확실한 동기가 있을 거야.”

“라디오 뉴스 들었어요? 보도에선 북을 훔친 사람이 극우파일 수도 있다고 하던데요. 레스타디우스의 계보를 잇는 루터교 경건주의자들의 소행일 수도 있고. 극우파는 사미인들이 그 북으로 자기들의 정체성을 강화하려는 걸 막고 싶어 하고, 경건주의자들은 사미족이 옛날 종교로 되돌아가는 걸 막고 싶어 한대요.”

“나도 알고 있어. 그래도 그런 의혹은 범행동기로 가능은 하지만 증거가 없거든.”

“경건주의자들은 뭐예요? 남쪽에는 그런 사람들이 없어서 처음 들어봤어요.”

클레메트는 한결 편안해진 모습으로 니나를 향해 잔을 들었다.

“건배!”

“건배.” 니나가 말했다.

“루터교의 한 분파야. 우리 집도 경건파에 속해.”

니나가 놀라움을 감추지 못하며 눈을 동그랗게 떴다.

"경건파는 레스타디우스라는 목사로부터 시작됐어. 사미족 피가 흐르는 스웨덴 사람이야. 그 사람은 사미인들이 술의 영향을 너무 많이 받는다고 생각하고 그들을 바른 길로 돌아오게 만들려고 무진 애를 썼지. 백오십 년 전 얘기야. 지금도 여전히 그의 가르침을 따르는 무리들이 있어. 아주 엄격하게 그 전통을 지키는 사람들이지. 내 취향은 전혀 아니야. 텔레비전도 안 되고, 술도 안 되고, 창문에 커튼도 치면 안 돼. 우리 집에서는 레스타디우스의 가르침을 많이 따랐어. 그 때문에 가족과도 멀어졌고. 그런 편협한 신앙을 받아들일 수 없었거든."

"선배님 가족은 순록 사육을 했어요?"

클레메트는 맥주를 천천히 들이켰다.

"아니. 전에 얘기하지 않았나? 할아버지는 순록치기였어. 하지만 그만두어야 했지. 그 일을 계속할 수가 없었어. 순록 사육을 시작했다가 몇 년 만에 쫄딱 망하는 경우도 종종 있거든. 할아버지가 바로 그 경우였지. 완전히 나락으로 빠져서 폐인이 될 수도 있었는데 어릴 때부터 몸에 밴 레스타디우스 경건주의 교리 덕분에 다시 일어섰어. 그러고는 그 지역의 어떤 농장에서 일하기 시작했지. 지금은 산 반대편의 호숫가 농장에서 살고 계셔. 카우토카이노에서 꼬박 이틀을 걸어야 나오는 곳이야. 아버지는 어렸을 때 다른 사람들의 순록을 돌보는 일을 했어. 여름에는 밭농사도 지었고. 하지만 할아버지는 술을 입에 절대 대지 않았어. 아버지도 마찬가지였고. 두 분 모두 그 사실을 무척 자랑스러워하셨지."

"선배님은 스웨덴 사람이라고 하셨죠?"

"어. 어머니가 스웨덴 분이야. 아버지는 스웨덴에서 일하다가 어머니를 만나셨고. 한 계절만 일하는 노동자였어. 일에 따라 일 년에 몇 달은 스웨덴에서 우리와 함께 살았고 나머지 시간엔 노르웨이에서 지냈지. 난 철광산이 있는 스웨덴의 키루나에서 태어나서 한동안 그곳에서 자랐어. 카우토카이노로 이사 온 건 열다섯 살 때야."

맥주를 홀짝이며 따뜻한 순록가죽 위에 반쯤 누워 있던 니나는 머리가 약간 몽롱해졌다. 클레메트는 평상시보다 말이 더 많았다.

"선배님, 집 마당에 텐트를 왜 설치했어요?"

클레메트는 약간 어색한 표정으로 웃음을 지었다.

"이런 분위기를 좋아하거든. 아늑한 느낌을 주니까."

"순록치기가 되고 싶었어요?"

그는 생각에 잠긴 듯 즉시 대답하지 않았다.

"아니. 매력적인 직업이긴 하지만 순록치기가 되려면 그런 집안에서 태어나야 해. 나는 차 정비사가 되고 싶었어. 카우토카이노에서 청소년기를 보낼 때 정비소에서 일했는데 진짜 재밌더라고. 수리를 맡긴 차는 정말 다양했어. 얼음배달차, 경찰차, 구급차 등등. 별 차가 다 있었지. 내가 가장 좋아했던 차는 영구차였어. 클래스가 남다르거든. 수리가 끝나면 내가 직접 운전해서 주인들에게 돌려주러 갔어. 그 일을 정말 좋아했는데…."

"계속 그 일을 하고 싶었어요?"

"아니."

클레메트는 어딘지 모르게 불편한 기색이었다.

"바보같이 보일지도 모르겠지만 내가 정말 원했던 일은 어떤 사미인도 하지 않았던 일이었어. 고래잡이가 되고 싶었거든."

"고래잡이…."

"좀 웃기지? 라플란드의 산간지대에서 사는 사람이 그런 꿈을 꾼다는 게 말이야."

"아버지가 고래잡이셨어요." 니나가 말했다.

이번에는 클레메트가 놀란 눈으로 니나를 바라보며 다음 말을 기다렸다. 그러나 니나는 아무 말도 하지 않았다.

"세상에!"

클레메트는 잠시 생각에 잠겼다. 질문을 던지려는 순간 어두워진 니나의 얼굴을 보았다. 그는 입을 다물었다.

제2주

비다 고원의 전설

바람의 요이크

18

1월 17일 월요일

일출: 오전 10시 7분, 일몰: 오후 12시 52분

일조 시간: 2시간 45분

오전 8시 30분, 카우토카이노

칼 올센은 불쾌한 기분으로 카우토카이노 시청에 들어섰다. 워낙에 불평불만이 덕지덕지 붙은 얼굴이긴 하지만 이번에는 평소보다 더 심술궂어 보였다. 오전 느지막이 예정된 시의원 회의를 앞두고도 원하던 대로 서류를 준비할 시간이 없었다.

시의원인 그는 진보당 소속이었다. 카우토카이노에서 진보당은 소수 정당에 불과하나 전국적으로는 이십 퍼센트에 달해서 어느 정도 정치적 위상을 가지고 있었다. 반대파들은 진보당을 극우정당으로 몰아세웠는데 올센이 보기엔 웃기지도 않는 생떼에 불과했다.

이곳 사미인들은 자기네가 원하는 방식대로 모든 걸 손에 넣을 수 있다고 생각한다. 그런 억지가 계속 통하게 내버려둘 순 없었다. 올센은 그들에게 제동을 걸 만한 힘도 있었다. 대를 이어 이곳에서 농사를 지으며 살아왔던 데에는 다 이유가 있었다.

그렇다. 올센 가문은 사미인들이 순록 뒤나 쫓아다닐 때, 크로네노르웨이 화폐로 북극을 정복한 최초의 사람들이었고, 동토의 땅을 개척한 선구자들이었다. 문제는 라플란드 산간지역에 가장 많이 거주하는 인종이 사미족이란 점이었다. 비록 숫자는 적었지만 그들이 주류였다. 해안지역은 그렇지 않았다. 그러니 그곳에서부터 판을 다시 짜야 했다.

칼 올센은 그 방법을 알았다. 다른 정당 사람들에게 환심을 산 덕분에 농업위원회와 광업위원회 두 곳의 자리를 차지했다. 그는 일주일에 한 번씩 시청에 갔다. 시간 손실이 크긴 해도 이곳에서 생기는 일을 알기 위해선 당연히 감수해야 한다고 생각했다.

목이 여전히 뻣뻣했던 올센은 상체를 돌려 안내데스크 담당자에게 인사를 건넸다. 노동당에 투표하는 사람이라 좋아하진 않았다. 하지만 그녀는 중요한 역할을 담당했다. 비서관이 자리를 비울 때마다 매일의 현안을 각 부서에 전달하는 사람이 바로 그녀였던 것이다.

"잉리, 잘 지냈나?" 올센이 아첨하는 목소리로 안부를 물었다.

"네, 잘 지냈어요. 광업위원회의 미팅 일정을 프린트했어요. 의원님 칸에 넣어두었고요. 토착 소수민족에 관한 유엔 컨퍼런스 때 시청에 방문할 초청자 명단도 같이요."

"고맙네, 잉리. 그럼, 난 가보겠네."

올센은 일정표와 명단, 봉투 몇 장과 신문을 집어들었다. 그러고는 몸을 꼿꼿이 펴고 진보당 사무실까지 잰걸음을 쳤다. 예상대로 사무실에는 아무도 없었다. 올센은 같은 당의 동료 의원을 무시했다. 멍청한 데다가 겉멋만 들어서 오토바이를 타고 동네나 쏘다니는 한심한 놈이라는 게 올센의 생각이었다.

동료 의원은 작은 컴퓨터 가게를 운영했다. 진보당에 가입한 이유는 세금을 대폭 인하하고 부족한 부분은 석유 갑부들에게서 돈을 걷어 사용할 거라는 말을 들어서였다. 겉만 번지르르한 이 남자는 이곳에서 무슨 일이 벌어지는지 전혀 이해하지 못했다. 그럼에도 불구하고 칼 올센이 꾹 참고 지내는 건 언젠가 써먹을 수 있는 자였기 때문이다.

올센은 최근 이 지역에 일어난 일들에 대해 생각했다. 많은 사건들이 있었다. 많아도 너무 많았다. 무능력한 경찰들이 전부 투입될 정도였다. 그는 유엔 컨퍼런스 초청자 명단을 읽지도 않고 구깃구깃하게 뭉쳐 휴지통에 던져버렸다. 올센의 머릿속은 다른 일로 꽉 차 있었다. 그건 라플란드의 광산채굴허가증 발부 안건을 다루는 위원회 모임이었다.

〈핀마르크 다그블라〉 신문을 대충 넘기며 훑어보았다. 진보당이 알타에서 벌인 시위에 대한 기사가 있었다. 도난당한 북 때문에 모두들 한마디씩 보태며 잘난 척하는 기회로 삼았다. 하지만 사람들은 반복되는 뉴스와 사미인들이 자기네 권리를 요구하며 떠드는 일에 넌더리치기 시작했다. 아주 좋아, 아주 좋다고. 올센이 생각했다.

다음 면으로 넘기니 다양한 사건사고 소식이 있었다. 함메르페스트에서 교통사고가 일어났고, 노르 곶 먼 바다에서 선박이 조난당했다. 알타에서 여중생이 성폭행을 당했고, 키르케네스에서 담배 밀거래상이 체포됐으며, 타나브루에서 학교 개축사업이 마침내 승인됐다. 올센은 신문을 확 팽개쳤다.

이 지역에서 일하는 채굴업체들 덕분에 마을 개발이 이루어졌다는 건 부인할 수 없는 사실이었다. 작은 공항까지 설립되었으니 말이다. 그러나 그 공항도 이번에 채굴허가증을 교부한 후 일어날 일들과 비교하면 아무것도 아니었다. 깜짝 놀랄 만한 이권이 기다리고 있었다.

올센은 그 사실을 잘 알았다. 광산 사업을 관장하는 시위원회에 소속되어 있기 때문이다. 광업위원회에 들어가려고 그렇게 애쓴 까닭은 지근거리에서 돌아가는 일을 빠짐없이 파악하기 위해서였다. 겉멋만 든 동료 의원이 예산위원회 같은 인기 있는 자리만 쫓아다니는 것과는 다른 행보였다. 그렇다. 기회는 어마어마했다. 특히 시스템을 알고 어디를 들여다봐야 할지 알기만 한다면….

"제기랄, 제기랄, 제기랄…." 올센이 욕지거리를 내뱉었다.

염병할 유엔 컨퍼런스 개최일이 바로 코앞이었다. 하지만 아직도 어디를 두드려야 할지 감도 잡지 못했다. 광업위원회의 일정표를 들여다보는데 전화벨이 울렸다.

"칼 의원님, 로비에 어떤 남자분이 오셨어요. 광업위원회 관계자를 뵙고 싶다고 합니다."

"지금은 바쁘니까 오후에 다시 오라고 해." 올센이 짜증 섞인 목소리로 말했다.

수화기 너머로 작게 대화하는 소리가 들렸다. 안내데스크 직원이 전화에 대고 다시 얘기했다.

"지금 꼭 봐야 한다는데요. 프랑스인인데 지질학자라고 합니다. 탐사허가증을 받으려고 서류를 제출했는데 어떻게 됐는지 알고 싶어 해요."

제기랄, 브랏센이 말한 놈이군. 늙은 농부가 생각했다. 그러고는 이틀 전, 브랏센 형사를 만났을 때 들은 얘기를 재빨리 떠올렸다. 그날 저녁 두 사람은 올센의 집 뒤에서 만났다. 공모의 성격을 띠긴 했지만 실은 롤프 브랏센의 의중을 떠보려는 심산이 더 컸다. 만일 브랏센이 자기를 만나러 이처럼 은밀한 장소로 와준다면 그보다 더한 일도 해줄 수 있다.

그를 자기 수하에 둘 필요가 있었다.

브랏센 형사는 올센에게 술집에서 만난 지질학자에 대해 얘기했다.

프랑스 지질학자가 용의자일 수도 있다. 누가 알겠는가? 그자가 이 지역에 온 직후 우연처럼 사건들이 일어나 마을을 강타했다. 이곳에 온 목적이 뭘까? 망할 놈의 유엔 컨퍼런스가 끝나고 긴장이 해소될 때까지 잠시 동안 이자를 감금하는 건 일도 아니다.

브랏센의 말을 들으며 칼 올센은 눈살을 찌푸렸다. 머리를 굴리던 올센이 경찰 쪽으로 몸을 홱 돌렸다.

"이봐, 자넨 아직도 이해를 못 하고 있어. 그자는 하늘이 보낸 선물이야. 예상치도 않게 받은 거라고. 무슨 말인지 알겠어?"

브랏센은 영문을 몰라 눈만 껌벅였다.

그러나 칼 올센의 머릿속에는 아이디어 하나가 꿈틀거렸다. 망상에 가까운 아이디어였다. 마침내 때가 왔구먼. 그가 목을 주무르며 생각했다. 어차피 혼자 하는 건 무리였다. 하지만 국내 지질학자들은 관계기관과 너무 가까워서 믿을 수 없었다. 극지의 경제와 산업을 관장하는 모든 기관은 노동당이 장악했다. 지질학자들도 그들의 수하에 있기는 마찬가지였다. 올센이 알기론 그랬다. 지질학자 거의 모두가 당국의 월급을 받는 관료들이었다. 올센에게 충성하지도 않을 그런 자들이 비밀을 지킬 리 없었다. 그런데 외국 지질학자가 하늘에서 뚝 떨어졌다.

안내데스크 직원 잉리는 수화기 저편에서 여전히 대답을 기다렸다. 칼 올센이 대답했다.

"잉리, 그 사람에게 잠시만 기다리라고 전해주게."

전화를 끊고 나서 바로 롤프 브랏센에게 전화를 걸었다. 경찰이 전화를 받자마자 시의원은 즉시 본론으로 들어갔다.

"롤프, 그 프랑스인 말인데, 나한테 얘기해준 것 외에 뭔가 또 아는 게 있나?"

경찰의 얘기를 듣는 올센의 얼굴에 미소가 번졌다. 가끔씩 음, 음, 소리를 내뱉으며 집중해서 듣다가 휴지통 속으로 던진 신문에 시선이 닿았다. 그는 한쪽 손으로 신문을 꺼내 책상에 올려놓고 반반히 편 다음 사회면을 펼쳤다. 경찰에게 고맙다고 말하고 전화를 끊은 그는 두 손을 비비며 신문기사를 오리고 다시 전화를 걸었다.

"잉리, 그 사람에게 위원회 회의 전에 만나기는 힘들다고 말해줘. 특혜를 줄 수는 없지 않은가. 안 그래?"

"아, 그 생각은 못 했네요. 의원님 말씀이 옳아요. 다른 의원들도 다 그렇게 말하면 얼마나 좋을까요."

"그래, 잉리. 난 지금 일해야 하니까 회의 때까지 방해하지 않았으면 좋겠어. 오케이?"

올센은 전화를 끊고 부리나케 사무실 창문으로 다가갔다. 프랑스인이 사륜구동차에 올라탔다. 화가 난 듯했고 서두르는 기색이었다. 커다란 볼보 XC90이 출발했다. 올센은 차가 가는 방향을 지켜보다가 아무도 모르게 뒷문으로 나갔다.

프랑스인을 따라잡는 건 어렵지 않았다. 외진 골목길에 들어선 올센은 헤드라이트를 두 번 켜서 신호를 보냈다. 앞에 있던 지질학자의 차가 속도를 늦추고 방향지시등을 깜박였다.

"광업위원회 관계자를 만나고 싶다고 했소? 따라오쇼." 올센이 창문을 내리고 말했다.

차 두 대가 마을을 벗어났다. 농부는 며칠 전 브랏센을 만났던 순록

보호구역 근처에서 차를 세웠다. 목 때문에 인상을 쓰며 오른쪽 문을 열고 아침에 집에서 가져온 보온병을 집어들었다.

"커피?"

라카냘은 아무 말 없이 올센 차의 조수석에 앉았다. 낯선 사람이 인적 없는 곳으로 데려왔는데도 놀라는 기색이 전혀 없었다. 분명 순진한 자는 아니다. 비밀거래와 야비한 수법에 익숙한 자다. 보다 더 신중해야 한다. 올센의 머릿속에 떠오른 생각이었다.

그가 오른쪽으로 상체를 틀어 손을 내밀었다. 반갑다는 뜻을 전하기 위해 미소를 지었지만 라카냘에게는 냉소적인 비웃음으로 비쳤다. 시의원이 자신을 소개했다.

"칼 올센이오. 광업위원회 소속 의원이고. 시청에는 보는 눈이 많아서 바로 보자고 못했소만, 이제 괜찮으니 얘기해보구려."

앙드레 라카냘이 시의원 농부를 관찰했다. 농부는 반쯤 돌린 자세를 지탱하기가 힘들었다.

"난 커피를 마시지 않습니다." 라카냘이 프랑스어 억양이 두드러진 스웨덴어로 말했다.

그는 왼팔에 찬 은팔찌를 쓰다듬으며 지금 상황을 판단하는 것처럼 보였다.

"회사에서 광산탐사허가증을 신청했습니다. 오늘 긍정적인 답변을 받기로 했고요. 주무부처와 광업등록사무소, 지방의회 등 모든 단계를 거치고 이제 위원회 도장만 받는 일만 남았어요. 도장 받는 건 문제없다고 들었는데요?"

"문제없다고? 허 참, 우리 같은 사람은 허수아비라는 거요?"

"그런 말이 아니죠. 겨울철 탐사를 위한 법규는 모두 준수했습니다.

순록 방목지는 당연히 피했고. 그리고…"

"순록이라… 순록…"

올센은 순록은 문제가 안 된다는 듯이 손을 저으며 중얼거렸다.

"내 얘기 좀 들어보시오." 농부가 말을 이었다.

그러고는 마지막 말에 무게를 두고 모든 옵션을 고려해보는 듯 잠시 침묵을 지켰다.

"위원회는 아주 제한적인 역할밖에 못 해요. 위원회에서 많은 토론이 있었는데, 그중에는 일이 너무 빨리 진행된다고 생각하는 의원들도 있고…"

그 말은 사실이 아니었다. 하지만 올센은 프랑스인이 어떻게 반응하는지 보기 위해 몸을 살짝 돌렸다. 아무 반응도 없었다. 편한 상대가 아니었다. 올센이 계속했다.

"알고 있겠지만 우리 위원회에서 항공탐사 신청은 이미 반려했소."

이 말은 사실이었다. 다시 힐끔 쳐다봤다. 반응은 여전히 없었다.

환장하겠네.

"이런 상황이 선생에게는 별로 좋지 않겠지만 내가 도울 수 있는 방법이 있을 거요. 진지한 분 같아서 하는 말이외다. 이 지역을 잘 안다고 하던데, 맞소?"

이번에는 프랑스인이 반응을 보였다.

"나하고 친한 브랏센 형사는 아주 훌륭한 경찰이라오. 이곳 경찰서 책임자가 될 사람이기도 하고. 형사가 선생 얘기를 하더구먼."

"에?"

"이곳에서 일한 적이 있소?"

"어…, 몇 년 동안요. 아프리카, 캐나다, 호주에서도 많이 일했습니다.

여기저기서 일했죠."

"계속 같은 회사에서?"

"아뇨. 옛날에 칠레 회사에 있었다가 지금은 프랑스광업회사와 일합니다. 십 년이 넘었죠. 프랑스에서 가장 큰 회삽니다. 아주 능력 있는 사람들이고요."

"아, 좋아요, 좋아. 그쪽이 신청한 서류는 살펴봤지. 아주 좋더군. 인정해요. 그런데 위원회가 원체 까다로워서…. 그런데… 다른 제안을 하고 싶어서 그러는데…."

프랑스인이 눈을 빛내며 그를 쳐다보았다.

"실은 나도 광물에 관심이 아주 많아서 말이오. 옛날부터 그랬다우. 그런데 유능한 지질학자의 도움이 있어야겠더라고. 노동당 지지자나 이곳 출신 말고 은밀하게 일해 줄 사람이 필요하단 말씀이지. 무슨 말인지 알겠소?"

"대충 알겠습니다. 그래서요?" 라카냘이 말했다.

"협력해주시오. 아주 거대한 광산 건이외다. 우리 둘 다 부자가 될 수도 있소."

올센은 눈을 더욱 가늘게 뜨고 단어 하나하나를 천천히 강조하며 얘기했다. 눈앞에 광산이 있는 것만 같았다.

"그 광산이 어디에 있는지 몰라서 문제요만."

"아…."

"지도가 있소이다." 올센이 곧바로 말을 이었다.

"지도라…. 어딘지 모른다면서요. 무슨 말인지 모르겠군요."

"지명은 나와 있지 않은 옛날 지질도인데…."

올센은 프랑스인의 반응을 살피기 위해 말끝을 흐렸다. 지질도라는 말에 프랑스인이 흥미를 보였다.

"언제 적 지도죠?" 라카날이 물었다.

"음, 그것도 표시되어 있지 않소. 하지만 예전에 선친이 하신 말씀에 의하면 이차대전 직전에 만들어졌다고 합디다."

"그렇게 중요한 광산이 있을 거라고 생각하는 이유는요? 그리고 무슨 광산입니까?"

칼 올센은 인상을 찌푸리고 목덜미를 주무르면서 프랑스인 쪽으로 상체를 더 기울였다.

"금광이요. 매장량이 어마어마한 금광." 올센이 속삭였다.

앉은 자세 때문에 통증이 몰려와서 농부는 다시 몸을 틀었다.

"내게 원하는 게 뭡니까?" 라카날이 물었다.

"금광을 찾는 거요. 곧 받게 될 허가증은 당신 회사를 위한 거지만 날 위해서도 금광을 찾아주구려. 배분은 확실히 하리다. 그 돈으로 부자가 될 거요."

"어떻게 그걸 확신합니까?"

"이 지역에서 금광 얘기를 못 들어본 사람은 없을 거요. 살아생전에 선친도 말씀하셨고. 하지만 발견한 사람은 없지. 지도를 가진 사람이 없었으니까."

라카날은 침묵했다. 올센이 그를 가까이에서 관찰했다. 적어도 생각은 하는 눈치였고, 적어도 큰소리로 웃지는 않았다.

"조금 후에 위원회 회의가 있소. 하지만 회의를 며칠 연기하는 건 나에겐 일도 아니지. 그쪽이 서류를 보완할 시간은 충분할 거요. 물론 서류에 내 이름이 나와선 안 될 일이오. 다음번에 만날 때는 금광 위치를 바로 알 수 있도록 확실한 그림이 있었으면 하오. 이달 말에 발부할 채굴허가증은 북쪽 지역에서 처음으로 승인하는 대규모 채굴허가증이지. 라플란드 전역을 커버하거든. 이런 규모의 허가권을 다시 받으려면 십 년은 기다려야 할 거요. 그러니 지금 아니면 기회는 없소!"

프랑스인의 시선이 목을 또다시 주무르는 올센의 눈에 꽂혔다.

"흥미로운 얘기군요. 생각할 시간을 좀 주시죠. 몇 가지 준비할 것도 있고."

올센이 험상궂게 그를 노려보았다. 목이 여전히 아팠다. 천천히 지갑을 손에 쥐었다. 그 안에 오려낸 신문기사가 들어 있었다. 그러나 기사를 보여주는 것보다 더 좋은 생각이 떠올랐다.

"위원회 회의가 정오에 열리니 그전까지 답변을 해줘야겠소. 독점 수익이란 점을 잊지 마시오. 이게 내 전화번호요. 이제 가도 좋소."

오전 10시, 카우토카이노

칼 올센은 시청으로 돌아와서 뒤편에 주차하고 조심스럽게 사무실로 올라갔다. 어려운 일은 아니었다. 이곳 시청관사에서는 누구의 눈에도 띄지 않고 몰래 드나드는 게 가능했다. 누구든 바깥에서 안으로 들어갈 수 있었고 다른 사람 몰래 사무실로 곧장 갈 수 있었다. 그런 문제는 누구도 신경 쓰지 않았다. 카우토카이노는 여전히 순박한 동네였다. 좋은 일이야. 올센이 히죽였다. 사무실로 들어갔다. 아무도 없었다. 좋아.

그는 안내데스크로 갔다. 잉리가 시의원 몇 명과 얘기를 하고 있었다. 그중 스노모빌용 방한복을 입은 올센의 동료 의원도 보였다.

"잉리, 나한테 연락 온 거 없나?"

"없어요. 의원님 일하시는 동안 아무도 들어가지 못하게 했고요."

잉리는 시의원 한 사람 한 사람과 상냥하게 얘기하면서 우편물을 열었다. 위원회 회의가 열리기까지 두 시간가량 남았다.

"잉리, 회의실은 준비됐어?" 다른 의원이 물었다. 지난번에는 프로젝터가 고장 났었다.

"가서 확인해볼게요."

잉리가 자리에서 일어나 올센이 왔던 쪽과 반대 방향으로 복도를 걸어갔다. 잠시 후 날카로운 비명 소리가 들렸다. 모두가 우르르 회의실을 향해 달려갔다. 잉리는 입을 손으로 막고 경악한 표정으로 꼼짝 않고 서 있었다.

"저기, 저기…." 그녀가 바닥에 있는 무언가를 손가락으로 가리켰다.

모두의 시선이 쏠렸다. 비닐봉지 옆에 형체가 오그라든 무언가가 떨어져 있었다. 군데군데 거무스름했지만 윤곽은 의심할 여지가 없었다. 그건 바로 사람의 귀였다.

19

1월 17일 월요일

오전 10시 30분, 카우토카이노

브랏센 형사가 잉리에게 질문을 하고 있을 때 클레메트가 도착했다. 니나는 알타 공항으로 떠날 준비를 하느라 같이 오지 않았다. 두 사람은 금요일 밤, 울적한 분위기에서 헤어졌다.

브랏센은 클레메트를 쳐다보지도 않았다. 경찰 소속 사진가가 귀 사진을 찍었고 다른 경찰은 지문을 채취했다. 안내데스크 직원은 문에 압정으로 박힌 비닐봉지를 발견했다고 설명했다. 비닐봉지가 얼마나 오래 걸려 있었는지는 몰랐다.

그날 아침 회의실은 아무도 사용하지 않았다. 정오에 열릴 광업위원회 회의가 그날의 첫 회의였다. 그러니 비닐봉지가 그날 걸린 건지도 확신할 수 없었다. 브랏센이 질문을 이어갔지만 클레메트는 그가 문제를 풀지 못할 거라고 생각했다. 시청관사는 활짝 열려 있어서 누구든 쉽게 들어올 수 있었다.

클레메트는 몸을 숙여 바닥에 떨어져 있는 귀를 살펴보았다. 귓불을 예리하게 잘라낸 흔적이 보였다. 등골이 오싹했다.

마티스의 귀였다. 의심할 여지가 없었다. 잘린 귓불은 소유주를 표시하기 위해 순록치기들이 순록새끼들의 귀를 칼로 베어낸 모양과 흡사했다. 클레메트는 더 자세히 보기 위해 무릎을 꿇었다.

베어낸 곳은 두 군데였다. 귀 아래쪽은 사 분의 삼만 비치는 보름달처럼 불완전한 원 모양으로 베어냈다. 위쪽은 좀더 복잡한 모양이었다. 휘어진 발톱 형태로 살을 도려낸 다음, 그 밑을 낚싯바늘처럼 굽은 모양으로 잘라냈다. 클레메트가 자리에서 일어섰다.

브랏센이 질문을 마쳤다. 잉리는 다른 여자 동료의 부축을 받으며 자리를 떴다.

"뚱보, 벌써 왔나?" 브랏센이 말을 툭 던지며 그곳을 빠져나갔다.

클레메트가 사진가에게 말했다.

"사진 인화하면 사본 좀 갖다주게."

클레메트는 이 표식에 대해 생각했다. 순록치기가 한 짓일까? 왜 이런 표시를 남겼지? 이런 상태의 귀를 발견했으니 수사는 새로운 국면으로 접어들 것이다. 어떤 정신병자가 이런 짓을 했을까?

경찰서에 도착한 그는 사무실 문을 닫고 순록관리청의 업무매뉴얼을 꺼내들었다. 매뉴얼에는 각 순록치기의 고유 마크가 망라되어 있었다. 스칸디나비아 삼 개국 북단을 점유하는 라플란드 지역의 모든 순록치기를 전수 조사한 내용이다. 마크는 수천 개에 달하고 개중에는 법적으로는 여전히 존재하지만 더는 사용하지 않는 것들도 있다.

클레메트는 이마를 문질렀다. 마크의 문양을 보고 있자니 어떤 생각이 막연하게 떠올랐다. 그러나 큰 도움은 되지 않았다. 마크를 하나하나

들여다보는 수밖에 없었다. 그는 니나에게 전화를 걸어 이 사건에 대해 알려주고 펜과 수첩을 꺼냈다. 그리고 매뉴얼을 들춰보기 시작했다.

오전 11시, 카우토카이노

브랏센은 수상한 차량이 있는지 살피며 마을을 한 바퀴 순찰하고 경찰서로 돌아가는 길이었다. 술집 앞에 서 있는 프랑스인의 차량이 눈에 띄었다. 일전에 싸움이 일어났던 술집이었다. 경찰서로 바로 가야 했지만 충동적으로 프랑스인의 볼보 옆에 순찰차를 세웠다. 주차장에 다른 사람은 없었다. 이른 점심을 먹으러 오는 사람이 있다고 해도 지금은 너무 일렀다.

조용히 술집 문을 밀고 들어갔다. 맥주를 앞에 두고 바에 앉아 있는 라카냘이 보였다. 깊은 생각에 잠긴 듯했다. 그에게 다가가는데 주방에서 종업원이 나왔다. 레나의 두 살 어린 여동생이었다.

브랏센은 라카냘이 손을 내밀어 엄지로 그녀의 입술을 쓰다듬는 걸 보았다. 소녀는 부끄러운 듯 미소를 짓고 손을 밀쳐냈다. 그리고 곧바로 다시 주방으로 돌아갔다. 라카냘은 고개를 살짝 왼쪽으로 틀어 그녀의 엉덩이를 감상했다. 계속 왼쪽으로 고개를 돌리던 라카냘이 어두운 입구에 서 있는 경찰의 모습을 보았다. 두 사람의 시선이 마주쳤다. 이윽고 브랏센이 바를 향해 걸어왔다.

"라이트 맥주 한 잔 줘, 울리카."

소녀가 맥주를 가져다주면서 의심스러운 눈초리로 프랑스인을 쳐다보고 다시 주방으로 들어갔다.

브랏센이 프랑스인을 보며 잔을 들어올렸다.

"아직도 떠나지 않았소?"

"거의 마무리 단계라서요. 시청에서 그린라이트를 켜주길 기다리고 있죠."

"아, 위원회 승인…."

브랏센은 귀를 발견한 일에 대해 아무 말도 하지 않았다. 맥주를 한 모금 홀짝인 브랏센이 낮은 목소리로 말했다.

"저 아이는 열여덟 살이 아직 안 됐는데…."

라카냘은 잠자코 있었다.

"그래도 정말 멋진 엉덩이를 가지고 있지. 그렇지 않소?"

지질학자는 깜짝 놀랐지만 아무 내색도 하지 않았다. 경찰의 의중을 파악할 수 없었다. 그러나 어린 종업원에 대한 성적인 암시를 듣자 흥분이 몰려왔다.

"저런 애들을 다루는 건 별로 어렵지 않소."

라카냘은 숨을 참으며 앞만 보았다. 경찰이 원하는 게 무엇인지 짐작하기 힘들었다.

"재네한텐 아주 익숙하거든. 자기 아버지하고도 그 짓을 하니까."

그 순간 울리카가 주방에서 나왔다. 두 남자가 그녀를 바라보았다. 울리카는 시선을 피하고 부끄러워하며 다시 돌아갔다.

"진짜야. 그냥 먹기만 하면 된다니까. 저 애 아버지도 소란을 피우진 않을 거요. 믿어도 돼." 브랏센은 프랑스인에게 속삭이고 울리카를 불렀다.

"울리카!"

소녀가 주방에서 나왔다.

"이쪽으로 와봐."

소녀는 바를 돌아 나와서 두 남자 사이에 앉았다. 라카냘이 숨을 몰아쉬었다. 그러나 여전히 아무 말도 하지 않았다. 브랏센이 소녀의 뺨에 손을 댔다. 아이는 깜짝 놀라며 경찰을 보았다.

"잘 지냈어, 우리 귀염둥이?" 브랏센은 엄지로 계속 소녀의 뺨을 어루만지며 평소와는 달리 다정한 목소리로 말을 걸었다. "학교 다니는 건 어때? 집에서도 별 문제 없지?"

이제 엄지손가락이 소녀의 입술을 매만졌다. 일상적인 대화에는 어울리지 않는 행동이었다. 울리카는 당황하여 어찌할 바를 몰랐지만 손길을 뿌리치지 않았다.

경찰은 라카냘의 반응을 보기 위해 몸을 살짝 뒤로 빼고 의자 등받이에 기댔다. 프랑스인은 브랏센의 엄지가 소녀의 입술을 쓰다듬는 장면을 멍하니 쳐다보았다. 얼핏 아버지가 딸에게 하는 친밀한 행동처럼 보이기도 했지만 관능적이기도 했다. 브랏센이 갑자기 손을 내렸다.

"울리카, 내 친구한테 잘해줄 거지?" 경찰은 떠나려고 일어서며 소녀에게 말했다.

울리카는 순종하는 태도를 보이며 뒤돌아보지 않고 주방으로 다시 돌아갔다. 라카냘의 눈이 번뜩였다. 그는 주방문을 뚫어지게 쳐다보았다.

20

오전 11시 10분, 93번 국도

니나는 공항에 가기 위해 카우토카이노와 알타 사이로 난 93번 국도를 달렸다. 아직 시간이 많이 남아서 천천히 갔다. 잿빛 구름이 하늘을 뒤덮었다. 기온은 영하 이십 도 안팎에 머물렀다. 바람이 세차게 불어 쌓인 눈이 소용돌이치며 휘날렸다. 태양이 떠 있을 시간이지만 주위는 한밤중처럼 캄캄하기만 했다. 주변 풍경은 보이지 않았다.

도로가 군데군데 빙판으로 변했기 때문에 속도를 한참 낮춰 천천히 운전했다. 약간 굽이진 길이었다. 강풍이 여전히 몰아쳤고 쏟아지는 눈이 때때로 시야를 가로막았다. 헤드라이트 불빛도 짙은 눈의 장막에 부딪쳐 반사됐다. 비탈길을 내려갔다. 곧 호수에 닿는다. 겨울마다 스노모빌 운전자들이 이용하는 호수였다. 시야가 막혀 길을 구분하는 것도 쉽지 않았다.

별안간 오른쪽에서 그림자 하나가 튀어나왔다. 급하게 핸들을 돌려

간신히 그림자를 피했다. 순록이었다. 심장이 세차게 뛰었다. 다시 속도를 올려 얼음 위로 쭉 달렸다. 그런데 다시 새로운 그림자들이 나타나 니나의 차를 향해 전속력으로 다가왔다. 그중 하나가 정면으로 차에 부딪혔다. 물컹한 충격에 놀라 다시 핸들을 꺾는 바람에 중앙선을 넘었다. 그 순간 반대편 도로에서 전속력으로 달려오던 트럭이 경고등을 미친 듯이 깜박이며 경적을 울려댔다.

니나는 정신없이 차를 반대편으로 돌리다가 또다시 도로를 이탈했다. 차가 미끄러지면서 굽은 길의 코너에 쌓인 눈 더미를 들이받았다. 몸이 심하게 흔들렸다. 오른쪽 바퀴가 눈 속에 박히면서 우지끈 소리가 났다. 그리고 조용해졌다.

두 손으로 핸들을 잡았다. 아드레날린이 몰려왔다. 꼼짝할 수 없었다. 날뛰는 심장을 달래기 위해 오른손으로 심장을 꾹 눌렀다. 뒤를 돌아봐도 아무것도 보이지 않았다. 트럭도 가버리고 없었다.

주차장에 차를 대려고 후진했다. 시동을 끄지 않고 경고등을 켰다. 샤프카를 머리에 쓰고 장갑을 낀 다음 손전등을 들고 차에서 내렸다. 굵은 눈발이 얼굴을 할퀴어댔다. 거리 감각이 사라졌다. 바람이 피부를 물어뜯었다. 눈을 뜰 수도 없었다. 제대로 잠그지 않은 방한복 안으로 바람이 들이닥쳤다. 삽시간에 추위가 몰려와 사지가 떨렸다. 타이어 자국을 찾으려고 했지만 펑펑 내리는 눈이 모두 덮어버렸다. 강력한 손전등 불빛에도 불구하고 거의 수평으로 빗겨 쏟아지는 눈 때문에 삼 미터 앞도 분간할 수 없었다.

마침내 왼쪽에서 어떤 형체를 보았다. 뒷다리를 도로 쪽으로 길게 뻗은 채 눈 더미에 반쯤 걸쳐 쓰러진 순록이었다. 골반 뼈가 부러진 게 확실했다. 아직 살아 있었다. 한쪽으로 혀를 늘어뜨리고 크게 뜬 두 눈을 껌벅였다. 겁을 먹었거나 고통을 호소하는 눈빛이었다. 어쩌면 둘 다거나.

피범벅인 된 눈밭에서 충격에 휩싸인 니나는 눈보라에 귀가 멍멍해진 상태로 몰려오는 추위와 공포에 사로잡혀 몸을 떨고 눈물을 흘리며 소리를 질렀다.

그녀 뒤로 그림자 하나가 다가왔다. 바람 때문에 사람이 다가오는 소리를 듣지 못했다. 아슬락이었다. 니나는 너무 놀라 입을 벌리고 멍하니 섰다. 얼어붙은 수염, 꾹 다문 입, 시뻘겋게 충혈되어 분노로 이글거리는 눈. 거센 눈바람 속에서 혼자 이 사람과 대면한다는 사실에 니나는 심장이 덜컹 내려앉았다. 그는 순록가죽 외투를 포함하여 머리부터 발끝까지 순록가죽으로 무장했다. 니나는 여전히 자기 눈을 믿을 수 없었다. 도대체 이 험악한 날씨에 어디서 나타난 거지?

"여기서 뭐 하는 거예요? 뭐 하는 거냐고요!"

니나가 악을 썼다. 자기 말을 전하려는 의도라기보다 긴장을 늦추기 위해서였다. 사람을 놀라게 만든 아슬락 때문에 화가 머리끝까지 치밀었다.

아슬락은 아무 말 없이 순록에게 곧장 다가가 짐승의 몸을 여기저기 만졌다. 겁먹은 커다란 눈이 아슬락의 등장에 안정을 되찾은 듯했다. 니나는 손전등 불빛에 비친 비현실적인 이 광경을 지켜보았다. 추위에 몸이 얼어붙었지만 꼼짝할 수 없었다.

눈 바닥에 무릎을 꿇은 그가 순록을 쓰다듬었다. 전혀 예기치 못한 부드러운 손길이었다. 니나는 갑작스레 거대한 감동에 사로잡혔다.

이 장면은 마음속 깊이 내재되어 있던 너무나도 분명하고 강렬하고 부조리한 이미지를 불러냈다. 그건 아버지의 이미지였다. 상처받은 남자. 갑자기 발작 증세를 일으킨 아버지를 본 후 니나는 잠도 못 잘 정도로 겁먹고 두려워했다. 그날 밤 아버지는 침대에 누운 니나의 머리를 쓰다듬었다.

감정이 폭발적으로 솟구쳐서 니나는 마음을 추스를 수가 없었다. 아슬락이 단도를 꺼내는 것도 보지 못했다. 그가 순록의 숨통을 끊은 건 순식간이었다. 재빠르고 확실한 손놀림에 순록은 곧바로 숨을 거뒀다.

니나는 그제야 무슨 일이 벌어졌는지 알아차렸다. 아슬락이 순록의 눈을 감겨주고 한동안 어루만졌다.

"알타로 갑니까?"

니나는 그의 목소리에 소스라치게 놀라 고개를 들었다.

"네에." 니나가 머뭇대며 대답했다.

"그럼 이 순록을 실을 테니 경찰서로 가세요. 거기서 서류작업을 할 겁니다."

아슬락이 허리를 숙여 순록을 팔에 안고 니나를 따라갔다. 트렁크에 짐승을 실은 후 두 사람은 자동차 좌석에 앉았다. 시동을 거는 순간 아슬락이 제지했다.

"난 여기 남을 겁니다. 다른 순록들을 데려와야 해요."

"이런 날씨에요? 스노모빌은 어디 있죠? 소리를 못 들었는데요."

"스키를 타고 왔어요."

"미쳤군요!"

"미쳤다고요? 맞아요. 여기 사람들은 그렇게 말하죠." 그가 조용히 말했다. 이제 그의 눈에서 분노의 빛은 보이지 않았다.

"선생님 순록인가요?" 니나가 풀 죽은 목소리로 물었다.

"네. 그 순록은 두 마리예요."

"두 마리요?"

“어미거든요. 제일 좋아하던 놈이었어요. 영리하기도 했고. 새끼를 배고 있었어요. 올봄에 태어날 예정이었죠. 알타 경찰서에 가면 그 사실도 잊지 말고 얘기해주세요.”

니나는 눈물이 흐를 것 같아 입을 꾹 다물고 앞만 노려보았다.

“정말 죄송합니다. 경찰에서 두 마리 모두 보상해주겠죠?”

아슬락은 한동안 침묵했다.

“그쪽이 순록경찰이 아니었다면 이 사고를 신고하지 않았을 겁니다.”

“왜요? 순록관리청에서 정당한 보상을 해줄 텐데요.”

“당신들이 정당하다고 말하는 건 믿지 않아요. 전혀.”

“잘못 생각하시는 거예요. 정당한 권리를 갖고 계시잖아요. 다른 사람들과 똑같이요.”

“정말 그렇다고 생각해요?”

아슬락의 눈빛이 급격히 어두워졌다. 그걸 본 니나의 마음이 흔들렸다. 연민이 밀려왔다. 니나는 저도 모르게 아슬락의 손을 잡았다가 흠칫하고 곧 손을 치웠다. 수많은 감정이 들끓어 어찌할 바를 몰랐다. 아슬락이 떠나줬으면 했다. 그의 눈이 무언가를 드러내주기 원했으나 시야를 가로막듯 겁에 질린 순록의 눈빛만 겹쳐 보였다.

두 팔을 핸들에 올려놓고 얼굴을 파묻었다가 등받이로 몸을 다시 폈다. 차츰 마음이 가라앉았다. 그때 아슬락이 그녀에게 손을 내밀었다. 주먹 안에 작은 가죽 주머니가 있었다.

“이 안에 내가 만든 백랍 펜던트가 있습니다. 가지세요. 순록들의 영혼이 담겨 있어요. 죄책감을 느껴서는 안 됩니다.”

아슬락은 답을 기다리지도 않고 차문을 열고는 어둠 속으로 사라졌다.

21

1월 17일 월요일

오전 11시 30분, 카우토카이노

귀를 발견했다는 소식은 다른 지역에까지 삽시간에 퍼졌다. 기자들이 전국에서 전화를 걸어오기 시작했다. 사거리를 막은 바리케이드는 철거됐다. 전날 그 소식을 들은 라르스 욘손 목사는 베리트 쿠치와 얘기했다.

“마티스 라바의 운명은 어찌 그리도 가혹한지! 그는 죄인이었지만 가여운 사람이었어요. 하나님 말씀과 멀리 떨어져 살고 있었으니 말입니다.” 목사가 나지막한 소리로 얘기했다.

“저… 마티스의 운명은 전적으로 그의 책임이 아닐 수도 있어요.” 베리트가 주저하며 말했다.

“우리는 우리의 인생을 예수 그리스도께 맡겨야 해요. 그렇지 않고는 구원을 얻을 수 없지요. 마티스는 구시대의 미신들을 붙잡고 살았어요. 누구도 거기에서 선한 결과를 끌어낼 수 없습니다.”

목사의 차가운 시선에 베리트는 마음이 혼란스러웠다. 그녀는 서둘러 그 자리를 떠났다.

너무 옛날 모델이어서 마을의 명물이 된 낡은 르노 자동차에 올라탄 베리트는 마을 밖에 있는 올센의 농장으로 향했다. 매일 일하는 곳이었다. 그곳까지 가는 데는 몇 분밖에 걸리지 않았다.

베리트는 마티스의 비참한 죽음에 큰 충격을 받았다. 그 충격은 다른 사람이 상상하는 것 이상이었다. 곡물창고 뒤에 주차하고 차에서 내리기 전에 눈을 감고 기도문을 외웠다. 그리고 소들에게 먹이를 주기 위해 외양간으로 갔다.

칼 올센이 브랏센과 전화 통화를 마치자마자 베리트가 나타났다.

"세상에, 세상에! 게으름뱅이 일꾼이 드디어 납셨구먼!"

그가 화를 내며 호통을 치려는 순간 전화벨이 울렸다.

"조건부터 논의해야 하지 않나요?"

전화기에서 프랑스어 억양이 흘러나왔다.

"지금 당장 내 농장으로 와줘야겠소. 곧 시청에 가봐야 해서."

베리트가 늦은 건 이미 안중에도 없었다. 조용히 위층으로 올라간 그는 침실 안쪽에 벽장처럼 보이는 낮은 문을 열었다. 이 시각에 집 안에 사람이 있을 리 만무하건만 올센은 경계하는 눈빛으로 뒤를 돌아보며 아무도 없는지 확인했다.

문 뒤에 작은 공간이 나타났다. 상자들과 둘둘 말린 지도들, 오래된 신문들이 어수선하게 쌓여 있었다. 손을 뻗어 작은 금고를 빼냈다. 비밀번호를 입력하고 그 안에서 커다란 봉투를 꺼낸 올센은 봉투를 상체에 대고 문질러 폈다. 그리고 다시 잘 닫은 후 아래층으로 내려갔다. 주방에 들어설 때 프랑스인의 볼보 차가 집 앞에 서 있는 걸 보았다.

주방 문 앞에서 라카냘을 맞이한 올센은 들어와 앉으라고 권했다. 그는 봉투를 오른쪽의 식탁 위에 놓았다. 프랑스인이 봉투에서 시선을 떼지 못하는 걸 확인하며 올센은 회심의 미소를 지었다.

"이 일 때문에 회사에서 문제가 생길 수 있어요." 프랑스인이 본론으로 들어갔다.

"회사 사람들을 안심시킬 방법이 있을 거요. 이건 노력할 가치가 있는 일이외다."

"지도가 있습니까?"

칼 올센은 봉투를 천천히 프랑스인 쪽으로 밀었다. 라카냘이 봉투에서 누렇게 변한 종이를 꺼내 조심스럽게 펼쳤다. 틀림없는 지도였다. 첫눈에 아마추어 지질학자가 만든 지도라는 걸 알았지만 아주 세밀하게 공들여 제작한 이 고지도는 예술작품과 진배없었다.

라카냘은 육칠십 년 전에 꼼꼼하고 힘들게 측량하여 그려낸 경계선과 기호와 색깔을 보았다. 이 지도를 보자 옛 기억들이 한꺼번에 몰려왔다. 바윗덩어리를 보고 컴퓨터로 작업하는 요즘 사람들과 달리 라카냘은 노트와 펜을 사용할 줄 알았던 구세대 지질학자였다.

"흥미롭군요. 화강암층이라…."

지질학자는 입을 다물고 지도를 들여다봤다. 지질도. 이 지도는 수백 시간 혹은 수천 시간 동안 야외를 돌아다니며 작업했음을 의미했다. 이런 지도를 제작하려면 지형을 읽을 줄 알아야 하고 보이는 것 너머를 들여다봐야 한다. 땅 밑의 지층과 식물과 빙하에 떠밀려 내려온 퇴석같이 표면에 드러나지 않은 걸 다뤄야 한다. 이런 지도는 그 무엇으로도 대체할 수 없다. 세세한 내용이 방대하게 담겨 있기 때문이다.

지도 제작이 현대화되면서 세부사항을 지도에서 제거하고 그 지역의 주요 광석들에만 집중하여 표기하는 방식이 추세다.

수많은 점과 칼로 지운 흔적, 참조기호 등을 볼 때, 이 지도는 지형을 직접 관찰하고 만들어낸 결과라는 걸 알 수 있었다. 한 명 혹은 여러 명의 지질학자들이 땅을 살펴보면서 세세하고 풍부한 주석을 첨가한 지도 원본이었다.

진정한 지질학자는 과거의 시간과 땀이 배어 있는, 최초로 제작된 지도 원본을 찾는다. 현장에서 일하는 지질학자는 조금만 이상한 점이 보여도 기록하기 때문이다. 그리고 이 사소해 보이는 이상한 특징들을 찾아냈기 때문에 위대한 지질학자가 탄생한다.

프랑스인은 자신의 내면에서 사냥꾼의 본능이 깨어남을 느꼈다. 이와 더불어 어린 종업원 울리카의 모습이 생생하게 떠오르면서 뜨거운 흥분이 솟구쳤다.

라카냘은 수천 년 동안 빙하에 덮여 으스러진 이 지역 자연환경의 복잡하고 독창적인 특성을 잘 알았다. 지도의 범례를 들여다보았다. 그러나 정확한 지명은 나와 있지 않았다. 지도 모서리와 가장자리는 너덜너덜해졌고 얼룩도 여기저기 나 있었다. 수없이 사용한 흔적으로 보였다. 누군가가 미스터리를 풀기 위해 이 지도를 가지고 끊임없이 답사에 나선 듯했다.

"이 지도는 어디서 났습니까?" 한참 후에 라카냘이 물었다.

올센은 의심스러운 눈초리로 프랑스인을 보았다. 광업위원회 회의 전까지 남은 시간은 많지 않았다. 마티스의 귀가 발견된 직후라 회의가 연기될 가능성은 많았다. 하지만 새로운 허가신청서를 제출해야 했다.

"선친에게서 물려받은 거요. 직접 그리신 지도고."

라카냘이 조용히 그를 응시했다.

"이 지도를 누구에게 보여줬죠?"

"당연히 아무한테도 안 보여줬소! 도대체 날 어떤 사람으로 생각하는 거요? 선친은 임종하실 때 이 지도 안에 거대한 금광이 있다고 말씀하셨소. 그런데 이 늙은 미치광이가 지명을 써넣는 걸 잊어버린 거요. 아니면 일부러 그랬는지도 모르지. 그랬다 해도 놀랍진 않소. 세상에 공짜는 없다는 교훈을 주고 싶었나 보지."

라카냘이 지도를 바라보았다.

"라플란드에서 이런 지형을 나타내는 장소는 여러 군데 있습니다. 지명이 없으니 유일한 방법은 직접 사냥하러 가는 수밖에 없군요."

"사냥?"

"야외로 나가는 겁니다. 직접 보고 느끼고 테스트하고 긁어봐야죠. 다른 해결책은 없습니다. 항공탐사는 겨울에 불가능하다고 했죠?"

"그렇소. 그 망할 놈의 순록들 때문에. 그리고 이곳 사람들은 우라늄 채굴은 물론이고, 항공탐사를 통해 방사능 반응 지역을 알아내는 것도 원치 않을 거요. 이곳에서 우라늄과 관련된 건 전부 금기시하거든."

"올센 씨도 그렇게 생각합니까?"

"난 그놈의 우라늄은 신경 안 써요. 내가 원하는 건 금뿐이니까. 그래서 갈 거요, 말 거요?"

라카냘은 겹겹이 교차된 넓은 경계선과 작은 점들과 칼로 긁어낸 흔적을 손가락으로 따라갔다.

"선친이 노란 금속이라고 표시한 점들은 모두 금이요. 보이시오?"

"네." 지질학자가 대답했다.

프랑스인의 목소리는 그 이상을 보았다는 걸 암시하는 듯했다. 농부는 금광이 생각보다 거대하다는 의미라고 추측했다.

"그럼, 수락하는 거요?"

"네, 좋습니다." 라카냘은 확실하게 대답했다.

"나는 시청으로 가야 하니 이 서류를 작성하고 서명해주시오. 나머지는 내가 하리다. 광업등록사무소에 제출해야 하오. 지도상의 지역과 광맥을 찾는 데 얼마나 걸릴 것 같소?"

라카냘이 못마땅한 기색으로 농부를 쳐다보았다.

"눈 한 번 깜빡이면 일이 다 될 거라고 생각하십니까?"

"떠날 준비는 이미 됐잖소?"

"하지만 이 지역의 지질도를 모두 확인해야 합니다. 이 지도와 비교하려면 말이죠. 그리고 내가 일하는 방식에 대해 이래라 저래라 하지 마십시오."

라카냘은 농부의 말투에 기분이 상해 차갑게 쏘아붙였다. 그 말에 올센이 그를 노려봤다. 그러고는 목의 통증에도 불구하고 얼굴을 프랑스인의 얼굴에 바짝 갖다댔다.

"내가 하찮은 촌부로 보이나? 만약 나를 속이거나 빠른 시일 내에 일을 끝마치지 않으면 당신이 알타에서 한 짓을 온 천하에 알릴 거야."

농부는 뒤로 물러나 며칠 전 알타에서 일어난 여중생 성폭행 기사를 펼쳐보였다.

"아주 친한 친구가 말해주더군. 당신이 어린애들이랑 그 짓거리하는 걸 좋아한다고 말이야. 그날 분명히 알타에 있었을 텐데?"

"협박하는 겁니까? 알타에는 장비를 구매하러 갔을 뿐입니다."

"앉아서 입 다물어!" 올센이 소리를 질렀다. "만일 금광을 제때 찾아내지 못하면 울리카의 따끈따끈한 진술서를 경찰서에 바로 제출할 거야. 아주 최근에 저지른 짓이지?"

"무슨 말을 하는 겁니까?"

"우리가 아무것도 모르는 시골뜨기 같나? 하지만 소식만은 아주 빠르게 접수하지. 그러니 당장 일을 시작하라고! 일을 잘 마치면 독점적인 파트너로 수익도 배분받을 수 있어. 내키는 대로 어린 계집애들을 데리고 놀 수도 있지. 딱 일주일 주겠소. 아까 말한 대로 위원회 회의를 연기할 수 있어. 하지만 일주일 이상 연기하는 건 불가능해. 이 서류에도 서명하시오. 그러나 절대 비밀이오. 사적인 계약서니까. 이 땅의 주인은 나라고 명시되어 있소. 이 계약서는 금고에 보관해둘 거요. 어린 울리카의 진술서와 알타에서 벌어진 성폭행 기사도 같이. 이로써 내게 무슨 일이 생기면 당신이 조사를 받겠지."

"이 일을 그렇게 짧은 시간에 가이드도 없이 하는 게 가능하다고 생각합니까?" 라카냘이 한 번 찔러보았다.

칼 올센은 한층 누그러진 목소리로 말했다.

"아주 훌륭한 가이드가 있소. 쉽게 응하진 않겠지만. 이름은 아슬락이요. 아슬락 가웁사라. 산에서 살고 있소. 거친 사람이지만 늑대를 맨손으로 잡기도 했고 흔적을 뒤쫓는 데는 타의 추종을 불허하지. 장비를 다 꾸리면 이곳으로 다시 오시오."

오후 12시, 카우토카이노

올센은 브랏센을 금광 프로젝트에 끌어들이기 위해 광산 보안책임자 자리를 약속했다. 그리고 경찰서장이 되더라도 꿈꿀 수 없는 보수를 주겠다고 제안했다. 올센 생각에는 그래봤자 얼마 안 되는 돈이었다. 금맥은 아직 발견도 못 했지만 보안책임자까지 정해놓고 보니 이미 모든 일이 이루어진 것만 같았다. 수십 년 동안 헛된 희망만 부여잡고 살았다. 그러나 이제는 정말로 발견할 수 있다는 확신이 생겼다. 다만 빌어먹을 연결고리 하나가 여전히 빠져 있었다.

그것만 있다면…. 제기랄! 그는 마음속에서 생각을 몰아냈다. 라플란드는 광활한 땅이지만 성공은 이제 눈앞에 있다. 그러면….

시청 앞에서 브레이크를 세게 밟았다. 경찰은 이미 떠났다. 게으른 놈들! 올센이 낮은 소리로 지껄였다.

아버지를 생각했다. 라카냘에게 진실을 말하지 않았다. 그자가 알 필요도 없었다. 사실 올센의 아버지는 그 지도를 만든 게 아니라 훔친 거였다. 그런데 바보같이 정확한 장소가 어디인지는 결코 알지 못했다.

어린 시절 내내 칼 올센은 아버지가 금속탐지기와 망할 놈의 이 지도를 가지고 끝도 없이 탐사를 떠나는 걸 보았다. 금싸라기를 발견하기도 했다. 그러나 지도에 무수히 찍힌 노란 점이 약속한 대규모 금광과는 거리가 멀었다.

올센이 회의실에 들어가 자리를 잡고 앉았다. 네 명의 의원이 이미 와 있었다. 예상했던 대로 사미당 의원인 위원장은 여러 가지 사건들 때문에 회의를 연기한다고 선언했다.

사람들이 고개를 끄덕이며 수긍했다. 위원장은 현명한 노인으로 주민들에게 존경받는 인물이었다. 그가 의견을 내면 모두들 지지했다. 올센도 그 사실을 알았다.

"결정해야 할 중요한 안건이 아직 있습니다. 얼마 후 광업등록사무소에서 우리 지역 내에 허가할 광업채굴권은 향후 십 년 혹은 이십 년 동안 유효해요. 여러 회사들이 이 채굴권을 따내기 위해 우리 지역에 지대한 관심을 보이고 있습니다. 이 땅의 광물 매장량은 유럽 최고죠. 라플란드 대부분은 개발되지 않았어요. 아직 탐사조차 이루어지지 않았고요. 하지만 이제 현실에 직면해야 합니다. 압박이 점점 심해지고 있어요. 사람들은 이곳에 거대한 광맥이 있다는 걸 알거나 그렇게 생각하니 말입니다."

목의 통증 때문에 가만히 앉아 있는 게 힘들었던 칼 올센은 슬쩍슬쩍 상체를 비틀며 다른 의원들을 관찰했다. 사미인이 아닌 자는 자기뿐이었다. 저들은 어느 쪽일까? 저들에게도 이권에 대한 유혹이 훨씬 강할까? 올센은 그러길 바랐다.

22

1월 17일 월요일

오후 1시, 카우토카이노

클레메트 낭고는 벌써 몇 시간째 매뉴얼에 나온 순록치기들의 마크를 살펴보았다. 어떤 페이지들은 몇 번이나 다시 돌아오며 확인했다. 그리고 인정할 수밖에 없었다. 마티스의 귀에 표시된 마크는 올라프 렌손이 등록한 마크들 중 하나와 유사했다. 예상치도 못한 결과였지만 그건 명백한 사실이었다.

확신을 얻기 위해서는 두 번째 귀가 필요했다. 양쪽 귀의 문양 조합을 확인해야만 순록 주인이 누군지 대번에 알 수 있기 때문이다. 그런데 왜 살인자는 순록에게 하는 표시를 피해자의 귀에 남겼을까? 왜 귀 하나로 만족하지 않았을까? 귀를 자르고 표식을 남기는 건 순록치기의 세계에서 행해지는 일이다. 그러니 두 번째 귀도 조만간 나타날 것이다.

그는 보안관 서장의 사무실에 노크도 하지 않고 들어가 토르 옌센 맞은편에 앉았다. 그러고는 서장의 책상에 펼친 매뉴얼을 올려놓았다.

경찰 소속 사진가에게 요청해서 받은 사진도 그 옆에 놓았다.

토르 옌센은 감초사탕을 깨물며 사진과 그림을 보았다. 무슨 일이냐고 클레메트에게 물어볼 필요도 없었다. 서장이 다른 사탕을 집었다. 페이지를 들추다가 멈추고 다시 넘기다가 조용히 감초사탕이 든 그릇을 뒤적였다.

"자네는 귀에 남겨진 문양이 순록치기 용의자를 밝힐 수 있는 열쇠라고 보는 건가?"

"그거 말고 답이 있겠습니까?"

서장은 잠시 생각에 잠겼다.

"그래. 그게 합리적인 판단으로 보이는구먼. 다만, 다만… 살인자가 다른 사람을 일부러 끌어들였을 수도 있으니까. 자네 생각은 어때?"

이번에는 클레메트가 생각에 빠져들었다.

"정말 이게 마티스의 귀가 맞고, 마티스가 이 문양의 순록치기를 위해 일한 적이 있다면 그럴 수 있겠죠."

보안관 서장이 휘파람을 불면서 의자 뒤로 몸을 쑥 기대앉았다. 그러고는 목 뒤로 손을 깍지 끼고 주의 깊게 클레메트를 바라보았다.

"그럼 살인자가 거물 순록치기에게 경고를 했다는 건가? 그게 자네 생각이야?"

"잘 모르겠습니다." 클레메트가 말했다.

"그 경우라면 도대체 누굴까? 그건 순록치기들 사이에 갈등이 확산되고 있다는 소리잖아."

클레메트가 조용히 있자 서장이 다시 말을 이었다.

"살인자는 피해자 외에도 정치 거물인 순록치기 올라프 렌손을 타깃으로 삼았을 수도 있겠군. 결론은 올라프 렌손과 반목하는 순록치기를 찾아야 한다는 거고. 하지만 이런 식으로 살인자에게 신호를 보낸다면 바보 같은 일이야. 올라프와 심각한 갈등을 겪고 있는 순록치기는 많지 않으니 말일세. 마티스가 그를 위해 일해주기도 했나? 만일 그렇다면 언제 그랬지? 아는 바가 있나, 클레메트?"

클레메크는 서장의 말에 고개를 가로저으며 자리에서 일어나 아무 말 없이 사무실을 떠났다.

오후 2시, 카우토카이노

올라프에게 전화하는 건 내키지 않았다. 사미족 투사인 그가 자기를 좋아하지 않는다는 건 잘 알았다. 게다가 그는 순록경찰을 협력자로 생각하지도 않았다. 클레메트는 경찰서 인트라넷을 켰다. 렌손의 이름이 거의 등장하지 않는다는 점을 인정해야 했다.

올라프 렌손은 지난 십 년간 순록 절도사건에 연루된 적이 한 번도 없었다. 의심이 가는 건이 하나 있긴 했다. 순록 두 마리가 트럭에 치여 죽은 건으로 올라프가 직접 신고했다. 죽은 순록에 대해 보상을 받으려면 법에 따라 순록 귀를 제출해야 하는데 올라프는 그런 근거 없이 보상을 요구했다가 거절당했다. 그 건은 그렇게 처리됐다.

클레메트는 보고서들을 훑어보았다. 이웃과 다투다가 다혈질인 이웃 순록치기가 올라프의 울타리를 뽑아버린 사건이 눈에 띄었다. 그러나 보고서를 다 읽은 후, 그 사건도 별거 아니었던 걸로 결론 내렸다.

올라프의 이름이 나온 사건은 두 건이 더 있었다. 그중 좀더 시선을 끄는 사건이 있었다. 요한 헨리크가 총격을 당한 사건 때 올라프에 대해 수사를 한 기록이었다. 그때 사용된 총기가 올라프의 집에서 가져온 거였다. 클레메트는 그 기록을 읽으며 소름이 살짝 돋았다. 헨리크는 그 사건 때 죽을 뻔했다가 겨우 살아남았다. 혹시 헨리크가 그 일 때문에 복수를 하려고 마티스를 죽인 걸까?

저녁 8시 15분, 파리

파리에 도착한 니나 난센은 제네랄 뵈레 광장에 있는 작은 호텔에 체크인을 했다. 앙리 몽은 시청과 멀지 않은 15구에 살았다. 짐을 풀자마자 아들인 폴에게 전화하여 다음 날 아침 일찍 그의 아버지와 만나기로 했다. 폴은 아버지의 몸 상태가 좋아져 젊은 노르웨이 경찰의 방문을 기다린다는 말을 전해주었다. 또한 방문 소식에 활력을 되찾아 며칠 동안 옛날 자료들을 찾으며 서재와 다락방을 오가며 시간을 보냈다고도 했다.

전화를 끊은 니나는 폴의 목소리에 학생 때 겪었던 고통스러운 경험이 다시 떠올랐다. 자신이 너무 순진했던 걸까? 그 기억에서 벗어날 수는 없었다. 아무리 곱씹어보아도 자기가 잘못한 게 없었다. 그 남자를 좋아했다. 말소리와 억양도 여전히 기억했다. 폴 몽의 목소리는 그때 느꼈던 것과 똑같은 전율을 일깨웠다. 더 낮은 톤이었지만 억양과 음색은 흡사했다.

홀로 저녁을 보내야 한다고 생각하니 마음이 무거워졌다. 그녀는 클레메트에게 전화를 했다. 클레메트는 서장과 나누었던 얘기를 해주었다. 서장의 결론이 합리적이라는 생각이 들었다. 니나가 서장의 의견에 동조하자 클레메트는 기분이 상한 듯했다.

"내일 요한 헨리크 씨를 심문하러 가실 거예요?"

"니나, 보안관처럼 상황 파악을 못 하면 안 된다고! 이 귀는 증거물이 아니야."

"그래도 가실 거잖아요."

"당연하지! 이번에는 그자를 확실히 압박해야지. 오늘 저녁엔 헨리크와 연관된 모든 사건 기록을 들여다볼 거야. 두고 보면 알겠지. 만일 이 일이 복수극과 관련이 있다면 두 해 이전의 훨씬 전 일들도 살펴봐야 해. 그자와 올라프가 연결됐을지도 모르는 사건을 발견했어. 아직 보안관에게는 얘기하지 않았지만 말이야."

"혼자 가실 거예요?"

"브랏센을 데리고 가길 원하는 거야?"

"두 분은 서로 싫어하시던데, 예전에 브랏센 반장님하고 무슨 일이 있었어요?"

"그자는 인종차별주의자야. 경찰로서 하는 일도 없고. 그게 다야."

더는 할 말이 없었다. 전화를 끊은 후에도 잠이 오지 않았다. 북 도난사건에 대한 서류를 꺼냈다. 율 박물관의 사진과 세간에 알려진 사미 북들의 사진이 그 안에 들어 있었다. 그 사진들을 주의 깊게 들여다보았다.

북은 대부분 타원형이었고 신기한 기호들이 새겨져 있었다. 도안처럼 단순한 그림들이었지만 어떤 기호들은 상징하는 대상을 짐작하기 어렵지 않았다. 순록은 당연히 알아볼 수 있었다. 새도 쉽게 알아차렸다. 나무나 배를 표현한 듯한 기호들도 보였다. 클레메트의 텐트나 일전에 방문했던 순록치기들의 텐트와 비슷한 사미족 전통 텐트 '라부'도 있었고, 사람을 형상화한 기호들도 있었다. 어린아이가 그린 것처럼 극도로 단순화한 표현기법이었다. 그러나 나머지 기호들은 무엇을 뜻하는지 도무지 알 수 없었다. 신성을 나타내거나 추상적인 개념일지도 몰랐다. 뭘까? 니나는 전혀 알지 못하던 세계에 한 발 들여놨다는 걸 깨달았다.

노르웨이 학교에서는 사미족에 대해 거의 가르치지 않았다. 인구수가 적어서일까? 스웨덴의 키루나에서 경찰수습생으로 훈련받을 때 사미족 인구가 수만 명에 불과하다는 사실을 알았다. 기억에 따르면 채 십만 명이 되지 않는다. 이 적은 인구조차 노르웨이, 스웨덴, 핀란드, 러시아에 흩어져 산다. 사미인들은 이들 네 나라에 자기 민족을 위한 의회를 가지고 있다.

문득 올라프가 머릿속에 떠올랐다. 유혹하는 미소와 이상한 이름. 그 스페인 사람은 무슨 역할을 하는 걸까? 이들의 세계는 니나가 지금껏 살아온 세계와 완전히 달랐다.

침대에 드러누워 눈을 감고 아버지를 생각했다. 옛날 일들이 선명하게 떠올랐다. 아빠. 니나는 소리 없이 눈물을 흘렸다.

밤 10시 45분, 카우토카이노

앙드레 라카날은 빌어먹을 늙은 농부에게 아무 말도 하지 않았다. 그러나 지도가 있다면 현장표본노트도 있기 마련이다. 모든 지질학자는 항상 이런 식으로 작업한다. 지도를 제작하기에 앞서 현장에서 관찰한 모든 걸 노트에 기록하기 때문에 지도와 노트는 한 쌍이나 마찬가지다.

만일 올센의 지도 같은 원본 고지도가 전문기관이 발행한 지질도처럼 귀중한 가치를 지닌다면 여기에 따라붙는 지질학자의 노트는 성배와 다를 바 없다. 이 노트는 어디에 있을까? 노트만 있다면 금광을 찾는데 속도를 낼 수 있다. 그 광맥이 정말 금맥이 맞는다면 말이다.

농부는 라카날에게 아직 지도를 내주지 않았다. 그러나 라카날은 지도에 나타난 주요 특징들을 기억해두었다. 다행히도 올센은 전문가가 아니었다. 그에게 이 지도는 옛날 모험소설에 나오는 보물지도였다. 올센의 상상력은 그 이상을 넘지 않았다. 잘 된 일이었다. 라카날에게 유리한 점이기도 했다.

그러나 농부 때문에 화가 부글부글 끓어올랐다. 그 뻔뻔한 경찰은 농부와 이미 한 패였으면서도 라카날 편인 척했다. 그렇지 않다면 그 농부가 어린 종업원에 대한 얘기를 어떻게 안단 말인가? 귀여운 계집애. 어쨌든 그 아이는 거부하지 않았다. 그러나 지금은 이 모든 짓거리를 잊어야 한다.

올센의 제안을 다시 생각했다. 농부의 말대로 그 광산이 정말로 매장량이 풍부한 금광이라면, 광산개발에 대한 독점적인 수익배분은 엄청난 유혹이 아닐 수 없었다. 더는 파리의 지긋지긋한 관료들에게 굽실거릴 필요도, 지피에스나 컴퓨터 없이는 야외에서 생존하는 법도 모르는 주제에 책상 앞에 앉아 겉만 그럴듯한 파워포인트 발표 자료나 준비하는 지질학자들과 인연을 이어갈 필요도 없었다.

키부에서 돌아왔을 때 자신을 냉대한 이 오만불손한 화이트컬러 샐러리맨들에게 본때를 보여줘야 했다. 그들은 자기가 콩고에서 어떻게 임무를 수행했는지 알고 나서 충격을 받고 잔뜩 겁을 먹었다. 아니 오히려 신문에서 회사 이름을 내걸고 자신이 했던 일을 보고 깜짝 놀랐다. 만일 언론이 그 얘기를 다루지 않았더라면 회사는 그가 본사에서 편안히

지낼 수 있도록 내버려뒀을 것이며 두둑한 보너스도 지불했을 것이다. 세상에서 가장 위험하고 부패한 나라에서 콜탄 광맥을 지켜냈던 몇 년 동안 그들은 행복해하지 않았던가.

사 년. 라카냘은 그곳에서 사 년을 보냈다. 미친 듯이 폭주하는 반군들과 알코올중독자들과 살인자들 틈바구니 속에서 콩고 전역을 종횡무진 쏘다니고 광맥을 찾아내고 광산을 개발하느라 무진 애를 썼다. 고루한 파리 사람들이 휴대전화를 만드는 데 필요한 이 값진 콜탄을 얻어낼 수 있도록 말이다.

그런데도 자기들은 높은 도덕심을 지니고 있는 척 위선을 떨어대며 라카냘을 괴물 취급했다. 신경 쓸 필요도 없다. 그렇다. 그들은 격분했지만 콜탄이 들어가는 너무나도 귀한 휴대전화는 결코 포기하지 않았다. 징그러운 놈들.

빌어먹을 사 년.

어린 키부 소녀들을 데리고 놀았다고 얼마나 많은 괄시와 천대를 당했던가.

반군 중에 영화배우 척 노리스처럼 수염을 기르고 조끼를 입고 다니는 사람이 있었다. 그런 미친놈은 생전 처음 보았다. 광산 보안책임자였던 그 망할 반군은 자신을 척 지휘관이란 호칭으로 부르라고 했다. 지성인이었던 진짜 척 노리스가 이 사실을 알았다면 몹시 불쾌했을 것이다. 라카냘은 그에게 마약과 코냑을 갖다 바쳤다. 척 지휘관은 그 대가로 어린 소녀들을 제공했다. 괜찮은 거래였다. 그자가 진짜로 위험한 자였다는 점만 제외하면 말이다.

어느 날, 완전히 정신이 나가 있던 그자가 프랑스광업회사에서 파견한 엔지니어를 죽였다. 라카냘 바로 앞에서였다. 미친 새끼. 라카냘이 외국인을 건드리면 안 된다고 해도 척 지휘관은 콧방귀도 끼지 않았다. 그게 모든 문제의 시작이었다.

라카냘은 머릿속에서 키부에 대한 기억을 밀어냈다.

현장표본노트. 그 노트가 아직도 존재할까? 만일 그렇다면 농장에 있을까? 빨리 확인해봐야 한다. 노트가 존재하지만 농장에 없다면? 어디 있을까? 시청이나 지역 박물관, 아니면 지질학연구소에?

라카냘은 라플란드에서 일할 때 말로에 있는 북유럽지질학연구소에 몇 번 들른 적이 있었다. 북유럽 북단의 모든 지질학 자료를 모아놓은 이 연구소는 자료를 해독할 수 있는 사람에게는 타의 추종을 불허하는 정보의 보고였다. 한 세기 이전의 사료까지 수집해놓아서 보관 중인 자료의 수는 실로 방대했다. 아무리 유명한 미국 연구소라고 할지라도 이곳에 비견할 만한 곳은 없었다. 지도, 현장표본노트, 코어샘플암석, 퇴적물 등을 원통형으로 잘라 채취한 샘플, 항공탐사 기록사진 등을 엄밀하게 분류해 보관 중인 이 연구소는 모두에게 문을 활짝 열어놓았다.

하지만 지도와 노트를 왜 따로 보관한단 말인가? 말도 안 되는 소리였다.

23

1월 18일 화요일

일출: 오전 10시, 일몰: 오후 12시 59분

일조 시간: 2시간 59분

오전 9시 30분, 라플란드 내륙

클레메트 낭고는 다른 경찰 두 명과 함께 아침 일찍 스노모빌을 타고 출발했다. 요한 헨리크가 제아무리 거친 성격이라도 저항하진 않을 거라고 생각했다. 물론 확신할 수는 없었다. 어두운 대기를 뚫고 도로로 쓰이는 얼어붙은 강 위를 전속력으로 달려갔다. 강이 끝난 지점부터 헨리크의 오두막까지 오 킬로미터 정도만 더 가면 된다.

세 경찰은 눈이 두텁게 쌓인 언덕을 올랐다. 보이지 않는 돌덩이와 듬성듬성 자란 자작나무를 피해 사 킬로미터를 달린 후, 육백 미터 높이의 세아라다스 산꼭대기에서 멈췄다. 클레메트는 스노모빌 안장에 한쪽 무릎을 대고 망원경으로 주위를 천천히 둘러보았다. 시동을 끄니 곧바로 정적이 내려앉았다. 바람은 불지 않았지만 추운 공기가 방한복 틈새로 들어왔다.

요한 헨리크의 오두막은 부오르드나스 고원 북쪽의 작은 두 봉우리 사이에 있었다. 고원 둘레는 백 미터 정도에 불과했다. 그래도 주변을 살피기에 이상적인 장소였다. 클레메트는 순록치기에게 방문을 예고하지 않았다.

전날 밤, 니나와 전화를 하고 난 후 헨리크에 관한 기록을 다시 들춰보았다. 다섯 형제 중 막내였다. 사미족 전통에 따라 그는 아버지의 순록 떼와 집과 재산과 땅에 대한 권리를 물려받았다. 가장 어린 자식은 모든 걸 받는 대신 늙은 부모를 부양할 책임을 진다.

요한 헨리크는 아버지의 순록 떼를 늘리는 것만으로 만족하지 않았다. 순록한테 쏟는 시간이 줄어드는 시기에는 관광 사업을 했다. 관광객들을 위해 낚시체험 프로그램을 만들었고, 깔끔하게 정비한 우리 속으로 들어가 순록들을 직접 볼 수 있게도 했다. 사미 장인들의 수공예품도 팔았다. 마티스가 만든 북을 팔았을 수도 있었다. 그 점은 요한 헨리크에게 직접 확인해야 한다. 그에겐 제설차를 비롯한 농업용 차량들이 있어서 마을 사람들에게 비용을 받고 대여했다. 부인은 알타 도로변에 작은 카페를 운영하면서 직접 만든 순록고기 요리와 샌드위치, 음료수, 빵 등을 팔았다. 성수기에는 요한 헨리크 밑에서 일하는 사람이 열다섯 명이나 됐다.

이렇게 많은 일을 벌여놨으니 정리가 필요했겠군. 클레메트가 생각했다. 마티스와 관련된 일은 전혀 없었다. 요한 헨리크는 지역 유지이자 카우토카이노 제1당인 사미유목민당의 당원이기도 했다.

클레메트는 망원경을 내려놓았다. 작은 무리로 모여 있는 순록들이 보였다. 오두막에서 연기가 빠져나왔다. 스노모빌 한 대가 그 앞에 서 있었다. 요한 헨리크는 자신이 살인 혐의를 받고 있다는 소식을 들었을까? 그렇다 해도 신문을 통해서는 아니다.

"요한 헨리크의 스노모빌이 저기 있네. 혼자인 듯해. 우선은 내가 다가가서 질문을 할 거야. 공격적인 태도는 안 돼. 여긴 오슬로가 아니니까. 카우보이 행세는 필요 없다고." 클레메트가 동료들에게 말했다.

노르웨이 경찰들에게 지시를 내리면 기분이 늘 좋아졌다.

세 명은 비탈길을 내려가서 얼어붙은 호수를 건너고 부오르드나스 고원 정상으로 올라갔다. 고원의 북쪽 끝에 있는 오두막까지 삼 킬로미터 정도 남았다. 절반쯤 갔을 때 한 사람이 오두막에서 나오는 게 보였다. 클레메트는 속도를 높였다. 오두막에서 나온 사람이 마침내 경찰들을 보았다. 그가 천천히 앞으로 걸어왔다. 그러더니 갑자기 스노모빌에 올라타고 오두막을 돌아 북쪽 비탈을 따라 전속력으로 달아났다.

클레메트는 욕설을 내뱉으며 더욱 속도를 냈다. 무전기가 장착된 헬멧을 통해 다른 두 경찰에게 지시를 내렸다. 자기는 길을 벗어나 아래쪽으로 갈 테니 그를 쫓아가라는 지시였다. 달아난 스노모빌을 찾았으나 더는 보이지 않았다. 빨리 결정해야 했다. 다른 두 경찰은 추격전에 익숙하지 않았다. 헨리크는 그들을 어렵지 않게 따돌릴 것이다.

클레메트는 왼쪽에 어렴풋이 보이는 호수를 향해 달렸다. 산을 빙 둘러 달리면서 눈에 덮여 보이지 않는 바위나 바닥에 난 틈, 덤불 들을 조심해야 했다. 호수로 가는 방향도 자주 확인했다. 좁은 계곡을 통과해 호수로 갈 헨리크보다 먼저 도착해야 한다.

잠깐 딴 생각을 하다가 바위에 부딪쳤다. 무거운 스노모빌이 미끄러지면서 왼쪽으로 돌아가고 눈 속으로 빠지기 시작했다. 몸의 무게중심을 오른쪽으로 기울이고 액셀 핸들을 있는 힘껏 밀었다. 스노모빌이 앞으로 튀어올랐다. 방향을 다시 잡고 곧 호수에 다다른 클레메트는 호숫가를 따라 오른쪽으로 달리다가 계곡 입구에서 멈췄다. 아무 흔적도 없었다. 스노모빌이 아직 지나가지 않았다는 소리다. 클레메트는 스노모빌 발판에 서서 손을 흔들었다. 멀리 뒤쪽에서 동료 경찰의 스노모빌이 보였다. 헨리크의 스노모빌도 나타났다. 헨리크는 지나갈 수 없다는 걸 알고 속도를 늦추고는 클레메트 앞에 멈춰 섰다.

"뭐 하는 거야? 순록들을 보러 가야 한다고!" 순록치기가 소리를 질렀다.

"아드님이 순록을 돌볼 텐데 웬 걱정이십니까? 오두막으로 갑시다. 할 말이 있어요. 그후에 순록을 보러 가도 될지 알려드리죠." 클레메트는 엔진 소리를 덮기 위해 큰 소리로 말했다.

요한 헨리크는 욕지거리를 내뱉으면서 다시 시동을 걸고 오두막 쪽으로 방향을 틀었다. 클레메트와 다른 경찰이 그 뒤를 따라갔다. 위쪽에서 눈에 빠진 스노모빌을 끌어낸 동료와 만났다. 다치지는 않은 듯했다.

요한 헨리크가 오두막에 제일 먼저 들어갔다. 경찰들이 그 뒤를 따랐다. 실내는 비다 고원에 있는 다른 오두막과 비슷했다. 한쪽에 이층침대가, 그 맞은편에 벤치가, 중간에 테이블이 있었다. 클레메트가 헨리크에게 의자를 가리켰다. 헨리크는 못마땅한 얼굴로 의자에 앉았다.

"먼저 수색부터 할 겁니다." 클레메트가 말했다.

순록치기가 항의하려는 순간 클레메트가 손을 올렸다.

"어제 시청에서 귀 하나가 발견됐다는 소식은 들었죠? 단도로 잘라낸 귀에는 순록 귀에 표시하는 마크가 있었어요."

요한 헨리크는 믿을 수 없다는 표정이었다. 입술이 뒤틀렸다. 그러나 아무 말도 하지 않았다. 그는 담뱃갑을 꺼내 종이에 담배를 말았다.

"그게 나하고 무슨 상관이지? 그것 때문에 내 일을 방해하러 온 건가?" 그가 클레메트를 노려봤다.

"귀에 새겨진 문양은 올라프의 것과 비슷해요. 거의 똑같죠."

요한 헨리크는 전혀 동요하지 않았다. 그가 담뱃불을 붙였다.

"멋지군. 스페인 놈의 문양이 새겨진 귀라니."

"올라프와 있었던 일에 대해서는 아무 말도 안 하셨던데요?"

"무슨 말을 하는 거야?"

"헨리크 씨가 총에 맞았을 때가 올라프와 방목지 문제로 싸우던 때 아닙니까? 올라프 얘기로는 오래전 일이라고 하지만 말입니다. 그 당시 마티스는 올라프 밑에서 일하고 있었죠. 마티스도 그 사건에 연루됐고요."

"아하, 그래서 내가 마티스를 죽이고 귀를 잘라서 거기에 올라프의 마크를 새기고 시청에 갖다놨다는 거군? 허 참, 자네는 순록경찰 일이나 잘 보라고!"

조롱의 말을 쏟아내는 헨리크의 입이 다시 비뚤어지면서 기분 나쁜 미소를 그려냈다.

"전 다른 생각은 하지 않아요. 그 마크가 헨리크 씨와 관련된 거라는 말도 하지 않았고요. 하지만 이 단서를 파헤칠 의무는 있습니다."

다른 경찰 두 명이 실내를 뒤지는 동안, 요한 헨리크는 담배 연기 너머로 클레메트를 노려보았다. 잠시 후 두 경찰이 찾아낸 것들을 테이블 위에 올려놓았다. 단도 세 개, 사 분의 삼 정도 찬 코냑 병.

"괜찮으시다면 이 칼들을 가져가겠습니다."

순록치기가 연기를 뿜으며 말했다.

"날 체포하지는 않고?"

"어디 있는지는 알고 있으니까요. 다시 올 겁니다." 클레메트가 문을 닫으며 말했다.

24

1월 18일 화요일

오전 9시 30분, 파리

앙리 몽의 집에 가려고 호텔에서 나왔다. 비가 부슬부슬 내렸다. 니나는 몽의 건물까지 걸어가 명판 옆의 벨을 눌렀다. 폴이 인터폰으로 대답을 하고 건물 문을 열어주었다. 호화로운 로비가 눈에 띄었다. 이십 세기 초에 지어진 건물은 오래된 돌을 최근에 닦아냈는지 무척 말끔했다. 니나는 이 층으로 걸어 올라갔다. 앙리 몽이 현관문 앞에서 직접 니나를 맞았다. 노인이 활짝 웃으며 환영의 뜻을 전했다.

"어서 오세요. 만나길 학수고대했습니다!"

니나는 노인의 영민하고 활기 찬 모습에 깜짝 놀랐다.

"오신다는 소식에 아버지 건강이 아주 좋아졌어요. 그래도 너무 피곤해지시면 안 되니까 그 점은 유의해주세요." 폴이 미소 띤 얼굴로 악수를 하며 말했다.

니나는 앞에 있는 두 남자를 바라보았다. 눈처럼 흰 머리를 완전히 뒤로 넘긴 앙리 몽은 연배에 비해 머리숱이 많았다. 수척한 얼굴에 코는 가늘었고 귀는 다른 부분에 비해 상대적으로 컸다. 살짝 굽은 좁은 어깨도 기품 있는 모습을 감추지는 못했다. 그는 친절함이 깃든 반짝이는 파란 눈으로 니나를 응시했다.

갈색 머리의 폴은 아버지와 똑같은 헤어스타일에 키나 체형도 거의 비슷했지만 운동으로 다져진 근육질 몸매였다. 사흘 정도 길러 깔끔하게 다듬은 수염이 볕에 그을린 건강한 피부와 썩 잘 어울렸다.

주변을 훑어보았다. 고급스러운 벽지로 도배한 넓은 아파트에는 그림과 목공예품, 탐험에서 가져온 기념품들이 가득했다. 아늑하고 편안한 부르주아 저택이었다. 처음 맡아보는 목재용 광택제 냄새가 은은하게 감돌았다. 니스 칠을 하지 않은 밝은색 목재가구를 선호하는 카우토카이노의 노르웨이식 통나무집과는 대조적이었다. 먼 곳에 왔다는 사실이 새삼 피부에 와 닿았다.

세 사람은 거실로 가서 편안한 가죽 소파에 앉았다. 찻잔을 앞에 두고 앙리 몽이 니나에게 미소를 건넸다.

"노르웨이 경찰을 대표하여 아름다운 경관님이 방문해주셔서 영광입니다."

프랑스인이 이런 칭찬을 입에 달고 산다는 건 잘 알았다. 그래서 순진해 보이지 않도록 조심하면서 예의 바르게 미소를 지었다.

"북에 대해 새로운 소식이 있나요?" 노인이 물었다.

"아직 없습니다. 이 사건에 대해 여러 팀으로 나눠 조사하고 있어요. 여러 가지 실마리를 쫓는 중이고요. 그런데 이 북에 관한 구체적인 정보가 하나도 없어서요. 암흑 속에서 더듬거리며 수사하는 느낌이에요." 니나가 대답했다.

"무슨 말인지 알겠어요. 뭘 도와드리면 될까요?"

"우선, 이차대전 이전에 라플란드에서 무슨 일을 하셨는지 말씀해주시겠어요?"

"폴 에밀 빅토르가 주관한 원정탐사대에 참여했어요. 나는 민속학 연구를 책임졌고요. 라타르제 형제도 이 여행에 함께했어요. 둘 다 의사였죠. 이차대전 직전인 1939년도에 갔어요. 구소련 영토만 빼고 라플란드 전역을 돌아다녔답니다."

"그럼, 네 분이 가신 거네요."

"프랑스인은 네 명이었어요. 폴 에밀과 라타르제 형제는 오랜 친구였죠. 솔직히 내가 따라간 건 국립인류박물관에 탐사 목적의 정당성을 입증하기 위해서였어요. 이곳에서 탐사비용을 지원했는데 친구들끼리 외국여행을 떠나는 게 아니라는 걸 보여줘야 했거든요. 사실이 그랬고요. 탐사대에는 스웨덴인 두 명과 독일인 한 명이 더 있었어요. 스웨덴 사람들은 웁살라 대학의 인류학자들이었죠. 두 사람 다 처음엔 아주 좋은 사람처럼 보였어요. 독일인은 동쪽… 아마 남동쪽 지역 출신일 거예요. 수데텐란트나 보헤미아 출신이었던 것 같은데 정확히는 기억이 안 나네요. 뭐 별로 중요한 문제는 아니죠. 어쨌든 그는 독일인이었고 지질학자였어요. 그리고 당연히 가이드와 짐꾼도 몇 명 있었어요. 모두 사미인이었는데 탐사하는 동안 계속 같이 다녔답니다."

"스웨덴인들이 처음에는 좋은 사람처럼 보였다고 하셨는데, 무슨 뜻이에요?"

"음… 그게, 폴 에밀은 아주 열정적인 사람이었어요. 사람들에게 관심이 아주 많았죠. 다른 문화에 대해 배우고 다른 세계를 발견하고자 했어요. 나중에 방문했던 폴리네시아나 그 당시에 갔던 북극에서도 마찬가지였고요. 좀더 색다르고 좀더 멀리 떨어진 곳일수록 더 좋아했답니다. 폴 에밀이 라플란드 탐사를 완수한 건 다른 문명을 알고자 하는 이런 열망이 바탕이 됐어요. 그건 나도, 라타르제 형제도 마찬가지였고요. 그런데 동행한 스웨덴 동료 두 명은 우리와 같은 마음이 아니더군요. 솔직히, 동료라는 말을 쓰는 것도 꺼려지네요. 이 여행을 준비할 때 폴 에밀과 내가 몰랐던 사실이 있었는데, 웁살라 대학의 두 인류학자는 인종생물학연구소에서도 일했어요."

앙리 몽은 니나의 반응을 보려는 듯 잠시 말을 멈췄다. 처음 듣는 얘기에 니나의 눈이 동그래졌다.

"폴, 내가 의자에 올려놓은 책 좀 가져다줄래?"

앙리 몽은 폴이 가져온 책을 펼쳐 니나에게 내밀었다.

"이건 그 당시에 이 스웨덴 학자들이 자기네 연구소에 제출한 논문이에요."

니나는 누렇게 변색된 책을 들여다보았다. 스웨덴어로 된 논문이었다. 니나는 노인이 자신을 관찰하고 있다는 느낌이 들었다. 이 책을 오랜 세월 동안 간직하고 있었다는 건 그만큼 중요하다는 뜻이다. 주의 깊게 살펴볼 가치가 있었다. 그러나 지금은 그럴 여유가 없었다.

책의 말미에 사진들이 있었다. 그 의미를 이해하는 건 어렵지 않았다. 스웨덴, 노르웨이, 덴마크, 삼 개국으로 이루어진 스칸디나비아 인종의 우월성과 다른 모든 인종, 즉 사미인, 타타르인, 유대인, 핀란드인, 발트인, 러시아인의 열등성을 보여주는 사진들이었다. 학생, 목사, 기업인, 의사 등의 사진이 스칸디나비아 사람을 대표했다. 반면에 다른 인종을 대표하는 인물은 주로 범죄자들이었다. 그 인종의 열등함을 증명하기 위해 악의적으로 선택한 사진들이었다. 니나는 눈을 들어 앙리 몽을 보았다. 왠지 거북했다.

"스웨덴 학자 두 명은 교양도 풍부하고 매력적인 사람들이었어요. 두 사람과 대화하면 무척 재미있어서 시간 가는 줄도 몰랐답니다. 한 사람은 사회민주주의자였고, 또 한 사람은 뼛속까지 보수주의자였죠. 인종 문제에 대해 두 사람은 가끔씩 의견이 일치하지 않았어요. 사회민주주의자는 복지국가의 발전에 대해 얘기하면서 반사회적인 요소가 이런 성장을 저해하지 못할 거라고 했죠. 다른 사람은 인종차별적인 입장을 좀더 분명히 밝혔고요. 이차대전 후에 깨달은 건 스칸디나비아 학자들 대부분이 친독일 성향이었다는 겁니다. 우리는 두 사람의 세계관에 충격을 받았어요. 어느 날, 야영을 하며 열띤 토론을 벌인 적이 있었답니다. 우리는 서로 완전히 다른 세계에 있었죠. 폴 에밀은 그들을 극렬히 비난했어요. 두 사람이 목적을 위해 과학적인 사실을 어떻게 조작하는지 똑똑히 보았거든요. 하지만 우리 팀은 그들이 필요했어요. 사미족에 대해 이미 수많은 연구를 수행한 학자들이었으니까요. 두 스웨덴 학자에게 열등한 인종은 사라져야 할 대상이었죠. 두 사람의 논점은 북극곰이 필연적으로 멸종하게 될 거라는 오늘날의 극단적인 주장과도 맞닿아 있어요. 가증스럽고 역겨울 따름이죠."

"그런데 사미 북은요?"

몽은 니나의 질문을 무시하고 하던 얘기를 계속 이어갔다.

"가이드들은 우리의 불화를 잘 알았어요. 특히 그중 한 명이 아주 민감했죠. 바로 자기 자신이 이 웁살라 대학 학자들의 과학적 관찰대상이었거든요. 그들은 사미 가이드의 머리 둘레를 쟀어요. 수백 명의 다른 사람들한테 했듯이 말이에요."

앙리 몽이 자리에서 일어나 니나에게 따라오라고 손짓했다. 두 사람은 복도를 따라 걸었다. 복도 벽에는 금박 테두리의 그림액자들이 걸려 있었다. 위에 달린 작은 조명들이 액자 속에 담긴 북극의 사냥 장면을 비춰주었다.

노인은 복도 끝의 서재로 들어갔다. 널찍한 공간이었다. 두 벽면은 책장이 차지했고, 모서리에는 이인용 소파가, 다른 벽에는 커다란 장식장이 놓여 있었다. 문을 바라보고 사선으로 배치한 마호가니 책상 왼쪽에 커다란 창문이 나 있었다.

책상 앞에 앉은 앙리 몽은 니나에게 맞은편에 앉으라고 권했다. 니나를 만나기 전에 이것저것 세심하게 준비한 듯했다. 책상 위에 차곡차곡 정리한 종이들이 쌓여 있었다. 그러나 먼저 보여준 건 오른손 밑에 있던 사진이었다. 노인은 고개를 숙여 사진을 확인하고 니나에게 사진을 보라고 했다.

"이 사진은 탐사 초기입니다. 가운데 있는 사람이 폴 에밀이에요. 라타르제 형제는 오른쪽에 있고, 스웨덴 학자들과 독일인은 왼쪽에 있어요. 폴 에밀 바로 옆의 두 사람이 스웨덴 학자들이고요."

"이분이 선생님이시죠?"

니나는 프랑스 의사들 오른쪽에 서서 쾌활하게 웃는 남자를 손가락으로 가리켰다.

"맞아요. 내가 지금 저 나이라면 경관님도 내게 반했을 텐데 말이죠." 노인이 장난스럽게 웃었다. "그리고 가이드 세 명과 통역사, 요리사도 있어요." 앙리 몽이 손가락을 움직이며 말을 이었다.

사진 아래쪽에 '핀란드 호텔 로비'라고 적혀 있었다. 출발하기 직전에 기념으로 찍은 사진인 듯했다. 사진 속 인물들은 전쟁 전에 찍은 대부분의 사진들에서 흔히 볼 수 있듯이 뻣뻣한 자세로 서 있었고, 곧 다가 올 인류의 재앙을 예고하는 사람들처럼 침통한 표정이었다. 모두가 방한복을 입은 가운데 탐사대와 동행한 가이드들만 사미 전통의상을 입고 있었다.

발끝이 뾰족하게 구부러진 모카신과 발목을 동여맨 넓은 십자무늬 천. 밝은색 순록가죽 바지와 장식용 술이 달린 모직 웃옷. 흑백사진이었으나 짙은 파란색 바탕에 화려한 원색 줄무늬 옷이라고 짐작할 수 있었다. 니나는 카우토카이노 시장에서 이런 옷차림으로 다니던 사미족 노인들을 쉽게 연상했다. 사미 가이드들이 쓴 모자의 모양이 제각각인 건 출신지역이 다르다는 뜻이다. 가이드 중에 네 모서리가 뾰족하게 튀어나온 모자를 쓴 사람이 있었다. 아슬락이 쓴 모자와 똑같았다.

앙리 몽이 독일 지질학자를 가리켰다.

"불쌍한 에른스트. 이 독일 학자는 우리와 가기 전에 이미 라플란드를 탐험했어요. 그런데 다시 가보고 싶은 곳이 있다며 우리 팀에 합류했죠. 그런데 여행 도중 사망했어요. 원하는 지역에 가서 며칠 동안 조사를 한다고 사미 가이드를 한 명 데리고 갔는데, 불행히도 돌아오는 길에 추락사했답니다. 유해는 카우토카이노의 묘지에 안장됐고요. 에른스트는 그 당시의 다른 독일인들과 달랐어요. 정치 얘기는 절대 하지 않았고, 히틀러를 찬양하거나 반대하는 말 한마디 없었답니다. 두 스웨덴 학자가 집착하던 인종 문제에 대해서도 전혀 관심을 두지 않고 대부분 혼자 떨어져 지냈고요. 어느 날 저녁 그 친구 때문에 깜짝 놀란 적이 있어요. 램프를 켜놓고 무언가를 하고 있더군요. 뭘 하나 봤더니 지질도 위에 메모를 하고 있더라고요. 그런데 날 보자마자 지도를 덮어버렸어요. 난 아무것도 묻지 않았죠. 다른 사람의 작은 비밀 정도는 존중해줘야 하니까요."

“뿔 네 개 달린 모자를 쓴 이 사람은 누구예요?” 니나가 물었다.

“아, 악마의 모자 말이죠?” 앙리 몽이 웃었다. “극지에 사는 독실한 기독교인들은 이걸 악마의 모자라고 부르더군요. 이 사람은 니일스예요. 성은 기억이 안 나네요. 에른스트를 따라갔던 사미 가이드였죠. 혼자 돌아와서 에른스트의 사망 소식을 알려줬어요. 니일스가 식량으로 쓸 순록을 사냥하러 간 사이에 에른스트는 이끼에 뒤덮인 크레바스에 빠지면서 바위에 머리를 부딪쳐 숨졌어요. 니일스는 깊은 죄책감에 사로잡혀 괴로워했답니다. 가이드로서 깊은 책임감을 느꼈을 테니까요. 난 니일스와 친구가 됐어요. 스웨덴 학자들의 말에 니일스가 얼마나 큰 모욕감을 느끼는지도 알게 됐고요. 하지만 니일스는 감히 항의하지 못했어요. 그리고 백인들이 사미족에 대해 스웨덴 학자들과 같은 생각을 갖고 있다고 믿었고요. 눈빛만 봐도 알 수 있었어요. 자부심과 초연함, 때로는 당혹과 공포가 뒤섞인 감정을 니일스의 눈에서 보았으니까요. 마음이 무척 아팠죠.”

앙리 몽은 눈을 감고 잠시 생각에 잠겼다. 그리고 다시 천천히 입을 열었다.

“떠날 때가 됐는데도 내 마음을 전할 기회가 없었어요. 어차피 통역사를 통해야 하니 다 표현할 수도 없었을 테고요. 하지만 눈으로 그런 마음을 전했죠. 니일스는 그런 내 마음을 읽더군요. 어느 날 저녁, 여행이 끝나갈 무렵이었어요. 통역사를 믿을 만한 사람이라고 생각하고 그의 도움을 받아 니일스와 얘기를 했답니다. 그때 알게 된 사실 때문에 얼마나 괴로웠는지 모릅니다. 그렇게 끔찍한 불평등이 있을 수 있다는 걸 처음 알게 됐거든요.”

말을 멈춘 늙은 프랑스인의 눈가에 물기가 살짝 어렸다.

"아버지, 좀 쉬시는 게 좋겠어요." 아들 폴이 서재로 들어오며 말했다.

앙리 몽은 피곤해 보였다. 그는 괜찮다고 손사래를 쳤으나 결국 침대로 쉬러 갔다. 니나는 좀더 기다려야 했다.

25

1월 18일 화요일

오전 10시 30분, 카우토카이노

앙드레 라카냘은 빌마르크센터 호텔 측면 입구에 차를 세웠다. 호텔 방마다 안내데스크를 거치지 않고 바깥으로 통하는 문이 있어서 거실 딸린 스위트룸에 조용히 드나들 수 있었다. 그는 호텔 방에 쌓아두었던 장비를 상자에 모두 담았다. 계획이 변경됐지만 탐사 준비는 이상 없었다.

바위를 깨는 데 사용하는 지질망치는 밤새 물에 담가뒀다. 이렇게 하면 나무 자루가 불어 망치 머리를 단단히 조인다. 손잡이가 긴 스웨덴 망치였다. 험한 지형에서 사용하기에 알맞았다. 자루 길이가 길면 바위를 깨뜨릴 때 힘이 더 들어가서 더욱 효과적이다.

그는 모든 도구가 제자리에 있는지 다시 확인했다. 카메라, 지피에스, 나침반, 그림을 그리기 위한 부드러운 연필과 색연필 여유분, 사용할 일은 거의 없지만 만일에 대비한 돋보기.

이어서 지도가 가득 든 상자를 열어 그 안에서 다양한 축척의 지도를 골라냈고, 선택한 지도는 각각 여러 장씩 준비했다. 이렇게 고른 지도가 예순 장쯤 됐다.

그는 금속상자와 나머지 장비를 볼보 뒤에 싣고, 이 주 동안 입을 수 있는 옷가지와 두 사람분 식량도 실었다. 잠깐 술집에 들를까 했지만 그러지 말자고 생각했다. 위험을 무릅쓸 필요는 없었다. 적어도 지금 당장은.

대신 농부 집에서 본 지도를 생각했다. 매우 상세한 지도였다. 가져가는 지도들과 비교해야 했다. 경험상 지도 하나가 어떤 지형을 그대로 나타내지는 않으며, 고지도와 현대지도는 지형에 대한 시각이 다를 수 있다는 걸 알았다. 지도를 비교하는 작업은 지루하지만 불가능한 일은 아니었다. 눈썰미도, 실력도 있는 그였다. 그 다음에는 지형을 분석하기만 하면 된다. 그런 일은 전문이었다.

농부에게 아무 말도 하지 않았으나 고지도는 한곳에 집중되어 있는 광맥보다는 흩어져 있는 광석이나 밝혀지지 않은 암석을 가리키는 것 같았다. 물론 정말로 그런 표시들에 불과하다면 자산 가치는 전혀 없었다. 바위에서 광물의 흔적을 찾는다 해도 그 밑에 광맥이 있다고 장담하지 못한다. 지질학을 낭만적인 시각으로 보는 자만 그런 상상을 할 수 있다.

라카냘은 그런 타입이 전혀 아니었다. 이와 반대로 지형을 세밀히 읽을 수 있는 능력과 수많은 답사를 통해 체득한 지질구조에 대한 백과사전적인 지식을 바탕으로 뛰어난 직관력을 발휘했다. 그는 동종업계의 어느 누구보다 더 정확하게 지형과 풍경을 읽어냈고, 스스로도 그 사실을 잘 알았다.

주유소에 들러 휘발유통과 물통을 채웠다. 그리고 칼 올센의 집으로 향했다. 이제 진짜 미팅을 할 차례였다.

26

1월 18일 화요일

오후 1시 30분, 파리

니나는 생각을 정리하기 위해 바람을 쐬러 밖으로 나갔다. 지금까지 들은 것만으로도 마음이 복잡했다. 어떤 얘기는 섬뜩하기까지 했다. 북유럽이 세계에서 가장 모범적인 사회 모델을 만들었다는 얘기를 들으며 자랐다. 어쩌면 인종생물학연구소나 머리 둘레를 재는 얘기는 과장된 걸 수도 있었다. 이런 얘기는 한 번도 들어본 적이 없었다. 별로 중요한 이슈가 아니어서 못 들어본 걸까?

잠시 후 폴이 문을 열어주었다.

"들어오세요. 한숨 주무시고 일어나셨답니다. 빨리 얘기를 하고 싶으신지 저를 독촉하시네요. 하실 말씀이 많은가 봐요."

니나는 서재로 가서 앙리 앞에 앉았다. 노인이 서류에서 눈을 떼고 곧바로 얘기를 시작했다.

"니일스는 재능이 아주 많았어요. 대부분의 사미인들처럼 공식적인 학교 교육은 받지 않았지만 매우 감각적이고 지적인 사람이었죠. 뭐랄까, 샤먼의 능력을 지닌 것 같았어요. 라플란드에 처음 갔던 나로서는 그 지역의 샤먼이나 영적인 능력에 대해 들어본 적이 없었어요. 반면에 폴 에밀은 그런 주제에 관심이 아주 많았답니다. 그린란드에서 이미 샤먼들을 만나고 관찰할 기회도 있었고요. 하지만 니일스가 흉금을 털어놓은 사람은 나였어요. 나중에 알게 된 사실인데, 진짜 샤먼은 누구에게도 자신이 샤먼임을 밝히지 않아요."

앙리 몽이 차를 한 모금 마시며 목을 축였다.

"스웨덴 인류학자들과 토론을 하면서 우리 프랑스인들은 몹시 분개했죠. 하지만 우리가 떠난 후에도 그 땅에서 살아갈 사미인들은 우리처럼 분노하지 않았어요. 그보단 무서워했다고 말하는 편이 맞겠네요. 사미인들이 히틀러로 인해 유럽에 닥친 재난을 어떻게 인식했는지는 모르겠어요. 실은 우리조차도 무슨 일이 벌어진 건지 완전히 깨닫지 못했으니까요. 예지능력이 있었던 니일스는 깊은 번민에 빠져 있었어요."

니나는 앙리 몽의 얘기를 주의 깊게 들었다. 그의 얘기는 계속 이어졌다.

"어느 날 저녁이었어요. 니일스가 통역사와 나를 외딴 곳으로 데려가서는 망토에서 북을 꺼내더군요. 호롱불에 비춰봤는데 정말 빼어난 예술작품이었어요. 상태도 아주 좋았고요. 타원형에 쉽게 알아보기 힘든 작은 그림기호들이 여기저기 새겨져 있었어요. 이게 뭐냐고 물었더니 니일스는 자기 북이라고 대답하더군요. 어디서 났는지는 말하지 않았고요. 분위기가 너무 엄숙해서 학자로서 인터뷰를 할 때가 아니라고 생각했어요. 꼬치꼬치 캐묻고 싶은 마음은 굴뚝같았는데 말이죠. 사실 그 북을 보고 매우 흥분했답니다. 폴 에밀의 오래된 꿈 하나가 이런 북을 찾는 거란 걸 알고 있었거든요. 흥분을 가라앉혀야 했죠. 니일스는 이 북이 위험에 처해 있다고 했어요. 무슨 말인지 잘 모르겠다고 하자 그 당시 떠돌던 얘기에 대해 말해주더군요. 자기네 민족이 위협당하고 있다고요. 당시는 인종에 관한 이론이 신빙성 있다고 받아들여지던 시기예요. 그는 진심으로 걱정했어요. 나도 니일스의 우려를 이해했고요. 말로는 안심을 시켜줬지만 사실 니일스가 옳다는 걸 인정할 수밖에 없었답니다. 그때 니일스가 북을 맡아달라고 부탁했어요. 프랑스에 가져가서 안전하게 보관해달라고요. 그리고 돌려줘도 된다고 생각할 때 북을 다시 라플란드에 보내달라고 한 거예요. 니일스는 내 판단을 믿었어요. 고백하자면, 니일스가 내게 보여준 신뢰에 깊이 감동받았어요. 어떻게 표현해야 할지 모를 정도로요. 별안간 내가 사미 문명의 보물을 지키는 수호자가 됐으니까요."

앙리 몽은 잠시 쉬느라 말을 멈췄다. 장황한 얘기를 가감 없이 쏟아놓는 노인의 얼굴에 감동의 빛이 어른거렸다. 니나는 그의 팔에 손을 얹고 미소를 지었다. 숨을 고를 시간을 줘서 고맙다는 듯 노인도 따라서 미소를 지었다. 여러 가지 이유로 니나의 마음이 출렁였다.

이 외국인은 니나가 전혀 몰랐던 조국의 불편한 진실을 드러냈다. 이런 상황에서 어떤 태도를 취해야 할지 당황스러웠다. 조사한다는 명분이 있어서 차라리 다행이었다.

시간이 한참 지나 차가 다 식었다. 앙리 몽이 아들에게 차를 다시 가져오라고 일렀다. 차를 기다리면서 노인은 원정탐사 때 찍은 사진 몇 장을 꺼냈다. 여행 동안 마주친 사람들의 일상생활을 보여주는 매혹적인 사진들이었다. 텐트 안이나 그 앞에 있는 사미 가족들 사진도 있었다.

포대기로 감싼 아기를 바구니 안에 눕혀서 안고 있는 엄마와 우두머리인 듯한 순록 옆에 서서 포즈를 취한 사미인도 있었다.

사진을 보면서 나나는 사미인들이 모두 경계하는 표정이라는 걸 깨달았다. 놀랍게도 웃는 사람은 한 명도 없었다. 설령 있다고 해도 어색한 억지웃음에 불과해서 위화감마저 느껴졌다. 재빨리 사진들을 훑었다. 탐사대 멤버들이 사미인들과 함께 찍은 사진들이 몇 장 있었다.

"라플란드가 광물이 풍부한 매력적인 지대라는 건 알고 있어요? 그 당시에도 이미 수많은 광산들이 있었어요. 특히 키루나의 철광산이 유명했는데, 독일인들이 이곳에서 엄청난 양을 파가서 나치를 위한 무기 제조에 사용했죠. 당시에 거대한 금맥이 있다는 소문들이 파다했어요. 전설처럼 얘기하는 사람들도 많았고요. 사실 우리는 그 얘기를 듣고 깜짝 놀랐어요. 사미인들은 물질적인 부에 별로 관심이 없는 것처럼 보였거든요. 니일스는 북을 내게 맡기면서 이 북이 금맥과 관계되어 있다고 알려줬어요. 그러면서 이 금맥에는 저주가 걸려 있다고, 그들 민족에게 수많은 불행을 가져다준다고 했죠. 그런 이유 때문에라도 북을 라플란드와 먼 곳에 안전하게 두어야 한다고도 했고요. 금맥의 진실이 부적절한 자의 손에 들어가지 않기 위해서 말이죠."

"무슨 저주를 말하는 건가요?"

"궁금하지도 않았느냐고 생각할지 모르겠지만 난 아무것도 묻지 않았어요. 아니 물을 수 없었답니다. 우리는 그때 캄캄하고 적대적인 대자연 속에 있었어요. 빛이라곤 희미한 호롱불뿐이었고 바람은 귀를 멍하게 만들 정도로 세차게 불어댔죠. 게다가 정치적인 대재앙이 임박한 순간이었고요. 문명사회와 뚝 떨어져 네 개의 뿔이 달린 모자를 쓴, 비통한 얼굴의 남자 앞에 서 있자니 어두운 마법에 사로잡힌 것만 같았어요.

그 분위기에 완전히 압도된 거죠."

"그럼 지금은 어떻게 생각하세요?"

"그 북이 금맥과 관련이 있을 거라고 생각해요. 하지만 저주에 관해서는 전혀 모르겠어요. 금맥이 그의 민족에게 어떤 방식으로 영향을 미칠까? 그건 몰라요. 방목지나 순록 떼를 사육하기 위해 몰고 다니는 길을 빼앗기는 걸까? 그래서 순록들을 잃게 되거나 순록들이 굶주려 죽게 되는 걸까? 아니면 사미족이 직접 그 저주를 받는 걸까? 이런 질문들을 혼자서 무수히 해봤답니다."

"이 북을 찍은 사진이 없다고 알고 있는데, 맞나요?"

"아마 없을 거예요. 율 박물관에서 도둑맞기 전에 사진을 찍어두었다면 모를까. 나한테는 확실히 없어요."

"그래도 그 북이 어떻게 생겼는지 기억은 하시죠?"

"내 기억력을 너무 높이 평가하는군요. 그래도 기억을 한 번 더듬어 보죠. 보자…."

노인은 눈을 감고 오랫동안 생각에 잠겼다.

"북 위쪽으로 선이 하나 그어져 있어요. 선을 중심으로 윗부분에는 순록 도안들과 단순하게 그린 사람이 한 명인가 여러 명인가 있고요. 확실하지는 않지만 사냥꾼이라고 생각해요. 나무들과 산 모양도 있답니다. 산이 아니면 텐트일 수도 있어요. 더는 기억이 안 나네요."

니나는 여전히 눈을 감은 앙리 몽을 흘끗 보고, 그의 말을 수첩에 기록했다.

"아랫부분은 좀더 복잡해요. 중앙에 십자가 표시가 있어요. 십자가 끄트머리는 네 군데 전부 여러 기호들이 그려져 있고, 중심에 작은 마름모가 있어요. 또 뭐가 있었을까? 북 가장자리에 그려진 기호들은 극도로 단순화해서 표현한 인물들이에요. 이에 비하면 다른 도안들은 좀더 세밀히 표현했고요. 신들을 나타낸 거 같아요. 물고기, 배, 커다란 뱀도 있고. 뱀 그림을 보고 놀랐던 기억이 나네요. 그리고 윗부분처럼 나무들과 산들이 있고, 뭔지 잘 모르겠는 문양들도 있어요. 이 기호들을 연구해보고 싶었는데 다른 일들이 너무 많았어요. 그리고 나는 니일스가 원했던 대로 아무에게도 북을 보여주지 않았어요. 사진을 찍지 않은 것도 그와의 약속을 존중하기 위해서였답니다. 폴 에밀이 날 원망하긴 했지만 내 진정성만큼은 이해했어요."

"이 북의 존재를 아는 사람들이 있었나요?"

"거의 없었어요. 적어도 헬무트 율에게 말하기 전까지는요."

"북 때문에 선생님을 찾아온 사람도 있었어요?"

"오, 그럼요! 질투심 많은 수집가들이 이런 작품에 눈독을 들이지 않을 리 없죠. 물론 이게 콜럼버스 이전 시대의 물건도 아니고 이집트 유물도 아니지만 아주 아름다운 작품인 것만은 틀림없거든요. 경관님도 아시다시피, 다른 사미 북들처럼 파란만장한 역사가 깃들어 있는 독특한 작품이기도 하고요."

니나는 북을 불태운 자라며 욘손 목사를 비난하던 올라프를 떠올렸다.

"선생님한테 연락한 사람은 누군가요?"

"함부르크의 독일 박물관에서 연락이 왔어요. 카우토카이노의 율 박물관과 협력하는 곳이라고 알고 있어요. 그곳 사람들이 북을 직접 보고 가치를 판정하고 싶어 했답니다."

"그 사람들이 사진을 찍었을 수도 있겠네요?" 니나가 반색하며 물었다.

"그런데 결국은 오지 않았어요. 그 와중에 헬무트 율 관장에게 북을 보냈죠. 수년 동안 연락했던 사람들이 두 명 더 있어요. 한 명은 스톡홀름에 있는 박물관 소속 직원이었고, 또 다른 사람은 자기가 누군지 밝히지 않았어요. 개인 수집가들과 거래하는 미술품 중개상일 거예요. 내가 북을 가지고 있다는 걸 어떻게 알고 접근했는지 의문이에요. 그런데 나는 북을 팔 생각이 전혀 없었기 때문에 그 사람들은 아무 성과도 못 거둔 거죠."

"혹시 그 박물관과 중개상 이름을 아세요?"

앙리 몽이 쌓여 있는 서류들을 뒤적였다. 몇 분 후 종이에 직접 손으로 쓴 정보를 발견했다. 니나가 재빨리 읽었다. 박물관은 스톡홀름에 있는 노르디스카 박물관이었다. 중개상은 이름을 보니 노르웨이 사람 같았다.

"선생님이 북을 가지고 있다는 걸 누가 알았나요?"

"소수의 사람들뿐이에요. 욜 박물관에 맡기기 전까지는 말이죠." 앙리 몽이 잠시 생각한 후 대답했다.

프랑스인은 탐사여행의 사진과 자료들을 가져가도 좋다고 허락했다.

니나는 인사를 하고 나오다가 현관문 앞에서 잠깐 걸음을 멈췄다.

"북을 지금 돌려보내자고 결심하게 된 계기가 있었나요?"

"첫 번째는 나이 때문이에요." 노인이 지친 기색으로 미소를 내비쳤다. "내가 죽은 다음에 사미인들이 이 북을 영영 잃어버리는 일이 없으면 했어요. 지금 돌려주는 게 니일스의 뜻에 반하는 건 아닌지 생각해봤는데 그렇지 않다고 결론 내렸고요. 전쟁 전에 떠돌아다니던 이론은 이제 현대 스칸디나비아 국가에서는 인정받지 못해요. 내 판단이 틀리지 않았기를 희망할 뿐입니다."

27

1월 18일 화요일

오후 3시 30분, 카우토카이노, 93번 국도

앙드레 라카냘은 칼 올센의 농장 본채 앞에 차를 세웠다. 농부는 그가 오는 걸 보고 문 앞에서 기다렸다. 이 프랑스인은 파악하기가 힘들었다. 무슨 생각을 하는지도 도통 알 수 없었다. 물론 어린 소녀에 대한 취향은 별도로 치고 말이다. 브랏센처럼 다루기 쉬운 타입이 아니었다. 다른 사람 같으면 그런 비난에 직면했을 때 당연히 화를 냈겠지만 이 프랑스인은 그렇지 않았다. 세상에! 오히려 조롱하는 미소까지 지었다.

옛날 지질도는 주방 식탁 위에 있었다. 라카냘이 곧장 가서 지도를 집어들었다.

"광업등록사무소에 신청서를 제출할 기한이 얼마 안 남았다는 걸 명심하시오. 신청서를 내면 광업위원회에서 심사에 들어가는데, 등록사무소는 매일 문을 여니 일을 빨리 진행할 수 있지만 위원회는 회의가 있을 때만 심의를 하니 이번에 연기된 회의를 놓치면 탐사권 발부가 너무 늦어지지. 지금 아니면 기회는 없소."

라카냘은 대답하지 않았다. 농부는 그의 반응에 불안해졌다. 올센이 다른 지도를 펼치고 손가락으로 가리켰다.

"아슬락이 사는 곳은 여기요. 이상한 자이긴 한데 단연코 최고라고 할 수 있지. 그자를 잘 구슬릴 거라 믿소." 농부가 상체를 프랑스인에게 돌리며 말했다.

프랑스인은 여전히 아무 말도 하지 않은 채 두 지도를 살펴보았다. 그러고는 지도를 접고 올센을 쳐다본 후 밖으로 나갔다.

라카냘은 북쪽으로 달리다가 두 갈래로 갈라진 동쪽 길에서 카라쇼크 방향으로 들어섰다. 아슬락이 있는 곳이다. '이상한 자'라고 했던 농부의 말이 떠올랐다. 멍청한 늙은이가 이상하다고 한 아슬락이 콩고의 미친놈이었던 척 지휘관만큼이나 이상할 수 있을까? 저 시골뜨기 영감은 세상물정 모르는 우물 안 개구리에 불과하다! 라카냘에게 그건 분명한 사실이었다.

그는 도로 옆에 있는 작은 카페테리아로 차를 몰았다. 문 앞에 최상의 순록고기를 보증하는 '렌릭카' 인증마크가 붙어 있었다. 카우토카이노와 알타 사이에 동쪽으로 돌아가는 92번 국도 교차로에 있는 유일한 식당이었다. 주차장에 차를 세웠다.

일단 탐사를 시작하면 사미 텐트나 오두막, 혹은 자신의 텐트에서 야영을 해야 한다. 이런 일은 문제가 아니었다. 하지만 이제부터 해야 할 일을 생각하니 바에 있는 편이 훨씬 마음이 편했다.

안에는 손님이 한 명도 없었다. 예순 살쯤 된 여주인이 안쪽에서 나와 아무 말 없이 계산대 뒤에 앉았다. 라카냘은 창가 구석자리의 긴 테이블에 자리를 잡았다. 밝은색 나무 식탁 십여 개에 같은 스타일의 의자들이 눈에 들어왔다. 식탁을 장식한 식탁보는 순록 귀에 표식을 하는 장면, 순록의 이동 모습, 울타리 안에서 순록을 분류하는 모습 등 사미족의 생활상을 표현한 그림들이 수놓아져 있었다.

화려한 사미 전통 색상이 들어간 앞치마를 두른 여주인이 다가와 식탁에 놓인 유리병 속의 작고 둥근 초에 불을 붙였다. 식당 한쪽을 차지한 유리장식장에는 수공예품과 사미 인형들, 단순한 그림과 스티커로 뒤덮인 작은 북들이 진열되어 있었다.

창밖으로 작은 언덕까지 이어진 길이 보였다. 그 너머의 황량하고 드넓은 땅에 곧 도착한다. 밖은 온 천지가 눈에 뒤덮여 잠든 듯 평화로웠다. 하지만 밖으로 나서면 그림 같은 평화는 곧 사라지고 모진 현실과 맞부딪힌다.

지도를 꺼내 식탁 위에 올려놓고 계산대로 갔다. 사미 여주인은 그곳에 앉아 무심히 그를 보았다. 라카냘은 샌드위치와 커피를 주문하고 돈을 지불했다. 사미 여인이 감사하다고 말했다.

"아슬락 씨를 압니까?" 라카냘이 물었다.

여주인이 한참 그를 쳐다보다가 입을 열었다.

"네."

"그 사람을 쉽게 찾을 수 있나요?"

"아뇨."

"어떻게 찾아야 할지 알려줄 수 있습니까?"

"아뇨."

라카냘은 의외의 반응에 기분이 상해 여자를 쏘아보며 비웃음을 날렸다. 사미 여인이 눈을 내리깔았다. 프랑스인은 등을 돌리고 자리로 돌아왔다.

식탁에 농부의 고지도를 펼치고 따로 챙겨온 지도들을 꺼냈다. 빨리 서둘러야 했다. 광업위원회 회의는 다음날 아침으로 연기됐다. 그전까지는 탐사지역을 정하고 올센에게 전화해서 어디를 탐사할지 알려줘야 한다. 농부는 탐사권 신청이 문제없이 승인되도록 하겠다고 약속했다. 이제 라카냘이 해야 할 일은 벌어먹을 이 고지도가 입을 열게 만드는 것이다.

저녁 6시, 카우토카이노

니나가 알타에 도착한 건 저녁이 다 되어서였다. 클레메트가 마중 나와 있었다. 그의 배려가 고마웠다.

"늦은 감은 있지만 내일 과학수사팀의 보고서를 받을 수 있을 거야. 파리에선 어땠지?" 클레메트가 말했다.

카우토카이노로 돌아오는 차 안에서 니나는 앙리 몽에게 들었던 얘기를 빠짐없이 전했다. 차가 그 전날 사고가 났던 장소를 지나갔다. 순록과 부딪친 일, 아슬락의 이해할 수 없었던 행동, 그에게 받은 장신구 얘기가 자연스럽게 흘러나왔다. 그러나 클레메트는 아무 말도 하지 않았다. 니나는 다시 앙리 몽 이야기로 돌아왔다.

"인종생물학 얘기를 듣고 정말 깜짝 놀랐어요. 미치지 않고서야 정말…" 니나가 말했다.

"그러게."

"끔찍하지 않아요?"

클레메트는 도로를 살피며 계속 차를 몰았다. 그러고는 말없이 니나를 한 번 쳐다보고 다시 전방을 주시했다. 카우토카이노에 들어섰을 때는 이미 어둠이 내려앉았다.

"우리 집에서 커피 한잔 하지."

의견을 묻는 게 아니었다. 그러나 클레메트의 신기한 텐트에 다시 가 보는 것도 나쁠 건 없었다. 차가 멈췄다. 클레메트가 그녀의 짐가방을 가리키며 말했다.

"가져와."

니나는 그 말에 고개를 갸우뚱하며 어리둥절한 표정으로 클레메트를 쳐다보았다.

"파리에서 가져온 서류들 말이야."

"아, 네. 당연하죠." 니나가 말했다.

니나의 얼굴이 빨개졌으리라고 짐작한 클레메트는 한 번 더 쐐기를 박았다.

"샤워할래?"

니나가 걸음을 멈췄다. 동료가 자기를 놀리는 건지 아닌지 판단이 서지 않았지만, 정중하게 사양했다. 클레메트는 눈길을 성큼성큼 걸어갔다. 그리고 니나가 텐트 안으로 들어갈 수 있도록 텐트 자락을 들어올렸다. 사그라지던 화롯불은 장작을 넣자마자 화르르 피어올랐다. 니나는 다시 편안해졌다. 즐거운 마음으로 주위를 둘러보았다.

"선배님, 불이 나오게 제 사진 좀 찍어주세요."

클레메트는 억지로 미소를 지었다. 니나가 그의 손에 카메라를 들이밀었다. 클레메트는 일부러 불꽃에 초점을 맞춰 찍었다. 사진을 확인한 니나는 작게 한숨을 쉬었다.

"제가 너무 어둡게 나왔잖아요. 뒤쪽에 빛이 있을 때 사진을 찍으려면…."

"니나, 카메라 다시 줘."

이번에 찍은 사진은 살짝 비뚤어졌지만 만족한 눈치였다. 니나는 카메라를 가방에 넣고 서류를 꺼냈다. 그리고 클레메트에게 앙리 몽이 보여줬던 첫 번째 사진을 건넸다. 탐사대 단체사진이었다.

"사진은 누가 찍었대?" 클레메트가 물었다.

니나는 잘못이라도 저지른 사람처럼 꿀 먹은 벙어리가 되었다. 그 질문에 대한 답은 알지 못했다.

"뭐 마실래?"

"무알코올 맥주요."

클레메트가 두 병을 꺼냈다. 그리고 자기 잔에는 별 세 개짜리 코냑을 따랐다. 그건 경건주의 신앙교육을 받고 자라면서 몸에 밴 습관이었다. 레스타디우스 전통을 잇는 루터교 경건파는 술을 엄격히 금지한다. 다만 몸이 아플 때만 약 대신 별 세 개 코냑을 마신다. 클레메트는 이런 습관이 우습다고 늘 생각하면서도 이 코냑만 고집했다. 이 술은 출신을 잊지 않게 해주는 가는 끈이기도 했다. 잔에 따른 술을 절반쯤 마시고 맥주를 한 모금 삼켰다.

니나는 비스듬히 누워 생각에 잠긴 채 위에 걸린 사진들을 보았다. 클레메트의 질문이 머리에서 떠나지 않았다. 앙리 몽이 건네준 다른 사진들을 꺼냈다. 전부 오십 장쯤 됐다. 대부분 사미인들의 생활상을 담은 사진이었고, 탐사를 하면서 찍은 대원들의 사진은 열다섯 장 정도였다.

클레메트가 사미족 사진과 탐사대 사진을 분류했다. 연구원과 가이드로 이루어진 탐사대 단체사진에는 빠진 사람이 늘 한두 명씩 있었다.

출발할 때 핀란드 호텔에서 찍은 사진만 모든 대원을 보여줬다. 다른 사진들은 툰드라 한복판이나 캠프의 텐트 앞을 배경으로 했다. 이런 사진들에 나온 대원들은 좀더 흐트러진 모습이었다. 혹독한 기후 속에서 쉽지 않은 여행을 짐작하게 했다.

"아까 처음 사진에는 없었던 사람이네." 클레메트가 손가락으로 한 남자를 가리켰다.

스웨덴과 노르웨이 학자들보다 키가 작은 남자인데 사미인처럼 보이지는 않았다.

가는 코에 입 가장자리까지 콧수염이 난 이 남자는 다른 사진에서도 볼 수 있었으나 사람들과 약간 떨어져 있어서 이질감이 들었다. 마치 어색한 자리에 합류한 사람처럼 보였다.

"그러네요. 앙리 몽 씨에게 물어볼게요."

니나는 다른 사진들을 뒤적이다 수염 난 남자를 또다시 발견했다. 그녀가 모든 사진을 여러 줄로 늘어놓고 맥주를 홀짝였다. 클레메트도 맥주를 들이키며 사진을 하나하나 들여다봤다. 불빛이 어두워도 사진을 보는 데 지장은 없었다. 클레메트가 사진을 한 장 들고 돌려봤다. 뒤쪽에 찾던 게 있었다. 바로 촬영날짜였다.

"시간순으로 정리하자." 그가 제안했다.

두 사람은 사진들을 다시 배열하는 일에 열중했다.

"이렇게 해서 정확히 뭘 찾으시려고요?" 잠시 후 니나가 물었다.

"나도 모르지." 클레메트가 솔직히 말했다. "하지만 이 여행 중에 북과 관련된 일이 벌어졌을 거야. 뭔지는 모르겠지만."

클레메트는 코냑을 한 잔 더 따랐다.

"좋아. 북을 추적해야 하니 니일스의 행적을 쫓는 게 논리적인 것 같

아. 니일스는 처음과 마지막 사진들에서 등장하는군."

"시간적으로 중간 사진들에서는 보이지 않아요. 독일 지질학자와 함께 떠나서겠죠." 니나가 덧붙였다.

니나는 독일 학자 에른스트와 사미 가이드 니일스가 다른 사람들과 함께 찍은 마지막 사진과 그들이 나오지 않는 다음 사진을 뒤집었다.

"이 사진은 7월 25일이고, 이건 7월 27일이에요. 그러니까, 에른스트와 니일스는 1939년 7월 마지막 주에 떠난 거네요."

"그리고 여기, 니일스가 돌아왔고. 에른스트는 죽었으니 당연히 혼자만 찍혔지." 클레메트가 뒤쪽 사진 중 하나를 손가락으로 가리키며 말했다. 그가 사진을 뒤로 돌려 찍힌 날짜를 확인했다.

"8월 7일. 니일스가 다시 등장하기 바로 전 사진의 날짜는 8월 4일이야. 4일과 7일 사이에 다시 돌아왔다는 뜻이네."

그는 사진을 다시 바닥에 놓고 뒤로 물러나 쿠션들을 올려놓은 긴 상자에 몸을 기댔다.

"니일스는 독일 지질학자와 떠났던 미션에서 충격을 받은 채 돌아왔어. 그리고 얼마 후에 앙리 몽에게 이 북을 맡겼다는 거지."

클레메트는 잔을 내려놓고 이 탐사여행과 관련한 자료 파일을 집어 들었다. 거기에는 다량의 공식서한, 장비 리스트, 추천서, 장부, 티켓, 누렇게 변색된 이런저런 문서들이 있었다. 그는 북에 관한 언급을 찾았다. 마침내 하나가 눈에 들어왔다. 세관명세서였다. 품목란에 '수공예 잡화'라는 스웨덴어가 손글씨로 적혀 있었다. 가격란에 '0원'이라고 표시된 금액이 보였다.

앙드레 라카냘은 눈앞에서 춤추는 등고선을 따라 이 계곡 저 계곡을 넘나들었다. 앞에는 지도 다섯 장을 펼쳐놓았다. 농부의 지도를 다시 들여다봤다. 지도를 작성한 지질학자가 땅의 지질학적인 특성을 알기 위해 얼마나 많은 시간을 들였는지 알 것만 같았다. 땅 위로 드러난 다양한 암석들로부터 광물의 종류를 추정하고 화석을 찾으며 끊임없이 돌아다녔을 것이다.

라카냘은 촉박한 시간 속에서도 꼼꼼하고 자세하게 지도를 연구했다. 고지도는 핀란드와 인접한 카렐리야 지역의 화강암질 심성암을 묘사한 듯했다. 십팔억 년쯤 전에 형성된 바위다. 유럽의 최북단인 이곳은 그가 연구했던 곳 중 가장 오래된 지역에 속했다.

험한 지형을 행군하지 않을 때, 이런 지도 연구는 머릿속 악마를 잊을 수 있는 유일한 방법이었다. 그럼에도 지도의 둥근 선들은 여전히 짜릿한 상상을 자극했다. 라카냘은 투덜대며 곡선을 따라갔다. 심성암을 둘러싼 모암은 길게 이어진 셰일 벨트의 한 부분에서 나타났다.

라카냘은 수월하게 지도의 의미를 파악했다. 석영, 섬록암, 화강암으로 이루어진 벨트였다. 모든 게 들어맞았다. 이런 지형에서라면 금을 발견할 가능성이 높았다. 틀림없는 사실이었다. 다만 늘 그렇듯이 문제는 다른 데 있었다. 즉, 매장량은 풍부한가? 너무 깊이 묻혀 있지 않은가? 혹독한 기후에 인력수급이 어려운 북극권에서 광산개발을 착수하면 자본시장이 과연 호응할 것인가?

일주일 내에 이러한 수많은 질문에 답하기란 불가능했다. 아무리 뛰어난 지질학자라도, 특히 스스로를 최고의 지질학자라고 자부하는 라카냘조차도 이런 질문에 답하기 위해서는 발품을 팔아 땅을 직접 확인하고 직관이 이끄는 대로 자유롭게 현장을 누벼야 했다. 물론 요즘의 젊은 것들과 관료들은 현장작업을 폄하하며 이 모든 게 이론적인 과학모델과 부합해야 한다고 주장한다.

라카냘은 이들이 자기 같은 사람의 작업방식을 이해하지 못하는 것처럼 어린 소녀에 대한 자신의 취향도 결코 이해하지 못할 거라고 생각했다. 지극히 아름다운 순수의 결정체. 그의 머릿속에는 이 순백의 이미지를 더럽히고 싶은 생각밖에 없었다. 가장 이성적인 단 하나의 행동은 바로 그 생각을 현실에서 실현하는 거였다. 이 순수함은 그를 번민에 빠뜨렸고 불안하게 했으며 스스로를 다른 존재로 느끼게 했다.

교활한 시골뜨기 영감이나 비열하고 시건방진 경찰 같은 위선자들과 있으면 오히려 마음이 평온해졌다. 그런 사람들을 보면 안심이 되었고 세상은 암울하고 정의롭지 않으며 끊임없이 변한다고 확신할 수 있었다.

유구한 세월 동안 빙하에 침식된 화강암이 스칸디나비아 반도를 뒤덮었다. 빙하는 일만 년 전에 마지막으로 이동하면서 호수로 둘러싸인 벌거벗은 산봉우리들을 만들어냈다. 올센의 고지도는 무수한 작은 광맥으로 이루어진 불쑥 솟은 지표를 보여주었다. 지도제작자는 역암과 석영암도 표시했다. 다시 지도를 자세히 들여다보며 라카냘은 일치하는 요소들이 적지 않다고 판단했다.

지질학적으로 라플란드는 안정적인 지역이었다. 단층이 존재하긴 해도 평평하고 단단한 암석층으로 이루어진 발트순상지에 속했다. 라카냘 같은 지질학자에게 단층은 특별히 흥미로웠다. 이 지도에서는 단층선을 하나 볼 수 있었다.

이번에는 챙겨온 지도를 살폈다. 고지도에 나온 세부사항 대부분은 현대지도에 나와 있지 않았다. 축척도 매우 달랐다. 선과 선 사이를 읽을 줄 알아야 한다. 검지를 내밀어 지도에 표시된 곡선들을 애무하다보니 울리카의 부드러운 몸이 떠올랐다. 어린 창녀는 이 모든 일과 얽혀 있었다. 상관없었다. 만일 여기서 찾을 수 있다고 예상한 걸 찾는다면 천사 같은 얼굴로 내게 아양을 떨며 굽실거릴 테니까. 늙은 농부 올센도 굽실거릴 것이다.

저녁 7시 20분, 카우토카이노

니나를 집에 데려다주기 전에 클레메트는 할 말이 생각나 몇 분 더 그녀를 붙잡았다.

"아슬락은 조심해." 그가 말했다.

반박하려는 니나의 입술에 클레메트가 손가락을 갖다댔다.

"아무 말 하지 마."

니나는 이런 행동에 자칫 오해하여 화를 내려 했지만 클레메트의 의도는 그게 아니었다.

"아까 차에서 물어봤지? 스웨덴 학자들 얘기가 끔찍하지 않느냐고. 부모님과 살 때는 집에서 늘 사미어만 썼어. 학교 갈 나이가 되어 사미 아이들만 가는 기숙학교에 갔는데 사미어를 못 쓰게 하더라고. 스웨덴 사람인 교장은 스웨덴어만 썼지. 일부러 그랬던 거야. 우리를 스웨덴 꼬마로 만들어야 했으니까. 앙리 몽이 얘기했던 시대보다 한층 진일보했지. 그 시대에는 과학의 이름으로 사미 인종이 죽는 걸 관찰하고 기록으로 남겼지만 내가 자랄 땐 우리를 동화시키는 정책을 썼거든. 몽둥이로 패면서 말이야. 쉬는 시간이라도 사미어를 쓰면 두들겨 맞았어. 여기 이마 옆에 상처 보이지? 그때 일곱 살이었어. 일곱 살이었다고. 그리고 이젠 내 언어를 말할 수 없어. 완전히 잊어버렸거든. 그러니 끔찍하지 않느냐고 묻는다면, 난…."

크게 놀란 니나는 눈물이 고인 동료의 시선을 마주보았다. 이런 모습은 한 번도 본 적이 없었다. 말을 마친 클레메트는 니나를 위해 텐트 자락을 걷어주고 밖으로 나갔다. 텐트 자락이 풀썩하며 다시 내려왔다.

저녁 7시 30분, 93번 국도

나이 든 사미 여인은 입을 다문 채 계산대 뒤에서 여전히 꼼짝 않고 앉아 있었다. 문을 닫을 시간이 한참 지났지만 라카냘이 나갈 때까지 기다렸다. 트럭 운전사가 들어왔다. 식당을 찾은 또 한 명의 손님이다. 그는 시동도 끄지 않고 주차장에 트럭을 내버려뒀다.

"우리 자기, 잘 있었어? 심심하지 않아? 카운터 뒤에서 한바탕 즐겨볼까? 어때, 응?"

여주인은 아무 말 없이 그를 노려봤다.

앙드레 라카냘은 운전사를 힐끔 쳐다보고 스웨덴 사람이라는 걸 알았다. 팔뚝에 문신이 있었다. 스웨덴인은 라카냘 쪽으로 몸을 돌리며 웃음을 터뜨렸다. 자기의 유머가 호응을 얻을 거라고 확신하는 눈치였다. 라카냘은 그에게 잠깐 시선을 주었다가 다시 지도를 들여다봤다.

"오, 아주 바쁘시구먼. 어이, 할멈, 내 샌드위치나 주라고! 두 사람이 썸 타는데 내가 방해하는 건 아니지, 응?"

그는 농담이랍시고 아무 말이나 던지며 혼자 크게 웃었다. 라카냘에게 흥미를 잃은 운전사는 들리지 않는 음악의 리듬을 타듯 계산대를 손가락으로 톡톡 두들기며 샌드위치를 기다렸다. 샌드위치 종류도 말하지 않는 걸 보면 저치는 늘 이런 모양이라고 라카냘이 생각했다.

여주인이 포장한 샌드위치 두 개를 가지고 돌아왔다. 계산대에 펩시콜라도 한 병 올려놨다. 그러고는 수첩을 꺼내 전부 기록했다.

"어이, 할멈. 수첩을 들고 있으니 아주 섹시한데. 이거 엄청 흥분되는구먼. 자기 찌찌를 생각하면서 샌드위치를 먹어야겠어. 남편은 버리라고 내가 얘기했잖아. 우리 둘이 오붓하게 즐길 수 있는데 말이야." 여주인에게 수작을 부리던 트럭 운전사가 라카냘에게 말했다. "어이, 이봐. 섹시한 우리 사미 할멈 건드리지 마. 이 할망구는 내 거라고! 그럼, 내 사랑 잘 있어! 또 보자고."

운전사는 노래를 흥얼거리고 리듬에 맞춰 한 손으로 허벅지를 툭툭 치면서 문을 쾅 닫고 나갔다. 사미 여인이 수첩을 닫으며 머리를 절레절레 흔들고는 곧 무표정한 얼굴로 돌아왔다.

라카냘은 상당한 진척을 보였다. 해야 할 일은 많았지만 현대지도에 나타난 정보들과 비교하면서 지질구조를 밝혀냈다. 드디어 실체에 접근했다는 생각이 들었다.

지도제작자는 풍부한 주석을 달아놓은 중앙에 집중한 듯 보였다. 그 이유를 이해할 수 있었다. 그 부분에 농부가 말한 노란 금속 표시가 수없이 흩어져 있었기 때문이다. 그러나 라카냘의 관심을 끈 건 지도의 오른쪽 윗부분이었다. 그곳은 제3기 지각형성과 관련된 듯, 셰일을 주로 함유한 돌무더기와 큰 바위가 모여 있었다. 다른 두 시기의 기반암들이 서로 뒤섞여 있는 곳이기도 했다. 바로 여기가 애타게 찾던 단층이었다.

익명의 지질학자는 이 부분에 대리석 매장층 표시를 해놓았다.

아무리 적은 양이라도 이 지역에 대리석이 있다는 사실이 라카날의 신경을 건드렸다. 그는 연필로 지도를 톡톡 치면서 생각에 빠져들었다. 그러나 이 고민은 나중으로 미루기로 하고 다시 노란색 기호에 집중했다. 이 표시는 풍부한 금맥이 있음을 똑똑히 보여주었다.

측량을 하고 비교를 하느라 한 시간이 또 훌쩍 지났다. 라카날은 탐사해야 할 지역을 확정한 후 지도를 반반히 폈다가 여러 번 접었다. 자기가 정한 지역이 고지도와 들어맞길 바랄 뿐이었다. 물론 고지도와 현대지도는 서로 달랐고 편차도 심했다. 그러나 그건 지도를 보는 시각과 제작방식, 전문성의 차이였다. 이런 모든 변수를 제거하면 자신이 찾는 것을 분명히 볼 수 있었다. 샘플을 채취하고 그 샘플을 분석하는 방법이 가장 이상적이지만 시간이 허락하지 않았다. 자신의 지성에 기대는 수밖에 없었다. 그러나 시간이 별로 없어서 아슬락의 도움이 반드시 필요했다. 일 분이라도 지체할 수는 없었다. 아드레날린이 솟구쳐 오르면서 사냥꾼의 본능이 그를 다시 사로잡았다.

저 늙은 여자가 어린 소녀가 아니라 안타깝군. 그가 생각했다. 여자는 마치 그의 생각을 읽은 듯 처음으로 라카날을 쳐다보았다. 그리고 어둡고 추운 바깥으로 나갈 때까지 시선을 떼지 않았다.

28

1월 19일 수요일

일출: 오전 9시 54분, 일몰: 오후 1시 7분

일조 시간: 3시간 13분

오전 8시, 카우토카이노

두 번째 귀가 발견됐다는 라디오 속보가 흘러나왔다. 그러나 이번에는 아무도 놀라지 않았다. 순록관리청 별관의 메인 복도 문 뒤에서 귀를 찾아낸 청소부만 충격을 받았을 뿐이다.

발견한 시각은 오전 일곱 시, 직원들이 출근하기 전이었다. 문은 평소대로 열려 있었다. 청소부는 진공청소기로 그 뒤를 밀려고 문을 닫았다. 청소는 일주일에 한 번만 한다. 그래서 귀가 언제부터 그 자리에 있었는지 알 수 없었다. 처음 발견된 귀처럼 두 번째 귀도 절개 자국이 있었다.

소식은 빠르게 퍼졌다. 크게 놀란 청소부가 경찰에게 연락하는 대신 이웃인 토마스 미켈센 기자에게 전화를 걸었던 것이다. 신속하게 움직여 십오 분 만에 도착한 미켈센은 청소부와 인터뷰를 하고 온갖 각도에서 사진을 찍었다. 단독 특종이었다.

경찰은 애초에 마티스의 시신이 귀 없이 발견되었다는 사실을 감추려고 했으나 미켈센도 소문을 들어 알고 있었다. 미켈센이 판단하건데 이 말라비틀어진 귀는 마티스의 죽음이 단순한 살인사건 그 이상임을 보여주는 증거였다. 그는 여덟 시 아침뉴스에 내보내기 위해 급히 서둘렀고 방송국 웹사이트에 귀 사진도 올렸다. 매우 바쁜 하루였다.

토르 엔센의 사무실에 사람들이 바글거렸다. 보안관은 기분이 안 좋았다. 감초사탕 그릇에서 사탕을 꺼낼 새도 없었다. 아침 여덟 시가 조금 지났을 뿐인데도 사무실에 모여든 사람들 모두 라디오 뉴스를 들었다. 커피가 돌아가고 빵으로 가득 찬 쟁반 두 개가 금세 비었다.

구석에 앉은 브랏센은 못마땅한 표정이었다. 니나는 과학수사관 프레드리크와 얘기를 나누었다. 프레드리크는 전날 저녁 키루나를 출발해 법의관인 안데르스 수네보른과 함께 이곳으로 왔다. 법의관은 서류를 들여다보고 있었다. 프레드리크는 니나에게 지대한 관심을 보이며 속삭이듯 얘기했다. 브랏센 팀의 경찰 두 명도 참석했다.

클레메트는 지도보관실에 있는 순록경찰 냉동고에 두 번째 귀를 넣어두러 가서 아직 오지 않았다. 순록 귀, 시베리아 거위, 불법 수렵한 동물 등의 증거물이 쌓여 있는 기묘한 냉동 컬렉션에 이제 인간의 귀도 합쳐졌다.

클레메트가 서류를 들고 들어오자 보안관이 시작하라고 신호를 보냈다.

"첫 번째 귀는 마티스 라바의 귀가 맞습니다." 과학수사관이 딱 잘라 얘기했다.

"이번에 발견된 귀도 그럴걸요. 크기나 잘린 부분, 절개 모양도 같거든요. 귀에 표시한 무늬는 다르지만요." 클레메트가 부연했다.

"그러면 범인은 순록치기라는 건가?" 보안관이 말을 끊었다.

커피를 따른 클레메트가 자신의 의견을 이어갔다.

"사실, 지금으로선 확실하지 않습니다. 잘린 두 귀를 자유롭게 해석한다면 올라프 집안사람이나 올라프를 직접 겨냥했다고 볼 수도 있겠죠."

브랏센이 벌떡 일어섰다.

"전 올라프와 관련이 있다고 계속 생각해왔어요. 이자가 의심스럽다고 누차 말했고요. 올라프는 초조해 죽을 지경일 겁니다."

"브랏센, 클레메트가 말하도록 놔두게."

브랏센은 똥 씹는 표정으로 자리에 앉았다.

"뚱보, 어서 고견을 말해보시지."

클레메트는 늘 그랬듯이 브랏센을 무시했다.

"제가 말한 건 하나의 가능성일 뿐입니다. 절개된 부분을 볼 때 말이죠. 아주 급하게 잘라낸 것처럼 보여요. 첫 번째 귀에 표시된 문양은 올라프 집안 마크와 비슷했어요. 그러나 양쪽 귀를 모두 확보한 지금은 확신할 수가 없네요. 엄밀히 비교하며 조사했는데 그 마크는 매뉴얼에 있는 문양들과 전혀 일치하지 않아요."

무거운 침묵이 뒤따랐다. 보안관이 법의관에게 말했다.

"며칠 동안 의견을 거의 내지 않았는데 밝혀줄 것들이 많으면 좋겠군."

법의관이 토르 엔센에게 환한 미소를 지어 보였다.

"절차가 있어요, 서장님. 절차요. 특히 우리 같은 국가공조수사팀은 사소한 일에 딴지를 거는 행정부서의 오해를 피하기 위해서라도 절차를 따르는 게 중요합니다. 절차에 의하면 수사 중인 사안을 미리 공표할 수는 없어요. 전화든…"

"수네보른 박사, 절차는 나도 알아. 이번만 우리가 우선적으로 알았으면 한다는 거지. 키루나에서 언급하지 않았더라도 말이야."

"클레메트 팀장이 귀와 관련한 사항들을 정리해드리지 않았습니까? 저도 조만간 입장을 밝히겠습니다. 절개 부분에 대해 하나만 말씀드리죠. 두 번째 귀는 아직 검사하지 않았습니다만 같은 결과가 나올 거라고 생각합니다. 절개 부분, 즉 귓불과 귀 위쪽에 새겨진 모양은 깔끔하게 도려낸 겁니다. 칼을 사용한 자는 숙련된 솜씨를 지녔어요. 정확하게 잘라내서 살도 찢어지지 않았고요. 칼자국이 많지 않다는 건 칼을 여러 번 대지 않았다는 소립니다."

법의관이 서류를 펼쳤다.

"그리고 사망 원인에 대해 말씀드리죠. 마티스 라바는 날카롭고 뾰족한 물체에 찔렸습니다. 물체의 넓이는 대략 삼사 센티미터 정도고요. 순록치기들이 사용하는 스트뢰멩 브랜드 칼이라고 추정됩니다. 그런데 이 칼은 사냥용품과 낚시용품 전문매장에서도 쉽게 찾아볼 수 있고 관광객들도 기념품으로 즐겨 구입하는 제품이에요. 상처가 아주 깊지는 않지만 옷을 뚫고 들어갔기 때문에 얼마나 힘껏 찔렀는지 알 수 있죠. 살인자는 건장한 사람입니다. 단 한 번 찌르는 걸로 충분했거든요. 라바는 방한복을 입고 있었어요. 그 안에 두툼한 스웨터 두 개를 겹쳐 입었고 남방 밑에 티셔츠도 두 개나 껴입었죠. 여러 겹의 옷들 덕분에 피가 옷에 다 스며들어 현장에서는 피가 거의 발견되지 않았고요. 하지만 상처가 깊어서 신장까지도 손상이 됐어요. 칼날의 넓이로 추정하건데 칼 길이는 십칠 센티미터쯤 될 겁니다. 옷들을 뚫고 신장까지 닿을 수 있는 길이죠."

법의관이 잠시 숨을 돌렸다. 모두가 주의 깊게 그의 말을 들었다.

"신장은 심장과 달리 손상되더라도 사망까지는 이르지 않습니다. 저는 그 점에 주목하고 있어요. 라바는 칼에 찔려서 죽은 게 아니에요. 보통의 기온에서라면, 즉, 실내온도를 기준으로 한다면 칼에 찔린 후 여섯 시간쯤 후에 사망했을 겁니다. 하지만 그곳은 영하 이십 도 가까이 됩니다. 옷을 두툼하게 입긴 했지만 체온이 급격하게 떨어지는 걸 막을 수는 없어요. 그러니 더 빨리 사망했을 테고요. 아마도 칼에 찔리고 한 시간쯤 후에 죽었을 겁니다."

법의관은 경찰들이 메모할 수 있게 잠깐 설명을 멈췄다가 다시 입을 열었다.

"하지만 이게 다가 아닙니다. 이제 귀 이야기로 돌아오죠."

과장된 몸짓으로 경찰들의 이목을 끌며 그가 이야기를 이어나갔다.

"제 말에 실망할 분들도 있겠지만, 살인자가 피해자의 귀를 자른 건 고문을 위해서가 아니었습니다. 그건 확실합니다."

모두가 놀란 표정으로 다음 말을 기다렸다.

"간단히 말씀드리죠. 귀를 자른 건 마티스 라바가 죽은 지 두 시간이 지난 다음입니다."

경찰들이 의아한 눈빛으로 서로 마주보며 수군거렸다. 브랏센조차 믿을 수 없다는 표정이었다.

"귀에서 출혈이 거의 없어요. 몇 방울에 불과합니다. 혈관수축이 상당히 진행됐다는 얘기죠. 사후에는 더 이상 피를 흘리지 않습니다. 심장박동이 멈췄으니까요. 만일 귀를 자른 순간에 피해자가 살아 있었다면 출혈을 확인할 수 있었을 겁니다. 그런데 전혀 발견하지 못했어요. 매우 낮은 기온도 여기에 일조했고요. 귀가 잘린 시간에 시체가 얼기 시작했거든요. 귀를 깔끔하게 도려낼 수 있었던 이유입니다."

"그 말은, 만일 박사 견해가 옳다면 마티스 라바를 칼로 찌른 후 세 시간 동안 살인자가 그곳에 머물렀다는 얘기도 될 수 있겠군. 그곳에서 무언가를 찾다가 귀를 자르고 떠났다는 건가?" 보안관이 물었다.

모두 곰곰이 생각하기 시작했다.

"가해자가 두 명이 아니라면 그럴 수도 있죠." 클레메트가 침묵을 깼다.

오전 10시 30분, 라플란드 내륙

카페의 까칠한 할망구가 얘기해주지 않아도 아슬락 가웁사라의 캠프를 찾는 건 어렵지 않았다. 프랑스 지질학자는 길가에 차를 세우고 올센이 알려준 위치를 지도에서 다시 보았다. 차로 갈 수 있는 데까지 간 다음, 스노모빌로 이동할 생각이다. 그 길을 통하면 사람들 눈에 띄지 않고 갈 수 있다.

악명 높은 순록치기를 구슬릴 방법은 아직 떠오르지 않았다. 올센이 경고를 했지만 누구나 두려워한다는 미치광이에게 미리 겁먹을 필요도 없었다. 오히려 라카냘은 아슬락 같은 자를 다룰 줄 알았다.

다시 시동을 걸고 수 킬로미터를 달려 꽁꽁 얼어붙은 호숫가에 도착했다. 작은 오두막들이 몇 채 있었다. 알타나 이웃 마을의 낚시꾼들이 여름에 이용하는 곳으로, 지금 시기에는 사용하지 않는다.

프랑스인은 볼보를 세우고 스노모빌을 내려 트레일러를 달았다. 탐사 장비들을 트레일러에 싣고 마지막으로 체크리스트도 확인했다. 이런 탐사에서는 단 하나의 실수도 있어선 안 된다.

치밀하고 용의주도한 그는 예상치 않은 일이 벌어지는 걸 가장 싫어했다. 그러나 광맥을 찾을 때는 오로지 본능에만 의지하는 모습을 보여주었다. 동료들이 오해하는 부분이었다. 그들은 라카냘이 경솔하고 진지하지 못하다고 생각했다. 하지만 그와는 반대로 라카냘은 불확실한 것은 모두 제거하고 마지막 세부사항까지 철저히 따져본 후에야 직감을 따랐다. 사냥꾼의 본성을 최대한 끌어올려 모든 감각이 완전히 깨어난 후 길을 떠나는 것이다.

주변 풍경을 둘러보았다. 순록치기의 캠프까지 두 시간 정도 걸린다. 지도에 표시된 산장에서 야영한 후 캠프에는 새벽에 도착할 생각이다. 잠이 덜 깬 사람을 놀라게 하면 유리한 결과를 얻게 마련이니까.

아슬락 가웁사라는 깊고 고른 숨을 내쉬며 앞으로 나아갔다. 스키는 소리 없이 미끄러졌다. 이제 골짜기 하나만 둘러보면 된다. 전날 일단의 순록이 머물렀던 곳으로 먹을 것이 충분한지 확인해야 했다. 아슬락은 육체적 한계상황도 군말 없이 견뎌냈다. 서두르지 않았다.

하루 일과는 거의 끝났다. 순록들은 걱정할 게 없었다. 이들은 자신과 흡사했다. 고난을 견뎌냈고 극단의 상황에서도 살아남을 수 있었으며 추위에 무감했고 지구상의 그 어떤 생물보다 강인했다. 이 미터 눈 아래 덮인 이끼 냄새를 맡았고 목초지를 찾기 위해 며칠 동안 먹지 않고 걸을 수 있었다. 비다 고원에서 아슬락의 순록만큼이나 훈련이 돼 있고 순록치기의 말을 잘 듣는 순록 떼는 찾아볼 수 없었다.

아슬락의 개 세 마리도 주인과 비슷했다. 길 잃은 새끼들을 찾아내고 길을 벗어난 순록들을 무리로 이끌었다. 또한 다른 누구보다 비다 고원의 위험요소를 먼저 알아채서 위험한 도로를 막아섰다. 이들 모두는 그들을 둘러싼 자연과 완벽한 조화를 이루며 살았다.

아슬락은 공식적인 교육을 받지 않았다. 카우토카이노에서 장이 열릴 때 가끔 마주치는 청년들은 옛날 사람처럼 사는 아슬락을 존경했다.

그러나 존경할 건 아무것도 없었다. 자신의 삶일 뿐이었다. 그는 자신이 남들과 다르다는 걸 알았다. 또한 선조들이 해왔던 방식 그대로 살아가는 이 삶이 극렬한 반응도 불러온다는 사실을 알았다.

왜 진보를 거부하느냐고 묻는 사람도 자주 있었다. 아슬락은 그게 무슨 뜻인지 알지 못했다. 자기와 같은 일을 하는 다른 순록치기들은 스노모빌과 사륜오토바이뿐만 아니라 헬리콥터까지도 이용하며 지피에스가 장착된 전자태그를 순록들에게 매달았다. 이 모든 장비를 구입하려면 대량의 순록과 이들 순록을 먹이기 위한 드넓은 방목지가 있어야 한다. 그리고 이 모든 것 때문에 순록치기들 사이에 싸움이 생겼다. 이런 분쟁으로 인해 악의적인 관리당국은 비다 고원의 평화를 유지한다는 허울 좋은 핑계 아래, 사미족을 압박하고 당국이 원하는 것을 하도록 강요했다.

그게 진보인가? 각종 신고서의 노예가 되고 순록치기의 삶에 대해 아무것도 모르는 자들에게 꼬박꼬박 보고를 해야 하는 일이? 마티스 같이 조용히 살기 원하는 가난한 순록치기들조차 다른 선택의 여지가 없지 않은가!

아슬락은 잠시 멈춰 서서 스키 막대에 몸을 기댔다. 그러고는 눈을 감고 장갑 낀 손을 불끈 움켜쥐었다. 누구든 이 장면을 본다면 그가 자신의 내면으로 깊이 침잠했다고, 겉모습은 초라하지만 내부에서 새어나오는 빛이 몹시도 강렬하다고 생각할 것이다.

불쌍한 영혼. 그는 몸을 곧게 펴며 마티스를 떠올렸다. 그리고 다시 떠났다.

어떤 해에는 아슬락의 순록들이 여위기도 했다. 그러나 굶어죽는 일은 결코 없었다. 이 순록들에게선 언제나 기품이 흘렀다. 다른 순록치기들이 너무 늦게 일어나거나 따뜻한 오두막으로 서둘러 돌아가느라 되는 대로 내버려둔 짐승들과 확연히 다른 모습이었다.

산 능선에 다다른 아슬락이 걸음을 멈췄다. 거의 아무것도 보이지 않았지만 자신이 무엇을 찾는지 잘 알았다. 아슬락의 개가 그를 올바른 길로 이끌었다. 십오 분 후, 늙은 순록을 보았다. 가장 강인하고 가장 현명한 우두머리 순록. 고된 행군을 하더라도 가야 할 곳으로 자기 무리를 이끄는 짐승. 아슬락은 우두머리를 신뢰했다. 이 순록이 머무는 곳은 언제나 충분한 양의 이끼가 있었다. 조용히 순록에게 다가갔다. 주인이 우두머리 순록에게 가는 동안에는 뒤로 물러나 있어야 한다는 걸 잘 아는 개는 눈치 빠르게 거리를 유지했다.

아슬락이 다가가자 우두머리 순록은 굵고 우아한 뿔이 달린 머리를 들어올렸다. 순록이 몇 발자국 천천히 앞으로 가서 뒤를 돌아 다시 그를 바라보았다. 아슬락은 얕게 쌓인 눈을 파는 다른 순록들을 보았다. 이끼를 찾는 데 어려움은 없어 보였다. 며칠 동안 이곳에 머무를 수 있다. 아슬락의 우두머리 순록은 올바른 장소를 찾았다.

아슬락은 흡족한 마음으로 뒤를 돌아 캠프를 향해 다시 출발했다. 개가 그 뒤를 따랐다. 아내에게 가야 했다. 언제나처럼 아슬락이 필요한 아내에게로. 그가 힘껏 스키를 지쳤다. 목구멍으로 들이치는 매서운 칼바람도 그를 이길 순 없었다.

29

1월 19일 수요일

오전 10시 30분, 카우토카이노

법의관이 알아낸 사실과 범인은 한 명이 아니라 두 명일 수도 있다는 클레메트의 가설을 놓고 경찰들은 활발하게 의견을 개진했다. 살인자가 있고 귀를 자른 또 한 명의 용의자가 있다면 사건은 새로운 국면으로 전환한다. 만일 용의자가 두 명이라면 흔적과 단서를 찾아낼 가능성도 두 배로 높아진다. 그들이 놓친 게 분명히 있는 것이다.

보안관은 조용히 해줄 것을 요구했다. 그리고 니나에게 파리 출장에 대해 보고하라고 지시했다. 클레메트는 동료가 발표하는 내용을 들었다. 니나는 이차대전 이전의 정치적 배경과 스웨덴 인종생물학자들이 던진 어두운 그림자까지 상세히 얘기했다.

"스웨덴 사람들이 옳게 본 것도 있네." 브랏센이 빈정댔다.

"아, 당연히 농담입니다." 보안관의 일그러진 얼굴을 보고 브랏센이 덧붙였다.

"북 때문에 앙리 몽에게 접근했던 사람들은 누구지?"

"노르디스카 박물관에서 구매하고 싶어 했는데 앙리 몽 씨가 욜 박물관과 직접 연락하자 포기했습니다. 개인적으로 연락한 사람도 있었고요. 미술품 중개상인 것 같다고 합니다. 오슬로 전화번호가 있어서 곧 연락해볼 생각입니다."

토르 옌센이 사탕 그릇을 뒤적였다. 신경이 곤두선 듯했다.

"범죄현장에서 발견한 건 뭐지?" 그가 과학수사관 프레드리크에게 물었다.

키루나 경찰본부에서 온 수사관은 앞에 놓인 파일을 열지도 않았다. 그가 일어나서 니나에게 미소를 지었다.

"툰드라 위를 진공청소기로 미는 건 완전히 시간낭비입니다." 그가 브랏센을 쳐다보며 말했다. "비교적 깨끗한 스노모빌 흔적을 찾았어요. 마티스 라바의 스노모빌은 아닙니다. 라바의 스노모빌 자국은 그 밑에 깔려 있었고요. 범인이 나중에 왔다는 얘기죠. 그런데 다른 게 있어요. 자국이 깊었거든요. 두 번째 스노모빌에 두 명이 타고 있었다는 생각이 듭니다. 속도를 늦춘 곳을 보면 더욱 확실합니다. 자국이 더 깊거든요. 두 명이 탔다는 거죠. 결론은 알아서들 생각하시고요."

"둘이 같이 떠났다고 볼 수 있나?" 클레메트가 물었다.

"그렇다고 볼 수 있죠."

"그 스노모빌을 알아낼 방법은 있는 거야?" 보안관이 물었다.

"아니요. 분명한 사실은 비다 고원에서 두 사람을 태울 수 있으려면 강력한 모델이어야 한다는 거죠. 그런데 그런 모델은 워낙 흔해서요. 그 외에 라바의 외투에서 기름 자국을 채취했어요. 그 외투는 아버지한테서 물려받은 거라 엄청 아끼며 관리를 했다는 얘기를 들었거든요. 라바가 세심하게 관리한 물건은 그것밖에 없어요. 그래서 이 기름 자국에 관심을 가진 겁니다. 얼핏 봐도 최근에 생긴 자국처럼 생겨서요. 이 자국이 살인자의 겉옷에서 묻었을 거라는 생각도 하고 있습니다. 라바를 칼로 찌를 때 말이죠. 법의관이 말한 것처럼 가격할 때 힘이 아주 강했어요. 자기 몸으로 누르면서 찔렀을 수 있고요. 기름 자국에 대한 분석 결과는 아직 나오지 않았습니다. 그래도 동물의 기름은 아닙니다."

"좋아, 좋아. 더 얘기할 것이 없으면 이제 가보게들." 보안관이 중얼거렸다.

클레메트가 손을 들고 말했다.

"지피에스요. 마티스의 지피에스. 비록 불에 탔어도 거기서 뭔가를 끄집어낼 수 있지 않을까요? 마지막 동선도 확인할 수 있을 테고요."

보안관이 캐묻는 듯한 눈초리로 프레드리크를 바라보았다.

"물론 조사 중에 있습니다. 며칠 후면 나올 겁니다. 기다려주세요." 과학수사관이 비죽댔다.

그러나 프레드리크가 지피에스를 조사할 생각도 못 했다는 걸 모두가 알아챘다.

회의가 끝났다. 클레메트는 곤혹스러운 표정으로 지나가는 과학수사관의 귀에 대고 니나에게는 남자친구가 이미 있다고 속닥였다. 키루나 경찰이 카사노바처럼 구는 게 영 맘에 안 들었다.

보안관의 사무실을 나가면서 클레메트는 법의관의 소매를 잡아끌고 따라오라는 신호를 보냈다. 다른 경찰들은 이미 복도로 사라졌다. 자기 사무실로 간 클레메트는 문을 닫고 앉으라고 권했다.

"궁금한 게 있어. 중요한 건지는 잘 모르겠지만…."

"브랏센 반장 앞에선 물어보고 싶지 않았나보군."

대답은 하지 않았지만 클레메트의 표정만 봐도 그 말에 동의한다는 것을 알 수 있었다.

"클레메트, 키루나에서는 다들 자네가 어떤 상황에 있는지 잘 알고 있네. 브랏센 반장 때문에 말이지. 하지만 자네가 여기 있다는 게 중요한 걸세. 브랏센 반장은 고위직 인사들과 밀착해 있어. 노르웨이인들은 그런 자가 활개치고 다녀도 신경 안 쓰는 것처럼 보이더구먼. 하지만 스웨덴 쪽 사람들은 자네가 훨씬 뛰어난 경찰이라고 생각하지."

"그 얘기는 브랏센을 전출시킬 의향이 전혀 없다는 뜻이네."

"우리가 그럴 수 없다는 건 잘 알잖아. 궁금한 게 뭔데?"

"마티스 라바의 시체를 검사했을 때 눈 쪽에서 뭐 발견한 거 없어?"

"눈?"

법의관은 그 질문에 놀란 것처럼 보였다. 그가 기억을 더듬었다.

"뭔가 따로 생각한 거라도 있나?"

"잘은 모르겠지만 눈 주위가 시커멓게 보였어. 멍들었거나 술에 취해서 그런 것 같기도 하고. 눈 주위가 유독 시커멓다고 니나 경관도 그랬고. 거기서 뭘 알아낼 수 있을지는 모르겠지만 말이야."

"키루나에 가면 다시 살펴보지. 이번에는 그것부터 확인함세. 약속하네."

장을 보러 슈퍼마켓에 가려고 경찰서에서 나오던 니나는 베리트 쿠치와 마주쳤다. 사미 여인이 반가운 얼굴로 인사했다.

"잘 지냈어요? 클레메트가 괴롭히지는 않아? 못 말리는 아저씨라서 말이야."

니나도 베리트에게 미소를 지었다. 베리트의 눈가에 주름이 자글자글

했다. 그녀는 언제든 농담을 던질 준비가 된 것처럼 보였다.

"좋은 분이세요. 걱정하지 않으셔도 돼요. 그래도 아주머니 조언은 잘 새겨놨답니다." 니나가 자못 심각한 체하며 말했다.

"그것 참 재밌네. 경관님도 알다시피 난 클레메트를 젊을 때부터 알았어요. 카우토카이노로 이사 온 후부터지. 경찰이 되기 전이었는데, 그때는 자동차와 기계에 미쳐 있었어. 여자들한테 살갑게 구는 타입은 아니었고. 클레메트가 어떻게 경찰이 됐는지 알아? 경찰서에서 여름에 휴가 간 사람을 대체할 사람을 찾다가 클레메트에게 그 자리를 제안한 거야. 클레메트는 진지한 청년이었고 술도 마시지 않았어. 자격은 그걸로 충분했지. 그렇게 경찰이 됐어. 여름이 시작될 무렵이었는데, 당시에 클레메트는 영구차를 몰고 다니다가 그해 여름이 끝나갈 땐 경찰복을 입고 경찰차를 타고 있었어. 그리고 경찰서에서 그를 스웨덴의 경찰대학에 보낸 거야. 졸업하고 돌아올 때 보니 제복이 아주 잘 어울리는 근육질의 청년이 돼 있더라고. 클레메트는 돌아와서 몇몇 사람들에게 복수를 했어. 그 사람들에게 딱지를 떼고 벌금을 매기면서 말이야. 하지만 그런 짓은 곧 그만뒀어. 그리고 작은 마을들을 돌면서 경찰생활을 했고. 그거 알아요? 옛날에 이곳처럼 작은 마을에서는 경찰이 되는 게 그리 어렵지 않았거든."

베리트는 갑자기 머리를 흔들면서 어두운 표정이 되었다.

"마티스를 생각하면 정말 끔찍해. 아이고, 불쌍한 놈."

"마티스 씨를 잘 아세요?"

니나는 추위를 피하기 위해 마트 안쪽으로 베리트를 이끌면서 물었다.

"어린 시절부터 잘 알았지. 말썽쟁이긴 했지만…."

"아주머니, 여쭤보고 싶은 게 있어요. 이건 다른 사람에게 말하지 말

아주세요." 니나가 목소리를 낮췄다.

베리트가 경찰을 뚫어지게 쳐다보았다.

"마티스 씨에 대한 소문이 있더라고요. 뭐라고 해야 하나. 음, 저기…, 마티스 씨가 좀 모자란 사람이었다고들 하던데. 그게, 저… 마티스 씨 부모님은… 저… 부모님이…."

브랏센이 누설한 악의적인 소문을 인용하자니 마음이 몹시 불편했다.

베리트가 슬픈 기색으로 니나의 왼손에 자기 손을 부드럽게 포갰다.

"마티스는 선량한 사람이야. 친절한 사람이지. 모두에게 말하고 싶을 정도야. 그러니 내 말을 믿어요. 그건 사실이 아니야. 난 마티스의 아버지도 알고, 어머니도 잘 알아. 마티스의 출산을 도운 사람이 바로 나였어. 내가 마티스와 가까울 수밖에 없는 이유지. 경관님을 이해할 수 있어. 나라도 그 단어를 입 밖으로 꺼내진 못 할 것 같아. 그러나 분명히 말하자면 마티스는 근친상간의 결실이 아니야. 그런 고약한 소문이 얼마나 많이 퍼졌는지 몰라. 우리 목사님 귀에까지 들어갈 정도니 말 다했지. 글쎄, 칼 올센이 그 소문을 퍼뜨렸대요. 능히 그럴 만한 사람이지. 난 올센 영감을 잘 알아. 그 집에서 일하니까. 다른 얘기도 해줄 수 있어. 경관님 눈을 보면 우리에 대한 편견이나 나쁜 생각이 전혀 없다는 걸 알 수 있거든. 요즘에도 우리를 깎아내리고 비하하는 사람이 엄청 많아요. 비다 고원은 모두가 같이 살아도 될 만큼 넓은데, 도대체 왜들 그러는지. 함께 살아가는 걸 왜 그렇게 힘들게 만드는지 모르겠다니까. 하지만 그게 현실이야. 나는 날마다 우리 주님께 기도를 해요. 하지만 원한과 질투와 비열함을 매일매일 볼 수 있어."

이번에는 니나가 오른손을 베리트의 손에 얹었다. 두 여자는 빈병회수기가 있는 마트 입구 한쪽에 마주 보고 섰다. 카트를 끌고 다니는 사람들, 봉투를 한 아름 팔에 안고 가는 사람들, 떠들썩한 아이들 속에서 서로를 응시하는 두 사람의 모습은 현실에서 벗어난 듯 기이해 보였다.

"주님의 은총이 있길." 베리트가 말했다.

사미 여인은 미소를 지으며 마트 안으로 들어가는 니나의 뒷모습을 오래도록 바라보았다.

저녁 6시, 카우토카이노

법의관이 카사노바 과학수사관 프레드리크와 키루나로 떠난 후, 클레메트는 집으로 돌아갔다. 정원에 세워놓은 이국적인 느낌의 사미 텐트보다 훨씬 집다운 집이었다.

클레메트 가족도 순록 마크를 가지고 있지만 순록을 사육하지 않았다. 사미족 사회는 복잡한 위계체계를 지니는데 그중 순록치기가 제일 높은 위치를 차지한다.

처음에 텐트를 설치하자는 생각은 허세에서 비롯됐다. 순록 사육을 포기한 집안 출신이란 이유로 자신을 깔보는 몇몇 순록치기들에게 뭔가를 보여주고 싶었다. 다행히도 대다수의 순록치기들은 그렇게 생각하지 않았다. 그들은 이 직업이 힘들다는 걸 지극히 잘 알았고, 기후, 불운, 병, 침략자 같은 수많은 이유들 때문에 포기할 수밖에 없는 사람들도 이해했다. 이런 일이 자기에게도 닥치지 않으리란 보장은 없었다.

올라프 렌손처럼 까다로운 사람들도 있었다. 사실 그는 클레메트를 동료라고 인정했다. 노골적으로 무시하긴 했으나 정치적인 제스처일 뿐이었다. 순록치기들의 계급사회 내에서 배척하는 것과는 아무 상관없는 행동이었다. 요한 헨리크는 구시대적인 순록치기였다. 음흉하고 다루기 힘든 사람이었다. 다만 누구에게도 아쉬운 소리는 하지 않았다. 위험이 상존하는 순록치기의 생활과 삶의 방식도 잘 알았다. 클레메트는 그를 좋아하지 않았다. 그러나 존경했다. 핀만은 달랐다. 집안의 권세를 믿고, 대놓고 클레메트를 멸시했다.

어느 날 핀만처럼 오만방자한 자들을 화나게 만들기 위해 정원에 이 텐트를 세우자고 결심했다. 이웃들은 처음에 이 텐트가 이상하다고 생각했지만 나중에는 재미있는 아이디어라며 흥미를 보였다.

클레메트는 사미 텐트 '라부'의 또 다른 이점을 발견했다. 우아하고 아늑한 인테리어로 명성이 자자한 이 신비로운 텐트는 이성에게 어필하는 데 안성맞춤이었다. 텐트가 먼 옛날에 대한 내면의 어렴풋한 무의식을 일깨워준 건 훨씬 나중이었다. 그전까지 오래된 과거의 일은 어머니나 닐스 안테 숙부가 들려줬던 얘기를 통해서 머리로만 알았을 뿐이다.

혼자 있을 때 클레메트는 텐트에 가지 않고 집 안에 머물렀다. 평범함과는 거리가 먼 집이었으나 그곳에서 편안함을 느끼는 방문객들도 있었다.

만일 당신이 정원에 텐트를 설치해놓는다면 자신이 남들과는 다른 사람이라고 느끼게 된다. 그런데 남과 다르다는 이 느낌은 남보다 우월하다는 느낌과 일맥상통한다. 이곳에서 그건 죄였다. 사망까지 이르게 하는 치명적인 죄.

클레메트는 부엌으로 가서 우유를 한 잔 가득 따랐다. 빵에는 마가린과 치즈를 발랐다. 전자레인지 옆에 있는 작은 텔레비전을 틀고 지역뉴스를 보았다. 마티스 살인사건이 뉴스 대부분을 차지했다. 새로운 소식은 없었다. 의혹과 추측만 무성했다.

익명으로 인터뷰한 순록치기 한 명은 지난 몇 년간 순록치기들과 관리당국 간의 신뢰가 무너진 결과가 어땠는지 증언했다. 익명의 순록치기는 오두막에 경고사격이 여러 번 가해졌다는 사실도 말했다. 기후 변화는 상황을 더욱 악화시켰다고 한 전문가가 얘기했다.

원래 라플란드 내륙에는 눈이 거의 내리지 않았다. 그래서 순록이 땅을 파고 이끼를 뜯어먹는 데 별다른 어려움이 없었다. 그러나 기온이 높아지면서 눈과 비가 자주 내렸다. 비가 얼어붙고 얼음층이 두꺼워지면서 순록은 얼음을 깨고 이끼를 뜯을 수 없어 굶주림으로 죽게 될 위험이 높아졌다. 이로 인해 순록치기 간에 좋은 목초지를 차지하기 위한 경쟁이 생겼고 긴장이 고조된 것이다.

이어서 헬무트 관장의 인터뷰가 나왔다. 독일인은 사라진 북에 대해 말하면서 진열장에 전시된 북들을 카메라 앞에 보여주었다. 그중 특히 아름다운 작품을 가리켰다.

"이 북은 마티스 라바가 만든 겁니다. 주문자가 찾으러 오지 않아서 저희가 보관하고 있습니다. 마티스에 대한 기념이기도 하고요." 헬무트가 말했다.

리포터가 헬무트에게 라플란드에 아직도 사미족의 옛 종교가 통용되는지 물었다.

"제가 알기론 아닙니다. 그 대신 모든 사람은 이 종교가 표방하는 정신에 깊은 경외심을 가지고 있어요. 어쩌면 마티스는 북이 신비한 힘을 가졌다고 믿었을 수도 있습니다. 그렇다고 그의 목숨을 지켜주진 못했지만요."

리포터는 헬무트의 이 말을 끝으로 다른 뉴스로 넘어갔다. 클레메트는 우유 잔을 비우고 일어서서 잠시 망설이다가 주방 선반에서 별 세 개짜리 코냑을 꺼냈다. 뚜껑을 열고 잠깐 동작을 멈춘 그는 다시 뚜껑을 닫고 커피부터 내렸다.

텔레비전 뉴스는 마지막 준비에 박차를 가하고 있는 유엔 컨퍼런스 소식을 전했다. 뉴스 초점은 대회합을 통해 카우토카이노가 얻게 될 경제적 이익에 맞춰졌다. 이백 명이 넘는 대표들이 며칠 동안 머무르기 때문에 그 효과는 상당히 기대할 만했다. 이 소식은 클레메트가 커피를 내리는 동안 끝이 났다.

클레메트는 다시 코냑 뚜껑을 열고 잔에 따라 부엌 식탁에 내려놓고 텔레비전을 껐다. 그러고는 커피 잔을 손에 들고 생각에 잠겼다. 뉴스 내용을 다시금 떠올렸다. 니나는 마티스 사건과 북 사건 사이에 연관성이 있을 거라고 했다. 그녀의 직감을 건성으로 넘겼을 때 자신을 비난하던 모습도 동시에 떠올랐다. 클레메트는 어떤 가설이든 실체적인 증거가 있어야 한다고 생각했다. 커피를 홀짝이고 곧바로 코냑을 한 모금 들이켰다. 니나는 편견이나 제약의 굴레에 묶이지 않은 여자였다. 적절한 교육을 받아서 그렇겠지. 그가 생각했다.

이상적인 경찰은 크게 생각하고 단서를 찾아나서며 실패해도 다시 떠난다. 클레메트는 그렇지 않았다. 자신은 그런 타입이 전혀 아니라고 생각했다. 절대로. 그건 자신이 사미족 출신이기에 치러야 할 대가였다. 그는 조금의 실수도 저지르고 싶지 않았다. 아니, 그럴 수 없었다. 매 걸음마다 자신의 존재를 입증해야만 했다. 실은 터무니없는 의혹을 내세우면 사람들의 비웃음을 살까 두려웠다. 그렇다면 스스로를 정비사라고 생각한단 말인가? 그게 바로 그가 두려워하는 거였다.

아까 경찰서에서 용의자가 두 명일 수 있다고 주장했다. 그렇지만 자신이 그런 얘기를 꺼냈다는 데 대해 깜짝 놀랐고, 아무도 비웃지 않는다는 사실에 무척 자랑스러웠다. 브랏센조차 비웃지 않았다! 정말 그랬다.

코냑 잔을 비웠다. 정년퇴직이 멀지 않았다. 불현듯 늙은 여인네처럼 자신의 운명에 연민이 일었다. 이 나이에 사춘기의 비릿한 냄새를 풍기고 있다니. 클레메트, 너 정말 불쌍하다. 그가 중얼거렸다. 코냑 잔이 빈 걸 보고 커피를 마셨다. 그리고 일어나서 빈 잔에 코냑을 따랐다. 술이 들어가니 뜨거운 기운이 온 몸에 퍼지면서 기분이 좋아졌다. 평소에 술을 즐겨 마시진 않았다. 이 정도의 가벼운 취기는 적정량을 마셨다고 몸이 보내는 신호였다.

무슨 생각을 했더라? 아, 그렇지. 마티스와 북. 불쌍한 마티스. 클레메트는 잔을 들고 순록치기의 건강을 위해 조용히 건배사를 읊었다. 마티스에 대해 내가 뭘 알았지? 마티스의 아버지? 그 사람은 모르는데. 샤먼이라고? 그쪽은 나의 세계가 아니야.

레스타디우스 계보를 잇는 루터교 경건파 집안에서 자란 그였다. 진실하고 순수하고 완고한 사람들. 그들은 못 견딜 정도로 아플 때만 코냑을 마신다. 클레메트는 잔에 코냑을 채우고 다시 건배했다.

"레스타디우스 사람들을 위하여!"

코냑을 한 입에 털어 넣었다. 술기운이 알딸딸하게 올라와 기분이 몹시 좋았다. 이 정도의 취기는 마음을 늘 유하게 만들었다. 자기 주량을 알아서 다행이었다. 순찰을 다니다보면 만취한 사람들을 수도 없이 보았다. 잔뜩 취한 자들을 보는 건 좋아하지 않았다. 여자들이 그런 건 더더욱 싫었다. 물론 남자들도 마찬가지였다. 그건 품위 없는 행동이었다. 사람들이 왜 본인 스스로의 주량을 깨닫지 못하는지 이해할 수 없었다.

무슨 생각을 했더라? 아, 그렇지. 레스타디우스. 경건파 신도들. 루터교 엘리트들. 그는 이들이 지긋지긋했다. 핀란드의 루미오키에서 열리는 루터교 연간 대집회에 가지 않고 교리를 따르지 않는 사람은 가족 중

자기밖에 없었다. 물론 가족들은 그 일을 심각하게 생각했다.

증조부는 라르스 레비 레스타디우스에게 직접 세례를 받기도 했다. 여러 세대의 가족 모두에게 영광스러운 일이었다. 술도, 춤도, 결혼 전에 남녀관계도, 학교에서 하는 스포츠도, 텔레비전도 금지사항이었다.

스무 살 때 뚱보라고 불린 것도 놀라운 일은 아니었다. 성 요한 축제 때 세워진 기둥 아래서 다른 이들이 춤추거나 키스하는 장면을 지켜보고만 있지 않았던가. 자, 그러니 레스타디우스 신도들의 건강을 위하여 또 한 잔!

노크 소리가 들렸다. 손목을 봤으나 시계는 없었다. 자리에서 일어났다. 테이블을 꽉 붙잡아야 했다. 오, 이런, 충분히 마셨군. 그만 마셔야 할 때를 알아서 다행이야. 클레메트는 나간다고 소리를 지르며 문 쪽으로 천천히 걸어갔다. 몇 시인지 도통 알 수 없었다. 무슨 상관이람. 너무 늦지는 않은 것 같군. 별로 피곤하지도 않고 말이야. 아, 그렇지. 레스타디우스 추종자들과 그들의 북. 웃기는 얘기야.

클레메트가 문을 열었다. 금발 미녀가 그 앞에 서 있었다. 게다가 활짝 웃기까지 했다.

"선배님, 방해해서 죄송해요. 텐트에 들렀는데 안 계시더라고요. 앙리 몽 씨의 사진들을 여태 보고 있었어요. 뭔가 발견한 것 같아서…. 선배님, 괜찮으세요?"

"으으으, 안녀어엉, 니이나!"

그는 한 손으로 문 가장자리를 꽉 잡은 채 니나에게 다가갔다. 그러고는 니나의 입에 힘껏 키스했다. 그와 동시에 뺨에서 철썩 소리가 났다. 얼얼했다. 고개를 들었을 때는 멀어지는 니나의 뒷모습만 보였다.

30

1월 20일 목요일

일출: 오전 9시 47분, 일몰: 오후 1시 14분

일조 시간: 3시간 27분

오전 8시 15분, 라플란드 내륙

아슬락은 화로에 나무를 더 넣었다. 불길이 살아나면서 천막 안이 환해졌다. 아내는 여전히 자고 있었다. 평온한 시간이었다. 잘 때는 고통을 느끼지 않는 것처럼 보였다. 아내에게는 잠이 보약이다. 그러나 오래 자지 않았다. 자주 깼고, 자주 비명을 질렀다.

순록고깃국을 데웠다. 아침식사 메뉴는 항상 똑같았다. 몇 년 전에 마티스가 초대한 적이 있었다. 그때만 해도 마티스는 올바른 정신을 지녔고 자신이 가진 어두운 그늘을 두려워하지 않았다. 그가 대접한 빵과 커피는 영 별로였다. 다행히도 순록은 아슬락이 필요로 하는 모든 것을 주었다. 언제나 그랬다.

아슬락은 유목생활 중에 태어났다. 이미 오래전 일이다. 태어나서 어머니의 젖을 처음 빨았을 때 기온은 영하 사십 도였다. 어머니는 출산 후 세상을 떠났다. 그래서 녹인 순록 기름을 먹고 자랐다. 인간에게 옷과 음식을 제공하는 순록은 돌보는 방법만 알면 더할 나위 없이 좋은 짐승이었다. 솜씨 좋은 사람들은 순록 뿔로 작은 상자나 칼 손잡이, 장신구를 만들었다. 아슬락도 솜씨가 좋았다. 이뿐만 아니라 사미 유목민들의 귀금속인 은을 다룰 줄 알았다. 은세공법은 이곳저곳 떠돌아다니는 유목생활을 통해 세대를 거쳐 전수됐다. 그는 이 모든 걸 할 수 있었다. 그러나 자기가 죽고 난 후 다음 세대에서는 이 모든 게 사라질 거라는 것도 잘 알았다.

아내를 바라봤다. 두 사람이 만났을 때 아내는 젊었다. 그때는 고통스러워하지 않았다. 적어도 지금처럼은. 아주 오래전에는 지금 같지 않았다. 그러나 악이 그녀를 침범했고 연이어 불행이 닥쳤다.

아슬락은 천천히 먹었다. 순록을 돌보러 곧 다시 나가야 한다. 얼마나 떠나 있을지 알 수 없었다. 방목지는 자기의 법을 강요했고 순록은 그 법을 따랐고 순록치기는 순록을 따랐다. 언제나 그랬다. 아내 걱정은 하지 않았다. 굶어죽을 염려는 없었다. 식량은 충분했다. 만일의 경우를 대비해 몇 주분 식량을 비축해놓았다. 그녀는 생활하는 방법은 모르지만 살아남는 법은 알았다.

스노모빌이 다가오는 소리가 들렸다. 아내는 여전히 자고 있었다. 무전기는 조용했다. 아무도 방문을 예고하지 않았다. 아슬락은 필요한 물품을 전부 챙겼다. 순록을 돌보러 갈 시간이다. 천막 자락이 들리더니 한 남자가 안으로 들어왔다. 그는 무릎을 꿇고 앉아 아슬락을 쳐다보며 미소를 지었다.

아슬락은 웃지 않았다. 입술을 꽉 다문 채 그를 한참 응시했다. 그리고 악이 다시 찾아왔다는 걸 알았다.

오전 8시 30분, 카우토카이노, 수오파티아브리

클레메트 낭고는 비참한 기분으로 잠에서 깨어났다. 전날 거실 소파에서 잠이 들었다. 샤워를 하고 평소보다 진하게 커피를 내려 마시면서 텔레비전 뉴스를 보았다. 우편함에 꽂힌 〈핀마르크 다그블라〉 신문도 읽었다. 두통은 없었다. 고급 코냑의 이점이었다. 부끄럽고 참담한 감정이 뱃속을 쿡쿡 찔러댔다. 동료 경찰에게 키스를 했다는 사실을 믿을 수가 없었다. 솔직히 말해서, 며칠 전 경찰 막사에서 그런 생각을 잠깐 하긴 했어도 그건 가장 마지막에 해야 할 일이었다.

이제 출근하면 니나의 눈을 마주 보고 계속해서 같이 일해야 한다. 니나가 그 얘기를 꺼낼까? 만일 그 일이 보안관의 귀에 들어가거나 최악의 경우, 브랏센이 알게 된다면 가장 안 좋은 일이 생길 건 뻔하다. 파면까지는 아니겠지만 따분한 시골 경찰서로 전근 조치되어 해안가 마을 술집을 전전하며 또다시 지긋지긋하고 외로운 순찰을 돌아야 할지도 모른다.

클레메트는 두 손으로 얼굴을 문지르며 자신의 바보 같은 짓거리에 욕설을 내뱉었다. 그리고 전날 밤 일어난 일을 되새기며 하나하나 기억을 떠올렸다. 갑자기 생각 하나가 번뜩하고 떠올라 죄책감마저 잊었다.

마티스와 북. 닐스 안테 숙부…. 숙부와 얘기해볼 필요가 있었다. 나이 많은 노인이지만 북에 대해 조금이라도 설명해줄 수 있는 사람은 숙부가 제격이었다. 그럼 니나는? 원칙상 니나를 데려가는 게 맞다. 그러나 당장 볼 용기가 나지 않았다. 니나가 아무렇지도 않게 넘어갈 수도 있다는 생각이 들었다.

스칸디나비아 사람들은 회사 파티에 익숙하다. 직원들은 저녁 내내 술을 진탕 마시며 서로 친해지지만 다음날 아침에는 마치 묵계처럼 모두가 집단 기억상실에 걸린 듯 행동한다. 참 실용적인 사람들이란 말이야. 클레메트가 생각했다. 대단한 장점이라고 인정하지 않을 수 없었다.

그럼에도 당장 니나를 볼 면목이 없으니 몇 시간은 외근을 하자고 결심했다. 윩 박물관에는 니나와 같이 갔다. 하지만 친척인 숙부를 혼자 방문하는 건 자연스럽게 보일 듯했다. 그렇게 하면 문제는 없었다. 니나에게 직접 알리고 싶지는 않았다. 사과를 해야만 하는 상황이 껄끄러웠다.

클레메트는 경찰서 비서에게 전화를 걸었다. 그리고 확인할 게 있어서 오후에 출근한다는 메시지를 니나에게 전해달라고 부탁했다.

이십 분 후, 닐스 안테 숙부 집에 도착했다. 북유럽 사람들의 기준에 따르면 닐스 안테는 괴짜거나 비사교적인 사람, 혹은 기존 사회에 속하지 않은 사람이었다. 한마디로 전 세계에서 가장 체계적인 사회로 손꼽히는 북유럽에서 쉽게 볼 수 없는 종류의 인간이었고 사회와 동떨어진 이방인이었다.

클레메트에게 닐스 안테 숙부는 루터교의 경건주의 교육이 금지한 자유를 마음껏 누리는 영혼이었다. 숙부는 그에게 경이로운 세계로 향한 문을 활짝 열어주었다. 클레메트한테는 자신의 뿌리를 단호하게 잘라낼 만한 배짱이 없었다. 그러나 숙부는 그의 마음속에 씨를 뿌려놓았고 그 씨앗은 이따금 꽃을 피우곤 했다. 정원에 텐트를 세우자는 생각도 무의식적으로 숙부 영향을 받아서였는지도 모른다.

경찰이 되기로 선택한 건 엄격함을 큰 가치로 여기던 가정교육 때문일 수 있었다. 비록 레스타디우스 경건주의자들이 보기에 지상의 법은 턱없이 관대하고 느슨하지만 그런 법이라도 수호해야 마땅한 것이다. 그러나 닐스 안테 숙부는 클레메트가 요람에 있을 때부터 요이크를 부르며 곡조에 들어 있는 정신을 불어넣었다.

숙부는 주민이 아홉 명밖에 안 되는 작은 촌락, 수오파티아브리에 살았다. 카우토카이노에서 남쪽 방향으로 십여 킬로미터 떨어진 곳이다. 도로변에 서 있는 소박하고 빛바랜 노란색 통나무집이 눈에 들어왔다. 바로 닐스 안테 숙부의 집이었다.

마당에는 붉은색으로 칠한 곡물창고, 연장창고와 더불어 전통적인 원뿔형 사미 텐트 라부도 세워져 있었다. 텐트 외관은 이끼와 흙으로 뒤덮여 있고 두툼한 문은 자물쇠로 잠겨 있었다. 텐트 꼭대기에서 빠져나오는 연기는 보이지 않았다.

닐스 안테는 혼자 살았다. 독실한 루터교 경건파 신도인 친지들 중에 독신인 사람은 없었다. 이런 점에서도 숙부는 친척들과 달랐다. 가만히 생각해보니 부모님이 어떻게 이단아 숙부와 시간을 보내도록 자기를 내버려두었는지 궁금해졌다. 가정을 이루는 건 성경 말씀을 따르는 가장 기본적인 삶의 방식이다. 부모님은 이렇게 살지 않는 자신을 보면서 숙부와 어울리게 놔둔 걸 후회할지도 모른다는 생각이 들었다.

새하얀 눈이 떨어지며 창턱에 내려앉았다. 창문을 장식한 작은 전기초들이 반짝였다. 집 앞 마당에 낡은 쉐보레 스테이션왜건 한 대가 서 있었다. 이 또한 숙부가 가족과 구분되는 점이었다. 클레메트는 자기가 지난 이십여 년 동안 수도 없이 고쳐준 차를 보면서 미소를 지었다. 녹이 스는 것만큼은 어떻게 해줄 도리가 없었다. 차체 관리는 클레메트가 할 수 있는 분야가 아니었다. 그래도 엔진은 닐스 안테처럼 여전히 생생했다.

경적을 두 번 울렸다. 이제 나이가 많이 든 숙부는 놀라는 걸 좋아하지 않았다. 전화도 별로 안 좋아했다. 경적 소리에도 문이 열리지 않아 또다시 빵빵거렸다. 소용이 없었다. 나이 탓에 닐스 안테는 소리에 둔감해졌다.

클레메트는 치우지 않아 수북이 쌓인 눈 위를 걸어가 현관문을 열고 집 안으로 들어갔다. 부츠를 벗고 이 방 저 방 다니며 숙부를 찾았다. 일 층에는 아무도 없었다. 부엌 식탁 위에 커피 잔 두 개만 놓여 있었다. 다른 자동차는 없었는데…. 큰 소리로 숙부를 부른 클레메트는 아무 반응이 없자 이 층으로 올라가야겠다고 생각했다.

마침내 목소리가 들렸다. 낯선 언어였다. 이상하네? 조심스럽게 목소리가 들린 방으로 다가가서 문을 열었다. 닐스 안테는 귀에 커다란 헤드폰을 끼고 컴퓨터 앞에 앉아 몸을 흔들고 있었다. 장단을 맞추며 음악을 듣는 것처럼 보였다. 숙부 오른쪽에 한 여자가 똑같이 문을 등지고 앉아 있었다. 숙부처럼 헤드폰을 낀 여자가 말을 했다. 컴퓨터 화면상에 손짓을 크게 섞어가며 말하는 다른 여자가 보였다.

늙어서 머리가 세고 살날이 얼마 남지 않았다고 생각한 숙부의 집에서 이런 광경을 보게 될 거라곤 꿈에도 생각하지 못했다. 두 사람 모두 클레메트가 들어오는 소리를 듣지 못했다. 그가 흠흠 헛기침을 했다. 숙부가 깜짝 놀라 심장마비를 일으키는 건 원치 않았다. 젊은 여자가 먼저 뒤를 돌아봤다. 그러고는 전혀 놀란 기색도 없이 닐스 안테의 어깨를 툭툭 쳤다. 숙부가 여자를 쳐다보더니 마침내 고개를 돌렸다. 클레메트를 본 그의 얼굴에 함박웃음이 번졌다. 헤드폰을 벗고 서둘러 달려와 조카를 꽉 끌어안았다.

"창, 할머니께 나중에 다시 전화드리겠다고 말씀드릴래? 내가 제일 좋아하는 조카를 자기에게 소개해주고 싶거든."

젊은 여자는 카메라 앞에서 클레메트가 전혀 이해할 수 없는 언어를 말하면서 화면 속의 할머니에게 손짓을 했다. 할머니는 환하게 웃으며 대답했다. 스카이프 통화가 끝나자 닐스 안테가 두 사람을 서로 소개했다.

"클레메트, 여기는 창이야. 늙다리 뒷방 영감으로 전락하는 내 인생을 구해준 놀라운 사람이지. 내가 비탈길에서 미끄러지고 있었다는 건 알지?"

"그런 말씀 마세요, 숙부. 그래도 전…."

"아첨 떨지 마, 클레메트. 그게 현실인데 어쩌겠어. 그리고 여기 있는 창은 보석 같은 아가씨야. 나한테 정말 귀한 사람이지. 짐작하겠지만 중국 사람이고. 작년에 창장싼샤 계곡의 중국 농부들과 이곳에 왔어. 산딸기를 딴다고 말이야. 노르웨이에 오느라고 빚을 졌는데 완전히 속은 거였어. 산딸기를 따는 일꾼들이 얼마나 착취를 당하는 줄 알아? 그 사람들과 연대하기 위한 음악회가 열렸는데, 거기서 창을 봤어. 그리고… 이렇게 만나게 됐지. 체류증을 얻는 게 쉬운 일은 아니었는데 결국은 받아냈어."

닐스 안테는 자기보다 오십 년은 젊어 보이는 여인에게 키스를 했다. 여자가 그의 머리를 부드럽게 쓰다듬었다.

"창의 가족이라곤 중국에 계신 할머니밖에 없어. 다행히도 컴퓨터를 잘 아는 이웃이 있어서 비싸지 않고 복잡하지 않은 컴퓨터도 구입해주고 스카이프도 설치해줬지 뭐냐."

창이 클레메트에게 손을 내밀었다.

"모니터에서 본 사람이 우리 할머니예요." 창은 웃으며 거의 완벽한 노르웨이어로 말했다.

"숙부는 뭘 하셨어요?"

"난 스포티파이스웨덴의 음원 스트리밍 서비스 업체를 듣고 있었지. 우리 창 아가씨가 알려줬거든. 내 경쟁상대가 누구인지 알아야 하니까." 그가 한 눈을 찡긋했다. "젊은 친구들이 아주 잘 부르더구먼. 내가 안목이 좀 있잖아." 닐스 안테는 방을 에워싼 책장들을 가리켰다. 그곳엔 요이크를 녹음한 테이프 수백 개가 질서정연하게 꽂혀 있었다.

그가 돌연 진지한 표정이 됐다.

"그런데 여긴 무슨 일이야, 클레메트? 혹시 송장 치울 일 있나 해서 들여다본 게야? 못된 조카 같으니!"

"숙부한테 제 도움이 필요할 것 같지는 않은걸요." 클레메트는 노인의 가슴에 머리를 기대고 계속 붙어 있는 젊은 중국 여인을 쳐다보며 말했다. "얘기 좀 해도 돼요?"

"그럼! 커피 마실까? 창, 할머니께 다시 전화하면 인사 전해줘. 할머니를 위한 요이크도 곧 만들어드리겠다고 하고." 닐스가 클레메트를 일 층으로 데려갔다.

"정말 멋진 여자라니까." 그가 커피를 준비하며 말했다. "요즘 바쁘지 않아?"

"실은 업무 때문에 여쭤볼 게 있어요. 도난당한 북 사건 때문에 좀 복잡하네요. 마티스의 죽음과 사라진 북 사이에 혹시 연관성이 있는지 알아보고 있어요. 아직 별다른 단서는 없지만, 제 생각엔…."

"내가 확실히 말할 수 있는 거 하나는 북이 내 전문분야가 아니란 거야. 난 가수이자 시인이지. 종교는 내 관심사가 아니야. 우리 선조들의 종교라고 할지라도 말이지."

"알아요, 숙부. 그래서 친척 중에서 제가 유일하게 숙부만 만나잖아요."

순록경찰이 십오 분가량 상황을 설명했다. 닐스 안테는 그가 언급한 거의 모든 사람을 알았다. 클레메트는 하나도 빠뜨리지 않으려 기억을 더듬으며 니나가 프랑스에 갔다 온 얘기도 상세하게 전했다. 이야기를 마친 그가 커피를 마셨다.

"클레메트, 네가 하루빨리 마티스 살인범을 잡았으면 해. 사실 나는 마티스를 잘 몰라. 대신 그 사람 아버지는 알지. 대단한 사람이었어. 그런데 자기 사명에만 몰두하느라 좋은 시인은 되지 못했어. 씨앗 하나가 부족했지."

"무슨 사명이요?"

"마티스 아버지는 자신을 목회자라고 생각했어. 아마도 평생을 투쟁하며 싸워왔던 목사들에게서 그 개념을 차용한 것 같아. 사미인들은 포교에는 관심이 없잖아. 샤머니즘은 특히나 더 그렇고 말이야."

"아, 네, 네. 저도 그 얘긴 들었어요. 존경받는 위대한 샤먼이었는데 아들은 아버지의 발끝도 따라가지 못했다고요. 모든 게 다 거기서 유래한 거고. 하지만 전…."

"내 말 더 들어봐. 네가 말한 것 중에 걸리는 게 있어. 사미 가이드 니일스가 말했다는 저주 말이야."

"금광에 얽혀 있다는 저주요? 그거 말씀하시는 거예요?"

"그래. 방금 말했잖아. 다 늙은 할망구처럼 내가 한 말 좀 반복하지 마. 비다 고원에는 아주 오래전부터 떠도는 얘기들이 있어."

"옛날 전설은 사양이에요. 전 일곱 살이 아니라고요."

"건방 떨고 있네. 이야기나 일단 들어봐."

"그건 다른 날 들을게요. 지금은 경찰 업무를 보는 중이라서…. 지금 필요한 건 단서나 증거지 몇 세기 전부터 비다 고원에 전해져 내려오는 전설이 아니거든요."

"뭐, 그렇겠지. 그래도 싫든 좋든 들어보라고. 사미족이 글을 쓰기 시작한 건 겨우 반세기 전부터야. 그전에는 모든 얘기가 구전이나 요이크를 통해 전해졌어."

클레메트는 입을 다물었다. 숙부가 요이크에 대해 말하기 시작하면 오전 시간을 전부 빼앗길 수도 있었다. 조카가 대꾸하기를 포기하자, 닐스 안테가 갑자기 노래를 시작했다.

짜증과 초조함이 불쑥 일었지만 어느새 노랫가락에 빨려들었다. 어릴 때의 감정이 물밀 듯이 밀려왔다. 산 너머로 날아가 북극광의 황홀한 군무 앞에 서 있는 것만 같았다. 클레메트가 생각하기에 가장 놀라운 점은 사미어를 모르는 사람조차 사로잡아 버리는 요이크의 신비한 힘이었다. 닐스 안테는 벙어리가 된 주민들에게 불길한 주술을 거는 사악한 이방인과 저주받은 집을 노래했다.

조용히 귀를 기울이던 클레메트는 문득 기이한 생각에 사로잡혔다. 넋을 잃고 숙부의 노래를 들으면서 그를 바라보았다. 마치 마음속을 읽은 듯 요이크는 고통스러운 기억을 일깨웠다. 도난과 살인에 대한 수사는 먼 나라 일처럼 느껴졌다. 끊임없이 샘솟는 오래전 어린 시절의 기억이 불안하게 마음을 훑어내렸다. 클레메트는 목구멍 깊은 곳에서 끌어올린 소리를 들었다. 눈앞에 아슬락의 어두운 그림자가 어른댔다.

31

1월 20일 목요일

오전 8시 20분, 라플란드 내륙

라카냘은 무릎을 털고 일어나 아슬락의 말도 기다리지 않고 자리에 털썩 앉았다. 계속 미소를 짓고 있던 얼굴이 어느새 일그러졌다. 아슬락은 그의 표정이 변하는 걸 보았다. 친근하게 보이려 애쓰는 모습이 역력했다. 그러나 속일 수는 없었다. 아슬락은 악의에 찬 얼굴을 대번에 알아챘다. 순록치기가 아내를 쳐다봤다. 하루 중 얼마 안 되는 평온함을 맛보며 곤하게 자고 있었다. 낯선 자의 방문에도 깨지 않았다. 아슬락은 소리 내지 않고 깊은 숨을 내쉬었다. 입을 꽉 다물고 방문객을 똑바로 응시하며 그의 말을 기다렸다.

"앙드레라고 합니다. 지질학자예요. 같이 일하는 사람들이 그러는데 선생님이 최고의 가이드라며 추천해주더군요. 가이드를 해주셨으면 합니다. 며칠만 하시면 됩니다. 비용은 섭섭하지 않게 드리겠습니다."

이방인은 서툰 스웨덴어로 말했다. 또다시 호의적인 표정을 지었지만 아슬락은 그 뒤에 감춰진 진짜 얼굴을 꿰뚫어 보았다. 그는 진짜와 가짜를 간파해낼 수 있었다.

라카냘이 큼지막한 가방을 열었다. 훈제연어와 검은 빵을 꺼내고는 아슬락 쪽으로 밀면서 먹으라고 권했다. 아슬락은 아무 말 없이 연어를 잘라 입 안에 넣었다. 이방인도 연어를 먹고 빵을 썰었다. 그 역시 침묵을 지켰다. 서두르는 기색은 전혀 보이지 않았다.

아슬락 옆에서 부스럭 소리가 났다. 라카냘이 눈을 번뜩이며 고개를 돌렸다. 아슬락의 아내가 돌아누웠다. 희미한 불빛에 자고 있는 얼굴이 드러났다. 아슬락이 이방인을 보았다. 그도 아슬락을 마주보았다.

아슬락은 과거에 가이드로 일한 적이 있었다. 그러니 이자의 요청이 엉뚱한 것만은 아니었다. 하지만 순록을 돌보는 일 외에 다른 시간을 낼 수는 없었다. 무리에 다른 순록이 섞이지 않도록 날마다 방목지를 돌아봐야 했다. 더구나 이 모든 일을 혼자 해야 했다.

이 남자에게선 불길한 냄새가 났다. 아슬락은 두려움을 몰랐다. 만일 누군가가 무섭지 않으냐고 묻는다면 의아한 눈초리로 쳐다볼 사람이었다. 한 번은 마티스가 이런 질문을 한 적이 있었다. 아슬락은 마티스가 무슨 말을 하고 싶은지 이해할 수 없었다. 두려움? 의미 없는 질문은 좋아하지 않았다. 그에게 배가 고픈지, 졸리지 않은지, 추운지 물어볼 수 있지만 두렵지 않은지는 질문으로 부적절했다. 그는 알아야 할 것만 알았다. 아무 짝에도 쓸모없는 두려움 같은 건 무시했다. 그러나 위험은 본능적으로 알았다. 살아남으려면 위험에 민감해야 한다. 위험의 진원지가 늑대든 겨울 폭풍이든 혹은 사람이든.

"지금은 안 됩니다." 아슬락이 대답했다.

이방인이 부정적인 답변을 기대하지 않았다는 건 분명했다. 그의 눈이 먹이를 눈앞에 둔 여우처럼 가늘어졌다. 빵을 씹으며 잠시 뜸을 들이더니 아슬락에게서 눈을 떼고 주위를 둘러보았다. 마치 물품 목록을 작성하려는 듯한 시선이었다.

"꼭 해주셔야 합니다. 정말 중요한 일이에요. 보수도 후하게 쳐드릴 거고요."

아슬락은 입도 열지 않고 머리를 가로저었다. 그리고 연어는 그냥 놔둔 채 순록고깃국을 한 컵 따랐다. 얘기가 끝났다는 신호였다. 그가 국물을 후루룩 들이켰다. 시선은 여전히 지질학자에게서 떠나지 않았다. 남자는 조용히 고개를 끄덕이며 결심한 듯이 아슬락을 쳐다보았다. 짐을 챙기고 일어선 지질학자의 몸이 연기 속으로 반쯤 사라졌다.

"잘 생각해보시오. 이곳엔 선생밖에 없어. 선생의 우두머리 순록이나 개가 사고를 당한다면 불행한 일이 되지 않을까? 아니면 선생이 좋아하는 다른 누군가가 다칠 수도 있고."

이방인은 이제 더는 좋은 사람인 척도 하지 않았다. 그의 시선이 자고 있는 여자에게 향했다.

"지금은 다른 일이 있어서 가지만 두 시간 후에 다시 오겠소."

그가 나갔다. 완전히 잠을 깬 아슬락의 아내가 눈을 떴다. 아슬락은 아내의 시선을 보고 알았다. 그녀 역시 악을 인지했다.

오전 9시 15분, 수오파티아브리

"넌 아마 모르겠지만 비다 고원에 떠돌던 모든 전설은 사냥이나 낚시나 유목이나 사랑이나 시에 관한 것만은 아니야."

"숙부 입에서 그런 노래 말고 다른 노래는 못 들어봤는데요."

"맞아. 내가 좀 낭만적이잖아."

"광맥이나 저주에 관한 이야기가 뭔가를 떠오르게 한다고 했잖아요."

"떠오르는 것 이상이지. 비다 고원에는 이상한 이야기들이 무궁무진해. 예를 들어 카렐리야 공화국 사람들이 우리에게 저주를 걸며 침략했을 때, 우리는…."

"카렐리야인이요? 러시아인 말이에요? 마피아 얘기를 하시는 거예요?"

"모르면 가만히 있어. 난 스칸디나비아 사람들 이전 얘기를 하는 거야. 천 년도 더 넘은 얘기라고. 아마 이천 년 전쯤일걸? 그건 별로 중요하지 않지만. 그들이 침략했을 때 우리 사미인들은 맞서 싸울 힘이 없었어. 그렇지만 아주 똑똑했지. 우리는 야만적이고 멍청한 카렐리야인들을 벼랑 끝으로 유인했어. 비다 고원에는 아직까지 붉은 절벽이라고 불리는 곳들이 있어. 바위와 이끼가 붉은색이거든. 괴물 같은 카렐리야인들의 피도 합쳐져서 말이지."

클레메트는 말을 말자고 생각했다. 그는 길게 늘어지는 이야기에 꾹 참고 숨을 깊게 들이쉬었다. 숙부가 자기 말을 끝내기 전까지는 남의 말을 듣지 않는다는 걸 잘 알고 있었다.

"창 씨에게 사미인들이 외국 방문객들에게 무슨 짓을 했는지는 말씀 안 하시는 게 좋겠네요. 엄청 놀랄 거예요."

"농담해? 창은 그보다 훨씬 끔찍한 얘기도 많이 들었어. 그런데 내 말은 그만 좀 끊으라고, 클레메트. 내가 살면 얼마나 더 살겠어. 그래, 전설이 있지. 엄청난 광맥과 보이지 않는 비밀의 왕국에 대한 전설이야. 이 왕국은 부유하지만 무시무시하고 위험해. 죽음에 이를 정도로 말이지. 이 전설은 카렐리야인들의 절벽과 약간 비슷해. 사미 마을들은 백인들이 가져온 끔찍한 악으로 인해 괴멸됐어."

"백인이요?"

"클레메트, 좀 기다려 봐! 지금 입고 있는 경찰복 때문에 타락한 거야? 백인, 스웨덴인, 스칸디나비아인, 식민지 주민, 침략자. 뭐라고 불러도 좋아. 어쨌든 이자들이 우리에게 이상한 악을 몰고 온 거야."

"우리라고요? 어떤 시대를 말씀하시는 거예요?"

닐스 안테는 생각을 하는 듯 인상을 찌푸렸다.

"물론 그건 전설이야. 하지만 그건 라플란드가 풍부한 자원으로 인해 식민지화된 시기로 거슬러 올라가. 그러니까 17세기지."

"그건 말이 안 돼요. 광맥이 어떻게 사미 마을 전체를 파멸시켰다는 거예요? 그리고 이 북하고 도난사건과 살인사건이 무슨 관계가 있죠?"

"우리 가문에서 경찰은 너 하나잖아. 네가 알아내야지."

숙취가 훅 올라왔다. 니나의 얼굴을 봐야 한다는 사실이 떠올랐다. 커피를 다시 한 모금 마셨다.

"광맥에 대한 전설은 어느 정도 사실이야." 닐스 안테가 말을 이었다. "잊지 말아야 할 건 그 시대에 사미인들은 최초의 철광산에서 철을 채취하기 위해 강제로 징용됐다는 사실이야. 그때까지 사미인들은 외국인과 접촉한 적이 거의 없었어."

"그게 이 사건과 무슨 관계가 있는지 모르겠네요."

"인디언에게 일어난 일 알지? 인디언들은 원인 모를 괴질에 걸려 떼죽음을 당했어."

클레메트는 숨을 길게 토해내며 관자놀이를 문질렀다. 이 전설은 수사나 증거 확보와는 거리가 멀었다. 증거. 증거를 찾는 일이 무엇보다 시급했다. 닐스 안테가 도대체 무슨 말을 하려는 건지 종잡을 수 없었다.

"이 전설과 도난당한 북 사이에 연결고리라도 있나요?"

"1939년에 프랑스인에게 북을 건넨 사미인 가이드가 있잖아. 전설에서 말하는 저주에 걸린 광맥 얘기도 있고. 프랑스인이 네 동료 경찰에게 무슨 얘기를 했대?"

"그 사람도 금광맥이 있다고 생각했대요. 그 저주는 방목지나 유목을 위한 이동경로가 사라지는 것과 관련이 있지 않겠느냐고 말했고요. 그건 결국 순록들이 살아갈 수 없다는 거죠."

"그 시대에 순록의 죽음은 사미족의 멸망을 의미하지."

"맞아요. 그런데 이 북이 왜 요즘에도 관심의 대상이죠?"

"그걸 알려면 북을 직접 봐야 해."

"이런, 제기랄!"

클레메트는 입 밖으로 튀어나오는 욕을 제어할 수가 없었다. 닐스 안테가 눈을 휘둥그레 떴다. 그러고는 이내 재미있다는 표정을 지었다. 창이 무슨 일인지 보려고 문 뒤로 머리를 내밀어 두 사람을 살피다가 곧바로 사라졌다. 클레메트는 다시 길게 숨을 내쉬었다.

"맙소사. 왜 그걸 잊어버렸지? 북 사진은 없어요. 대신 탐사대 사진들은 몇 장 있어요."

클레메트는 허둥지둥 밖으로 뛰쳐나갔다가 봉투를 들고 금세 돌아와서 숙부 앞에 사진들을 몇 장 펼쳐놓고는 손가락으로 가이드를 가리켰다.

"이름은 니일스예요. 성은 모르고요."

"애써 찾을 필요 없어. 성은 라바야. 니일스 라바."

"뭐라고요? 마티스 아버지?"

"할아버지야. 니일스 라바. 마티스 아버지 이름은 안타야. 재미있지 뭐냐. 두 사람 이름을 합하면 내 이름과 비슷해지니 말이야. 마티스는 니일스 할아버지를 몰랐을 거야."

닐스 안테는 머릿속으로 셈을 했다.

"마티스가 몇 살이었지? 쉰쯤 됐나?"

클레메트가 수첩을 꺼냈다.

"1963년생. 마흔 후반이에요."

"맞아. 마티스 할아버지는 전쟁 중이나 종전 직후에 사망했어. 마티스 아버지인 안타는 오륙 년 전에 죽었고."

"네. 맞아요. 그쯤 됐죠."

클레메트는 사진 속에 나온 다른 인물들을 손가락으로 가리켰다.

"이 사람들이 프랑스인들이고 여기 두 사람은 스웨덴 과학자, 이 사람은 탐사 중에 죽은 독일인이에요. 나머지 사람들은 현지인들이죠. 대부분 핀란드 출신일 거예요. 탐사 출발지가 핀란드거든요."

"그럴 수 있지. 이곳 사람들이 먼 거리도 마다하지 않긴 하지만 말이야. 나만 해도 지난 주말에 이케아까지 갔다 왔거든. 거기서 컴퓨터 앞에 앉아 있기 딱 좋은 의자를 발견했지 뭐냐."

클레메트가 미소를 지었다. 이 지역주민들은 스웨덴과 핀란드 국경 근처의 하파란다에 이케아 매장이 들어선 이후 아이처럼 흥분했다. 카우토카이노에서 사백 킬로미터 이상 떨어진 곳이었지만 닐스 안테의 말대로 극지에서 거리는 전혀 중요하지 않았다. 일례로, 담배를 사려고 백 킬로미터를 달려가는 것도 동네 산책을 가는 양 당연하게 생각했다.

"그런데 이 사람은 여기 출신처럼 보이네? 잘은 모르겠지만 말이야."

닐스 안테는 가는 코에 입 주위가 수염으로 뒤덮인 남자를 손가락으로 가리켰다. 대원들과 떨어져 있는 듯 보이고 다른 사진들에선 나오지 않은 사람이었다. 니나와 사진을 들여다보며 궁금해했던 사람. 그는 사미인도, 프랑스인도, 과학자도 아니었다.

사진을 들고 자세히 들여다보던 노인이 자리에서 일어났다.

"창!"

젊은 중국 여인이 곧 나타났다.

"내 사랑 우리 이쁜이, 책상에서 돋보기 좀 가져다주겠어?"

창이 돋보기를 가져와서 주방 식탁에 올려놓으며 애인의 이마에 부드럽게 키스를 하고 사라졌다. 닐스 안테는 행복한 얼굴로 창의 뒷모습을 바라보았다.

"내 인생에 천사가 들어왔어. 우리 조카님은 어때? 아직도 사귀는 사람 없어?"

"사진을 자세히 보시려는 거죠?" 클레메트가 그 말에는 대꾸도 않고 돋보기를 내밀며 말했다.

닐스 안테는 고개를 좌우로 흔들며 돋보기를 받았다.

"누군지 모르겠네. 이곳 사람인지도 잘 모르겠어. 그래도 왠지 낯설지 않단 말이야."

이번에는 클레메트가 돋보기를 들고 한 사람 한 사람 천천히 들여다봤다. 수염을 기른 가는 코의 남자도 다시 보았다. 그제야 남자가 멜빵에 사선으로 매단 물건이 눈에 들어왔다. 일부만 보였지만 금속탐지기 같았다. 클레메트는 1939년의 원정탐사가 사미족의 풍습이나 생활상을 연구하는 것 이상의 목적을 지녔던 게 분명하다고 생각했다.

오전 10시 5분, 라플란드 내륙

온 천지를 에워싼 정적은 놀랄 만큼 인상 깊었다. 너무 고요해서 귀가 멍멍할 정도였다. 이렇게 조용했던 적이 언제였더라? 앙드레 라카냘이 생각했다. 몇 년 전쯤인 것 같았다. 작은 소리가 멀리서 들렸다.

그는 멀찌감치 떨어져서 아슬락을 훔쳐봤다. 얼어붙은 눈 위로 아슬락의 스키가 바스락대는 소리까지 들을 수 있었다. 아슬락을 설득하는 게 쉬운 일은 아닐 거라고 생각했다. 단번에 성공하리라고 생각도 하지 않았다. 라카냘은 실용주의자였다. 종국에 가서 늘 성공한 까닭은 목표에 도달하기 위해 필요한 조치를 모두 취했기 때문이었다. 때로는 물러설 줄도 알았다. 자존심을 내세우는 일은 결코 없었다. 첫 번째 시도에 극렬한 저항을 만나면 어찌할 바를 모르고 포기해버리는 사람들과는 달랐다.

라카냘은 쌍안경 초점을 다시 맞췄다. 아슬락 같은 사람을 다루는 건 의외로 간단했다. 모든 결정이 삶과 죽음의 문제에서 비롯되기 때문이다. 아슬락은 여분의 것은 소유하지 않았고 다른 사람처럼 소비사회의 희생자로 살아가지 않았다. 은행에 빚을 지고 허덕이며 사는 일도 없었다. 한마디로 가공되지 않은 삶을 영위했다. 가진 걸 잃는다면 생존에 바로 타격이 올 수 있었다. 순록과 아내의 생존도 마찬가지였다. 단순한 삶이었다.

라카냘이 계획을 세우는 데는 그리 오랜 시간이 걸리지 않았다. 그 계획은 아슬락에게 결정타가 될 터였다. 아슬락의 삶이 뻔히 보였다. 숨겨둔 은행통장도 없고 지금 살고 있는 사미 텐트 외에는 다른 집도 없다. 순록들은 멀리서 이끼를 뜯고 있다. 이곳엔 캠프와 아내, 개들이 있다. 그는 자신의 묘수가 틀림없다고 확신했다. 아슬락이 충격을 받고 협상에 임할 수밖에 없을 좋은 수였다. 기회를 놓칠 수는 없었다.

쌍안경으로 아슬락을 좇았다. 이제 빛은 충분했다. 시간이 좀더 일렀더라면 너무 어두워서 식별하기 힘들었겠지만 지금은 아슬락 옆을 지키고 있는 개가 보였다.

신중해야 한다. 짐승들의 소요를 일으키거나 어떤 소리도 내서는 안 된다.

지금이다. 라카냘이 중얼거렸다. 그 순간 아슬락이 몸을 돌렸다. 마비된 듯 움직이지 않았다. 개의 몸뚱이가 눈에 들어왔다. 아니, 아슬락이 본 건 피범벅이 된 개의 머리였다.

라카냘은 삼십 초가량 뜸을 들였다. 순록치기가 충격을 흡수하고 개의 죽음으로 인해 크나큰 상실감을 느껴야 하는 시간이었다. 이 죽음과 라카냘의 방문이 연관되어 있다는 걸 깨달아야 하는 시간이기도 했다. 삼십 초. 그 이상 지체하면 아슬락은 정신을 차리고 어떤 반응을 보일지 생각하게 된다.

지금이다.

지질학자는 무전기에 입을 대고 아슬락을 불렀다. 천막 안에 있던 무전기의 잡음 소리는 라카냘이 숨어 있는 곳에서도 들릴 정도였다. 아슬락은 잠시 망설이다가 천막으로 돌아갔다. 몇 초 후, 아슬락이 무전기를 켰다. 라카냘은 즉시 본론으로 들어갔다.

"개는 경고다. 우리가 아주 진지하다는 걸 알리는 거지. 당신의 도움이 필요해. 계속 거절한다면 우두머리 순록을 죽이겠다. 그래도 거절하면 당신 아내가 죽게 돼. 나와 함께 가면 개는 새로운 놈으로 제공하지. 아주 훌륭한 놈들로 세 마리를 갖게 될 거다. 같이 떠나줘야겠어. 오래 걸리진 않아. 문제가 생기면 우리 팀에서 당신 순록들을 돌봐줄 거다. 내 말을 이해했으면 천막에서 나와 샤프카를 벗어라."

프랑스인이 교신을 끊었다. 십오 초 내로 아슬락의 반응이 나올 거라고 예상했다. 그가 다시 쌍안경을 들었다. 아무런 움직임이 없었다. 완벽한 정적뿐이었다. 추위에 곱은 손가락이 제대로 펴지지 않았다.

마침내 천막 자락이 움직였다. 예상이 빗나갔다. 걸린 시간은 이십 초였다. 아슬락이 나왔다. 그가 자리에 서서 주위를 둘러보았다. 십오 초가 또 흘렀다. 라카냘에게는 영원과도 같은 시간이었다.

순록치기가 샤프카를 벗었다.

32

1월 20일 목요일

오전 11시 30분, 카우토카이노 경찰서

클레메트 낭고는 시계를 들여다봤다. 더는 숙부 집에서 꾸물댈 수 없었다. 니나와 마주보는 시간을 최대한 늦추고 싶었지만 피하는 것만이 능사는 아니었다. 그는 닐스 안테에게 송장 치우는 일이 생기기 전에 다시 들르겠다고 약속하고, 밝은 표정으로 손을 흔드는 창에게 인사를 했다. 그리고 가능한 한 천천히 차를 몰아 경찰서로 돌아갔다.

그는 숨을 깊이 들이쉬고 니나의 사무실 문을 두드렸다. 준비해둔 말이 있었지만 막상 안으로 들어가니 입이 딱 달라붙어 아무 말도 나오지 않았다. 짙은 파란색 경찰복 차림의 니나는 바지주머니에 손을 넣고 서 있었다. 달라진 사무실이 눈에 들어왔다. 책상 맞은편 벽에는 프랑스에서 가져온 사진들이, 창문에는 복사한 북 사진 열두어 장이 붙어 있었다. 받침대에 세운 커다란 나무판에는 지금까지 만난 모든 인물의 사진을 압정으로 박아놓았다. 그뿐만 아니라 컴퓨터의 스피커에서는 사미족의 전통노래가 흘러나왔다. 그야말로 수사본부로 탈바꿈한 사무실이었다.

"용서할게요. 다음번에는 주먹이 날아갈 거예요. 지금은 이걸 봐주세요." 니나는 클레메트가 변명할 시간도 안 주고 밝은 목소리로 말했다.

그녀는 주머니에서 손을 빼고, 앙리 몽의 사진들이 붙어 있는 벽으로 클레메트를 데려갔다. 니나가 해놓은 작업도 물론이었지만 예상치 못한 뜻밖의 반응에 어안이 벙벙할 따름이었다. 상황을 주도하여 이끌어가는 니나의 행동에 말문이 막혔다.

"니나, 나는 저기…."

"선배님, 제발요. 일을 더 복잡하게 만들지 말아주세요. 지금은 이 사진들을 보시고요."

클레메트는 속으로 안도하면서 니나의 말에 따랐다. 그리고 탐사대 대원들이 찍힌 열댓 장의 사진들을 유심히 들여다보았다.

"뭐가 보여요?"

니나는 흥분한 것처럼 보였다. 무언가를 찾아낸 게 분명했다. 전날 벌어진 사건을 서둘러 무마한 이유이기도 했다.

"아직 잘 모르겠어." 클레메트는 사진 한 장 한 장을 꼼꼼히 들여다보며 대답했다. "생각 중이긴 하지만 한 가지는 말할 수 있어. 니일스, 네 개 뿔이 달린 모자를 쓴 이 사람의 성은 라바야. 뭐 생각나는 거 없어?"

"네? 마티스 씨의 아버지라고요?"

"아니, 할아버지."

깜짝 놀란 니나의 눈이 동그래졌다. 무언가를 재빨리 생각하는 것 같았다.

"그러면 칠십 년 후에 도둑맞고, 어쩌면 자기 손자가 죽게 된 원인일 지도 모르는 북의 주인이 마티스 씨의 할아버지란 거네요."

"단정 짓지 마."

"물론이죠. 그래도 정말 이상하네요. 칠십 년 동안 프랑스에 가 있다가 라플란드에 다시 돌아온 지 며칠 만에 북 주인의 손자가 살해당했고…. 선배님, 아직도 이 사건이 순록치기들 간의 갈등과 보복 때문에 일어난 거라고 생각하세요?"

클레메트는 잠시 침묵했다. 그 문제에 대해 곰곰이 생각하면서 사진들을 보았다.

"어떻게 생각하세요?" 니나가 물었다.

그는 숙부 집에서 사진들을 보다가 깜짝 놀랐던 일이 생각났다.

"금속탐지기가 나온 사진이 있어. 이 탐사대가 광석을 찾고 있었다는 소리지. 내 생각에 북과 탐사대는 금광과 관련이 있을 것 같아."

"그럴 가능성이 많죠. 마티스 씨가 어떤 식으로든 광물 탐사와 관련이 있다고 보세요?"

"우리가 아는 바로는 아니야."

"여기, 다시 보세요."

반짝반짝 빛나는 니나의 눈빛이 왠지 불편했다. 클레메트는 사진에 집중하며 큰 소리로 생각을 정리했다.

"독일 지질학자는 25일, 아니 7월 25일과 27일 사이에 떠났고, 니일스가 함께 갔어."

그가 수첩을 뒤적였다.

"그리고 니일스는 8월 4일과 7일 사이에 혼자 되돌아왔지."

"네, 그리고요?"

"그리고… 다른 사람들은 모두 거기에 남아서 탐사를 계속했어. 다음 사진들 속에서도 이 사람들 모두가 계속 등장하니까."

"그래서요?"

"그래서 프랑스 팀과 두 명의 스웨덴 과학자들, 통역사, 요리사…."

클레메트는 다시 숙부를 생각했다. 만일 두 사람이 코가 가늘고 수염이 덥수룩한 남자에 대해 얘기하지 않았더라면 그 남자의 존재를 잊었을 것이다.

"나중에 찍은 사진들에선 수염 난 남자가 없어."

"맞아요."

"아침에 숙부를 보러 갔는데 그 남자를 어디선가 본 듯하대. 결국 기억해내지는 못했지만 말이야. 그런데 왜 그 다음 사진들에서는 보이지 않을까?"

"그건 저도 모르겠어요. 분명한 건 1939년에 죽은 사람과 북이 있었는데, 칠십 년 후에 또 다른 사람이 죽었고 그때 그 북으로 추정되는 북이 사라졌어요. 죽은 두 사람은 라바 가문과 연관이 있고요."

"마티스의 죽음이 북과 연관이 있는지는 알 수 없어." 클레메트가 잘라 말했다.

"하지만 선배님!"

니나가 돌연 격분한 목소리로 말했다.

"물론 아직까지 물증이 하나도 없다는 건 잘 알아요. 그렇지만 우리 눈앞에 이미 명백한 사실로 드러났다고요!"

"그러면 잘린 귀는? 그건 어떻게 설명할 건데?"

니나 난센은 동료의 신중함에 물들고 싶지 않았다. 십오 분 후 두 사람이 함께 보안관 사무실에 갔을 때, 니나는 자신의 강점을 밀고 나가

기로 마음먹었다. 이 사건은 순록경찰의 통상적인 업무를 넘어섰다. 그러니 지금까지와는 다른 방식으로 생각해야 했다.

역설적으로 이 수사에 있어서만큼은 클레메트의 경험이 그 자신의 발목을 잡았다. 사실 스웨덴에서 팔메 총리 암살사건을 담당하며 보낸 세월이 순록경찰로서 복무한 시간보다 더 길었다.

1986년 2월, 팔메 총리가 괴한에게 총을 맞아 숨진 사건은 스웨덴을 발칵 뒤집어놓았고 매머드급 수사팀이 신속히 꾸려졌다. 그러나 오랜 세월이 흐른 뒤에도 암살범을 잡지 못해 사건은 결국 미제로 처리됐다. 그 바람에 스웨덴 경찰은 노르웨이와 핀란드 동료들의 조롱을 받아야 했다. 범인으로 유일하게 지목된 사람조차 항소심에서 무죄로 풀려났기에 실패한 사건임은 부인할 수 없었다.

그래도 스웨덴 경찰이었던 클레메트의 경력에는 큰 보탬이 되었다. 카우토카이노로 전보 발령이 나기 전, 키루나에 있던 스웨덴 동료들은 클레메트가 보여준 발군의 실력에 경의를 표했다. 하지만 이 사건 이후 생긴 물증에 대한 집착은 클레메트가 수사에 전력을 다하는데 방해요인이 되었다.

토르 옌센이 P9 순찰대원을 맞았다. 감초사탕 그릇은 보이지 않았다. 서장이 커피머신을 가리키며 알아서들 마시라고 신호를 보냈다. 아무 말 없는 걸 보니 좋은 징조는 아니었다. 니나는 그 원인이 사라진 감초사탕 때문인지 안 좋은 소식 때문인지 짐작할 수 없었다.

"어떻게 됐어?"

토르 옌센이 초조한 기색으로 물었다. 니나는 서장이라는 직위가 정치적으로 민감한 자리임을 알고 있었다. 사미인과 노르웨이인이 긴장관계로 대치하는 일은 적지 않았다. 특히 극우세력인 진보당이 대중의 인기에 영합하는 정책을 내세워 수많은 노르웨이인들이 자기 목소리를 내도록 부추긴 이후, 두 민족 간의 골은 깊어만 갔다. 니나는 이 사실을 카우토카이노에 온 후에야 알았다. 그러나 선악을 구별하는 본능은 사미족이 이런 갈등의 원인제공자가 아니라고 속삭였다. 앙리 몽의 증언은 니나를 충격에 빠뜨렸다. 노르웨이인이나 스웨덴인이 다른 민족을 상대로 악랄한 짓을 자행했다는 사실을 받아들이기 힘들었다.

니나를 괴롭힌 건 또 있었다. 저주에 대한 전설과 스웨덴 인종생물학자들의 얘기는 이 수사에 불길한 기운을 불어넣었다. 순록치기 간의 단순한 원한 때문에 벌어진 사건은 분명 아니었다.

보안관은 조바심을 감추지 않았다. 클레메트는 말하기를 주저했다. 상사의 신중함과 증거 집착에 답답해진 니나가 먼저 포문을 열었다.

"북 도난사건과 마티스 살인사건은 연결되어 있는 게 분명합니다. 두 사건이 이런 장소에서 스물네 시간의 간격을 두고 벌어진 게 어떻게 우연일 수 있겠습니까?"

"계속해보게." 보안관이 말했다.

"두 사람이 한 대의 스노모빌을 타고 마티스의 텐트에 옵니다. 할 말이 있어서 왔거나 뭔가를 찾기 위해 왔을 수도 있고요. 그게 북이었을까요? 논리적으로는 그렇습니다. 브랏센 반장님은 순록치기들 사이의 원한을 살인의 동기로 지목했는데 저희가 조사한 바로는 이 가정을 입증해주는 건 전혀 없었습니다. 가장 그럴듯하고 쉽게 생각할 수 있는 가정이지만요. 거기에 더해 저는 순록치기들이 서로 싸워 살인까지 했다거나 서로 갈등관계에 있었다고 믿게 함으로써 이득을 얻는 사람들이 있다고 생각합니다. 폭력과 근친상간이 판친다고 여겨지는 세계에서 자신의 지배력을 확고히 하고자 하는 자들 말입니다. 우리가 얘기하는 게 바로 이런 것 아닙니까?"

클레메트는 아무 말도 하지 않았으나 니나는 그의 속내를 짐작할 수 있었다. 실제로 그는 지뢰밭 위로 거침없이 발을 내딛는 그녀를 보고 경악을 금할 수 없었다.

"물론 증거가 아직 없다는 건 알고 있습니다. 그러나 우리의 눈앞에서 벌어진 일들을 생각할 때, 지금 일어난 이 사건들이 1939년의 사건들과 연결되어 있다고 확신합니다. 북, 금광, 죽음, 도난. 이 모든 것이 말이죠."

"그러면 귀에 새겨진 마크는?" 보안관이 말을 끊고 물었다.

니나가 클레메트를 흘끗 쳐다봤다. 그 또한 똑같은 반응을 그녀에게 보였다. 그럼 귀는? 클레메트는 침묵을 지켰으나 언짢은 기색은 아니었다. 다만 조용히 있을 따름이었다. 니나가 방아쇠를 당긴 셈이었다. 토르엔센은 기다렸다.

"귀는 이 두 사건에 꼭 필요한 연결고리입니다. 물론 유일한 고리는 아닙니다. 그러나 두 사건의 수수께끼를 풀도록 해주거나, 아니면 적어도 수수께끼의 일부라도 밝힐 수 있는 답을 줄 것입니다."

클레메트는 잠시 생각에 잠겼다가 의견을 밝혔다.

"니나 경관이 말한 내용은 고려해봐야 합니다. 말하지 않은 다른 퍼즐 조각들까지도요. 제 생각에는 금광 이야기에 대해 조사해야 할 것 같습니다. 제 숙부인 닐스 안테도 이와 비슷한 이야기를 해주었어요. 루머는 싫어하지만 이 이야기 속에 많은 단서가 있다고 생각합니다."

"음…, 그러면 말로에 가서 이 금광 얘기를 정리하고 오게."

"말로요? 거기에 뭐가 있는데요?" 니나가 물었다.

"말로는 베스테르보텐 주에 있는 스웨덴 북부의 작은 도시야. 그곳에 북유럽지질학연구소가 있지. 어쨌든 그 안에 자료보관실이 있네. 세계에서 가장 오래된 지질학 자료들을 보유하고 있을 수도 있어. 거기서 뭐라도 찾아오게."

오전 11시, 라플란드 내륙

앙드레 라카냘은 아슬락이 서 있는 곳에서 오 미터 떨어진 곳에 스노모빌을 멈춰 세웠다. 그러고는 잠시 스노모빌에 앉아 순록치기를 관찰했다. 사미인은 한눈에 보기에도 다부진 체격이었고 억센 사각턱 얼굴에는 아무런 표정의 변화도 없었다. 지질학자는 힘든 상대를 다뤄야 한다는 걸 알았다. 그는 아슬락에게 다가가기 전에 스노모빌 트레일러로 가서 무전기를 꺼냈다. 그가 마이크를 손에 들고 누군가에게 얘기를 했다. 아슬락이 듣도록 할 심산이었다.

"현장에 와 있소. 가이드는 도울 준비가 됐소이다. 두 시간마다 소식을 전할 거요. 만일 소식을 듣지 못하면 무슨 일을 해야 할지는 잘 알고 있으리라 생각합니다."

그는 대답도 듣지 않고 통신을 끊었다. 그리고 아슬락에게 다가갔다.

"지도를 읽을 줄 아시오?"

"압니다."

"들어갑시다."

라카냘과 아슬락이 지도를 샅샅이 훑어보는 사이에 두 시간이 훌쩍 지났다. 프랑스인은 그동안 경계를 늦추지 않았지만 순록치기는 반항의 기미를 전혀 보이지 않았다. 라카냘은 아슬락처럼 강인한 자가 쉽게 굴복하리라고 생각할 만큼 순진하지 않았다. 또한 이자처럼 야생에서 고립하여 살아가는 자들은 일상의 사소한 부패에 물든 사람들과 동일하게 행동하지 않는다는 것도 알았다.

아슬락은 선택의 여지가 없다는 사실을 받아들였을 수도 있다. 어쩌면 그를 설복하기 위해서는 개를 대체해주겠다는 약속만으로도 충분했는지 모른다. 이처럼 극한의 조건에서 살아가는 자들은 잔혹한 운명의 장난도 묵묵히 감수한다. 악령들의 심술에 맞서 싸울 의지도 없이 체념한 채 버틸 뿐이다. 단지 악령들이 하루빨리 떠나기를 바라다가 그들이 떠난 후에는 끔찍했던 해악을 잊기 위해 안간힘을 쓰면서도 악이 언제 다시 나타날지 모른다는 두려움을 늘 품고 살아간다.

지질학자는 올센 농부가 왜 아슬락을 가이드로 써야 한다고 고집했는지 알 것 같았다. 이 사미인은 지질학 기호들을 해독할 줄은 몰랐지만 지도상에 나타난 선들을 알았고 귀중한 정보들이 가득한 장소를 느끼고 묘사할 줄 알았다. 그래도 라카냘은 두 가지 오류를 고려해야 했다. 하나는 아슬락이 틀릴 수도 있다는 것이고, 또 하나는 고지도를 어디까지 믿을 수 있는지 알지 못한다는 거였다. 고지도 제작자는 일부러 장소의 이름을 적지 않았다. 거기에 더해 호기심 많은 이들의 눈을 피하기 위해 다른 함정들을 심어놓았을 수도 있었다. 라카냘이 그런 함정에 빠져들지 말라는 법은 없었다.

아슬락은 모든 장비를 순록가죽에 둘둘 말아 단단히 묶고 아내에게 다가갔다. 아내는 일주일 동안 혼자 지내야 한다. 그러나 너무 오래 혼자 내버려두어서는 안 된다. 아내가 겪을 고통을 아슬락은 잘 알고 있었다.

그 또한 수많은 고통을 겪으며 살아왔다. 어머니의 부재와 아주 어릴 때 돌아가신 아버지. 그의 아버지는 핀란드 쪽으로 간 순록 떼들을 찾으러 갔다가 추위에 쓰러져 죽음을 맞이했다.

그 당시는 규제가 엄격했다. 만일 핀란드 순찰대가 이들 순록을 발견한다면 아슬락 아버지는 막대한 벌금을 물어야 할 처지였다. 벌금을 낼 형편이 아니었기에 아슬락 아버지는 채비도 제대로 갖추지 못하고 황급히 길을 떠났다. 너무 급하게. 그리고 이제껏 보지 못했던 겨울 폭풍을 만났다. 그의 시신은 두 달 후에 발견했다. 그후 아슬락 아내에게 닥친 비극이 그들의 생활을 뒤흔들었다. 당시 두 사람은 약혼을 한 상태였다.

아슬락은 아내를 바라보고 손을 그녀의 머리에 얹었다. 오랫동안 서로 말을 하지 않았다. 아내가 자기의 존재를 함께 나누는 것처럼 보이는 흔치 않은 순간이었다. 서로 눈빛을 교환하는 걸로도 충분했다.

아내가 무릎을 꿇고 바닥에 앉았다. 아슬락은 아내의 머리에 계속 손을 얹고 있었다. 아슬락을 바라보는 그녀의 눈이 기이하게 빛났다. 보통 이런 눈빛은 발작을 예고했지만 아내의 목구멍에서는 아무런 소리도 나오지 않았다.

화로 반대편에서 라카날은 끈기 있게 기다렸다. 아내가 그를 똑바로 쳐다보다가 다시 아슬락을 보았다. 그녀의 왼손은 여전히 남편이 자기 얼굴에 올린 손을 잡고 있었다. 그러나 다른 손으로 라카날이 볼 수 없는 화로 옆 땅에 작은 기호를 그렸다. 그 기호는 아슬락의 피를 얼어붙게 만들었다.

33

1월 20일 목요일

오후 3시, 카우토카이노

말로에 가려면 남쪽 방향으로 거의 칠백 킬로미터를 달려야 한다. 열 시간은 족히 걸리는 여정이다.

클레메트와 니나는 오후 느지막이 출발하기로 했다. 중간에 순록경찰 막사에서 몇 시간 정도 자고 다음 날 아침에 도착하는 게 목표였다.

낮잠을 조금 자두어야 해서 두 사람은 그 전에 점심을 먹으러 중앙도로 건너편의 빌마르크센터 호텔 식당에 갔다. 경찰서에서 나오던 니나는 잠시 서서 지평선에 희미하게 떠도는 주홍색 잔광을 바라보았다. 극야의 냉혹한 어두움은 이 빛마저 집어삼키고 있었다.

라플란드에 도착한 이래, 니나는 이 빛들이 고향의 피오르보다 훨씬 더 야생적이고 아름답다고 생각했다. 빛은 물어뜯는 추위 속에서 더욱 강렬하게 느껴졌다. 이런 추위도 여기 오기 전까지는 겪어본 적이 없었다. 고향의 날씨는 멕시코만류 덕분에 일 년 내내 견딜 만했다.

돌풍이 몰아치며 그들의 얼굴을 강타했다. 두 사람은 얼굴을 숙였다. 추위가 한층 강해져서 니나는 팔로 입과 눈을 막았다. 그들은 발길을 더욱 서둘러 식당으로 향했다. 식당 입구로 올라가는 빙판길에서 니나가 미끄러졌다. 그녀는 클레메트가 자기를 도우러 황급히 다가오다가 넘어지는 걸 보고 웃음을 터뜨렸다. 마지막 몇 미터는 거의 얼음을 지치듯 가야 했다. 마지막 태양빛이 하늘을 뒤덮은 구름에 가려 완전히 사라졌다.

점심시간은 이미 지났지만 식당 주인 마즈는 식기를 준비하고 그날의 요리를 가져다주었다. 허브를 가미한 연어와 삶은 감자, 화이트소스였다. 다른 손님이 없어서 마즈는 경찰들 옆에 앉았다. 불어오는 바람이 구름을 걷어내자 하늘은 다시 깨끗해졌다.

도로 위쪽의 높은 지대에 위치한 빌마르크센터에서는 카우토카이노 전경을 볼 수 있었다. 지금 시각에는 알타 강을 따라 구불구불하게 이어진 도시의 불빛들만 보였다.

"그래서 마티스를 죽인 미친놈은 찾았어?"

"아직 못 찾았네."

"도대체 뭣들 하고 있는 거야? 사람들이 맨날 그 얘기만 한다고. 모두들 부쩍 예민해졌어."

클레메트가 고개를 끄덕였다.

"아직도 여기 묵는 손님들이 있나?"

"아니. 덴마크 노인 부부는 떠났고, 트럭 운전사들은 평상시처럼 들락날락하지. 프랑스 탐사가는 어제 떠났어."

클레메트와 니나가 서로 얼굴을 쳐다보았다.

"탐사가라니?"

"얘기했잖아, 프랑스인이라고! 여기에 잠시 머물렀는데 짐을 싸서 떠났네. 장비를 모두 챙겨서 말이야. 무슨 광석을 찾는지는 모르겠지만 아주 큰 광맥을 찾으러 간 것 같아. 그런 건 항상 일급비밀이지. 아, 그렇지. 그자가 얘기하더라고 탐사에 필요한 서류는 다 갖췄다고 말이야. 광업위원회에서 시간을 너무 끈다고 투덜대던데 다 해결됐나 봐."

"혼자 떠났나?"

"내가 알기론 그래."

"그자가 언제부터 여기에 있었다고 했지?"

"가만있자…, 프랑스인은 이곳에서 사건들이 일어나기 전에 왔어. 그러니까… 아, 그래, 개학하는 날이었어. 1월 3일 월요일. 소피아가 프랑스어 숙제를 하는데 도와주겠다고 하도 그래서 기억이 나. 소피아가 이제 중학교 이 학년이잖아. 지난 가을부터 프랑스어를 배우기 시작했거든."

"그래서 그자가 어디로 떠났는데?"

"글쎄, 그건 시청에 물어봐야 하지 않겠어?"

클레메트는 시계를 들여다보았다. 아직 시청에 들를 시간은 있었다. 그들은 재빨리 커피를 마셨다.

"그 프랑스인은 어떤 사람이었지?"

"점잖아 보이던데. 허가증을 기다리느라 짜증이 났던 모양이야. 아프리카에서 지냈던 일들을 많이 얘기했어. 아주 굉장하더구먼. 그리고 스웨덴 말도 해. 예전에 라플란드에서 일한 적이 있대. 그때도 광맥을 탐사했고 말이야. 궁금하면 브랏센 반장에게 물어봐. 일주일 전에 프랑스인을 심문했거든. 그 일 때문에 몹시 기분이 상한 것 같았어."

클레메트가 니나를 쳐다보았다. 니나도 휘둥그레 눈을 뜨고 그를 바라보았다. 둘 다 처음 듣는 소리였다. 브랏센은 프랑스인을 심문했다는 얘기를 왜 하지 않았지? 갑자기 새로운 의문들이 모락모락 피어올랐다.

그때 학교에서 돌아온 소피아가 어깨에 가방을 메고 식당에 들어섰다. 그러고는 식탁에 모여 있는 사람들에게 함박웃음을 지으며 손을 흔들었다. 소피아는 식탁으로 다가와 클레메트를 껴안고 니나와 악수를 했다.

두 순록경찰은 자리에서 일어나 떠날 채비를 했다.

"마즈, 내 장부에 우리 두 사람 식비 올려놔. 이 친구한테 내가 사과할 일이 있거든."

니나가 미소를 지었다.

"이미 용서했어요."

소피아는 옆 테이블에 공책들을 꺼내놓았다.

"소피아, 프랑스어는 많이 늘었니?" 니나가 물었다.

소피아의 표정이 순식간에 바뀌었다.

"그런 걸 왜 물어요?" 소녀의 목소리는 모두가 깜짝 놀랄 정도로 몹시 앙칼졌다.

"아, 아니야. 그냥." 니나가 대답했다. "며칠 동안 개인교습을 받았다기에 물어봤어."

"더러운 손으로 주물럭거리던 그 역겨운 새끼 말이에요? 오 분 동안 계속 그러더라고요. 오 분이나요!"

마즈는 경악한 얼굴로 딸을 바라보았다.

"더러운 손으로 주물럭거렸다고? 그게 무슨 말이야? 그런데 왜 아무 말도 안 했어?" 그가 딸에게 말했다.

"지금 말했잖아요! 됐죠? 이제 날 가만 좀 놔두라고요!"

소녀는 자기 물건을 후다닥 챙기더니 잔뜩 화가 난 채로 식당을 떠났다.

마즈는 할 말을 잃고 멍하니 서 있었다.

처음으로 반응한 사람은 니나였다. 그녀가 소피아 뒤를 쫓아 황급히 뛰어갔다. 그러고는 오 분 후에 돌아왔다. 몹시 격분한 표정이었으나 말소리는 차분했다.

"아주 심각한 일까지는 가지 않았어요." 니나가 곧바로 호텔 주인을 안심시켰다. "소피아는 '싫다'고 말할 줄 알았고, 자기 의사를 확실히 관철시켰어요."

니나는 말을 멈추고 신경질적으로 침을 삼켰다. 아주 짧은 시간에 지나지 않았으나 클레메트는 그녀가 얼마나 화가 났는지 알 수 있었다.

"그렇지만 전 소피아에게 성추행 사건으로 그자를 고소하라고 조언했어요." 니나가 연이어 말했다. "반드시 그렇게 하는 게 소피아에게도 도움이 됩니다. 이런 사건은 아무리 사소한 일이라 해도 처음부터 매우 심각하게 다뤄야 해요. 그리고 우리가 소피아를 지지한다는 걸 반드시 보여줘야 하고요."

"당연하죠, 당연하죠…."

마즈는 큰 충격을 받은 듯했다. 그러다가 호텔 별채에 살고 있는 가족들 바로 가까이에서 이 프랑스인을 보름 동안이나 묵게 했다는 사실을 조금씩 떠올리는 것 같았다.

"잘 해결될 겁니다." 니가가 말을 이었다. "따님은 미성년자예요. 이런 일은 조용히 처리해야 합니다. 필요하다면 상담을 받는 것도 중요하고요."

"자네는 이 일이 그렇게 심각하다고 생각하는 건가?" 클레메트가 니나에게 물었다.

니나가 무섭게 그를 쏘아보았다.

"네, 당연히 엄청 심각한 일이죠! 그리고 지금은 남자들이 그걸 알아야 할 때라고요!" 니나는 날카롭게 쏘아붙이고 식당 밖으로 나갔다. 클레메트가 허둥지둥 그녀 뒤를 따랐다.

오후 3시 45분, 카우토카이노 시청

클레메트는 공무 중이라는 인상을 되도록 주지 않으려 혼자 시청에 갔다. 그동안 니나는 경찰서로 돌아가 소피아를 위해 조서를 작성했다. 안내직원인 잉리가 활짝 웃으며 순록경찰을 맞이했다.

"어머나, 이게 누구야. 사라진 줄 알았잖아. 이제는 술 한잔하자고 자기 텐트로 초대도 안 하는 거야?" 그녀가 속삭였다.

창구로 몸을 숙인 클레메트도 낮은 소리로 말했다.

"이번 사건들이 끝나면 우리끼리 멋진 저녁을 보내자고."

잉리는 웃음을 터뜨렸다. 그러나 진보당 의원이 들어오는 걸 보고 재빨리 심각한 표정으로 돌아왔다. 최신 브랜드의 방한복을 입은 그는 기름을 발라 한껏 멋을 낸 머리에 일광욕실에서 그을린 구릿빛 얼굴로 나타났다. 올센은 같은 당 의원인 그를 양아치라고 불렀다. 진보당 의원은 노동당원인 안내데스크 직원 잉리와 사미 경찰에게 인사를 하는 둥 마는 둥 하며 지나갔다. 그는 사미 경찰이 자기와 같은 정치적 성향을 지녔을 거라고 여겼지만 의심쩍기는 했다.

"어휴, 재수 없어. 위선 가득한 올센 영감도 저치와 비교하면 오히려 견딜 만하다니까. 아무튼 척 보니까 날 초대하려고 여기에 온 거는 아닌데 말이야. 무슨 일이야?"

"프랑스인 한 명이 광업위원회 사람들을 보려고 여기 들른 것 같아서." 클레메트가 말했다. "그자한테 관심이 생겼는데 비밀리에 알아보고 싶은 게 있어. 다른 사람들을 불안하게 하고 싶진 않거든. 무슨 말인지 알지?"

"오케이, 늑대 아저씨. 접수했어. 그 프랑스인은 기억 나. 미남이던데. 위험한 분위기도 물씬 풍기고 말이야. 완전 내 타입이지 뭐야. 마지막으로 왔을 때는 화가 잔뜩 나 있더라고. 위원회 사람을 만나고 싶어 했거든. 그때 시청에 있던 위원회 사람은 올센 영감뿐이었는데 영감은 바빠서 프랑스인을 만날 수 없다고 했어. 그 다음에 무슨 일이 있었는지는 나도 몰라."

"올센이 지금 여기 있어?"

"아니. 지금은 자기 농장에 있겠지. 보통 오후 늦게 나와. 회의가 있을 때만 빼고 말이야."

"마지막 회의가 언제 있었지?"

"월요일에 열릴 예정이었어. 프랑스인은 그날 왔고. 어머나, 맙소사! 내가 그 끔찍한 귀를 발견한 날이 그날이야. 완전 잊어버리고 있었네, 세상에! 월요일 맞아. 그후로는 프랑스인을 보지 못했어."

"자기가 귀를 발견하기 훨씬 전부터 프랑스인이 와 있었어?"

"아마 두 시간 전쯤에 왔을걸?"

"그러면 그자가 도착한 때와 귀를 발견한 시간 사이에 사람들이 많이 지나다녔어?"

"그쪽으로는 사람들이 거의 다니지 않아. 아무도 그쪽에는 볼일이 없으니까. 그런데 이 얘기는 브랏센 반장한테 모두 했는데."

"또 브랏센이란 말이지!"

“‘또’라니? 그게 무슨 말이야?”

“아무것도 아냐. 혼잣말이 튀어나와버렸네. 광업위원회 소속 의원 중에 오늘 나온 사람 있어?”

잉리는 재빨리 명부를 살폈다.

“아니, 없어. 뭐가 궁금한 건데?”

클레메트는 접수대로 몸을 더 수그렸다.

“그 프랑스인이 어느 땅 구석을 팔 생각인지 알고 싶어. 빨리 알면 알수록 좋고. 오늘 저녁에 니나 경관이랑 조사차 말로에 가거든.”

“아, 그 젊은 친구? 온 지 얼마 안 됐는데도 말들을 많이 하더구먼. 똑똑해 보이는 데다가 아주 예쁘더라고. 안 그래, 클레메트? 그 친구도 자기 텐트에 초대했어?”

“잉리, 제발 부탁이야. 프랑스인이 어디로 떠났는지 꼭 알아야 해. 내가 지금 수사 중이라는 건 알잖아.”

“그래서 초대했어, 안 했어?” 잉리는 입술을 삐죽이며 말했다. 그러고는 평가라도 하듯이 클레메트를 유심히 살펴보았다. “그리고 브랏센 반장이 그러던데? 이번 살인사건은 자기 소관이라고 말이야. 그치가 자기를 안 좋아하는 건 여전하더구먼. 하여간 고약한 작자야. 그자는 늘 조심하라고.”

“고마워, 잉리. 그런데 프랑스인에 대해 알려줄 수 있는 정보는 없어?” 클레메트가 슬쩍 말을 던졌다.

“아, 난 정말이지, 우리 동네에서 가장 멍청한 여자일 거야. 뭐, 어찌됐든 서류들이 보안을 요하는 건 아니야. 원칙적으로 탐사허가신청서는 말이지. 지역주민들은 누구나 그 신청서를 볼 수 있으니 톱 시크릿은 아닌 거지. 그런데 그 신청서는 광산채굴허가증만큼 자세하지는 않아. 신청서에는 두루뭉술하게 기입해도 상관없거든. 잠깐 기다려. 찾아보고 올게."

잉리는 자리에서 일어나 복도로 걸어갔다. 그녀의 뒷모습을 바라보는 클레메트의 마음이 살짝 옥죄었다. 스무 살의 잉리가 떠올랐다. 환한 미소에 풋풋한 매력을 지닌 아름다운 아가씨였다. 지금의 잉리에게 그때의 아름다움은 거의 남아 있지 않았다.

당시에 잉리는 다른 모든 여자들처럼 클레메트의 구애를 거절했다. 그렇다고 그 일로 서운한 마음을 갖지는 않았다. 아주 많이는. 잉리는 무례하게 대하지 않았다. 다만 남들처럼 웃으며 거절했을 뿐이다. 재빨리 입술에 키스를 했지만 그녀는 별로 개의치 않았다. 다른 여자들한테도 그랬듯이 한동안 잉리 생각에서 벗어날 수 없었다. 그 때문에 무척 괴로운 나날을 보냈다. 그러나 가장 고통스러웠던 건 자기 주제에 도둑 키스가 어디냐고 스스로 위안을 삼았다는 사실이었다. 그 이상은 전혀 없었다. 그는 결국 잔치에서 남은 부스러기들로 만족하곤 했다.

스톡홀름 경찰서의 형사과에서 몇 년을 보낸 후 라플란드로 돌아왔을 때 그는 한동안 자기를 대하는 여자들의 달라진 태도를 음미했다. 잉리 역시 자기를 달리 대했다. 젊은 시절에 거부당했던 쓰라린 기억은 너무 생생해서 마치 그들이 여전히 이십 대인 것처럼 느껴지곤 했다.

지금은 그들을 있는 모습 그대로 보았다. 늙고 싶지 않아서 버둥대며 행복을 갈구하는 삶에 지친 여자들. 그들은 이제 젊을 때의 클레메트처럼 가벼운 키스 한 번으로 자족하게 되었다. 서로 평등해지는 데 삼십 년의 세월이 필요했다.

잉리가 얇은 파일을 들고 돌아왔다. 클레메트가 미소를 지었다.

"아주 자세한 내용을 원한다면 실망할지도 몰라. 그래도 일단 봐."

그녀는 다른 사람들이 파일을 보지 못하게 안내데스크 안쪽으로 들어오라고 했다. 클레메트는 그 안으로 들어갔다.

재빨리 신청서를 훑었다. 앙드레 라카날, 생년월일, 주소, 프랑스광업회사, 탐사기간. 그리고 구체적인 탐사장소.

"복사해줄 수 있어?"

"클레메트, 제발. 그건 안 돼. 그 이상 나가는 건 좀 아닌 것 같아."

클레메트는 더는 강요하지 않고 수첩을 꺼냈다. 탐사지역은 광대했다. 그런데 봉투에는 신청서가 두 장 들어 있었다.

"신청서가 왜 두 장이야?"

잉리가 흘끗 쳐다보았다.

"두 지역 탐사를 신청했으니까 그렇지. 봐, 첫 번째 신청서는 카우토카이노 북서쪽을 커버하는 넓은 지역이야. 작년 가을에 신청한 건데 위원회가 어제, 그러니까 수요일 오후 늦게 승인했어. 그리고 이건… 이것도 어제 승인한 거네. 신청은… 어제 아침에 했고. 이 신청서에는 동쪽과 남동쪽으로 지역을 넓혀서 그 안의 세 군데를 적어놨어. 광업등록사무소에서 어제 아침에 넘어온 것 같아. 위원회의 승인 도장은 어제 오후 늦게 찍혔고. 엄청 빨리 진행됐네."

"엄청 빠르다니, 그게 무슨 말이야?" 클레메트가 물었다.

"글쎄… 확실하지는 않아. 현장에서 탐사하겠다는 신청서일 뿐이니까. 최근 몇 달 동안 광업등록사무소에서 많은 서류들이 넘어왔어. 보통 여기서는 신청서를 정리하고 일을 진행하는 데 꽤 시간이 걸려. 그런데 두 번째 신청서는 아주 급하게 처리한 거 같거든. 광산채굴허가증 발부 결정은 2월 1일에 날 예정이야."

클레메트는 아무 말 없이 메모를 하면서 퍼즐 조각들을 맞추어보려고 머리를 굴렸다. 그는 필요한 정보를 모두 적은 다음 잉리에게 가까이

다가갔다. 그러고는 두 손으로 그녀의 얼굴을 부드럽게 감싸고 잠시 눈을 맞춘 후 이마에 키스를 했다. 잉리는 미소를 지으며 그에게 은밀한 손짓을 남겼다.

"전화해." 잉리의 말을 뒤로 하고 클레메트는 시청을 떠났다.

오후 4시, 라플란드 내륙

앙드레 라카냘은 탐사를 시작하기 전에 잠깐 뜸을 들였다. 빌어먹을 시골뜨기 영감이 최대한 빨리 금광을 찾아내라고 요구하는 걸 보면 이 작업에 대해 아무것도 모르는 게 확실했다.

그는 탐사할 곳을 정하기 위해 카페에서 혼자 지도들을 샅샅이 연구한 후 아슬락의 도움을 받았다. 그리고 올센의 고지도에 나온 방대한 지역을 세 구역으로 제한했다. 이 일 역시 짧은 시간에 해내기에는 불가능한 작업이었지만 아슬락은 이 지역을 손바닥 보듯이 훤히 꿰뚫고 있었다. 그러니 고집불통 영감탱이가 주장한 것 중 적어도 한 가지는 옳았다는 게 입증된 셈이다.

아슬락은 라카냘의 스노모빌 트레일러에 쌓아둔 가방과 저장용품 박스들 사이에 누워 있었다. 프랑스인은 그에게 별로 신경 쓰지 않았으나 이 지역에 대한 아슬락의 지식이 필요했다. 그러려면 그가 너무 많이 흔들리지 않도록 천천히 달려야 한다. 이 속도라면 첫 번째 탐사지역까지 세 시간쯤 걸린다.

낮게 깔린 구름층이 지평선을 뒤덮은 채 한동안 머물렀다. 그는 구름이 지나간 후 바로 길을 떠났다. 하늘은 다시 맑아졌다. 라카냘은 북극광에 어울리는 하늘이라고 생각했다. 이유는 알 수 없었지만 오로라만이 그를 감동하게 만들었다. 그를 흥분시키는 어린 여중생들과 달리, 오로라는 진정한 감동에 물들게 했다. 수년 전 라플란드에 머물렀을 때 그 사실을 처음 깨달았다. 그는 오로라에서 덧없는 아름다움과 강인한 에너지와 혼돈을 보았고, 북극광의 현란한 춤에서 절박하게 살아온 자신의 인생을 떠올렸다.

지도에 나와 있는 대로라면, 여행의 첫 단계에서는 얼어붙은 강을 따라갈 수 있다. 그러면 운전은 훨씬 수월하다. 언 강에는 튀어나온 곳이 별로 없어서 충격도 덜하다. 바람이 하늘을 말끔하게 청소해놓아서 환한 달빛이 길을 비추어주었다. 달리는 길은 평탄했다. 라카냘의 생각은 다시 금광으로 가닿았다. 처음 지도를 보았을 때는 구체적인 그림이 그려지지 않았다. 지도상의 좌표들이 맞는지 확인하기 위해 고지도와 현대지도들을 여러 차례 비교해야 했다.

그는 요행을 믿지 않았고, 그런 순진함은 나중으로 밀어두었다. 그의 신조는 단순했다. 인생은 선택의 총합이다. 아무것도 우연에 맡기지 말고 모든 걸 예측한다. 그리고 선택의 결과는 받아들인다. 자신이 결정을 내렸다면 말이다. 이런 신념 덕에 지금까지 버텨올 수 있었고 최고의 지질학자가 될 수 있었다. 그를 질시하는 동료들은 그가 동물적인 감각을 지녔을 뿐이라고 폄하했지만, 실상 그러한 감각은 개미처럼 열심히 일한 데 따른 결과였다.

삶에 대한 이런 접근방식은 자신의 성적 욕구도 비교적 편안한 마음으로 채울 수 있게 만들었다. 그러나 지난 며칠 동안 실수를 저질렀다. 촌뜨기 영감과 경찰이 그를 함정에 빠뜨렸다. 자신의 경력에 해를 끼칠 수 있는 이 상황을 바로 잡을 방법을 찾아야 했다.

라카냘은 굽은 길을 돌면서 얼어붙은 강에 주의를 기울였다. 달빛이 희미해졌다. 다른 데 정신을 팔면 안 된다. 그는 속도를 잠시 늦추고 사미인이 여전히 뒤에 있는지 확인한 다음 다시 운전에 집중했다. 땅은 평평한 편이었고 유일한 장애물은 불쑥불쑥 솟은 관목 무더기들뿐이었다. 어둠이 짙게 내려앉았는데도 멀리까지 볼 수 있었다. 그는 이제 고원을 향해 달렸다. 낮은 구릉이 끝없이 이어졌다. 한 시간째 달리는 동안 빛은 서서히 사라져 이제는 조금도 보이지 않았다.

작은 계곡 입구에서 멈춰 선 그는 잠시 풍경을 둘러보다가 시동을 껐다. 완벽한 고요가 그들을 에워쌌다. 스노모빌의 열기가 사라지자마자 사나운 추위가 득달같이 몰려왔다. 라카냘은 하늘을 쳐다봤다. 북극광이 나타날 기미는 여전히 없었다. 그는 무전기를 켜고 메시지를 보냈다. 그러고는 몸을 돌려 사미인을 보았다. 사위가 너무 어두워 표정을 읽을 수 없었다. 그러나 자신의 몸짓 하나하나를 지켜보고 있다는 사실은 똑똑히 알았다.

오후 5시 30분, 카우토카이노

니나와 클레메트는 약속시간에 카우토카이노 경찰서에서 다시 만났다. 출장은 최소한 이틀은 걸릴 예정이었다. 보안관은 출발하기 전에 사무실에 들르라고 했다. 토르 옌센은 부하들의 고삐를 죄는 걸 좋아했다.

감초사탕 그릇은 다시 채워져 있었다. 클레메트가 보안관에게 손 인사를 건넸다. 보안관이 그들에게 사탕 그릇을 내밀자 둘 다 사양했다.

토르 엔센은 눈살을 찌푸리며 사탕 그릇을 손이 닿지 않는 책상 끝으로 밀고 클레메트에게 파일을 건넸다.

"자네가 찾던 라카날 사진일세. 그리고 여기저기서 긁어모은 정보들도 있고. 대단한 건 아니야. 이 사람한테 뭐가 궁금한 거지?"

"이자는 성추행 혐의를 받고 있어요. 그런데 알고 보니 광산업계에서 일하더군요. 그러니 관심이 안 갈 수가 없죠."

토르 엔센이 인상을 썼다.

"그것만으론 충분하지 않은 것 같은데?"

"성추행은 중요한 사안입니다." 니나가 굳은 목소리로 끼어들었다.

보안관은 니나의 목소리 톤을 알아챘지만 대꾸하지 않았다.

"좋아. 말로 출장 건은 어떻게 됐지?"

"1939년 탐사대 사진을 본 후부터 사미 북과 저주받은 금광에 대한 사미 전설 사이에 접점이 있을 거라는 생각이 들더군요. 파헤쳐볼 만한 가치가 있습니다. 지질학연구소에서 건질 게 있을 겁니다." 클레메트가 대답했다.

보안관은 또다시 인상을 찌푸렸다. 클레메트의 말을 별로 믿지 않는 눈치였다. 그가 몸을 앞으로 숙여 사탕 그릇을 자기 앞으로 끌어당기고는 감초사탕 세 개를 한꺼번에 집어들었다.

"유엔 컨퍼런스가 얼마 안 남았다는 건 잘 알고 있겠지?" 사탕을 입 안에 가득 물고 우물거리며 보안관이 말했다.

클레메트와 니나는 고개를 끄덕였다.

"분명히 얘기하지만 이 사건들은 무슨 일이 있어도 그때까지 반드시 해결해야 해. 그러니 다른 일들을 더 얹지는 말라고! 돌아오는 길에 키루나에 들르게. 살인사건의 포렌식 분석결과를 준다고 했으니까."

옌센이 두 사람을 빤히 쳐다보았다.

"아직도 안 떠나는 건가?"

클레메트가 잠시 망설였다.

"이 사건을 맡은 사람은 여러 명이에요. 그런데 수사 상황을 숨기는 사람들도 있다는 생각이 들어서요. 예를 들면, 우리는 방금 전까지만 해도 브랏센 반장이 일주일 전에 이 프랑스인을 심문했다는 사실을 몰랐어요. 일주일이나 된 사실이라고요! 게다가 무슨 내용을 알아냈는지도 모릅니다."

"어떻게 된 건지 물어봐야겠군. 그럼, 자네는 모든 걸 공유하고 있는 게 확실한가?"

"당연하죠. 적어도 우리가 확신하는 내용은 전부 공유합니다."

보안관이 전화기 버튼을 눌렀다.

"롤프, 이쪽으로 좀 오게."

잠시 침묵이 흘렀다. 토르 옌센은 사탕 그릇을 휘저어 사탕 하나를 꺼냈다.

곧이어 브랏센이 서장실로 들어섰다. 그는 클레메트와 니나에게 아는 척도 하지 않고 의아한 눈빛을 띤 채 토르 옌센의 책상 앞으로 다가갔다.

"자네가 시내에서 그 누구냐… 라카냘이란 자를 만난 적 있나?" 옌센 서장은 파일에서 익숙하지 않은 이름을 다시 읽은 후에 물었다.

"라카냘이요? 프랑스 사람 말씀하시는 겁니까? 네, 만난 적 있습니다. 며칠 전에 심문을 했어요."

"그런데 왜 순록경찰에게는 아무 얘기도 하지 않았지?"

"제가 왜 그래야 하죠? 술집에서 싸움이 벌어졌던 것뿐이에요. 이번 사건들과 아무 연관이 없다고요. 순록경찰에게 일을 너무 많이 전가할 순 없잖아요. 안 그래요?" 브랏센은 비꼬는 말투로 대꾸했다.

보안관은 상황을 재보는 눈치였다.

"정확히 무슨 일이 일어났지?"

"술집에서 싸움이 벌어졌다니까요. 그 프랑스인하고 아일로 펀만하고 싸우기 시작했는데, 욘과 미켈도 합세했어요. 뭐, 별일 아니었습니다. 프랑스인은 고소하는 것도 원치 않았으니까. 제가 설득해서 진술서는 쓰라고 했죠."

"그러면 프랑스인이 피해자인가?" 클레메트가 실망한 기색으로 물었다.

"그래. 왜 놀란 표정이지? 순록치기들이 그자에게 덤벼들었어. 아일로가 먼저 공격했고 나머지 두 놈이 가세했지. 늘 그렇듯이 말이야."

"이유가 뭐였나?" 보안관이 물었다.

"순록치기들은 맥주를 잔뜩 마셨어요. 그것만으로도 충분한 이유가 되죠. 제 말은 백 퍼센트 확실합니다."

"프랑스인은 지금 어디에 있지?" 클레메트가 물었다.

"내가 그걸 어찌 알아?" 브랏센은 신경질적으로 대답했다. "탐사를 하러 왔으니 어딘가에서 탐사를 하고 있겠지."

"혼자서?"

"난 몰라. 이 지역을 잘 아니 혼자 갔을 수도 있지."

"그자는 잉리가 첫 번째 귀를 발견하기 몇 시간 전부터 시청에 있었어." 클레메트가 집요하게 물고 늘어졌다.

"그래서?" 롤프 브랏센이 수상쩍은 표정으로 클레메트를 쳐다보았다. "지금 나를 심문하는 건가?"

"그자는 올센을 만나려고 그곳에 있었던 것 같아." 클레메트가 말을 이었다. "그들이 만났다는 건 알고 있지?"

"아니, 안 만났어!" 브랏센이 버럭 소리를 질렀다.

"그걸 자네가 어떻게 알지?" 클레메트가 차분한 목소리로 대꾸했다.

"프랑스인이 올센을 만났다고는 생각하지 않아." 브랏센은 얼른 말을 바꾸었다. "난 몰라. 그리고 그자가 올센을 만났건 안 만났건 그게 뭐가 중요하다는 거야?"

갑자기 옌센이 한숨을 크게 내쉬면서 반쯤 빈 사탕 그릇을 책상 끝으로 다시 밀었다. 브랏센은 평상시의 딱딱한 표정으로 돌아갔다. 클레메트가 보안관을 쳐다보았다. 옌센이 턱으로 문을 가리켰다.

클레메트가 순록경찰의 도요타 픽업트럭을 몰기 시작한 지 이미 한참이 지났다. 그는 한 번의 출장을 위해서라기엔 쓸데없는 물품들을 잔뜩 준비했다. 이를테면 침낭, 캠핑도구, 이틀 동안 먹을 음식 등. 그는 니나가 너무 과하지 않으냐고 묻자 오래된 습관이라고 대답했다.

"순록경찰 업무는 시계를 따르지 않아." 클레메트는 운전하면서 니나에게 설명했다. "일상적인 시간은 전혀 중요하지 않거든. 우리가 하는 일의 대부분은 광활한 지역에서 벌어지는 순록치기들의 분쟁과 연결되어 있어. 누군가가 우릴 부르면 나흘 뒤에나 돌아올 수 있지."

니나는 창밖을 보았다. 날은 캄캄했다. 전조등 불빛에 비치는 건 눈으로 뒤덮인 언덕과 드문드문 나 있는 난쟁이자작나무들뿐이었다. 얼어붙은 도로지만 작은 자갈들이 깔려 있는 데다가 차에 스노타이어를 장착한 덕분에 달리는 내내 시속 구십 킬로미터를 유지할 수 있었다. 긴 거리에도 불구하고 곧게 뻗은 도로에서는 멀리서 달려오는 차들이 한눈에 들어왔다. 카우토카이노에서 출발한 이후, 그들이 마주친 차량은 자동차 한 대와 눈 소용돌이를 일으키며 지나간 두 대의 대형트럭이 전부였다.

그들은 핀란드 영토를 지나 스웨덴으로 들어섰다. 온도계에 표시된 바깥 기온은 영하 이십오 도였다. 클레메트는 속도를 줄이고 언덕 위 주차장에 차를 세웠다. 그러고는 시동을 그대로 켜둔 채 니나에게 커피를 권했다.

니나가 다리를 펴기 위해 밖으로 나왔다. 그녀는 경찰복 위에 두툼한 방한복을 입고 샤프카를 쓰고 두툼한 장갑을 꼈다. 그녀는 아무 말 없이 하늘을 쳐다보았다.

"이렇게 추우면 오로라를 볼 수 있나요?"

"추운 거하고는 상관없어. 오로라를 보려면 대기가 깨끗해야 해. 그런데 겨울에 맑은 날씨란 추운 날씨를 말하기도 하지."

"오로라는 어떻게 생겨요?"

"자세히는 잘 모르지만 태양과 관계있을 거야. 사미족 사람들은 북극광을 죽은 자의 눈이라고 해. 그래서 손가락으로 오로라를 가리키면 안 되는 거야."

그가 니나에게 커피를 가득 따른 일회용 컵을 건넸다.

"죽은 자의 눈이라…." 니나가 따라했다. "그럼, 오늘 밤은 죽은 자들이 맹인이라고 할 수 있겠네요."

34

1월 21일 금요일

일출: 오전 9시 41분, 일몰: 오후 1시 20분

일조 시간: 3시간 39분

오전 7시 30분, 라플란드 내륙

앙드레 라카냘과 아슬락 가웁사라는 다시 서둘러 출발하기 전에 순록치기 오두막에서 겨우 몇 시간 동안 눈을 붙였다. 밖은 매우 어두웠다. 이 시간이면 나타나는 아주 희미한 빛마저도 낮게 깔린 구름이 모두 막아버렸다. 그들은 단 한마디도 말을 섞지 않았다.

라카냘은 사미인을 감시하느라 숙면을 취하지 못했다. 그럴 상황에 처하면 그를 때려눕히고, 필요하다면 결박하고, 문제를 일으키면 더 심한 일도 할 준비가 되어 있었다. 라카냘은 확실한 그림을 그린 후에야 성패를 가르는 일에 임했다. 꼭 필요한 일이라면 망설이지 않고 단숨에 해치웠다. 만일 사미인이 죽어야 한다면 죽이면 그뿐이었다.

그럴 경우, 일은 훨씬 힘들어지고 농부가 강요한 시간 내에 임무를 완수할 가능성은 사라진다. 그러나 그후에 혼자 해야 할 일은 알고 있었다. 만일 정말로 놀라운 금광을 발견한다면 프랑스광업회사가 보호해줄 수도 있다.

그는 자신의 탐사방법이 다른 전문가들 눈에는 이상하게 보인다는 걸 알았다. 초짜 지질학자가 보더라도 그의 탐사는 실패할 운명이었다. 젊은 학자들이 항공지구관측조사, 빙퇴석 샘플 채취, 심층 굴착, 실험실 분석, 고지도와 현대지도 분석, 현장노트 연구, 현장 보고서 연구 등을 말하며 가르치려 들 수도 있었다. 현장 작업과 실험실 작업, 자료 조사를 모두 빠뜨리지 않고 해야 하는 이 일은 넌더리 날 정도로 엄격하고 꼼꼼한 작업을 요하지만 이 직업에 종사하는 사람들에게 자부심을 만들어주는 연금술이기도 했다.

그런데 라카냘은 이 모든 걸 무시하고 있었다. 만일 상사들이 그가 어떻게 일을 진행하는지 알게 된다면 그의 조기퇴직을 심각하게 고려할 게 분명하다. 그러나 그건 마땅히 감수해야 할 리스크였다. 떠나든가 갑절로 먹든가. 만일 허탕을 친다면 많은 걸 잃게 된다. 그러나 제대로 한 건 건진다면….

그는 고개를 뒤로 돌려 사미인이 여전히 트레일러에 타고 있는지 살폈다. 사미인의 눈은 쳐다보지 않았지만 뚫어지게 자신을 응시하는 시선을 느낄 수 있었다.

풍경 속의 언덕들은 어제보다 경사가 더 가팔랐고 식물들은 어제와 동일했다. 전나무는 하나도 없이 말라비틀어진 난쟁이자작나무 덤불들뿐이었다. 첫 번째 관찰지역으로 정한 곳에 거의 다다른 듯했다. 땅을 뒤덮은 눈이 점점 줄어들었다. 강력한 스노모빌 불빛은 바람이 눈을 날려 보내 곳곳에 흙이 드러난 땅을 비추었다. 핀마르크 주에 속한 이곳은 '북극의 사막'이라는 명성에 걸맞게 강수량이 극히 적었다.

라카냘은 삼십 분 정도 더 달려 캠프를 설치할 장소를 찾다가 강굽이의 둔덕으로 결정했다. 강은 라카냘 같은 사람들에게 소중한 친구였다. 라플란드는 거대한 화강암 덩어리로 이루어져 있는데, 작업을 시작하려면 우선 단층부터 찾아야 한다. 그 안에는 광석을 운반하는 물이 흐르기 때문이다. 강은 부서진 바위의 약한 부분을 파고들어 물길을 뚫는다. 다시 말해, 강은 단층을 의미했다.

라카냘은 자신이 계획한 일을 아슬락에게 설명했다. 아슬락은 즉석에서 텐트를 치고 바닥에 순록가죽을 깔았다. 그러고는 나무를 하러 갔다. 곧이어 텐트 꼭대기로 연기가 빠져나갔다. 빛이 있을 때 일을 하려면 태양이 첫 광선을 비추기 전에 이 모든 일을 끝내야 한다. 라카냘은 하늘을 살펴보았다. 구름이 엷게 흩어지면서 하늘이 개이기 시작했다. 운이 좋으면 한 시간 내에 탐사를 시작할 수 있을 정도로 날이 밝는다.

그는 현대지도를 다시 살펴보고 고지도와 비교했다. 고지도 제작자는 정확한 장소를 감추기 위해 각고의 노력을 기울인 듯했다. 치밀하면서도 어설펐고, 서둘러 급하게 그린 듯싶었다. 그러나 지도에 드러난 세부묘사들을 보면 광물 표본을 분석하기 위해 공들인 시간과 그 결과를 종이에 그리기 위해 얼마나 애를 썼는지 알 수 있었다.

커피를 한 모금 마셨다. 이 고지도를 만든 지질학자는 무언가에 집착한 것처럼 보였다. 라카냘은 그자의 비밀을 밝혀내고, 그가 누구인지 알아내고 싶었다. 어떤 여자를 좋아했을까? 어쩌면 남자를 좋아했을지도 모른다. 성적 취향도 궁금했다. 보통의 취향을 지녔는지 모험을 즐기는 취향이었는지도.

라카냘은 스스로를 관습의 경계를 밀어버리며 겁 없이 실험해나가는 남자로, 모험가로 여겼다. 그는 미지의 황무지를 탐험할 의지를 여실히 보여주는 게 남자의 성이라고 굳게 믿었다.

사미 순록치기는 은신처 구석에 누워 불꽃만 물끄러미 보고 있었다. 라카냘은 아슬락의 텐트에서 보았던 그의 아내를 생각했다. 처음 라플란드에 왔을 때 그녀 같은 여자들은 수도 없이 보았다. 그리고 몇 명과는 쾌락을 즐기기도 했다. 사미 여인들은 스칸디나비아 여자들보다 유혹하기가 더 어려웠다. 그는 사미인들도 어린 여자애들을 좋아하는지 궁금했다. 혈기왕성한 남자들이라면 좋아하지 않을 도리가 없다는 생각도 들었다.

하늘은 이제 말짱히 개었다. 라카냘은 물건들을 챙겨 사미인에게 건넸다. 아슬락은 아무 말 없이 받아들었다. 그들은 추운 대기로 나와 얼어붙은 강 상류를 따라 천천히 전진했다.

오전 10시, 스웨덴 말로

스웨덴의 순록경찰 막사에서 밤을 보낸 후, P9 순찰대는 남쪽으로 향했다. 전나무와 자작나무가 대부분인 울창한 숲이 끝없이 펼쳐졌다. 비다 고원의 난쟁이자작나무들이 보여주던 풍경과는 전혀 달랐다. 그러나 라플란드 내륙은 아직도 벗어나지 못했고 여전히 최북단의 땅이었다. 숲을 가로질러 쭉 뻗은 도로는 때때로 작은 호숫가를 따라 이어지거나 세차게 흐르다가 잔잔해진 드넓은 강을 따라갔다.

니나가 스웨덴 북쪽의 이 지역에 와본 건 처음이었다. 노르웨이 라플란드 지역보다 인구는 약간 더 많을 뿐이지만 개발은 훨씬 더 잘 되어 있었다. 곳곳에서 숲으로 이어지는 길들은 깔끔하게 정비된 모습이었고 나무들도 새로 심은 듯했다. 광산 방향을 알려주는 이정표들도 군데군데 있었다. 자작나무와 전나무들 위로 튀어나올 만큼 거대한 송전탑들은 두꺼운 전선을 연결하며 나라 전체에 전기를 전달하기 위해 도로를 가로질러 깊은 숲속까지 이어졌다.

순록경찰의 픽업트럭은 주유소와 잡화점을 겸하는 가게를 중심으로 붉은 통나무집들이 옹기종기 모인 팔룬 시의 작은 마을을 통과했다. 그리고 전나무와 소나무가 단조롭게 늘어선 길을 계속 달려 마침내 말로에 도착했다.

스웨덴의 작은 도시 끝자락에 위치한 북유럽지질학연구소는 백 년 전에 설립되었으며, 스칸디나비아 반도의 귀중하고 독특한 지질학 자료들을 한데 모아놓은 곳이다. 특히 1907년 이후에 시행한 탐사보고서들은 전부 보유하고 있다. 말로로 오는 길은 남동쪽으로 수백 킬로미터에 걸쳐 보트니아만까지 이어지는 도로가 유일하지만, 이 지역의 탐사를 준비하는 전 세계 광업회사들은 정기적으로 이 마을을 방문한다.

클레메트와 니나는 연구소 관리건물의 안내소로 갔다. 연구소장의 사무실은 출입구 쪽 복도에 있었다. 소장은 그들과 인사를 나누고 카페테리아로 사용하는 접견실로 안내했다.

에바 닐스도테르 소장은 언짢은 표정이었다. 틀어올린 굵은 반백의 머리에서 잔머리가 여기저기 튀어나와 지저분해 보였다. 그러나 정작 본인은 전혀 개의치 않는 듯했다. 놀랍도록 투명한 푸른 눈이 주름지고 가는 얼굴선을 더욱 강조해주었다. 이 연구소에서 이십칠 년간 일하다가 오 년 전에 소장으로 임명된 그녀는 앞으로도 별일이 없다면 소장으로 계속 있다가 이 년 후에 퇴직할 예정이다. 에바는 두 순록경찰이 자신의 안정적인 경력을 방해하지 않기를 바랐다.

"정확히 원하는 게 뭔가요?" 그녀는 껌을 씹으며 못마땅한 목소리로 입을 열었다. "정보부장은 지금 웁살라 대학에 가 있습니다. 부장은 이곳 일을 전혀 몰라요. 사무실에만 앉아 있지 말고 엉덩이를 들고 밖에 나가 일하는 편이 더 좋을 텐데 말이죠. 부장이 두 분을 만나달라고 하더군요. 그래서 지금 만나는 거고요. 하지만 미리 말씀드리는데 저는 캐묻는 질문은 별로 좋아하지 않아요. 비밀 유지를 원하는 방문객들이 아주 많거든요. 우리 연구소의 명성을 생각하면 당연한 일이죠. 이곳에서라면 보안을 염려할 필요 없이 일할 수 있다는 걸 모두가 알고 있어요. 우리 고객사들 대부분은 북미나 아시아의 증권거래소에 상장되어 있습니다. 무슨 말씀인지 아시겠죠? 그들이 이곳에 오는 이유는 탐광을 위해서입니다. 경우에 따라선 막대한 돈을 투자하려는 목적도 있고요. 당연히 잡음이 생기는 걸 싫어하죠. 그래서 우리는 경찰들에게 신중을 기해달라고 요구합니다. 두 분처럼 아무리 선량해 보이는 경찰이라고 해도 말이죠. 게다가 감사기관의 높으신 분들께서 우리에게 수익을 창출하라고 요구한 다음부터는 더 그렇답니다. 다시 말하면 고객들에게 공짜로 서비스를 제공하여 스웨덴 납세자들에게 비용을 떠넘기지 말고 고객 스스로 비용을 내게끔 하라는 거죠. 그래도 두 분은 운이 좋네요. 오늘처럼 조용한 날 찾아오셔서요."

소장은 담배에 불을 붙였다. 스칸디나비아의 모든 공공기관에서는 흡연이 엄격하게 금지되어 있지만 그런 규칙에는 아랑곳하지 않는 모습이었다.

클레메트와 니나는 이런 식의 응대를 받으리라곤 전혀 예상하지 못했다. 니나는 이렇게 사교적이지 않은 사람이 어떻게 이런 위치까지 올라서 직위를 유지하고 있는지 의아해졌다. 에바 닐스도테르가 니나의 생각을 읽은 듯 말을 이었다.

"성상납 같은 건 안 했어요, 경관님. 하지만 궁금해하시는 것 같으니 비밀을 알려드리죠. 전 최고였답니다. 그런데도 아주 오랫동안 내게 중책을 맡기려는 사람이 없었어요. 뛰어난 능력을 지녔는데도 말이죠. 여기서 날 필요로 한 까닭은 내가 현장에서 일하는 지질학자였기 때문이에요. 어느 날인가, 무능력한 인간들이 어딘가에서 한 자리 차지하고 있다가 여기 와서 높은 자리까지 올라가는 걸 지켜보자니 지긋지긋해지더군요. 너무 화가 나서 내가 소장이 되어야겠다고 결심했죠. 난 그런 일에도 최고거든요." 소장은 꽁초를 눌러 끄며 말했다.

니나는 의심쩍은 표정으로 그녀를 바라보았다. 클레메트는 재미있어하는 표정이었다. 그는 격식이나 사회적 체면은 전혀 신경 쓰지 않는 북부 여성들의 전형적인 성격을 익히 알고 있었다.

"그래서 무슨 일 때문에 여기까지 오신 거죠? 순록경찰은 도대체 뭡니까? 처음 들어보는군요."

"글쎄요. 조금만 생각해보시면 순록경찰이 무슨 일을 하는지 알 수 있을 겁니다." 클레메트가 말했다. "소장님이 아셔야 할 건 우리가 살인사건을 조사 중이라는 거예요. 그리고 우리는 이 사건이 광산과 연관이 있다고 생각하고 있어요."

"이 이야기는 1939년 라플란드에서 시행했던 탐사로 거슬러가요." 니나가 말을 이었다. "사미족 사람들에게 커다란 불행을 가져다준 금광에 얽힌 저주 같은 얘기도 포함해서요. 그리고…"

"아, 알겠어요." 에바 소장은 새 담배를 꺼내 불을 붙이며 말했다. "계속해보세요. 전 오래된 보물지도 같은 옛날이야기들을 아주 좋아해요.

이 직업을 갖게 된 것도 그 때문이었으니까요."

클레메트는 십오 분에 걸쳐 지금까지 그들이 알고 있는 사건 개요를 이 놀라운 여인에게 설명해주었다. 사미 북 도난사건, 마티스의 죽음, 순록치기들의 살인 혐의, 1939년 탐사, 금광 전설, 저주에 대한 소문, 그리고 그 외 모든 것을.

에바 닐스도테르는 넋을 잃고 들었다. 그녀는 이야기가 펼쳐질수록 열광하고 분개하고 슬퍼했다. 클레메트가 어찌나 구성지게 입담을 늘어놓는지 니나도 그의 입에서 나오는 단어들에 빠져들었다가 문득 그런 자신의 모습을 깨닫고 깜짝 놀랐다.

에바 소장은 아무 말 없이 한참을 앉아 있더니 갑자기 벌떡 일어나 사무실로 갔다. 그러고는 차가운 샤블리 와인 한 병과 와인 잔 세 개를 가지고 돌아왔다.

"우리의 새로운 협력을 축하하기 위해서입니다. 아직 제게 아무런 부탁도 하지 않았지만 두 분이 원하는 건 이 신비한 광맥을 찾는 걸 테니 말이에요. 안 그런가요?" 그녀가 와인병을 따며 말했다. 그러고는 곧바로 첫 번째 잔을 단숨에 들이켰다. 니나는 눈을 휘둥그레 뜨고 소장을 바라보았다.

삼십 분 후, 와인병이 비었다. "다른 와인들이 냉장고에서 기다리고 있어요." 혼자서 와인 병을 거의 비운 에바가 말했다. 소장과 두 경찰은 길 건너편에 있는 수장고 건물로 천천히 걸어갔다. 이 수장고는 여러 채의 거대한 건물 가운데 하나로 수만 개의 납작한 나무상자를 보관하는데, 각 상자에는 길이 일 미터, 직경 수 센티미터의 코어샘플이 열 개씩 들어 있다. 에바가 샘플 상자들 위에 앉았다.

"보시다시피 각 샘플에는 번호가 매겨져 있어요. 이 상자들은 'U'로 시작하는 광석들이에요." 소장이 코드가 적힌 라벨을 가리키며 말했다. "'U'는 우라늄을 뜻해요. 엉덩이를 뜨듯하게 해주는 데는 아주 그만이죠!" 그녀가 담배에 절어 걸걸해진 목소리로 웃음을 터뜨렸다.

그러고는 다시 새 담배에 불을 붙였다. 뿜어낸 담배연기가 두 경찰의 하얀 입김과 뒤섞였다. 건물 안인데도 몹시 추웠다.

"내가 좀 양식이 있는 사람이라면 우라늄 상자에 앉아서 담배를 피우지는 않겠죠. 오래된 멋진 광석들이지만 사악한 가스를 방출하거든요. 무색, 무미, 무취인 가스. 바로 라돈가스 말이에요. 라돈은 자연 상태에서도 존재하지만 여기처럼 폐쇄된 공간에서는 방사능이 쌓이게 돼요. 갱 안은 특히 더욱 심해지고요. 라돈은 폐암의 원인이에요. 이곳도 약간은 환기를 시키고 있답니다. 그래도 라돈가스를 흡입하면서 담배를 피우면 아주 최악이겠죠? 더블 펀치를 맞는 격이니…. 좋아요. 어디까지 얘기했죠? 도둑맞은 북이 광맥과 연결되어 있을 수 있다. 경관님 생각에 1939년도에 독일 지질학자가 광맥을 추적했다는 거고요. 그리고 프랑스 지질학자의 등장이 최근에 일어난 사건들과 겹치고 있으니 그 사람도 광맥을 찾고 있지 않을까 생각한다는 거죠? 가만있자…, 보물이 묻힌 장소를 찾으려면 뭐부터 해야 할까요?"

에바 소장의 질문은 무거운 침묵 속으로 떨어졌다.

"두 분은 라플란드 면적이 사십만 제곱킬로미터에 달한다는 건 물론 알고 계시겠죠? 핀란드나 일본보다 넓어요."

"저희가 가지고 있는 정보는 프랑스 지질학자가 탐사하려고 하는 세 지역이 전부예요."

에바는 수장고 한 쪽에 마련된 사무실로 가서 컴퓨터를 켜고 라카날의 두 번째 신청서에 나온 정보를 데이터베이스에 입력했다. 모니터에 뜬 지도를 살펴본 후, 소장은 지도보관함에서 쉽게 읽을 수 있는 축척의 지도들을 꺼내와 큰 테이블 위에 펼쳤다.

"자, 여기가 프랑스인이 거닐 곳들이에요. 그 사람은 혼자 탐사하나요?" 그녀가 물었다.

"그건 우리도 모릅니다." 클레메트가 대답했다.

소장은 지도 위로 몸을 숙이고 손가락으로 지형 경계선을 따라가며 기호들을 짚어가다가 신음 소리를 내며 혼잣말처럼 중얼거렸다.

"보세요. 지질학자는 지도를 만들 때 그 지형에서 관찰한 수많은 것들을 기록해둡니다. 지금 보고 있는 지도는 원본 지도들을 바탕으로 간략하게 만든 거예요. 탐사를 하려는 사람은 우리 연구소 사이트에 접속부터 해요. 우리 눈앞에 있는 것과 같은 지질도를 보기 위해서죠. 그런데 탐사할 지역에 대한 보고서들도 있어요. 그 문서들과 코어샘플은 이곳 연구소에 있고요. 우리는 자료들을 요구하는 사람들에게 꺼내주죠. 이차대전 이전의 자료들도 있답니다."

"탐사 당시의 사진들이 있어요." 니나가 말했다.

그리고 노트북을 꺼내 에바에게 스캔한 사진들을 보여주었다.

"1939년 여름에 진행한 탐사예요. 프랑스인들이 조직하고 참가했어요. 스웨덴 학자들과 독일 지질학자, 그리고…"

"독일인 이름이 뭐죠?" 에바가 말을 끊고 물었다.

"에른스트입니다. 우리가 아는 건 이름뿐이에요. 수데텐란트 출신이죠." 클레메트가 대답했다.

소장은 미간을 찌푸리며 이름을 종이에 메모했다. 두 경찰은 에바 닐스도테르의 표정을 헤아리며 몇 분간 침묵을 지켰다. 에바가 다시 담뱃

불을 붙였다. 그러고는 사진을 한 장 한 장 꼼꼼히 살펴보았다. 독일 지질학자가 나온 사진들은 더욱 유심히 보았다.

니나가 침묵을 깼다.

"이 사람들은 금속탐지기를 가지고 있었던 것 같아요."

에바는 담배를 길게 한 모금 빨아들였다.

"금속탐지기라…. 그렇죠. 그런데 그것만은 아니에요. 여기 보이는 건 가이거 계수기예요. 최초의 휴대용 모델이죠. 그래도 무게가 이십에서 이십오 킬로그램은 나가지만요."

"가이거 계수기라고요?"

"아, 경관님이 무슨 생각을 하시는지 알겠어요. 그래도 조금만 기다려 보세요. 그 당시에는 우라늄을 찾는 사람이 없었어요. 이 금속이 어디에 쓰이는지 몰랐거든요. 1939년에는 아직 원자폭탄이 없을 때였죠."

"하지만 첫 번째 원자폭탄은 전쟁 중에 만들어졌잖아요. 원자폭탄을 연구하고 개발하려면 우라늄이 필요하지 않나요?" 니나가 말했다.

"맞아요. 하지만 그 당시에는 콩고 광산에서 우라늄을 채취했어요. 이 탐사가 우라늄과 관련이 있다고는 생각하지 않아요."

"그렇다면 가이거 계수기가 왜 있을까요?"

"전쟁이 일어나기 전에 우라늄이 사람들의 관심을 끈 이유는 빛이 나는 노란색 때문이었어요. 라듐은 푸른 인광을 내는 도료로 쓰였고요. 시계 문자반이나 다른 기계들, 의료기기를 만드는 데 아주 유용했죠. 물론 요즘에야 말도 안 되는 소리라고 생각하지만 그때는 방사능의 영향에 대해서 전혀 몰랐으니까요. 우리 모두의 어머니인 마리 퀴리는 독일인지 체코인지의 요하임스탈에서 산출되는 광물로 작업을 했죠. 이 지역이 정확히 어느 나라에 속하는지는 잘 모르겠네요."

“그러면 이 독일 지질학자가 라듐을 찾았을 수도 있다는 건가요?” 니나가 물었다.

“독일인들은 그 당시에 이미 라듐에 관심을 가지고 있었어요. 가이거 계수기를 지녔던 걸 보면 그 지질학자는 이 물질이 포함된 지역을 확인하려고 했던 걸 수도 있겠어요. 그렇다고 특별히 라듐을 찾았다고 말할 수는 없고. 대다수의 지질학자들처럼, 그는 여러 광물을 동시에 찾았을 수도 있어요. 운이 따르길 기대하면서 말이죠. 그리고 잊지 말아야 할 건 방사능은 자연 상태에서 우리 주위 어디에서나 존재한다는 사실이에요. 화강암 조각에 가이거 계수기를 갖다대는 즉시 그 결과를 볼 수 있답니다!”

에바 닐스도테르는 다시 사진들을 살펴보았다. 클레메트와 니나는 생각에 잠겼다.

“독일 지질학자는 두 분이 주장하는 신비한 금광을 찾고 있었을지도 몰라요. 어쨌든 그가 사라진 곳이 어딘지는 말씀드릴 수 있겠네요.” 갑자기 에바 소장이 말했다.

클레메트와 니나는 어리둥절한 표정으로 그녀를 바라보았다. 에바가 웃음을 터뜨렸다.

“하하, 두 분 표정들이 정말 끝내주네요! 자, 여기를 보고 제 말을 잘 들어보세요. 에른스트가 나온 마지막 사진들은 노르웨이 연안에서 찍은 거예요. 사람들 뒤를 보세요. 멀리 매부리코처럼 생긴 봉우리가 보이죠? 바로 그 뒤에 삼각형 모양의 호수가 있고요. 확실합니다.”

에바는 자리에서 일어나 그 지역의 지도를 가지고 돌아왔다.

“호수는 여기 있어요. 매부리코 산은 여기 있고요. 각도와 거리로 보건데, 사진을 찍은 곳은 바로 여기예요.” 그녀가 손가락으로 지도의 한 지점을 가리켰다. 그리고 빨간 색연필로 가위표를 했다. "에른스트가 나온 마지막 사진은 이곳에서 찍은 거예요. 이 사람들이 이나리에서 출발했다고 했는데, 이나리는 바로 여기고요. 그러니 탐사대원들은 이 길을 지나왔을 겁니다. 그럼, 이제 사미 가이드가 다시 나타난 사진을 봅시다."

에바는 니일스가 다시 돌아온 후 등장한 사진을 한참 들여다봤다.

"이들이 갔던 길을 보면 사미 캠프는 여기에 있다는 걸 알 수 있어요. 요즘은 버려진 곳이죠. 젊을 때 저도 여기에서 야영을 했었답니다. 그런데 이곳은 순록이 이동하는 길이에요. 강이 있고 이 지역에는 흔치 않은 삼각주가 형성되어 있어요. 그러니까…" 소장은 빨간 색연필을 다시 휘둘렀다. "이 사진이 찍힌 곳은… 여기인 거죠!"

독일 지질학자 에른스트는 에바 소장이 표시한 두 지점 사이 어딘가에서 광맥을 찾다가 죽었다. 어쩌면 그 광맥을 찾았을 수도 있다.

"그리고 이제…" 에바가 말을 이었다. "니일스와 에른스트가 갔던 지역을 찾을 수 있는지 살펴봅시다. 두 사람이 걸어갔다고 했죠? 에른스트가 원하는 장소까지 두 사람이 며칠이나 걸어갔는지, 며칠이나 쉬었는지는 알 수 없어요."

"하지만 니일스가 갔다가 돌아왔다는 건 알죠." 니나가 말했다.

에바는 다시 지도를 들여다봤다. 그리고 라카날이 탐사하려는 지역에 해당하는 세 지질도를 자세히 보기 위해 커다란 테이블을 따라 움직였다. 그녀는 작은 책상으로 돌아와서 컴퓨터 앞에 앉았다. 그러더니 무언가를 입력하고 화면을 들여다보고 전화를 걸어 누군가와 영어로 말하기 시작했다. 그녀는 잠시 침묵을 지키며 기다렸다. 통화 상대방이 다시 돌아왔다. 에바는 이메일 주소를 종이에 적고 전화를 끊었다.

"경관님 노트북을 연구소 와이파이에 연결하세요." 에바가 니나에게 말했다. “그리고 독일 지질학자 사진을 이 주소로 보내세요. 메일에는 사진에서 알고 싶은 사람이 누구인지만 적으면 됩니다.”

어떤 질문이나 반대도 허락하지 않겠다는 듯 딱 부러진 말투였다.

“곤란한 점은 1939년의 독일인과 지금의 프랑스인이 같은 광산을 찾고 있는지 우리가 모른다는 거예요. 두 분도 이들이 같은 광산을 찾는지 다른 걸 찾는지 모르잖아요? 광산을 하나만 찾는 건가요? 아니면 두 개나 세 개?”

“우리는 프랑스인이 에른스트가 찾았던 광산을 찾고 있다고 생각합니다.” 클레메트가 말했다. “이번만은 왠지 제 직감을 따르고 싶군요. 저주받은 금광…. 가이드였던 니일스는 그 소문에 대해 알고 있었어요. 북은 금광에 대해 어떤 방식으로든 말하고 있고.”

“우리가 아는 건 프랑스 지질학자가 허가증을 갖고 세 지역을 탐사하러 떠났다는 것뿐이에요. 소장님, 혹시 이 세 지역에 공통된 특성이 있나요? 어떤 거든 프랑스인이 찾는 게 뭔지 힌트를 줄 수 있을 만한 사항 말이에요.” 니나가 물었다.

에바는 다시 몸을 숙이고 조용히 지도를 살폈다. 담배를 두 대 피울 동안 그녀는 아무 말도 하지 않았다. 소장이 마침내 입을 열었다.

“보세요. 첫 번째 공통점은 지도를 가로지르는 강을 따라 코스가 정해진 것처럼 보여요. 세 지역 모두 강이 흐르죠. 이 지도들 전부 강은 북서쪽에서 시작해서 남쪽으로 향했다가 동쪽으로 거슬러 올라가고 다시 남동쪽으로 내려옵니다.”

클레메트는 눈살을 찌푸렸지만 니나는 동의한다는 뜻으로 고개를 끄덕거렸다.

“그 다음으로는 지형에 기복이 있다는 점이에요.” 에바가 말을 이었다.

"고도도 다르고 지표면도 달라요. 하지만 세 지역 모두 높은 지대, 즉 고원에 위치해 있어요. 남동쪽에는 호수가 있고요. 그리고 북동쪽에는 단층들이 눈에 띄어요."

니나는 계속해서 힘차게 고개를 끄덕였다. 클레메트는 여전히 인상을 쓰고 있었다.

"지금 한 얘기를 플랑드르 화가들이 세밀하게 묘사한 회화작품처럼 받아들이지는 마세요. 내 설명은 오히려 인상주의 화가들이 그린 그림에 더 가까워요. 세부사항을 흐릿하게 만들고 성글게 색칠한 거와 같으니까요. 세 지역 모두 매우 흡사해요. 세 번째 공통점은 지질학적인 분석에 따른 비교에서 나오는데, 이건 나중에 얘기하도록 하죠."

"좋습니다. 저희는 소장님 의견이 옳다고 생각합니다." 클레메트가 끼어들었다. "그러니까, 제가 이해한 바에 따르면 프랑스인은 자기가 가야 할 곳을 정확히 모른다는 거네요. 하지만 누군가가 제공한 기준에 부합하는 지역을 찾는 중이고요. 그 기준으로부터 구체적인 지형을 유추해서 거기에 해당하는 지역을 찾아냈다는 얘기죠?"

"정곡을 찌르셨군요!" 에바가 감탄했다. "이 세 지역을 찾아낸 걸 보면 상당한 고수가 틀림없어요. 라플란드에서 이 기준들과 부합하는 다른 지역은 없을 거라고 장담할 수 있습니다. 여기 있는 세 개의 지질도가 커버하는 지역은 아주 광대해요. 이 지역들을 샅샅이 훑어보려면 몇 주 혹은 몇 달이 걸립니다. 지금은 먼저 이메일부터 확인해보는 게 좋을 것 같네요." 에바가 니나에게 제안했다.

니나는 발터 뮐러라는 사람이 보낸 영어 메일을 읽었다.

"에른스트 플뤼거." 니나가 말했다. "독일 지질학자의 이름은 에른스트 플뤼거예요. 1930년대 중반에 빈의 광업학교에서 공부했고요."

"아주 훌륭한 학교죠." 에바가 덧붙였다. "그 학교 졸업생들 모두가 나치에 부역했다는 건 정말 수치스러운 일이에요. 하지만 플뤼거는 그전에 죽었으니 그 경우는 아닐 테고."

"플뤼거도 나치를 위해 일했을 수 있어요. 나치가 정권을 장악한 게 탐사 이전인 1933년이었으니까요." 클레메트가 말했다.

"그랬을 것 같지는 않은데요." 메일을 계속 읽던 니나가 끼어들었다. "플뤼거는 학업을 마치지 않았어요. 일 학년 말에 퇴학당했대요. 유대인이었거든요."

니나의 말에 주위가 싸늘해졌다. 모두들 어떤 반응을 내놓아야 할지 몰라 침묵만 지켰다.

"어쩌면 라플란드에서 추락사한 게 행운이었을 수도 있겠네." 잠시 후 클레메트가 입을 열었다.

불현듯 니나의 머릿속에 프랑스에 전화를 걸어봐야겠다는 생각이 들었다. 그녀는 몇 분 동안 통화를 하고 나서 말했다.

"앙리 몽 씨는 플뤼거의 이름을 듣더니 기억나는 게 있다고 했어요. 플뤼거와 사미 가이드는 북쪽으로 떠났다고 해요. 가이드인 니일스가 돌아와서 말해주었는데, 이틀이나 사흘 동안 걸어간 후 텐트를 설치하고 플뤼거가 추락사하기 전에 이틀 동안 그곳에서 머물렀다고 합니다."

에바는 일반 지도를 다시 들여다봤다.

"그러면 두 가지 가능성이 있어요. 여기하고… 여기. 만일 금광이 이곳 어딘가에 있다고 치면 탐사해야 할 곳은 여전히 아주 방대해요. 아, 만약 그 지질학자가 지도를 만들었는지 안다면…."

"플뤼거는 지도를 만들었어요." 니나가 말했다. "앙리 몽 씨가 봤다고 합니다. 그런데 그 지도는 사라졌다고 해요."

“그렇다면 모든 게 달라져요. 플뤼거는 현장노트를 가지고 있었을 겁니다. 지질학자들은 지도를 만들 때 언제나 현장노트에 의존하거든요.”

에바 소장은 결의에 찬 표정으로 다시 컴퓨터 앞에 앉아 키보드를 두드리고 신경질적으로 담배를 빨며 화면을 뚫어지게 쳐다보았다.

35

1월 21일 금요일

오후 12시 30분, 라플란드 내륙

라카날은 얼어붙은 강을 따라 일 킬로미터 이상을 거슬러 올라갔다. 사미 순록치기가 뒤를 따랐다. 다행히도 비다 고원의 이쪽 부분에는 눈이 많이 쌓이지 않아서 지표면에 노출된 암석들이 여기저기 눈에 띄었다. 그는 첫 관찰을 통해 가장 최근에 제작된 지도에 기록된 정보들을 확인할 수 있었다. 이 정보들이 옛날 지질도와 일치하는지 보려면 작업은 더욱 힘들어진다. 엄청난 행운이 찾아와 처음부터 올바른 장소에 도달한다 해도, 올센이 제공한 고지도에 그려진 지역을 찾아내기 위해서는 온갖 상상력을 발휘해야 한다.

창백한 푸른빛이 언 강을 뒤덮었고 나지막한 벌거숭이산들이 그들을 둘러쌌다. 라카날은 눈길을 끄는 독특한 모양의 암석을 망치로 두들겼다. 깨끗하게 파쇄한 조각을 집어들었지만 꽁꽁 언 돌을 혀로 핥아보고 싶은 마음은 꾹 참았다. 이런 기온에서 돌에 혀를 댔다가는 혀의 일부를 잃을 수도 있었다. 그는 헤드램프로 돌을 비추어보고 휙 던졌다.

강굽이까지 다시 거슬러갔다. 얼어붙은 강 둔덕에 이 미터 높이로 솟아 있는 절벽 덕분에 이곳의 지형을 읽을 수 있었다. 여기엔 오래된 암석들뿐이었고 특이한 건 없었다. 화강암층, 변질되지 않은 석류석, 중색암에 가까운 편마암, 십오 도 각도로 길게 띠를 이룬 오 센티미터 두께의 석회질층. 더 아래쪽에서는 모래와 점토가 섞인 모암을 볼 수 있었다. 라카냘은 관찰한 내용을 빠르게 현장노트에 기입했다. 그러나 시간이 부족해서 평소처럼 꼼꼼하게 기록할 수는 없었다.

그는 아슬락을 불러 모직 담요에 말아놓았던 작은 기계를 가져오라고 했다. 라카냘은 바위에 권총 모양의 기계를 겨눴다. 삑삑 울리는 경보음은 강하지 않았다. 권총 기계를 절벽의 여러 지점에 대고 일 분에 백 회 정도 쐈는데도 기계 계기판에는 거의 아무런 변화도 없었다. 그는 기계를 닫고 아슬락에게 건넸다. 아슬락이 기계를 다시 담요에 쌌다.

그들은 강을 뒤덮은 두꺼운 얼음 위로 계속 전진했다. 라카냘이 강가에 있는 바위 하나를 발견했다. 암녹색에서 노란색까지 다양한 색의 이끼 자국이 남은 둥글고 예쁜 바위였다. 그는 망치로 바위를 쳐서 떨어져 나온 파편을 들고 질감과 줄무늬를 살폈다. 그러고는 돌 조각을 던져버리고 다시 이동했다.

작은 자갈 더미가 강가 구석에 쌓여 있었다. 라카냘은 쭈그리고 앉아 자갈들을 하나하나 뒤집고는 돋보기를 꺼내 유심히 관찰했다. 빛은 이제 충분히 환해졌고 바닥에 쌓인 눈에 반사되어 더욱 강렬해졌다. 일조 시간이 매일매일 늘어나긴 했지만 그래도 태양은 오래 머무르지 않았다.

유달리 반짝이는 빛이 시선을 끌었다. 라카냘은 반짝이는 돌에 돋보기를 들이댔다. 금싸라기가 분명했다. 아마추어라면 기쁨에 겨워 펄쩍

펄쩍 뛰었을 수도 있다. 그러나 라카냘은 아무 의미 없다는 걸 잘 알았다. 금이 이 근처에 존재한다는 사실만 빼면 놀랄 건 아무것도 없었다. 그건 누구나 알았다. 십여 개 회사들이 이 지역에서 금을 찾았다. 그중에는 특히 캐나다인들이 많았다. 그 이유는 이곳의 지질학적 특성이 그들의 모국 캐나다와 거의 유사했기 때문이다.

라카냘은 일어서서 강 둔덕으로 올라갔다. 그리고 천천히 주위를 둘러보았다. 민둥산 봉우리들은 끝도 없이 펼쳐져 있었다. 그는 지도를 다시 한 번 살펴보고 움직이기 시작했다. 해야 할 일은 아직도 많았다. 봐야 할 것도 산더미였다. 성공할 확률은 거의 없었다.

오후 2시 20분, 말로

에바 소장은 클레메트와 니나를 빛이 거의 들어오지 않는 커다란 방으로 데려갔다. 파일과 문서 상자로 가득 찬 선반이 두 벽면을 차지하고 있었다.

"그럼, 여기서부터 시작하죠." 그녀는 더 긴 벽의 선반 왼쪽 위에 있는 파일 상자들을 가리키며 노란 표지의 첫 번째 파일을 꺼냈다.

"제 생각이 맞는다면, 플뤼거의 지도는 그와 함께 사라졌을 겁니다. 그러나 전부 잃어버린 건 아닐 거예요. 학생 때 저주에 관한 이야기는 자주 들었어요. 개인적으로 연구를 하면서 사미 노인들을 만났을 때도 많이 들었죠. 불행의 근원이라는 이 광맥에 관해서 많은 얘기들을 해주더라고요. 그 광맥을 찾아낸 사람은 아무도 없어요. 클레메트 경관님의 숙부께서도 그 이상은 알지 못할 겁니다. 하지만 그분 나름대로 알고 있는 거죠. 사람을 불안하게 하는 얘기니까요. 안 그런가요?"

"무슨 말씀을 하고 싶으신 거예요?" 니나가 물었다.

"저는 다른 지질학자들처럼 오랫동안 외국에서 시간을 보냈어요. 특히 아시아에서 많은 연구를 수행했고요. 광산에 대한 얘기들은 대부분 같은 방식으로 끝난답니다. 지역주민들은 자원을 개발하려는 국가에 대해 영향력을 별로 행사하지 못해요."

에바는 사다리를 타고 위로 올라가 선반에서 문서 상자를 하나 꺼내고는 다시 밑으로 내려왔다.

"자, 이걸 받으세요." 그녀가 경찰들에게 말했다.

박스에는 갈색 봉투들이 잔뜩 들어 있었다. 에바는 그중 하나를 꺼내 참조사항을 읽고 다시 파일에 넣었다. 그러고는 박스에 든 자료들을 전부 살펴본 후 마침내 원하는 걸 찾아냈다.

"앉으시죠." 소장이 봉투를 열면서 말했다.

그녀가 현장노트를 꺼내 조심스럽게 앞에 놓고는 잠시 뜸을 들였다.

"이게 에른스트 플뤼거의 노트예요. 하나밖에 없네요. 이런 경우는 드물어요. 보통 지질학자들은 현장노트를 시리즈로 갖고 있거든요. 많은 경우, 그 노트들은 진정한 예술작품이죠. 적어도 제가 보는 한은 그래요. 이 노트가 어떻게 여기로 오게 됐을까요? 그건 저도 모르겠어요. 그에 관해선 경관님이 프랑스 친구분에게 물어보는 게 나을 겁니다. 하지만 플뤼거가 죽은 이후 이 노트를 펴본 사람이 없다고 말해도 큰 무리는 없을 듯싶네요. 플뤼거의 시신은 소지품들과 함께 수습됐을 거예요. 그 당시 누군가가 노트를 이곳에 보내야 한다고 판단했을 수도 있고요. 그후 노트는 잊혔을 테지요. 우리가 보관하는 수많은 자료들이 이런 식으로 오게 됐어요. 흙이나 광물 시료 대부분은 적어도 한 번 이상

조사를 마칩니다. 그렇지만 그 당시 어떤 이유 때문에 분석하는 게 별 이득이 없다고 판단했을 수도 있어요. 그러나 한 세기 후, 기술이 발전했거나 그럴 필요가 있다고 생각했을 때 분석을 하는 경우도 있답니다. 그럴 경우, 우리는 이 옛날 보물들을 파헤치게 되죠."

클레메트와 니나는 조바심을 감출 수 없었다. 에바가 그들에게 미소를 짓고 낡은 가죽 표지를 열었다.

노트에는 촘촘하게 적은 깨알만 한 글씨들이 가득했다. 현장을 관찰한 내용은 아주 사소한 부분까지도 세세하고 구체적으로 기록되어 있었다. 두 경찰은 매혹된 눈길로 노트를 들여다보았다. 그 안에는 도표, 지형단면도, 암석 종류를 표시하기 위해 암석 안을 서로 다른 문양으로 채워 다양한 축척으로 세밀하게 그린 그림들이 빼곡했다. 독일어로 작성한 노트였다. 에바가 임의로 몇 페이지를 번역해서 들려주었다.

"플뤼거는 아주 꼼꼼하고 철저한 사람이었네요. 일 년 정도만 공부했다고 해도 보고서 작성기술은 아주 훌륭하게 습득했어요."

에바는 노트를 끝까지 훑어보았다. 마지막 페이지는 1939년 8월 1일에서 끝났다. 그녀는 한동안 아무 말도 하지 않고 생각에 잠겼다.

"분명히 말해야 할 것 같은데, 이 노트는 아주 흔치 않은 겁니다. 적어도 이런 걸 볼 줄 아는 사람 눈에는 말이죠. 어떤 점에서 보면 그는 광물의 존재를 미리 예견한 것처럼 묘사했어요. 지형단면도, 암석의 나이, 중첩되는 관찰방식, 관찰지역의 지질학적 역사, 차후 연구에 대한 제안. 이 모든 게 전부 다요."

"그런데요?" 궁금증을 더는 참지 못하고 클레메트가 물었다.

"그런데 플뤼거는 극히 일부 장소들에는 도표나 설명에 코멘트를 달아놓았어요. 아주 매혹적이고, 뭐랄까…, 비밀스러운 방식으로요. 플뤼거는 이 탐사 전에도 이미 라플란드를 방문한 적이 있어요. 현장노트 내용의 대부분은 그 첫 번째 탐사와 연결되어 있고요. 이런 종류의 문서에서는 그럴 리가 없는데, 정말 이상하게도 위치를 표시하는 구체적인 좌표가 전무합니다. 놀랄 만한 일이죠. 플뤼거가 얼마나 꼼꼼하게 지질도를 제작했는지를 보면, 이런 정보를 기입하는 걸 깜빡했거나 실수로 누락했다는 생각은 안 들어요. 어쩌면 이 노트를 바탕으로 지질도를 만들 때 그 위에 전부 기입했을 수도 있고요. 충분히 그럴 만한 일이죠. 어쨌든 계속 보자면…."

"소장님, 비밀스러운 코멘트라고 하셨는데, 구체적으로 어떤 게 있죠?"

니나 역시 조급함을 감추지 못했다.

"원칙적으로 지질학자의 현장노트는 기술적인 용어를 사용해서 간결하게 기입하기 마련이에요. 그 안에서 시상을 떠올리는 건 다른 지질학자의 몫이죠. 탐미주의자들도 있긴 해요. 그들은 노트에 장식적인 요소를 추가하고 아주 멋진 스케치를 남기기도 하죠. 하지만 글 자체는 말씀드린 것처럼 아주 간결해요. 비전문가는 전혀 이해할 수 없는 은어나 기술적인 약어를 주로 사용하고요. 그런데 플뤼거는 지질학과는 상관없는 짧은 코멘트들을 달아놓았어요. 그런 것들을 알아보려면 아주 주의 깊게 봐야 해요. 수많은 관찰기록 곳곳에 숨겨놨거든요. 저도 첫눈에 알아본 건 아니에요. 어쨌든 이런 노트에는 아주 부적합한 코멘트죠. 플뤼거가 이전에 이 지역을 방문했던 건 확실해요. 그리고 그는 연구를 지속하기 위해 다시 돌아와야 한다는 걸 알았죠. 그가 1939년 여름에 프랑스 탐사대 일원으로 참여한 건 분명히 그 이유 때문일 겁니다. 그의 머릿속에는 구체적인 목표가 있었어요. 그 광맥이죠. 제가 보기엔 틀림없어요."

에바 소장은 입을 다물고 다시 노트를 읽었다. 그러고는 종이에 메모를 했다.

"지질학자의 노트에 어떤 내용이 들어가야 할지 안다면, 들어가면 안 되는 내용은 한눈에 알아차릴 수 있어요." 그녀가 설명했다. "스웨덴어 책에 러시아어가 들어가 있다면 금방 눈에 들어오지 않겠어요? 플뤼거는 현장에서 고작 며칠만 있었을 뿐이에요. 그가 관찰한 건 몇 페이지에 불과해요. 많아봐야 다섯 페이지. 그리고 그가 말하고 싶었던 건 두 페이지를 건너뛰어 따로 적은 두 문장에 나타나 있어요. '문은 북 위에 있다' 그리고 '니일스가 열쇠다'라는 문장입니다."

"니일스의 북!" 클레메트가 신음 소리를 내뱉었다.

"광산의 정확한 위치는 니일스의 북에 나와 있겠군요!" 니나가 소리쳤다. "니일스가 북을 안전한 장소로 옮기려고 했던 게 바로 그 이유였고요. 북을 훔친 사람은 그 의미를 알았던 게 분명해요. 선배님, 우리는 처음부터 잘못된 단서들을 좇았던 거예요. 이 북은 단순한 민속공예품이 아니었어요. 금광의 열쇠라고요!"

니나는 몹시 흥분한 표정이었다. 클레메트 역시 이 명백한 사실 앞에서 충격을 받았다. 북이 열쇠였다니.

"잠깐, 기다려요." 갑자기 에바가 말했다. "저는 금광이라고 말하지 않았어요."

"무슨 말씀이세요? 이해가 안 가는데요?" 니나가 자못 성가신 어투로 물었다.

"플뤼거는 어디에서도 금 얘기는 하지 않았어요. 그런 인상을 주려고 조금씩 정보를 흘린 것 같아요. 어쩌면 금일 수도 있겠죠. 플뤼거가 말한 건 노란색 광물과 검은색 변질암이에요. 그는 자신이 상상할 수도 없는 거대한 무언가에 다가선 것 같다고 말해요. 하지만 발견 직전의 물질이 무엇인지는 플뤼거 자신도 몰랐다는 생각이 드네요. 그가 학업을 끝마치지 않았다는 사실을 잊지 말아요. 그는 기술적으로 탁월한 지도제작자예요. 그건 분명히 빈의 광업대학에서 처음으로 배우는 과정이었을 겁니다. 하지만 암석을 파악하는 능력은 부족했던 걸로 보여요. 논리적으로 볼 때, 암석 종류는 학업을 이어가면서 심화과정에서 배우는 내용이거든요. 실전에 들어가기 전에 이론수업을 하기 마련이잖아요? 그건 아마 지금도 변함없을 겁니다. 아주 다양한 암석과 토양을 파악하려면 다년간의 현장 경험이 반드시 필요해요. 그런데 불쌍한 우리의 플뤼거는 1930년대 중반에 절반의 교육만 받았을 뿐이죠. 그러니 그런 기술을 개발하고 안목을 키울 시간은 없었을 겁니다. 플뤼거는 착각했을 수도 있고, 광물을 발견했을 때 그게 어떤 물질인지 정확히 몰랐을 수도 있어요."

클레메트가 니나 쪽으로 돌아섰다.

"기억하지? 니일스는 이 광맥이 발견되는 걸 원치 않았어. 만일 니일스가 플뤼거를 따라간 게 그를 보호하기 위해서가 아니라 그가 광맥을 발견하지 못했다는 걸 확인하기 위해서가 아닐까, 하는 생각이 들어."

"그러면 니일스가 플뤼거를 죽이고 그 다음에 캠프로 돌아와 얘기를 꾸며냈을 수도 있다는 말인가요?" 니나가 말했다. "플뤼거는 북에 대해 알고 있었어요. 노트에 그 얘기를 썼으니까요. 그 얘기를 니일스에게서 들은 걸 수도 있고. 그렇다면 니일스가 왜 그를 죽이겠어요?"

"소장님, 잠깐 이 친구와 따로 할 얘기가 있는데 조금만 기다려주시겠어요?"

"그러시죠. 저는 가서 냉장고의 화이트와인을 따놓아야겠군요. 끝나면 사무실로 오세요. 참, 우라늄 상자 위에는 너무 오래 앉아 있지 말아요. 치질이 생길 수도 있으니까." 에바가 수장고에서 나가면서 말했다.

클레메트와 니나는 그녀가 농담을 하는 건지 아닌지 몰라 얼빠진 표정으로 서로를 바라보았다.

"정말 괴짜네요." 니나는 에바 소장이 떠난 걸 확인한 후 말했다. "젊었을 때 대단했겠는데요. 멋진 여자예요."

클레메트는 니나의 말에 아무런 대꾸도 안 하고 말을 이어나갔다.

"문제는 우리가 이 빌어먹을 북이 어떻게 생겼는지 아직도 모른다는 거야. 내 생각에는 전통 사미 북과 비슷하게 생겼을 것 같아. 그렇지 않으면 관심을 끌었을 테니까. 아직 오슬로에 있는 골동품상한테는 연락해보지 않았잖아. 그 북을 사고 싶어 했던 사람 말이야. 번호가 있으니 연락해봐."

니나가 수장고의 작은 사무실에서 오슬로에 전화를 하는 동안, 클레메트는 따뜻한 사무실을 떠나 잔뜩 쌓인 코어샘플 상자들 사이의 잘 다져진 흙길을 따라 걸어갔다. 상자 더미들 중에는 육 미터에서 칠 미터 높이로 쌓여 있는 것들도 있었다. 그가 멈춰 서서 상자 하나를 열고 샘플을 집어들었다.

"만지지 말아요!" 누군가가 소리쳤다.

에바 닐스도테르가 바구니에 화이트와인과 와인 잔 세 개를 담아 돌아오는 중이었다. 약간 삐딱하게 쓴 샤프카가 말괄량이 같은 인상을 주었다.

"샘플은 상자 속 원래 있던 자리에 반드시 있어야 해요. 조금이라도 섞이게 되면 아무짝에도 쓸모없어진다고요. 가계도의 조상들 생년월일을 바꾸는 것과 똑같아요. 사무실에서 혼자 기다리는 건 재미가 없어서 다시 왔어요. 술이나 한잔하자고요."

"그럼 조금만 마실게요. 키루나까지 운전해야 해서요."

"스콜'건배'의 스웨덴어!" 에바가 커다란 와인 잔에 술을 한 가득 따르고 와인병을 샘플 상자 위에 올려놓고는 건배를 외쳤다.

"이 안에는 금이 들어 있어요." 그녀가 상자를 톡톡 치며 미소 지었다.

클레메트는 와인을 삼키기 전에 따뜻하게 덥히려고 입안에 잠시 머금었다. 아주 적은 양이었지만 알코올은 냉동실 같은 추위 속에서 기분 좋은 느낌을 가져다주었다.

"언뜻 봐서는 잘 모르겠네요." 코어샘플을 자세히 들여다보면서 클레메트가 말했다.

"광석 대부분은 자신의 매력을 감추고 있어요. 어느 정도 나이가 든 여자들과 비슷하죠." 에바가 웃으며 말했다. "일 킬로그램의 금을 추출하기 위해서는 어마어마한 양의 광석과 노동과 용해와 제련 과정 같은 엄청난 에너지가 필요해요. 상상할 수 있겠어요?"

"하지만 몇 세기 동안 비다 고원에서 전설이 되어 구전될 정도면 이 금광에 풍부한 양이 매장되어 있다는 소리일 텐데 더 일찍 발견하지 못했다는 게 이상하지 않나요?"

"이상하다고요? 아뇨. 무엇보다 시대마다 다른 광물을 찾았다는 데서 그 이유를 들 수 있어요. 우리가 보관하는 자료들 중에는 가치가 있을 거라고는 전혀 예상도 못 해서 발견되지 않은 보물이 가득해요. 어떤 광석의 가치가 알려지고 기술이 발전하고 채굴비용이 달라지면 언젠가 새로운 시각으로 그 광석을 다시 인식하고 자료를 찾으러 오는 사람들이 생기게 되죠. 그리고 다른 광석보다 스스로를 더 잘 은폐하는 광석들도 있답니다."

"아까 라듐에 대해서 말씀하셨죠."

"아주 엉큼한 놈이에요. 고방사능물질이죠. 우라늄광석 안에 숨어 있어요. 그래서 엉큼하다는 거예요. 옛날 사람들이 라듐을 많이 찾은 건 반짝반짝 빛나는 물질이기 때문이었죠. 아까도 말한 것처럼 라듐은 1950년대까지 손목시계 바늘이나 계기 다이얼 재료로 많이 쓰였어요. 이차대전 때 전투기 조종사들이 특히 많이 사용했고요. 라듐은 백색인데 대기에 노출되면 스스로 위장을 하죠. 검은색으로 변해버리거든요. 정말 교활하지 않아요? 사촌인 우라늄과 비슷해요. 우라늄도 진짜 사악한 놈이거든요. 우라늄은 우라니나이트 형태로 있을 때는 검은색이에요. 하지만 우라늄만 추출하여 정제하면 노란색을 띠는 옐로케이크가 된답니다. 간단히 말하자면, 우라늄은 카멜레온처럼 제 색깔을 바꾸는 광석이죠."

"소장님, 우리는 한시라도 빨리 이 광산을 찾아야 해요. 프랑스 지질학자가 이곳으로 가고 있는 게 확실하거든요. 그 이유는 차고 넘쳐요. 그리고 이 광산을 발견하면 우리가 맡은 사건들에 대한 답을 찾을 수 있을 거라고 생각합니다. 이렇게 말하면 안 되지만, 이건 팩트라기보다는 직관의 문제예요."

"걱정 말아요, 경관님. 제게 직관은 낯설지 않답니다. 우리 직업에서 운과 직관은 팔십 퍼센트를 차지해요. 그렇지 않다고 말하는 사람은 거짓말쟁이에요. 그러나 직관은 보고 경험한 것들에서 생기는 법이죠. 힘든 작업과 경험의 산물이랍니다. 그럼에도 불구하고 그걸 감지해낼 수 있는 예민한 코가 필요해요." 소장은 와인을 한 모금 삼키기 전에 잔에 코를 대고 킁킁거렸다.

클레메트가 미소를 지었다.

"언젠가 소장님 직관이 소장님을 카우토카이노로 이끈다면 제 텐트에 꼭 방문해주셔야 합니다. 소장님을 위해 화이트와인은 항상 준비해 놓도록 하죠."

"차가운 화이트와인이 구비된 사미 텐트 말인가요? 그것 참 거절할 수 없는 초대로 들리네요." 에바는 잔을 경찰 쪽으로 내밀며 대답했다. "자, 경관님의 걱정거리를 다시 생각해봅시다. 제 생각에 그 장소를 알아낼 유일한 해결책은 이 현장노트의 짝꿍인 지질도를 찾는 거예요. 그 지도는 우리 연구소에는 확실히 없는 걸로 보여요. 지도가 아직도 존재할까요? 그건 모르겠어요. 이곳에 독일인의 유일한 현장노트가 존재한다는 사실 자체도 수수께끼 아니겠어요?"

"지질도를 찾아야 한다…. 그 지도가 여기 없다면 그건 불가능해요." 클레메트가 말했다.

"그런 의미가 아니에요. 내가 볼 때 유일한 단서는 1939년 탐사에 참여한 사람들한테 있어요. 그들을 만나면 뭔가 나오지 않겠어요?"

"일리 있는 말씀이네요." 클레메트는 잠시 생각에 잠겼다가 에바의 말에 수긍했다. "논리적으로 보면 그게 유일한 실마리겠어요. 문제는 그들 대다수가 사망했다는 거죠. 유족들을 찾아서 탐사대원들의 자료를 보게 해달라고 요청할 수도 있겠죠. 그렇지만… 솔직히…."

"솔직히, 경관님 직관은 내 직관과 동일한 걸 말하고 있죠? 그건 너무 오래 걸린다고. 그러나 경관님 일도 제 일과 마찬가지로 인내가 최상의 무기인 거죠."

"알고 있습니다. 그러나 이번에는 시간이 별로 없어요."

"그럼, 제가 할 수 있는 일은 행운을 빌어주는 것밖에는 없네요."

에바는 다시 한 번 클레메트를 향해 잔을 들어올렸다.

때마침 니나가 두 눈을 빛내며 작은 사무실에서 나왔다. 그녀는 소장에게 양해를 구하고 클레메트에게 사무실로 들어가자고 말했다.

"오슬로에 있는 친구에게 먼저 전화를 걸어봤어요. 골동품 딜러는 시청과 국회의사당 사이에 가게를 가지고 있더군요. 고급 상점가죠. 고서적 전문가라고 해요. 극지 문학작품과 과학도서, 극지방의 동식물에 관한 책들이 주를 이루고요. 가게에서도 판매하지만 인터넷 매매도 해요. 개인 고객들의 주문도 받고 있고요."

"그 사람이 왜 사미 북에 관심을 가졌지?"

"딜러가 관심이 있어서 그랬던 게 아니라 중개를 한 거였대요. 극지방이 전문분야라 그쪽 인맥들이 많아서요. 사미인들은 극지방에 사는 민족이잖아요. 제 친구가 그러는데 그 딜러는 좀 수상한 거래들에도 손을 대고 있다고 해요."

"자네가 연락한 사람은 상당히 특수한 일을 하나보군."

"그래서 그 친구에게 전화를 한 거예요." 니나가 말을 이었다. "딜러와 직접 통화했는데, 그는 앙리 몽 씨에게 연락한 걸 숨기지 않았어요. 그런데 조금 복잡해요. 고객 이름을 알려주지 않더라고요. 영업상 비밀을 밝힐 수는 없다면서요. 그리고 무엇보다 앙리 몽 씨가 팔 생각이 없다고 해서 일이 성사되지 않았으니까요."

"앙리 몽 씨가 북을 가지고 있다는 건 어떻게 알았대?"

"그 사람 말로는 어떤 고객이 이차대전 이전의 라플란드 탐사에 대해 말해주었대요. 그래서 그 일을 조사해봤고요. 자기한테는 별로 어려운 일이 아니래요. 폴 에밀 빅토르의 동료 중 한 명이 전쟁 중에 그 탐사에 대한 책을 발간했다고 해요. 책에 어떤 내용이 있는지는 말하지 않았어요. 자기도 전혀 모른대요. 다만 앙리 몽 씨가 북을 받았다는 내용이 언급되어 있었던가 봐요. 그것만으로도 골동품 딜러가 북을 갖고 있는 사람을 추적하는 데는 충분했죠."

"그러면 누가 주문을 했을까?"

"북에 관한 뉴스가 나오기 훨씬 전에 북의 존재를 알고 있던 사람이겠죠."

"그 당시 탐사팀과 가까웠던 사람인가…."

"아니면 탐사에 참여한 사람의 후손일 수도 있고요." 니나가 의견을 말했다.

"마티스? 마티스가 오슬로의 골동품 딜러와 접촉했다고 생각하지는 않아. 탐사에 참여했던 다른 사미인의 후손도 마찬가지고. 그들 대부분은 핀란드에서 왔으니까. 프랑스인들은 사건과 관련이 없고, 플뤼거는 죽었지."

"그러면 스웨덴 학자 두 사람이 남았네요." 니나가 말을 보탰다.

"가는 코에 수염 기른 남자도 있어. 플뤼거가 죽은 후에 사라져서 사진에 다시 나타나지 않은 사람 말이야."

"선배님 숙부께서 낯이 익다고 하셨죠."

"이 세 명에 대해 앙리 몽 씨는 뭐라고 해?"

"스웨덴 학자 두 명과는 연락을 완전히 끊었답니다. 탐사가 끝난 직후에 전쟁이 일어나서 더 그렇게 된 것도 있고요. 그중 한 명은 전쟁 초에 이 년 동안 독일에 있었다고 해요. 베를린에 있는 카이저 빌헬름 연구소에서 일했대요. 인류학, 인간유전, 우생학을 연구하여 나치의 과학적 조작에 기여한 곳이죠. 1943년에 웁살라 대학으로 다시 돌아갔고요."

"아하, 스탈린그라드전투에서 독일인들이 패망하여 그들의 전력이 약화되기 시작한 때였구먼. 중립이란 항상 상황에 따라 변하는 개념이지. 정말 전형적인 스웨덴 놈들이야. 난 그 사실이 늘 부끄러워."

"그 사람은 몇 년 동안 보건복지부에서 근무했어요." 니나가 계속 말을 이었다. "그리고 1950년대 중반에 자동차 사고로 죽었고요. 또 다른 사람은 의사로 화려한 경력을 쌓았다고 해요. 카롤린스카 의과대학에서 노인병학 교수를 지냈고 노벨총회 위원으로도 선출됐고요. 그 사람도 1980년대 후반에 사망했어요."

"그러면 콧수염 남자만 남았네."

"그 사람은 탐사지역 근처인 핀마르크 주 출신이에요. 노르웨이 사람이고요. 지역주민이죠. 식량과 각종 물품을 조달하는 역할을 했대요."

"그 지역 출신이라면 그곳을 떠났거나 죽었을 수도 있겠네. 닐스 안테 숙부가 그 사람을 알아볼지도 몰라."

"숙부님한테 가서 확인해보는 게 좋겠어요. 어쨌든 지금은 그게 가장 유일하고 확실한 단서네요."

36

1월 21일 금요일

오후 4시 55분, 라플란드 내륙

아슬락이 침묵을 지킨 채 이방인을 뒤따른 지 몇 시간이 지났다. 짙은 어둠이 깔렸지만 달빛 한 움큼만으로도 비다 고원과 눈에 뒤덮인 관목 덤불들은 스산하게 반짝였다. 아슬락은 아무 저항 없이 명령에 따랐다. 순록치기는 그를 관찰했고, 이자가 텐트에 들어온 순간부터 그를 죽일 가장 좋은 방법을 고심했다. 당장이라도 그렇게 할 수 있었다.

단도를 다루는 데 있어서 아슬락을 따라올 자는 없었다. 아버지가 처음으로 칼을 준 건 아슬락이 다섯 살 때였다. 자기만의 칼을 얼마나 갖고 싶어 했던가. 자작나무에 사람이나 순록, 썰매를 조각하던 삼촌처럼 아슬락은 칼을 갖자마자 자작나무를 깎아 장난감을 만들기 시작했다.

아버지는 다섯 살 어린애였던 아슬락을 비웃지 않았다. 오히려 마음껏 조각할 수 있도록 성인용 칼을 주었다. 사미인에게는 중요한 일이었다. 아슬락은 그 칼을 여전히 간직했다. 자작나무 손잡이는 기름때로 찌들었고 세밀하게 조각한 순록 뼈 칼집은 여기저기 이가 나갔지만 칼날만은 아직도 거의 완벽했다.

다른 단도들도 있었다. 하지만 중요한 일을 할 때마다 늘 이 칼을 사용했다. 아버지를 기리는 그만의 방식이었다. 어머니는 한 번도 본 적이 없었다. 그래서 어머니에 대해서는 아무런 감정도 생기지 않았다. 전혀 그립지도 않았다.

언제가 마티스가 물어본 적이 있었다. 어머니가 보고 싶지 않느냐고. 어떻게 알지도 못하는 사람을 보고 싶어 할 수 있겠는가? 아슬락은 마티스의 질문을 이해하지 못했다. 가끔 마티스는 이상했다. 갈피를 못 잡고 희한한 생각들을 하기도 했다. 아슬락이 어릴 때 경험했던 부드러움은 지금과 마찬가지로 텐트와 썰매에 깐 순록가죽이 전부였다. 기분이 좋아지는 부드러움. 순록가죽은 필요할 때 따뜻함을 주었고, 생명을 구할 수도 있었다.

어느 날 마티스가 술김에 부드러움에 대한 화두를 꺼냈다. 애정결핍이라는 말도 했다. 또 다른 이상한 생각이었다. 마티스가 얼마나 정신을 놓고 사는지 여실히 보여주는 말이었다. 순록가죽은 애정을 보여주지 않는다. 그리고 애정은 생명을 구해주지 않는다. 반면에 순록가죽은 생명을 구한다.

아버지는 순록가죽을 어떻게 다루는지, 어떻게 연하게 만드는지 알려주었다. 아버지가 전수해준 이 기술은 인생에서 가장 중요한 것이었다. 그는 아들에게 순록을 존중하고 우두머리 순록에게 이름을 붙여주라는 말 외에 다른 말은 전혀 하지 않았다. 아슬락 아버지는 자주 집을 떠났다. 때때로 동행하기도 했다. 그래도 없는 날이 더 많았다. 그리고 어느 날 돌아오지 않았다. 아버지는 신을 두려워하는 사람이었으나 그를 죽인 건 인간들이었다. 아슬락은 그 사실을 알았다. 인간은 선을 가져오지 않는다. 애정은 말할 것도 없었다.

그는 잠시 아내를 생각했다. 아내에겐 먹을 것과 땔감과 충분한 순록 가죽이 있다. 버텨낼 수 있을 것이다. 발작이 너무 심하게 찾아오지만 않는다면. 아내는 이미 너무 오래 버텨왔다. 가끔은 몇 시간 동안 쉬지 않고 비명을 질렀다. 목구멍이 찢어질 정도로. 발작이 몹시 심할 때는 하늘을 향해 두 팔을 들어올리고 소리를 지르고 또 질렀다.

아슬락은 할 수 있는 게 아무것도 없다는 걸 알았다. 악을 쓰게 놔두고 자기가 옆에 있다는 걸 보여주는 게 고작이었다. 아내의 시선이 오랫동안 하늘을 헤매다 남편의 눈과 마주치면 마침내 길을 찾은 사람처럼 조용해졌다. 그러나 눈을 마주치더라도 그 시선은 아슬락을 지나칠 때가 훨씬 많았다. 그럴 때면 마치 자신이 보이지 않는 사람이라도 된 양 이상한 감정이 일었다. 그리고 아내는 두 팔을 높이 들고 비명을 질렀다. 그는 아내가 왜 소리를 지르는지 알았고, 이해했다. 아내는 악을 써댈 필요가 있었다.

어느 날, 순찰을 하던 순록관리청 직원이 아슬락과 그 문제에 대해 얘기해보려고 했던 적이 있었다. 그는 아슬락의 아버지와 알고 지냈던 사미인으로 예의 바른 사람이었다. 남자는 아슬락에게 아내를 병원에 데리고 가봐야 하지 않느냐고 물었다. 아슬락은 아버지와 이 사람의 오랜 우정을 존중하여 생각해보겠다고 대답했다. 그는 그후에도 여러 차례 다시 방문하여 얘기를 꺼냈으나 결국 아무리 말해봤자 소용없다는 것을 깨달았다.

비다 고원에서 아슬락 아내의 비명 소리는 전설의 광맥과 마찬가지로 사람들을 전율하게 만들었다.

아슬락은 주변을 돌아보았다. 그들은 꽁꽁 언 강 위에 있었다. 가는 띠 모양으로 낮게 깔린 구름이 왼쪽 산을 감싸 안았고, 하늘과 땅은 한데 뭉쳐서 회색 덩어리처럼 보였다. 눈이 쌓이지 않은 바위들만 산과 하늘을 구분해주었다. 불어오는 바람이 쌓인 눈을 걷어내자 산마루의 흙들이 조금씩 드러났다. 완만한 산자락에 수북하게 쌓인 눈은 헐벗은 가는 나무들이 지켜주었다. 순록 몇 마리는 그들의 기척에 아랑곳없이 이끼를 찾아 눈 속을 파헤쳤다. 순록들이 머리를 들어 그들을 보았다가 다시 눈을 파는 일에 몰두했다. 순록들은 이제 거의 보이지 않았다.

강 쪽으로 비스듬히 내려오는 산줄기에 커다란 바위들이 여기저기 흩어져 있었다. 지질학자는 이 돌들을 조사하기 위해 강 위를 벗어났다. 어떤 돌들은 매우 컸고, 어떤 건 작았다. 라카냘은 유심히 돌들을 살피며 망치로 두들기고 신기하게 생긴 기계로 스캔했다. 특히 관심을 가진 건 커다란 바위들이었다. 메모를 하고 지도를 보았다.

이방인을 보면서 아슬락은 여우를 떠올렸다. 모든 감각을 곤두세워 예리하게 살핀 후 물어뜯고 도망치는 짐승. 이자가 아슬락에게 했던 짓과 똑같았다. 가차없이 물어뜯고 거리두기. 은신처에 숨어 모습을 드러내지 않고 위협하기. 아슬락은 아내가 흙에 그렸던 기호를 다시 생각했다.

이자는 여우였다. 그러나 아슬락은 늑대였다. 야생에서 짐승들과 함께 평생을 살았다. 그들 뒤를 추격했고 습성을 연구했다. 아슬락에게 짐승은 낯선 존재가 아니었다.

늑대도 물어뜯는다. 그러나 결코 놓아주지 않는다. 단지 가장 알맞은 때를 기다릴 뿐이다. 필요하다면 언제까지라도. 늑대는 여우보다 훨씬 더 인내한다. 여우는 욕구를 속히 채우지 못하면 금세 포기하지만 늑대는 그렇지 않다.

"이봐, 좀 움직이라고!" 이방인이 아슬락에게 소리쳤다. "가방이 필요해. 빨리! 달빛도 곧 사라지겠어!"

아슬락은 서둘렀다. 그러나 움직임은 고요하면서도 유연했다. 가슴을 내밀고 팔을 옆에 붙인 채 걸어가는 그의 모습에서 범상치 않은 위엄이 흘러나왔다.

이방인은 잠자는 순록 크기만 한 둥근 바위 옆에 무릎을 꿇고 앉았다. 그가 가방에서 장비를 꺼내 돌을 긁어내고 그 위에 용액을 부었다. 가끔은 꺼림칙한 표정으로 아슬락을 쳐다보기도 했으나 아슬락은 어떤 반응도 보이지 않았다. 다만 텅 빈 시선으로 남자를 바라볼 뿐이었다. 남자는 이 시선에 신경이 날카로워진 듯 입술을 비죽였다. 한쪽 입술이 뺨까지 올라간 탓에 그의 인상이 험상궂게 이지러졌다.

돋보기로 바위 조각을 관찰하던 이방인은 이내 실망하는 표정이었다. 낯선 언어로 욕설을 내뱉고 장비를 챙겼다. 그리고 무전기로 짧은 메시지를 전송했다. 그전과 비슷한 내용이었다. 그가 아슬락에게 위협적인 어조로 말했다.

"이제 캠프로 돌아간다. 내일 강을 따라 계속 이동할 거야. 얼른 움직이라고! 빌어먹을, 벌써 아무것도 안 보이잖아. 어서 서둘러. 빨리 가서 나무도 해오고 밥도 하라고. 얼른!"

아슬락은 어깨에 가방을 얹고 방향을 틀었다. 이십오 킬로그램의 무게도 거의 느껴지지 않았다. 필요하다면 오십에서 육십 킬로그램에 달하는 순록을 짊어지고 먼 거리를 이동할 수도 있었다. 아슬락이 그렇게 하는 걸 실제로 목격했던 순록치기들은 그를 원래 강인한 사람이라고 생각해왔음에도 불구하고 놀라워했다.

희뿌연 어둠 속에서도 앞장서서 수월하게 길을 안내하는 동안, 아슬락은 뒤에서 따라오는 남자가 끊임없이 욕설을 내뱉는 소리를 들었다. 무슨 의미인지 알 수 없었지만 남자가 계속 그럴수록 자신의 뜻은 더 쉽게 이루어지리란 생각이 들었다.

오후 5시 50분, 카우토카이노

베리트 쿠치가 성호를 그었다. 올센 영감의 농장에서 일과를 막 마친 참이었다. 무슨 일 때문인지 잔뜩 흥분한 늙은 농부는 평상시보다 더 성깔을 부렸다. 베리트는 오랫동안 소들을 돌보며 지냈다. 소들은 순록보다 유순해서 쓰다듬어도 가만있었다. 말을 건넬 수도 있었다. 그녀는 목사에게도 고해하지 못하는 얘기들을 소에게 했다. 정말이지 이 소들은 좋은 친구들이었다.

지금 시기에 외부 작업은 많지 않았다. 올센은 기계들을 점검하고 정비했다. 목의 통증이 심하지 않은 날에는 제설차로 도로에 쌓인 눈을 치웠다. 그러나 하루 종일 툴툴대며 욕을 입에 달고 살았다. 가끔은 베리트에게 집 안 청소를 시키기도 했다. 하지만 그는 결벽증이 심해서 베리트가 해야 할 일은 거의 없었다. 베리트는 올센 영감이 할 일이 없어 심심할 때면 자기를 들볶는 재미에 부른다는 생각이 들었다. 한편으로는 이런 생각을 하는 자신이 부끄러웠다. 그러나 신은 그녀가 나쁜 여자가 아니라는 사실을 알고 계신다.

축사를 떠나기 전에는 신께서 소들을 지켜주도록 항상 성호를 그었다. 소는 신의 피조물이다. 베리트는 그 사실을 잘 알았다. 이 가축들은 워낙 선량하여 작은 보상이라도 받는 게 마땅하다고 생각했다. 어느 날, 라르스 목사에게 매일 이런 의식을 한다고 고백한 적이 있었다. 그러자 목사는 불같이 화를 냈다.

그후 베리트는 목사에게 처음으로 거짓말을 했다. 소들을 위해 여전히 기도를 하느냐고 목사가 물었을 때, 베리트는 사실과 달리 이제는 하지 않는다고 대답하여 그를 안심시켰다. 물론 그 일에 대해 양심의 가책을 느꼈다. 그리고 지금은 목사와 단둘이 있을 때 얘기가 너무 길어지면 불안해졌다. 목사가 질책하는 눈빛으로 전부 고백하라고 다그칠까 봐 두려웠다. 딱딱하고 근엄한 품성에 비추어볼 때 능히 그럴 수 있는 사람이었다.

베리트가 아버지를 두려워하는 것도 이런 분위기 때문이었다. 아버지는 독실한 루터교 경건파 신도였다. 아버지가 웃는 모습을 본 기억은 전혀 없었다. 그는 다른 노인 신도들처럼 구레나룻와 턱수염을 길렀고, 목까지 단추를 잠근 흰 셔츠를 입었다. 엄격했으나 공정한 사람이었다.

베리트의 어머니는 성인이 된 후에 개종했다. 어머니도 물론 신자였지만 개신교 신앙 속에서 자랐다. 경건파 신도로서 신실한 믿음을 갖게 된 것은 나이가 들어서였다. 개종을 하기 전에는 죽음 앞에서도 신앙을 유지할 수 있을지 확신하지 못했다고 딸인 베리트에게 고백했다.

베리트 어머니의 처녀 시절에 친구 한 명이 그런 믿음을 지닌 남자가 있다고 소개해주었다. 바로 베리트 아버지였다. 개종을 하고 결혼을 한 후로는 신앙에 회의를 품은 적이 한 번도 없었다. 베리트의 육 남매는 모두 경건파 신자들이었다. 그중 두 명이 일찍 세상을 떠났다. 자식 둘을 먼저 보내면서도 어머니의 신앙은 결코 흔들리지 않았다. 오히려 시련을 통해 믿음이 더욱 강해진다고 생각했다.

베리트는 자라면서 어머니에게서 늘 풍겨나는 환한 빛에 깊은 영향을 받았다. 어머니는 아버지와 달리 자주 미소 지었는데, 그 미소는 결코 과하지 않았고 늘 온화했다. 그녀는 웃음을 절제할 줄 알았다. 어머니는 놀라운 여성이었다. 그리고 너무 빨리 세상을 떴다.

한 번은 어머니가 자신이 레스타디우스 교리에 빠져든 이유를 말해준 적이 있었다. 그건 이 종교가 죄를 용서해주는 것에 그치지 않고 자기가 지은 죄를 고백할 수 있도록 해주기 때문이었다. 베리트 역시 가톨릭교도들이 고해성사를 하는 것처럼, 라르스 목사에게 자신의 죄를 고하고 마음의 평안을 얻었다. 물론 모두가 동의하듯이, 가톨릭교도들이 많은 부분에서 귀감이 되는 건 아니었다. 그러나 죄를 고백하고 사함을 받을 수 있다는 건 신의 은총이었다. 그 덕분에 베리트처럼 약하고 두려움 많은 사람들도 지옥 불에 떨어지지 않는다는 믿음으로 살아갈 수 있었다.

라르스 목사는 믿음을 가지려면 우선 죄를 자각해야 한다고 베리트에게 늘 말했다.

"창조주이신 예수 그리스도를 죽이지 않은 자는 구원이 필요 없습니다." 하루는 라르스 목사가 떨리는 손가락을 좌우로 흔들며 말했다. "자기 죄를 회개하지 않고, 주님께 구원을 간구하지 않는 자는 진정한 신자가 될 수 없어요."

한때, 베리트 아버지는 라르스 목사가 딸에게 꼭 맞는 배필이 될 거라고 생각한 적이 있었다. 그러나 운명은 다르게 흘러갔다. 어느 날, 목사는 여행을 갔다가 말수가 적은 핀란드 여자를 데리고 돌아왔다. 자기 아내가 첫 임신을 했을 때, 목사는 베리트에게 진정한 믿음을 가지려면 죄를 느껴야만 한다고 누누이 말했다. 베리트가 신실한 신자가 아니라고 말하는 것만 같았다. 그녀는 걱정이 되어 어머니에게 이런 사실을 털어놓았고, 얼굴이 굳어진 어머니는 주일예배를 마치고 교회에 남아 목사와 면담을 했다. 그날 두 사람이 무슨 얘기를 했는지 알 수 없지만 그 이후 목사는 베리트가 죄를 느껴야 한다는 말은 더 이상 하지 않았다.

목사의 인생에 핀란드 여자가 들어선 후, 베리트에게 구혼하는 사람은 없었다. 그녀는 지적장애가 있는 남동생을 돌보는 일에 헌신했다. 또한 하나님 말씀을 두려워하고 부모님 뜻에 순종하며 살아가느라 얼마 되지도 않았던 기회들마저 날려 보냈다. 그러나 그녀의 가슴속에는 언제나 뜨거운 불이 활활 타올랐다.

부모님이 모두 돌아가신 후에도 그녀는 치장이나 소비나 텔레비전을 멀리하며 레스타디우스 경건파의 금욕적인 생활을 이어갔다. 세상의 즐거움을 포기하고 살아가는 건 어렵지 않았다. 그녀가 좋아하고 함께 시간을 보내는 사람들은 대부분 순록치기들이었는데, 그들은 경건파 신자가 아니어도 힘든 노동을 했고 그중에는 아슬락처럼 가난하고 단순한 삶을 사는 사람들도 있었다.

베리트는 눈을 감고 또다시 성호를 그었다. 축사에서 나올 때 차 한 대가 마당으로 들어왔다. 사미인을 증오하는 경찰이었다. 베리트는 그가 올센 영감의 집으로 쏜살같이 들어가는 모습을 보았다. 근래 들어 브랏센이 올센을 만나러 오는 일이 잦았다. 그리고 영감은 점점 더 괴팍해졌고 화를 내는 일이 부쩍 많아졌다. 베리트는 농부가 경찰과 문제가 생긴 게 아닐까 생각했으나 어떤 이유 때문인지는 전혀 짐작도 할 수 없었다. 수많은 질문들만 끊임없이 맴돌 뿐이었다.

“그들은 현장에 나가 있습니다. 프랑스인의 무전 연락을 받았어요. 아슬락을 잘 구슬려서 데려갔나 봅니다.”

올센은 잠시 생각에 잠겼다가 두 손을 비볐다.

“흠흠, 우리가 아주 훌륭한 준마를 고른 모양이야.” 마침내 농부가 입을 뗐다.

“그럴 수도 있죠. 그럴 수 있어요. 그래도 너무 빨리 축포를 터뜨려선 안 돼요. 경찰서에는 프랑스인이 혼자 떠났다고 말해야 했어요. 프랑스인이 영감님을 만나려고 했다는 걸 클레메트 낭고가 알고 있더라고요. 일단은 영감님이 그자를 만난 적이 없다고 호언장담을 했죠.”

“그렇지, 그렇지, 아주 잘했어. 어쨌든 내가 그자를 공식적으로 만난 적은 없잖아. 안 그래? 너무 걱정하지는 말라고. 자네의 프랑스인과 아슬락이 나중에라도 입을 맞출 리가 없다고. 서로 친해지겠어? 아주 불꽃 튀기며 싸우는 일이 생길 수는 있어도 말이야. 두 사람은 분명히 틀어질 거야.”

“그게 무슨 말이죠?” 올센의 의중을 파악할 수가 없어서 브랏센이 물었다.

“처음에 프랑스인을 봤을 때 술집에서 싸우고 있었다고 했지?”

“네, 그랬죠. 근데요?”

칼 올센은 슬슬 짜증이 났지만 내색하지 않으려고 꾹 참았다.

“자네가 말했잖아. 그때 그자가 마티스를 죽였을지도 모른다고 생각했다며.”

“네, 맞아요.”

"내가 무슨 말하는지 모르는 거야?"

"하지만 그 이후엔 순록치기들끼리 문제가 있어서 살해된 거라고 생각했는데요."

"옳거니!" 올센의 목소리가 커졌다. "자네는 경찰이야. 다른 누구보다 그 일에 대해 더 잘 알고 있지. 나는 한갓 농부에 지나지 않아. 나한테는 그런 일에 촉이 오지 않는다고. 내가 아는 거라곤 땅의 색깔과 냄새뿐이야. 단지 내가 말하고 싶은 건, 자네가 프랑스인을 수상쩍게 생각했기 때문에 본능에 따라 그자를 감시했다는 걸세. 그래서 그자가 어린 계집애들과 얽힌 문제까지 알게 됐잖아. 안 그런가? 자네가 옳았다고."

"맞아요." 브랏센이 수긍했다.

"훌륭한 경찰들은 다 자기의 촉을 따라 행동해. 그렇지 않나?"

"네, 그렇긴 하죠." 브랏센은 신중하게 대답했다. 하지만 올센의 속내를 여전히 알 수 없었다.

칼 올센은 인상을 찌푸리며 경찰 쪽으로 몸을 살짝 돌렸다.

"이제 자네 본능은 이 사건이 사미 순록치기들 사이의 앙갚음 때문이라고 말하고 있어."

"네, 맞습니다. 하지만 순록경찰은 프랑스인이 이 사건에 연루되었을지도 모른다고 생각해요. 금광과 북 얘기 때문이죠. 게다가 보안관은 순록경찰들에게 그 단서를 쫓으라고 했고요."

"그런 개 같은 소리가 다 있나!" 농부가 화를 벌컥 내며 소리쳤다가 이내 목소리를 낮췄다.

"자네 그거 아나? 자네 부친이 빨갱이 새끼들을 쫓아다니며 색출하던 시대에 말이야, 그놈들은 가짜 단서들을 여기저기 흘리면서 자네 부친을 아주 골탕 먹이려고 했어. 그래도 자네 부친은 절대 속지 않았지.

그 새끼들이 있는 곳을 기가 막히게 찾아내서는 모조리 잡아들였다고. 부친이 늘 했던 말이 기억나네. 자기한테는 육감이 있어서 고약한 빨갱이 새끼들을 문제없이 잡아냈다고 했어. 자네는 그런 대단한 인물의 아들이야. 게다가 엄청난 후각을 지닌 사냥개이기도 하지. 안 그런가? 자네는 전후사정을 알 필요도 없었어. 그 사건이 순록치기들의 문제라고 대번에 간파했으니 말이야. 그렇지? 내가 무슨 말을 하려는지 아나?"

롤프 브랏센은 딱딱한 표정으로 농부를 빤히 쳐다보았다. 경찰이 자기 말을 이해했을 수도 있었다. 그러나 올센은 확실히 해두고 싶었다.

"자, 보게. 내 생각엔 말이야, 경찰이 그 프랑스인을 쫓느라 시간과 자원을 낭비하는 건 헛짓거리에 불과하네. 그건 내 일에도 좋을 게 없어. 자네한테도 마찬가지고. 이제 무슨 말인지 알겠나?"

브랏센은 생각에 잠긴 듯했지만, 올센은 경찰이 자기 말을 확실히 알아들었다고 확신했다. 농부는 경찰의 일그러진 표정을 보았다. 그리고 속으로 아버지나 아들이나 참으로 똑같이 멍청해 보인다고 생각했다. 사실 올센은 브랏센의 아버지를 잘 알지 못했다. 그러나 브랏센의 생김새만은 아버지 판박이였다.

"영감님 말씀이 뭔지 압니다." 마침내 브랏센이 입을 열었다. "하지만 내가 할 수 있는 일은 한계가 있어요. 보안관은 내 말을 별로 믿지도 않고요."

"그럼, 보안관이 문제라는 건가?"

"어떤 면에선 그렇죠. 순록경찰은 시키는 일을 할 뿐이에요. 그런데 보안관은 유엔 컨퍼런스 때문에 지금 초긴장 상태죠."

이번에는 칼 올센이 생각에 빠져들었다.

"만일 옌센 서장이 잘리면, 무슨 일이 생기지?" 갑자기 칼 올센이 물었다.

"잘린다고요?"

"그래, 경찰 옷을 벗게 되면 말이야."

브랏센이 심각한 표정을 지으며 생각에 잠겼다. 어쨌거나 자신은 경찰서에서 서장 바로 아래 서열이었다. 갑자기 그의 얼굴에 아이처럼 좋아하는 표정이 떠올랐다. 정말 단순한 놈이군. 올센이 생각했다. 그래도 경찰에게 웃어주는 건 잊지 않았다.

"엔센 서장이 해임되면 제가 순록경찰을 철수시킬 수 있습니다."

"그래, 바로 그거지. 자네 부친은 자네를 정말 자랑스러워할 걸세. 나한테 아이디어가 하나 있는데 말이야, 아주 신속히 해야 하지만 반드시 먹힐 거라 믿네."

저녁 7시, 93번 국도

니나는 방한복에 파묻힌 상체를 웅크리고 머리를 쿠션에 기댄 채 조수석에서 잠이 들었다. 금발 머리는 샤프카 속에 깊이 감추어져 있었다. 최대치로 올린 히터에서 후끈한 열기가 나왔다. 바깥은 여전히 엄동의 날씨였다. 시베리아에서 불어오는 바람이 다시 기승을 떨었다. 니나는 강한 체력을 지녔지만 지질학연구소에서 나와 차를 타자마자 곯아떨어졌다. 클레메트는 즉시 북쪽의 키루나를 향해 달리기 시작했다. P9 순찰대는 다음 날 아침 키루나의 순록경찰 본부에 가야 했다. 라플란드 내륙의 툰드라 한복판에 외따로 떨어진 광업도시 키루나에 순록경찰청 본부가 있었다.

클레메트는 키루나에서 태어나 몇 년 동안 살았다. 그는 계단단층에 불룩한 봉우리가 연달아 이어지는 고향의 유순한 산세를 좋아했다. 1960년대부터 땅속으로 이동한 갱도는 점점 발전하는 신기술 덕분에 총길이 사백 킬로미터에 달하는 눈에 보이지 않는 지하 미로가 되었다. 그 지역 사미인들에게 광산은 생활방식을 뒤엎어놓고 순록 떼의 이동경로를 차단하고 소음공해를 일으키고 방목지를 파괴하는 주범이었다.

클레메트의 아버지는 노르웨이 쪽 라플란드의 농장에서 일손이 더는 필요 없는 시기가 되면 때때로 광산으로 가서 일을 했다. 대부분의 광부들 역시 한철만 일했다. 라플란드에서는 계절에 따라 여러 직업을 갖는 사람들을 쉽게 찾아볼 수 있었다. 그 누구도 먼 거리를 이동하는 걸 두려워하지 않았다. 유목생활은 어쩌면 북극지대 사람들의 유전자 속에 새겨져 있는지도 모른다.

클레메트는 이 모든 것과 싸우고 싶었다. 니나에게 말했듯이 고래잡이가 되겠다는 황당한 생각도 하긴 했지만 그런 생각을 더 멀리 밀고 나간 적은 없었다. 바다와 가장 가까운 곳에서 일을 한 건 이 년 연속으로 여름 동안 로포텐 제도의 생선공장에서 일한 게 전부였다. 이 얘기는 차마 니나에게 하지 못했다. 보수는 꽤 괜찮았다. 하지만 그 외에는 아무 매력도 없는 일이었다. 게다가 사미인이 하기에는 적합한 직업이 아니었다. 그러나 자신이 진짜 사미인인가? 진짜 사미인은 순록치기여야 한다. 그래서인지 아버지도 클레메트에게 사미족 사람임을 잊지 말라고 얘기한 적이 한 번도 없었다.

사미인의 세계는 매우 촘촘히 조직되어 있다. 순록치기는 독자적인 지위를 부여받으며 이들 세계에서 가장 높은 위치를 차지한다. 한마디로 특권층이다. 그들은 대가족을 이루고 살며 수많은 순록을 소유한다. 위세를 떨치고 사람들을 쥐어 흔들고 뒷일을 걱정할 필요 없이 순록관리청에 자기네가 보유하고 싶은 순록의 수를 말할 수 있는 자들이다.

그 다음 계층은 학업의 길을 선택한 젊은이들이다. 이들은 아직 매우 드물고 최근의 현상이긴 하다. 그러나 사미 출신의 변호사나 의사들이 보이기 시작했다.

그 밑으로 익명의 수많은 사람들이 있다. 그들은 자기가 사미인인지, 스웨덴인인지, 노르웨이인인지, 핀란드인인지 잘 알지 못한다.

이 계층사회의 밑바닥에서는 순록치기 세계에서 축출된 사람들이 살아남고자 버둥댄다. 순록을 치다가 실패하여 천민으로 전락한 이들이다. 클레메트의 할아버지가 그랬다.

클레메트는 누가 가장 힘들지 생각해보았다. 할아버지? 그는 순록치기의 삶이 끝났다고 판단하고 식구들을 먹여 살리기 위해 클레메트가 태어나고 자란 작은 호숫가 마을로 가서 평생 농사를 짓고 물고기를 잡는 일에 종사했다. 아니면 아버지? 아버지는 어릴 때 순록들과 함께 자부심 가득한 유목민의 자유로운 삶을 누리다가 어느 날 갑자기 영문도 모른 채 이 모든 걸 박탈당하고 또래 친구들의 조롱을 견뎌야 했다.

클레메트가 어느 정도 나이가 되었을 때, 아버지는 노르웨이어를 배워야 한다며 학교에 보냈다. 그는 아들을 진짜 노르웨이 사람으로 만들고 싶었다. 자기네를 비웃는 순록치기들의 세계에서 멀리 떨어져 살기를, 그래서 자기처럼 수치심 속에서 살지 않기를 바랐다.

그러나 그 일은 생각처럼 간단하지 않았다. 기숙학교를 다니면서 클레메트는 유목민인 순록치기의 아들들과 함께 공부했다. 거기에 아슬락도 있었다.

키루나가 가까워질수록 클레메트는 급격히 피곤해졌다. 저 멀리에 낯익은 투광등 불빛과 광산의 실루엣이 보였다.

그는 이 불빛을 좋아했다. 그 빛을 보면 어린 시절이 떠올랐다. 카우토카이노의 산 반대쪽에 있는 가족 농가에 갔다가 이곳으로 돌아올 때는 계절에 따라 몇 시간 동안 걷거나 배를 타야 했다. 칠흑 같은 어둠 속에서 오랫동안 불안하고 힘든 시간들을 견디고 여행의 끝에 이르면 마법처럼 환한 빛이 늘 기다리고 있었다. 그들은 매일 밤마다 광산 내부에서 야간 발파작업을 하는 시각에 맞춰 키루나에 도착했다.

니나는 여전히 자고 있었다. 클레메트는 이 근처에 마련된 순록경찰 막사로 향했다. 그가 조심스럽게 니나를 깨웠다.

막사에 도착하고 침대에 누운 지 몇 분 후에 막사가 살짝 흔들렸다. 발파작업이 있었던 모양이다. 광산업은 여전히 호황을 누리고 있다.

37

1월 22일 토요일

일출: 오전 9시 35분, 일몰: 오후 1시 27분

일조 시간: 3시간 52분

오전 9시, 스웨덴 키루나

순록경찰 본부가 들어선 옛 소방관 건물은 지붕에 멋진 탑을 얹고 흰색 목재 외벽으로 마감한 특이한 건물로, 근처에는 키루나의 자랑거리인 붉은색의 아름다운 교회가 있었다.

다른 순록경찰들은 보이지 않았다. 라플란드 구석구석을 순찰하고 있거나 휴가 중일 것이다. 순록경찰은 일상적이지 않은 시간에 근무를 하는 데 익숙하다. 하지만 다른 경찰은 그렇지 않아서 가끔 그런 시간에 그들의 협조가 필요하면 설득부터 해야 한다.

클레메트는 커피를 뽑아와 회의실에 있는 보온병에 따랐다. 창밖으로 교회가 보였다. 이 교회는 몇 년 내로 해체하여 다른 곳으로 옮겨진다. 발밑에 있는 철광들을 개발하는 데 방해가 되지 않도록 키루나 시를 이전할 계획이 세워졌기 때문이다.

니나는 카메라를 꺼내 창밖의 풍경을 찍었다. “노출을 길게 해서 찍는 거예요.” 그녀가 클레메트에게 설명했다. 카우토카이노에서 남쪽으로 수백 킬로미터 떨어진 곳이지만 키루나는 이 시간에도 여전히 극야의 어둠에 잠겨 있었다.

법의관인 안데르스 수네보른 박사가 아홉 시 정각에 도착했다. 털 달린 두툼한 파카를 입었는데도 꽁꽁 얼어붙은 모습이었다. 안으로 들어오기 직전에 빙판에서 미끄러지는 바람에 박사는 욕설을 내뱉으며 절뚝거리고 들어왔다.

“장모가 사준 징 달린 신을 신지 그래.” 클레메트가 조언했다.

“스톡홀름 사람이 어떤 일에서는 절대 굽히지 않는다는 걸 아직도 모르는가 보군. 그런 헛소리는 속으로만 하라고.” 그가 통증 때문에 인상을 찌푸리며 말했다.

팔메 총리 암살사건을 조사하던 시절, 두 사람은 스톡홀름에서 같이 일하며 친해졌다. 안데르스처럼 마음이 열려 있고 편견이 없는 사람을 만나기는 쉽지 않았다. 그들은 펠리칸이나 크바르넨 식당에서 함께 맥주를 마셨다.

박사가 함마르비 축구클럽 응원단에 가입하라고 했을 때, 클레메트는 시큰둥한 반응을 보였다. 안데르스는 그가 축구에 관심이 없다는 사실을 곧 알아차렸다. 그러나 클레메트는 박사와 함께 있으면 힘들게 자신을 방어할 필요를 전혀 느끼지 못했고, 자기가 싫어하는 것들도 기꺼이 수용하곤 했다. 그래서 때로는 거대한 화면에 펼쳐지는 축구경기를 보며 초록색과 흰색 두건을 두른 축구팬들과 안데르스의 고함 속에서 저녁 시간을 보낸 적도 있었다.

과학수사관 프레드리크는 제 시간에 오지 않았으나 그 사실이 별로 놀랍진 않았다. 주말인 토요일에 회의를 한다니 당연히 내키지 않았을 것이다. 결국은 회의에 참석하겠다고 했지만 불만을 표출하기 위해 일부러 늦게 오는 것 같았다.

"저기, 프레드리크 수사관님이 오네요." 니나가 창밖으로 손을 흔들며 말했다.

클레메트가 손목시계를 들여다봤다. 겨우 오 분 지각이다. 정말 무신경하구먼. 그가 생각했다. 프레드리크는 회의실로 들어와 연극배우처럼 과장된 몸짓으로 캐슈미어 목도리를 풀고, 낙타털 모자를 벗었다. 면도한 지 얼마 안 지났는지 고급 애프터쉐이브 로션 향이 났다. 그가 니나에게 환한 미소를 지었다.

"그럼, 시작하자고." 클레메트는 못마땅한 표정을 굳이 숨기지 않고 한참 동안 손목시계를 들여다봤다. "우리는 카우토카이노까지 몇 시간 동안 다시 운전해서 가야 해."

"오! 오늘 저녁에도 있는 거 아니었어요? 아쉽네요." 그가 니나에게 시선을 주며 말했다. "유엔 컨퍼런스 때문에 벌써 도착한 록그룹들도 있는데…. 오늘 저녁에 콘서트가 있거든요."

니나는 정중하게 미소를 짓고 다시 클레메트를 보았다. 법의관이 먼저 시작했다.

"자, 그럼." 그가 서류철을 열고 테이블 위에 사진을 꺼내놓았다. "마티스는 이와 비슷한 칼에 찔린 후 한 시간 후에 죽었어. 양쪽 귀는 죽은 지 두 시간쯤 후에 잘렸고. 그 부분에서 달라진 사실은 없어. 두 번째 귀는 예상했던 대로 마티스 귀가 맞아. 범인이 귀에 새긴 문양을 크게 확대해보았지." 그가 경찰들에게 다른 사진들을 내밀며 말했다. "클레메트, 이 문양들은 알아봤나?" 법의관이 물었다.

클레메트가 눈살을 찌푸렸다.

"한쪽 귀의 문양은 진전이 있는데, 다른 쪽은 처음에 밝혀낸 단서와 완전히 달라."

"그러면 두 명의 순록치기라는 말인가?" 법의관이 재차 물었다.

"보통, 순록 주인을 파악하려면 양쪽 귀의 문양이 필요해." 클레메트가 말했다.

"하지만 순록치기들이 자기 귀에 표식을 하는 일은 없으니 전통적인 방식으로 이 문양을 읽으면 안 되겠죠." 프레드리크는 클레메트의 콧대를 꺾었다고 생각하며 우쭐해했다.

"자네 말이 맞아." 클레메트는 과학수사관을 쳐다보지도 않고 말했다. "다만, 순록치기들의 마크 중에서 두 번째 귀의 문양과 일치하는 게 없어. 첫 번째 귀의 문양 주인은 찾았는데 말이야. 어쩌면 이 문양들은 순록치기들과 상관없을 수도 있어."

"요한 헨리크 오두막에서 가져온 칼들을 검사해봤네. 칼에 묻은 핏자국도 검사했고. 전부 순록 피였어. 칼 하나만 빼고. 그 칼에는 사람 피가 묻어 있었는데, 마티스 피는 아니야." 법의관이 클레메트 앞에 서류 몇 장을 내밀었다.

"지피에스는 어떻게 됐지?" 클레메트가 조급한 어투로 프레드리크에게 물었다.

"전부 서류에 들어 있어요. 일부 데이터를 복구하는데 성공했죠. 아주 힘든 일을 해낸 거라고요." 프레드리크가 몸을 일으키며 말했다.

"어떤 데이터를 복구한 건데요?" 니나가 물었다.

"기본적으로 위치에 대한 데이터죠. 최근 반년 동안 다닌 곳을 확인할 수 있어요. 뽑아온 데이터는 마티스가 죽기 전 일주일간의 행로예요.

더 필요하면 언제든 말만 해요, 니나."

"그러면 그보다 일주일 전에 것도 뽑아주게." 클레메트는 자기를 무시하고 니나에게 말하는 과학수사관의 태도에 비위가 거슬렸다. "당장 해주게. 늦지 않게 출발해야 하니까."

프레드리크의 귀가 빨개졌다. 곧바로 일어나 회의실을 나가는 그를 보자 클레메트는 통쾌했다.

클레메트와 니나는 지체 없이 서류를 살펴보았다. 지피에스에서 추출한 데이터는 간략했다. 손상된 기계여서 지도까지는 뽑아낼 수 없었던 모양이다. 그러나 위치와 시간을 보여주는 최소한의 데이터들은 있었다. 프레드리크가 오 분 후에 돌아와서 스테이플러를 찍은 종이 몇 장을 테이블에 내던졌다.

"아, 잊어버린 게 하나 있네요. 마티스의 외투 말인데, 터럭 하나도 빠짐없이 싹 훑으면서 조사했죠. 검사결과는 파일 안에 있어요. 관심 보이셨던 기름 자국은 스노모빌 기름입니다. 그런데 피해자가 자기 스노모빌에 넣던 기름은 아니에요. 질문 없으면 전 갑니다."

프레드리크는 기분이 상했다는 걸 굳이 감추지 않았다. 이럴 때는 클레메트가 화해의 몸짓을 보이며 사과하는 게 스웨덴식 매너다. 그러나 클레메트는 그러고 싶은 생각이 추호도 없었다. 프레드리크처럼 거만하고 잘난 척하는 자를 보면 화가 치솟았다. 그는 니나가 고맙다고 말하는 동안에도 아무 소리 하지 않았다. 과학수사관이 회의실을 휑하니 빠져나갔다.

프레드리크가 떠나자 법의관이 껄껄 웃었다.

"이런 바보 같으니." 그가 클레메트에게 말했다. "그런다고 저자가 변할 것 같아?"

"자기가 무슨 짓을 하는지도 모르잖아. 저런 건 타고난 거라고. 그러니 스톡홀름 사람 같다는 소리를 듣지."

"아이고, 이제는 편견에 푹 찌드셨구먼." 박사가 농담을 던졌다. "귀담아듣지 말아요, 니나 경관. 동료가 오버한다고 생각하죠? 그런데 클레메트는 저런 사람들과 해묵은 원한이 있거든."

"무슨 소리야! 난 누구와도 원수진 적 없어!" 클레메트가 버럭 소리를 질렀다.

"오, 당연히 그러시겠지." 박사는 시종일관 놀리는 말투로 대꾸했다. "그건 그렇고, 니나 경관은 아주 대단한 경찰과 함께 일한다는 걸 알아둬요. 사소한 거에도 집착을 해서 수사를 아주 크게 벌이거든. 증거를 찾아 나선 수도승이지. 클레메트, 마티스의 눈 밑에 있던 다크서클 기억하지? 자네가 알아봐달라고 했잖아."

"아, 맞아요." 니나가 끼어들었다. "마티스 시신을 봤을 때 눈 주위를 보고 놀랐거든요. 타박상 때문에 멍이 든 것 같기도 하고. 아주 극심한 고통을 겪었을 거예요."

"그건, 멍이 아니라 문지른 자국이에요, 니나 경관." 법의관이 니나에게 시선을 주었다가 클레메트를 똑바로 쳐다봤다. "클레메트, 그건 핏자국이야."

오전 9시 30분, 라플란드 내륙

아슬락과 라카냘은 이른 아침부터 전날과 같은 방향으로 길을 떠났다. 라카냘은 정기적으로 무전기에 대고 메시지를 보냈다. 아침에 나오면서 빌마르크센터 주인에게 빌린 권총을 챙겼다. 어제 봤던 순록 한 마리면 적어도 오늘 식단에 변화를 줄 수 있었다.

출발하기 전에 한참 동안 지도를 샅샅이 들여다보면서 아슬락에게 지도상의 단층이나 절벽, 강에 대해 물었다. 사미인은 이 지역에 대해 백과사전 같은 지식을 지니고 있었다. 게다가 몇 안 되는 단어로도 돌들의 형태와 색깔을 정확하게 묘사했다. 물론 현장을 답사하는 지질학자의 관찰에는 못 미치지만 라카냘이 탐사지역을 좁히는 데는 충분했다.

캠프를 떠난 이후, 아슬락은 한마디도 하지 않았으나 지질학자는 개의치 않았다. 털 달린 두툼한 방한복을 입고 작업용 장화를 신은 라카냘은 흡사 우주인처럼 천천히 걸었다. 목도리로 칭칭 둘러맨 얼굴은 거의 보이지 않았다. 탐사 때마다 매번 하던 버릇대로, 그가 큰 소리로 혼잣말을 하기 시작했다. 아슬락은 완벽한 관객이었다. 그는 입을 다문 채 라카냘의 말을 모두 들었고 전부 기억했다.

"오늘 저녁에는 아주 근사한 새끼 순록 요리 어때? 아주 배 터지게 먹어보자고. 이번처럼 탐사를 떠나면 이삼 주나 한 달 동안 밖에 나와 있어. 그렇다고 한 달 치 식량을 가지고 다닐 수는 없다고. 하지만 진짜 지질학자는 현장에서 살아남는 법을 알지. 낚싯대만 있어도 마을 전체를 먹여 살릴 수 있어. 새끼 순록 한 마리도 아주 괜찮아. 뭐, 문제라도 있나? 아무 말도 안 하겠다 이거지. 뭐, 오히려 더 좋다고. 오, 저 감돌 좀 봐. 굉장한데! 좀 긁어갈 건데 괜찮겠어? 이 망치로 부술 거야. 보라고. 이게 스웨덴 망치라는 건 아나? 자, 이제 제대로 한 방 먹여야지? 아주 깔끔하게 됐군. 사미인, 잘 봤지? 감돌은 찍소리도 안 하잖아. 안 그래? 아, 그래. 자네는 감돌이 뭔지 모르겠군. 광물로 가득 찬 끝내주는 돌이 바로 감돌이지. 알겠나? 아니, 모르겠지. 아니, 이제 알 거야. 좋아, 그냥 들어보라고. 그냥 듣기만 하는 걸 좋아하는 것 같은데 말이야. 아무튼 이 돌은 용암 파편이야. 반짝이는 거 보이지? 석영이 함유되어 있어서 그래. 관심 없나? 하긴, 당신이 옳아. 이딴 게 뭔 소용이 있겠어. 예쁘긴 하지만 그걸로 끝이지. 그런데 말이야, 그 교활한 촌뜨기 영감이 원하는 금은 이런 석영 속에서 찾을 수 있어. 자, 이제 움직이자고. 강굽이까지 가야 해. 거기서 광물 시료를 채취할 생각이니까. 그리 오래 걸리진 않을 거야."

이제 라카냘은 기분이 좀 나아졌다. 이곳은 자기 영역이었고 자신의 왕국이었다. 사냥감을 뒤쫓기 위해 모든 감각이 깨어났다. 암석을 분류하고, 이십여 년 전에 다른 곳에서 관찰했던 단층과 비교하기 위해 기억 속에 있던 것들을 모조리 소환했다. 그 기억들은 예전에 봤던 것들, 어떤 지질학자도 생각하지 못했던 것들, 그 모두를 설명해주었다. 라카냘, 그는 모든 감각을 정확히 기억할 수 있었다.

정복한 여자들도 모두 기억했다. 그는 소녀들을 취하면서 느꼈던 감각 하나하나를 세세한 목록으로 만들어 머릿속에 저장했다. 연한 살결, 부드러운 머리칼, 포동포동한 엉덩이, 막 솟아나기 시작한 작은 가슴. 시선과 눈. 라카냘은 그 시선들을 수도 없이 보았다. 완벽한 전시 아닌가! 그가 생각했다. 그리고 차례차례 지나가는 눈들을 다시금 보았다. 겁먹은 눈, 체념한 눈, 흐릿한 눈, 굴복한 눈. 저항하고, 간청하고, 공포에 질린 눈. 굴복한 눈. 언제나 굴복한 눈.

두 사람은 강굽이에 도착했다.

"여기." 라카냘이 아슬락에게 망치를 건넸다. "여기 얼음 좀 깨봐. 한번 들여다보게."

라카냘은 추위를 피하기 위해 그 옆에 임시 텐트를 치고 아슬락이 가져온 순록가죽을 바닥에 깔았다. 그러고는 버너를 꺼내 물을 끓였다. 텐트 안에 온기가 살짝 감돌았다. 무척 힘든 날이었다. 추위 때문에 삽시간에 기력이 떨어졌다. 라카냘은 장갑 안에 새 손난로를 넣고, 텐트에서 나와 주위를 둘러보았다.

이곳의 강은 그리 넓지 않았다. 왼편으로 수백 미터가량 펼쳐진 새하얀 벌판에 봉긋 솟은 흙더미와 돌들이 보였다. 얼음 결정이 달라붙은 히스 덤불과 빈약한 관목들이 눈밭을 띄엄띄엄 수놓았고, 조금 더 멀리로는 낮은 산이 지평선을 가로막았다. 산기슭에 호수가 있는지 평평하고 넓은 흰색 바닥이 보였다. 나른하고 부드럽게 이어진 대지가 막 떠오른 태양빛을 받아 반짝거렸다. 태양은 시린 뼈를 따듯하게 해줄 정도로 강한 빛을 내뿜지는 않았지만, 탐사의 날이 본격적으로 시작되었음을 알려주었다.

시간이 많지 않았다. 아무리 생각해봐도 이 무모한 임무를 성공리에 끝마치는 것보다 더 중요한 일은 없었다. 경찰의 수사선상에 오르는 건 어떻게든 피해야 한다. 굴복한 눈들이 비난하는 눈으로 바뀌도록 내버려두어서는 안 된다.

38

1월 22일 토요일

오전 9시 55분, 스웨덴 라플란드

클레메트와 니나는 키루나에서 오래 머무르지 않았다. 이곳에서는 유엔 컨퍼런스에 참석하는 대표단들을 맞이하느라 준비에 한창이었다. 전시회나 세미나를 개최하기 위해 거대한 사미 텐트를 세웠고, 일꾼들은 페룸 호텔 로비에 음향장치를 내려놓았다. 두 순록경찰은 철제 시계탑이 지붕에 세워진 붉은 벽돌의 시청 건물을 따라 걸어갔다.

니나는 스웨덴 라플란드의 중심인 이 도시를 휘둥그레진 눈으로 둘러보았다. 불과 몇 주 전에 순록경찰에 들어오면서 이미 와본 곳이긴 했다. 그러나 햇빛이 비칠 때의 키루나는 어둠에 잠긴 도시 풍경과는 차원이 달랐다. 니나는 시청 앞에서 사진을 찍어달라고 클레메트에게 부탁했다. 오늘 아침 클레메트는 컨디션이 별로 안 좋아 보였다. 사진 안에 시청과 광산이 모두 들어가게 찍어달라고 세 번이나 말해야 했으니 말이다.

차를 타고 도시를 빠져나오자 툰드라가 펼쳐졌다. 어제의 구름은 거짓말처럼 사라지고 태양이 빛을 쏟아냈다. 눈부시게 강렬한 빛이 언덕들에 반사되어 튕겨나왔다. 라플란드가 온통 반짝였다. 얼핏 보기에도 이 땅은 거대했고 지평선은 끝도 없었다. 니나의 마음속에 새겨진 깊고 좁은 피오르와 바다로 곧장 낙하하는 깎아지른 절벽들, 물 위쪽 높은 곳에 군데군데 자리 잡은 황야나 초원과는 완전히 다른 풍경이었다. 남쪽 고향에서 라플란드가 제공하는 광활함을 느끼려면 피오르 입구까지 가서 바다를 응시해야 한다.

니나는 툰드라도 바다처럼 비밀을 숨기고 있는 게 아닐까 생각했다. 바다는 비밀을 품고 있다. 그러나 어릴 때는 전혀 알지 못했다. 어머니가 아버지의 문제를 말해주고 나서야 비로소 알았다. 아버지는 바다 깊숙이 들어갔다 빠져나온 후로는 예전과 완전히 다른 사람이 되었다. 바다는 언제나 예측 가능하며 모든 걸 내어주는 고마운 존재라고 생각했다. 그러나 감춰두었던 힘으로 아버지를 죽이려 했다.

니나는 배낭에서 서류를 꺼냈다. 마티스의 외투에 대한 전문가 의견이 담긴 서류였다.

"외투에 묻은 얼룩은 휘발유 자국이 확실하지만, 피해자의 스노모빌에서 사용한 휘발유가 아니다." 그녀가 큰 소리로 읽었다.

"그렇지. 눈 위에 깊은 자국을 남기고 떠난 다른 스노모빌의 휘발유가 묻은 걸 수도 있어. 돌아가서 조사해야겠군. 순록치기들이 사용하는 모든 스노모빌 모델과 연료와 휘발유 리스트를 다시 들여다봐야 한다고. 마을에 있는 주유소 전부 들러야 할 거야. 수사 속도를 올리는 데 도움이 되겠지."

"선배님, 눈 주위의 핏자국은 어떻게 생각해요?"

니나의 동료는 반짝이는 빙판 도로에 집중하고 있었다.

"눈 주위의 피와 잘린 귀라…. 뭔가 어떤 의식의 일종 아닐까 하는 생각이 점점 드는데 말이야. 그런데…."

클레메트는 침묵 속으로 빠져들었다. 그 역시 니나처럼 답을 찾을 길이 없었다.

"의식이요? 그게 정말 사미족 의식일까요? 북유럽 사람들의 풍습과는 완전히 달라 보이는데요. 사미족에게 그런 야만적인 의식이 있어요? 굉장히 평화로운 사람들이라는 인상을 받았는데…."

"보통은 평화를 사랑하는 사람들이지. 여러 번 들어봤겠지만 사미어에는 '전쟁'이란 단어 자체가 아예 없거든."

차를 타고 달린 지 꽤 여러 시간이 흘렀다. 두 사람은 교대로 운전하다가 잠시 차를 세워 휴식을 취한 후 다시 달리면서 라디오를 켰다. 핀란드 땅인데도 노르웨이 채널이 잡혔다. 핀마르크 주의 노르웨이국영방송 지역뉴스가 곧 시작된다. 니나가 운전 중인 클레메트에게 커피를 따라주었다.

아나운서는 일기예보를 먼저 내보내고 알타에서 일어난 끔찍한 교통사고 소식을 전했다. 이 사고로 두 명이 숨졌는데 그중 한 명은 카우토카이노에서 온 청년이었다. 니나가 클레메트를 보았다. 그는 피해자의 이름을 듣고 머리를 흔들었다.

젊은 순록치기는 성실한 청년이었습니다. 이 사고로 그의 가족은 큰 비극을 맞게 되었습니다.

노르웨이국영방송 아나운서는 다른 소식도 연이어 전했다. 가스운반 항구인 함메르페스트에서 온 중요한 뉴스였다. 이곳에 대규모 투자가 마무리되어 백여 개의 새로운 일자리가 창출된다는 소식이었다.

다음 뉴스로 유엔 컨퍼런스 준비에 대한 소식이 이어졌다. 컨퍼런스 개최에 맞춰 풍성한 문화 이벤트가 전 지역에서 선보일 예정이다. 각 지역 협회들도 자신들의 요구사항을 밝히기 위해 캠페인을 준비하고 있다.

"보이는 건 끝도 없는 이 황량한 툰드라뿐인데 이토록 많은 활동이 펼쳐진다는 게 믿기지가 않아요." 니나가 말했다.

하늘 한 자락이 점차 아름답고 선명한 짙은 파란색을 띠기 시작했다. 다음 소식을 전하는 아나운서의 목소리도 점점 뚜렷해졌다.

> 방금 들어온 소식입니다. 카우토카이노 경찰서의 토르 엔센 서장이 정직 처분을 받아 함메르페스트의 지역경찰청에 긴급 소환되었습니다.

클레메트가 바로 급브레이크를 밟았다. 니나의 커피가 쏟아졌다. 그러나 방한복 위에 흐른 액체에 신경 쓸 때가 아니었다. 그녀 또한 클레메트와 마찬가지로 이 소식에 충격을 받아 꼼짝도 할 수 없었다.

> 카우토카이노의 노르웨이국영방송 통신원 토마스 미켈센에 따르면 이번 긴급 소환은 매우 이례적이라고 합니다. 지역경찰청은 카우토카이노 박물관에서 발생한 사미 북 도난사건에 직접 개입하기로 결정했습니다. 키루나에서 열리는 유엔 컨퍼런스 개막식이 코앞으로 다가온 지금도 북의 소재는 여전히 밝혀지지 않았습니다. 사미 전통 공예품인 이 북은 유엔 컨퍼런스 개막식에 맞춰 대중에게 처음으로 공개될 예정

이었습니다. 유엔 회원국들이 자국의 원주민들과 상생한다는 강한 의지를 상징적으로 보여주는 전시이기 때문입니다. 또한 카우토카이노의 순록치기 마티스 라바를 살해한 용의자도 파악하지 못한 상황입니다. 이 잔혹한 범죄로 인해 지역주민들은 크게 동요하고 있습니다. 양쪽 귀가 잘린 모습으로 숨진 채 발견된 라바는 죽기 전에 고문을 당한 걸로 보입니다. 경찰의 느린 대처를 우려하고 규탄하는 목소리가 지역 내에서 점차 커지고 있으며, 토르 옌센 서장은 이 모든 비난의 최일선에 서 있습니다. 지역경찰청 관계자에 따르면, 이번 소환에서 카우토카이노 경찰서장의 해임이 결정될 수도 있다고 합니다.

오전 10시, 카우토카이노

베리트 쿠치는 놀란 마음을 내색하지 않았다. 칼 올센이 평상시보다 훨씬 일찍 축사에 있던 그녀를 불렀던 것이다. 보통 토요일에는 두 시간만 일하면서 착유과정이 순조롭게 잘 진행되는지, 소들이 먹을 사료와 물이 충분한지를 살폈다. 올센이 고함을 치며 그녀를 부를 때, 일은 거의 마무리한 상태였다. 베리트는 축사를 서둘러 빠져나왔다.

극심한 추위가 기승을 부렸지만 축사 안은 비용을 줄이기 위해 최소한의 난방만 가동했다. 베리트는 방한복 위에 감청색의 낡은 모직 튜닉을 입었다. 교리에 따른 정통적인 복장은 아니어도 이런 추위에 소를 돌보는 데는 안성맞춤이었다. 헛간에서 나오다가 정비사 복장의 욘과 그의 단짝 미켈을 보았다. 두 순록치기 청년은 지역 농부들의 기계를 정비하면서 가욋돈을 벌었다. 그들은 곧 작은 트럭에 올라타고 농가를 떠났다.

"베리트! 이 게으름뱅이 여편네야, 꾸물대지 말고 빨리 서두르라고!" 농부가 소리를 질렀다.

가엾은 베리트는 집 현관까지 부랴부랴 달려갔다. 긴 일자형의 목재 주택은 노란색 외벽에 흰색 문과 창이 달려 있고, 현관 입구에는 기둥을 받쳐 만든 나무 지붕이 있었다. 순록가죽 부츠를 신은 베리트는 빙판 위에서 넘어질 뻔했으나 간신히 균형을 잡고 서둘러 현관 계단을 올라갔다. 집 안으로 들어서자마자 온기가 온몸을 감쌌다. 그녀는 부츠를 벗고 부엌으로 들어갔다. 올센은 자기가 늘 사용하는 의자에 앉아서 기다리고 있었다.

"왜 이렇게 꾸물대는 거야! 기다리다가 돌아가시겠네. 여기 청소 좀 해놔. 올 사람들이 있으니까. 그리고 이 층도 해놓고. 거기 올라가서 청소한 지 몇 년 됐지? 점심 전까지 끝내도록 해. 자, 자, 어서 빨리 시작하라고!"

베리트는 냉큼 부엌 뒷방으로 가서 빗자루, 쓰레받기, 솔 그리고 다른 청소용 세제들을 챙겼다. 그렇게 크지는 않은 올센의 통나무집은 오래되긴 했어도 관리를 잘해서 집 상태가 꽤 양호했다. 부엌과 거실에는 밝은색의 목재 가구들이 비치되어 있었고, 같은 톤의 목재로 마감한 바닥 위에는 여러 색깔이 가미된 긴 직사각형의 카펫을 깔아놓았다. 마을 할머니들이 손수 짜서 시장에 내다 파는 제품이다.

일 층은 사람 냄새가 느껴지지 않았다. 기념품도, 가족을 떠올리게 하는 물건도 전혀 없었다. 여기저기 놓여 있는 얼마 안 되는 물건들은 전부 올센의 일과 관련된 것들로 기계, 도구, 전문잡지, 수리에 필요한 부품들이었다. 집에 사람들을 자주 초대하지 않는 올센은 거실을 손님맞이용이 아닌 작업실로 주로 사용했다. 손님들이 오면 커다란 부엌에서 맞았다. 부엌은 그가 제일 시간을 많이 보내는 곳이기도 했다.

베리트는 아래층 청소를 재빨리 마쳤다. 거실을 깔끔히 정리하면서도 장비나 부품에는 일절 손대지 않았다. 하나라도 제자리에 있지 않으면 농부가 불같이 화를 내리라는 걸 잘 알았다. 그녀는 진보당 전단지와 잡지들을 텔레비전 옆의 종이 더미 위에 올려놓았다.

위층을 청소하러 올라가면서 궁금한 마음이 들었다. 십 년 전 올센의 아내가 죽었을 때 올라간 이후로 그곳에 발을 들인 적이 한 번도 없었다. 아내의 장례식을 치르고 얼마 안 되어 올센은 베리트를 불러 아내의 옷들을 치우고 마음대로 처분하라고 했다.

"태워버려도 상관없으니까 전부 치우도록 해." 올센은 퉁명스러운 목소리로 지시했다.

올센 부부가 삼십 년 넘게 냉랭한 사이였다는 건 마을 사람 모두가 알았다. 부부는 외아들이 독립한 후부터 각 방을 썼다. 엔지니어 공부를 하러 트롬쇠로 간 아들은 고향으로 돌아오지 않았다.

올센 아내는 남편보다 훨씬 고약하고 꼬장꼬장한 성미인지라 호랑이 할망구라고 불리곤 했다. 또한 인류 구원의 소명을 지니고 살아가는 경건파 설교자들보다 훨씬 더 엄격하고 도덕적인 사람이었다.

옛날에 베리트는 위층을 청소하면서 가족사진이 들어 있는 액자 몇 개와 그녀가 한 번도 마주친 적 없는 올센 부인의 친척들 사진을 본 적이 있었다. 그 사진들은 아내가 죽고 나서 곧 사라졌다. 올센이 근엄한 표정의 이 사진들을 하나도 남김없이 상자에 담아 다락방에 올려놓았기 때문이었다.

"이놈의 여편네는 벽에 우리 가족들 사진을 붙이는 것도 싫어했어."

그 당시 올센은 진저리를 치며 말을 내뱉었다. "진정한 믿음도 잃어버리고 타락했다니! 마누라 물건들이 여기 있는 것만으로도 숨이 막혀." 그러고는 문을 쾅 닫고 나갔다.

베리트는 그날 일을 생생히 기억했다. 그후 사진들은 더 이상 보이지 않았다. 그래서 위층의 복도와 방들에 새로운 액자들이 걸린 걸 보고 베리트의 호기심은 더욱 커졌다. 어떤 액자도 가족의 추억을 담은 건 없었다. 복도에 걸린 액자들은 지역의 풍경화들이었다. 서둘러 일을 마쳐야 했지만 베리트는 액자들을 하나하나 들여다보았다. 그중에는 올센 소유의 땅들도 있었다. 잘 관리한 밭들은 소유주의 자부심이자 기쁨이었다. 계단 제일 위쪽에는 올센이 처음으로 구입했던 수확기 사진도 있었다. 베리트는 걸레로 액자틀을 훔쳤다. 그리고 올센 부인의 방으로 들어갔다. 머리가 닿을 정도로 천장이 낮았다. 방 안에는 바닥에 놓인 매트리스와 구석에 쌓인 상자들뿐이었다. 올센 부인이 죽은 후에는 쭉 비어 있었다. 그래도 청소를 정기적으로 하는지 먼지 하나 보이지 않았다. 베리트는 성호를 긋고 방문을 닫았다.

"이봐! 아직도 안 끝났어?" 아래층에서 올센이 소리쳤다.

"금방 끝나요. 금방요. 영감님 방만 치우면 돼요."

베리트는 복도를 지나 칼 올센의 방문을 열었다. 늙은 농부는 인색함이 몸에 배어서 침실도 전혀 꾸미지 않았다. 문을 열자마자 침대가 보였다. 밑에 서랍이 달린 침대는 민속 문양으로 장식한 옛날식 목재 벽감 안에 쏙 들어가 있었다. 레스타디우스 경건파는 창문에 커튼을 달 수 없다. 그러나 올센은 여름 내내 밤낮없이 들어오는 햇빛을 가리기 위해 침대에 커튼을 달아 배우자의 금기사항을 교묘히 피했다. 아내가 죽은 지 오래되었는데도 올센은 창문에 커튼을 달지 않고 여전히 이런 방식을 고수했다. 베리트는 놀라지 않았다. 오히려 돈을 안 쓰려고 하는 구두쇠 기질이 역시 그답다고 생각했다.

그녀는 낡은 가구들을 걸레로 닦고 침대 커튼을 열어 까슬까슬한 침대보를 벗겨내 털었다. 이어서 침대 반대쪽 벽면에 있는 옅은 색의 커다란 나무 옷장도 닦았다. 그러고는 집 안에서 들리는 소리에 귀를 기울인 다음 옷장 문을 열었다. 반쯤 빈 옷장 선반에는 두꺼운 스웨터와 셔츠 몇 벌, 청바지들이 반듯하게 개켜 있었다. 그녀는 선반들도 재빨리 닦았다.

옷장 문을 닫고 주위를 둘러보다가 다른 두 벽면에 걸린 사진 액자들을 보았다. 그녀는 액자들 앞으로 다가가 찬찬히 들여다보았다. 독사진이거나 여러 명이 나온 사진들이었다. 베리트는 올센의 가족일 거라고 짐작했다. 옛날에 올센이 화를 내며 아내 친척들 사진을 상자에 담아 다락방에 처박아두었던 일이 떠올랐다.

벽에 걸린 사진들 중에서 올센 아들의 사진은 고등학교 졸업식을 끝으로 더는 없었다. 훨씬 옛날 사진에 나온 사람들은 올센의 부모 같았다. 두 사람은 딱딱하게 굳은 표정으로 정면을 응시했다. 그의 아버지는 카우보이모자를 쓰고 있었는데 지역 농부들 중에 그런 모자를 쓰는 사람이 없어서 좀 이상해 보였다. 베리트는 올센의 부모를 본 적이 없었지만 올센 아버지가 괴팍한 사람이라는 소리는 들었다. 조부모를 찍은 사진들도 보였다. 베리트는 액자의 먼지를 닦아냈다.

"베리트! 이 망할 여편네야! 아직도 안 끝내고 뭐해?"

그녀는 잽싸게 손을 놀려 먼지들을 닦았다. 액자와 책이 몇 권 없는 책장 선반을 다 닦은 후에 잠시 두리번거리며 주위를 살폈다. 방 한 구석에 벽장처럼 보이는 낮은 문이 눈에 띄었다. 전에는 이런 문이 있는지도 몰랐다. 베리트는 다른 소리가 들리는지 귀를 기울인 후 그쪽으로 다가가 살짝 문을 열었다. 안쪽은 컴컴했다. 전등 스위치를 찾아 불을 켜자 희끄무레한 불빛이 작은 공간을 비추었다. 가구는 조그만 탁자와 탁자 밑에 밀어 넣은 곧 부서질 듯한 의자 하나가 전부였다. 나머지 공간에는 상자들과 둘둘 만 종이들, 오래된 잡지들로 꽉 차 있었다. 그 안을 닦기 시작했다. 둘둘 말린 종이들을 옆으로 치우자 작은 금고가 보였다. 베리트는 영감이 은행을 믿지 못하는 모양이라고 생각했다.

서둘러 곳곳을 걸레로 훔치고 깨끗이 치우면서도 올센이 부지불식간에 들어올까 봐 겁이 나서, 이 이상한 공간에 쌓여 있는 둥글게 말린 종이들을 펴보거나 상자들을 열어볼 생각은 감히 하지 못했다. 난 잘못한 게 없잖아. 왜 무서워해야 하지? 베리트는 생각했다. 그러고는 어깨를 으쓱하고 걸레로 다시 구석구석 깨끗이 훔쳤다.

그림자가 그녀 앞에 드리웠다. 베리트는 기겁하여 튀어나오는 소리를 억눌렀다. 두꺼운 양말을 신고 소리 없이 계단을 올라온 올센이 바로 앞에 서 있었다. 그는 한마디도 없이 다리를 벌리고 팔을 양옆으로 늘어뜨린 채 우뚝 서서 그녀를 보았다.

39

1월 22일 토요일

오후 2시, 카우토카이노

P9 순찰대의 픽업트럭이 카우토카이노의 주도로를 따라 내려갔다. 작은 마을을 감싼 낮은 산봉우리들 위에는 저물어버린 태양의 푸른 잔광이 여전히 선명했다. 빌딩들은 얼음 밑에서 잠든 알타 강을 따라 줄지어 늘어섰다. 태양이 사라진 서편의 짙은 푸른 하늘 아래, 알타 강에서 시작된 비탈길이 산봉우리까지 가파르게 이어졌다.

급한 경사를 지닌 이 서쪽 오르막길은 율 박물관과 빌마르크센터 호텔, 새로 설립된 사미 대학과 주유소로 향한다. 좀더 먼 동쪽 산봉우리까지 완만하게 이어진 강 반대쪽의 너른 언덕은 이미 어둠에 잠겨 있었다. 이쪽 강기슭을 따라 점점이 서 있는 교회와 소박한 가옥들이 점점 커져가는 그림자 속으로 사라졌다.

올센의 농가는 이곳 강변 마을의 끄트머리에 있었다. 사람들은 종종 남쪽을 지키는 건 올센의 농가이고, 북쪽을 지키는 건 교회라며 농담을 하곤 했다. 사미인들은 오랫동안 서쪽 강변에서 살아왔는데, 최근에는 동쪽으로 이주하는 사람들도 많아졌다.

클레메트가 경찰서 문을 밀었다. 토요일인데도 문은 열려 있었다. 보통 토요일 오후가 되면 경찰서는 텅 비기 마련이다. 경찰 예산으로는 일주일 내내 이십사 시간 근무하는 게 불가능해서 대민업무를 하는 다른 관공서와 근무시간이 비슷하다.

이곳 카우토카이노 경찰서는 월요일부터 금요일까지 아홉 시에서 다섯 시까지가 근무시간이다. 여름철 금요일 오후에는 근무하는 사람을 볼 거라고 기대하지 않는 편이 좋다. 말코손바닥사슴이나 자고새 사냥 시기에는 결근율이 급격히 높아진다.

함메르페스트에서 토르 옌센 서장을 소환했다는 뉴스를 듣고 경찰서 직원들은 모두 나와 있었다. 다들 큰 충격을 받은 듯했다.

클레메트는 지역 신문기자이자 노르웨이국영방송의 카우토카이노 통신원인 토마스 미켈센을 잘 알았다. 그는 소문만 듣고 보안관 서장의 해고 소식을 전할 사람이 아니었다. 미켈센은 집요하게 사건을 파헤치며 추적하는 기자였고 모든 사람을 알고 있었다. 더욱이 카우토카이노에서 가장 큰 세를 과시하는 노동당에 친구들이 여럿 있어서 지역에서 일어나는 모든 음모론에 대한 소문의 진위를 쉽게 확인했다. 클레메트는 그에게 전화를 할까 하다가 나중으로 미뤘다.

그가 경찰서 접수직원을 보았다. 낙심한 얼굴이었다. 클레메트를 본 직원의 눈가에 눈물이 차올랐다. 그가 그녀를 안고 어깨를 토닥이며 위로하자 직원은 흐느끼며 울기 시작했다.

"어떻게 된 거지?"

"오!" 그녀는 울음 때문에 목이 메어 말을 잇지 못했다.

클레메트는 그녀의 어깨를 다시 토닥이고 복도를 따라 걸어갔다. 니나도 그녀를 안아주고 동료의 뒤를 따랐다. 클레메트가 보안관 사무실의 문을 열었다. 방 안은 감초사탕 그릇처럼 텅 비어 있었다.

휴게실에서 경찰들이 두런대는 소리가 들렸다. 그들은 클레메트를 보고 입을 다물었다. 무슨 일인지 물어보는데 휴게실 문이 다시 열리더니 롤프 브랏센이 들어왔다. 그는 안을 휙 둘러보다가 모락모락 김이 나는 커피 주전자를 보았다. 그가 잔을 꺼내 느긋하게 커피를 따랐다. 기고만장한 브랏센의 태도에 클레메트는 울화가 치밀었다. 다른 경찰들은 모두 입을 닫았다.

휴게실 안에 정적이 흘렀다. 노란색 비닐 식탁보가 깔린 커다란 테이블 위에 컵들과 비스킷 상자들이 놓여 있었다. 빵 부스러기만 남은 접시도 있었다. 경찰 한 명이 부스러기를 집어먹었다. 니나가 침묵을 깼다.

"토르 서장님은 어떻게 된 거예요?"

브랏센은 양손으로 머그잔을 잡고 그 위로 살살 입김을 불어가며 한 사람 한 사람 쳐다보았다. 경찰 한 명이 브랏센을 힐끗 쳐다보고는 고개를 들어 니나를 보았다.

"오늘 아침 일찍 함메르페스트로 떠나셨어. 눈 깜짝할 새에 모든 일이 진행된 것 같아. 경찰청장이 직접 소환 명령을 내렸어. 보안관 서장 말로는 경찰청장이 몹시 화가 난 것 같다고 하더라고. 함메르페스트 경찰청 사람들은 정치적 의도가 있다고 생각하고 있어. 어제 저녁 기초의회 회의 때 무슨 일이 있었던가 봐. 그 회의는 예정에도 전혀 없었던 거야. 보수당, 진보당, 기독민주당에서 보안관에게 해명을 요구했어. 최근 사건들은 유엔 컨퍼런스를 앞두고 우리 지역의 명예를 훼손할 수 있는 중요한 건들인데, 경찰의 대처가 믿을 수 없을 만큼 느리다고 하면서 말이야. 사람들은 이 일이 경찰청이 아니라 카우토카이노 이곳에서 시작됐다고 말해." 그가 브랏센의 시선을 느끼고 다시 조용해졌다.

"정당들이요? 왜 시의원들이 이 일에 끼어든 거죠?" 니나가 물었다.

"자기네와 관련된 문제니까 끼어든 거지." 롤프 브랏센이 참견하며 노란 비닐 식탁보 위에 머그잔을 탁 내려놓았다. "우린 지금 사건 해결도 못 하고 시간 낭비만 하고 있어. 유엔 컨퍼런스가 코앞에 닥쳤으니 이곳 정치인들이 바짝 긴장한 것도 당연하지. 자네가 그 사람들을 비난할 권리는 없어. 결국 시의원들이 한 말은 내가 처음부터 하고 싶은 말이었다고. 다들 너무 물러 터져서 사건을 제대로 다루지 못하고 있잖아. 도대체 사미인들한테 왜 그렇게 관대한지 몰라. 우리는 경찰이지 빌어먹을 민속학자도 아니고 동물원 관리자도 아니라고. 어떤 자들이 원하는 것처럼 중재인도 아니고 말이야. 사건이 해결되려면 무조건 밀어붙여야 한다고!"

"무슨 말씀을 하시는 거예요?" 니나가 말했다. "아직 체포한 사람은 없지만 제가 보기에는 많은 진전이 있는 것 같은데요."

"오, 그러셔. 진전이 있단 말이야? 새로운 뉴스구먼. 진실을 말하자면 말이지, 우릴 믿는 사람은 아무도 없어. 우린 그냥 웃음거리라고. 그게 바로 진실이야."

"그럼, 브랏센 반장 생각은 뭐지?" 브랏센이 휴게실에 들어온 후로 그에게서 시선을 떼지 않던 클레메트가 물었다. "분명 아주 좋은 생각이 있는 것 같군. 안 그래, 롤프?"

영감의 침묵은 불같이 화를 내던 평상시 모습보다 베리트를 더욱 불안하게 했다. 올센이 어찌나 뚫어지게 쳐다보는지 베리트는 자신이 완전히 투명해져서 영혼이 비치거나 마음을 읽히고 있다는 생각마저 들었다. 그녀가 시선을 밑으로 떨구었다.

"지금 막 끝났어요." 베리트가 작은 목소리로 말했다.

올센은 꼼짝 않고 눈만 움직여 자기 앞으로 재빨리 지나치는 베리트를 계속 쳐다보았다. 그녀의 움직임에 따라 무심코 머리를 돌리던 올센은 갑작스레 찾아온 목의 통증에 화들짝 놀라 퍼뜩 정신을 차렸다.

"이런 젠장, 이 염병할 여편네야, 어서 꺼져! 다시는 이곳에 청소하러 올라올 생각은 하지도 말라고! 너 같은 건 필요 없어!"

베리트는 말을 섞고 싶지 않아 부리나케 계단을 내려가 마지막으로 현관의 먼지를 부산하게 떨어냈다. 욕설을 끊임없이 내뱉으며 올센이 뒤따라 내려왔다. 그러고는 베리트가 차를 타고 떠나는 걸 확인하고 부엌으로 들어갔다.

올센은 롤프 브랏센이 새 소식을 가져오기를 기다렸다. 그는 전날 저녁 자기가 아는 모든 사람에게 전화를 걸었다. 심지어 같은 당의 시의원인 양아치 놈을 꼬드기는 데도 성공했다. 이 사건을 조금만 흔들어놓으면 자기네 정당에 큰 기회가 될 거라고 동료 의원을 설득했고, 카우토카이노와 알타의 보수당 의원 친구에게 연락하여 사미 북 도난사건과 살인사건을 환기하는 데 지방의회 회기를 이용하라고 제안하게 했다. 또한 이 건을 매우 중차대한 일이라고 부추기면서 얼마 안 남은 지방선거에서 양아치 의원이 제일 적합한 후보라고 아부를 떨었다. 자신은 카우토카이노의 진보당 정당명부 선순위 후보에서 내려올 생각이라는 말도 넌지시 비쳤다.

양아치 의원은 올센의 말을 바로 알아채고 자신이 이미 시장이라도 된 양 말하기 시작했다. 올센은 동료 의원의 황당한 아이디어들에 크게 공감하는 체하며 그의 말을 애써 들어주었다. 동료는 자기 인맥을 총동원하여 일을 성사시키려고 성급히 전화기를 집어들었다. 올센은 그에게 신중해야 한다고 충고했고, 가장 이상적인 방안은 보수당이 회의를 소집하는 거라고 누차 강조했다. 동료 의원은 진보당이 왜 중도우파 보수당 동료들 뒤로 숨어야 하는지 이해하지 못하는 눈치였다. 물론 올센은 동료가 그 내막을 간파할 거라고는 기대도 하지 않았다.

"그렇게 해야 반응이 나올 거라네, 친구." 올센이 말했다. "만일 의회가 우리 의도대로 가준다면 그때 가서 총을 꺼내들어도 돼. 그러면 자네가 영광의 고지를 탈환하는 최선봉에 서게 되는 거라고. 그들에게 해결책을 가져다준 사람이 바로 자네니까 말이지."

양아치가 평상시처럼 멀뚱멀뚱하게 올센을 바라보았다. 그 한심한 얼굴을 보자마자 올센은 쓰고 있던 양의 탈을 벗어던질 뻔했다.

"해결책이요? 무슨 해결책요?" 동료는 몹시 궁금하다는 듯 물었다.

"그건 나중에 설명하겠네." 올센이 얼버무렸다. "어쨌든 이 계획이 실패하면 여론의 화살은 보수당으로 향한다고. 알아들었나? 자네 체면은 구기지 않아도 된다고!"

동료는 그제야 이해했다. 특히 체면을 구기지 않는다는 부분 때문에 올센의 말을 바로 알아들었다.

그후, 올센은 동료가 놀라운 솜씨로 일을 해치웠다는 걸 인정하지 않을 도리가 없었다. 그는 메시지를 전달했고, 보수당 의원은 회의 말미의 공개질문 시간에 직격탄을 날렸다. 그건 칼 올센이 기대했던 것보다 훨씬 더 큰 반향을 일으켰다.

동료가 일의 결과를 들려주었을 때 올센은 전화를 끊고 혼자 부엌에서 족히 삼십 분은 머무르며 흡족한 마음을 감추지 못하고 두 손만 비벼댔다. 그러다가 혼자 히죽히죽 웃으며 목덜미를 주무르기 시작했다.

양아치 말에 의하면, 보수당 의원은 발언을 하기 삼십 분 전에 지역협회의 예산 문제 때문에 노동당 의원에게 호되게 당한 터라 사미 북 도난사건과 살인사건에 대한 경찰의 늑장대응에 대해 더욱더 신랄하게 독설을 퍼부었다. 그리고 모든 일은 일사천리로 진행됐다.

이제 두 번째 계획을 가동할 시간이었다. 올센은 목 뒤를 꽉꽉 주무르며 시계를 보았다. 빌어먹을 브랏센은 아직도 오지 않았다. 올센은 인상을 쓰며 욕설을 내뱉었다.

저녁 6시 30분, 카우토카이노

클레메트는 브랏센이 이 문제를 해결하기 위해 어떤 생각을 가지고 있는지 무척이나 알고 싶었다. 하지만 그는 분개한 경찰들한테 더욱 부채질만 해놓고 휴게실을 떠났다. 다른 경찰들도 각자 집으로 돌아갔다. 새로운 소식을 들으려면 월요일까지 기다려야 한다. 주말을 완전히 망친 클레메트와 니나는 진이 쭉 빠졌다. 보안관의 운명이 결정되는 월요일에나 조사를 다시 시작할 수 있을 터였다.

클레메트는 정신없었던 한 주를 정리하기 위해 니나를 텐트로 초대하고 싶었다. 그러나 며칠 전 저녁에 저지른 실수 때문에 차마 말을 꺼낼 수가 없었다.

“니나, 빌마르크센터에 가서 저녁 먹을래?”

“지금은 너무 피곤해요. 오늘은 말고요. 바로 집에 가서 좀 자야겠어요. 지피에스 데이터 자료 일부만 가져갈게요. 선배님은 나머지 자료를 가져가세요. 그럼, 월요일에 봬요!”

경찰서에는 클레메트 혼자 남았다. 이런 일은 젊은 시절부터 익숙했고, 세월이 흐름에 따라 고독에도 단련되었다. 그러면서 자기 자신 외에는 의지할 사람이 없다는 것을 깨달았다. 지금까지 자기 방식대로 삶을 꾸려왔다. 남들은 그를 혼자 있기 좋아하는 사람으로, 약간은 곰 같은 사람으로 여겼다. 그러나 그의 생각은 달랐다. 자기가 볼 때 자신은 오히려 사교적인 성격이었다. 사람들과 항상 말을 섞으며 살았다. 그래도 다른 사람들이 보는 자신의 이미지는 달라지지 않았다.

오늘 저녁에 누구를 불러 텐트에서 술을 마실까 생각했다. 에바 닐스도테르 소장을 떠올렸다. 그러나 기껏해야 전화나 할 수 있을 뿐, 초대하기에는 거리가 너무 멀다. 정말 대단한 여자란 말이야. 또 누가 있을까?

그는 사무실 불을 끄고 잠시 복도에 서 있다가 바로 앞에 있는 지도 보관실 문을 열었다. 순찰을 다니면서 수집한 증거물들을 보관하는 냉동고가 이곳에 있다. 냉동고 문을 열었다. 마티스의 양쪽 귀는 이름표를 붙여서 끈으로 묶은 비닐 백 두 개에 각각 들어 있었다. 잔뜩 쌓인 순록 귀들과 혼동할 염려는 없겠네. 그가 생각했다.

마티스 귀가 든 비닐 백 두 개를 꺼내 여러 각도에서 살펴보았다. 절개 모양은 처음 발견했을 때와는 사뭇 달라 보였다. 그는 생각에 잠겼다가 비닐 백을 다시 냉동고에 넣어놓고 방을 빠져나왔다. 그리고 사무실로 돌아와 책장에서 순록치기의 마크 매뉴얼을 꺼냈다. 일요일 독서로 안성맞춤이었다. 어쩌면 오늘 밤도. 클레메트는 몹시 피곤했다. 그래서 결국은 아무에게도 전화하지 않았다.

클레메트가 길을 건너는 순간, 희미하게 남아 있던 푸른빛이 하늘에서 완전히 사라졌다. 짙은 어둠으로 뒤덮인 천공에 초록빛이 감돌았다. 교회 위쪽에서 깜박이는 북극광은 그리 높이 있지 않아서 마치 산봉우리를 딛고 솟아오른 듯했다. 오늘은 하늘에서 아주 화려한 밤무대를 보여주겠군. 클레메트가 생각했다.

몇 분 후, 빌마르크센터의 문을 밀고 들어갔다. 혼자 가야 하나 망설였지만 식당 주인 마즈와 얘기도 하고, 딸의 소식도 듣고 싶었다. 식당은 토요일 저녁답게 많은 사람으로 북적였다. 이 식당의 토요일 저녁 메뉴는 언제나 순록버섯감자스튜 한 가지였다.

스무 명 정도의 남자들이 카운터에서 가장 먼 구석 자리의 커다란 테이블에 둘러앉았다. 그중에는 클레메트가 아는 얼굴들도 있었다. 핀란드 국경 근처 채석장에서 일하는 인부들이다. 카우토카이노 전경이 펼쳐진 창가의 두 테이블은 사미 가족들이 차지했다. 아이들부터 할머니 할아버지까지 모두 사미 전통의상 차림이었다. 이들 외에 다른 손님들도 있었다.

밴드가 악기를 준비했다. 마즈가 주방에서 나와 클레메트를 보고 손을 흔들었다. 클레메트는 카운터에서 가장 가까운 테이블에 앉았다. 그는 채석장 인부들 말고는 식당에 있는 모든 사람을 알았다.

삼대가 모인 두 사미 가족은 카우토카이노 서쪽의 시다에서 왔다. 그들에겐 특별한 외식이었다. 오후에 잠시 집에 들른 남자들은 곧 다시 비다 고원으로 돌아가야 한다. 그들은 집에 오면 샤워를 하고 스노모빌

연료통과 휘발유통에 기름을 가득 채우고 오두막에서 지내기 위해 일주일 치 장을 본다. 아내를 다시 만나고 아이들에게 뽀뽀를 할 수 있는 기회이기도 하다.

클레메트는 꼬마들을 보았다. 그중 두 명은 자기가 카우토카이노에서 기숙생활을 갓 시작할 때의 나이쯤으로 보였다. 일곱 살. 낯선 사람들이 모르는 언어로 말하는 이상한 세계에 던져진 때였다. 창밖으로 카우토카이노의 불빛이 펼쳐졌다. 마을은 계곡을 따라 쭉 뻗어 있었다. 오른쪽에 조명등으로 밝힌 교회가 보였다. 기숙학교는 이곳에서 보이지 않는다. 학교는 좀더 아래, 시내 뒤편의 알타 강변 근처에 있다. 하지만 직접 보지 않아도 학교 구석구석은 클레메트의 기억에 여전히 생생했다.

마즈가 다가오는 바람에 생각이 흩어졌다. 호텔 식당 주인이 순록스튜 접시를 클레메트 앞으로 밀었다. 그러고는 맥주 두 병을 테이블 위에 놓고 경찰 앞에 앉았다. 두 사람은 조용히 건배했다. 맥주로 목을 축인 클레메트는 음식을 먹기 시작했다. 혀에서 사르르 녹는 버섯의 풍미에 감탄하여 고개가 절로 끄덕여졌다. 칭찬에 기분이 좋아진 마즈가 클레메트를 향해 다시 자기 잔을 들어올렸다.

"소피아는 없나?"

"자기 방에 있어."

"좀 어때?"

마즈는 천천히 고개를 저으며 어떤 대답을 해야 할까 고민하는 사람처럼 잠시 생각에 잠겼다. 둥근 얼굴에 대머리인 그는 이 지역에서는 보기 드문 굵고 짙은 갈색 수염을 길렀다. 그의 조상 중에 이탈리아인이 있다는 소문도 있었다.

"좀 나아진 것 같기는 해. 자네가 언제 왔더라? 오늘이 토요일이니까,

그때가….”

“그저께였지. 목요일.”

“그래. 그날 하루 종일 아무 말도 안 하고 먹지도 않더라고. 그런 일이 벌어질 거라고는 전혀 생각도 못 했어.”

“당연하지.”

“어제 아침도 비슷했어. 학교를 보내야 할지 말지 고민도 됐고. 그래도 여기서 우울하게 지내느니 차라리 학교에 가는 편이 낫다고 생각했어.”

“잘했어.” 클레메트는 입에 음식이 반쯤 든 채로 대답하며 고개를 주억거렸다.

“나도 그렇게 생각해. 오후에 학교에서 돌아오고 나서는 훨씬 나아 보였거든. 저녁에는 학교 친구랑 같이 지냈고. 오늘도 그 친구와 하루 종일 같이 있더라고. 둘이서 할 얘기가 많은가 봐. 엄청난 비밀 얘기 같긴 한데, 어쨌든 서로 얘기를 나눈다는 게 중요하지.”

“맞아. 잘됐네.”

“그런데… 그 프랑스 놈 말이야, 잡았어?”

“아니, 아직. 탐사한다고 비다 고원에 간 모양이야. 어디로 갔는지는 정확하게 몰라. 지금 찾고 있으니까 곧 잡을 수 있겠지. 그리고 미리 알려주는 게 좋을 듯해서 말인데, 니나 경관이 그 새끼 때문에 단단히 화가 났어. 물론 니나 경관의 반응이 당연한 거고. 하지만 만일 그 새끼가 모두 부인하면 우리가 할 수 있는 게 별로 없을 거야.”

마즈는 맥주를 한 모금 마시며 고개를 끄덕였다. 기타의 첫 화음이 홀 안을 가득 채웠다. 클레메트는 빈 접시를 옆으로 치웠다.

“소피아한테 잠깐 인사하러 가도 될까?”

마즈는 일어나서 빈 접시와 잔들을 집었다. 그리고 클레메트를 주방 안으로 안내했다. 마즈의 아내가 식기세척기 안의 그릇들을 치우고 있었다. 클레메트는 감자를 까는 베리트를 보았다. 그는 월요일에 베리트를 보러 가야겠다고 생각하며 손을 흔들어 인사했다. 미리 알릴 필요는 없었다. 괜스레 불안해할 수도 있으니까.

그들은 건물 사택으로 들어갔다. 마즈가 문 앞에서 노크를 했다. 반응은 없었다. 더 세게 노크를 하자 문이 열렸다. 성가신 표정으로 문을 빼꼼 열고 고개를 내민 소피아가 클레메트를 보고 의아한 표정을 지었다.

"소피아, 안녕."

"안녕하세요."

"그냥 인사하러 들렀어."

소피아는 여전히 문틈으로 고개만 내밀고 있다가 미소를 지었다.

"아, 네. 인사했으니 됐네요. 이제 친구한테 가도 되죠?"

"잠깐만 얘기할 수 있어?"

소피아가 한숨을 내쉬었다.

"네, 네." 그녀는 방으로 고개를 돌렸다. "잠깐만 기다려."

친구가 음악을 듣느라 소피아의 말을 못 들은 모양이었다. 그녀가 소리를 질렀다.

"울-리-카! 조금 후에 올게!"

소피아가 복도로 나왔다. 살짝 열린 문의 손잡이는 계속 잡고 있었다.

"호프집에서 일하는 레나 동생이야?" 클레메트가 물었다.

"네에. 왜요?"

"네가 어떻게 지냈는지 그냥 궁금해서."

"둘이 얘기하는 게 낫겠지? 난 식당으로 가 있겠네." 마즈가 말했다.

소피아는 복도로 사라지는 아버지의 뒷모습을 보았다.

"그 더러운 새끼는 잡았어요?"

"아직 못 잡았어, 소피아. 지금 쫓고 있는 중이야. 비다 고원에 있거든. 너도 알겠지만 거기는 너무 넓어서 어디 있는지 찾기가 쉽지 않아. 하지만 꼭 찾아서 반드시 심문할 거야."

"심문한다고요?"

"그래. 그자의 진술을 들어야 하거든."

"왜요? 제 말만으로 충분하지 않나요?"

"어… 아니, 그게, 모든 사람의 말을 들어봐야 해. 우리는 그 다음에 결정하거든. 음, 판사가 결정하는 거지. 만일 그 사건이 판사한테까지 간다면 말이야. 저기… 그… 뭐라고 설명해야 하나…. 이런 사건은 말이지, 좀 복잡하거든."

"뭐가 복잡한데요?" 소피아가 그의 말을 끊었다. "그 남자는 소름끼치는 개자식이라고요! 도대체 그게 뭐가 복잡한지 모르겠네요."

"사법제도가 돌아가는 방식이 좀 그래. 이 얘기를 미리 해줘야 할 것 같아서 말이야. 우리는 이 사건을 아주 심각하게 다루고 있어. 그건 분명하니까 안심해도 돼. 니나 경관도 너만큼 화가 났거든."

"아, 그래요? 그럼, 아저씨는요?" 소피아가 차갑게 쏘아붙였다.

"소피아, 내 말 들어봐. 판사가 그 미친놈을 감옥에 보내려면 '주물럭거리는 더러운 손'만으로는 충분치 않아. 내가 염려하는 게 바로 그거야."

소피아의 표정이 확 굳었다. 그녀는 재빨리 방 안을 들여다본 후 조용히 문을 닫았다. 그러고는 클레메트 코밑으로 바싹 다가와 눈을 쳐다보기 위해 턱을 거의 수평으로 들어올렸다.

"그 새끼는 개자식이에요! 개자식이라고요! 반드시 잡아서 감옥에 처넣어야 해요!"

그녀는 몸을 돌려 방으로 사라졌다. 문이 쾅 닫혔다. 클레메트는 충격을 받아 멍하니 서 있었다. 당혹스러웠다. 내가 말을 잘못했나? 아무래도 자신이 이런 사건에 익숙하지 않은 건 사실이었다. 소피아에게 자기도 이 사건을 심각하게 생각한다고 말해야 했는지도 모른다.

그는 문손잡이를 잡았다. 그러나 망설였다. 사과를 해야 하나 말아야 하나. 그는 사과하는 걸 좋아하지 않았다. 하지만 상대는 어린 여자애였다. 노력은 해야 한다. 자기가 사과하는 장면을 목격할 성인도 없다. 그는 숨을 들이켜고 손잡이에 힘을 주었다. 다시 망설였다. 아니면 소피아가 전부 말하지 않은 걸까? 프랑스인이 주물럭거리는 손 이상으로 멀리 나갔나? 울리카 때문에 소피아가 화가 났나? 클레메트는 손에 힘을 빼고 손잡이를 보았다. 니나와 상의하는 편이 좋을 것 같았다.

그는 식당으로 향했다. 전통음악의 선율이 식당에서 흘러나왔다. 베리트는 여전히 감자껍질을 깎았다. 아침부터 밤늦게까지 죽어라 일만 하는구나. 클레메트가 생각했다. 베리트가 클레메트보다 나이가 훨씬 더 많은 건 아니었다. 하지만 그녀는 교육을 받지 못하고 희생하며 살아온 세대에 속했다. 그녀가 어깨에 쏟아지는 시선을 느끼고 고개를 돌렸다. 그녀는 클레메트를 한참 쳐다보다가 다시 감자 깎는 일로 돌아갔다.

그가 식당 홀을 지나갔다. 마즈는 인부들이 앉은 테이블을 치우는 중이었다. 남자들은 밴드가 연주하는 모습을 보기도 하고 서로 웃고 떠들기도 했다. 아이들이 음악에 맞춰 박수를 쳤다. 클레메트는 입구에서 파카를 찾아 입고 그곳을 떠날 채비를 했다.

때마침 젊은이들이 식당 안으로 우르르 들어오다가 그와 부딪혔다. 클레메트는 그들이 지나가도록 얼른 벽에 붙어 섰다. 열 명 남짓이었는데 일행 중에는 젊은 여자들도 몇 명 있었다. 여자애들은 춥다고 불평하면서도 신나게 웃어댔다. 클레메트는 이들이 강추위에도 불구하고 파카 밑에 짧은 치마를 입고 있는 걸 보았다. 여자들이 털부츠를 벗고 순록가죽 앵클부츠로 갈아 신었다.

남자들은 대부분 젊은 순록치기들이었다. 일행의 우두머리로 보이는 아일로 핀만이 여자애 한 명을 밴드 앞쪽의 작은 무대로 데려가서 다른 일행의 박수갈채를 받으며 춤을 추기 시작했다. 미켈과 욘도 있었다. 늘 붙어 다니는 삼총사다. 클레메트가 확인해볼 게 있어서 미켈에게 전화를 했을 때, 그는 전혀 기억하지 못한다고 했다.

일행 중에는 처음 보는 청년 두 명도 있었다. 그들은 각자 가죽재킷과 기름때로 얼룩진 정비사 슈트를 벗었다. 그중 한 명의 팔뚝에 문신이 새겨져 있었다. 그걸 보는 순간 누군지 번뜩 생각났다. 사거리에서 사미 할머니에게 욕을 하던 트럭 운전사였다. 클레메트가 방한복을 막 다 벗은 미켈에게 다가가 팔을 잡고 옆으로 데려갔다.

순록치기는 깜짝 놀라 자기 팔을 잡은 클레메트의 손에서 눈을 떼지 않았다.

“미켈, 문신한 남자가 자네 친군가?”

“어…, 딱히 그렇지는 않아요. 잘은 몰라요.”

“만일 자네 친구면, 다음부터는 어른들에게 함부로 주둥이 놀리지 말라고 전해.”

미켈은 안심한 표정이었다.

“아, 네. 그런데 왜요?”

“지난번 시위하던 날, 그 스웨덴 놈 트럭에 같이 타고 있었잖아. 그 자식이 할머니에게 뭐라고 했는지 기억 안 나?”

사미 청년은 잘못을 저지른 아이처럼 얼굴이 빨개졌다.

"그 자식이 앞으로 또 그러면 가만있지 말라고. 자네 할머니한테 그딴 식으로 말해도 내버려둘 거야?"

"그 친구한테 얘기할게요. 절 믿어도 돼요. 이제 그런 일은 없을 거예요."

미켈은 그쯤에서 끝나자 안도의 한숨을 내쉬었다. 무엇이든 약속할 기세였다.

"좋아. 약속했으니 명심하라고. 오케이?"

클레메트는 샤프카를 쓰고 식당을 나섰다. 어떤 면에서 미켈은 마티스와 흡사했다. 그들은 사미 사회의 주변부에서 별 볼일 없는 순록치기로 살았다. 성공할 가능성도 없고 언제라도 나락으로 떨어질 수 있었다. 지금은 그들 같은 사람들에게 혹독한 시대였다.

차에 올라타기 전에 눈을 들어 오로라를 보았다. 하늘의 반을 차지할 만큼 넓게 퍼진 북극광이 신비한 자태로 너울거렸다. 클레메트는 우주가 보내는 메시지라고 생각했다. 마티스 귀의 절개 모양처럼 해독할 수 없는 메시지. 그는 차에 시동을 걸었다.

제3주

겨울 폭풍

우리는 강하다 요이크 '태양'

40

1월 24일 월요일

일출: 오전 9시 24분, 일몰: 오후 1시 39분

일조 시간: 4시간 15분

오전 8시 15분, 카우토카이노

보안관이라고 불리는 토르 옌센은 부하직원들과 친밀하게 지내는 인기 만점의 서장이다. 혼탁한 상황 속에서 서장이 함메르페스트로 떠났다는 소식에 모두가 크게 동요했다. 토르 옌센의 소식을 들은 사람은 아무도 없었고 휴대전화도 꺼져 있었다. 아직도 함메르페스트에 있는 걸로 보였다. 모든 경찰이 업무상 긴급 알림을 놓치지 않기 위해 평소보다 더 일찍 출근했다.

클레메트는 일요일 내내 순록관리청 매뉴얼에 나온 그 지역 순록치기들의 귀 문양을 하나하나 살펴보았다. 그러나 좌절감만 더욱 커졌다. 마티스의 귀 절개 모양과 매뉴얼에 나온 문양들을 모조리 맞추어보다가 결국은 매뉴얼을 거실 바닥에 팽개치고 말았다.

경찰서에 출근한 니나는 마티스의 지피에스 데이터에서 나온 위치들을 지도에서 찾아보았다. 끝도 없는 단순작업이어서 이 일을 마치려면 앞으로도 몇 시간은 계속해야 했다.

클레메트가 니나에게 소피아를 만났던 일을 얘기했다. 이야기를 끝내는 순간, 롤프 브랏센이 비스킷 쟁반을 든 경찰을 앞세우고 회의실로 들어왔다.

"모두 와 있군. 아주 좋아."

그가 주위를 둘러보며 만족한 목소리로 말했다.

브랏센이 이 상황을 즐기고 있다는 게 눈에 뻔히 보였다. 그는 비스킷을 집어들고 커피로 목을 축이며 뜸을 들였다. 경찰관 열다섯 명과 직원들로 꽉 찬 회의실 안에 긴장감이 감돌았다.

"다들 알고 있듯이, 옌센 서장은 함메르페스트 경찰청에 소환됐다. 공식적인 말에 따르면, 서장은 아직 그곳에서 경찰청 간부들과 의회 의원들과 얘기 중이며 시간이 걸릴 거라고 한다."

그는 다시 커피를 마시고 비스킷을 씹었다.

"다들 먹지 그래? 아무도 먹을 사람 없나?"

그가 미심쩍은 표정으로 물었다.

브랏센은 사람들이 자기를 싫어한다는 것을 알았다. 그러나 왜들 그러는지는 도통 이해할 수 없었다. 클레메트는 그 이유를 알았다. 브랏센은 한마디로 수준 미달의 사내였다. 냉혹하고 오만하고 비열하고 저속하며 편향적인 사고로 똘똘 뭉친 인종차별주의자였다. 클레메트는 그 외에도 더 많은 이유를 댈 수 있었다. 그러나 브랏센은 스스로를 직설적이고 솔직한 사람이라고 여겼다. 너무 솔직해서 탈이라고 생각하기도 했지만 어쨌든 자신은 유능했고, 필요하다면 과감한 결정도 단칼에 내릴 줄 알았다.

언젠가 딱 한 번 브랏센과 클라메트가 격론을 벌인 적이 있었다. 그때 브랏센은 사람들이 자기를 왜 그렇게 싫어하는지 모르겠다고 말했다. 이런 일들을 이해하는 건 그의 능력 밖이었다.

브랏센이 다시 비스킷을 집었다.

"이제 내가 진짜 속사정을 알려주지. 옌센 서장은 벤치에 앉아 있는 신세가 됐어. 아웃. 바이 바이. 타임아웃. 바람 따라 물결 따라 멋진 휴가나 즐길 시간이 된 거지. 하, 표정들 좀 보게나. 서장은 돌아오니까 걱정 말라고. 이 사건들이 다 마무리되면 돌아올 테니까. 알겠나? 이렇게 질질 끌고 갈 사건이 아닌데 툰드라의 순록치기 놈들 주위를 너무 살금살금 돌아다녔어. 생각 좀 해봐. 법을 만드는 사람이 누구지? 그놈들이야, 우리야? 여기는 노르웨이라고. 안 그래?"

브랏센은 비웃는 눈빛으로 클라메트를 쏘아보았다.

"어이, 뚱보. 뭐라고 말 좀 해보지? 여긴 노르웨이 맞잖아. 아냐? 아니면 내가 중간에 에피소드를 하나 빼먹었나? 우리는 그냥 들러리인 거야? 그런 거야?"

클레메트는 속이 부글부글 끓었다. 브랏센은 공개적으로 그를 도발했다. 그러나 말려들고 싶지 않았다. 옆에 있던 니나가 동요하며 숨이 거칠어지더니 팽팽하게 긴장된 분위기를 깨뜨렸다.

"브랏센 반장님, 그렇게 말씀하시면 안 되죠. 우리는 반장님만큼이나 힘들게 일하고 있어요. 이미 수천 킬로미터 넘게 다니며 조사했고요. 하지만 순록치기들의 세계는 복잡하고 사미인들은 우리와는 다른 문화를 가지고 있습니다. 그들을 존중해야 해요. 그리고 수사는 진전을 보이고 있어요. 프랑스 지질학자를 조사해야 할 이유들도 차고 넘칩니다. 그래서 그자를 뒤쫓는 거고요. 더욱이 그자는 성추행범으로 고소가 된 상태입니다."

"성추행이라…. 오, 그래. 고소장은 어디선가 봤어. 아주 훌륭하더구먼. 아주 명명백백해. 자기를 주물럭거리는 손을 봤다고 믿는 여중생의 판타지라니 말이지. 참 나, 이게 다 웬 개뼈다귀 같은 소리야. 우리는 지금 살인사건과 그 빌어먹을 북 도난사건을 조사하고 있다고. 그런데 열네 살짜리 맹랑한 계집애한테서 고소장을 받아왔다는 건가? 그자가 계집애 무릎에 어쩌다 손을 올려놓았다는 이유로 말이야?"

분노한 니나의 얼굴이 시뻘겋게 달아올랐다. 그녀가 벌떡 일어났다.

"어떻게 그런 식으로 말할 수 있죠? 반장님은 너무 편파적이에요. 게다가 공정한 태도를 보이지도 않잖아요! 이 아이 건은 아주 심각하게 다뤄야 한다고요!"

브랏센은 니나의 성질을 건드려 화를 내게 만든 게 몹시도 좋은지 실실 웃으며 그녀가 말하도록 내버려두었다. 클레메트는 좋은 징조가 아니라고 생각했다. 니나가 계속 말을 이었다.

"그리고 사미인들을 밑바닥 인생으로 취급해선 안 돼요. 그들은 헌법에 의해 보호를 받고 있으며 우리가 존중해야만 하는 그들 나름의 권리를 지니고 있습니다."

"오, 대단한데. 자네가 키루나에서 열심히 공부했다는 걸 잘 알겠군. 아주 훌륭해. 그래서 우리가 갈 길이 아직도 멀다 이건가?"

경찰들은 서로를 쳐다보았다. 브랏센의 의도를 누구도 짐작할 수 없었다. 클레메트는 브랏센이 오직 재미로만 쥐를 쫓는 고양이처럼 이 상황을 즐기고 있으며, 최대한의 효과를 끌어낼 이벤트를 꼼꼼히 준비했다는 생각이 들었다. 브랏센이 하는 짓을 보고만 있는 걸로도 충분했다. 하지만 클레메트는 인내하는 성격이 아니다. 그가 입을 열었다.

"수사는 잘 진행되고 있네. 진전이 있다고. 하지만 북과 마티스, 이 두 사건은 아주 오래전 일들과 연결되어 있어. 아마도 광산과 관련된 이야기일 거야. 그리고…."

"되지도 않는 소리!" 브랏센이 인상을 팍 쓰며 소리를 버럭 질렀다. "우리가 인류학 논문을 쓰거나 바보짓거리를 하려고 여기 있는 줄 알아? 빌어먹을 광산이니 프랑스 지질학자니 하는 건 신경도 쓰지 말라고! 이 사건을 순록치기들의 복수혈전으로 몰고 가기 싫으니까 그쪽으로는 눈을 감고 자꾸 다른 것만 들먹이는 거잖아. 요한 헨리크와 올라프는 지금 완전 겁먹었다고! 당연한 거 아냐? 그러니 이제 모두들 내 말 듣게. 함메르페스트에서는 사건이 최대한 빨리 해결되기를 바라고 있어. 오슬로의 불쌍한 의원 나리들은 지금 신경이 아주 곤두섰다고. 분위기를 바꿔줘야 할 때가 온 거지. 안 그런가? 오늘이 월요일이니까 수요일 전까지 요한 헨리크와 올라프를 이곳으로 소환해서 심문해야겠어. 그놈들을 끌고 올 때 기자들도 불러야 하고."

클레메트는 말도 안 되는 얘기를 계속 듣고 있을 수가 없었다. 그가 주먹으로 탁자를 쾅 치며 일어섰다.

"수사 방향이 완전히 달라졌는데 그 사람들을 그런 식으로 데려와서 함부로 취급할 수는 없어!"

브랏센의 얼굴에 비웃는 표정이 떠올랐다. 그는 이 상황을 즐기듯 느물거리는 목소리로 말했다.

"아 참, 이 말부터 했어야 했는데 잊어버렸군. 함메르페스트에서 서장 권한대행으로 날 임명했네. 그러니 결정은 내가 해. 그리고 지금 이 순간부터 순록경찰은 살인사건과 북 도난사건에서 손 떼게. 자네들 능력을 한참 벗어난 업무잖아? 클레메트, 자네 팀은 툰드라로 가서 순록 숫자나 세라고. 알겠나? 보시다시피 난 아주 너그러운 사람이지. 자네가 순록치기 친구들을 직접 데리고 오는 일도 면제해주겠네."

그럼 그렇지. 처음부터 저 생각을 했구먼. 클레메트가 생각했다. 브랏센이 음흉한 속내로 모든 걸 계획하고 오늘 할 말을 하나하나 준비했다는 확신이 들었다. 클레메트가 새 상관을 뚫어지게 쳐다보았다. 지금 한 번만 저 상판을 주먹으로 날려버릴까? 하는 생각도 들었지만 꾹 참았다. 저 개자식과 아예 상대를 하지 말자. 클레메트는 니나가 분개해서 폭발 직전이라는 걸 보지 않고도 알 수 있었다.

회의실 안에 정적이 흘렀다. 경찰관들은 클레메트를 힐끔 쳐다보다가 서로 눈을 맞췄다. 브랏센이 부서장급인 건 사실이나 그렇다고 해서 서장의 권한이 자연스럽게 그에게 이양되지는 않는다. 부서장의 역할은 무엇보다 공공질서와 관련한 몇몇 사안들을 책임지는 데 있다.

클레메트가 서장 권한대행을 맡아야 더 합리적이라는 걸 모두가 잘 알았다. 그는 모두의 존경을 받았고 경험과 능력이 있었다. 무슨 일이 있었던 게 분명했다.

브랏센이 쟁반에서 비스킷을 집으며 입을 열었다.

"자, 친애하는 동지들, 다들 자기 자리로 돌아가기 전에 비스킷 좀 먹으라고."

몇몇 경찰이 망설이다가 쟁반에 손을 뻗었다. 브랏센이 만족한 듯 벙글거렸다. 클레메트만 남았다. 브랏센이 그를 째려보고는 남은 비스킷을 입에 넣고 방을 떠났다.

사무실에서 클레메트를 보자마자 니나가 목소리를 높였다.

"세상에! 선배님, 어떻게 아무 말도 안 할 수가 있어요? 브랏센 반장이 우리를 엿 먹였다고요. 수사도 막았잖아요! 그런데 어떻게 가만있어요? 그걸 원했던 사람 같이 말이에요!"

"니나, 그만해!"

"아뇨, 제 말씀 좀 들어보세요. 이 사건이 시작됐을 때부터 선배님은 한 걸음 앞으로 가면 두 걸음 뒤로 물러서는 것처럼 보였어요. 움직이는 걸 무서워하는 사람 같았다고요!"

"말도 안 되는 소리 좀 하지 마, 니나. 난 사실에 근거해서 움직이는 것뿐이야. 시간이 걸리는 일이라고. 액션을 취하고 싶으면 브랏센하고 같이 일하지 그래. 나만큼 따져가며 일하는 인간이 아니니까. 체포부터 하고 심문은 나중에 하는 자라고. 내 방식은 그 반대야."

"전 항상 선배님 편이에요. 하지만 솔직히 말씀드리고 싶어요. 선배님 의욕이 사라졌다는 생각도 들고 무엇보다 순록치기 일에 관여하는 걸 좋아하지 않는다는 느낌을 받아요. 그 일들 때문에 마음의 평화가 깨지는 걸 싫어하잖아요."

클레메트는 니나의 공격에 멍해졌다. 착하고 잘 웃고 명랑한 동료가 브랏센 뒤를 이어 독화살을 쏘아대기 시작했다. 이 잔망스러운 꼬맹이 앞에서 변명의 말을 늘어놓아야 하나? 이곳의 삶을 전혀 알지 못하다가 처음으로 발을 들여놓은 파란 눈의 이 여자에게? 이 초짜 경찰관은 이 지역의 모든 경찰서에서 삼십 년 넘게 산전수전을 겪었고, 팔메 총리 암살사건 때 죽어라 뛰어다녔던 나를 판단하려 한다.

그는 뒤로 돌아 사무실 문을 쾅 닫고 나가버렸다.

아슬락 가웁사라는 묵묵히 프랑스 지질학자의 뒤를 따라 얼어붙은 산을 올랐다. 이방인이 때때로 번호를 붙인 암석 조각을 건네면 아슬락은 그것을 받아 배낭에 넣었다. 프랑스인은 모든 신경을 온통 돌에 쏟았다. 있는 힘껏 돌을 두드리고 하얀 입김을 뿜으며 욕설을 내뱉었다. 그는 자주 평정을 잃었고 들끓는 속을 감추지 못했다.

이방인들이 이 나라의 돌들에 관심이 있다는 건 오래전부터 알았다. 가이드를 해준 사람은 프랑스인이 처음은 아니다. 이자는 다만 다른 사람들보다 모든 일에 더 예민하게 반응할 뿐이다. 아슬락은 오랫동안 가이드로 일했고, 이방인들이 고용했던 다른 순록치기들도 알았다.

이방인들은 돌과 광물과 광산에 대해 말했다. 그리고 늘 부자가 될 거라고 했다. 그들은 대개 사미 순록치기들이 자기네 일에 열정을 갖기를 기대했으나 순록치기들이 여전히 딱딱하게 굳은 얼굴로 있는 걸 보고 놀라곤 했다. 그들은 이해하지 못했다. 그들이 광산을 보고 진보를 말할 때, 순록치기들은 다른 것을 보았다. 방목지를 훼손하는 도로와 순록을 공포에 떨게 하는 트럭들, 짐승들이 길을 건널 때 생기는 사고들을.

이방인들은 어깨를 으쓱이고 돈 얘기만 했다. 순록을 잃으면 순록치기는 돈으로 보상받을 거라고 했다. 순록치기 대다수는 그런 말에도 언제나 얼굴이 굳어 있었다. 그 때문에 이방인들은 화를 냈다. 사미인들은 눈앞에 주어진 기회도 알지 못하며, 모든 걸 잃을 수도 있다는 사실을 깨닫지 못한다고, 그리고 어찌됐건 광산은 생길 거라고 말했다.

순록치기들은 순록들을 모으고 분류를 하기 위해 봄이나 가을에 모이면 자주 이 이야기를 나누었다. 몇몇 순록치기들은 아슬락의 텐트까지 찾아오기도 했다. 올라프가 왔고, 요한 헨리크가 왔다. 마티스는 자주 왔다. 아슬락은 더는 이해할 수 없었다. 그들은 아슬락이 어떤 사람인지 잘 알았다. 아슬락은 이 모든 변화에도 꿈쩍 않고 살아갔다. 순록치기들이 그를 찾아온 것도 그 때문이었다.

아슬락이 말했다. 당신들은 순록이 너무 많다. 그래서 넓은 방목지가 필요하고 분쟁도 빈번해진다. 그들이 대답했다. 스노모빌과 사륜오토바이와 자동차와 도축장행 화물트럭을 구입하고 헬리콥터를 대여하는 비용을 지불하려면 순록이 많아야 한다. 그러면서 그들은 아슬락에게 말했다. 당신은 순록이 이백 마리밖에 안 되니까 이해를 못 한다고.

아슬락이 그들을 보았다. 그리고 입을 열었다. 내게는 순록 이백 마리가 있고 그걸로 충분히 살아간다. 이백 마리 순록에게는 커다란 방목지가 필요치 않다. 나는 순록들을 늘 지켜본다. 순록들과 언제나 함께 있으며 암컷들에게서 우유를 짠다. 그들은 나를 안다. 내 순록들은 내가 다가갈 때 언제나 내 곁에 머무른다. 또한 순록들을 찾느라 툰드라에서 여러 날을 보낼 필요가 없다. 스키와 개들로도 충분하다. 적은 수의 순록을 가졌거나 스노모빌이 없다고 해서 내가 당신들보다 훨씬 못한 목부인가?

아슬락은 이 말을 할 때마다 다른 순록치기들의 얼굴에 드리우는 슬픈 그림자를 보았다. 그들은 침묵했다. 늙은 순록치기들은 그들도 한때는 그렇게 살았다는 사실을 떠올렸다. 젊은 순록치기들은 스노모빌을 좋아한다고 말했다. 그들은 힘든 한 주의 일을 마치면 토요일마다 저녁을 즐기러 시내에 가는 걸 좋아한다. 이럴 때도 스노모빌은 매우 유용하다. 아슬락은 고개를 끄덕이고 아무 말도 하지 않았다. 젊은 순록치기들도 입을 다물고 침묵을 지켰다.

그러나 그들은 가끔 다시 찾아왔다. 옛날에는 순록을 어떻게 쳤는지 알기 원했다. 아슬락을 두려워하는 이들도 있었지만 그럼에도 불구하고 다시 찾아와 멀리서 지켜보았다. 아슬락은 스키를 타고 순록을 돌보면서 자기를 보는 그들을 보았다. 그들은 추위가 쫓아낼 때까지 오랫동안 그곳에 머물렀다.

카우토카이노

누군가가 신경질적으로 문을 두드렸다.

"누구세요?" 클레메트가 소리를 질렀다. 기분은 여전히 안 좋았다.

니나가 들어와 두 다리에 힘을 주고 허리에 양 손을 올린 채 클레메트 앞에 우뚝 섰다. 인상을 쓴 얼굴에서 확고한 결의가 엿보였다. 그녀는 방한복에 배낭을 메고 어깨에 다른 가방을 걸치고 있었다. 떠날 준비가 된 모습이다.

"브랏센에게 합류할 건가? 아니면 순록들을 쫓아다니게?" 클레메트가 힐난하는 어조로 물었다.

"소지품 챙기세요, 선배님. 전부요. 순찰 가야죠. 브랏센이 일거수일투족을 감시하는 이곳에서 있을 필요가 없어요. 서두르세요. 차고에서 기다리겠습니다."

그녀는 들어온 속도만큼이나 빠르게 사무실을 나갔다. 클레메트는 하늘을 한 번 쳐다보고 한숨을 내쉬었다. 지금 막 최근에 있었던 순록치기들의 분쟁들을 들여다보기 시작하던 참이었다. 마티스의 죽음과 북 도난 이후에 방치해두었던 사건들인데, 정말로 관심이 있어서가 아니라 다시 일상으로 돌아가야겠다는 생각에서 시작한 일이었다. 그러나 망설여졌다. 브랏센을 무시했지만 이자가 멋들어지게 상황을 돌려놨다는 건 인정하지 않을 도리가 없었다.

그는 키보드를 톡톡 두드렸다. 브랏센 같은 자가 하기에는 너무 교묘했다. 잠시 요한 헨리크와 올라프에게 미리 알려줘야겠다고 생각했다가 곧 마음을 바꿨다. 그래봤자 그들에게나 자기에게나 상황을 더 나쁘게 만들 뿐이다. 그는 두 주먹을 불끈 쥐고 책상을 쾅 내리쳤다. 여기서 무기력하게 머물러 있을 이유가 없었다. 니나가 옳았다. 차라리 현장으로 나가는 편이 나았다.

소지품들을 주섬주섬 챙겨 십 분 후에 차고에서 니나를 만났다. 그동안 니나는 시간을 허비하지 않고 분주히 움직였다. 물통을 채우고 순찰대 차 뒷좌석을 정리하고 깨끗한 침낭을 실었다. 무슨 생각을 하는 것일까? 니나는 한마디 말도 없이 클레메트에게 조수석 자리를 가리키고 운전석에 앉았다. 그러고는 곧바로 시동을 걸고 후진하여 주차장을 빠져나왔다.

태양이 떠올랐다. 눈부신 빛에 클레메트는 저도 모르게 눈을 감았다. 유리창 틈으로 들어오는 외풍이 오른뺨을 날카롭게 찔러댔다. 하지만 추위가 공격해도 가만히 있었다. 브랏센에게서 벗어나도록 결단하고 행동한 니나에게 고마운 마음이 들었다. 그들이 경찰서에 없어도 아무도 신경 쓰지 않을 것이다. 본부를 멀리 떠나 순찰을 다니는 게 순록경찰의 업무이니 말이다.

사건들이 연달아 일어나 스케줄이 꼬여버리긴 했지만 연초 계획대로라면 두 사람 모두 이번 주에 쉴 예정이었다. 하지만 며칠 동안 툰드라로 임무를 떠나 가끔 경찰서로 메시지를 보내도 상관없을 것 같았다. 운이 조금 따라준다면, 다른 일들로 너무 바쁜 브랏센은 두 사람의 부재를 모르고 지나칠 수도 있다.

니나가 슈퍼마켓 주차장에 차를 세우고 시동을 껐다. 그녀도 클라메트와 같은 생각을 했다.

"브랏센 반장이 경찰들을 비다 고원으로 보낼 텐데, 관건은 어떻게 반장의 감정을 상하지 않게 하느냐죠. 안 그러면 우리를 완전히 배제시킬 거예요."

"브랏센은 지금 요한 헨리크와 올라프를 심문하겠다는 생각밖에 없어. 그자를 좀 알거든. 아주 불도저 같은 성격이지. 뒤도 안 돌아보고 쭉 직진한다고. 다른 단서들을 동시에 쫓아가는 것도 아주 즐거워할 사람이야. 게다가 사미인들이 굴복하도록 만드는 게 꿈이기도 하고. 그 새끼한테는 그게 열반의 경지에 이르는 길인 거지." 클라메트가 말했다.

니나는 클레메트가 이런 식으로 말하는 건 처음 보았다. 아무래도 이 일이 마음을 짓누르는 모양이었다.

"그 자식이 이곳에 이렇게 오래 있는 것도 이해할 수가 없어. 사미인들을 그렇게 싫어하면서 말이야. 하긴 사미인과 아시아 이민자 중에서 누구를 더 싫어하는지는 잘 모르겠지만."

"너무 과장하는 거 아니에요? 스웨덴에 인종차별주의자들이 꽤 있다는 건 알지만 여기는 노르웨이잖아요."

"과장이라고? 그 새끼는 진보당 대변인도 할 자라고. 자기 성향을 감출 생각도 안 해. 그 빌어먹을 정당은 오래전부터 약진하기 시작했어. 아무도 거들떠도 안 보는 사이에 국회에서 벌써 이십 퍼센트나 차지하고 있다고. 우리는 오일머니 속에서 헤엄치느라 다른 건 생각도 못 하고 완전히 잠들어 있었던 거야."

클레메트가 깊은 숨을 내쉬었다.

"옌센 서장님이 받은 징계에 정치적인 의도가 있다고 생각하세요?" 니나가 물었다.

"생각하느냐고? 그건 생각하고 말고도 없이 확실하지. 분명히 머지않아 알게 될 거야. 그리고 솔직히, 정년퇴직이 멀지 않다고 설렁설렁 근무했던 면도 있어. 하지만 우리가 쌓은 모든 걸 브랏센이 다 망쳐놓도록 내버려둘 순 없지. 이 사건들을 끝까지 조사해볼 필요가 있어."

클레메트는 니나의 얼굴이 환해지는 것을 보았다. 그녀는 겉으로는 온순해 보였지만 속으로는 옹골찬 투사의 기질을 지니고 있었다.

"우리한테 새로운 기지가 필요한데 말이야." 그가 고심하며 말했다.

"이미 있잖아요. 선배님 텐트요! 제 기억이 맞는다면 우리에게 용기를 북돋아줄 좋은 술들도 있잖아요? 물론 남아 있다면 말이지만요."

니나가 활짝 웃으며 클레메트에게 손을 내밀었다. 클레메트도 니나의 손을 잡으며 싱긋 미소를 지었다.

야영에 필요한 식량과 여분의 휘발유를 준비하고, 스노모빌과 트레일러를 가져오느라 오후 시간이 지나갔다. 그들은 순찰대 차와 트레일러를 클레메트의 집 앞에 놔두고 바로 텐트로 들어갔다.

클레메트가 화로에 나무를 던져 넣자 불길이 곧 살아났다. 라부 안은 여전히 추웠지만 니나는 이곳에 들어오자마자 편안한 마음이 되었다. 클레메트의 텐트는 무척 아늑했다.

그녀는 화로 옆에 자리를 잡고 앉자마자 자료들을 꺼냈다. 클레메트도 옆에 앉아 파일을 꺼냈다. 텐트 안은 자료를 모두 꺼내 펼쳐놓아도 될 만큼 널찍했다. 클레메트가 쿠션과 상자들을 끌어다가 작업용 탁자를 만들고 구석에 숨어 있던 콘센트에 노트북을 연결했다. 니나가 아무 말 없이 미소를 지었다.

"지피에스 데이터부터 시작하자고." 클레메트가 말했다.

그들은 각자 맡은 데이터 구간 자료들을 탁자 위에 올려놓았다. 클레메트는 그 옆에 오만 분의 일 지도들을 가방에서 꺼내 펼쳐놓았다. 다음 두 시간은 침묵 속에서 흘러갔다. 지도들마다 붉은 점과 선으로 가득 찼다. 수사에서 손을 떼라는 브랏센의 지시가 떨어진 후 두 사람은 오히려 더 힘을 내어 조사에 몰두했다. 한 팀으로 일하기 시작한 이후, 그들은 처음으로 서로 동일한 인식을 공유하며 일한다는 느낌을 받았다.

41

1월 24일 월요일

저녁 8시 10분, 카우토카이노

클레메트의 등줄기를 따라 송골송골 땀이 맺혔다. 지피에스 데이터를 정리하는 건 생각보다 훨씬 더 많은 노력이 필요했다. 데이터 일부는 불에 타서 없어졌고 자료도 온전하지 않았다. 그래도 결국은 데이터에서 일관성을 찾아내고 스노모빌의 운행 위치를 시간 순서대로 배열하는 데 성공했다. 그 다음부터는 좀더 빠른 속도로 지도에 데이터의 위치를 표시해나갔다. 니나도 동일한 작업을 했다. 그로부터 삼십 분 후에는 대략적이긴 해도 유의미한 운행 경로를 도출할 수 있었다. 클레메트는 이렇게 얻어낸 데이터를 경찰 지피에스 시스템에 입력했다. 몇 시간의 힘든 작업 끝에 드디어 마티스가 죽기 전에 스노모빌을 타고 이동했던 경로가 그려졌다.

지도 위에 나타난 붉은 선들은 대부분 마티스의 오두막 주위에 모여 있었다. 이동 경로 흔적은 이웃 순록치기들의 방목지 경계까지 이어졌고 마티스의 오두막 근처에서는 훨씬 더 많이 나타났다.

"오두막에서 많은 시간을 보냈다는 건 이웃들과 문제가 꽤 있었다는 소리지." 클레메트가 지도를 관찰하며 말했다. "그런데 순록들을 방치하고 너무 오래 오두막에서만 보냈어. 적어도 죽기 전 며칠 동안은 말이야. 이웃들이 학을 뗀 것도 당연해."

니나가 처음으로 의심쩍은 경로를 발견했다. 적어도 그 시각에 그 경로가 표시되어 있다는 게 이상해 보였다.

"베리트 아주머니가 새벽 다섯 시쯤에 스노모빌 소리를 들었다고 하지 않았어요?" 니나가 물었다.

"그랬지. 새벽 다섯 시쯤. 스노모빌의 헤드라이트 불빛이 방을 비췄다고 했어. 운전자는 공사장 인부들이 입는 오렌지색 작업복을 입고 있었고."

"맞아요. 그런데 가장 마지막에 기록된 시간을 보세요." 니나가 지피에스 지도를 확대했다. "새벽 네 시 이십칠 분. 마티스 씨가 스노모빌을 오두막에 세워둔 시각이에요. 마티스 씨가 했던 말대로라면 거의 밤새도록 자기 순록을 지켜보고 돌아와서 세워두었다고 해야 말이 되죠."

"맞아." 클레메트가 말했다. "그리고 마티스가 그날 새벽 네 시 이십칠 분에 자기 오두막에 있었다면 북이 도난당한 시각인 새벽 다섯 시에 율 박물관 근처에 있을 수는 없지. 마티스의 오두막에서 율 박물관까지 두 시간은 족히 걸리니까."

"그런데 일요일 저녁에는 왜 카우토카이노까지 갔다 왔을까요? 북이 도난당한 날 저녁이나 밤에 말이죠."

"그러게. 마티스의 스노모빌은 새벽 한 시 오십이 분에 카우토카이노를 떠났어. 자기 오두막까지 돌아오는 데 두 시간 반이 걸렸고. 그날 밤에 눈보라가 몰아쳤으니 평소보다 시간이 더 걸린 건 당연해."

"결론은 마티스 씨가 우리한테 말한 것처럼 밤새 자기 순록들을 돌봤다는 소리는 아니네요."

"그래서 마지막으로 마티스를 본 날, 그렇게 피곤해했군."

두 경찰은 다시 스노모빌의 운행 경로를 살펴보았다.

"어쩌면 마티스 씨는 사실을 말했고, 다른 사람이 스노모빌을 빌린 걸 수도 있지 않을까요?"

"그전에 누가 마티스의 오두막에 왔었다는 거야?"

클레메트가 인상을 찌푸렸다.

"어쨌든 두 사람이 탄 두 번째 스노모빌 흔적도 있잖아요. 그 사람들이 어느 날, 몇 시에 도착했는지는 전혀 모르니까요. 왜 왔는지도 모르고요. 마티스 씨의 순록을 우리로 보내는 걸 도와주려고 찾아온 순록치기들일 수도 있죠. 그러다가 무슨 문제가 생겨 다툰 걸 수도 있고요."

"하지만 그날 마티스는 밤새 혼자 일했다고 했어. 도움을 받았다는 말은 하지 않았다고. 만일 그랬다면 그 사실을 뭐 하러 숨기겠어? 그건 말이 안 돼. 내 생각에 가능한 설명은 하나뿐이야."

클레메트가 니나를 보았다. 그녀도 이해했다는 걸 알 수 있었다. 하지만 조리 있게 설명하기가 힘들었다.

"베리트 아주머니가 시간을 잘못 알았다는 말씀인가요?"

"맞아. 잘못 알았어. 아니면 일부러 거짓말을 한 걸 수도 있고."

"베리트 아주머니가요? 거짓말을 했다고요? 말도 안 돼. 새벽 다섯 시에 다른 스노모빌 소리를 들었을 수도 있죠. 도둑이 탄 스노모빌 말이에요."

"그냥 가설일 뿐이야." 클레메트가 수긍했다. "하지만 데이터를 보면 마티스의 스노모빌은 그가 운전을 했건 안 했건 간에 일요일 밤 열 시쯤에 카우토카이노의 욜 박물관과 베리트 집 앞에 도착했다고. 그리고 그날 밤 내내 움직이지 않았어. 이상한 점이 많아."

클레메트가 갑자기 손목시계를 들여다보았다.

"여덟 시 삼십 분이네. 아직 너무 늦지는 않았으니 베리트를 보러 가도 되겠어."

십 분 후, 클레메트와 니나는 베리트 집 앞에 도착했다. 두 사람은 잠시 차 안에 머물렀다. 베리트의 조그만 노란색 통나무집과 욜 박물관의 거리는 수십 미터에 불과했다. 이 집 창가에서는 욜 박물관 입구가 정면으로 보였다. 유스호스텔은 작은 길 건너편에 있었다. 북이 사라진 날 밤, 청소년들의 술 파티가 열렸던 곳이다. 날은 몹시 어두웠다. 집 안에서 빛이 새어나왔다. 베리트는 보통 일찍 잠자리에 들지만 이날 밤에는 아직 깨어 있었다.

지붕을 덮은 눈이 이따금 밑으로 떨어졌다. 집 외벽의 창턱까지 쌓인 눈이 가로등 불빛을 받아 반짝였다. 현관문 앞에만 눈을 치웠는지 집 주위의 눈은 그대로였다. 자작나무 장작을 보관하는 차양 달린 작은 공간에 베리트의 차가 세워져 있었다.

차에서 내린 두 경찰은 부엌 창문으로 그림자가 지나가는 것을 보았다. 창문 밑으로 쌓인 눈에 스노모빌 흔적이 남아 있었다. 그들은 눈을 밟고 현관으로 걸어갔다. 기온은 다시 떨어져 영하 삼십 도에 육박했다. 클레메트가 문을 두드렸다. 안에서 작은 소리가 들리더니 문이 열렸다.

베리트는 놀란 얼굴로 그들을 맞았다. 그녀가 니나를 알아보고 미소를 지었다.

"어서 들어와요. 그렇게 서 있다가 얼어 죽겠어."

경찰들은 안으로 들어가 신발을 벗었다. 베리트가 그들을 부엌으로 데려가서 작은 소나무 탁자 앞에 앉으라고 권했다.

그녀는 울 소재의 예쁜 파란색 겉옷을 입고 있었다. 밑단에 무대 커튼처럼 구불구불하게 주름을 잡은 붉은 벨벳을 덧대고 그 밑에 가느다란 금색 술을 달아 화려함을 더한 옷이었다. 어깨에는 빨강, 노랑, 파랑, 초록의 사미 전통색으로 디자인한 숄을 둘렀다. 숄에는 작은 주화 모양의 브로치를 꽂아 흘러내리지 않도록 했다. 벨벳 밑단처럼 금색 술을 단 붉은 모직 머리쓰개 밑의 얼굴은 살짝 주름이 졌고 갈색 눈동자는 눈꺼풀로 반쯤 덮여 있었다.

베리트는 두 손을 포개고 서서 두 사람을 의아한 시선으로 쳐다보았다.

"커피 줄까?"

그녀는 대답도 듣기 전에 몸을 돌려 커피를 준비했다. 니스 칠을 한 소나무 가구들로 꾸민 소박한 부엌이었다. 위층 방은 많아야 두 칸일 듯싶었다. 크기가 엇비슷한 거실과 부엌 바닥에는 갈색 리놀륨이 깔려 있었다. 구식 냉장고 왼쪽 옆에 나 있는 문은 다용도실로 보였다. 몇 개 안 되는 조리기구들은 오래전부터 같은 자리에 있는 듯했고 식료품은 커피 봉지와 사과 두 알이 전부였다. 작은 식탁을 덮은 체크무늬 비닐 식탁보는 우그러진 데다가 칼자국도 많았다.

희미한 불빛에 비친 집 안은 아늑한 느낌은 전혀 없이 슬픔과 고독의 인상만 주었다. 베리트는 인생의 넉넉함을 전혀 겪어보지 못한 채 꼭 필요한 것만으로 자족하며 살았다. 혼자 외롭게 살아가는 것만이 가난의 원인은 아니었다. 그녀가 신봉하는 경건파 교리는 물질을 소유하거나 부를 과시하는 걸 죄악으로 여겼다.

베리트는 그들에게 다시 미소 지으며 찻잔 두 개를 꺼냈다. 그리고 유일한 과일인 사과 두 알을 얇게 썰어 두 접시에 담고 경찰들 앞에 하나씩 놓았다. 그녀가 작은 초를 가져와 식탁에 올려놓고 불을 붙였다. 그러고는 자기 잔에 물을 따랐다. 화려한 색의 옷을 걸치고 가난한 부엌에 서 있는 늙은 여인은 애잔한 느낌을 자아냈다. 클레메트와 니나는 엄숙한 의식에 임하듯 침묵을 지키면서도 선량하고 주름진 얼굴 뒤에 감춰둔 생각을 읽으려 애를 썼다.

먼저 침묵을 깬 사람은 베리트였다.

"내가 도와줄 일이 있는 거야? 마티스를 죽인 자에 대해 새로운 뉴스가 있어?"

"수사는 진전을 보이고 있어요." 클라메트가 대답했다. "좀 도와줬으면 해서요. 사실은 베리트 당신만이 우리를 도와줄 수 있다고 생각해요."

베리트는 두 손을 맞잡은 채 미소를 지었다.

"주님이 원하신다면 당연히 그래야지."

클레메트가 고개를 끄덕이며 배낭에서 지도를 꺼냈다. 지피에스 데이터에 따라 이동 경로를 그려놓은 지도였다. 베리트가 물 컵을 들고 다가왔다.

"여기 좀 보세요. 월요일 새벽 다섯 시쯤에 도둑의 스노모빌 소리를 들었다고 했죠? 그런데 그 말을 증명해줄 스노모빌 흔적은 전혀 찾지 못했어요. 이상한 일이죠. 그런데… 그보다 몇 시간 전에 다른 스노모빌이 그쪽으로 지나갔어요."

클레메트는 잠시 말을 멈추었다. 베리트는 여전히 가벼운 미소를 머금고 있었다. 그러나 물 컵을 꽉 움켜쥐느라 손가락이 하얘졌다.

"아, 그래? 확실한 거야?"

"그날 유스호스텔에서 파티가 있었다는 건 아시죠?" 니나가 처음으로 끼어들었다.

"파티?"

"그날 밤 날씨 기억나요?" 클레메트가 재빨리 또 다른 질문을 던졌다.

질문이 연달아 쏟아지자 베리트의 얼굴에 당혹스러운 표정이 떠올랐다. 그녀는 균형을 잃지 않으려는 듯 한 손으로 앞에 있는 의자 등받이를 잡았다.

"파티하고 날씨? 도대체 무슨 말인지 모르겠네. 난 이제 늙은 몸이야. 갑자기 피곤하네."

눈을 내리깐 그녀의 모습은 연민이 느껴질 정도로 몹시 불안해 보였다.

"베리트, 그때 스노모빌 소리 때문에 잠에서 깼다고 했죠?" 클레메트가 집요하게 물었다. "그날 밤, 경찰차가 도착하는 소리는 들었나요?"

"난… 그래… 아니, 모르겠어. 별로 신경을 안 썼던 건 같아. 물건들을 정리하고 있었거든."

"베리트, 그날 밤에는 돌풍이 불었어요. 바람이 엄청 셌다고요. 그런 날씨에 스노모빌 소리를 듣는 건 불가능해요. 바람 소리가 다른 소리를 다 묻어버리니까요."

베리트는 아무 말도 안 하고 등받이만 꽉 움켜잡았다. 아랫입술 안쪽을 씹어대는지 입이 이상한 모양으로 움직였다. 그래도 대답은 하지 않았다. 클레메트는 그녀를 압박할 순간이 왔다고 판단했다.

"실은 마티스의 스노모빌이 그날 밤 내내 이곳에 서 있었다는 걸 알아요. 정확히 말하면 일요일 밤 열 시부터 월요일 새벽 두 시 이십 분 정도까지 있었죠. 이상하다는 생각 안 들어요? 마치 때맞춰 그 시각에 있었던 것 같거든요. 바깥의 눈 더미에 나 있는 오래된 스노모빌 흔적들도 그렇고. 정말 이상하지 않아요?"

"오, 주여. 오, 주여…" 베리트의 목소리가 떨리기 시작했다. 그녀가 덜덜 떨며 식탁에 물 컵을 내려놓는 바람에 물이 조금 쏟아졌다.

니나가 일어나 그녀의 어깨를 감싸고 의자를 잡아당겨 그 위에 앉혔다. 베리트는 니나가 하는 대로 내버려두었다.

"아주머니, 마티스 씨가 일요일 밤에 이곳에 왔나요?" 니나가 사미 여인의 오른손을 잡으며 말했다.

"오, 주여. 오, 전능하신 주님…"

베리트가 절망적인 눈빛을 니나에게 보냈다. 젊은 경찰은 그녀를 달래려고 미소를 지었다. 베리트의 시선이 클레메트를 향했다. 그는 베리트에게 더 가까이 다가가려고 식탁 위로 몸을 숙였다. 사미 여인이 다시 니나를 보았다. 니나는 주의 깊게 그녀를 바라보았다.

"오, 주여, 저를 도와주소서."

별안간 그녀가 울음을 터뜨렸다. 눈물이 샘솟듯 흘러나왔다. 베리트는 머리를 흔들면서 신에게 부르짖고 목 놓아 울었다. 니나의 손을 꽉 잡고 있다는 사실도 잊은 듯했다. 니나가 무릎을 꿇고 앉아 다른 손으로 그녀의 손을 맞잡았다. 클레메트는 휴지를 찾았으나 행주만 눈에 띄었다. 그가 여전히 머리를 흔들며 울고 있는 베리트에게 행주를 건넸다. 하도 울어서 몸이 들썩였다. 니나가 행주의 깨끗한 부분으로 베리트의 눈을 살며시 닦아주었다. 이제 진정이 좀 됐는지 눈물로 흠뻑 젖은 얼굴에 슬픈 미소가 언뜻 떠올랐다. 그녀가 훌쩍이며 니나의 뺨에 떨리는 손을 갖다댔다. 그러고는 클레메트를 보았다.

"맞아. 그날 밤, 마티스가 여기 왔었어. 마티스를 본 건 그게 마지막이었어."

그녀가 다시 울음을 터뜨렸다. 두 경찰이 시선을 교환했다. 니나는 안쓰러운 마음이 들었다. 클레메트는 먼저 말하라고 머리를 끄덕이며 니나에게 사인을 보냈다.

"아주머니, 얘기해주세요." 니나가 말했다.

사미 여인은 행주를 쥐고 한참 동안 코를 풀었다.

"오, 주여. 오, 주여…."

목소리의 떨림이 이제 잦아들기 시작했다. 그녀는 머리를 좌우로 살짝 흔들었다.

"마티스, 그 불쌍한 아이는 살면서 좋은 일이라곤 하나도 없었어. 마티스는 그날 밤, 절망에 빠져 있었고 잔뜩 취한 상태였어. 세상에…, 그렇게 퍼마시다니."

"무슨 일이 있었나요? 왜 술을 마셨죠?" 클레메트가 물었다.

베리트가 눈물을 닦았다.

"그 북 때문이야, 클레메트. 북 때문에. 알고 있겠지만 마티스는 평생 북에 미쳐서 살았어. 그런데 융 박물관의 북은 달랐어. 그건 진짜였거든. 누가 마티스를 부추겼어. 그 북만 있으면 아버지보다 더 위대한 샤먼이 될 수 있고 더 큰 능력을 갖게 될 거라고. 오, 클레메트. 하나님은 알고 계셔. 마티스가 정신을 차리도록 내가 얼마나 노력했는지 말이야. 그런데 그날 밤에 마티스는 술에 잔뜩 취해 있었고, 그 상태로 밖에 나갔어. 그리고 잠시 후에 돌아왔는데 담요로 뭔가를 싸서 들고 있더라고. 마티스는 그걸 가지고 곧바로 위층 방으로 올라가서 노래하고 욕하고 소리를 지르다가 다시 요이크를 불렀어. 그러더니 불같이 화를 냈고. 병이 깨지는 소리가 들리고 울음소리도 들렸어. 거의 두 시간은 그랬던 것 같아. 얼마나 끔찍했는지 몰라. 끝이 안 날 것 같더라고. 너무 불안한 마음에 위로 올라갔어. 그래도 문을 차마 열 수가 없어서 열쇠 구멍으로 들여다봤는데, 오, 주여…, 그 광경이란…. 난 곧바로 내려왔어." 베리트는 두려워하는 모습이었다. "난 다시 이곳에, 이 의자에 앉아서 기도를 하기 시작했어. 기도를 했지."

베리트가 물을 한 모금 마셨다. 조금 진정이 된 듯 더는 울지 않았다.

"마침내 마티스가 내려왔어. 불쌍한 것. 정말 불행해 보였어. 세상 끝난 사람처럼 초점 잃은 눈으로 한참을 멍하니 있더라고. 그런 모습은 난 생처음이었지. 그러더니 눈물을 흘리며 내 어깨에 기대 또다시 아이처럼 목 놓아 울다가 벌떡 일어서서 소리쳤어. '어쨌든 이걸 가져가면 절대 가만두지 않을 거야'라고. 마티스가 한 말은 그게 다야. 하지만 결의에 찬 모습이었어. 그러고는 자기 물건을 챙겨서 떠났지."

베리트는 행주를 입에 대고 가만히 있었다. 또다시 감정이 끓어올라 한동안 말을 잇지 못했다.

"그후 다시는 마티스를 볼 수 없게 됐어." 사미 여인은 목이 메어 겨우 말을 내뱉고 다시 울음을 터뜨렸다.

두 경찰은 그녀가 실컷 울도록 놔두었다. 니나가 베리트의 손을 다시 잡았다.

"마티스가 떠난 게 몇 시였죠?" 클레메트가 물었다.

베리트는 평정을 되찾았다.

"조금 전에 말했던 그 시간이었을 거야. 새벽 두 시나 두 시 반 정도. 난 그때 완전히 지쳐서 죽을 지경이었어."

"그러면 마티스가 자정쯤 밖에 나간 건가요? 어디로 갔는지 알아요? 그리고 담요 밑에 뭐가 있었던 거죠?" 클레메트가 물었다.

베리트가 그를 보았다.

"말 안 해도 이미 알고 있잖아, 클레메트. 마티스는 박물관에 갔었어. 북을 훔친 사람이 마티스야. 누군가가 그에게 능력을 약속했던 그 저주받은 북 말이야. 오, 주여…, 그날 밤 마티스가 하는 짓을 봤어. 위층 방에서 북을 지배하려고 온갖 짓을 하더라고. 북이 자기 말을 듣게 하려고 했는데 성공하지 못했어. 당연하지. 아유, 불쌍한 것…. 마티스는 자기한테 그렇게 할 능력이 없다는 걸 알고 거의 넋이 나갔어."

"'이걸 가져가면 절대 가만두지 않을 거야'라는 말은 누구를 염두에 둔 말이죠?"

"난 전혀 몰라. 하지만 그것 때문에 마티스가 죽었다는 건 알아."

42

1월 24일 월요일

밤 9시 50분, 카우토카이노

롤프 브랏센은 놀랄 만큼 빠른 속도로 새로운 지시들을 내렸다. 그는 매우 단호했고, 한 치의 주저함도 없이 저돌적으로 행동에 돌입했다. 그들에게 필요한 건 결과였다.

"사생결단으로 돌진하라!" 그가 말했다. 그는 부하들을 무장시키고도 남을 인간이었지만, 그건 너무 섣부른 판단이라는 것도 잘 알았다. 소식통에 따르면 올라프 렌손은 여전히 스웨덴의 키루나에 있었다. 브랏센은 스웨덴 경찰까지 부를 필요는 없다고 판단했다. 일만 복잡하게 만들 위험이 있었다. 렌손이 카우토카이노로 돌아오는 걸 기다리는 편이 나았다.

사미 의회 회기는 오늘 오후 늦게 끝났다. 브랏센은 은밀하게 정보를 수집하여 렌손이 다음 날 아침에 돌아온다는 사실을 알아냈다.

경찰 두 팀은 요한 헨리크를 체포하려고 비다 고원으로 출발했다. 헨리크의 오두막 근처에서 야영을 한 후 이른 새벽에 그를 붙잡아올 예정이다. 보안은 필수였다. 브랏센은 사미인들이 권력에 순응하는 본성이 있으므로 두 순록치기가 저항하지는 않을 거라고 생각했다. 다만 렌손은 문제를 일으킬 여지가 있었다. 오래전 스웨덴 광산에 폭탄을 설치한 혐의로 체포되었을 때처럼 언론을 불러 모아 분노하며 입장을 표명할 수도 있었다.

만일 일이 잘 풀리면 다음 날인 화요일까지 두 사미인을 감옥에 처넣을 수 있다. 그렇게만 되면 일은 예상보다 빨리 진행된다. 일은 이런 식으로 해야지. 브랏센이 혼잣말로 중얼거렸다. 올센 영감이 옳았다. 모든 일이 계획대로 이루어져서 프랑스인과 아슬락이 자기만큼이나 성과를 낸다면 그는 곧 부자가 된다.

밤 10시 10분, 라플란드 내륙

아슬락과 이방인은 평소보다 더 길었던 하루를 마치고 캠프로 돌아갔다. 프랑스 지질학자는 텐트 구석에 앉아 가져온 돌들을 들여다보았다. 그는 노트에 메모를 하고, 지도를 살피고, 그 위에 표시를 하고, 책을 들춰보고, 돋보기로 돌을 관찰하고, 무게를 재고, 다시 메모를 했다. 그 와중에도 욕설은 입에서 떨어지지 않았다.

아슬락은 악령에 사로잡힌 듯한 이 사람과 달리 돌의 과학은 전혀 알지 못했다. 하지만 조각할 수 있을 정도로 무른 돌이 어떤 건지는 잘 알았다. 그래도 순록 뿔로 작업하는 걸 더 좋아했다. 순록 뿔 조각 방법을 알려준 사람은 할아버지였다.

순록을 따라 이동하며 목축하던 조부는 나이가 너무 많이 들어 직접 순록을 사육할 수 없게 되자 먼 거리든 다소 짧은 거리든 이동 중간에 순록들이 쉬기를 원하는 곳에서 캠프를 치고 시간을 보내며 매일 순록 뿔을 깎았다.

아슬락의 가족은 봄과 가을 일 년에 두 번 유목생활을 했다. 봄에 순록 무리는 새끼들이 태어난 후 라플란드의 내륙산간지대인 비다 고원을 떠나 북극권 해안가의 비옥한 푸른 초원으로 가기 위해 북쪽으로 올라간다. 비다 고원의 뜨거운 열기와 그들을 괴롭히는 모기를 피하기 위해서다.

순록을 쫓아가는 여행은 거의 한 달이 걸린다. 그곳에서 초원의 풀들이 거의 사라지면 순록들은 본능적으로 비다 고원으로 돌아오는 데 그 시기가 바로 가을이다. 겨울철 식량은 변변치 않다. 순록이 먹을 수 있는 건 눈 속에 파묻혀 부드러워진 이끼뿐이다.

아슬락은 느리게 이어지던 이 오랜 유목생활 동안 다른 곳에서는 결코 알 수 없는 일들, 성인이 된 이후에는 느끼지 못했던 일들을 경험했다. 가끔 찾아오는 젊은 순록치기가 '행복'이라는 말을 사용했다. 아슬락은 그가 무슨 말을 하고 싶은 건지 알 수 없었다. 그 말은 아이일 때만 알았다. 어른의 삶에서 배워야 할 중요한 모든 건 조부에게서 배웠다.

노쇠한 조부는 잘 걷지 못하게 되었다. 그러나 순록치기들이 멀리 방목지에서 순록을 돌보는 동안 캠프에서 기다리면서 가까운 거리를 산책하곤 했다.

하루는 할아버지가 아슬락을 산꼭대기로 데려갔다. 아주 높지는 않은 산이었고, 정상은 평평했다. 그곳에서 끝없이 펼쳐진 다른 산들을 볼 수 있었다. 아슬락은 그날 이 산들을 사랑하는 법을 배웠다.

조부가 그에게 말했다. "아슬락, 보거라. 저 산들은 서로를 존중하고 있어. 어떤 산도 다른 산에게 그림자를 드리우거나 자기 밑에 두어 가려 버리거나 자기가 가장 아름답다고 뽐내기 위해 더 높아지려고 하지 않아. 이곳에서는 모든 산을 볼 수가 있어. 네가 저쪽에 있는 산에 가더라도 비슷하단다. 그곳에서도 주위에 있는 다른 산들을 모두 볼 수 있지."

할아버지가 그렇게 많은 말을 한 적은 한 번도 없었다. 그의 목소리는 언제나처럼 조용했다. 어쩌면 슬픔이 어려 있었는지도 모른다.

"인간은 저 산들처럼 행동해야 해." 노인이 말했다.

아슬락은 아무 말도 하지 않았다. 그는 할아버지를 보았고 자기 주위에 넓게 펼쳐진 풍경을 보았다. 라플란드의 나지막한 산들은 수려한 산세를 자랑하지 않았다. 불과 피와 땅의 붉은 자태를 지닌 히스꽃들은 끝없는 파도처럼 일렁였고, 내리쬐는 태양빛 속에서 강한 생명력으로 불타올랐다.

길에서 순록 뿔을 주운 할아버지는 칼을 꺼내 뿔을 깎기 시작했다. 그들은 산봉우리에서 몇 시간 동안 조용히 머물렀다. 조부가 두 사람의 이름 첫 글자와 날짜를 새긴 순록 뿔을 아슬락에게 보여주었다. 그러고는 커다란 바위 사이에 뿔을 단단히 끼웠다. 할아버지는 지친 모습이었다. 캠프로 내려가기 전에 그가 아슬락의 손을 잡고 말했다.

"자, 이제, 내가 죽으면 오늘 내가 내 손자와 이곳을 지나갔다고 사람들이 말할 수 있을 게다."

클레메트와 니나는 거실로 와서 잠시 이야기를 나누었다. 그들은 베리트의 진술이 신빙성이 있다고 생각했다. 마티스의 농장과 오두막에는 뒤진 흔적이 있었고 북은 그곳에 없었다. 다시 부엌으로 들어가니 새로 갓 내린 커피와 새 양초가 그들을 기다렸다. 베리트는 이제 눈물을 흘리지 않았지만 눈은 아직도 촉촉이 젖어 있었다. 클레메트는 베리트가 몹시 괴로운 심정이라는 걸 이해할 정도로 그녀를 잘 알았다. 그가 베리트에게 다가가 어깨를 감싸 안았다.

"경찰에게 왜 잘못된 시각을 알려줬어요? 경찰에게 거짓말을 하면 안 된다는 건 잘 알잖아요."

베리트는 슬픔이 가득한 눈으로 그를 보았다.

"마티스는 친동생이나 마찬가지야. 내가 어린 소녀였을 때 마티스 어머니의 출산을 도왔어. 내 손으로 마티스를 받았다고. 우리는 가족끼리 함께 지낸 사이야. 마티스는 비다 고원의 오두막에 있을 때 가끔씩 우리 집에 와서 밥을 먹고 갔어. 위층 방에서 자고 가기도 했고. 그편이 멀리 떨어진 자기의 작은 농가로 가는 것보다 훨씬 편했거든. 난 옷도 빨아주고 밥도 차려줬어. 얘기도 들어줬고. 마티스는 내가 자기를 비난하거나 판단하지 않는다는 걸 잘 알았어. 그 아이는 이곳에서 조금은 마음의 평화를 얻었지."

클레메트가 고개를 끄덕였다.

"베리트, 우리는 마티스가 죽기 전에 누구를 만났는지 정확히 알아야 해요. 그래야 마티스가 이곳을 떠나기 직전에 말했던 사람을 찾을 수 있어요."

니나가 경찰서 사무실에서 가져온 사진들을 탁자 위에 펼쳐놓았다. 두 사건은 이제 하나로 연결되어 있는 게 분명해졌다. 니나는 사건들과 관련된 인물들을 추렸다. 도둑의 정체는 밝혀졌다. 다만 마티스가 단독으로 범행을 저질렀는지는 아직 알 수 없었다.

니나가 사진 속의 얼굴들을 들여다보았다. 마티스, 아일로, 욘, 미켈, 요한 헨리크, 올라프, 목사, 헬무트 율, 베리트, 라카냘. 그리고 아슬락. 니나는 마즈의 딸 소피아의 사진도 추가했다. 그리고 인물 리스트를 좀 더 완비하고 머릿속에서 잊지 않기 위해 아슬락 부인의 사진과 노르웨이국영방송 기자인 토마스 미켈센의 사진도 같이 놓았다.

베리트는 잠자코 사진들을 들여다보았다. 클레메트와 니나는 그녀의 반응을 살폈다. 그러나 그녀의 얼굴에는 슬픔만 가득했다. 사미 여인이 아슬락 부인의 사진을 건드렸다.

"불쌍한 여자 같으니…."

그녀는 사진을 쳐다보다가 머리를 가로저었다.

"뭐라고 말해야 할지 모르겠네. 마티스는 사진에 있는 사람들 모두를 알았어. 헬무트는 마티스에게 관광객들에게 판매할 작은 북들을 만들도록 했지. 거보라고, 계속 북 이야기야. 마티스는 북에서 벗어나지 못했어. 불쌍한 것. 목사하고는 왕래가 거의 없었고. 마티스는 신자도 아니었고 믿음도 없었으니까. 하지만 도와줄 수는 있었을 텐데. 마티스는 자기 세계에 갇혀 살았어. 모든 것에 영혼이 있다고 생각하면서 말이야. 바위든 나무든 어디에나 말이지."

베리트는 습관처럼 성호를 그었다. 그녀는 첫 번째 줄의 사진들을 밀어놓고 다른 사진들을 보았다. 아슬락의 사진은 한참 들여다보다가 옆으로 천천히 밀었다. 그러고는 올라프 렌손의 사진을 집어들었다.

"마티스와 올라프는 친하지 않았어. 올라프가 마티스를 무시했던 것 같아. 아니면 너무… 뭐랄까, 자기와 너무 다르다고 생각했을 수도 있고. 언젠가 마티스가 올라프의 정치 모임에 간 적이 있어. 그 모임이 마티스의 흥미를 끌었거든. 라플란드의 역사와 독립과 사미족의 가치 같은 거에 대해 말했으니까. 마티스가 나한테 자기는 그런 걸 좋아한다고 말한 적이 있어. 사미 의회 선거 때도 아마 올라프를 찍었을 거야. 그런데 시장에 전단지를 뿌려야 해서 오라고 할 때마다 마티스는 완전히 잊어버리고 나타나지 않았지. 올라프는 화가 나서 마티스를 비난하기 시작했어. 북에만 정신이 팔려서 사미 마을을 관광객들을 위한 테마파크로 만들려는 정치인들한테 득이 되도록 한다면서 말이야. 너무 모욕적인 말이라서 올라프가 했던 말을 아직도 똑똑히 기억하고 있어."

베리트는 올라프의 사진을 아슬락 사진 위에 올려놓고 아일로 핀만의 사진을 집었다. 그녀가 말을 하려는 찰나에 니나가 베리트의 손을 잡았다.

"아주머니, 아슬락 씨에 대해서는 아무 말도 안 하셨어요. 마티스 씨와 친하지 않았나요?"

베리트는 잘못을 저지른 소녀처럼 눈을 살짝 내리깔았다.

"아, 그래. 아슬락. 맞아, 둘은 친했어. 서로를 존중했지. 비다 고원에서 만나기도 했고. 그게 다야."

그러고는 다시 아일로의 사진을 집어들었다. 아슬락에 대해서는 더 이상 말하고 싶지 않은 것 같았다. 니나는 의아한 마음이 들었지만 더는 추궁하지 않았다.

"이 사람하고는 어울리지 않는 편이 마티스에게 더 좋았을 거야. 아일로 핀만과 항상 같이 다니는 다른 두 사람과도 마찬가지고. 아일로 핀만과 그의 가족은 자기네가 원하는 건 뭐든지 할 수 있다고 생각해. 비다 고원에 있는 사람들 모두를 위협하면서 말이야. 모두를 밀쳐버리고 자기네 자리를 확보하는 데 혈안이 된 사람들이지."

"마티스 씨가 그들하고 함께 시간을 보냈어요?"

"자주는 아니어도 그러긴 했지. 가끔씩 그들과 해야 할 일들이 있었거든. 순록을 분류하는 시기에는 마티스도 가서 도와주었어. 내가 그 사람들을 멀리하라고 늘 말했는데도 마티스는 자기 내키는 대로 했지. 마티스가 만든 북들을 암시장에 갖다가 팔아주는 사람들이 있었어. 그들은 다른 물건들도 팔았는데, 난 그 일에 대해선 알고 싶지도 않았어. 클레메트도 그 얘기를 들어봤을 거야. 라플란드를 통과해서 노르웨이, 핀란드, 스웨덴을 오가며 작은 암거래를 하는 큰 트럭들 얘기 말이야."

"마티스 씨가 일요일에 아주머니를 보러 오기 전에 어디 들렀는지 아세요? 지피에스 데이터를 보니까 마티스 씨는 그날 저녁 밤 열 시부터 카우토카이노에 있었더라고요. 아주머니 집에는 그보다 더 늦게 오지 않았나요?"

"맞아. 가능한 일이야. 지금은 정확한 시간이 기억나지 않아. 기계에 그렇게 나와 있다면 그게 맞겠지. 하지만 마티스가 누굴 만났는지는 모르겠어. 혹시 누굴 만났다면 말이야. 여기 도착하기 전에 이미 취해 있었어. 그건 확실해. 놀랄 일도 아니지. 마티스는 우리 집에 술이 없다는 걸 알고 있으니까. 그리고 우리 집에서 술 마시는 건 내가 절대 허락하지 않았거든. 하지만 그날 밤에는 술을 마셨어. 오, 주여, 술을 마셨다고…."

베리트가 마지막 사진을 다른 사진들 위에 올려놓았다. 그녀의 시선이 니나가 옆에 놔둔 사진들로 옮겨갔다. 1939년 탐사대를 찍은 앙리 몽의 사진들이었다.

“어? 이 사람이 여기서 뭘 하는 거지?” 베리트가 깜짝 놀란 목소리로 말했다.

두 경찰은 사진 위로 허리를 숙이고 양초를 끌어당겼다.

“누구 말씀하시는 거예요?” 니나가 흥분하여 떨리는 목소리로 물었다.

“거기, 작은 수염 난 사람.”

“이 사람을 알아요?” 클레메트가 다급히 물었다.

“아니. 저번에 올센 영감 집 위층에 아주 오랜만에 올라가서 청소를 하다가 영감 침실에 걸린 사진들을 봤어. 이 사람이 그 사진에 있었거든. 아마 올센 영감 아버지일 거야.”

칼 올센의 아버지. 그가 바로 탐사대의 수수께끼 인물이었다. 그 당시 올센의 아버지는 농부였을 것이고 운송수단이나 말 혹은 당나귀 같은 짐승들을 가지고 있어서 장비들을 제공했을 수 있다. 하지만 사미 가이드 니일스 라바가 독일 지질학자 에른스트 플뤼거와 떠나고 나서 얼마 후, 다른 사진들에서 올센의 아버지가 사라진 이유를 설명해주지는 않는다. 칼 올센은 그때 태어나지 않았다. 그러나 그의 아버지가 이 탐사대에 대해 말해줬을 수 있다.

“올센 영감을 만나러 가야겠어.” 클레메트가 말했다. “영감이 농가에 확실히 있을 만한 시간은 언제죠?”

“요즘에는 매일 아침마다 있어.” 베리트가 말했다. “요새 미켈과 욘이 기계 정비를 하느라 아침마다 와. 올센 영감은 일을 제대로 하는지 보려고 두 사람을 늘 감시하거든.”

“욘과 미켈이요? 두 사람이 올센 영감을 위해 일한 지 오래됐나요? 정비소에서만 별도로 일한다고 알고 있었는데.”

"어디서든 일하지. 올센 영감 농장에서 일한 지도 벌써 몇 년은 됐을걸? 그래, 벌써 몇 년은 됐지." 베리트가 말했다. "가끔은 마티스도 그 친구들을 보러 왔어. 함께 기계를 정비하기도 했고. 마티스는 영감의 연장들을 빌려가기도 했어. 내 생각에 암거래 얘기도 아마 거기서 했던 거 아닌가 싶어."

클레메트의 휴대전화가 울렸다. 액정화면에 뜬 이름은 토르 옌센이었다. 보안관의 귀환이다. 그는 거실로 가서 전화를 받았다. 통화는 길지 않았다. 보안관이 카우토카이노에 돌아왔다. 비밀리에 온 건 아니었지만 거의 그런 거나 마찬가지였다. 보안관은 순록경찰이 사건 수사에서 배제되었다는 소식을 들었고, 그날 밤에 바로 만나길 원했다. 클레메트는 보안관 서장의 목소리에서 사건과 관련된 일임을 직감했다. 옌센이 돌아왔다. 클레메트는 그 사실이 무척 기뻤다.

부엌으로 돌아가자 니나가 더없이 환한 미소를 짓고 있었다. 다 안다는 듯한 표정이었다. 매우 만족스러운 웃음이기도 했다. 부엌의 작은 식탁에 어두운 색의 볼록한 타원형 물체가 담요 위에 놓여 있었다. 클레메트는 한눈에 그 물체를 알아보았다. 그건 바로 마티스가 훔친 북, 그를 죽음으로 이끈 북이었다.

43

1월 24일 월요일

밤 11시 30분, 카우토카이노

흥분에 휩싸인 두 순록경찰은 북을 가지고 즉시 떠났다. 니나는 차 안에서 북을 어떻게 찾았는지 동료에게 말해주었다. 클레메트가 거실에서 전화를 받는 동안 니나는 아주 단순하고도 뻔한 질문을 하지 않았다는 생각이 들었고, 베리트는 마티스가 북을 침실에 그대로 두고 떠나서 부엌 선반에 보관했다고 말했다.

그들은 베리트의 집을 나설 때 수사가 진행 중이니 북에 관한 일은 함구하라고 신신당부해두었다. 위증과 도난품 은닉을 한 베리트로서는 그들의 말을 듣지 않을 이유가 없었다.

"이 북으로 뭘 하죠?" 니나가 물었다. "우리는 이제 수사에서 손 떼고 툰드라에서 순록을 확인하는 일을 해야 하잖아요."

"그래도 파티를 곧장 망치지는 말자고." 클레메트가 말했다. "난 브랏센에게 북을 넘길 생각은 전혀 없어."

"하지만 브랏센 반장이 올라프 렌손과 요한 헨리크를 곧 체포할 텐데요."

"그들을 체포하는 건 마티스 살인사건 때문이야. 북 도난사건 때문이 아니고. 마술지팡이를 흔들어서 그물 하나로 몽땅 잡기를 원하는 게 아니라면 말이야. 그러려면 아주 납득할 만한 설명이 필요하지."

"그러면 북을 찾았다는 걸 어떻게 비밀로 놔두죠? 유엔 컨퍼런스가 이제 며칠 안 남았잖아요."

"나도 알아, 니나. 그래도 우리 입장을 공고히 하는 게 우선이야. 이 북이 우리에게 무슨 말을 하는지 더 알아봐야 해. 브랏센은 자기가 파놓은 함정에 빠지라고 내버려두자고. 곧 모든 일이 제대로 돌아갈 거야."

"글쎄요. 전 이런 게임은 별로 좋아하지 않아요." 니나는 내키지 않는 목소리였다. "그럼, 서장님께는 말씀드릴 거예요?"

그것까지는 아직 결정하지 않았다. 토르 엔센은 그들 편이다. 하지만 클레메트는 이제 카우토카이노로 돌아온 보스가 어떤 생각을 갖고 있는지를 먼저 알고 싶었다.

"보안관이 텐트에 오면 그때 생각하자고."

"그럼, 북은요? 그걸 어떻게 잘 간수하죠? 율 관장은 북을 전시하기 전에 조치를 취해야 한다고 했어요. 만일 잘못해서 북이 파손되기라도 하면 아주 큰 대가를 치르게 될 거라고요."

"내일 아침 일찍 닐스 숙부한테 가보자. 어떻게 해야 할지 분명히 알고 있을 거야."

그들은 텐트로 돌아오자마자 북을 살펴보았다. 화로의 불이 만들어낸 기묘한 그림자들이 '라부' 안에서 춤을 췄다. 북 위에 그려진 기호들도 살아 움직이는 듯했다.

앙리 몽이 말한 대로 북 위쪽에 북을 위아래로 구분하는 선이 하나 그어져 있었다. 아랫부분 중앙에는 깜짝 놀랄 만큼 정교하고 복잡하게 그려진 십자가가 자리했다. 양쪽에 모두 나타난 순록 도안은 선사시대의 동굴벽화를 연상시켰다. 니나는 북의 디자인을 영원히 기록해두고 싶은 마음에 사진을 찍고 팽팽하게 당겨진 가죽 피막을 자세히 살펴보았다.

물고기들, 까마귀처럼 보이는 새 두 마리, 다른 동물들에 비해 더 크고 굵게 그려진 뱀. 순록과 물고기와 새가 모두 엇비슷한 크기라서 동물들의 크기에 별다른 의미는 없을 듯했다.

들쭉날쭉한 소나무, 태양, 태양 안에 서 있는 사람처럼 북미인디언의 그림문자와 흡사한 기호들도 눈에 띄었다. 십자가 왼쪽 아래에는 배 모양의 기호가 원 안에 들어 있었다. 북을 두 부분으로 가른 선에 마름모들이 걸쳐 있고, 그 밑으로 쇠창살 같은 격자무늬가 평행하게 이어졌다. 오른쪽에는 파도 문양이 북 가장자리를 장식했다.

니나는 비대칭으로 섬세하게 그려진 도안들을 보고 감탄을 금할 수가 없었다. 이 그림들은 하나하나 의미를 지니고 있을 것이다. 하지만 그 의미를 어떻게 해독할 수 있을까?

중앙에 있는 커다란 십자가를 다시 한 번 보았다. 다른 그림보다 두 배는 두껍게 그린 십자가의 중심은 마름모 형태였다. 십자가 가지 끝은 각각 다른 기호로 장식했는데 마름모 안에 또 다른 문양이 들어 있었다. 니나가 클레메트를 쳐다보았다. 그가 이 기호들을 이해했는지 궁금했다.

"어떻게 생각하세요?"

클레메트는 기호들의 의미를 전혀 알지 못했다. 그 사실을 선뜻 인정하고 싶지 않았다. 그러나 이 북을 해독할 수 없다는 사실 앞에서 자신과 사미 문화 사이에 존재하는 깊은 간극을 새삼 실감했다. 수많은 연구자들이 이런 북을 손에 넣기 위해 백방으로 노력했을 것이다. 하지만 그에게는 북에 그려진 기호들이 낯선 외국어에 지나지 않았다.

사미 문화와 전혀 상관없는 교육을 받으며 자란 그였다. 그런 자신에게 사미 문화와 역사의 핵심이며 이 모든 사건의 열쇠인 북은 니나가 느끼는 것만큼이나 이질적으로 다가왔다. 불현듯 숙부의 말이 떠올랐다. 숙부는 사미인들이 종교전쟁, 진짜 종교전쟁의 희생자라고 했다. 그들은 전쟁에서 패했다. 클레메트 자신이 그 사실에 대한 살아 있는 증거였다. 북은 내면에서 잠자던 뿌리 깊은 감정을 사정없이 뒤흔들며 일깨워주었다. 클레메트는 무력감을 느꼈다.

다시 북을 보았다. 분리선은 타원형 북의 거의 위쪽에 자리했다. 분리선으로 나눠진 두 부분 중 넓은 쪽의 가운데에 위치한 십자가는 정성스럽게 꾸며져 있었다. 흔치 않은 도안일까? 클레메트는 알지 못했다. 순록, 물고기, 새, 소나무, 산이나 사미 텐트를 나타내는 듯한 도안들. 물론 이 기호들이 그런 걸 의미하는지는 확실하지 않았다. 무식한 사미인 주제에 전문가 행세는 하지 말자. 그가 생각했다.

"토르 옌센 서장님께 말씀드려야겠어요." 니나가 말했다.

"맞아. 서장님도 알아야 해. 그런데 니나, 궁금한 게 있어. 사미인도 아니고 사미 문화에 문외한인 사람으로서 이 북의 도안들을 보고 떠오르는 게 있어? 익숙하지 않은 사람 눈에는 새로운 무언가가 보일 수도 있잖아."

니나가 처음 북을 봤을 때의 흥분은 이미 지나갔다. 이제 그녀는 북에 그려진 기호들에 빠져들기 시작했다.

"네, 맞아요. 제 나름대로 떠오른 것들이 있어요. 하지만 저 역시 이 북과 관련된 이야기들에 영향을 받은걸요. 어쨌든 제일 먼저 사미 텐트들을 많이 볼 수 있어요. 무슨 의미일까요? 이 경계선 아니면 이 분리선은 바다 위의 세계와 바다 아래 세계를 나눈 것 같고, 마름모들은 빙산 같다는 생각이 들어요. 바다 아래 부분이 위보다 더 넓은 걸 보면 아래쪽이 더 중요해 보이고요. 아니면 바다가 아니라 무언가를 감추고 있는 호수? 댐 건설 등으로 물에 잠긴 마을일 수도 있지 않을까요? 알타에서 사람들이 시위를 할 때 이곳에 처음으로 일하러 왔다고 말한 적 있으시죠? 그때 시위가 댐 건설에 반대하기 위해서 아니었나요?"

클레메트가 일어서서 북을 잡고 이리저리 돌리며 여러 각도에서 들여다보았다.

"아주 멋진 이론인데. 나는 어린 시절의 기억에 초점을 맞추고 있어. 너무 흐릿하긴 하지만 말이야. 숙부가 산 자의 왕국과 죽은 자의 왕국 사이에 있는 경계에 대해서 얘기해준 적이 있어. 그런데 물에 잠긴 마을이라…. 혹은 물에 잠긴 광산일 수도 있겠지."

"아니면 둘 다!"

"둘 다…."

"선을 따라 나 있는 격자무늬 패턴은 물의 위쪽과 아래쪽을 잇는 사다리 같아요."

"사다리라…. 그럴 수도 있겠네."

"십자가 두 개를 잡고 있는 남자는 목사? 그리고 여기 있는 십자가는 해를 상징하는 것 같은데, 어쩌면 선배님 해석대로 죽은 자의 왕국을 나타내는 걸 수도 있겠죠. 만약 태양과 전혀 관련이 없는 거라면, 제 생각에는 오히려 나침반이 아닌가 싶어요. 여기, 이 원도 또 다른 나침반 같고요." 니나가 의견을 말했다.

"나침반이 왜 두 개지?"

"왜 두 개냐고요? 글쎄요? 이 북에 도안을 그린 사람은 숨기고 싶은 게 아주 많았을 수도 있죠."

"아니면 하고 싶은 말이 많았거나." 클레메트가 어두운 표정으로 중얼거렸다.

십 분 후에 보안관이 도착했다. 피곤한 기색은 전혀 없었다. 오히려 투지에 불타는 듯했다. 함메르페스트에서 돌아온 그는 허벅지에 주머니가 달린 회색 바지에 청색 파카를 입고 있었다. 서장이 제복을 입은 건 몇 년 만이었다. 늘 입에 달고 사는 감초사탕 때문에 몸이 불었는지 제복이 꽉 끼었다. 하지만 그게 뭔 대수인가! 보안관이 드디어 설욕전에 등장한 마당에.

클레메트는 보안관이 오기 전에 북을 텐트 가장자리의 상자에 조심스럽게 넣어두었다. 그가 보안관에게 맥주를 권했다.

"함메르페스트에서 무슨 일이 있었던 거예요?" 클레메트가 물었다.

"함메르페스트! 아주 웃기는 것들이 득시글하더구먼. 지역 전체에 침투공작이 비일비재해. 정당마다 자기 사람을 다 심어놨더라고. 어쩌면 노동당원들도 다른 당사의 벽장 안에 한 명씩 숨어 있을걸?"

"서장님처럼 말이죠?" 클레메트가 싱글거리며 말했다.

"헛소리는 됐고. 진보당원 중에 보수당을 조종하는 자가 있어. 오슬로에서 그런 일이 있었는데 핀마르크 주의 이 구석진 마을에서도 똑같은 일이 벌어진 거야. 노르웨이 수도든 이 촌구석이든 별 거지 같은 새끼들이 얼마나 설치고 다니는지!"

니나는 서장의 말투에 크게 놀란 눈치였다. 그러나 토르 옌센은 아랑곳하지 않았다.

"진보당이요?" 니나가 반문했다.

"별로 놀랍지도 않아. 지지자들이 늘어나서 승승장구하고 있으니까. 심지어 공산주의자들이 많다는 이 붉은 북극에서도 말이야! 진보당은 스노모빌 로비를 받았다고!"

"스노모빌 로비요?"

보안관은 성가시다는 표정으로 니나를 돌아보았다.

"순록경찰이 그 얘기를 몰라? 그 개떡 같은 스노모빌 로비를? 클레메트, 자네가 설명해. 자네 일을 하라고!"

보안관은 생전 안 하던 욕을 거침없이 내뱉었다. 클레메트는 서장이 단단히 화가 난 모양이라고 생각하면서도 한편으로는 그런 모습이 재밌기도 했다.

"스노모빌 유저들은 공휴일에 산에서 즐길 권리를 원해. 이를테면 이 지역에서 가장 아름다운 시기인 부활절 주말 같은 때 말이지. 눈은 눈대로 잔뜩 쌓여 있고 햇빛은 눈부시게 빛나는 계절이거든. 해안에 사는 노르웨이인들은 야외레저를 즐기려고 가족들과 함께 북쪽으로 올라와. 그러고는 툰드라의 강둑에 있는 통나무집에서 사나흘을 보내면서 스노모빌을 신나게 타지. 하지만 그 시기에 순록 암컷들은 새끼를 낳아. 순록들에게 스트레스를 주면 절대 안 되는 때인 거야. 만일 방해를 받으면 어미들은 새끼를 버릴 수도 있어서 순록치기들에겐 큰 손실이 발생해. 거기서부터 이해의 충돌이 생기는 거야. 그래서 이 이야기는 스노모빌 유저들뿐만 아니라 순록치기들한테도 중요한 문제가 되는 거고."

"이 망할 놈의 스노모빌 로비단체는 해안가 도시들에서 강력한 영향력을 가지고 있어." 보안관이 덧붙였다. "자기네한테 투표해줄 사람을 찾는 진보당에게는 아주 딱인 거지. 열매를 따려고 힘들일 필요도 없이 그냥 널려 있는 걸 주우면 되는 거라고."

"스웨덴도 마찬가지야. 키루나에서도 같은 문제들이 있어." 클레메트가 부연했다. "그곳에도 스노모빌 로비단체가 있거든. 가족여행, 낚시, 사냥, 뭐가 됐든 자기들이 여가를 즐기는 데 어떤 제약도 없기를 바라는 사람들이지."

"브랏센 개자식이 사방에 똥을 싸지르고 돌아다니는 꼴은 절대 못 봐." 보안관이 다시 격분했다.

클레메트는 화롯불에 비친 보스의 분노한 얼굴을 바라보면서 침묵을 지켰다. 순록경찰이 무릎을 꿇고 앉아 있는 니나에게 고개를 돌렸다. 두 사람의 눈이 마주쳤다. 니나가 고개를 끄덕이며 클레메트에게 말하라는 신호를 보냈다.

"좋은 소식과 나쁜 소식이 있어요."

"클레메트, 내 신경 건드리지 말라고. 지금은 그럴 기분이 아냐!"

클레메트가 못 들은 척 말을 꺼냈다.

"우선 좋은 소식부터 말씀드리죠. 수사에 큰 진전이 있어요. 아주 커다란 진전이에요. 많은 사람들이 안도의 숨을 크게 내쉴 겁니다. 그리고 이제 나쁜 소식인데요. 남은 수사가 올 스톱될 위험이 있어요. 아니면 고위 간부들은 유엔 컨퍼런스 개막일 전날에 사건 종결을 발표하려고 브랏센이 순록치기들을 체포한 걸로 만족할 수도 있고요."

"북을 찾았어?!"

"서장님 바로 뒤, 상자 안에 있어요."

토르가 황급히 몸을 돌렸다.

"살살 꺼내셔야 해요. 파손될 수 있어요." 니나가 말했다.

보안관은 담요를 꺼내서 조심스럽게 펼쳤다. 그러고는 한참을 바라보았다.

"이런 건 본 적이 없어."

클레메트가 어떻게 북을 찾았는지 이야기했다. 보안관이 고개를 끄덕였다.

"어찌됐든 베리트에게 장물 은닉죄가 적용되겠구먼. 이걸 아는 사람이 또 있나?"

"없습니다."

"음…." 보안관이 북을 들고 다시 살폈다. "그래서 이 빌어먹을 북이 우리에게 뭘 말해준다는 거지? 알아낸 거 있나?"

두 경찰의 굳은 얼굴은 보안관의 질문에 대한 답을 고스란히 보여주었다.

"자, 보자…. 동물 그림이 많이 있네. 뱀이랑 뭔가 위험해 보이는 동물. 여기에는 바다표범이 있고."

"제 생각에 그건 새 같아요. 까마귀일 수도 있고요." 니나가 말했다.

보안관이 인상을 찌푸렸다.

"바다표범이건 까마귀건 그 비슷한 동물이겠지. 오른쪽에 있는 게 새 아닌가? 산일 수도 있고. 왼쪽에 있는 건 텐트가 확실한 거 같아. 십자가 위에 올라가 있긴 하지만. 이건 순록이 끄는 썰매 같은데? 썰매 위에 있는 점들은 아이들인가? 모기처럼 보이기도 하는군. 아니면 광물일까? 어떻게들 생각해? 그리고 여기 있는 사람들은 권총을 들고 있는 것 같아."

보안관이 한숨을 길게 내쉬었다.

"달리 해석한 거라도 있나?"

"아뇨. 지금으로선 그냥 니나가 추측한 것밖에 없어요."

클레메트가 니나에게 말하라고 사인을 보냈다. 보안관은 고개를 주억이며 젊은 경찰의 말을 들었다.

"저는 물에 잠긴 광산이나 마을이라고 보았어요. 말이 아주 안 되는 건 아니죠. 지금으로선 그림들의 의미를 정확히 알 수 없으니까요. 하지만 어떤 경우든 우리가 할 다음 질문은 북이 이야기만 전하는 것이냐, 아니면 물에 잠긴 광산이나 마을의 위치를 알려줄 단서를 주느냐가 되겠죠. 그리고 마티스의 살인사건과 어떤 관련이 있느냐는 것도요."

"마티스는 북이 가진 신비한 힘을 원했어요. 북의 가격에는 관심이 없었고요." 클레메트가 말했다.

"물론 돈에 관심이 없었겠지. 몇 마리 안 되는 순록의 고기를 팔고, 기념품용 북을 만들어 팔아 쥐꼬리만큼 벌어들이는 돈이라면 말이야." 보안관이 말했다. "하지만 막대한 돈은 사람을 바꾸어놓을 수 있어. 돈에 정말 관심이 없는 사람들이라고 해도 말이지. 어찌됐든 지금 자네는 북을 찾았으니 그것만으로도 아주 훌륭하네. 사건이 완전히 해결되지는 않았지만 북이 돌아왔으니 많은 영혼들을 위로해주겠구먼."

"우리는 북을 즉시 돌려줄 생각은 없어요." 니나가 말했다.

보안관이 믿을 수 없다는 표정으로 젊은 경찰을 바라보다가 클레메트에게 시선을 돌렸다. 클레메트도 니나의 의견에 전적으로 동의하는 눈치였다. 보안관은 두 경찰이 정말로 그렇게 생각한다는 것을 알았다.

"니나 말이 맞아요." 클레메트가 설명했다. "북을 찾고 순록치기들을 체포했다는 건 수사가 종결된다는 것을 뜻해요. 컨퍼런스 전날에 이 시끄러운 소동이 드디어 끝났다는 사실을 알면 모두가 대만족하겠죠. 하지만 그게 끝이 아니라는 걸 알고 있어요. 우리에겐 시간이 필요해요. 서장님이 필요하고요."

"맙소사. 난 이제 여기서 아무것도 아니라고. 그리고 자네들은 수사에서 밀려났어. 벌써 잊은 게야?"

"모 아니면 도죠." 클레메트가 재빨리 응수했다. "설혹 잃는다 해도 잃을 건 별로 없어요. 하지만 만일 사건을 해결하면 서장님에게도 좋은 일이 생긴다고요. 사람들은 서장님이 어려운 상황 속에서도 올바른 결단을 내려서 책임을 끝까지 완수했다고 할 거예요. 좋은 결과가 나오면 모두들 그 결과에만 기뻐하겠죠. 비정상적인 사소한 절차들을 어겼다는 건 다들 금방 잊어버릴걸요?"

"음…, 그건 그래. 하지만 만약 실패하면?"

"실패하면 서장님은 스피츠베르겐 섬으로 발령 나는 거죠, 뭐. 물론 도서벽지수당도 없을 테고요."

보안관은 다시 한 번 북을 보며 테두리를 쓰다듬었다.

"집에 가야겠네. 난 이 북을 보지 않았어. 자네들도 마찬가지고. 베리트를 철저히 감시하는 게 좋을 거야. 프랑스 지질학자에 대해 만들어둔 자료는 내일 갖다 주겠네. 사흘 안에 해결하도록 해. 그 이상은 안 돼."

44

1월 25일 화요일

일출: 오전 9시 18분, 일몰: 오후 1시 45분

일조 시간: 4시간 27분

라플란드 산간지대, 요한 헨리크의 오두막

요한 헨리크를 체포하는 일은 이른 새벽에 롤프 브랏센이 계획한 대로 문제없이 이루어졌다. 경찰은 순록치기가 도망치는 상황에 대비하여 모든 길을 막아놓았다. 그러나 예상치 못했던 문제가 생겼다. 전날보다 더 지독한 추위가 찾아온 것이다. 경찰관 한 명은 살을 에는 추위 속에서 동상에 걸려 괴로워했고 다른 경찰관들은 꼼짝 않고 한참을 대기하느라 꽁꽁 얼어붙었다.

쾌청한 하늘에 몇 점의 구름만 떠 있었다. 기온은 영하 사십 도 가까이로 떨어졌다. 요한 헨리크가 도망갔더라도 멀리 가지는 못할 날씨였다. 사미 순록치기들조차 이런 추위에는 밖에 나가길 꺼려했다. 게다가 헨리크는 경찰들이 깔린 걸 보고 도망칠 생각조차 하지 않았다. 경찰 입장에서는 다행한 일이었다. 순록치기는 욕설을 퍼붓고, 침을 뱉고, 만일 자기 가축들이 이웃의 순록들과 섞이면 경찰이 책임져야 한다고 핏대 올리며 위협도 했다. 그러나 경찰들은 브랏센의 지시를 철저히 따랐다. 다만 자기가 없는 동안 순록들을 돌보라고 아들에게 전화하는 것까지는 허락해주었다.

올라프 렌손을 체포하는 건 훨씬 더 복잡했다. 브랏센이 예상한 그대로였다. 렌손은 능수능란하게 언론을 다룰 줄 아는 자였고, 기자들을 재빨리 불러 모을 수 있는 인적 네트워크도 풍부했다. 브랏센은 렌손 체포 작전을 주도했다. 그러나 물러설 자리도 마련해야 하니 처음부터 앞에 나서지 말라고 조언한 올센 영감 말대로 직접 나서지는 않았다.

"계획대로만 된다면, 자네를 드러내고 가치를 높일 기회는 얼마든지 있어. 우리 당 사람들은 자네에게 감사를 표할 방법을 아주 잘 알고 있다고."

정말이지, 올센 영감은 모든 걸 생각해두는 사람이었다.

카우토카이노

렌손이 톤 호텔에서 아침을 먹고 있을 때 경찰이 들이닥쳤다. 경찰 한 명이 그에게 긴급체포를 하겠다고 알렸다. 예상대로 렌손은 불같이 화를 내며 큰 소리로 항의하기 시작했다. 또한 호텔 직원과 옆 테이블 손님들을 증인으로 삼았다. 렌손은 자신이 사미 의회에 선출된 의원이라는 사실을 밝히고, 자기를 체포하는 건 차별의 명백한 증거라며 한바탕 소동을 피웠다.

롤프 브랏센은 경찰들을 출동시키기 전에 행동지침을 내렸다. 단호하게 행동하되 폭력은 쓰지 말 것. 또한 용의자에게 어떤 대답도 하지 말고 절대 논쟁하지 말 것.

따라서 경찰들은 렌손이 언론에 알리라고 호텔 직원에게 요청했을 때 그를 저지할 방법이 전혀 없었다. 렌손은 영리하게도 공공연한 저항은 피하면서 노르웨이국영방송 통신원인 미켈센이 동료 기자들을 몰고 올 때까지 출발 시간을 지연했다.

기자들이 모이자 렌손은 경찰들 손에 순순히 끌려가면서, 긴급체포는 잘못된 처사라고 소리치고, 인종차별하는 무능력한 경찰을 고발하고, 사미인의 땅에서 사미 법을 따를 진정한 사미 경찰이 없다고 비난했다.

"우리에게는 오로지 노르웨이 국가 시스템에 협력하는 꼭두각시 사미 경찰 몇 명만이 있을 뿐입니다. 나는 끔찍한 불평등의 피해자이며 사미인들의 자치권이 얼마나 절실히 필요한지를 보여주는 살아 있는 증거입니다!"

브랏센은 그의 말을 듣고 좋아했다. 렌손이 체포의 책임을 클레메트 낭고에게 돌렸던 것이다. 올센 영감이 옳았다. 만일 일이 잘못되더라도 주민들 눈에는 그 모든 게 클레메트 낭고 탓으로 보일 게 분명했다.

격분한 렌손의 말이 자동차 라디오를 통해 나올 때, 클레메트의 오래된 붉은 볼보 승용차가 닐스 안테의 집 앞에 멈춰 섰다. P9 순찰대는 다른 사람들의 이목을 끌지 않으려고 사복을 입고 닐스 안테의 집을 찾았다. 이번에는 미스 창이 자동차가 멈추는 소리를 들었다. 그녀가 두꺼운 플리스 담요를 둘둘 두르고 현관문으로 나와 그들을 맞이했다.

"안녕하세요, 클레메트! 여자친구예요?"

"동료예요. 숙부는 안에 계세요?" 클레메트는 살갑게 말을 붙이는 젊은 중국 여인에게 미소를 건넸다.

"들어와요. 닐스는 아침 식사를 방금 마쳤어요."

세 사람은 부엌으로 들어갔다. 음악이 흘러나왔다. 클레메트가 한 번도 들어보지 못한 악기 소리였다.

"중국 악기야. 소리가 정말 끝내주지 않아?" 닐스 안테가 감탄하며 말했다. "창의 할머니를 위해 쓴 요이크하고 이 악기 연주를 조합할 생각이야. 오! 네가 드디어 여자친구를 데리고 왔구나!"

"니나는 제 동료예요. 함께 순찰을 돌고 있어요."

"그럼, 우리 집까지 순찰을 온 거야?"

"말할 게 있어서 왔어요."

"그래? 그러면 일단 내 요이크의 시작 부분을 들어봐."

닐스 안테는 음악을 끄고 목구멍에서 솟아나는 선율을 뽑아내기 시작했다. 그는 자신의 젊은 연인을 향해 손을 내밀고 우아하게 몸을 흔들었다.

시간은 길기만 하네
내 마음 두고 온 그대를
만날 수 없을 때는

닐스 안테는 소리의 세계로 떠났다. 동일한 단어들이 높낮이를 바꿔가며 길게 이어졌다. 창은 애정이 듬뿍 어린 손길로 그의 손을 붙잡고 매혹적인 음들을 들이켰다. 요이크는 거의 삼 분 정도 이어졌다. 클레메트는 초조해지기 시작했다.

"이건 물론 일 절에 불과해." 마침내 닐스 안테가 노래를 끝마쳤다. "어때, 괜찮은 것 같아?"

"아주 좋아요. 항상 그렇긴 하지만." 클레메트가 수긍했다. "뒷부분은 약간 슬픈 느낌이 나는데도 정말 아름답네요."

"그럼, 니나는 어떻게 생각해?"

니나는 큰 눈을 더욱 크게 떴다.

"어…, 전 뭘 노래하는지 하나도 모르겠어요." 니나가 웃으며 고백했다.

창도 따라 웃었다. 닐스 안테도 같이 웃었다.

"이 요이크는 미스 창의 할머니나 미스 창을 위한 건가요?" 클레메트가 물었다. 닐스 안테가 그에게 눈을 찡긋했다.

"후속곡은 기다리라고. 그건 그렇고, 다녀간 지 얼마 되지도 않았는데 이번엔 또 어인 일로 찾아오셨나? 독수리들이 이 위에서 빙빙 돌던가? 그래도 아직 송장 치울 일은 없다고."

클레메트가 니나에게 사인을 보냈다. 니나가 부엌 식탁에 담요로 감싼 물건을 내려놓았다.

"미스 창이 비밀을 지켜줄까요?"

"내 목숨을 걸지. 그런데 그게 뭐야?"

니나가 담요 자락을 들어올렸다. 닐스 안테는 북을 보고 길게 휘파람을 불었다. 그리고 북을 자세히 보기 위해 안경을 쓰고 더 가까이 다가왔다. 그는 북 위에 그려진 기호들을 살펴보기 전에, 감식가의 눈으로 북의 형태와 테두리와 재질을 들여다보고 북을 뒤집어 뒤쪽의 마감과 바느질 상태도 꼼꼼히 관찰했다. 그가 고개를 끄덕였다.

"숙부가 북 전문가인 줄은 몰랐는데요." 클레메트가 말했다.

"아이고, 교양 없는 조카님아, 그렇다면 왜 날 보러 온 거지? 내가 한두 가지만이라도 알려줄 수 있기를 바란 거야? 난 이 북이 진품인지 아닌지는 보장 못 해. 혹시 그런 걸 기대했다면 말이지. 하지만 모든 기준에 부합하는 것처럼 보여. 이 북에 사용한 재료들을 정확히 알아내려면 보다 전문적인 분석이 필요할 거야. 예를 들어, 그림을 그릴 때 사용한 잉크도 분석해봐야 하거든. 하지만 아름다운 물건임에는 틀림없어. 내 생각에는 욜 박물관에서 사라진 그 북 같은데, 맞아?"

클레메트가 조용히 고개를 끄덕였다.

"여기 그려진 그림들은 대단히 매혹적이구먼." 닐스 안테가 말했다. "나는 북에 대해 아주 많이 알지는 못해. 요이크 가수라 요이크를 더 많이 연구했지. 그래도 두세 개 정도는 쉽게 알겠네. 위쪽 부분은 간단해. 사냥 장면이거든. 활을 당기는 남자 보이지? 순록 두 마리를 쫓고 있어. 무성한 소나무에 둘러싸여 있고. 이건 성공적이고 행복한 사냥 장면이야. 그리고 안에 점이 찍힌 삼각형들은…."

"빙산 아닌가요? 일부는 물에 잠겨 있고 일부는 수면 밖으로 나와 있는 빙산요."

"아무 말이나 갖다 붙이지 좀 마. 이건 사미 텐트고, 그 안에 찍힌 점들은 사람이야. 텐트 안에 사람들이 북적인다는 의미라고. 봐봐. 북적이는 주민들, 넘쳐나는 사냥감, 잘 자란 소나무들은 풍족한 삶을 상징해. 즉, 행복한 삶을 표현한 거지."

니나는 진지하게 경청했다. 클레메트도 얘기에 빠져들었다. 북에 숨겨진 의미들이 조금씩 드러나고 있었다.

"그런데 뭔가 특이한 점이 보이지 않아? 평화로운 마을은 맨 위에 좁은 부분에만 나타나 있어. 클레메트, 너도 알겠지만 이 선은 산 자와 죽은 자의 세계를 구분하는 거야."

"우리는 이 선이 다른 걸 의미할지도 모른다고 생각했어요. 마을이나 광산을 잠기게 한 바다나 호수 표면 같은 거요."

"… 산 자와 죽은 자의 세계를 구분하는 선이야." 닐스 안테는 못 들은 척하며 말을 이었다. "그런데 죽은 자의 왕국이 상당히 넓구먼. 이쪽 세계를 이렇게 크게 그려놓은 북은 내 기억에 없어. 물론 내가 북 전문가는 아니지만 말이야. 그렇지만 한 가지 사실은 아주 분명해. 아랫부분의 사미 텐트들이 뒤집혀 있다는 거지. 주민을 상징하는 점들도 없고. 주민들이 모두 집을 버리고 도망갔거나 죽은 것처럼 말이야. 이 망자들의 세계는 끔찍할 정도로 너무 커. 샤먼이 해야 할 일이 아주 많았겠어. 불쌍한 이 마을 사람들에겐 아주 힘든 시기였을 거고."

"그게 무슨 뜻이에요?" 클레메트가 물었다.

"마법의 북은 수많은 형상으로 가득 차 있어. 이 도안들을 통해서 샤먼은 인생과 인간의 삶에 대한 철학을 표현하지. 이 북에 표현한 메시지는 아주 어두워. 예를 들어, 이 뱀은 매우 불안한 요소야. 악을 상징하는 게 틀림없어. 너도 잘 알겠지만 라플란드에는 뱀이 없잖아. 그리고 이 작은 형상들 보이지?"

"이 텐트들 말씀하시는 거예요?"

닐스 안테가 한숨을 쉬었다.

"어휴…, 이건 여신들이라고. 무식이 하늘을 찌르는구먼. 어쨌든 내 생각이 맞는다면, 이 형상들도 놀랍긴 마찬가지야. 여신들은 보통 셋이 함께 다니거든. 그런데 여기는 둘밖에 없어."

"그래서요?"

"그래서 너한테 도움이 될 만한 사람을 소개해줘야겠다. 내가 보냈다고 하고 가서 만나봐. 좀 별난 사람이긴 한데, 평생을 북을 연구하며 살았어."

닐스 안테는 종이에 이름을 적고 휴대전화에서 연락처를 찾았다.

"후리 만케르. 만일 아직도 살아 있다면 네게 한두 가지 정도 흥미로운 얘기를 들려줄 수 있을 거야. 유카스예르비에 살아."

"얼음 호텔이 있는 곳이네요?" 니나는 이 도시를 알고 있었다.

스웨덴의 라플란드에 있는 유카스예르비는 키루나에서 멀지 않다. 전 세계에서 수만 명의 관광객이 찾아오는 얼음 호텔로 유명해지기 전에, 이 작은 도시는 사미인들의 주요한 상업지역이었다. 도로가 없었던 시대에 거래와 운송을 용이하게 해주는 강가에 위치했기 때문이다.

"전화부터 걸어봐." 닐스 안테가 조언했다. "늘 여기저기 돌아다니거든. 그 사람 만나고 나서 다시 날 보러 와. 그동안 요이크를 다 만들어놓을지도 모르니까 말이야."

두 사람은 끊임없이 포옹하는 미스 창과 작별인사를 마친 후에야 닐스 안테의 집에서 나올 수 있었다. 클레메트가 전화를 걸었다. 남자가 전화를 받았다. 클레메트는 간략하게 수사 내용에 대해 설명하고 도움을 요청했다. 운이 좋았는지 후리 만케르는 그날 하루 종일 카레수안도에 있다고 했다. 서둘러 그곳으로 간다면, 그가 다시 유카스예르비로 떠나기 전에 만날 수도 있었다.

클레메트와 니나는 곧바로 남쪽을 향해 차를 몰았다. 사미 북은 여전히 많은 비밀을 지니고 있었다. 올센 영감의 농가를 방문하여 옛날 사진 속의 인물을 확인하는 건 뒤로 미루기로 했다. 클레메트는 지질학연구소의 에바 닐스도테르 소장이 알려주었던 단서들을 떠올렸다. 턱없이 부족한 시간 내에 프랑스인 라카냘이 탐사하는 장소를 찾는 건 불가능했다.

45

1월 25일 화요일

라플란드 내륙

앙드레 라카냘은 첫 번째 탐사장소를 충분히 둘러보았다고 생각했다. 이곳에서 꽤 흥미로운 것들을 발견했다. 원래는 말로를 거쳐서 다음 장소로 가는 게 정석이었다. 말로의 지질학연구소에 그가 탐사하는 장소들에 대한 자료가 존재한다면, 채취한 코어샘플을 살펴보고 자료들도 확인할 수 있을 테니 말이다.

라카냘도 잘 알다시피, 금은 수천 년 동안 인류가 찾아 헤맨 금속이다. 따라서 전문가들은 거대한 금맥은 이미 오래전에 모두 발견되었다고 가정한다. 만일 라플란드에 그런 금맥이 존재한다면 광산업계에 일대 소란이 일어날 것이다.

라카냘과 사미 가이드는 화요일 아침 일찍 길을 나섰다. 프랑스 지질학자는 가야 할 곳과 찾고자 하는 단층에 대해 사미인에게 설명했다.

그들은 앞이 거의 보이지 않는 길을 두 시간 동안 달렸다. 힘든 여정이었다. 그러나 놀랍게도 네 뿔이 달린 파란색 모자를 쓴 악마 같은 이 사미인은 라카냘이 원하는 장소를 정확하게 찾아갔다.

흰 눈은 이제 서서히 밝아오는 빛에 반사되어 푸른색을 띠었다. 태양은 아홉 시 십오 분쯤 떠오를 예정이지만 지평선은 이미 아침 햇살에 물들어 강렬한 색의 대비를 보여주었다. 라카냘은 푸른색과 오렌지색으로 선명하게 구분되는 이런 시간을 좋아했다. 세계를 바라보는 자신의 시선을 이보다 더 잘 표현할 수는 없을 것 같았다.

그는 붉은 하늘을 마주하고 멈춰 섰다. 몸을 돌려 바라보는 모든 지평선마다 나무 한 그루 없는 나지막한 설산들을 이고 있었다. 햇살이 이 산 저 산 위로 튀어올랐다. 광대한 툰드라가 일시에 깨어났다.

발밑의 땅들은 대부분 화강암이었다. 그는 지도를 꺼냈다. 이곳에 서-남-서 방향에서 동-북-동 방향으로 이어지는 백립암과 석영 광맥들이 있어야 한다. 지도에 표시된 광맥들 중에 자세히 살펴봐야 할 것들이 보였다.

농부의 고지도를 확인했다. 화강암은 불규칙하나 꽤 선명한 단층으로 갈라져 있었다. 이 단층은 무엇을 감추고 있을까? 고지도 제작자는 매우 꼼꼼해서 어떤 장소들에는 구체적인 지점과 연관된 작은 횡단면을 그려놓았다. 표준화된 다른 지질도에서는 볼 수 없는 방식이었다. 제작자의 성격으로 볼 때, 현장노트는 좀더 자세한 정보를 담고 있을 게 분명했다. 이 단면도는 백립암이 고령토와 다양한 암석들로 이루어져 있음을 보여주었다. 인회우라늄석도 가루와 덩어리 형태로 흩어져 있는 듯했다.

회의가 들었다. 이런 정보는 금맥을 찾는 데 전혀 도움이 되지 않는다. 말로의 지질학연구소가 보유한 고지도들, 그리고 각 지도와 쌍을 이루는 현장노트를 본다면 확실해지겠지만 그곳까지 가는 데만 꼬박 이틀이 걸린다. 너무 긴 시간이다. 그리고 시간은 터무니없이 부족했다.

니나가 카우토카이노에서 카레수안도까지 낮에 이동하는 건 처음이었다. 며칠 전, 말로의 지질학연구소를 가기 위해 이 길을 달릴 때는 어두운 밤이었다. 라플란드에 속한 이 지역은 인적이 없어 더욱 황량해 보였다. 그녀는 바깥 풍경을 멍하니 쳐다보며 인간미 없는 장소라고 생각했다.

삭막한 풍경을 보고 있자니 문득 아버지가 떠올랐다. 옳음과 그름에 대해 타협할 줄 모르는 성격은 유함이라고는 찾아볼 수 없는 거친 이 지형과 꼭 닮았다. 노르웨이 피오르의 작은 마을에 사는 사람들은 그런 성향을 타고 났는지도 모른다. 그 때문에 아버지가 그랬던 것 아닐까? 아니, 뭘 그랬단 말인가? 자기 인생과 가족의 인생을 망친 것? 니나는 질문 속으로 더 깊이 들어갈 자신이 없었다. 머리를 좌우로 흔들었다.

"피곤해?" 클레메트가 물었다.

"아뇨. 제 신경세포들을 흔드는 거예요." 니나가 웃으며 말했다.

"그래. 정말 이상한 이야기야. 후리 만케르가 어떤 사람일지 무척 궁금해."

그들은 각자 자신만의 상념에 빠져들었다.

히터를 최대로 올렸는데도 차창에 남아 있던 물기가 추위에 얼어붙었다. 빙판에 튕겨나온 햇빛이 푸른빛으로 반짝였다. 스노타이어 덕분에 위험하다는 느낌 없이 커브길도 속도를 줄이지 않고 달릴 수 있었다. 이제 핀란드 영토로 진입했다.

"아슬락 아버지가 순록을 찾아 나섰다가 사라진 곳이 바로 여기야. 순록들이 국경에서 가지 말아야 할 곳을 건너갔거든."

"순록을 데리고 오지 않으면 벌금을 내야 해서 걱정한 건가요?"

"그렇지. 국경은 순록치기들을 정말 돌아버리게 만들어. 확실하지는 않지만 그건 우리 지역에서 금기시되는 거라고 알고 있어." 클레메트가 말했다.

"국경이 왜요?"

"예전에 라플란드는 사미인들만 살았던 땅이었어. 그런데 국경이 세워지고 나서 핀란드의 순록치기들은 고립이 된 거야. 노르웨이 해안을 따라 나 있는 여름 방목지하고, 지금은 스웨덴 북쪽에 있는 겨울 방목지에도 갈 수가 없게 됐어. 그들 스스로의 힘으로 순록을 사육해야만 했지. 그래서 핀란드인들은 북쪽으로 이동해서 순록 농가를 만들었어. 그들이 순록을 사육하는 방식은 노르웨이나 스웨덴에서 하는 것과는 전혀 달라. 그 사람들은 전통적인 사육방식을 완전히 버렸거든. 그런 이유 때문에 스웨덴이나 노르웨이에서 사육하는 순록들이 국경을 넘어오면 핀란드 순록치기들은 엄청 공격적이 되지."

"그건 정말 이상하네요."

"아슬락 아버지는 감당할 수 없는 벌금을 물게 될까 봐 두려워서 목숨을 걸고 국경을 넘었어. 순록들을 찾아오려고 말이야. 우리 할아버지도 같은 이유 때문에 순록 사육을 그만두었을 거야. 순록이 이동하는 길이 그 망할 놈의 국경 때문에 막히게 되었으니까. 수많은 분쟁이 그런 식으로 시작됐지. 내 생각이지만 국경이 많은 순록치기를 죽였어."

후리 만케르는 많은 사람의 불신을 받는 이상한 괴짜였다. 그를 가장 안 좋게 보는 사람들은 그가 창피하게도 관광객들에게서 돈을 뜯어내기 위해 샤먼 행세를 하고, 자기가 진짜 샤먼이라고 믿게 하면서 말도 안 되는 뉴에이지 샤먼 음식을 판다고 생각했다. 신비한 샤먼의 주술을 보여주겠다고 홍보하는 전단지나 인터넷 사이트가 그 증거였다.

그는 자칭 신성한 조상의 땅으로 관광객들을 데리고 가서 관람을 시켜주고 그 땅에 관한 끔찍하고 희한한 전설들을 들려주었다. 하지만 어떤 이들은 그가 진짜로 신비한 능력을 가지고 있으며 기적을 행할 수도 있다고 여겼다. 그건 그를 더욱 멀리해야 할 이유이기도 했다.

진실을 말하자면, 후리 만케르는 고등교육을 완전히 마친 첫 세대 사미인이었다. 그의 삼촌은 스웨덴 민속학자로 사미 북을 체계적으로 연구했던 최초의 인물이었다. 후리 만케르는 삼촌의 성을 사용하면서까지 그의 뒤를 따랐다.

박사 학위를 지닌 후리는 여러 지식인 단체에서 멤버로 활동하며 다양한 컨퍼런스에 초청을 받았다. 오랜 세월 동안 여행과 연구와 학술활동을 통해 명성을 쌓은 그는 박물관이나 학술단체에서 샤먼 북에 관한 한 세계 최고의 전문가로 치켜세우는 진정한 연구자였다.

그에게 악마 같다는 평판이 따라붙은 것은 대학생 시절이던 1970년대, 사미족의 첫 정치투쟁에 열정적으로 뛰어들었던 정치참여 때부터였다. 전통적이고 보수적인 사고가 굳건히 지배하던 사미 사회에서, 후리 만케르는 자기를 악독한 빨갱이의 원흉으로 몰아붙이는 적들을 갖게 되었다.

하지만 천성적으로 냉소적인 구석이 있는 데다가 빈정거리며 비웃는 버릇이 있던 그는 이런 분에 넘치는 유명세를 몹시 마음에 들어 했고, 그들이 뭐라 하건 거들떠도 보지 않았다. 오히려 평판에 걸맞은 행동을 일부러 더 해대는 바람에 왜곡된 소문은 세월을 거치면서 더욱 부풀어 올랐다.

스웨덴과 핀란드의 경계에 걸쳐 있는 카레수안도는 주민이 사백 명에 불과한 작은 마을이다. 마을로 들어선 클레메트와 니나는 창밖으로 비치는 풍경을 보았다. 몇 안 되는 농가들은 지독한 추위에 얼어붙은 듯했고, 움직이는 건 굴뚝 위로 피어오르는 연기와 창문에서 깜박거리는 희미한 빛들뿐이었다. 물론 레스타디우스의 교리에 따라 창문에 커튼을 단 집은 한 채도 없었다.

설교자였던 라르스 레비 레스타디우스는 몇 년간 이 동네에 살면서 죄악과 술에 대항하는 강력한 운동을 벌이며 사미 영혼들을 정복해나갔다.

두 국가의 끄트머리에 처박힌 채, 모두에게 잊힌 이 마을을 방문하면 알코올중독자가 되거나 종교에 헌신하는 길 외에는 살아남을 방법이 없다는 걸 곧 깨닫게 된다. 검은색과 흰색 외에는 다른 색조를 허락하지 않는 이곳에 회색은 존재하지 않는다.

두 순록경찰은 현대식 교회 건물로 향했다. 석재와 목재로 지어진 교회 외벽은 온통 서리로 뒤덮였고, 주위의 나무들은 눈의 무게에 못 이겨 가지를 축 늘어뜨렸다.

촛불을 밝힌 목사관에서 연구에 참조할 교회 자료들을 보던 후리 만케르가 자기 집인 양 두 사람을 맞았다. 목사가 심방을 나가서 교회에는 만케르 혼자뿐이었다.

작고 동그란 안경을 끼고 목도리로 얼굴을 둘둘 만 그는 두툼한 카키색 파카와 방한용 바지 차림에 순록가죽 부츠를 신고 있었다. 경찰들에게 인사하려고 여우털 샤프카를 벗자 반쯤 벗겨진 머리가 드러났다. 그는 인사를 마치자마자 샤프카를 부리나케 다시 썼다. 목사가 나가면서 보일러 온도를 낮춰놔서 실내온도는 십 도를 넘지 않았다. 교구기록부를 넘길 수 있도록 얇은 장갑을 착용한 만케르는 연신 두 손을 비벼댔다. 그가 안경을 벗고 예리한 눈빛으로 경찰들을 훑어보았다.

"순록경찰이라니!" 그가 경쾌하게 말했다. "들어본 적은 많지만 직접 만나는 건 처음이네요. 닐스 조카라고 했죠? 닐스를 못 본 지도 오래됐네. 어쨌든 만나서 영광입니다!"

클레메트와 니나는 그가 진지하게 말하는 건지 아닌지 가늠할 수가 없었다.

"수사 중인 사건이 있는데 자문을 구하고 싶은 게 있어서 왔어요. 보안은 철저히 지켜주셨으면 합니다." 클레메트가 곧바로 말을 꺼냈다. "기밀 사항이거든요."

"걱정하지 말아요." 만케르가 그들을 안심시켰다. 그의 입에서 하얀 입김이 나왔다. "사미 북을 가지고 있다고요? 먼저 얘기하자면 난 매우 회의적이에요. 거의 백 퍼센트. 현존하는 사미 북은 모두 알고 있거든요. 그중 내 눈으로 직접 보지 못한 북들은 관련 자료들을 모두 찾아서 연구했어요. 지금 말하는 북처럼 사람 손을 거쳐서 돌아다니는 건 없습니다."

"이 북은 율 박물관에서 도난당한 거예요." 니나가 말했다.

"그런데 두 분이 그 북을 찾았고! 축하합니다. 하지만 내 의견은 변함 없어요. 어디선가 툭 튀어나온 카우토카이노의 이 유명한 북에 대해서는 처음부터 믿지도 않았답니다."

만케르의 단호한 태도는 흑백의 색깔로만 존재하는 주변의 풍경과 닮아 있었다.

"그래도 결국은 보겠다고 하셨잖아요."

"당연하죠! 혹시 크리스마스 아침 기분을 또다시 맛볼지 누가 알겠어요? 그리고 북의 역사는 그게 진짜든 가짜든 늘 흥미진진하거든요. 자, 이제 그 보물 좀 보여주시죠."

니나는 조심스럽게 담요를 풀고 작은 목사관 안에 있는 두꺼운 탁자 위에 북을 올려놓았다. 후리 만케르가 안경을 다시 썼다. 클레메트와 니나는 흡사 의사 앞에서 태아의 초음파 결과를 기다리는 젊은 부부처럼 숨을 들이켰다. 만케르는 입김을 내뿜으며 면밀히 북을 살폈다. 길어지는 침묵에 두 사람은 마음이 조급해졌다.

그가 구식 양철가방에서 돋보기를 꺼내 북의 피막에 그려진 도안을 들여다보았다. 물 묻힌 손가락으로 그림을 문지르고 손가락을 혀에 대 보기도 했다. 북의 피막을 만져본 다음, 예리한 메스로 가죽의 끝을 살짝 잘라냈다. 심지어는 나무로 된 북 테두리도 아주 조금 잘랐다.

"금방 올게요." 그가 말했다.

두 경찰은 의아한 눈길로 서로를 쳐다보았다. 후리 만케르는 곧바로 돌아왔다. 그가 탁자 위에 작은 상자를 놓더니 거기서 휴대용 전자현미경을 꺼냈다.

"훌륭한 장비를 갖추셨네요. 우리 과학수사팀에서도 사용하는 모델이에요." 니나가 말했다.

"나처럼 라플란드나 시베리아 같은 지역에서 일한다면, 깜빡 잊고 안 가져온 물건을 가지러 실험실에 돌아갈 수가 없잖아요? 아니면 물건을 챙겨서 오후에 다시 와야겠다고 말할 수도 없고 말이죠. 난 야외로 답사를 나갈 때는 언제나 휴대용 실험실을 가지고 다녀요. 돈이 정말 많이 들죠. 자, 이 손전등 좀 이렇게 잡고 있어요." 그가 니나에게 말했다.

후리는 잘라낸 가죽을 들여다보면서 노트에 몇 가지 사항을 기록했다.

"잠깐만."

그가 다시 나갔다. 클레메트는 성가시다는 듯 머리를 가로저었다. 냉기와 긴장이 흐르는 분위기에 압도되어 니나는 아무 말도 하지 않았다. 후리 만케르가 다른 상자를 들고 금세 들어왔다. 이번에는 좀더 큰 상자였는데, 그 안에는 완충재가 잔뜩 들어 있었다. 그가 면봉을 용액에 담갔다가 북의 도안에 대고 문질렀다. 면봉이 엷게 물들었다. 같은 작업을 몇 번 더 반복한 그는 시험관 여러 개를 준비하여 면봉들을 용액 안에 담갔다. 그 다음에 전자기기의 전원을 연결하자 계기판과 작은 전구들에 불이 들어왔다.

"몇 분 기다려야 해요. 뜨거운 코코아와 시나몬롤 어때요?"

그는 두 사람의 대답도 기다리지 않고 잽싸게 방을 빠져나갔다. 일부러 시간을 끌면서 경찰들이 초조해하는 모습을 즐기는 것 같기도 했다. 그가 작은 쟁반을 들고 돌아왔다. 쟁반을 탁자 위에 올려놓은 후, 만케르는 시험관과 전자기기를 관찰했다.

"이 도안들이 꽤 흥미롭지 않습니까?" 약간 날카로운 목소리로 클레메트가 물었다.

후리 만케르는 싱긋 웃었다. 분명 이 상황을 즐기고 있었다.

"당연히 흥미롭죠. 이 북에 대해 확실히 알게 되면 훨씬 흥미진진할 겁니다. 이 북이 진짜인지 가짜인지 우선 확인부터 해봅시다. 가짜 북이라도 도안에 관심을 가질 수 있지 않느냐고 물을 수 있겠지만, 만일 가짜라고 판명되면 같은 식으로 분석할 수는 없어요. 진짜 북과 똑같은 걸 기대할 수도 없고. 그래서 이 북을 어떤 재료로 만들었는지부터 알아야 해요. 어떤 나무인지, 가죽은 뭘 썼는지, 잉크는 어떤 건지. 그리고 다른 것들도 검사해봐야 하고…. 최고의 것은 마지막까지 남겨두는 법이죠. 안 그런가요?"

클레메트는 억지로 미소를 지었다.

"먼저, 이 북은 자작나무로 만들었어요. 시작이 아주 좋아요. 그렇죠? 북통은 나무의 마디 부분을 깎아서 만든 거고. 전통적인 방식으로 공들여서 제작한 겁니다. 제작자가 전문지식이 있다는 걸 알 수 있죠. 여기 보이죠? 마디를 그릇 모양으로 비우고 좁은 직사각형으로 길게 자른 나무 띠를 북의 테두리에 붙였어요. 그 위에 가죽을 씌워 팽팽하게 당겨 고정하는 거죠. 이건 아주 좋은 가죽이에요. 털을 제거한 한 살쯤 된 순록 새끼 가죽이죠. 암컷일 확률이 높아요. 전통적인 제작방식을 그대로 따른 걸로 보여요. 이 북은 카우토카이노와 카라쇼크 사이에 있는 라폴루오팔 지역에서 만든 거예요. 자, 이제 잉크를 볼까요? 이것도 옛날 방식 그대로예요. 검붉은 피 색깔이라든지 맛이라든지 첫 테스트 결과를 보면 의심할 여지가 거의 없네요. 오리나무 껍질에서 채취한 수액을 침과 섞은 거죠. 구십오 퍼센트 확실합니다. 아주 전통적인 방식이에요. 때로는 순록 피를 잉크로 쓰기도 했어요. 쉽게 구할 수 있는 재료로 잉크를 삼은 겁니다. 좀더 검사를 해봐야겠지만 전통방식에 따른 잉크라고 확신할 수 있어요."

"그럼 진품인가요?" 니나가 물었다.

후리 만케르는 진지한 표정으로 젊은 경찰과 그의 동료를 차례차례 보았다. 그러고는 북 위의 도안으로 눈길을 돌렸다. 한참을 들여다보다가 고개를 올린 그의 눈에서 두 경찰은 깊은 감동의 빛을 보았다. 만케르의 목소리가 살짝 떨렸다.

"우리 앞에 있는 건 정통적인 방식으로 제작한 진짜 북입니다. 평범한 북이 아니에요. 라플란드에는 수백 개나 수천 개의 북들이 존재했지만 지금 남아 있는 건 전 세계를 통틀어 일흔한 개뿐이죠. 검사를 통해 진품으로 판정받아 명부에 등재된 북은 말입니다. 나는 그 북들을 모두 알고 있어요. 그중에는 개인 컬렉터가 소유한 것들도 있고, 박물관에서 보유한 것들도 있습니다. 사라진 북들도 있고요. 그러나 그 북들 모두는 생김새든 재질이든 전부 기록으로 남아 있어요. 그런데 확실히 보증하죠." 그의 목소리는 느릿했고 권위로 가득 차 있었다. "우리 앞에 있는 북은 일흔두 번째 북입니다."

클레메트와 니나는 그의 눈가에 맺힌 눈물을 보았다.

46

1월 25일 화요일

카우토카이노

카우토카이노 경찰서는 온통 부산한 모습이었다. 이곳에는 해안가 경찰서들과 마찬가지로 철저한 감시 속에서 운영하는 유치장은 존재하지 않는다. 유치장이라고 해봐야 주로 토요일 밤에 술에 취한 자들을 데려다놓고 술이 깰 때까지 경찰들이 평온한 눈으로 지켜보는 게 고작이다. 최근에 유치장을 사용한 건 작년 여름, 독일과 핀란드에서 온 관광객 두 명이 어떤 여자애 때문에 한바탕 싸워 가둬놨을 때였다.

유치장에 쌓인 휘발유통과 땔감들을 전부 치울 때까지 올라프 렌손과 요한 헨리크는 경찰서 휴게실에서 기다렸다. 경찰들은 커피를 뽑고 두 사람과 얘기를 나누려고 끊임없이 휴게실을 들락날락했다. 요한 헨리크는 불쾌한 표정을 지은 채 누구와도 말을 섞지 않았다. 반면, 올라프 렌손은 화를 멈추지 않으며 경찰들에게 욕설을 퍼부었다.

경찰서 밖에서 사람들이 모여 웅성거렸다. 지독한 추위 때문인지 용감하게 밖으로 나온 사람들은 많지 않았다. 화로도 설치됐다. 스페인 놈이라고 불리는 올라프 렌손을 지지하는 몇 명의 사람들이 화로 앞을 오고갔다. 앞에 걸어놓은 플래카드 두 개는 부랴부랴 급하게 만든 티가 났다. 플래카드에는 '순록치기들을 석방하라' '사미인에게 정의를!' 같은 문구가 적혀 있었다.

다른 시위 참여자들은 십 분마다 번갈아 경찰서 옆에 있는 주류판매점 입구로 들어가 추위를 피했다. 토마스 미켈센 기자는 이미 첫 번째 인터뷰를 마치고 방송에 내보냈다. 사진들이 인터넷상에 돌기 시작하자 여느 때처럼 악의에 찬 댓글들이 연이어 달렸다.

롤프 브랏센은 휴게실로 가서 두 순록치기를 고소하다는 표정으로 훑어보았다.

"두 분을 위한 공간이 곧 준비될 거요." 그가 활짝 웃으며 말했다. "마침내 안락한 공간을 제공할 수 있게 됐군. 자존심 센 사미인들에게 마땅한 작고 아늑한 방이지. 특별대우를 원할 테니 말이야. 아니면 텐트 모양의 감옥을 원하시려나?"

그가 호탕한 웃음을 터뜨렸다. 휴게실에서 순록치기들을 감시하는 두 경찰이 그 모습을 지켜보았다.

"당신, 아주 큰 실수를 저지른 거야! 반드시 대가를 치를 거라고!" 올라프 렌손이 소리를 질렀다. "우리한테 얻어낼 건 아무것도 없어. 그 우습지도 않은 귀 이야기는 말도 안 된다고! 분쟁이 있었던 건 아주 오래전이고 이미 다 끝난 얘기야. 모두가 다 알고 있어!"

"네에, 네에. 그리고 당신네들이 끝도 없이 싸우고 반목한다는 것도 다 알고 있지. 암세포 같이 여기저기로 퍼져 가잖아? 사라졌다고 생각했는데 다른 형태로 다시 나타나지. 하지만 이번에는 끝까지 가보자고.

당신 친구 순록경찰이 아주 큰 도움이 됐어."

"순록경찰은 우리 친구가 아냐!"

"아, 진짜?" 브랏센은 순진하게 놀란 척하며 말을 이었다. "툰드라에 있는 순록치기들은 그들을 사미 경찰이라고 생각하는 줄 알았는데?"

"악마 새끼 같으니. 지옥으로나 꺼져! 당신들은 다 똑같아. 우리는 이 모든 걸 다 바꿀 거야. 너희들이 이곳에서 맘대로 나댄 지 너무 오래됐다고!"

"오, 어찌나 무서운지 등골이 오싹하구먼." 브랏센이 휴게실을 떠나면서 비꼬았다. "하지만 네놈이 쓰는 변칙적인 방법들에 대해선 이미 다 알고 있지. 알겠나, 올라프?"

카레수안도

후리 만케르는 한참 동안 침묵을 지켰다. 클레메트는 사미 지식인을 관찰했다. 생각을 가다듬거나 명상을 하는 것처럼 보였다. 마침내 그가 고개를 들었다. 평온한 눈빛이었다.

"이차대전 이후에 진품 북을 발견한 건 처음이에요."

"이 북이 진짜라고 확신하시는 겁니까?" 니나가 물었다.

"그래요. 확실해요. 정확한 제작날짜에 대해서는 감정을 유보하죠. 시기를 감정할 수 있는 장비는 지금 갖고 있지 않거든요. 결과는 둘 중 하나예요. 아주 오래된 북인데 보관을 아주 잘했든지, 전통 소재와 기법을 사용해 최근에 만들었든지."

"옛날 방식으로 북을 만드는 사람을 아십니까?"

"한 명 알아요. 이 주 전에 살해됐지만."

"마티스 라바?"

"그래요, 마티스. 극심한 고통 속에서 살았던 영혼이죠. 하지만 천부적인 재능을 타고 났어요. 예전에 조상들의 제작기법을 배우려고 그와 함께 작업을 한 적이 있었죠. 하지만 근래에 들어서 그는 술을 너무 많이 마셨어요. 기술도 믿을 수가 없게 됐고요."

"마티스가 이런 북을 만들 수 있었다고요?" 클레메트가 눈을 휘둥그레 뜨고 물었다.

"최근에는 아니에요. 기술이 현저히 떨어졌거든요. 하지만 그런 기술을 가지고 있었어요. 마티스 전에는 그의 아버지와 할아버지, 증조부가 그랬고요."

"그게 무슨 말이에요?"

"사미 문화의 특별한 노하우를 세대에 걸쳐 전수한 가족의 후예가 마티스라는 거예요. 단순한 제작기법뿐만 아니라 이 같은 기호들의 상징과 능력도 전수했어요. 마티스는 그 능력을 잘못 해석하는 경향이 있었지만요. 그 능력에서 너무 많은 걸 기대했죠. 너무 빨리 아버지 없이 커서 그런 걸 수도 있어요. 안타는 자기 아들 마티스를 거리를 두고 키웠거든요. 내 생각에 안타는 마티스가 능력이 없다고 판단한 것 같아요. 그것 때문에 마티스는 무척 괴로워했고요. 라바 가문의 전통은 수 세기 전으로 거슬러 올라갑니다."

"그러면 니일스 라바도 그런 재능이 있었나요?"

"네, 맞아요. 마티스의 할아버지도 같은 재능을 지녔어요. 말씀드린 것처럼 여러 세대를 거쳐 전수된 비법이었으니까요. 라플란드에서 라바 가문과 그 외 두세 가문이 북 제작기법을 전수했어요. 지금 저는 거의 알려지지 않은 사미 전통의 한 측면에 대해 얘기하고 있는 겁니다. 세상에 알려지면 수많은 사람들이 곤혹스러워할 이야기죠. 그런데 십칠 세기부터 스칸디나비아 왕실 군대와 목사들의 박해가 계속되는 상황에서 이 전통들은 비밀로 남게 되어요. 그리고 어떤 가문들은 비밀이 된 이 전통을 지키는 수호자로 나서게 된 것이고요."

"그럼, 이 북은요?"

"비밀리에 세대를 거쳐 전해진 거라고 생각해요. 단순하게 전통을 지키기 위해서 말이죠."

"이 도안들은요?"

후리 만케르가 고개를 끄덕였다.

"두 세계를 구분한 선은 망자들의 세계에 더 큰 부분을 할애하고 있어요. 아주 중요한 의미를 지니고 있죠."

"윗부분은 북적거리는 마을의 사냥 장면과 일상생활 모습, 무성한 나무들이 그려져 있어서 풍요를 상징해요. 아래쪽은 같은 마을인데 비어 있고요." 니나가 말했다.

"맞아요. 설명이 따로 필요 없겠군요. 의미를 완벽하게 읽어냈어요!"

"문제는 우리가 알고 있는 게 여기까지라는 거죠."

"좋아요. 비어 있는 이 마을은 불길함을 보여주는 첫 번째 징조예요. 자연을 상징하는 다른 기호들은 그 자체로는 평범하게 보이는 데 말이죠. 기독교를 받아들이기 전의 사미족 종교는 자연에 깃든 수많은 신들과 자연현상들을 바탕으로 하고 있어요. 사미인들은 모든 것에 영혼이 있다고 생각해요. 자연 그 자체도 영혼을 지닌 살아 있는 존재입니다. 자연현상을 통해 드러나는 자연의 능력은 매우 독특한 숭배의 대상이 되었고요. 가운데에 있는 마름모꼴의 이 커다란 십자가는 태양을 상징

합니다. 이 기호는 많은 북에서 볼 수 있어요. 사미인들은 이 기호를 '베아이비'라고 부릅니다. 태양을 뜻하는 사미어죠. 악령과 병을 물리치는데 매우 유용한 부적이에요. 자, 이제 태양이 가지에 뭘 품고 있는지 봅시다. 맨 위쪽 가지에는 신이 있어요."

"그건 텐트 아닌가요?"

만케르는 참을성 있게 미소를 지었다.

"신을 의미해요. 왼쪽에 있는 이 두 기호처럼요. 하지만 이 기호들은 조금 후에 설명하도록 하죠. 태양 위의 이 기호는 '마데라카'라고 해요. 매우 중요한 상징이에요. 모든 것의 기원이자 위대한 조상인 여성 수장을 의미하죠. 마데라카는 죽은 자들의 영혼을 받아들여요. 이 신은 특별한 능력을 가지고 있죠. 자기 몸에 태어날 아이들을 품고 있거든요. 그런데 불안한 상징들이 보여요. 아주 불길해 보이네요. 머리에 있는 이 점들 말이에요."

"원래는 잘 볼 수 없는 상징들인가요?"

"맞아요. 이 점들이 의미하는 바는 불행히도 딱 하나예요. 바로 악을 말하는 거죠. 지금 보는 신은 악한 마데라카예요. 이 점들은 이 여신이 얼마나 위험한지를 보여주기 위해 사용한 겁니다. 마데라카는 지극히 어두운 그림자를 망자의 세계에 던지고 있어요. 하지만 나머지 도안들을 보면 그건 놀랍지도 않네요."

"특별히 어떤 게 있죠?"

"조금 전에 말했던 이 두 여신들을 봅시다. 북 왼쪽에 있는 이 두 그림이요. 여신들은 라플란드 각 지역과 전통에 따라 다른 위치에 나타날 때도 있어요. 그런데 대부분은 세 명이에요. 세 여신은 여성 수장인 마데라카의 세 딸을 말해요. 사미인들은 사람의 영혼이 여신에서 여신을 거쳐 여러 단계를 여행한다고 믿습니다. 가장 오른쪽에 있는 여신은 사라카입니다. 맏딸이죠. 능력이 가장 뛰어난 여신이에요. 사라카는 어머니가 건넨 영혼을 제일 처음 받아들여서 태아로 만들어요. 옛날에 사미 여인들은 텐트나 흙으로 만든 움막 중앙에서 출산했답니다. 화로가 있는 자리에서요."

"그런 건 본 적이 있어요." 니나가 말했다.

만케르는 설명하는 데만 집중하느라 니나의 말을 듣지 못한 듯했다.

"그리고 사라카는 텐트의 화로 속에 살아요. 그래서 불의 어머니라고 불리기도 합니다. 사라카는 모든 사미 여인의 수호자예요. 사미족이 기독교로 강제 개종당한 이후에도 사미인들은 교회에서 세례 받은 아이를 다시 집으로 데려와 새로운 이름으로 다시 세례식을 행하기도 해요. 사라카를 기리기 위해서 말이죠."

"그 다음에는 어떤 여신이 영혼을 돌보죠?" 니나가 물었다.

"사라카 왼쪽에 있는 여신이에요. 이름은 주크사카예요. 활의 여신이죠. 활을 들고 있어서 쉽게 알아볼 수 있어요. 개인적으로 나는 이 여신을 좋아해요. 여아를 남아로 만들어주거든요."

니나는 깜짝 놀라 눈을 크게 떴다.

"맞아요. 사미인들은 모든 아이가 엄마 뱃속에 있을 때는 여자였다고 생각합니다. 남자가 된 사람들은 주크사카 덕분인 거죠. 경찰분과 저는 이 여신 덕에 남자가 된 거예요." 만케르가 클레메트에게 말했다.

"꼭 기억해두죠." 클레메트가 말했다. "그런데 세 여신이라고 하셨잖아요?"

"그래요. 여신들을 둘러싼 나무들 보이죠? 커다랗게 빈 공간이 있는데 원래는 거기에 세 번째 여신이 있어야 해요. 왼쪽 나무가 있는 곳을 보세요.”

“그러네요.” 니나가 그곳을 보고 대답했다.

“여신 한 명이 보이지 않아요. 마데라카의 세 번째 딸이죠. 이름은 우크사카예요. 우크사카는 텐트나 움막 입구에 살아요. 수문신, 즉 문지기신이라고 알려져 있죠. 이 신은 어떤 역할을 할 것 같아요? 우크사카는 문으로 들어오고 나가는 모든 사람을 감시합니다. 아이가 태어난 이후 엄마와 아이를 보호해요. 아이가 병에 걸리지 않고 잘 성장하도록 지켜주는 역할을 하죠. 우크사카는 화롯불 앞의 출입구를 지키면서 아이가 불 위로 넘어지지 않도록 해줍니다. 그런데 이 여신이 보이지 않는다는 건 이렇게 해석할 수밖에 없어요.”

두 경찰은 조용히 귀를 기울였다.

“이 도안을 그린 사람은 사람들이 위험 앞에 무방비 상태로 노출되어 있다고 알리는 거예요. 마데라카의 악의에 우사카의 부재를 더하면 기이한 이야기를 이루는 모든 요소를 갖게 되는 거죠. 이 북은 매우 독특해요. 우리에게 이야기를 들려주는 것처럼 보이거든요. 태양을 다시 봅시다. 태양의 각 가지에 걸린 기호들의 의미는 쉽게 알 수 있어요. 왼쪽에는 군인이 있어요. 양손에 활을 들고 있죠. 오른쪽에는 십자가가 두 개 있어요. 목사를 의미해요. 그리고 아래쪽에는 왕관을 쓴 왕이 있고요. 군인과 목사와 왕. 이 모두는 악한 마데라카 여신의 지배하에 있죠.”

니나가 미간을 찌푸리며 생각에 잠겼다.

“군인과 목사와 왕이 끔찍한 재난을 가져왔다는 건가요?”

“오, 아주 좋은 지적이에요!” 후리 만케르가 놀랍다는 듯 감탄하며 말했다. “경관님이 핵심을 찌른 것 같군요. 맞아요. 여신의 어머니 마데라카가 땅을 지배하는 상징들과 긴밀히 연결되려면 재난은 아주 심각한 것이어야 해요. 그리고 여기를 보면, 마데라카 바로 위, 그녀와 딸들 사이에 커다란 까마귀 두 마리가 있어요. 이제 나머지를 봅시다. 마을이 비어 있죠? 무슨 일이 벌어진 거예요. 이렇게 해석할 수 있는 건 텅 빈 마을 바로 위쪽에 사람들이 사는 마을이 있기 때문이죠. 이런 대비는 다분히 의도적이에요. 그리고 마을 오른쪽에 기호가 하나 있는데, 확실하지는 않지만 문 같아요. 그리고 이 문 같은 기호에는 상징적인 측면이 있어요."

교수는 도움을 요청하듯 두 경찰을 보았다. 그러나 아무 반응도 돌아오지 않았다.

"이걸 문이라고 칩시다. 아니면 건물이나 기념물이라고 치죠. 지금은 이게 뭔지 정확히 모르겠네요. 더 밑으로 내려가면 매우 규칙적인 문양들이 있어요. 이상하지 않아요? 더 이상한 건 이 문양이 일종의 환영 혹은 환각을 나타낸다는 거예요. 틀림없어요. 하지만 이곳에서 우리는 다시 어둠 속에 있습니다. 왜냐하면 이 환영은 관들로 향하거든요. 네 개의 관이 있네요. 죽음을 의미해요. 많은 죽음. 마을이 텅 빈 이유를 설명해주죠. 모두 죽었어요. 그런데 이 환영은 뭘까요? 어디서 온 걸까요?"

후리 만케르는 어두운 얼굴이 되었다.

"관들 밑에는 장례용 배들도 있어요. 보세요. 십자가가 달린 배들이 뒤집혀 있어요. 그리고 장례용 배 옆에 있는 사람들도 거꾸로 그려져 있죠. 분명히 다 죽었다는 걸 의미하는 거예요. 이들은 문이나 건물 오른쪽에 똑바로 서 있는 사람들과 동일 인물들이에요. 삶에서 죽음으로 이동한 거죠. 이들은 누굴까요?"

"이 사람들 손에 쥐고 있는 게 무기인가요?" 니나가 물었다. "무슨 무기예요?"

"그래요. 무기 맞아요. 도끼일 거예요. 권총일 수도 있고."

"권총이요?" 클레메트가 인상을 찌푸렸다. "라플란드에서는 흔한 무기가 아닌데요. 더구나 옛날이라면."

"군인일 수도 있죠." 니나가 의견을 냈다.

"하지만 활을 들고 있는 사람이 군인 아닌가요?" 클레메트가 니나의 말을 반박하며 만케르에게 시선을 돌려 그의 의견을 구했다.

"맞아요. 군인을 다양한 방법으로 표현할 수 있다고 생각할 수 있죠. 북을 만든 사람에 따라 상징을 다르게 표현한 도안들도 볼 수 있고요. 하지만 북 제작자는 보통 자기가 만드는 북에 동일한 기호를 사용해요. 군인을 항상 동일한 방식으로 그린다는 말이죠."

후리 만케르는 코코아를 한 잔 따르고 시나몬롤을 한 입 베어 물었다. 추위 때문에 코가 빨개졌지만 불평하지 않았다. 그는 입을 우물거리며 얼어붙은 손가락으로 북의 오른쪽 부분을 짚어나갔다.

"썰매를 끄는 순록이라…. 이건 처음 보는 그림이네요. 그리고 썰매 위에 있는 이 점들. 썰매가 악의 상징이란 뜻일까? 말이 안 되는데…"

"그걸 돌이라고 말한 사람이 있어요." 클레메트가 말했다.

"아, 그래요. 그게 훨씬 논리적이네요. 돌들을 운반하는 썰매."

만케르는 가볍게 고개를 끄덕였다. 그러고는 잠시 생각에 잠겼다. 그는 기호들 간의 연관성을 찾기 위해 모든 에너지를 총동원했고, 다른 북들에서 얻어낸 수백 개의 상징들을 떠올렸다. 그가 입을 열었다가 마음을 바꾼 듯 다시 생각 속에 빠져들었다.

"만일 이 사람들이 무기를 지녔다면, 그게 도끼든 권총이든 장총이든 상관없이 이들에게 무슨 일이 일어나서 죽었다는 말이네요. 이들은 모두 같은 사람들로 보여요." 클레메트가 말했다.

"뒤집힌 사람들이 다른 쪽에 있는 사람들과 전쟁을 해서 패한 게 아니라면요." 니나가 동료의 말을 바로 잡았다.

후리 만케르는 경찰들의 말을 전혀 듣지 못한 듯 여전히 침묵했다. 작고 동그란 안경 뒤에서 그의 눈이 가늘어졌다.

"이 북을 만든 사람에게 정말 끌리네요." 만케르가 드디어 입을 열었다. "도안을 읽는 건 여러 차원에서 해야 할 것 같아요. 무언가를 감추려 한 게 틀림없어요. 북이 나쁜 사람의 손에 들어갈 경우를 대비해서 그랬을 수도 있고. 하지만 이와 동시에 중요한 메시지를 전달하려는 의도도 있을 겁니다."

"다른 상징들은 어떻게 보세요?" 니나가 물었다.

"하나씩 제거하면서 봅시다. 여기 두 십자가 위에 있는 네모는 교회예요. 의심할 여지가 없어요. 교회는 태양을 기준으로 까마귀 반대편에 있고요. 이런 위치 설정에 의미가 있을까요? 잘 모르겠어요. 북의 오른쪽 아래에는 다른 곳과 구분되는 공간이 있어요. 여기에 원뿔 모양 그림들이 있죠. 처음에는 이게 사미 텐트라고 생각했는데 지금은 오히려 산이라는 생각이 듭니다. 더 왼쪽에 있는 두 개의 다른 산 사이에 있는 건 고갯길일 수도 있고, 뜨거나 지는 태양일 수도 있어요. 이건 순록이 확실하고, 물고기 두 마리와 배가 있어요. 그리고 이곳 중앙에 십자가가 있다니, 정말 놀랍네요."

"종교적인 의미의 십자가이거나 어떤 장소를 표시하는 마크인가요?" 니나가 물었다.

"오, 바로 그거예요! 그럴 수 있죠. 경관님은 정말이지 천재적인 직관을 가지고 있네요!" 후리 만케르가 대답했다.

"대단하네. 두 산 사이에 장소를 표시하는 마크라니. 금세 찾을 수 있겠는걸." 클레메트가 은근슬쩍 농담을 던졌다.

"그런데 물고기와 배…. 이건 물고기가 많이 있는 호수라는 뜻이에요." 만케르가 말을 이었다.

"오, 아주 훌륭해요. 이제 호수 백여 개만 살피면 되니 찾는 건 식은 죽 먹기겠네요." 클레메트가 못마땅하다는 듯이 말했다.

"그리고 순록은 방목지를 의미하죠. 이동하는 길일 수도 있고요." 빈정대는 클레멘트의 말에는 아랑곳 없이 만케르의 설명은 계속 이어졌다.

"그런데 이런 설명이 우리에게 도움이 된다고 생각하십니까?" 클레메트가 미심쩍은 표정으로 물었다.

교수 뒤에 서 있던 니나는 눈을 크게 뜨고 동료를 바라보았다. 클레메트가 한숨을 푹 내쉬었다.

"이쪽은 일단 이렇게 놔둡시다. 나는 이 설명들이 두 분께 도움이 많이 될 거라고 생각하는데요. 이제 태양의 왼쪽 아래에 있는 이 원이 남았습니다. 이것도 이상하긴 마찬가지예요. 중앙에 사람이 있고, 원 위에 네 명의 형상이 서 있어요. 이들 중 셋은 인간입니다. 그런데 한 명은 머리 위에 점들이 찍혀 있어요."

"악한 존재인가요?" 니나가 물었다.

"분명히 그럴 겁니다. 그리고 점 찍힌 형상 옆의 동물은 늑대예요. 원 안의 사람을 둘러싼 인간들 옆에 있어요."

"사미인들은 인간을 두 발 달린 늑대라고 말하기도 해요." 클레메트가 말했다.

"그게 이 그림이 의미하는 바일 수도 있어요. 인간이 늑대만큼 악하다는 걸 말하기 위해서 말이죠." 만케르가 말했다.

"그러면 원 중앙에 있는 사람은요?" 니나가 물었다.

"보다시피 이 사람은 스키를 신고 스키 스틱을 쥐고 있어요. 사미인은 스키 스틱 하나만으로 스키를 탑니다. 스키는 겨울을 상징해요. 그리고 이동도 의미하죠. 스틱을 잡지 않은 손에는 다른 사람들과 똑같은 무기를 가지고 있어요. 그런데 뒤집어져 있네요."

"탈주병!" 니나가 소리쳤다. "아니면 총 쏘기를 거부하거나 명령을 수행하다가 도망치려는 군인일 수도 있어요!"

후리 만케르는 경탄의 눈빛으로 니나를 바라보았다.

"이 그림들이 그런 의미인지는 모르겠지만 정말 훌륭한 해석이에요. 경관님을 몇 주 동안 빌려야겠는데요. 다른 북들을 같이 연구하게 말이에요. 이제, 두 기호가 남았어요. 먼저 뱀이에요. 아주 흥미로운 상징이에요. 라플란드에는 뱀이 없거든요. 안 그런가요?"

"확실히 그렇죠. 그래서요?" 클레메트가 응수했다.

"라플란드에 뱀이 없다고 해서 이 북을 만든 사람이 뱀의 존재를 몰랐다는 뜻은 아니에요. 뱀은 외부의 개입을 상징하는 걸 수도 있어요. 그런데 뱀의 모양과 누워 있는 방향에 주목해야 합니다. 이 북이 지도의 기능을 갖는다고 해석하고 싶군요."

"지도요?" 니나가 말했다.

"도안들을 살펴볼수록 이 북은 진품을 떠나서 매우 특별한 북이라는 확신이 들어요. 전통적인 역할을 수행하는 북이 아니거든요. 장담하건데, 아니 적어도 내가 확신하는 바는, 두 개의 북을 하나로 만들었다는 겁니다. 하나는 우리에게 끔찍한 이야기를 전해주고, 또 하나는 장소를 알려줍니다."

"재난이 일어난 장소를요?"

"그렇다는 거에 마지막 남은 코코아를 걸죠."

"오른쪽 가장자리를 따라 나 있는 물결무늬 기호들은 어떻게 생각하세요? 산들이 이어진 모양이거나 노르웨이와 스웨덴 사이의 국경을 의미하는 걸까요? 만일 이 십자가 표시가 어떤 장소를 가리키는 거라면 물결무늬 기호가 그 장소를 알아내는데 도움이 될 것 같은데요."

"네, 그럴 수도 있죠. 하지만 내 생각에는 북을 만든 사람은 사용하는 상징 기호만 계속 쓰는 듯해요." 만케르가 말했다. "북 가장자리를 따라 이어진 산들은 우연히 그런 게 아니에요. 이 기호를 물결무늬라고 말했죠? 그 말을 한 순간 경관님은 본인이 생각한 것보다 진실에 더 다가간 겁니다."

"오로라!" 니나가 소리쳤다.

후리 만케르는 흡족한 미소를 띠며 니나를 바라보았다. 총애하는 학생의 대답에 만족한 교사의 표정이었다.

"북극광이 왜 여기에 있는지 의아해할 수 있습니다." 만케르가 말했다. "특히 북 가장자리에 상당히 많은 자리를 차지하면서 말이죠. 나는 이 무늬가 단순히 장식을 위해 있다고는 생각하지 않아요. 이 북에 그려진 모든 건 의미를 가지고 있어요. 이 환영과 연결되어 있는 걸까요? 그런 것 같지는 않아요. 솔깃한 설명이긴 하지만 오로라가 그 환영과는 너무 멀리 떨어져 있어요."

클레메트는 몽상에 잠긴 듯한 표정이었다.

"할아버지는 오로라에 관한 놀라운 이야기들을 해주었어요. 내가 아주 어릴 때 순록 사육을 포기하셨지만 순록치기는 순록 떼가 이동할 동안 북극광을 나침반으로 삼는다고 말씀하셨죠." 클레메트가 말했다.

"아주 흥미로운 이야기네요." 만케르가 고개를 끄덕였다.

"네. 오로라는 늘 동쪽에서 서쪽으로 향해 펼쳐진다고 하셨어요."

후리 만케르는 잠시 침묵하라는 의미로 손을 들어올렸다. 방금 좋은 생각이 떠올랐다. 그는 눈을 감았다가 곧 다시 떴다.

"이 오로라는 방향을 알려주는 겁니다. 간단히 말하면 북쪽을 가리켜요."

후리 만케르는 자신이 발견한 사실에 기뻐하며 웃음을 지었다.

"고약한 샤먼 같으니! 정면으로 북을 잡고 위쪽이 북쪽이라고 쉽게 말할 수도 있겠죠. 그러나 아닙니다! 북쪽 방향을 찾으려면 구십 도 각도로 돌려야 해요. 대박! 이 오로라는 어떤 방향으로 북을 잡아야 하는지 알려주는 겁니다. 오로라가 동쪽에서 서쪽으로 움직인다는 건 이 북의 동쪽과 서쪽을 어떻게 파악해야 하는지 말해주는 거죠. 그러면 북쪽도 자연히 알게 되고요. 우리의 지도가 이제 형체를 드러내기 시작했어요. 물론 내가 보기에는 아직도 모호한 부분이 많이 남아 있지만요."

"우리한테는 그렇지 않을 수도 있어요." 클레메트가 조용히 말했다.

그는 북유럽지질학연구소에서 에바 닐스도테르 소장의 도움으로 지리적인 특성들을 유추해냈던 일을 떠올렸다. 어떤 면에서 에바는 위대한 마데라카 여신 역할을 해주었다.

93번 국도

두 순록경찰은 클레메트의 낡은 볼보 차를 타고 북쪽으로 향했다. 북은 담요로 조심스럽게 싸놓았다.

"나하고 같은 생각하고 있는 거 아냐?" 클레메트가 물었다.

"니일스 라바가 1939년에 앙리 몽에게 북을 건네면서 말했다던 저주

말이에요?"

"응. 모든 게 들어맞아. 이 북을 니일스 라바나 그의 조상이 제작하지 않았나 하는 생각도 들고."

"만케르 교수의 다른 테스트 결과를 기다려봐야 해요."

"그렇지. 이 북의 제작시기가 우리한테는 그렇게 중요하다고 보지는 않지만 말이야. 에바 닐스도테르 소장은 불운을 가져왔다는 전설의 광맥에 대해 얘기했어. 아무도 발견하지 못했다고 했지."

"독일 지질학자 플뤼거의 현장노트 기억나요? 자기가 찾으려는 광맥에 대해 '문은 북 위에 있다'와 '니일스가 열쇠다'라는 말을 남겼잖아요."

"그래. 자네의 물에 잠긴 마을이나 광산 아이디어도 좋았는데, 안타깝네."

"북은 이 저주에 대해 말하고 있어요. 순록이 돌을 실은 썰매를 운반하는 그림을 생각해보세요. 그 돌은 광석이라고요. 사람들은 순록을 이용해서 광물을 옮겼어요."

"광산이라…. 그런데 그 문 같다고 한 그림 있잖아. 그건 건물을 그린 게 아니라 광산 입구를 표현한 걸지도 몰라. 문이 광구를 상징하는 거지. 분명히 그럴 거야. 그리고 순록은 손에 무기를 든 사람들하고 같이 이 문을 통해 광석을 운반해. 아마 경비원이겠지."

"아니면 곡괭이를 든 광부거나! 그건 무기가 아니에요. 만케르 교수가 한 말을 생각해보세요. 북을 만든 사람은 상징을 사용할 때 항상 같은 방식으로 그린다고 했어요. 이 북에서 군인은 활 두 개를 지닌 걸로 나타나요. 태양의 가지 하나에 그려진 군인처럼요. 이 인물들은 광부가 틀림없어요. 뒤집혀 있는 사람들도 광부이지만 죽은 사람들이고요. 그 원에서 중앙에 있던 다른 광부는 스키를 타고 도망가려고 하지만 잡히고 말죠."

니나의 눈이 클레메트가 한 번도 보지 못한 강렬한 빛으로 반짝였다. 그녀는 담요에서 북을 꺼내 실내등의 희미한 빛에 비춰보려고 각도를 잡으며 얼굴 앞으로 들어올렸다. 클레메트는 동료를 힐끗 쳐다보고는 어두운 도로에 다시 집중했다.

그들은 차의 속도에 몸을 맡긴 채 각자 생각에 잠겼다. 그동안 마주친 차량은 심연에서 튀어나온 괴물처럼 위협적인 거대한 트럭 세 대뿐이었다. 환하게 밝혀진 운전석과 눈부신 헤드라이트 불빛이 툰드라를 쓸고 지나가면서 트럭 뒤로 곧 스러질 불길한 그림자들을 일으켜 세웠다. 그들이 남기고 간 건 조용한 휴식을 방해받아 잔뜩 성난 눈송이들의 사나운 소용돌이뿐이었다.

니나는 선잠이 들었다. 클레메트는 사건이 시작된 이후에 생긴 일들을 다시 생각했다. 마티스는 어떻게 이 사건에 연루가 되었나? 모든 정황을 볼 때 그가 이용당했다는 건 확실해 보였다. 마티스는 북이 지닌 신비한 능력을 철석같이 믿었는데, 그의 순진한 믿음을 배신한 사람이 있었다.

마티스, 그는 사미족의 비밀을 지키는 샤먼 가문의 계승자였던가? 클레메트는 평범한 순록치기였던 그가 이런 역할을 했으리라고는 상상하기 힘들었다. 만일 마티스가 조상의 의무를 인식했지만 자기에게는 그런 능력이 없다는 걸 알았다면, 절망 속에 빠져 살아갈 이유가 되었을 것이다.

나라도 마티스처럼 행동했을 거야. 클레메트는 생각했다. 할아버지가 순록 사육을 그만두었을 때 내가 그 입장이었더라면 어떻게 했을까? 포기하지 않고 계속 버티다가 마티스처럼 침몰했을지도 몰라. 어쩌면.

클레메트는 확신할 수 없었다. 그의 아버지는 절망하지 않았고, 비다 고원의 순록 농가와 키루나의 광산에서 막노동을 하며 떠돌이 생활을 했다.

저녁 시간을 훌쩍 넘어서야 카우토카이노에 가까워졌다. 클레메트는 수오파티아브리에서 차를 세웠다. 그는 니나를 깨울까 말까 망설이다가 시동을 켠 채 히터를 좀더 올렸다. 그러고는 북을 집어들고 노크도 없이 숙부의 집으로 들어갔다. 등 뒤에서 현관문이 닫히자마자 닐스 안테 숙부의 노랫소리가 위층에서 들려왔다.

검은 눈의 소녀, 창
수오파티아브리에 살지
모든 보석을 한데 합친 그녀
젊고 부유하고 아름다워
이천 마리 순록이 그녀를 숭배하고
푸른 초원이 그녀를 위해 춤춘다네

클레메트는 문가에서 조용히 기다렸다. 때때로 달라지는 후두음의 선율에 맞춰 동일한 가사를 반복하는 요이크가 몇 분 동안 이어졌다. 닐스 안테는 방 한가운데 서서 노래를 불렀다. 컴퓨터 옆에 앉은 미스 창의 눈은 감격과 환희에 젖어 있었다.

컴퓨터 모니터가 닐스 안테를 향해 돌아갔다. 화면 구석에 스카이프로 연결된 창의 할머니가 보였다. 클레메트는 지금 중국은 몇 시일지 궁금했다. 주름이 자글자글한 중국 할머니가 박수를 치면서 동시에 말하기 시작했다.

갑자기 창이 용수철처럼 벌떡 일어나더니 닐스 안테를 돌려세워 클레메트가 왔음을 알렸다.

"할머니가 클레메트 씨를 또 보셨네요. 이번에는 얼굴도 알아봤어요!" 젊은 중국 여인은 기쁜 목소리로 탄성을 질렀다.

"보안시스템이 있어서 안전하겠는데요." 클레메트가 웃는 얼굴로 농담을 하며 화면 속의 창 할머니에게 손을 흔들었다. 중국 노인도 뚝뚝 끊어지는 인터넷 속에서 손을 흔들어 화답했다.

"요이크가 아주 구체적이던데요?" 클레메트가 숙부에게 말했다.

"전에 말했잖니. 이제 본론으로 들어가기 시작했어. 아주 멋진 곡이 될 거 같아. 유튜브에 올려서 테스트하고 부활절 페스티벌 때 소개할 거야. 자, 커피 마시자."

두 남자는 화면 속의 중국 할머니에게 인사를 하고 아래층으로 내려왔다.

"아름다운 동료는 왜 같이 안 왔어?"

"차에서 히터 틀어놓고 자고 있어요. 카레수안도에 다녀왔거든요. 후리 만케르 씨가 거기 있더라고요."

"그래?" 닐스 안테의 목소리에 호기심이 잔뜩 어렸다. 그는 몇 시간 전부터 끓고 있던 커피머신 주전자를 들고 잔 두 개에 커피를 따랐다.

클레메트는 후리 만케르의 박식한 지식과 그가 발견한 내용들을 이야기했다. 머리 위에 점들이 찍혀 있는 사악한 여신 마데라카. 북의 그림에는 존재하지 않는 수문신 우크사카. 왕과 군인과 목사. 환영, 황폐한 마을, 광물 운반, 북극광. 그는 또한 니나와 함께 추론했던 이론도 얘기했다. 어쩌면 광부일 수도 있는 탈주병이나 도망병.

닐스 안테는 커피를 한 모금씩 들이키며 조카의 설명을 한마디도 놓치지 않고 들었다. 그리고 클레메트가 이야기를 마치기 전에 커피를 두 번이나 따라 마셨다. 그는 커피를 새로 내리고 부엌 탁자 위에 올려놓은 북을 조용히 들여다보았다. 몇 시간 전에 후리 만케르가 그랬던 것처럼 닐스 안테의 얼굴에도 감동의 빛이 떠올랐다.

"음…. 이 북이 담고 있는 얘기를 들으니 생각나는 게 있어. 그건 우리 땅이 식민지가 되었던 역사와 관련한 건데…."

"말씀해보세요."

"스칸디나비아 왕국들은 가죽 거래 때문에 라플란드에 관심을 가지기 시작했어. 그리고 점차 풍부한 천연자원에 눈길을 돌리게 됐지. 나무와 물과 광물에 말이야."

"알고 있어요. 스페인 놈 올라프가 귀에 딱지가 앉도록 그 얘기를 해댔거든요. 사미인은 희생자이고 태어날 때부터 부여된 권리가 박탈당했다고요. 북미인디언처럼 말이죠."

"올라프 렌손이 틀린 말을 한 건 아냐. 하지만 넌 식민지화 과정에서 벌어진 수많은 비극적인 일들을 모르는 것 같아. 십칠 세기에 식민지화가 시작됐을 때, 라플란드에는 도로가 전혀 없었어. 알려지지 않은 땅이었지. 무역은 여름에 강을 따라 이루어졌어. 전쟁 비용을 지불하고 무기를 만들기 위해 광석을 찾기 시작한 스웨덴 왕국은 라플란드 개발을 위해 탐사대를 꾸리고 지도제작자들을 보냈어. 그리고 작은 광산들이 개발됐지. 그 옛날에 모든 것과 뚝 떨어진 세상 끝에서 일한다고 생각해봐. 광산 채굴은 아주 끔찍한 작업이었을 거야. 상상만 해도 오싹해."

닐스 안테는 다시 커피를 마시고 이야기를 계속해나갔다.

"그래서 스웨덴 사람들은 사미인들을 강제로 징용했어. 사미인들은 강까지 광물을 운반하기 위해 순록을 이용했고. 그게 바로 이 북이 들려주는 얘기야. 노역을 거절한 사미인들은 두들겨 맞고 감옥에 갇혔어. 이 찬란한 북유럽 왕국들의 부가 어디에서 왔겠어? 물론 그 일은 지속되지 않았지. 작은 광산들은 하나씩 차례차례 폐광이 됐고 말이야. 많은 사미인들이 갱도에서 목숨을 잃었어. 반면에 북유럽 농부들은 왕의 축복을 받으며 이 땅을 거저 사들였고, 왕실에서는 라플란드 사람들을 길들일 수 있게 되어 무척 기뻐했지. 그래도 그때까지는 작은 규모로 이루어졌어. 그로부터 이백 년이 지난 후에 스웨덴인들은 군대를 몰고 돌아왔지. 철도를 놓으려고 말이야."

"노르웨이와 핀란드도 비슷했나요?"

"그건 별로 중요하지 않아. 당시에는 모든 게 뒤섞여 있었거든. 라플란드에 국경이 생긴 건 훨씬 후의 일이야. 모두가 사미인들을 실컷 부려서 자기 주머니만 채우려고 했어. 이 북은 그 광산들 중 하나를 얘기하는 걸 거야. 하지만 평범한 광산은 아닌 것 같아. 죽은 자들, 주민이 하나도 없는 텅 빈 마을, 저주에 대한 이 이야기를 들으니 이와 비슷한 사건을 말하는 노래가 생각나거든. 너도 알다시피, 요이크는 수백 년 동안 우리의 역사를 후손에게 전달하는 역할을 했어. 이 관들은 정말 끔찍하구나. 까마귀와 죽은 자와 이 마을도. 클레메트, 이 북은 몰살된 사미 마을에 대해 말하고 있어. 난 언제나 전설이 진실이 아니길 바랐단다. 하지만 이 북을 보고 있자니 다른 해석의 여지가 없어. 군인들만이 원인은 아니야. 환영을 나타내는 이 상징이 우연히 광산 입구에 그려진 것도 아니고. 그건 살인자를 뜻해. 알 수 없는 괴질이 퍼져서 마을 주민이 전멸한 거지. 클레메트, 네가 그걸 밝혀내야 해. 만일 이 광맥이 다시 드러난다면 그게 또다시 사람들을 죽일 거야."

47

1월 26일 수요일

일출: 오전 9시 13분, 일몰: 오후 1시 50분

일조 시간: 4시간 37분

오전 8시 45분, 카우토카이노

카우토카이노에 봄기운이 감돌았다. 언제나 그랬듯이 라플란드의 날씨는 갑작스레 풀렸다. 구름이 하늘을 덮어 영하 십칠 도의 기온을 유지해주었다. 바깥 공기는 숨 쉴 만했고 추위도 한결 견디기 쉬워졌다.

경찰서 앞에서 시위하는 사람들도 큰 폭으로 늘어났다. 십여 명 남짓한 사미인들이 화로 주위에 모여 있었다. 피켓 수도 훨씬 많아졌다. 요구사항은 여전히 같았으나 구호를 외치는 목소리는 한층 강경해졌다. '정의는 무너졌다!' '마녀사냥을 중단하라!'

수감 중인 두 순록치기는 유치장에서 첫 밤을 보냈다.

클레메트의 지시에 따라 니나는 경찰서에 들르지 않고 그 앞을 지나 곧바로 클레메트의 텐트로 갔다. 가는 도중에 지역 신문 〈핀마르크 다그블라〉와 〈알타포스텐〉도 한 부씩 샀다. 텐트에 들어가니 동료는 이미 커피를 내리고 있었다.

프랑스 지질학자의 소재는 여전히 오리무중이었다. 니나는 전날 클레메트가 집에 데려다주면서 얘기해준 닐스 안테의 경고에 대해 생각했다. 금맥이 또다시 살육을 저지르기 전에 빨리 행동해야 한다. 하지만 프랑스인을 찾아 나서기 전에 일단 칼 올센의 집부터 들러서 그의 아버지에 대해 알아보는 일이 급선무였다.

보안관의 차도 니나에 뒤이어 클레메트의 집 앞에 도착했다. 여전히 낡은 전투복 차림인 토르 옌센은 그 어느 때보다도 전의에 불타올랐다. 선글라스를 끼고 있어서 더욱 호전적으로 보였다. 토르는 텐트에 들어오자마자 선글라스를 벗고 바닥에 깔린 순록가죽 위에 파일 두 개를 휙 던졌다.

"라카냘과 그자의 회사에 대한 자료들이네. 두 번째 파일에는 그자가 이곳에 처음 왔을 때 일하던 회사에 관한 정보가 있어."

클레메트는 보안관에게 커피를 건네고 첫 번째 파일을 열어보았다. 보안관이 며칠 전에 이미 넘겨줬던 자료들 사본이었다. 라카냘은 십이 년 전부터 프랑스광업회사에서 일했다. 전 세계를 돌아다녔고 지금까지 세 회사를 거쳤다. 자료에 따르면 처음 일한 곳은 1990년대에 폐업한 칠레 회사, 미노 솔로다. 그곳에 소속되어 중남미와 유럽에서 임무를 수행했다. 보안관이 지난번에 건네준 자료와 비교하면 새로운 사항은 이것뿐이었다. 라카냘은 1977년과 1983년 사이에 라플란드에서 오래 체류하며 미노 솔로 회사를 위해 일했고 채굴과 댐 프로젝트에 관여했다.

"그래서요?" 니나가 물었다.

"아주 흥미로운 건 없어." 클레메트가 대답했다. "예전에 프랑스인이 라플란드에서 일했을 때 몸 담았던 미노 솔로 회사에 대한 정보 말고는. 하지만 단순한 우연의 일치라고는 믿기가 어렵단 말이야. 라플란드 지역 전문가가 어느 날 갑자기 나타났고 얼마 후 북이 사라졌어. 마티스는 살해된 채 발견됐고."

"그만 좀 주절거리고 두 번째 자료나 읽어봐." 보안관이 말했다.

클레메트는 종이 몇 장을 꺼냈다. 미노 솔로 회사에 관한 경찰 보고서와 신문기사 스크랩들이었다. 경찰 보고서에는 라플란드에서 강제로 철수당하기 전인 1975년부터 1984년 사이에 미노 솔로가 저지른 비위 사실이 적혀 있었다. 두 건의 비리, 직권남용, 엉터리 환경평가, 협박, 환경파괴 등이 그것인데 대부분의 사안에는 어떤 증거도 없었다. 신문기사들은 이와 관련해 여러 시위들이 있었고 긴장이 고조됐다고 보도했다.

클레메트는 기사 사진 중에서 앳된 얼굴의 올라프 렌손을 알아보았다. 그는 '강을 살려내라, 미노 솔로 아웃!'이라고 적힌 피켓을 흔들고 있었다. 보고서는 미노 솔로를 라플란드의 산업화 과정에서 모든 폐해를 가져오고 혼란의 소용돌이를 몰고 온 주범으로 묘사했다.

그 당시 여러 회사에 속한 수백 명의 노르웨이인, 외국인 노동자, 엔지니어 들이 사미족의 작은 마을들로 몰려와 수많은 문제를 일으켰다. 그래서 작업장들이 문을 닫았을 때 모두가 안도의 숨을 내쉬었다. 클레메트는 자료를 내려놓고 허공을 쳐다보며 골똘히 생각에 잠겼다.

"강이야!"

보안관과 니나는 의아한 눈길로 그를 보았다.

"강이라고요! 뱀은 강입니다! 제기랄, 어떻게 그걸 눈 뜨고도 알아채지 못했지? 니나, 북을 가져와, 얼른!"

보안관은 여전히 어리둥절했지만 니나는 곧바로 이해했다. 그들 모두 머리를 숙여 북을 보았다.

"광산은 커다란 강 옆에 있어. 아주 당연한 거라고. 광물을 운반해야 하니까. 순록을 이용해서 옮긴다고 해도 이런 환경에서는 먼 거리를 갈 수 없지."

클레메트는 재빨리 몸을 돌려 나무상자에서 오만 분의 일 지도 뭉치를 꺼냈다. 그러고는 지도들을 순록가죽 위에 여러 장 펼쳐놓고 램프 몇 개에 불을 붙여 주위를 좀더 환하게 밝혔다.

"라카냘이 제출한 탐사신청서는 두 개예요." 클레메트가 말했다. "하나는 작년 가을에 냈는데, 북서쪽 지역이 대상입니다. 그런데 지난주 수요일에 두 번째 신청서를 급하게 제출했어요. 세 지역을 탐사 대상으로 삼았고요. 동쪽과 남동쪽을 아우르는 넓은 지역이고 핀란드 국경까지 닿아 있죠. 지질학연구소의 에바 닐스도테르 소장 말로는 라카냘이 선택한 지역에 공통적인 특징이 있다고 해요. 아주 구체적인 지형에서 탐사를 한다는 뜻이죠. 다시 말하면 특별한 문서에 나와 있는 특정한 광맥을 찾아 떠난 겁니다. 우리의 가설은 1939년 독일 지질학자가 찾았던 광맥을 라카냘도 찾고 있다는 거예요."

"무슨 이유로 그렇게 생각하지?" 보안관이 물었다.

"현재로서는 우연의 일치들에 기대는 거죠. 사실, 구체적인 증거는 없습니다. 이런 추론은 1939년의 탐사대 사진들을 바탕으로 한 거예요. 에바 소장은 1939년 독일 지질학자 플뤼거가 다닌 거리를 추정하면서 세 지역 중에서 한 지역은 배제했어요. 그런데 세 지역 모두 같은 방향으로 흐르는 강이 있고요. 북서쪽에서 시작하여 남쪽으로 흐르다가 동쪽으로 거슬러 올라가서 다시 남동쪽으로 흘러내려오죠. 그리고 이제 보세요. 북을 잡고 오로라가 가리키는 대로 북쪽 방향이 되도록 돌리면 지도상의 북쪽과 거의 완벽하게 일치하게 돼요. 뱀은 강의 행로를 정확히 따르고 있어요. 우연의 일치, 그 이상 아닌가요?"

"굉장하구먼." 보안관이 심호흡을 했다.

"그 뜻은 프랑스 지질학자가 북에 나온 광산을 찾고 있다는 거죠. 북을 보지도 않고서요!" 니나가 말했다.

"그러니 에바 소장이 말한 옛날 지질도는 분명 어딘가에 존재할 겁니다. 아마도 라카냘은 그 지도에 대해 알고 있지 않을까요? 에바 소장은 남동쪽으로 호수가 있는 높은 고원과 북동쪽의 단층지역들을 확인했어요. 북의 그림에 나온 산과 호수와 거의 일치해요. 이 지도를 보세요. 이렇게 돌려서 보면…." 클레메트가 지도를 돌렸다. "오른쪽으로 흐르는 강이 있어요. 여기에 호수가 있고 양쪽으로 높은 산들이 있죠. 여기가 아마도 가장 잘 들어맞는 장소일 겁니다. 그리고 여기," 클레메트가 지도 위를 손가락으로 가리키며 말했다. "북 제작자가 십자가로 표시한 광맥은 이 지역 안에 있어요. 이곳이 바로 라카냘을 찾을 수 있는 장소입니다!"

라플란드 내륙

앙드레 라카냘은 두 번째 지역을 탐사 대상에서 좀더 빨리 제외했다. 그래도 광물 사냥에 있어서 최고 전문가로 알려진 사람답게 광석 샘플을 챙기는 건 잊지 않았다. 빙하가 녹거나 움직이면서 땅 위로 드러난 노두에서 채취한 광석들이었다. 오래된 빙하의 길을 따라 상류 쪽으로 거슬러 올라가 암석의 흔적을 쫓다보면 광물이 모여 있는 광상을 찾을 수 있다.

탐사 첫 단계에서 우연과 운에 기대 현장을 다닐 때, 라카냘의 가장 큰 장점은 끈질긴 관찰에 있었다. 현장에서 같이 일을 하며 그를 보았던 옛 동료들은 그에게 돌부처라는 우스꽝스러운 별명을 붙여주었다. 그러나 라카날이 중요한 광맥까지 인도해줄 수 있는 암석을 찾아냈을 때, 그들은 도를 닦는 듯하던 이 프랑스인이 어떻게 변하는지를 보았고, 불도그가 된 부처라고 부르며 재밌어했다. 사실 이 별명은 일단 좋은 암석을 발견하면 다른 것은 모두 잊어버리고 암석의 근원을 집요하게 찾아가는 그의 근성과 썩 잘 어울렸다.

탐사할 가치가 없다고 판단한 두 번째 지역에서 라카날은 돌만 응시하는 부처로 만족해야 했다. 화가 치솟았지만 막 도착한 세 번째 지역에서는 조금 더 시간을 낼 수 있을 거라고 마음을 다독였다.

오래된 이 지질도가 없었더라면 이만큼 빨리 속도를 낼 수 없었을 것이다. 수요일 아침부터 이미 상당한 거리를 주파했다. 이제 더 이상 스노모빌의 운행 규제 따위는 신경 쓰지 않았다. 만일 이 때문에 문제가 생긴다면, 늙은 시골뜨기 영감이 친구인 경찰을 통해 해결해줄 것이다.

하늘을 뒤덮은 구름에도 불구하고 햇빛은 강한 빛을 쏟아부었다. 라카날은 지도를 확인하고 주위 풍경을 보았다. 그러고는 구불구불한 계곡을 오르기 시작했다. 땅에 바짝 붙어 자란 비틀어진 약간의 관목들 외에 다른 식물은 볼 수가 없었다.

끝없이 펼쳐진 흰 설원 위로 갈색 얼룩처럼 번진 수많은 바위가 보였다. 프랑스 지질학자는 이십여 개가 넘는 암석들을 관찰했고, 앞서 탐사했던 두 지역에서처럼 많은 양의 석영과 흥미로운 운모들, 매혹적인 색조의 장석들을 채취했다. 이곳은 화강암 지역이었다. 그가 찾던 곳이다. 오랜 경험 덕분에 라카날은 이곳에 석영이 풍부하게 매장되어 있음을 알았다.

아침부터 연신 스웨덴 망치를 휘둘러 수많은 바위들을 깨뜨렸다. 돌부스러기들을 들여다보려고 가끔씩 돋보기를 꺼내들기도 했지만 기름 묻은 유리처럼 불투명한 석영은 맨눈으로도 확인할 수 있었다.

오전 열한 시 십이 분. 라카냘은 마침내, 그리고 처음으로 작업에 진전이 있다는 생각이 들었다. 정확한 걸 좋아하는 그는 현장노트에 시간을 적었다. 하지만 이러한 진전은 그를 예기치 않은 방향으로 이끌었다.

금광에 집착하는 늙은 농부의 영향을 받아 라카냘은 처음부터 노란 금속의 흔적을 뒤쫓았다. 사실 자연 상태에서 상당히 많은 양의 금을 발견하는 건 극히 드문 일이며, 보통 금의 존재는 미세한 파편이나 조각으로 드러나기 마련이다.

열한 시 십이 분에 새로운 암석 하나를 발견했다. 눈 속에 반쯤 묻힌 그리 크지 않은 바위였다. 매우 둥글어서 오랜 세월 동안 빙하를 따라 이동했음을 알 수 있었다. 그의 시선을 사로잡은 건 바위의 거무스름한 색깔이었다. 바위 위로 망치를 내리치는 그는 추위를 느끼지 못했다. 노란빛의 우둘투둘한 표면이 드러났다. 선명한 황금색이었다. 라카냘은 호흡을 가다듬었다. 불도그, 침착하자. 온몸으로 솟구치는 아드레날린을 느끼며 그가 낮은 소리로 중얼거렸다.

라카냘은 가이드를 불러 텐트를 치고 그 안에 순록가죽을 깔라고 명했다. 그는 흥분을 가라앉히기 위해 깊은 숨을 내쉬었다. 평소에도 흥분이 몰려오는 일은 종종 있었다. 그는 사미인이 자리를 만드는 걸 지켜보았다. 그리고 캠핑용 버너를 꺼내 커피를 끓였다. 의식과도 같은 일이었다. 어린 계집애를 구석에 몰아넣을 때도 늘 그랬다. 목표에 거의 이르렀다는 생각이 들면 성급히 덤비지 말고 영혼을 들끓게 하는 아드레날린을 천천히 음미하며 즐겨야 한다. 만일 잘못된 경보였다면 안타깝지만 어쩔 수 없다. 돌은 그를 실망시킬 수 있으며 계집년들은 도망칠 수 있다. 준비절차는 그래서 더욱더 필요하다.

프랑스 지질학자는 마침내 돋보기를 꺼내들고 검은 바위에서 번쩍이는 황금색을 세심히 들여다보았다. 이 순간을 사미인과 나누고 싶다는 생각마저 들었다.

"이거 봐." 그가 말했다.

사미인이 다가와서 보았다. 그의 시선에는 아무런 감정도 깃들어 있지 않았다. 라카냘은 어깨를 으쓱하고 바위의 노란색에 다시 집중했다. 그러고는 몇 발자국 떨어진 스노모빌의 트레일러로 가서 감마선측정기인 SPP2를 꺼냈다. 권총 모양의 이 기기는 배터리로 작동하며 무게는 일 킬로그램 정도이다. 그는 측정기의 가죽 벨트를 허리에 고정하여 버클을 잠그고 배터리를 교환했다. 추위 때문에 배터리는 아프리카에서보다 세 배나 더 빨리 닳았다.

SPP2가 초당 백 회의 시그널을 보이면서 경보음을 내보내기 시작했다. 그리고 광물을 품은 화강암 바위는 시그널을 초당 삼백 회까지 끌어올렸다. 금은 이런 단층지형의 화성암들 속에 들어 있는 경우도 있다. 지금으로서는 SPP2의 날카로운 경보음을 견디며 계속 탐지하는 수밖에 없었다.

지질학자는 거의 일주일 전부터 이미 삼십여 개가 넘는 건전지를 사용했다. SPP2는 이 지역에서 방출되는 자연방사능을 잡아냈다. 때로는 시그널의 강도가 초당 사백 회까지 올라가기도 했다. 탐지기는 이미 세 번이나 최대 초당 오백 회가 넘는 시그널을 내보냈다. 경험 있는 지질학자들이라면 늘 겪는 일이었다. 그러나 이번에는 달랐다. 탐지를 시작하고 처음으로 계기판은 초당 천오백까지 측정이 가능한 다음 레벨로 들어섰다. SPP2가 더욱 강력한 소리를 냈다. 계기판은 초당 칠백을 가리켰다.

라카냘은 바위를 다시 들여다보았다. 그건 화강암이 아니라 균열이 생겨 변질된 돌덩어리였다. 그는 숨을 길게 내쉬고 주위를 둘러보았다. 나무 하나 없는 눈 쌓인 언덕들 속에 비밀이 들어 있는 게 분명했다. 라카냘은 그 비밀을 캐낼 자신이 있었다.

"여기 있어."

그는 아슬락에게 말하고 스노모빌에서 트레일러를 분리한 후 SPP2와 망치만 가지고 스노모빌에 올라탔다.

"가자, 불도그! 가서 찾자고." 라카냘은 스스로에게 말하며 부리나케 시동을 걸었다.

멀리 간 건 아니었다. 난쟁이자작나무를 깔아뭉개며 언덕 비탈을 따라 백 미터 정도만 이동했다. 그러고는 함몰된 땅 근처에서 멈췄다. 여기저기 흩어진 커다란 돌들 중에서 눈길을 끄는 바위가 있었다. 다른 암석들보다 조금 더 컸다. 지질학자는 SPP2를 꺼내 돌에 비췄다. 기계가 미친 듯이 울어댔다. 또다시 초당 오천까지로 측정 레벨을 올려야 했다. 계기판에 표시된 수치에 심장이 두방망이질 쳤다. 이제 SPP2는 초당 사천을 기록했다. 라카냘은 기계를 내려놓고 기합 소리와 함께 망치로 바위를 내리쳤다. 그러고는 검은 바위에서 떨어져 나온 선명한 노란색 돌부스러기를 주워 세밀히 살펴보았다.

"이런, 제기랄!" 천천히 내쉬는 숨과 함께 목소리가 흘러나왔다. "우라늄이잖아!"

라카냘은 고개를 들고 주변을 돌아보았다. 사미인이 순록가죽에 앉아 그를 보고 있었다. 그는 아래쪽에 펼쳐진 계곡을 보았다. 하늘을 덮은 구름 사이로 해가 쨍하게 비쳤다. 지평선 끝의 나지막한 청회색 산들로 둘러싸인 드넓은 설원이 빛을 받아 반짝였다. 드문드문 솟은 난쟁이 자작나무의 앙상한 가지들은 인상파 화가가 새하얀 화폭 위에 어두운 색으로 붓질해놓은 것만 같았다. 격렬한 전율이 온몸을 휘감았다.

"노망한 영감탱이가 금을 찾을 거라고 믿었구먼. 그 염병할 광맥은 우라늄광이었어." 라카냘의 목소리가 살짝 높아졌다.

얼굴에 희미한 미소가 떠올랐다.

"이제 모든 게 변하겠군. 게임은 끝났어."

갑자기 그가 목청껏 소리를 질렀다.

"야이, 씨팔! 우라질 놈의 우라늄이냐! 야이, 씨팔!"

라카냘은 희부연 구름 뒤에 갇힌 태양을 향해 고개를 바짝 치켜들고 망치를 마구 휘두르며 미친 듯이 웃기 시작했다.

사미 순록치기는 그 광경을 낱낱이 지켜보았다. 프랑스인이 외치는 소리를 전부 알아듣지는 못했지만 한 단어만은 똑똑히 알아들었다.

클레메트는 축사 앞에 빨간 볼보 차를 주차했다. 올센 영감을 만나 베리트 쿠치가 말했던 사진에 대해 물어보는 건 혼자 하기로 했다. 순록 경찰이 사건에서 손을 뗀 마당에 탐문을 하겠다고 두 사람이 같이 들어가는 건 정도가 지나친 것 같았다.

그동안 니나는 카우토카이노에 있는 주유소들을 한 바퀴 둘러보고 그 지역에서 스노모빌에 사용하는 휘발유 종류를 조용히 알아보기로 했다. 마티스의 순록가죽 외투에서 발견된 기름과 일치하는지 알아볼 요량이었다.

클레메트가 농가의 현관문을 두드렸다. 올센 영감이 문을 열더니 고개를 살짝 숙였다. 그는 깜짝 놀란 표정을 급하게 감추며 불신이 가득한 눈으로 클레메트를 뜯어보았다.

"순록경찰이 사복을 입고 여기까지 웬일로 납셨나, 어?"

"안녕하세요." 클레메트는 공손하게 인사했다.

"무슨 일이야?" 올센이 못마땅한 목소리로 되받아쳤다.

"사진 한 장만 봐주셨으면 해서요." 클레메트가 조심스럽게 말을 꺼냈다.

"북이나 마티스 사건과 관계있는 거야?" 올센의 말투는 공격적이었다.

"그렇진 않을걸요." 클레메트가 얼버무리며 대답했다.

"자네는 사건에서 손을 뗐다고 들었는데 말이야. 안 그런가? 상부의 명령에 따르지도 않고 이유도 없이 우연히 이곳에 들르진 않았을 텐데?" 올센이 떠보는 말을 던졌다.

"물론 그럴 리 없죠. 그냥 궁금한 게 있어서 들른 거예요. 연로한 제숙부가 사진을 한 장 봤는데, 거기에 나온 사람을 영감님이 알 수도 있을 거라고 해서요."

클레메트는 올센 영감이 반박할 틈도 안 주고 콧수염 기른 남자의 사진 확대본을 가리켰다.

"그래서?" 심술궂은 표정으로 올센이 으르렁댔다.

순록경찰은 아무 말 없이 올센의 코앞에 사진을 들이밀었다.

"내 아버지네." 결국 올센이 말했다. "돌아가신 지 오래됐는데. 동맥류 때문에 갑자기 세상을 뜨셨어. 그런데 이렇게 오래된 사진이 도대체 어디서 났지?"

"영감님 부친은 이차대전 직전에 라플란드를 누빈 사람들과 함께했던 걸로 보여요."

"몰라. 그런 건 들어본 적도 없어. 전혀 아는 바가 없다고. 그런데 그게 뭔 상관이지? 도대체 여긴 왜 온 거야?"

"걱정할 필요 없어요, 영감님." 클레메트가 유순한 웃음을 지어 보였다. "부친은 무슨 일을 하셨죠?"

"농부였지! 별 거지 같은 질문을 다 보겠네."

클레메트는 조용히 머리를 끄덕였다.

"부친이 전쟁 전에 외국인들과 떠났던 탐사여행이나 광산에 대해 말한 적이 있나요?"

"광산? 전혀. 아무 얘기도 안 하셨네. 광산이라니? 차라리 괴물 얘기를 하지 그래? 노친네는 말을 거의 안 했어. 그저 묵묵히 밭일만 했다고. 그리고 갑자기 죽어버린 거지. 더는 할 말이 없으니, 어서 나가주게!"

클레메트는 올센의 의심만 더 부추기면서까지 얻어낼 게 없다는 사실을 깨달았다. 그는 고맙다고 말하고 손을 흔들며 올센의 집 앞을 떠났다. 그러다가 갑자기 뒤돌아섰다.

"프랑스 지질학자가 얼마 전부터 이 동네를 돌아다니던데요. 광업위원회 허가증을 받았더라고요. 혹시 그자가 라플란드의 옛 지질도를 가지고 있다고 말하지 않던가요?"

"난 그 사람 만난 적 없어." 올센이 말했다. "날 만나겠다고 했지만 난 그자가 누군지도 몰라. 그런 지도가 있다는 건 들어본 적도 없다고."

클레메트는 고개를 까딱하며 고맙다는 표시를 했다. 차에 시동을 걸고 그 집 앞을 지나갈 때, 그는 올센이 신경질적으로 주먹을 흔들며 전화하는 모습을 보았다.

라카냘은 이제껏 살아온 중에서 가장 바쁘고 정신없는 시간을 보냈다. 탐사를 계속하면서 고지도와 현대지도를 확인하고, 현장노트에 그림들과 함께 상세한 설명을 적고, 샘플을 채취하고, 방사능을 측정하기 위해 신틸레이션미터 SPP2를 휘둘렀다. 작업은 더디게 진행되었다. 그는 날이 빠르게 저물기 시작하자 욕설을 퍼부었다. 그러나 여전히 확신을 지니고 있었다.

태양이 지평선 너머로 사라졌다. 밤을 보내기 위해 텐트를 치고 무전기 앞에 앉았다. 사미인은 순록고기를 삶는 중이었다. 그 고기는 라카냘이 오늘 발견한 것을 기념하기 위한 작은 성찬이었다. 몇 시간 전에 사미인의 총을 빼앗아 순록을 쏘아 죽였다. 고기를 자르고 요리를 준비하는 건 가이드의 몫이었다. 넷으로 자른 고깃덩이는 옆에 있는 작은 나무에 걸어놓았다. 나뭇가지가 고기 무게에 눌려 휘어졌다.

프랑스인은 무전기로 브랏센에게 연락했다. 경찰은 잠시만 기다리라고 하고 사람이 없는 장소로 옮겨 응답했다. 라카냘이 간단히 말했다.

"올센에게 내가 발견한 게 있다고 말하시오. 내 생각이 맞는다면 어쩌면 아주 큰 거요. 그러나 올센이 생각한 건 아니오. 놀랄 준비나 하시오."

"뭘 발견했지?"

"아직은 말할 수 없소. 더구나 무전기로는. 며칠 더 필요하오. 그래도 큰돈은 만질 수 있을 거라고 올센에게 전하시오."

라카냘은 브랏센이 몹시 흥분했다는 것을 느낄 수 있었다. 두 노르웨이인이 안달하는 모습을 상상하니 기분이 좋았다. 그는 현재 위치를 말하고 앞으로 며칠 동안의 계획을 얘기했다.

"잘 돼가고 있는 게 틀림없나?" 브랏센이 물었다.

"이쪽은 걱정할 것 없소. 이쪽 업계에서 내가 나름 최고 전문가이긴 하지만 혼자서 했더라면 불가능했을 거요. 어쨌든 걱정할 건 없소. 나는 입이 무거운 사람이니까."

라카냘은 대화를 끝냈다.

그는 곧바로 회사의 현장지원센터에 연락했다. 프랑스광업회사는 파리 외곽 라데팡스 상업지구의 현대식 빌딩에 본사가 있는데, 이곳에는 이십사 시간 내내 근무하는 특별부서가 있어서 전 세계로 떠난 수십 개 팀들과 연락을 주고받는다. 그래서 언제라도 회사와 연락할 수 있었다.

라카냘은 자신의 이름을 말하고 당직인 지질학 담당이사와 즉시 얘기해야 한다고 설명했다. 전화교환수가 곧바로 임원을 바꿔주었다. 임원은 긴급한 결정을 내리는 일에 익숙한 사람이었다.

지구의 진화를 연구하고 수천만 년의 세월을 측정하며 몇 년에 걸쳐 개발이 이루어지는 지질학의 세계에서 긴급한 결정을 내린다는 건 선뜻 납득하기 어려운 모순이다. 그러나 광산업계는 촌각을 다투는 금속거래소에 기반을 두고 움직이는 자본주의의 순수결정체라고 할 수 있다. 광물에 관한 사소한 소식이라도 주가의 흐름에 막대한 영향을 미친다. 이런 현실 때문에 빠른 결정은 종종 큰 수익을 보장한다.

지질학 담당이사는 오래전부터 라카냘과 친분이 있었고 그를 속속들이 알았다. 라카냘에게 논란을 일으키는 어두운 면이 있다는 점도 알고 있었다. 그러나 성인 여성보다 어린 여자애를 더 좋아하는 그의 취향은 건드리지 않기로 이미 예전에 결심했다.

라카냘은 도청당할 위험 때문에 정확히 말하지는 않았지만 이사는 그가 아주 중대한 발견을 했다는 것을 알아챘다. 그게 무엇이든 엄청난 수익을 가져다줄 것은 분명했다. 이사는 라카냘에게 모든 지원을 약속했다.

"브라이언 캘러웨이를 보내겠네." 이사가 말했다. "젊은 친군데 아주 똑똑해. 우리 회사에서 가장 뛰어난 빙하 연구가지. 캐나다인이고. 자네도 잘 알다시피, 캐나다의 지질구조는 라플란드와 거의 흡사하니까 아마 큰 도움이 될 걸세. 내일 아침 일찍 출발하면 오후쯤 현장에서 만날 수 있을 게야. 브라이언에게 방사능탐사에 필요한 저공비행을 하라고 하겠네. 육상탐사는 어떤 방법으로 하기를 원하나? 전기탐사, 자기탐사, 중력탐사?"

"시간이 많지 않아요." 라카낼이 대답했다.

그러나 회사 입장에서 시간 요인은 별로 중요하지 않다는 사실을 곧바로 떠올리고 부연 설명을 했다.

"며칠 후에 채굴허가증 발부에 관한 회의가 열립니다. 그전에 확실히 해둘 필요가 있어요. 그렇지 않으면 코앞에서 기회가 사라질 수도 있어서요. 이곳에 이미 다른 노르웨이인들도 와 있고요. 캘러웨이를 저한테 보내고 항공탐사로 지금 알려드리는 구역을 조사하라고 하세요. 보안을 철저히 지키라고 입단속도 하시고요. 잘 아시겠지만, 북유럽에서 채굴 문제는 극도로 민감한 소잽니다."

라카낼은 무전기를 끊고, 저녁으로 순록고기를 먹었다. 그에게 부족한 건 어린 소녀뿐이었다. 자기를 거부했던 소피아 같은 여자애들. 그러나 곧 누구도 거부할 수 없을 것이다.

칼 올센은 이제 약속 장소가 된 순록보호구역 주차장에서 롤프 브랏센을 기다렸다. 늙은 농부는 목덜미를 꾹꾹 주물렀다. 최근 며칠 동안 긴장 상태에서 지내다보니 목의 통증은 더욱 심해졌다. 롤프를 처음 만난 지 벌써 두 주가 지났고 이제 가시적인 성과가 나타나기 시작했다.

그는 컵에 뜨거운 커피를 따라 후루룩 소리를 내며 들이켰다. 토르 엔센 서장을 내쫓은 뒤 지역사회는 크게 동요하며 갈등을 키우고 있었다. 노동당 지지자들은 코너에 몰렸고, 오슬로에 있는 노동당 정부는 결과를 원했다. 그건 우파 세력이 지역구에서 사용하던 주장과 동일했다. 체면을 세우기 위해 노동당이 지배하는 핀마르크 주의회는 엔센 서장을 유엔 컨퍼런스 기간 동안 임시 보안책임자로 임명했다고 발표했으나 그 말을 곧이곧대로 믿는 사람은 없었다.

올센은 안심했다. 컨퍼런스가 끝나자마자 노동당 사람들이 반격할 거라는 생각이 들었지만 신경 쓰지 않았다. 경찰차가 도착했다. 브랏센이 조수석 창문을 열었다.

"순록경찰이 왔었네. 순진한 척하면서 질문을 하더군. 나도 모르는 오래된 내 아버지 사진을 가지고 왔어. 맘에 안 들어. 전혀."

"클레메트 낭고가요?"

브랏센은 평상시대로 고집스럽고 무표정한 얼굴로 반문했다. 그 얘기를 듣고도 아무런 감흥이 없는 것 같았다.

"전화로 할 말이 있다고 했지?" 칼 올센은 목의 통증을 참으며 경찰 쪽으로 몸을 돌리고 곧바로 본론에 들어갔다.

"프랑스인이 막대한 뭔가를 발견한 것 같다고 합니다."

"뭐라고?! 벌써? 성공했나?"

"그런 것 같아요. 자신만만해 보이던데요. 발견한 게 확실한지 보증하기 위해 파리에서 전문가를 오게 한다는 군요."

"파리의 전문가라고? 난 그런 거 싫어. 그 미친놈이 우리를 이용해먹는다는 생각 안 들어?"

"순진한 놈은 아니죠."

"난 맘에 안 들어." 올센이 턱끝을 문지르며 또다시 강조했다.

"자기 위치를 알려줬어요."

"아, 그래?"

"여기에서 남동쪽으로 백오십 킬로미터 떨어진 곳이에요."

농부는 목을 주무르며 생각에 잠겼다. 그는 식어버린 커피를 창밖으로 버리고 새 커피를 따랐다. 그는 조금씩 목을 축이다가 컵을 대시보드 위에 올려놓았다.

"그곳에 가봐야겠어. 경찰서에는 적당히 핑계를 대라고. 이제부터는 그 자식을 내 눈앞에서 봐야겠네."

"그게 좋은 생각인지는 모르겠네요." 브랏센이 말했다. "순록치기 두 명을 심문하려고 감금해놨거든요. 모두들 내가 직접 심문할 거라고 생각하고 있어요. 게다가 렌손이나 요한 헨리크처럼 아슬락이 잡혀오지 않은 걸 이상하게 여기는 사람들도 있고요."

"잘 됐네. 아슬락과 프랑스인을 쫓아갈 이유가 충분하구먼. 보라고. 모든 게 착착 들어맞잖아. 그게 자네가 자리를 비울 구실이 되는 거지. 심문은 나중에 해도 돼. 즉시 떠나야 해."

"물론 연기할 수는 있죠. 하지만 컨퍼런스가 끝난 다음으로 미룰 수는 없어요. 순록치기들 심문은 내일 해야 합니다. 금요일이나 토요일에 그곳으로 갈 수 있어요."

"좋아. 그렇게 하지. 난 오늘 오후에 알타로 갈 생각이야. 며칠 동안 떠나 있으려면 필요한 것들을 사야 하니까. 그리고 자네와 합류하겠네."

브랏센이 고개를 끄덕였다. 올센은 그가 이해를 못 했다는 걸 알 수 있었다.

"곧 끝날 거야, 친구." 농부가 그를 안심시켰다. "채굴허가증은 곧 발급될 거라고. 그 다음에는 우리를 방해할 자가 아무도 없어. 지금은 다만 그 프랑스인이 우리의 금광을 발견한 게 확실한지 확인할 필요가 있지. 잔꾀를 부리고 있는지도 말이야. 그러니 자네가 그자를 감시해야 되지 않겠어, 응? 자네는 장차 이 금광의 보안책임자가 될 몸이 아닌가!"

48

1월 26일 수요일

저녁 6시 40분, 카우토카이노

니나는 카우토카이노의 주유소 세 곳을 들러보고 저녁 무렵에 돌아왔다. 하늘에는 구름이 잔뜩 끼었고 사방은 이미 새카만 어둠으로 둘러싸였다. 낮 동안 다소 올라간 기온은 밤이 되자 다시 급강하했다. 피곤해서 더 춥게 느껴지는 건지도 몰라. 니나가 생각했다. 그녀는 곧바로 클레메트의 텐트로 가서 천 자락을 열고 들어가 불 옆에 웅크리고 앉았다. 그러고는 장갑을 벗고 두 손을 한참 비볐다. 클레메트는 화로 반대편에 앉아서 서류를 면밀히 검토하는 중이었다.

"마티스의 외투에서 발견된 기름은 스노모빌에서 나온 게 아니에요." 니나가 불 위에 팔을 뻗치고 계속 손을 비비면서 말했다.

클레메트가 서류철을 닫고 다음 말을 기다렸다.

"주유소에서 판매하는 휘발유통에 적힌 성분을 모두 확인했어요. 기름을 채우는 사람들과 종업원들과도 얘기해봤고요. 확실하더라고요.

스노모빌을 타는 사람들은 그런 종류의 기름을 사용하지 않아요. 자동차도 마찬가지고요. 그건 트랙터나 농기계, 트럭 같은 대형 차량에 사용하는 기름이에요. 그 휘발유는 한 번도 들어보지 못한 상표였어요."

니나는 파카 속주머니에 손을 넣어 수첩을 꺼냈다.

"브랜드 이름은 '아르티스크 올리에'. 휘발유 상품명은 '빅 모터스 슈퍼 윈터 오일'이에요."

"트랙터 같은 농기계에 사용하는 기름이라고?"

"네. 화물차량도요."

텐트의 천 자락이 쓱 올라가더니 매운바람이 들어왔다. 보안관이 클레메트 옆에 앉았다. 그가 꽉 끼는 파카와 청색 제복 상의의 단추를 풀고 숨을 길게 내쉬었다.

"그래, 어디까지 진행됐지? 자네들 순찰차량이 집 앞에 너무 오래 서 있어. 이곳에 놔두면 안 돼."

"알아요." 클레메트가 대꾸했다. "하지만 우리는 지금 잠시도 쉬지 않고 몇 백 년의 시간차를 두고 광대한 지역에 흩어져 있는 단서들을 동시에 쫓고 있어요. 게다가 주민들 눈치가 빤한 이 지역에서 브랏센 몰래 해야 한다고요!"

"자네들은 북을 회수했고, 누가 북을 훔쳤는지도 알아냈어. 그것만으로도 이미 굉장하다고, 클레메트."

"아까 올센 영감 집에 들렀어요. 그 영감이 굉장히 수상해 보이던데요?"

"올센이라면, 그 진보당 시의원?"

"네. 앙리 몽의 사진에 나온 콧수염 남자가 올센 영감의 아버지예요. 그 사실을 밝히고 싶지 않은 눈치더군요."

니나가 그 얘기를 듣고 고개를 들었다.

"올센의 아버지라고?" 보안관이 말했다. "그럼, 올센 아버지와 마티스 할아버지가 1939년에 같은 탐사대에 있었단 건가? 참, 희한한 우연도 다 있네 그려."

"글쎄요. 꼭 우연이라고만 할 수는 없죠. 역사는 세대를 걸쳐서 반복되거든요. 마티스는 때때로 올센의 집에서 일하기도 했어요." 클레메트가 그 사실을 일깨워주었다. "베리트가 얘기해준 겁니다. 그리고 다른 두 순록치기인 욘과 미켈도 올센의 집에 와서 일한다고 했고…."

"올센 씨의 트랙터와 농기계를 정비하려고…." 니나는 얘기를 하다 말고 동료와 눈이 마주쳤다. 두 순록경찰은 동시에 그 말의 의미를 퍼뜩 깨달았다.

클레메트의 빨간 볼보가 마당으로 천천히 들어섰다. 올센의 농가는 불이 꺼져 있었다. 그는 사방이 어두워서 아무도 자기가 온 것을 볼 수 없다는 사실에 내심 안도했다. '순록이나 세면서' 툰드라에 있어야 할 시간에, 영장도 없이 사복 차림으로 이 장소에 있는 이유를 설명하는 처지가 되면 꽤나 곤혹스러운 상황이 된다.

이곳에 오기 전에 베리트에게 전화를 했다. 표면상 이유는 수사와 관련해서 그녀에게 이런저런 질문을 하기 위해서였지만, 농부가 며칠 동안 알타로 떠났다는 얘기를 듣는 것만으로도 충분했다. 베리트는 욘과 미켈이 기계들을 정비하러 올 예정이며 다음 날 아침에나 들를 거라고 알려주었다. 그녀 자신도 다음 날 오후에 가서 소들을 돌볼 거라고 했다.

야밤에 농부의 집을 몰래 찾아가 불법으로 수색하겠다는 아이디어에 보안관은 못마땅한 기색을 내비쳤다. 니나는 말도 안 되는 소리라며 단호하게 반대했다. 클레메트는 알아들을 수 없는 말로 투덜거렸다. 보안관은 다음 날 아침 트롬쇠 법원 판사에게 말해 법적 승인을 받아내겠다며 해결책을 제시했다. 상식적인 결정을 내린 후, 세 명은 자리에서 일어나 각자의 집으로 흩어졌다.

동료들이 떠나자 클레메트는 차고로 가서 작은 가방에 소지품을 챙기고 거리에 사람이 있는지 확인한 후 차를 몰았다. 빙 돌아가느라 농가까지 가는 데 십오 분이 걸렸다. 창고 뒤에 차를 세웠다. 이쪽에서 백 미터가량만 걸으면 집 앞 도로를 피할 수 있었다.

경찰은 시동을 끄고 몇 분 동안 가만히 앉아 있다가 수상한 소리가 나는지 살피려고 창문을 내렸다. 곧바로 시린 공기가 달려들었다. 그는 툴툴대며 너무 얇게 입고 온 것을 후회했다.

클레메트는 가방에서 작은 손전등을 꺼내들고 희미한 불빛에 의지해 가끔씩 주위를 살펴보며 창고로 걸어갔다. 창고 문은 열려 있었다. 널찍한 창고 안에는 두 대의 트랙터와 경작지에서 사용하는 커다란 농기계 세 대가 있었다. 널빤지를 덧댄 네 벽면에는 작고 가벼운 장비들이 걸려 있거나 선반들이 자리를 차지했다. 한쪽 벽을 채운 무척 인상적인 칼 컬렉션도 있었다. 클레메트는 신중을 기하기 위해 얇은 장갑부터 끼고 칼날을 하나하나 살폈다. 마티스를 찌른 칼날 모양과 일치하는 칼은 없었다. 그러나 농가 안에는 무언가를 감출 수 있는 장소가 차고도 넘쳤다. 섣불리 예단하기는 일렀다.

사실, 클레메트가 이곳에 온 까닭은 이것 때문이 아니었다. 그는 창고를 구석구석 찾다가 마침내 오 리터들이 휘발유통 여러 개를 발견했다. 휘발유통들은 낡은 캐비닛과 찌그러진 커다란 연료통 옆에 있었다. 휘발유통의 종류는 제각각이었다. 그러나 그중 두 개는 아르티스스크 올리에 브랜드의 '빅 모터스 슈퍼 윈터 오일'이었다.

만족한 클레메트는 창고 입구로 가서 문 밖을 살펴보았다. 몇 백 미터 아래의 주도로에는 가로등이 켜 있었고 차들은 가끔씩 지나갈 뿐이었다. 창고를 떠나려는 순간 주도로를 따라 농가로 진입하는 트럭 소리가 들렸다. 곧바로 헤드라이트 불빛이 널따란 농가 마당을 비췄다. 황급히 창고 안으로 들어갔다.

주인도 없는 빈 집에 누가 온 거지? 클레메트는 조심스럽게 창고 문을 닫고 어두운 구석으로 들어가 숨었다. 트럭이 멈추고 시동이 꺼졌다. 트럭 문 열리는 소리가 들렸다. 무언가 땅에 부딪히는 둔탁한 소리가 나고 발자국 소리가 이어지면서 팝송 가락이 휘파람에 실려 왔다. 트럭 운전사는 혼자인 것 같았다. 갈라진 나무 벽 틈으로 살펴보았지만 너무 어두워서 거의 보이지 않았다. 남자가 여전히 휘파람을 불며 추위를 쫓으려는지 제자리에서 펄쩍펄쩍 뛰는 소리도 들렸다. 느릿느릿 흘러가는 시간은 영원히 끝날 것 같지 않았다. 클레메트는 저도 모르게 머릿속으로 팝송 제목을 찾다가 불현듯 그 사실을 깨닫고 깜짝 놀랐다.

갑자기 휘파람 소리가 길을 따라 올라오는 다른 차량 소리에 파묻혔다. 소형 디젤 밴인 듯했다. 마당을 비추며 전진하던 헤드라이트 불빛이 시동과 함께 꺼지자마자 다시 어둠이 찾아왔다. 차문 두 개가 열렸다. 마당에서 세 남자가 끌어안고 인사를 했다.

그중에서 낯익은 목소리가 들렸다. 미켈이었다. 아일로 핀만을 위해 일하는 순록치기이자 때때로 올센 영감의 차와 기계들을 정비하는 자다. 재수 더럽게 없네. 클레메트가 생각했다. 창고로 들어올 게 뻔했다. 어둠 속에서 좀더 잘 숨을 수 있는 곳을 찾았다. 하지만 창고 쪽으로 다가오는 발소리는 들리지 않았다.

세 사람은 계속 마당에 있었다. 한 명이 트럭 문을 열고 또 다른 사람이 소형 밴의 뒷문을 열었다. 트럭의 화물용 승강기를 조작하는 소리가 들렸다. 남자들이 끙끙댔다. 트럭에 있던 상자나 물건을 밴으로 옮겨 싣는 듯했다.

클레메트는 너무 추워서 얼어 죽을 지경이었다. 오 분이 지났다. 두툼하고 따뜻한 장갑을 차에 놔두고 오는 바람에 얇은 장갑만 낀 손가락이 꽁꽁 얼어 통증이 일기 시작했다.

세 남자가 마침내 일을 끝내고 차 문을 닫았다. 그러고는 담배에 불을 붙이고 물건들에 대해 이야기했다. 클레메트는 귀를 쫑긋 세웠다. 의심은 확신이 되었다. 그들은 밀거래 중이었다. 한 남자가 곧 새로운 담배 재고가 필요할 거라고 말했다. 말하는 사람은 욘 같았다. 종이에 술 리스트도 적어놨다고 말하는 걸로 미루어, 물품 리스트를 다른 남자에게 건넨 모양이다. 상대방은 스웨덴 사람이었는데, 사흘 후에 오겠다고 대답했다. 한 사람이 휘파람을 불고 두 손가락을 맞부딪혀 딱 소리를 냈다. 셋은 작별인사를 했다. 스웨덴인이 트럭에 올라타고 다른 두 남자에게 "아스타 라 비스타!'또 봅시다'란 뜻의 스페인 작별인사"라고 외치고 문을 쾅 닫았다.

소형 밴이 먼저 시동을 걸고 마당을 돌아 도로로 나갔다. 헤드라이트 불빛이 트럭 운전석을 비췄다. 벽 틈으로 지켜보던 클레메트는 스웨덴 운전자의 문신한 팔을 보았다.

49

1월 27일 목요일

일출: 오전 9시 8분, 일몰: 오후 1시 56분

일조 시간: 4시간 48분

카우토카이노

카우토카이노 경찰서 앞에 모인 사람들은 더욱 많아졌다. 결성된 시위대로 작은 진지가 만들어졌고, 시위 참가자들은 시청 맞은편의 시장 광장까지 이어졌다. 사미 텐트를 트레일러에 싣고 온 순록치기들도 있었다. 화로 세 개가 설치되어 광장에 모여 있던 서른 명 정도의 시위자들이 몸을 녹였다. 일하러 가기 전에 일찍 나와 시위에 참여한 사람들도 있었다. 새로운 피켓들도 등장했다.

브랏센은 굳은 표정으로 사람들을 밀치고 지나갔다. 손글씨로 커다랗게 '식민지화 반대!'라고 쓴 피켓을 잡고 있던 순록치기도 거칠게 밀어냈다. 오늘따라 기분이 더 안 좋아 보이는 브랏센은 뿔 네 개의 파란 모자를 쓴 순록치기에게 욕이라도 한바탕 퍼부을 기세였다. 그러나 아무 말도 안 하고 용케 꾹 참고 지나갔다.

그는 이제 카우토카이노 경찰서 서장이나 마찬가지였다. 경찰서장이라는 지위에는 대표자의 역할도 들어 있으니 행동을 자중하라고 조언하는 사람도 있었다. 대표자라고? 제기랄! 탁상행정만 펼치는 망할 놈의 관료들! 공권력에 맞서는 이 멍청한 대중들 꼬락서니 좀 보라지! 아주 지랄 같은 시작이구먼.

올센 영감은 목표가 멀지 않았으니 조심해야 한다고 말했다. 늙은 농부는 끊임없이 브랏센 아버지 얘기를 들먹였고, 브랏센이 이 기적의 광산을 지키는 보안책임자가 될 것이며, 두둑한 연봉을 받을 거라는 사실을 상기시켰다. 두둑한 연봉. 그렇게만 된다면 사미인은 물론이고 다른 기생충 같은 놈들 때문에 조심하면서 신중하게 행동할 필요도 없었다.

시위대는 경찰서 문 앞에서 십 미터가량 떨어져 반원 형태로 모여 있었다. 브랏센은 경찰서 정문으로 들어가기 전에 몸을 돌려 시위자들을 무섭게 노려보았다. 양측은 아무 말 없이 대치했다. 이윽고 브랏센은 다시 뒤를 돌아 경찰서 안으로 들어갔다. 그는 커피를 따르고 지하실로 내려갔다. 유치장 앞으로 간 그는 보초를 서던 경찰에게 문을 열라고 명령했다. 두 순록치기는 그날 아침 세수할 틈도 없었다. 브랏센이 그들을 쏘아봤다.

"얼굴들이 아주 가관이구먼. 완벽한 흉악범의 몰골이야." 브랏센이 비웃었다. "자, 이제 우리 셋이서 좀 떠들어봐야지? 안 그래?"

올라프 렌손이 일어나 몸을 꼿꼿이 펴고 그를 노려보았다.

"이봐, 렌손. 그런 시건방진 태도는 좀더 후로 미뤄두라고. 그래봤자 여기서는 득 될 게 없어."

그 순간 브랏센은 발자국 소리를 듣고 고개를 돌렸다. 토르 옌센이었다. 입가에 기묘한 미소를 띤 보안관이 브랏센 앞에 우뚝 섰다. 옌센 뒤에는 정장을 입은 키 작은 남자와 경찰 한 명이 서 있었다.

"계속하게, 브랏센." 보안관은 여전히 미소를 띤 채 말했다. "판사와 내가 조사할 게 좀 있어. 하지만 자네의 심문을 방해해선 안 되겠지."

"아, 씨팔. 뭐하자는 겁니까?" 브랏센이 소리쳤다.

"판사님이 좀 바빠서 말이야. 그럴 필요가 있다고 생각하면 자네에게는 나중에 말해주지. 카우토카이노 경찰서의 훌륭하신 서장님에게 우리가 해줄 수 있는 최소한의 도리일 테니까." 보안관은 이 말을 하고 "안 그런가요, 판사님?" 하며 수사판사에게 말을 건넸다.

브랏센은 커피 잔에 대고 침을 카악 내뱉었다. 브랏센도 알고 있는 이 판사는 그 지역 노동당과 친분이 두터운 자였다. 그는 두 순록치기를 노려보고 입술을 깨물며 보안관을 밀치고 위층으로 올라갔다.

"거기 두 명! 그 더러운 면상을 씻고 나면 다시 심문하러 올 테니까 기다리라고!" 계단 위로 사라지면서 브랏센이 두 사미인에게 소리를 질렀다.

니나와 클레메트는 올센 영감의 농가에 접한 길 입구에서 수사판사와 보안관을 기다렸다. 두 순록경찰은 여전히 클레메트의 빨간 볼보 차를 이용했고 사복 차림으로 다녔다. 라카날을 찾으러 떠나야 했지만 클레메트는 그전에 모든 사항을 더 확실히 해두기를 원했다.

판사는 신속히 수사를 진행시켰다. 경찰들은 꼼꼼하게 창고를 둘러보면서 엔진 오일 샘플을 채취하고 사진을 찍었다. 그런 다음, 휘발유통을 랩으로 싸서 경찰차 뒤에 실었다. 창고 벽에 걸려 있는 칼들도 수거하고 내부를 샅샅이 조사했다.

판사는 올센의 집 앞으로 갔다. 한 요원이 손쉽게 문을 땄다. 사실, 카우토카이노에는 복잡한 자물쇠를 달아놓은 집이 거의 없긴 했다. 보안관과 판사가 일 층을 조사하는 동안, 클레메트는 곧바로 이 층으로 올라갔다. 니나가 그 뒤를 따랐다. 늙은 농부의 침실로 들어가자 퀴퀴하고 시큼한 냄새가 달려들었다.

침실 벽에 걸린 사진들 속에서 칼 올센의 아버지를 찾는 건 어렵지 않았다. 대부분은 가족사진이었지만 간혹 올센 아버지가 야외나 밭에서 일꾼들과 함께 찍은 사진들도 있었다. 순종적인 태도로 땅바닥에 무릎을 꿇고 정면을 응시하는 일꾼들과 뒤에 서서 그들의 어깨에 손을 짚은 올센 아버지의 모습은 꽤나 대조적이었다. 사진만 보아도 권위적인 자세와 표정이 느껴졌다.

"1939년 탐사 때 통역하던 사람도 있네. 1944년에 찍은 사진인 걸 보면 탐사 이후에도 올센 집에서 일했나 봐." 클레메트가 말했다.

"올센 씨가 아버지랑 찍은 사진도 있어요. 같이 찍은 유일한 사진이에요. 열 살도 안 됐을 때인가 봐요. 아버지가 메고 있는 금속탐지기보다 더 작네요." 니나가 다른 사진을 보고 얘기했다.

"올센 아버지는 1939년 탐사에 참여했을 때부터 광석에 미친 듯이 덤벼들었던 것 같아. 아마 그후에도 혼자 이걸 메고 광석을 찾아 돌아다닌 모양이야." 클레메트가 말했다.

"틀림없이 그랬을 거예요. 여기 좀 보세요." 니나가 작은 골방 문을 가리켰다.

그 안에는 오래된 궤짝과 금고, 둥글게 말아놓은 지도들, 누렇게 변색된 신문들, 낡은 상자들이 있었다. 눅눅한 냄새가 났다. 젊은 경찰은 쌓여 있는 종이들을 훑어보았다.

"올센의 아버지가 사용했던 지도들이 틀림없어요. 이름이 크누트인가 봐요." 니나가 말했다.

그들은 다시 벽에 걸린 사진들을 보았다.

“다락에 다른 사진들이 있다고 베리트가 그랬는데. 가보자고. 그 사진들이 우리한테 뭘 알려줄지도 모르니까.” 클레메트가 제안했다.

두 사람은 다락으로 나 있는 좁은 계단을 올라갔다. 거의 사용하지 않는 공간인 듯했다. 꽤 널찍한 다락은 낡은 상자들이 대충 쌓여 있는 한쪽 구석만 제외하고 말끔하게 정리되어 있었다. 클레메트는 베리트가 말한 상자를 발견했다. 상자 안에는 올센 처가의 사진들이 들어 있었다. 사진 속의 사람들은 하나같이 근엄한 표정이었다. 그들을 보자 클레메트는 경건한 루터교 레스타디우스파에 속했던 가족들이 떠올랐다. 올센의 처가 쪽 사람들이나 자기 가족들이나 얼굴 표정은 모두 경직되었고 눈빛에는 질책과 힐난이 서려 있었다.

“선배님, 이것 좀 보세요.” 다락방 한쪽에서 니나가 소리쳤다.

몸을 구부린 니나가 두 상자 뒤에 나란히 놓인 기계 둘을 가리켰다. 하나는 올센 침실의 사진에서 보았던 금속탐지기였다. 니나의 손가락이 두 번째 기계로 향했다. 선명하게 적힌 상표명이 클레메트의 눈앞으로 튀어올랐다.

“가이거 계수기!” 그가 소리쳤다. “1939년에 사용된 가이거 계수기야.”

“네. 어쩌면 독일 지질학자 플뤼거는 추락사한 게 아닐지도 몰라요.” 니나가 낮은 목소리로 말하며 기계 끝을 가리켰다.

끝에 묻은 갈색 얼룩은 여전히 뚜렷해 보였다. 그들은 같은 생각을 했다. 오래된 혈흔일까?

프랑스광업회사는 큰 건이라고 판단하면 투자를 아끼지 않고 현장의 요청에 그 이상의 것을 지원한다. 회사는 인력지원뿐만 아니라 물자지원을 위해 스노모빌, 휘발유통, 장비, 식료품 박스 들이 담긴 커다란 목재 화물상자를 그물에 감싸 헬리콥터 밑에 매달고 이곳까지 보냈다. 캠프 근처에 착륙한 헬리콥터에서 브라이언 캘러웨이가 훌쩍 뛰어내렸다.

라카냘은 회사에서 보낸 젊은 캐나다 빙하학자를 보자마자 가방끈만 긴 멍청한 쥐새끼라고 생각했다. 각종 최신 장비를 갖춰야 프로라고 생각하고, 그런 장비 없이는 현장에서 일할 능력도 없는 전형적인 요즘 젊은이였다.

캘러웨이는 톰 크루즈 같은 빌어먹을 모험가 차림이었는데 그것으로도 부족하다는 듯 작고 동그란 존 레논 안경을 끼고 있었다. 권총처럼 허리에 찬 에스트윙 브랜드의 지질망치, 목에 건 최신 유행 고글, 극지탐험용 장화에 적어도 사흘은 길러 공들여 다듬은 수염까지 세세하게 신경 쓴 모습이었다. 주머니를 여기저기 달아 기능성을 강조한 두툼한 방한복은 빛을 반사하는 특수섬유로 제작한 것으로, 소매에는 미니 지피에스를 부착했고 옷에 매단 방사선량계는 얼핏 보이는 것만도 두 개나 됐다.

라카냘은 놀라지 않았다. 요즘 젊은 지질학자들은 지나치게 몸을 사리고 조심했다. 예전에는 우라늄 덩어리를 배낭에 넣어 운반했고 방사능에 노출되는 것도 전혀 신경 쓰지 않고 책상 위에 올려놓았다. 십여 년 전부터 방사능 광물 샘플은 무조건 따로 마련한 창고에 보관한다. 너무 위험하다는 이유에서다. 지금은 모든 게 너무 위험하다.

캘러웨이는 전자기기들을 충전하기 위해 제일 먼저 휴대용 태양광 집열판부터 펼쳤다. 라카냘은 캐나다인이 가져온 최첨단 도구들을 대놓고 비웃었다. 캘러웨이는 그가 왜 그렇게 웃는지 이해하지 못했다. 라카냘에 대해 들은 건 옛날 학교를 나온 베테랑 지질학자이며 성격이 까칠하다는 정도였다.

“두 시 이십 분.” 캘러웨이는 자랑스러운 표정으로 시계를 들여다보았다. “이보다 더 빨리 오는 건 불가능했을 겁니다. 다행히 날씨도 좋았고요. 그렇지 않았더라면 조종사가 착륙하려고 하지 않았을 거예요.”

라카낄은 머리를 가로저었다. 이 꼬맹이는 어이없게도 미니 가이거 계수기가 장착된 폴리마스터 PM1208 시계까지 차고 있었다. 쥐새끼 같은 놈. 그는 헬기가 알타 방향으로 이륙한 후, 캘러웨이 쪽으로 몸을 돌렸다.

“항공탐사 보고서는?” 그가 냉랭한 말투로 물었다.

캐나다인은 라카낄의 퉁명스러운 환대에 실망했다. 임무 지시를 받은 후 하루가 채 지나기도 전에 필요한 모든 장비를 챙겨 이 험한 라플란드 한복판까지 매우 효율적으로 신속히 도착하지 않았는가! 그런데도 칭찬 한마디 없었다. 물론 그는 항공탐사를 성공적으로 수행했다.

대부분의 경우, 우라늄을 찾기 위한 첫 단계는 항공탐사이다. 방대한 지역을 개략적으로 훑어볼 수 있기 때문이다. 물론 그 결과는 운에 맡겨야 한다. 만일 우라늄광석이 지표면에서 일 미터 더 밑으로 들어가 있거나 호수 아래에 있다면 아무 결과도 나오지 않는다. 그러나 항공탐사를 통해 구체적인 탐사구역을 정할 수 있다.

브라이언 캘러웨이는 아슬락에게 악수를 하려고 다가갔으나 사미인은 아무 말 없이 쳐다보기만 했다. 캐나다 청년은 어깨를 으쓱하고는 조금 전에 펴놓은 접이식 탁자로 가서 그 위에 놔둔 기기를 옆으로 밀고 지도를 펼쳤다.

“이 구역에는 여러 지점들이 있어요. 암석은 어디서 발견하셨죠?” 캘러웨이가 말했다.

라카냘은 캐나다인의 지도에서 그가 발견한 장소를 가리켰다.

"네, 그럼, 바로 작업에 들어가겠습니다. 전 이 부근부터 시작하죠. 선생님은 그쪽을 계속 찾아보세요. 그 다음에 이 방향으로 진행하다가 강 상류를 거슬러가는 이 축을 따라가면 서로 만나게 됩니다. 두 시간 이상 안 걸릴 겁니다."

보안관과 수사판사가 경찰서로 돌아갔다. P9 순찰대도 올센 영감의 집을 떠나 클레메트의 집으로 향했다. 며칠 전부터 사용하지 않았던 경찰복과 순찰장비를 그곳에 놔두었던 터라 다시 챙겨야 했다.

다락에 있던 가이거 계수기는 갈색 얼룩이 혈흔이 맞는지 분석하기 위해 곧바로 과학수사팀으로 보냈다. 수사판사는 카우토카이노 묘지에 안장된 에른스트 플뤼거의 유골에서 DNA 샘플을 채취하라고 명령했다. 필요하다면 독일 지질학자의 두개골 검사도 지시할 생각이었다.

클레메트의 집으로 간 두 순록경찰은 회색 바지와 청색 상의 제복으로 갈아입고 옷매무새를 가다듬었다.

"내 생각에는," 클레메트는 잠시 생각에 잠겼다가 말을 이었다. "앙리 몽이 말해줬다는 그 통역사 말이야. 그 사람이 크누트 올센에게 말하지 않았나 싶어. 가이드인 니일스 라바가 독일 지질학자에게 말한 것들 말이야. 북과 광산과 지도에 관한 얘기들. 그 얘기가 크누트의 상상력에 불을 지핀 거지."

"아, 그래요. 그렇다면 크누트 올센이 플뤼거와 니일스가 떠난 후 얼마 안 돼서 사라진 이유를 짐작할 수 있겠네요. 크누트가 그들을 쫓아간 거죠. 그리고 가이드인 니일스가 자리를 뜨기를 기다렸다가 혼자 있던 독일인을 공격했을 거예요. 아마도 협박을 했겠죠. 독일 지질학자는 방어를 했을 테고. 크누트 올센이 가이거 계수기로 플뤼거를 내리쳤을 수도 있어요." 니나가 덧붙였다.

"그런데 크누트 올센은 현장노트를 못 찾았던 것 같아. 독일인의 지도만 발견했는지도 모르지. 에바 소장이 말했던 그 지도 말이야."

"에바 소장이 말로에서 곧 도착하나요?"

클레메트는 손목시계를 보았다.

"두세 시간 후면 도착하겠네."

"그 옛날 지질도가 정말로 올센 영감의 작은 골방 안에 있었을 거라고 생각하세요?"

"글쎄. 어쨌든 그 안에 다른 지도들이 있으니 에바 소장이 보면 무언가 얘기해주지 않을까? 소장에게 북에 표시된 단서들을 얘기했어. 구체적인 장소를 알아내면 좋을 텐데 말이야." 클레메트가 말했다.

클레메트는 카우토카이노에서 에바 소장을 만난다고 생각하니 내심 기대가 되었다. 문득 지난번에 니나에게 키스를 했던 일이 생각났다. 니나는 그 일에 대해 다시는 거론하지 않고 스스럼없이 대해주었다. 클레메트는 안도했다.

니나는 남자친구에 대해서 거의 얘기하지 않았다. 노르웨이 남쪽에서 선원으로 일한다는 말만 했다. 니나 같은 여자를 애인으로 두다니 운 좋은 남자가 분명하다. 물론 클레메트는 그 남자를 한 번도 본 적이 없었다. 그래도 왠지 친근하게 느껴졌다. 그를 대신해서 니나에게 집적대는 키루나의 건방진 프레드리크 과학수사관에게 한 방 먹였다는 사실 때문일까?

열흘 전, 프랑스로 출발하던 날, 아슬락을 만난 일로 혼란스러워하던 니나의 모습이 떠올랐다. 니나는 차를 몰고 공항으로 가다가 순록을 치었고, 그때 아슬락을 만났다. 클레메트가 최근에 그를 본 건 니나와 함께 스노모빌을 타고 그의 방목지로 지나갈 때였다. 스키를 타고 온 아슬락을 봤을 때의 기억은 여전히 고통스럽게 남아 있었다. 왜 아슬락의 이미지는 까닭모를 불안감과 항상 연결되는 것일까? 클레메트는 그 이유를 알았다. 그러나 그걸 표현할 수 있는 단어는 도무지 생각나지 않았다.

니나는 파란색 파카 단추를 잠갔다. 소매에 달린 순록경찰 배지가 반짝였다. 그녀는 옷을 툭툭 털고 주머니에 소지품들을 넣었다. 그러고는 수첩을 한 장씩 넘겨보고 가슴 안주머니에 꽂았다. 그런데 주머니에 다른 게 들었는지 수첩이 깊숙이 들어가지 않았다. 주머니 안을 뒤적여 꺼낸 건 자그마한 천 주머니였다. 니나의 얼굴이 살짝 붉어졌다. 아슬락의 선물이었다. 니나는 클레메트가 보고 있다는 걸 알았다. 작은 주머니를 열었다.

"순록을 차로 친 후에 아슬락 씨가 이걸 줬어요. 열어보지도 않았네요." 니나는 마치 변명이라도 하듯이 거북한 얼굴로 말했다.

클레메트는 아무 말도 하지 않았다. 다만 물건들을 확인하고 가방들을 챙겨 순찰차에 싣기 위해 밖으로 나갔다. 짐들을 싣느라 벌써 두 번이나 집 안을 들락날락했다. 이제 떠날 준비가 되었다. 문 앞에서 니나를 기다렸다. 그런데 니나는 거실 탁자 앞에 앉아 무언가를 쓰고 있었다.

"니나, 가자."

"잠시만요." 그녀가 말했다.

클레메트는 한숨을 쉬고 물을 마시러 부엌으로 갔다. 니나 뒤쪽으로 지나가면서 뭘 하는지 슬쩍 보니 종이에 그림 같은 걸 그리고 있었다.

"지금 그런 걸 그리고 있어야 해?"

니나는 종이와 아슬락의 선물을 클레메트 쪽으로 밀었다. 순록가죽 끈을 꼬아 만든 줄에 매단 백랍 펜던트였다. 백랍은 사미인들이 장신구를 만들 때 주로 사용하는 금속이다. 클레메트는 각기 다른 네 개의 장식이 한데 모여 있는 이런 디자인은 본 적이 없었다. 위쪽에는 구슬 모양의 장식 두 개가 나란히 붙어 있었다. 둥근 모양이지만 서로 완벽한 비대칭을 이루었다. 오른쪽 아래에는 사람의 다리 모양이, 왼쪽에는 구불거리는 뱀 모양의 곡선이 조화를 이루었다. 클레메트는 이 디자인이 무엇을 뜻하는지 알지 못했지만 아름답다는 사실만은 인정하지 않을 수 없었다.

니나가 종이를 클레메트 쪽으로 더 밀었다. 종이에는 그녀가 그린 그림들이 여럿 있었고, 마지막에 써놓은 G, P, S, A 라는 알파벳도 보였다. G와 P는 위쪽, S와 A는 아래쪽이었다.

"별로 어렵진 않아요." 니나가 웃었다. "아버지는 스트레스가 쌓이면 이런 걸 그리곤 하셨거든요. 우리 가족의 성이나 아버지 이름, 아니면 내 이름 같은 걸로 그리는 거예요. 이름의 알파벳을 하나하나 변형시켜서 예술적인 도안처럼 보이게 만드는 거죠. 도장에 새기는 이름하고 비슷해요. 이름과 성의 첫 글자를 따서 하나의 도안으로 만드는 모노그램과 비슷하다고 봐도 되고요. 아버지가 이런 방법으로 반지를 만든 적이 있어요. 아버지 이름과 엄마 이름, 그리고 내 이름 첫 글자로요. 그런데 엄마는 그 반지를 한 번도 끼지 않았어요. 너무 세속적이라고 생각하셨던 것 같아요. 하지만 아버지는 자주 끼고 다녔죠. 여기 보세요. 아슬락 씨는 자기 성인 가웁사라를 '가웁GAUP'과 '사라SARA', 둘로 나누어 첫 글자와 마지막 글자를 따서 목걸이에 디자인 한 거예요."

클레메트는 펜던트를 다시 들여다보았다. 이번에는 둥근 형태들을 알아볼 수 있었다. 조금 더 자세히 보자 글씨 모양이 선명히 눈에 들어왔다. 니나는 뿌듯해하면서 웃는 얼굴로 종이를 접고, 펜던트와 함께 주머니에 넣었다.

"자, 이제 가요."

그녀는 명랑하게 말하며 현관문 쪽으로 발걸음을 옮겼다. 그런데 클레메트가 길을 막고 그대로 서서 꼼짝하지 않았다. 둘의 몸이 거의 닿았다. 깜짝 놀란 니나의 눈이 휘둥그레졌다. 클레메트가 그녀에게 손을 내밀었다.

"펜던트 다시 줘봐. 얼른."

니나는 한 발짝 뒤로 물러서서 천 주머니를 꺼냈다. 그리고 억지로 웃음을 띠며 장신구를 건네주었다. 경찰은 펜던트를 손가락 사이에 쥐고 뚫어져라 쳐다보았다. 그가 눈을 감았다가 다시 뜨고 펜던트를 다시 천천히 돌리면서 보았다. 니나는 이제 동료의 행동을 재미있다는 듯이 지켜보고 있었다. 이윽고 그가 엄지와 검지로 펜던트 장식을 똑바로 세워 잡았다.

"니나, 'S'야. 'S'를 잘 보라고."

여전히 미소를 짓던 니나의 얼굴에서 웃음기가 싹 사라지고 표정은 삽시간에 얼어붙었다. 여경은 손으로 입을 막고 의자 위로 털썩 주저앉았다.

"세상에!" 그녀가 소리쳤다. "그 'S'! 오, 맙소사! 똑같아요…. 마티스 씨의 귀에 있던 문양과!"

50

1월 27일 목요일

라플란드 내륙

캐나다 빙하학자는 전문지식과 최신기술을 이용하여 신속히 작업을 진행했다. 두 시간이 채 못 되어 새로운 암석 두 개를 찾았다. 그 안에 포함된 우라늄 비율은 구미를 당기는 것 이상으로 대단히 이례적이었다. 신틸레이션미터 SPP2가 측정한 수치를 보면 암석들은 엄청난 가능성을 지니고 있었다.

"노란 광물에 입사하니 시그널이 팔천 회로 급등했어요!" 그가 흥분한 목소리로 말했다.

프랑스광업회사에서 파견한 젊은 빙하학자는 라카냘 같은 사람들이 아주 간혹만 도움을 받는 전문가 집단에 속했다. 자존심의 문제였다. 하지만 최악의 경우, 암석들은 이십 킬로미터 이상에 걸쳐 흩어져 있을 수도 있다. 그러면 혼자서 광상을 찾아가는 건 불가능하다. 따라서 캘러웨이 같은 전문가는 필요악이었다.

이 꼬맹이는 출발 지점으로부터 약 이삼 킬로미터 떨어진 곳에서 좀 더 각이 진 거칠거칠한 바위를 발견하고 환호성을 지르며 펄쩍펄쩍 뛰었다. 모가 나고 날카로운 바위는 빙하 속에서 오래 굴러다니지 않았음을 뜻한다. 광체가 멀리 있지 않다는 의미였다!

캐나다인은 몇 시간에 걸친 탐사 결과들의 첫 분석을 시행했고, 무엇보다 이 부근의 지도를 면밀히 검토했다. 다시 탐사를 떠나기 전에 회사의 정보부서에서 캘러웨이의 노트북에 이 지역에 관한 모든 자료를 전송해주었다. 바깥의 추위를 조금은 피할 수 있는 텐트에서 캘러웨이는 시시때때로 작고 동그란 안경을 고쳐 쓰고 끊임없이 탄성을 내지르며 노트북에 수치를 입력했다.

그는 사미 가이드와 얘기하는 건 포기했다. 냉담한 표정의 사미인은 프랑스 동료만큼이나 다가가기 힘든 사람이었다. 그러나 캘러웨이는 신경 쓰지 않았다. 회사로서는 이 프랑스 지질학자가 필요했고, 그는 놀랄만큼 빠른 시간 내에 굉장한 일을 해냈다. 회사에서 그의 일솜씨에 대단히 만족해할 게 틀림없었다.

무례하고 재수가 없긴 해도 일에 있어서만은 철두철미한 프랑스인은 지금까지 믿기 힘들 정도의 직관력을 보여주었다. 캘러웨이는 라카냘이 이곳에서 탐사를 시작한 지 며칠이 됐는지 말해주었을 때 도저히 믿을 수가 없었다.

오후가 시작될 무렵, 첫 탐사부터 엄청난 성과를 거두었다는 사실에 몹시 흥분한 캘러웨이는 무전기로 회사에 연락하여 프랑스인 동료가 얼마나 굉장한 발견을 했는지 침이 마르도록 떠들어댔다.

"이 사람은 돌부처예요, 돌부처! 정말 놀라운 일을 해냈어요!"

하지만 그가 통신을 끊자마자, 라카냘이 다가와 뺨따귀를 사정없이

후려갈겼다. 반쯤 뒤로 쓰러진 캐나다인은 놀라서 정신을 차릴 수가 없었다.

"이 개자식이 어디서 감히 그따위로 날 부르고 있어? 좆만 한 새끼야! 그리고 네놈이 발견한 건 빌어먹을 무전기에 대고 절대 발설하지 말라고!"

클레메트와 니나는 더 이상 지체할 시간이 없었다. 마티스의 귀 문양과 일치하는 표식을 발견한 건 충격적이었다. 그러나 이 사실은 새로운 문제를 야기했다. 카우토카이노 시내로 순찰차를 몰고 가면서, 클레메트가 차근차근 추론을 펼쳤다.

"마티스는 광산 위치를 알려주는 북을 가졌기 때문에 살해당했어. 왜 죽였을까? 북을 훔쳐서 죽였거나 훔친 북을 주지 않아서 죽인 걸 수도 있지. 어떤 사람이 마티스에게 북을 가지면 샤먼의 능력을 가질 수 있다고 꼬드겼어. 그의 약점을 이용한 거야. 아슬락이 그랬을까?"

"아슬락 씨가 광산을 원한다고 보세요? 그런 사람으로는 절대 안 보이던데…."

"그건 아닌 것 같아. 혹시 아슬락이 능력을 얻기 위해 북을 원했던 게 아닐까?"

"그 사람이 샤먼일 수도 있다는 뜻이에요?"

"사면이라…." 클레메트는 조용히 니나의 말을 되새겨보았다.

"제 생각에," 니나가 말을 이었다. "진짜 샤먼은 자신의 능력을 사방팔방으로 떠들고 다니지 않아요. 그렇다면 아슬락 씨가 샤먼이 아닐 이유도 없지 않나요? 뭔가 베일에 싸인 사람인 데다가 사미인들은 그를 존경하는 것 같던데요."

그는 고개를 저었다. 저도 모르게 차 속도가 떨어졌다.

"글쎄, 난 모르겠어. 그건… 내가 그 사람에 대해 생각하는 이미지와 들어맞지가 않아."

"무슨 이미지요?" 니나가 궁금해서 못 참겠다는 듯이 냉큼 물었다. "혹시 선배님이 생각하는 그 이미지 때문에 지난번에도 아슬락 씨를 심문하려다가 다른 핑계를 대고 도망치신 건가요? 선배님이 아슬락 씨에 대해 정확히 어떤 이미지를 가지고 있는지 정말 궁금하네요. 전 선배님한테 모든 걸 얘기하잖아요. 아슬락 씨가 준 펜던트 얘기도 말 안 하면 그만이었다고요. 입 다물고 있는 편이 훨씬 더 마음 편했을 거예요. 그래도 난 전부 말했어요."

클레메트는 얼어붙은 도로를 응시하며 잠시 조용히 있었다. 그가 입을 열었다. 그러나 곧바로 다시 다물었다. 얘기를 하려다가 마음을 바꿨다.

"이 북의 배후에 있는 자가 광산도 찾고 있어." 클레메트가 말했다. "그자들이 불쌍한 마티스를 조종한 거야. 라카냘이 찾는 건 북에 표시된 광산이 분명해. 문제는 그 프랑스인이 단독으로 했느냐지. 그가 마티스를 칼로 찔렀을까? 북이 있는 곳을 대라고 하면서 말이야."

"선배님은 미켈과 욘도 의심하잖아요. 그렇지 않나요?" 니나가 반박했다.

"맞아. 하지만 마티스가 죽은 날, 두 사람은 자기와 함께 툰드라에 있었다고 요한 헨리크가 말했던 거 기억 나? 마티스의 순록들을 돌려보내느라 고생했다고 했지. 그런데 그 나이 많은 프랑스 민속학자 말이야. 앙리 몽. 그 사람이 라카냘을 아는지 확인해보지 않았잖아? 두 사람이 공모한 걸 수도 있지 않을까?"

이번에는 니나가 생각에 잠겼다.

"아뇨." 니나는 마침내 입을 열고 확고한 어투로 말했다. "만일 두 사람이 공모한 거라면, 앙리 몽은 그 소식을 못 듣고 오히려 이용당한 걸 수 있어요. 하지만 전 그렇게 생각하지 않아요. 몽 노인은 가이드였던 니일스 라바를 깊이 신뢰하고 존중했어요. 저한테 그 얘기를 들려줄 때 니일스 라바에 대한 감정이 진심이었다는 게 느껴졌거든요. 저는 오히려 올센 영감의 아버지인 크누트 올센이 했던 역할이 훨씬 의심스러워요."

"어쨌든 아슬락이 마티스를 죽였을 거라고는 상상할 수도 없어." 클레메트가 말했다. "아슬락과 마티스의 관계에서 내가 놓치고 있는 게 분명히 있어. 요한 헨리크라면 분명 알고 있을 텐데 브랏센 때문에 지금 당장은 그에게 물어볼 수도 없고 말이야."

"어쩌면 베리트 아줌마가 뭔가를 알지도 몰라요. 전에 아슬락 씨 사진을 봤을 때 뭔가를 숨기고 말하지 않는 것 같았거든요." 니나가 말했다.

클레메트는 베리트의 부엌에 있었던 때를 돌이켜 생각했다. 그녀는 분명 불안해하면서 다른 생각을 하고 있었다. 경찰은 백미러를 살피고 깜박이를 켠 후 크게 유턴을 해서 율 박물관 쪽으로 차를 몰았다. 박물관 윗길에 차를 세우고, 두 사람은 베리트의 집으로 가서 문을 두드렸다.

베리트가 문을 열었다. 그녀는 두 경찰을 보고도 놀란 기색 없이 부엌으로 안내했다. 클레메트와 니나는 신발을 벗고 그녀를 따라갔다. 베리트는 울었는지 눈이 퉁퉁 부어 있었다. 클레메트가 니나에게 턱으로 신호를 보냈다.

니나가 베리트의 손을 잡고 클레메트를 힐긋 바라보았다. 그가 고개를 끄덕였다.

"아주머니, 저희는 아슬락 씨가… 마티스 씨를 찌른 사람일 수도 있다고 믿을 만한 이유들을 갖고 있어요. 아니면 최소한 마티스 씨의 귀를 잘라냈거나." 니나가 재빨리 말했다.

베리트는 몸을 떨기 시작했다. 그리고 소리를 지르지 않으려 다른 손으로 입을 막았다. 겁에 질린 눈이 클레메트를 향했다. 경찰은 아무 말 없이 다시 고개를 끄덕였다. 베리트는 두 손으로 머리를 붙잡고 울기 시작했다.

"오, 주여! 세상에나, 세상에나."

니나가 그녀의 어깨를 부드럽게 감싸 안았다.

"아주머니, 우리는 아주머니가 마티스 씨와 매우 가까운 사이였다는 걸 알아요. 정말 유감이에요. 하지만…."

베리트가 갑자기 고개를 들었다. 절망과 혼란이 뒤섞인 비극적인 눈빛이었다.

"난 지금 마티스 때문에 우는 게 아니야!" 그녀는 울음을 그치지 않고 소리를 질렀다. "아슬락 때문이라고! 오, 주여! 아슬락, 아슬락!" 베리트는 비통해하며 두 손으로 다시 머리를 감싸 쥐었다.

두 순록경찰은 어리둥절한 시선으로 서로를 쳐다보았다.

"아주머니, 아주머니, 무슨 말씀을 하시는 거예요?" 니나가 그녀를 조심스럽게 흔들며 물었다.

"아슬락이 아니야! 아슬락이 아니라고!"

베리트가 딸꾹질을 했다. 세상이 무너진 듯 두 눈은 절망으로 가득 차 있었다.

브라이언 캘러웨이와 앙드레 라카냘은 다시 떠날 채비를 했다. 좀더 멀리까지 탐사할 예정이었다. 아슬락에게는 캠프에 남아 있으라고 했다. 라카냘은 사미인이 도망칠 거라고 생각하지 않았다. 프랑스인은 여전히 두 시간마다 브랏센에게 무전기로 메시지를 보냈다. 메시지는 사소한 내용들뿐이었다. 다만 아슬락이 자기 뒤통수를 치지 않게 하려면 그렇게 견제를 해두는 게 좋을 것 같았다.

그러나 곰곰이 생각해보면 정말 그를 견제하는 게 가능한지 확신할 수 없었다. 옆을 지나갈 때마다 자기를 보는 시선에 불안해지곤 했다. 사미인은 걱정하지 않았고 조금도 두려워하지 않았다. 겁을 내야 마땅하지만 전혀 그러지 않았다. 아무 내색도 하지 않았고, 초조해하지 않았고, 말하지 않았다. 눈을 떼지 않고 자기만 뚫어지게 보았다. 지금도 여전히 스스로 준비한 순록요리만 먹었고 구석에서 잠을 잤다. 그 어떤 것도 프랑스인에게 의지하지 않았다.

아슬락은 때때로 둘둘 만 순록가죽에 반쯤 누운 자세로 기댄 채 라카냘을 관찰했다. 사냥감을 지켜보는 늑대. 먹이가 도망치지 못하리란 걸 잘 아는 늑대. 결코 서두르지 않고 끈질기게 기다리며 기회를 엿보는 포식자. 늑대는 결국 먹이를 낚아채리란 걸 안다. 라카냘은 사미인에게서 그런 인상을 받았다. 그리고 그 생각은 비수가 되어 폐부를 꿰뚫었다.

"왜 꼬나보는 거야, 이 병신아!" 라카냘이 광분하며 소리를 질렀다. "아구창 한 대 처맞기 전에 눈 깔라고!"

브라이언 캘러웨이는 느닷없이 분노를 터뜨리는 프랑스인을 보고 깜짝 놀랐지만 감히 어떤 말도 할 수 없었다. 그는 짐을 다 챙기고 헬멧을 썼다. 그리고 라카냘이 이글거리는 눈으로 쳐다보자 눈을 내리깔았다.

베리트는 계속 딸꾹질을 하며 오열했다. 니나는 클레메트도 자기와 같은 생각을 하고 있다는 걸 알았다. 둘 다 그 사실을 믿고 싶지 않았다. 혹시 베리트가 상상도 할 수 없는 끔찍한 짓을 저지른 걸까? 아니,

베리트는 그럴 사람이 절대 아니다! 그건 말도 안 되는 미친 생각이었다. 니나는 베리트의 어깨를 붙잡고 세게 흔들었다.

"아주머니, 말해야 해요. 정말 중요한 문제라고요!"

사미 여인은 마침내 울음을 멈추고, 두 경찰의 간청하는 눈을 바라보았다.

"아슬락은," 베리트는 조금씩 감정을 추스르며 이야기를 시작했다. "아슬락은…, 그 사람은…, 오, 주여! 주여!"

"아슬락이 어쨌다는 거예요, 베리트?" 클레메트가 참지 못하고 물었다.

그녀가 한숨을 길게 내쉬었다.

"내가 유일하게 사랑한 남자였어."

니나와 클레메트는 벙한 얼굴이 되었다. 무언가 커다란 비밀을 기대했던 두 사람은 이런 고백을 들을 거라고는 전혀 생각도 하지 못했다. 베리트와 아슬락이라니!

베리트가 코를 길게 풀었다. 니나는 그녀의 오른편에 앉았다. 클레메트도 왼쪽에 있는 의자를 끌어당겨 앉았다. 촛불이 흔들렸다.

사미 여인은 식탁 가운데에서 희미하게 빛나는 촛불을 바라보았다. 이 공간의 유일한 불빛이었다. 그리고 촛불에서 눈을 떼지 않고 삼십 분간 이야기를 이어나갔다. 두 경찰은 아무 말 없이 그녀의 말에 귀를 기울였다.

베리트는 그들 사이에 육신의 정욕과 관련된 일은 결단코 없었다고 강조했다. 더구나 아슬락은 베리트의 감정을 전혀 알지 못했다. 판타지에 불과한 사랑이었으나 아슬락을 향한 마음은 주체할 수 없었다. 그녀는 자신의 죄를 사함받기 위해 늘 간절한 기도를 올렸다. 비다 고원에 가서 그가 순록을 치는 모습을 몰래 숨어서 지켜본 적도 많았다.

올가미를 던지거나, 순록의 귀에 표시를 하기 위해 울타리 안에서 양팔로 순록을 붙잡아 제압하거나, 이로 물어뜯어 단숨에 순록을 거세하는 모습을 보면서 얼마나 감탄했던가. 격렬하게 타올라 녹초로 만드는 이 알 수 없는 감정에 사로잡혀 얼마나 몸을 떨었던가. 그녀는 밤마다 꿈을 꿨고 휴식할 수 없는 밤이 이어졌다.

베리트는 이제 아무것도 숨기지 않았다. 그녀의 눈은 여전히 촛불을 향했다. 녹아내려 작아진 양초에서 변함없는 빛이 흘러나왔다. 사미 여인은 자주 되풀이해서 찾아오는 꿈 이야기를 시작했다. 너무도 생생한 그 꿈속에서 그녀는 순록이었다. 순록 무리에 섞여 네 발로 걸어 다니다 보면 아슬락이 올가미로 그녀를 잡았다.

속으로만 품고 있던 희망은 어느 날, 아슬락이 아내가 될 아일라를 만나면서 덧없이 사라졌다. 아일라는 어린 소녀였고, 아슬락과 정혼했을 때는 불과 열다섯 살에 지나지 않았다. 아슬락의 아버지는 그때 이미 세상을 떠난 후여서 마티스 아버지인 안타 라바가 두 사람의 약혼을 성사시켰다. 미래의 신부는 안타 라바의 조카이기도 했다. 열다섯 살의 아일라는 순수하고 명랑한 소녀였다. 순록가죽들도 잘 다뤘고 손재주가 좋아 수공예품도 곧잘 만들었다.

베리트에게는 기회가 없었다. 죽고 싶었으나 가족은 자신을 필요로 했다. 지적장애가 있는 남동생을 돌볼 사람은 베리트뿐이었다. 남동생은 베리트의 생각과 행동을 온통 지배했다. 그러나 꿈속에서 그녀는 여전히 아슬락의 것이었다.

베리트 쿠치의 운명은 두 갈래였다. 한편으로는 신의 부름에 더 잘 응답하기 위해 죄책감을 느껴봐야 한다고 강요하는 라르스 욘손 목사의 수상쩍은 관심이 있었고, 다른 한편으로는 그녀 생각에 신께서 보호하는 최고의 사미인을 향한 내색하지 못하는 열정이 있었다. 그러나 결국 기도와 묵상의 삶을 선택한 베리트는 다른 이들을 위해 헌신하며 살기로 결심했다.

그녀는 식탁에 손을 포개고 고개를 약간 숙여 어른거리는 촛불을 꿈꾸듯 바라보며 한동안 침묵을 지켰다.

"아슬락을 힘들게 하지 말아줘." 사미 여인이 정적을 깨고 입을 열었다.

속내를 털어놔서 한결 마음이 가벼워진 듯했다. 경찰들은 다음 이야기를 기다렸다. 베리트의 얘기가 거기서 끝이 아니라는 느낌이 들었다. 클레메트는 니나도 자기와 동일한 감정의 파장 속에 있다는 걸 깨달았다. 시간이 일 초 이 초 켜켜이 쌓여갔지만 침묵은 그들을 두렵게 하지 않았다.

베리트는 내면의 갈등과 싸우고 있는 것처럼 보였다. 그러나 클레메트는 그녀가 가장 힘든 고백을 끝냈다는 걸 알았다. 다시 입을 열 때까지 기다리는 걸로 충분했다. 베리트가 깜박이며 흔들리는 촛불을 보았다. 어둠이 그들 위로 내려앉았다.

"하나님은 알고 계셔. 우리 종교가 성자들을 알아보지 못한다는 것을." 베리트가 입을 열었다. "하지만 만일 성자가 한 명 있다면, 바로 아슬락일 거야. 그 사람이 자기 아내를 위해 한 모든 일을 생각하면…."

"무슨 말씀이에요? 아일라를 만난 적이 있어요?" 니나가 물었다.

베리트가 고개를 끄덕였다.

"자네 두 사람은 아일라가 제정신이 아닐 때 본 거야. 정말 예쁜 사람이었는데…. 아슬락은 스물다섯 살 때 아일라를 만났어. 그리고 마티스는, 오, 주여, 그 애는 스무 살이었어. 1983년, 비다 고원을 뒤흔든 해였지. 알타 강에 댐을 건설하는 일 이후에 몇 년이 지난 때였어. 댐 건설을 반대하는 사람들이 있었고. 클레메트도 기억할 거야. 모두들 정말 힘든 시기를 보냈어."

니나는 당시의 시위를 보도한 스크랩 기사를 떠올렸다. 그 기사에서 거세게 항의하며 시위하는 젊은 올라프 렌손의 사진을 보았다.

"아슬락은 그 모든 일에서 벗어나 있었어. 다른 세계에서 사는 사람이었거든. 정치에도 전혀 관심이 없었어. 비난하는 사람들도 있었지만 그게 그의 삶이었던 거야. 완전하고 순수한 삶 말이지. 결국 아무도 그를 건드리지 않았어. 그렇게 살아가는 아슬락을 존경하는 사람들도 있었고. 그리고 어쨌든 댐은 건설됐어. 클레메트도 생각날 거야. 어쩌면 그때 클레메트는 이미 이곳을 떠났거나 아직 돌아오지 않았던 때였을지도 몰라. 잘 기억이 안 나네. 아무튼 그때는 수백 명이나 되는 외국인 노동자들이 바글바글하던 시기야. 그리고 그 일이 일어났어. 1983년, 그해에 어떤 외국인이 아슬락의 어린 약혼녀에게 못된 짓을 한 거야. 댐을 위해 건설한 터널에서. 아일라는 터널 안에서 강간당했어. 클레메트도 그 사실을 알았어?"

베리트는 처음으로 고개를 들었다. 클레메트는 고개를 저었다. 아니, 그는 알지 못했다. 격한 감정이 들끓으면서 아슬락의 모습이 뇌리에 떠올랐다. 그는 베리트에게 계속 얘기하라는 뜻으로 고개를 끄덕였다.

"그 일을 알았던 사람은 거의 없어. 알았다고 해도 조치를 취한 사람도 없었고. 불쌍한 사미 소녀는 댐 건설에 그토록 중요한 외국인들에 비하면 아무것도 아니었거든. 그 사건을 알게 된 경찰이 있었는데, 그 사람도 가만히 있었어. 지금은 죽고 없지만 가끔 그의 영혼을 위해 기도를 하곤 해. 아일라는 열여덟 살이 되면 아슬락과 결혼할 예정이었어. 그런데 그런 일을 겪고 난 후 절망에 빠져버렸지. 삼촌인 안타 라바를 실망

시키고 싶지도 않았을 거야. 아일라는 내가 아슬락을 사랑했다는 사실을 전혀 몰랐어. 어느 날 날 찾아왔는데, 세상에, 얼마나 아름답던지! 하지만 아일라가 겪은 불행은…. 배에 손을 얹는 걸 보고 난 바로 알았어. 아일라가 내 앞에 무릎 꿇고 애원을 하더라고…. 아이를 지울 수 있게 도와달라고…."

두 손으로 얼굴을 감싼 베리트의 어깨가 들썩거렸다. 그녀가 숨을 깊이 내쉬고 감정을 억제했다.

"난 그럴 수 없어서 못 한다고 했어. 그러자 아일라는 아무것도 이해하지 못하는 아이처럼 대성통곡을 하고 절망에 사로잡혀서 돌아갔어. 오, 주여…, 아직도 그녀의 모습이 눈에 생생해. 눈물을 쏟아내며 울부짖던 모습이…."

베리트는 목이 메었다. 그리고 결국은 울음을 터뜨렸다. 딸꾹질이 다시 시작되어 몸이 요동쳤다. 그녀가 팔에 머리를 묻고 하염없이 울었다.

클레메트와 니나는 꺼져가는 초를 바라보며 베리트가 진정하기를 기다렸다. 그녀가 다시 고개를 들고 이야기를 시작했을 때, 입에서 나오는 소리는 다른 사람이 말하는 것처럼 낯설고 기이했다. 베리트는 더는 촛불을 보지 않고 성에가 하얗게 낀 창문 너머 먼 곳을 바라보았다. 그녀의 말소리가 느리게 이어졌다.

"그후에 아이가 태어났다는 것을 알았어. 남자애였다더군. 혼자서 출산한 아일라는 아기를 데리고 댐으로 갔어. 댐의 수문이 열렸던 날이야. 그리고… 아일라는 아기의 몸뚱이가 바위 위로 튀어오르는 걸 보았어. 그 다음부터 정신이 나가서 미쳐버렸지."

베리트는 오랫동안 침묵했다. 초는 이제 거의 다 닳아 꺼지기 직전이었다.

"그후에 아일라는 예전으로 돌아가지 못했어. 가끔씩 무언가를 잡으려는 듯 양팔을 하늘로 들어올리고 상처 입은 아이처럼 '랍세트, 랍세트', '내 아이, 내 아이' 하면서 울부짖었지. 그리고 더는 결코 말하지 않았어."

가늘게 피어오르는 마지막 연기만 남기고 촛불은 완전히 꺼져버렸다. 창을 통해 들어온 희미한 달빛이 베리트와 두 경찰의 얼굴을 조심스레 비추었다.

"어떻게 아셨어요?" 니나가 물었다.

"아슬락이 말해줬어. 그게 마지막 대화가 됐고. 그후로는 아슬락에게 말을 걸지 못했어. 아슬락은 아일라를 버리지 않고 돌봐준 사람이야. 성자처럼 말이지."

니나는 클레메트의 얼굴에 드리운 그림자를 보았다. 그가 조용히 고개를 끄덕였다.

경찰들이 떠나려고 일어서도 베리트는 어두운 부엌에 계속 앉아 있었다. 문 앞에 이르자 어둠 저편에서 거의 알아들을 수 없는 작은 목소리가 흘러나왔다.

"아슬락을 힘들게 하지 말아줘."

51

1월 27일 목요일

라플란드 내륙

앙드레 라카냘은 브라이언 캘러웨이를 보았다. 쥐새끼는 그를 더 이상 돌부처라고 부르지 않았다. 그래도 라카냘은 여전히 의심의 눈길로 바라보았고, 젊은 학자가 무전기를 들 때면 옆으로 가서 입을 제대로 놀리는지 확인했다.

캐나다인은 신경이 바짝 곤두섰다. 감시당한다는 느낌 때문만은 아니었다. 그는 바위들이 비밀을 드러내도록 SPP2로 수치를 측정하고 지도들을 뒤지고 옛 지질도의 표시와 발견한 것들을 맞춰보느라 몇 시간을 보냈다. 그리고 손을 덜덜 떨며 라카냘 앞쪽으로 지도를 밀었다.

"여기⋯." 청년 빙하학자는 말을 더듬었다. "내일 아침 여기까지 작업을 마칠 겁니다. 확실해요. 노란 광물에서 팔천 번의 시그널을 확인했어요. 정말 믿을 수가 없네요. 우리는 지금 무언가 엄청난 것을 향해 가고 있어요."

"그자가 지도에 표시한 게 그것이군." 라카냘은 혼잣말처럼 말했다. "자기가 발견한 게 무엇인지 몰랐던 모양이야. 바위의 노란색을 보고 금이라고 생각한 거지. 우라늄을 발견했다는 생각은 하지도 못하고."

"맞아요. 이 지도는 아주 오래전에 만든 것 같은데, 이차대전 전에 우라늄은 관심을 끌지 못했어요. 하지만 지금은 완전히 다르죠! 정말 놀라운 발견이에요. 아직은 더 많이 측정하고 굴착작업도 해봐야 하지만요. 만일 이 광맥이 우리 예상대로라면 프랑스광업회사는 세계 우라늄 시장에서 선두주자가 될 게 틀림없어요. 이건 어마어마한 광맥이에요!"

"그래. 하지만 기억해두라고, 이 애송이야. 지금 당장은 입 닫고 있어. 알았나?"

"아…, 네. 알겠습니다." 캐나다인은 임박한 거대한 발견이 동료의 성질을 조금은 누그러뜨리길 바랐다. 그가 조금 망설이다가 다시 말을 이었다.

"그래도 한 가지 걱정되는 점이 있습니다."

"뭐지?"

"걱정보다는 신경 쓰이는 점이에요."

"그런데?"

"지금까지 계산을 통해 예측한 장소와 고지도에 표시된 곳들을 비교해봤는데, 그건…."

"빌어먹을, 요점만 말하라고!"

"이 거대한 우라늄광상은 알타 강 바로 옆에 있을 수도 있어요. 그러면 이 광상이 상업적인 수익을 준다 해도 채굴은 매우 까다로워지고 제한적이 될 수밖에 없죠. 최대한의 안전장치가 필요합니다. 리스크가 막대하거든요. 우리 문제는 아닙니다. 우리는 전문기술을 보유하고 있으니까요. 하지만 최악의 상황을 가정해서 만일 소규모 업체가 우리보다 앞서 이 프로젝트를 가로챈다면 비극적인 결과를 초래할 겁니다. 엄청난 양의 방사능 잔류물이 알타 강으로 쏟아지겠죠. 물론 제가 자세한 설명은 안 해도 잘 아시겠지만, 이 지역 전부 피해를 볼 겁니다. 강 인근의 마을 주민들은 모두 떠나야 하고요. 순록 사육도 더는 못 하게 되죠. 다행히도, 우리라면 이 모든 일을 피할 방법을 알고 있어요. 하지만 막대한 비용이 들 거예요. 그래도 그럴 가치는 충분히 있다고 봅니다."

"수업은 끝났나? 이제 계속해도 되는 거야? 내일 새벽에 떠나려면 지금 당장 짐을 싸고 캠프를 옮겨야 해. 내일까지는 모두 마무리해야 한다고. 알겠나? 탐사허가증이 내일 만료되니 마지막 기회야. 이 업계에서 계속 일하길 원한다면, 네놈에게도 마찬가지라고! 내일은 반드시 확실한 결과를 내야 해."

라카냘은 등 뒤에서 사미인의 눈길을 느끼고 뒤를 돌았다. 이자는 자기네 대화를 한마디도 알아듣지 못했지만 자기한테서 한시도 눈을 돌리지 않았다는 사실만은 분명했다. 프랑스인이 손가락으로 아슬락을 가리키며 소리를 질렀다.

"이봐, 너! 얼른 여기 정리해. 한 시간 내로 출발할 거다."

라카냘이 잘못 생각한 게 한 가지 있었다. 순록 뼈를 씹으며 조용히 앉아 있던 아슬락이 쳐다본 것은 프랑스인의 얼굴이 아니었다. 그의 눈길이 닿은 곳은 바로 라카냘이 손목에 찬 은팔찌였다. 라카냘이 천막에 왔을 때 처음 보았던 팔찌. 아내는 그 팔찌를 알아보았다.

에바 닐스도테르가 말로에서 막 도착했다. 북유럽지질학연구소 소장은 카우토카이노 경찰서에서 P9 순찰대를 다시 만났다. 롤프 브랏센은 얼마 전부터 보이지 않았다. 두 명의 순록치기를 심문한 다음, 현장에서 확인할 사항이 있다며 즉시 경찰서를 떠났다. 무슨 일이냐고 감히 물어보는 사람은 없었다.

경찰서 밖에 모인 시위대들은 여전히 구호를 외쳤다. 정치활동을 하는 두 사미인의 구속기간이 길어짐에 따라 연쇄반응이 일어났다. 노르웨이 의회의 여러 정당에서는 극지에서 일어나는 일들에 대해 염려하기 시작했다. 노르웨이국영방송 통신원이 전한 뉴스에 따르면, 시위에 '라플란드를 사미인에게!'라는 피켓이 등장했는데 이는 가장 우려할 만한 사안이었다.

니나의 사무실로 들어선 에바 소장은 지도를 보고 있던 두 순록경찰을 만났다. 그녀는 진지한 모습이었다.

"우리 경관님들께서 커다란 괴물을 낚으셨네요. 먼저, 농부의 골방에서 발견된 지도들 중에서 플뤼거의 현장노트와 일치하는 지도가 없다는 거죠? 그러나 우리는 이 독일 지질학자가 무언가에 지대한 관심을 가지고 있었다는 걸 알고 있어요. 두 분의 사건에 대해 저도 좀더 들여다봤답니다. 우리 팀의 도움을 받아, 북 위에 나타난 단서들도 살펴보았고요. 지난번에 제가 얘기했던 걸 기억하나요? 플뤼거는 노란 광물과 검은색 변질암에 대해 말했어요. 그 지역들에 대한 항공탐사 기록들을 확인해봤는데, 여기…."

그녀가 손가락으로 지도의 한 곳을 가리켰다.

"이곳은 방사능 검출 지역이에요. 화강암과 흑연편암으로 이루어진 곳인데 이 암석들은 우라늄을 함유하고 있을 수도 있어요. 그렇게 멍한 눈으로 보지 말아요. 이건 무슨 말이냐 하면, 이 지역에 우라늄광상이 있을 수도 있다는 뜻이에요. 만일 이 광상이 별 볼일 없는 사람들 손에 들어가고, 이들이 적합한 굴착장비도 없이 깊이 묻힌 광물 샘플을 얻으려고 발파작업을 한다면, 방사능 오염을 일으켜서 옆에 흐르는 강은 물론이고 주변 지역에 환경재앙을 가져오게 됩니다. 라돈가스는 말할 것도 없고요. 그 얘기는 지난번에도 했을 거예요. 우라늄광산을 규정에 따라 잘 운영한다면 아무런 문제도 일으키지 않아요. 일꾼들이 안전장비를 갖추고, 통풍배관 등 필수설비도 잘 설치해놓는다면 일하는 데 지장이 없죠. 하지만 그렇지 않을 경우엔 라돈가스가 몸속에 축적이 되어 폐암에 걸리는 건 시간문제예요. 게다가 담배까지 피우면 끝이죠, 끝. 이 라돈은 정말 고약한 녀석이거든요. 그 북에 죽었다고 표시된 사람들의 사인이 라돈가스가 아니었을까 하는 생각이 드네요. 북 사진 좀 보여주시겠어요?"

클레메트가 확대한 사진을 꺼냈다.

"보세요. 경관님이 '환영'이라고 말한 이 그림은 광산에서 관까지 바로 연결되어 있네요. 이 북이 언제 만들어진 건지 모르지만 아마도 이 광부들을 죽인 건 라돈가스일 거예요. 요즘에도 아프리카나 다른 곳의 어떤 광산들에서는 사람들에게 이런 사항을 미리 알리지 않고 작업을 해요. 결국은 일하는 사람들만 죽게 되는 거죠. 광부들이 담배까지 피우면 죽음은 더 빨리 찾아와요. 라돈은 서서히 퍼지는 물질이랍니다. 냄새도 없고요. 그 당시 사미인들은 술고래에다가 대단한 골초들이었을 거예요. 스웨덴인들이 그들을 담배와 술로 꾀었겠죠. 지구상 어디서든 순진한 원주민을 길들일 때 사용하는 방법이거든요."

에바 소장은 고개를 끄덕이며 물을 한 모금 들이켜고 다시 말을 이었다.

"이 북이 만들어졌을 때든, 광산이 처음으로 개발되었을 때든, 우라늄에 대해 아는 사람은 없었어요. 사람들이 이 노란 광물에 관심을 가진 이유는 그때 당시 왕실에서 도자기나 유리제품을 장식하기 위한 색소로 쓰였기 때문이에요. 만약 썰매로 운반한 광물이 정말로 우라늄이라면, 갱내에 라돈가스가 가득 차 있고 환기도 안 되는 열악한 작은 광산은 광부들의 무덤이나 다름없어요. 확실합니다."

롤프 브랏센과 칼 올센은 알타와 카우토카이노 중간지점인 93번 국도변의 마제 마을 변두리에서 만났다. 서장 권한대행인 브랏센은 평상시처럼 무뚝뚝한 표정이었다. 그는 자기 차를 눈에 안 띄는 곳에 세우고 늙은 농부의 트럭에 올라탔다.

프랑스인이 마지막으로 보낸 메시지는 긴급한 내용을 담고 있었다. 올센은 이 남자를 믿지 않았다. 생각하면 할수록 이 악마 같은 자식이 선수를 칠 것 같아 염려스러웠다. 프랑스인이 만일 정말로 이 기적의 광맥을 발견했다면 자기 몰래 신고를 하러 갈 수도 있었다. 그렇게 되면, 평생 아버지의 꿈을 좇아 살아왔던 칼 올센은 모든 것을 다 잃고 만다. 결코 일어나서는 안 될 일이었다.

그는 목의 통증 때문에 인상을 쓰며 브랏센 쪽으로 힘들게 몸을 돌렸다. 브랏센은 좋은 소식을 가지고 오지 않았다. 프랑스인의 성추행에 대한 관대한 태도 때문에 경찰 동료들에게 의혹의 눈길을 받고 있으며, 두사미 순록치기를 유치장에 가둔 이후에는 대중들의 분노가 점점 커지고 있었다. 게다가 빨갱이들이 장악한 지지 단체들은 여기저기 똥을 싸지르며 그를 곤란하게 만들었다. 그만큼 브랏센의 입지도 약해져서 서장으로 승진하는 것도 장담할 수 없었다.

올센은 고집불통에 멍청한 브랏센을 신뢰하지 않았으나 아직은 그가 필요했다. 얼핏 해결책이 떠올랐다. 금광도 지키고 브랏센의 지위도 보존

할 수 있는 방법이었다.

"프랑스인이 있는 곳을 아나?" 올센이 눈을 가늘게 뜨고 물었다.

"네. 적어도 위치는 압니다. 그자는 인적이 전혀 없는 땅에 있어요. 그 쪽에는 순록 방목지도 없어서 아무도 가지 않아요. 세상 끝의 끝이죠."

"그럼, 아주 간단하구먼." 영감이 말했다. "걱정하지 말라고, 잘 될 테니까. 프랑스 친구를 보러 가자고. 멀리서 지켜보다가 다가가는 거야. 찾아야 할 걸 찾아낸 게 확실하다면 그 자리에서 바로 체포해 데려가는 거지. 다른 사람들은 자네에게 한마디도 못 할 걸세. 알아들었나?"

"아, 네. 좋습니다. 하지만 그자 회사가 채굴허가신청서를 낼 수도 있어요."

올센은 아무 말도 하지 않았다. 그 얘기라면 이미 답을 알고 있었다. 하지만 브랏센이 스스로 결론에 이르기를 바랐다.

"그래, 물론이지. 게다가 프랑스인은 체포된 후에 더한 것도 말할 위험이 있어." 올센은 침울한 척하며 말했다.

"그러게요. 그자가 영감님에 대해 얘기할 위험이 있죠." 브랏센이 퉁명스럽게 말했다.

"오, 난 그건 생각도 못 했는걸." 올센 영감이 말했다. "난 그자가 자네 얘기를 할 수도 있다고 생각했지. 자기한테 어린 울리카를 넘긴 건 바로 자네라고 말이야. 기억나지? 열다섯 살의 술집 종업원 계집애."

브랏센의 얼굴이 창백해졌다. 올센은 순식간에 바뀐 경찰의 표정을 흡족하게 바라보았다.

52

1월 28일 금요일

일출: 오전 9시 2분, 일몰: 오후 2시 2분

일조 시간: 5시간

오전 7시 30분, 라플란드 내륙

라카냘과 캘러웨이는 아침 일찍 길을 나섰다. 밤은 짧고 추웠다. 그리고 불안했다. 긴장감이 캘러웨이의 가슴을 옥죄었다. 아침을 빠른 속도로 먹으며 해야 할 일을 라카냘에게 구체적으로 설명했다. 암석들 덕분에 옛 빙하들이 흘러온 길을 파악할 수 있었다. 이곳의 얼음덩이들은 하루에 일 미터가량 움직이는 듯했다. 지질도들을 검토하여 이 길을 추적해 거슬러 올라가면 광체에 접근할 수 있다. 라카냘이 입수 경위를 밝히길 거부한 옛날 지질도를 살펴본 캘러웨이는 우라늄광상의 위치를 확신했다. 그의 계산에 따르면 막대한 우라늄이 매장되어 있는 광상이 삼백 미터가 채 안 되는 곳에 있었다.

"그럼, 출발하지." 라카냘은 기다란 스웨덴 망치에 기대고 있다가 그의 말을 잘랐다.

해는 아직 뜨지 않았지만 흰 눈에 반사되는 빛만으로도 시야를 확보할 수 있었다. 한시라도 꾸물거릴 틈이 없었다. 광업위원회 회의는 2월 1일 화요일에 열린다. 그러니 늦어도 월요일까지는 채굴허가증을 신청해야 한다.

캘러웨이는 스노모빌에 올라타고 무전기를 점검했다. 그의 머릿속에는 이미 파리 본사에서 프레젠테이션하는 자신의 모습이 떠올랐다. 얼마나 뜨거운 반응이 나올까? 그는 라카냘이 지켜보는 것도 모르고 헤벌쭉 미소를 지었다. 캐나다인이 사미 가이드에게 출발하자고 손으로 신호를 보냈다.

몹시 들뜬 캘러웨이는 라카냘의 뒤를 따라 캠프에서 산비탈까지 몇 백 미터에 달하는 거리를 빠르게 질주했다. 이런 열기는 한 번도 느껴본 적이 없었다. 마지막 몇 미터를 앞두고 초경량 스노부츠의 끈을 바짝 조였다. 그들은 가파르게 솟은 산등성이까지 곧장 달렸다.

거의 정상에 다다랐을 때 캘러웨이가 멈춰 섰다. 평평한 산봉우리 뒤로, 산비탈이 미끄럼틀처럼 급격한 경사를 이루고 있었다. 캘러웨이는 능선을 따라 조금 더 움직여서 산비탈 쪽의 전망을 보았다. 별안간 그의 얼굴이 굳어졌다. 바로 근처에 있지 않으면 절대 보이지 않는 산비탈 중간에 시커먼 그림자가 보였다. 아니, 그건 어쩌면 기묘하게 생긴 바위인지도 몰랐다. 그는 강력한 현장용 손전등을 꺼내 비췄다. 그림자가 사라진 자리에 움푹 들어간 작은 구멍이 있었다.

"여기요! 얼른 여기 좀 와보세요!" 그가 소리를 질렀다.

프랑스인이 긴 망치를 지팡이 삼아 다가왔다. 그리고 보았다.

"옛날 갱도 입구잖아…."

캘러웨이가 더 가까이 갔다. 갱의 입구는 너무 작아서 그 안으로 들어가려면 허리를 완전히 구부려야 했다. 캘러웨이는 손전등으로 갱도를 비췄다. 목이 바짝 말랐다. 뒤로 도는 순간 라카냘의 입김이 얼굴로 날아왔다.

"계속 가." 프랑스인이 말했다. "나는 뒤에서 따라간다."

캘레웨이는 죽을 것만 같았다. 허리를 완전히 수그리고 미끄러지지 않도록 조심하면서 좁은 길을 따라 걸었다. 살짝 구부러져 이 미터가량 이어지던 갱도가 끝나자, 세로 오 미터 가로 삼 미터 정도의 방이 나왔다. 천장 높이는 바위 바닥에서부터 일 미터 반 정도에 불과했다. 거친 벽면에 망치와 곡괭이로 마구 두드린 흔적이 보였다. 바위 벽면 중 어떤 부분은 다른 곳보다 더 움푹 들어갔는데 그곳에는 광부들이 채굴하던 광맥이 드러나 있었다.

캘러웨이가 휘파람을 불었다.

"상상이 가요? 광물을 찾으러 여기까지 온 사람들이 있었네요."

그는 에스트윙 망치를 꺼내 바위벽을 내리쳤다. 피치블렌드나 천연우라늄광석처럼 보였다.

"언제 파놓은 갱일 것 같아요?"

"모르겠는데." 라카냘이 말했다. "이곳 라플란드에서 탐사를 시작한 건 1600년대라는 것만 알아. 어쩌면 그때의 갱도인지도 모르지. 하지만 지금은 역사수업을 할 시간이 아냐. 이쪽에 손전등 좀 비춰봐."

켈러웨이가 조명을 이동했다. 라카냘은 천오백으로 측정 단위를 맞추고 SPP2의 스위치를 켰다. 기계의 시그널이 즉시 최대치로 올라갔다. 폐쇄된 공간에서 울리는 경보음은 견디기 힘들었다. 캘러웨이가 귀를 틀어막았다. 라카냘은 눈도 꿈쩍하지 않았다. 그가 레벨을 오천으로 올리고 다시 측정했다. 시그널이 최대로 올라간 건 순식간이었다. 캐나다 빙하학자는 손을 내렸다가 인상을 쓰며 곧바로 다시 귀를 막았다. 라카냘이 신경질적인 반응을 보였다. 그가 SPP2의 레벨을 다시 만오천으로 조정했다.

이제까지 수많은 탐사를 해왔지만 SPP2의 측정 단위를 조정해야 했던 일은 단 두 번밖에 없었다. 한 번은 며칠 전 암석에 입사했을 때였고, 또 한 번은 캐나다의 시가레이크 광산에서 임무를 수행할 때였다. 시가레이크 광산은 대부분의 다른 광산보다 무려 이백 배 이상 품위가 높은 우라늄광석이 매장되어 있는 곳으로, 광석 톤당 이백십 킬로그램의 우라늄정광을 함유한 세계 제일의 고품위 우라늄광산이다.

날카로운 경보음은 또다시 빠른 속도로 최대치에 도달했다. 초당 만오천 회! 캘러웨이가 동그란 안경 뒤에서 동그래진 눈으로 라카냘을 보았다. 이제 막 시가레이크 광산을 능가하는 곳이 발견되었다.

오전 9시, 카우토카이노

P9 순찰대가 라카냘을 찾으러 떠나려던 참이었다. 클레메트는 차에 오르려는 순간, 경찰서 입구로 걸어오는 닐스 안테 숙부를 보았다. 어리둥절했다. 숙부를 경찰서 근처에서 보는 건 아마 처음이지 싶었다. 경찰서와 교회는 숙부가 절대로 가까이 하지 않는 장소였다. 더 놀라운 건, 숙부가 사미 북 전문가인 후리 만케르와 함께 있다는 사실이었다. 유카스예르비에서 멀리 떨어진 이곳에서 뭘 하는 거지? 그것도 두 사람이 함께 왜 여기에?

클레메트는 한숨을 쉬었다. 재앙이 닥치기 전에 한시라도 빨리 라카냘을 쫓아가서 막아야 한다. 그렇지만 정확히 어느 장소로 가야 하는지 확실하지 않았다. 단서들을 모아 추적하는 수밖에 없었다. 다행히 날씨는 그들 편이었다. 눈 위에 난 자국을 감추기란 쉽지 않으니 말이다.

숙부가 다가오기를 기다리면서 클레메트는 걱정스러운 눈으로 하늘을 쳐다보았다. 방금 떠오른 해가 빛의 마법을 펼쳐놓았다. 그러나 하늘은 흐려질 조짐을 보였다. 오후가 지나면 눈보라가 칠 수도 있었다. 그러면 눈 위의 흔적은 기대도 말아야 한다.

"조카님, 안녕. 다시 제복을 입었네? 그 옷이 너한테 안 어울린다는 건 너도 알지? 해줄 말이 있어서 왔어. 여기서 눈사람이 될까? 아니면 네 집으로 가는 건 어때? 몇 년 동안 못 봤던 내 친구 후리도 같이 왔지. 너의 북 이야기에 엄청 감동을 받았더라고. 그 이야기를 너무너무 하고 싶어서 날 찾아왔지 뭐냐. 일부러 왔어."

"니나," 클레메트는 이미 순찰차에 앉은 동료에게 말했다. "오 분만 차고로 가자. 숙부, 우리가 지금 정말 바빠서요. 곧 떠나야 해요."

네 사람은 아직 문이 열려 있는 경찰서 차고로 갔다. 클레메트가 구석의 허름한 소파 두 개를 가리켰다. 마주 본 두 소파의 가운데 놓인 낡은 나무 의자 위에 반쯤 찬 재떨이 두 개가 있었다. 경찰서의 흡연구역이다. 닐스 안테만 빼고 모두가 자리에 앉았다.

클레메트는 숙부가 요이크를 부르기 시작했을 때 너무 놀라 이 상황을 믿을 수가 없었다. 차고 입구를 지나가던 경찰들이 멈춰 서서 그들 쪽을 보았다. 그러고는 니나와 클레메트가 요이크를 부르는 사람과 함께 있다는 것을 알고 어깨를 으쓱이며 지나갔다.

"이 요이크, 어쩐지 익숙한 멜로딘데요?" 니나가 말했다.

그러나 인내심에 한계가 온 클레메트는 벌떡 일어나 숙부를 쏘아보았다.

"지금 저랑 노닥거리려고 오신 거예요?" 그가 소리를 질렀다. "숙부의 중국 여자친구를 위한 요이크 마지막 버전을 들려주시게요? 니나, 가자."

그가 발을 탕탕 구르며 걷기 시작했을 때, 후리 만케르가 짓궂은 표정으로 소매를 잡아끌었다.

"숙부 노래를 들어봐요. 분명 관심이 생길 텐데."

"이건 창을 위한 요이크가 아니야." 닐스 안테가 기분 나쁜 표정으로 강조했다. "너는 내가 노래할 때 듣지도 않는구나. 그리고 창한테 조금은 존중하는 마음을 보여줬으면 좋겠다. 창은 나의 중국 여자친구가 아니야. 나의 창 아가씨라고."

클레메트가 한숨을 크게 내쉬었다.

"그래서요?"

"요이크. 옛날에 요이크가 있었어요." 후리가 설명했다. "난 처음에는 북에 표시된 상징에 관심을 두지 않았는데, 암시하는 바가 아주 많더라고요. 그런데 그 암시들은 태양의 중간에 자리하고 있어요. 지난번에 얘기한 것처럼 마데라카와 왕과 군인과 목사가 있는 그 십자가 말이에요. 그게 얼마나 중요한 건지 확신할 수 없어서 좀 명확히 알아보고 싶었어요. 그래서 닐스와 함께 연구했죠. 경관님 숙부는 진짜 대단한 사람이에요. 요이크에 대해서는 살아 있는 백과사전이라고 해도 과언이 아니죠. 그런데 더 천재적인 건 마티스, 그러니까 마티스가 부르던 요이크 중 하나를 기억해서 이 북과 연결시켰다는 거예요."

"아, 닐스 안테 선생님이 방금 부른 요이크는 마티스 씨를 방문했을 때 들었던 것과 똑같아요!" 니나가 탄성을 내질렀다.

"마티스는 자기 아버지의 요이크를 부른 거야. 마티스 아버지도 자기 아버지의 요이크를 불렀고." 닐스 안테가 말했다. 이제 조카가 입도 벙긋하지 못한다고 생각하니 기분이 좋았다. "이 요이크를 옛날 녹음테이프에서 찾았어. 이 북과 연결하지 않고 들으면 평범한 요이크라고 생각할 수 있어. 아주 어두운 분위기의 요이크라고 말이야. 이런 요이크들도 많이 있거든. 그런데 이 요이크는 어떤 장소를 구체적으로 얘기해. 호수로 흘러가는 개울물과 곰 머리 형태를 지닌 호숫가, 호수 안의 작은 섬에 대해 말하고 있거든."

"내 생각에," 후리가 닐스 안테의 말을 이었다. "상세한 묘사가 있는 이 요이크는 북에 나와 있는 장소를 알려주기 위한 거예요. 그게 내가 믿는 바이기도 하고. 그리고 요이크는 이 이야기를 결코 잊어서는 안 되며 대대로 이어져야 한다고 얘기해요. 죽은 조상의 경고인 셈이죠. 이 북이 만들어진 시기는 십칠 세기 말이 분명한데, 북 제작자는 이 메시지가 세대를 거쳐 전해질 거라고 확신한 듯해요. 그 당시 사미족에게는 문자가 없었어요. 이 사람은 북을 만들 줄 알았고, 요이크를 부를 줄 알았죠. 안타깝지만 북을 만든 사람이 어떻게 됐는지는 결코 알 수 없을 거예요. 하지만 그는 자기의 요이크 덕분에 언젠가 자기 북이 발견될 거고 감춰둔 비밀이 드러날 거라고 생각한 게 분명해요. 그는 이렇게 노래했어요. '안세크는 서쪽 산비탈에서 커피를 만들었어. 해가 떠올랐지. 그들의 순록은 계곡 양쪽에서 뒤섞였다네. 요우나는 계곡의 다른 편에 있었어.' 이 가사는 북에 나오지 않은 구체적인 장소를 보여준다고 생각해요. 두 지역 중 어디로 가야 할지 잘 모르겠다고 했죠?"

클레메트는 경찰복 바지에 달린 주머니에서 지도 두 장을 꺼내 무릎 위에 펼쳤다. 숙부가 그 위로 머리를 숙였다.

"두 개의 얕은 개울과 두 개의 초원이 있는 계곡은 바로 여기야."

닐스 안테가 지도 위의 한 지점을 손가락으로 가리켰다.

53

1월 28일 금요일

93번 국도와 92번 국도 교차로

P9 순찰대 차가 93번 국도를 타고 북쪽을 향해 달렸다. 라카냘은 탐사를 계획한 땅으로 가기 위해 이 길을 거쳐 갔을 것이다. 북을 발견하고 북의 그림들을 해석하기까지 지난 며칠 동안 수많은 일들이 숨 쉴 틈 없이 연달아 일어났다. 처음 얼마 동안, 클레메트는 순전한 기쁨에 사로잡혀 이 일들에 빠져들었다. 그러나 사건 속에 깊이 들어갈수록 어둠이 그의 마음을 잠식했다. 사미 마을 주민들을 죽음으로 몰아넣은 십칠 세기의 비극이 오늘날에도 재현되는 걸까?

1980년대, 미노 솔로 같은 회사들에 대항하여 올라프 렌손을 비롯한 사미 과격파들이 결집했지만 이들은 소수였고 대다수 사미인들은 시위에 참여하지 않았다. 옛날 십구 세기 중반에 노르웨이의 압제에 저항하며 사미인 전체가 들고 일어났던 때와는 사뭇 다른 양상이었다. 이제 지역주민들은 리스크가 아무리 크다고 해도 풍부한 우라늄광산이라는 유혹 앞에서 저항할 수 있을까?

클레메트는 깜박이를 켜고 렌릭카 카페테리아 입구 정면에 주차했다. 요한 헨리크의 아내가 운영하는 곳이다. 헨리크는 심문을 받느라 아직도 유치장에 있었다. 그러나 카우토카이노에 머무르는 판사의 말에 따르면 헨리크와 올라프는 그날 저녁 풀려난다. 유엔 컨퍼런스의 시작을 알리는 리셉션 파티가 이번 주 일요일 저녁에 예정되어 있어서 모두가 두 순록치기의 석방을 환영했다.

사실 수사판사는 미켈과 욘을 체포하기 전까지는 두 사람을 조금 더 잡아두고 싶었으나 사미인 두 명을 더 잡아들이면 사미인들 전체에 대한 선전포고로 비칠 위험이 있었다. 그래도 미켈과 욘의 경우에는 적어도 기름 자국이라는 명백한 증거가 있었다.

카페테리아 주차장에 대형트럭 두 대가 서 있었다. 하나는 러시아 번호판, 하나는 스웨덴 번호판이었다. 클레메트와 니나는 식당 안으로 들어갔다. 요한 헨리크의 아내는 계산대 뒤에 앉아 있었다. 구석 테이블에 혼자 앉은 남자가 보였다. 그들은 고개를 까딱하며 인사를 나눴다. 두 경찰은 커피를 주문했다. 두 사람을 대하는 요한 헨리크 아내의 표정은 썩 좋아 보이지 않았다.

“혹시 이 남자 보셨어요?” 클레메트가 여주인에게 라카냘의 사진을 보여주었다.

“봤지.” 그녀는 전혀 망설이지 않고 곧바로 대답했다. “며칠 전에 저기 러시아 운전사가 앉은 구석 자리에서 지도를 잔뜩 펴놓고 있었어. 오래 있다가 갔어.”

“언제였는지 기억나요?”

여주인은 잠시 기억을 더듬었다. 화장실에서 경쾌한 휘파람 소리와 동시에 물 내리는 소리가 들렸다.

"아마 금요일이나 화요일이었을 거야. 지금 화장실에 간 운전사는 매주 화요일과 금요일에 정기적으로 이곳을 지나다니거든. 운전사가 사진 속 남자한테 시비를 걸었던 게 기억나네."

"그자가 어디로 갔는지 알아요?"

"그 남자는 아슬락의 캠프로 가려고 했어. 난 그것밖에 몰라. 다른 말은 안 했으니까."

"그후로 다시 이곳에 들렀나요?"

"아니."

클레메트가 커피 값을 계산했다. 두 경찰이 자리에 앉은 순간 화장실 문이 열렸다. 스웨덴 트럭 운전사였다. 그가 휘파람을 불고 두 손가락을 딱딱 부딪쳐 박자를 맞추며 화장실에서 나왔다.

"자기야, 샌드위치 하나 만들어놔. 오 분 후에 올 테니까. 그 다음에 바로 떠날 거라고. 어이, 이고르! 내가 없다고 우리 섹시한 사미 할망구 꼬시면 죽을 줄 알아!" 그가 러시아 운전사에게 소리쳤다.

러시아 운전사는 껄껄 웃으며 알았다는 듯 손을 흔들었다. 스웨덴인은 여전히 휘파람을 불며 식당 밖으로 나갔다. 클레메트는 팔에 문신을 한 스웨덴 운전사를 알아보았다. 밀거래자다. 그가 니나의 귀에 대고 속삭였다. 두 경찰은 눈으로 스웨덴인의 뒷모습을 좇았다. 털 달린 방한 작업복을 입은 그가 트레일러 밑에 붙은 금속서랍을 열었다. 클레메트가 식탁 위에 커피 잔을 내려놓았다. 스웨덴 운전사는 그곳에서 휘발유 통을 꺼냈다. 아르티스크 올리에 브랜드의 휘발유통이었다. 올센 영감의 창고에 있었던 것과 같은 제품이었다. 니나도 즉시 알아챘다.

운전사는 깔때기를 이용해 통의 내용물을 비운 후 빈 통을 버리려고 주차장 구석까지 팔짝팔짝 뛰어갔다. 그가 휘파람을 불며 다시 카페테리아 안으로 들어왔다. 그러고는 기름때가 잔뜩 묻은 작업복 위에 기름 묻은 손을 쓱쓱 비볐다.

브라이언 캘러웨이는 이토록 격렬한 흥분을 한 번도 느껴본 적이 없었다. 대박! 방금 발견한 광맥, 아니 재발견한 이 광맥으로 프랑스광업회사는 세계 제일의 우라늄 생산회사로 우뚝 설 수 있다. 그리고 암석들을 뒤쫓아 우라늄광체를 찾은 건 바로 캘러웨이 자신이었다! 물론 라카냘의 동물적인 감각도 이 광체를 찾는 데 큰 역할을 했다. 그는 너무 기뻐서 미칠 것만 같았다.

두 사람은 스노모빌로 돌아왔다. 캘러웨이는 행복감에 도취되어 붕붕 떠다니는 기분이었다. 심지어 라카냘의 포악한 성질마저도 잊어버렸다. 그가 라카냘의 어깨를 철썩 치며 큰 소리로 웃어댔다. 그는 기뻤다. 이보다 더 기쁠 수가 없었다.

캐나다인은 스노모빌 트렁크에서 무전기를 꺼내 프랑스광업회사의 라데팡스 본사에 통신을 연결했다. 이 놀라운 소식을 얼른 알려야 했다. 그는 벙글벙글 웃으며 뒤로 돌아 라카냘을 보았다.

"기분 나쁘라고 하는 말이 아니라, 전 정말이지 사람들이 선생님을 왜 불도그라고 하는지 이번에 확실히 알았어요. 정말 어마어마한 일을 하셨어요!"

캐나다인이 다시 무전기 쪽으로 몸을 돌려 주파수를 맞추고 통신 준비를 마쳤다. 그는 라카냘이 무전기로 무슨 얘기를 할 거냐고 조용히 말하는 소리를 듣지 못했다. 소식을 전한다는 기쁨에 도취하여 라카냘이 불도그라고 부르지 말라는 소리도 듣지 못했다. 그가 마지막으로 본 것은 바로 앞, 땅에 놓여 있던 길고 가는 그림자의 날쌘 움직임이었다. 프랑스인의 스웨덴 망치 밑에서 두개골이 산산조각 났을 때, 그는 고통을 느낄 새도 없었다.

스웨덴 운전사를 심문하는 건 쉬운 일이 아니었다. 사내는 고성을 지르며 경찰들에게 욕을 퍼붓고 덤벼들었다. 클레메트가 마침내 그를 제압하여 엎드려 눕히고 몸으로 눌렀다. 니나는 스웨덴인의 양손을 등 뒤로 오게 하여 수갑을 채웠다. 바닥에 방한복을 입은 가슴이 짓눌려, 사내는 더 이상 소리를 지를 수가 없었다. 몸부림은 점차 잦아들었지만 경찰들에게 퍼붓는 욕설은 끝없이 이어졌다.

클레메트는 스웨덴인의 감시를 니나에게 맡기고 카페테리아 바깥으로 나갔다. 니나가 경찰서에 전화를 걸어 지원 요청을 했다. 보안관은 십오 분 내로 경찰대원들이 도착할 거라고 대답했다.

클레메트는 장갑을 끼고 트럭의 조수석 문을 열고 들어갔다. 그리고 좌석에 앉아 차 실내와 간이침대, 수납장을 샅샅이 수색하기 시작했다. 모든 걸 뒤집어보고, 포르노 잡지나 자동차 잡지들을 한 장 한 장 넘겼다. 담뱃갑과 반쯤 빈 보드카 병도 검사했다. 그리고 드디어 찾던 것을 발견했다.

솔직히 말해서, 스웨덴 사내는 노력을 전혀 하지 않았다. 칼집에 꽂아둔 묵직한 칼 한 자루가 운전석 뒤에 걸어놓은 넓적한 가죽혁대에 보란 듯이 매달려 있었다. 클레메트는 조심스럽게 칼집을 들고 칼을 뽑았다. 그러고는 칼날을 관찰하고 다시 칼집에 넣은 후 혁대를 들고 카페테리아 안으로 되돌아갔다.

스웨덴 운전사는 여전히 수갑 찬 손을 뒤로 한 채 니나의 발밑에 엎드려 있었다. 니나는 러시아 운전사를 보내주기 전에 신상정보를 확인하고 신분증 사진을 찍었다. 클레메트가 니나에게 칼을 보여주었다. 그러고는 스웨덴인의 코앞에 대고 흔들었다. 그가 험상궂은 표정을 지으며 침을 퉤 뱉었다.

"일이 더럽게 꼬이기 전에 털어놓을 말이 있을 텐데." 클레메트가 말했다.

멀리서 경찰차 사이렌 소리가 들렸다. 카우토카이노의 지원군들이 렌릭카 카페테리아의 작은 주차장을 꽉 채웠다. 작은 앞치마를 두른 요한 헨리크의 아내는 여전히 무표정한 얼굴로 계산대 뒤에 앉아 있었다.

"자, 그래서?" 클레메트가 칼을 다시 흔들어대며 말했다.

"뭐요, 사미 칼 첨 봐요?" 스웨덴인이 빈정대며 쏘아붙였다.

다음 순간, 이죽거리던 얼굴이 갑자기 파랗게 질렸다. 카페테리아 문이 열리며 보안관과 다섯 명의 카우토카이노 경찰이 어두운 표정의 두 순록치기를 데리고 들어왔다. 욘과 미켈이었다.

욘은 완전히 낙담한 사람처럼 보였다.

"우리가 올센 영감 집 앞에서 만난 건 그때가 처음이에요. 진짜예요. 클레메트 경관님이 그때 본 게 처음이라고요. 정말 바보 같은 짓을 했어요. 술하고 담배 조금뿐이에요. 아주 크게 잘못한 것도 아니잖아요."

"난 그 일에는 관심 없어. 내가 알고 싶은 건 마티스의 죽음에 관한 거라고."

욘은 얼빠진 얼굴로 눈을 크게 떴다. 그의 시선이 차례차례 스웨덴 운전사와 미켈을 향했다. 미켈은 폭발하기 일보직전으로 보였다.

"내가 아니야!" 갑자기 미켈이 소리를 질렀다. "내가 아니라고! 그냥 북만 가져오려고 했어! 그뿐이야. 그뿐이라고! 맹세코 내가 아니야!"

"누가 시켰어?" 클레메트가 미켈의 얼굴에 들이대고 호통을 쳤다.

"올센 영감이 시켰다고!" 미켈은 공포에 질려 소리쳤다. "마티스는 북을 가지고 있지 않았어. 마티스는 술에 잔뜩 취해 있었어. 잔뜩 취해 있었다고. 하지만 마티스에게 나쁜 짓은 절대 하지 않았어. 거기에 혼자 가고 싶지 않았어. 내가 아니야! 난 아니라고! 맹세할 수 있어. 난 칼도 갖고 있지 않았다고. 내가 아니야!" 미켈이 흐느끼기 시작했다. "난 그냥 마티스의 스노모빌에 불만 질렀어."

"그럼 아슬락은 너와 거기서 뭘 한 거지?" 클레메트가 다시 큰 소리로 외쳤다.

"아슬락? 아슬락? 아슬락은 없었어. 아슬락은 거기 없었다고!" 미켈이 울부짖었다. "거기엔 나와 그리고…"

바닥에 있던 스웨덴인은 이제 아무 말도 하지 않았다. 그가 미켈을 향해 침을 뱉었다.

54

1월 28일 금요일

라플란드 내륙

아슬락은 캠프로 혼자 돌아오는 프랑스인을 보았다. 옷은 더러웠고 굳은 표정이었다. 완전히 팽창한 동공만 이글이글 타올랐다. 피로 얼룩진 망치를 감출 생각도 하지 않았다. 그가 무전기를 켜고 감정이 전혀 섞이지 않은 말투로 누군가에게 위치를 알려주었다.

"광산에서 멀지 않소. 눈보라가 치기 전에 빨리 오시오. 만족할 거요."

남자가 무전기를 껐다. 아슬락은 그에게서 눈을 떼지 않았다. 악마. 아내를 떠올렸다. 뭘 하고 있을까? 이제 먹을 것도 없을 텐데 어떻게 버티고 있을까? 아슬락은 떠나야 했다. 만일 무전기의 사람들이 이곳으로 온다면 집에 찾아와 아일라를 위협하는 사람이 더는 없을 것이다. 아슬락의 칼은 순록가죽 부츠 안에 여전히 감춰져 있었다. 그는 칼을 항상 지니고 다녔다. 망치 남자는 아슬락이 자신의 법에 굴복했다고 생각했다. 그러나 아슬락 같은 사람은 결코 악에 굴복하지 않는다.

아슬락은 아내가 그렸던 기호를 떠올렸다. 그리고 즉시 깨달았다. 행동해야 한다는 것을. 아내는 어쩌면 평화를 되찾을지 모른다. 이성이 돌아오진 못하더라도 평화는 되찾을 수도 있다. 다시 행복해지길 바라기에는 너무나 불행했다. 아내는 불행 그 자체였다. 고통도. 그리고 비명도. 피에 젖은 망치를 들고 오는 남자를 보았을 때, 아슬락은 이해했다.

하늘에 짙은 잿빛 구름이 가득했다. 폭풍이 다가오고 있었다. 할아버지가 떠난 날처럼. 부족의 노인들은 자신이 공동체에 부담이 된다고 생각하면 길을 떠났다. 그리고 홀로 툰드라로 떠난 그들을 다시는 보지 못했다. 겨울 폭풍이 몰아치던 어느 날 밤, 아슬락의 조부도 그들처럼 홀로 떠났다. 아슬락은 구름을 살폈다. 카우토카이노의 기숙학교에서 보았던 폭풍과 똑같았다. 일곱 살 때였다. 그날 할아버지가 떠났다. 아슬락도 떠났다. 일곱 살에 학교 창문을 뛰어넘어 겨울 폭풍 속으로 떠났다. 그리고 다시는 돌아오지 않았다.

자신의 순록들과 개들을 생각했다. 그는 실패했다. 좋은 목부는 자기 짐승을 결코 버려두지 않는다. 십 미터 앞에서 꼼짝 않고 서 있는 프랑스인을 보았다. 마티스를 생각했다. 스노모빌에서 치솟는 연기를 보고 달려갔다가 발견한 마티스의 시체를 생각했다. 순록경찰에게 했던 말을 생각했다. 인간의 법이 마티스를 죽였다. 그들의 규칙, 언제나 더 많은 것을 원하는 그들의 욕망. 바로 앞의 남자와 똑같은 인간들은 아슬락 같은 목부들을 파멸로 이끌었다. 미노 솔로는 불행의 씨앗을 뿌려놓았다. 그리고 망치 든 남자는 불행을 두 배로 흩뿌렸다. 마땅히 두 배의 응징을 받아야 한다.

계산대 뒤에 앉아 있던 요한 헨리크의 아내는 미켈이 스웨덴 운전사를 어떻게 배신하는지 하나도 빠짐없이 다 보았다. 그녀가 클레메트에게 다가갔다.

"올센 영감이 오늘 아침 아주 이른 시각에 차를 몰고 와서 여기에 들렀어. 보온병에 커피를 가득 채워갔다고. 영감 트럭에 자네 동료도 있었어. 그 사미 사냥꾼 말이야. 그리고 저쪽으로 떠났어." 그녀가 92번 국도의 북동쪽을 가리키며 말했다. 그쪽 하늘에는 구름이 점점 더 짙어지고 있었다.

클레메트와 니나는 더 이상 지체하지 않고 길을 떠났다. 카우토카이노의 또 다른 순찰대가 그들 뒤를 따랐다. 보안관은 올센 영감의 금고를 열기 위해 수사판사에게 수색영장을 요청했다. 어쩌면 금고 속에서 결정적인 증거들을 찾을 수도 있었다.

순찰차들은 갈림길까지 달리고 나서 차를 세웠다. 경찰들은 신속히 움직였다. 모두가 무엇을 해야 하는지 잘 알았다. 몇 분 후 차에서 내린 네 대의 스노모빌이 작은 산의 둘레를 따라 달리기 시작했다. 단단하게 굳어 은빛으로 반짝이는 눈이 산비탈을 뒤덮었고 앙상한 작은 나무들이 비틀린 모습으로 총총히 서 있었다. 경찰들은 구불구불하게 이어진 얼어붙은 강을 따라 수 킬로미터를 달린 다음, 방향을 틀어 높은 고원으로 올라갔다.

멀리 아슬락의 캠프가 보였다. 클레메트는 캠프의 고요한 모습에 불안감이 엄습했다. 천막 위로 올라오는 연기가 보이지 않았다. 속도를 냈다. 아슬락은 무엇 때문에 마티스의 몸에 그런 짓을 한 걸까? 클레메트는 아슬락이 놀라운 일들을 할 수 있다는 것을 잘 알았다. 그는 누구도 감히 시도하지 못하는 일들을 하는 사람이었다.

아슬락의 캠프에 가까이 갈수록 스노모빌의 속도도 줄어들었다. 경찰들이 천막 앞에서 총을 꺼냈다. 보안관이 카페테리아로 가져다준 무기다. 총의 감촉은 낯설게 느껴졌다. 클레메트가 순록경찰에 들어온 후 총을 꺼내든 건 처음이었다. 다른 두 경찰이 천막 주위를 한 바퀴 둘러보았다. 아무 소리도 들리지 않았다.

클레메트가 니나에게 처소로 쓰이는 천막으로 들어가자고 신호를 보냈다. 그는 신경질적으로 권총을 만지작거렸다. 니나가 천막 자락을 들어올렸다. 클레메트가 앞장서서 들어갔다. 하지만 곧바로 그 자리에 우뚝 섰다. 뒤따라 들어간 니나는 즉시 상황을 알아챘다.

클레메트는 권총을 밑으로 늘어뜨리고 멍하니 서서 아일라의 몸을 내려다보았다. 니나가 무릎을 꿇고 앉았다. 아일라의 얼굴은 푸르스름했다. 죽은 지 며칠은 된 것 같았다. 불은 오래전부터 꺼진 상태였다. 추위 때문에 죽었을 것이다. 아일라는 바닥에 등을 대고 팔을 위로 뻗은 채 누워 있었다. 마치 자기한테서 빠져나간 무언가를 꽉 붙잡고 싶어 하는 모습이었다.

바닥에 계속 무릎을 꿇고 있던 니나가 클레메트에게 무언가를 손가락으로 가리켰다. 그의 시선이 니나의 손가락을 따라갔다. 화로 근처의 땅바닥에 MOSO라는 알파벳이 그려져 있었다. 미노 솔로MinO SolO에서 따온 알파벳이다.

"귀의 문양이야…." 클레메트가 중얼거렸다.

55

1월 28일 금요일

라플란드 내륙

앙드레 라카냘은 사미 가이드를 지켜보았다. 이자는 처음부터 자기를 관찰했다. 지금도 뿔 네 개가 달린 모자를 쓰고 가슴에 올가미를 단 채 여전히 보고 있다. 하지만 더는 사미인이 필요 없었다. 비로소 모두 제자리로 돌아간다. 그는 비열한 늙은 농부 놈이 자신의 몫을 확실히 보장할 거라고 확신했다. 모두 잘 될 것이다. 빌어먹을 광산을 개발할 것이며, 사람들은 자기 발밑에 납작 엎드릴 것이다. 이제 돌아가면 어린 창녀들과 즐길 일만 남았다.

바람이 일었다. 쌓인 눈들이 라카냘 주위를 빙글빙글 돌며 날아올랐다. 씨팔, 더럽게도 춥네! 붉게 얼룩진 시퍼런 손으로 얼굴을 문질렀다. 몸에서 뜨거운 기운이 느껴졌다. 저 병신은 아직도 날 보고 있네. 망치를 들고 사미인 쪽으로 다가갔다. 이 개자식은 움직이지도 않는군.

이제 사미인이 할 일은 없었다. 네놈과는 볼일 끝났어. 버리면 그만이

지. 조금 더 다가갔다. 사미인은 그에게서 눈을 떼지 않았다. 젠장, 징그럽게 기분 나쁜 놈이야. 천천히 앞으로 갔다. 상대방이 마침내 자리에서 일어났다. 프랑스인은 사미인의 눈과 단단한 턱과 주름진 코를 보았다. 늑대는 자기의 시간을 기다린다.

"어서 캠프를 정리해. 다음 계곡으로 이동한다. 그곳에서 기다리는 사람들이 있어. 거의 다 끝나간다. 당신은 곧 집에 갈 수 있다고. 와이프 보러 가야지? 개들도 갖게 될 거다."

그가 더 가까이 다가가 사미인에게 SPP2를 내밀었다.

"자, 이걸 저 케이스 안에 넣어." 프랑스인이 작은 접이식 탁자 위를 가리켰다.

사미인은 장비를 잡기 위해 살짝 몸을 돌려야 했다. 아주 잠깐이었지만 라카날이 시야에서 벗어났다. 사미인은 몸을 펴고 장비를 향해 신중하게 손을 내밀었다.

일 미터. 라카날은 최대한 빨리 몸을 놀렸다. 스웨덴 망치가 쏜살같이 날아가 사정없이 내리쳤다. 우지끈하며 부서지는 끔찍한 소리가 들렸다. 그러나 빌어먹을 사미인은 공격을 예상했다. 망치는 어깨 부근에 맞았다. 강한 충격으로 쇄골이 으스러진 듯했다.

망치가 두개골을 빗나가는 바람에 프랑스인은 깜짝 놀라 잠깐 평정심을 잃었다. 이삼 초 정도. 그러나 그걸로 충분했다.

사미인이 부츠에서 손때가 묻은 커다란 단검을 뽑아들었다. 다음 순간은 느리게 이어졌다. 부서진 어깨에도 아랑곳 않고 사내가 덤벼들었다. 거리가 너무 가까워 라카날은 망치를 다시 들어올릴 수가 없었다. 나머지 손으로 그를 밀쳐내려 안간힘을 썼다. 사미인이 거대한 턱을 벌려 그의 손을 이로 물었을 때, 라카날은 무슨 일이 벌어졌는지 이해하지 못했다. 곧바로 비명이 터져 나왔다. 남자의 턱은 강철 덫보다 더 강력했다. 다음 순간, 극심한 공포가 몰려왔다. 단도가 라카날의 손목을 단숨에 잘라냈다. 프랑스인은 망치를 놓고 피가 솟구치는 손목을 움켜잡았다. 그가 울부짖었다. 눈은 피로 물들었다. 사미인은 여전히 칼로 위협했으나 죽일 생각은 없는 듯했다.

사미인이 프랑스인에게서 눈을 떼지 않은 채 눈밭에 떨어진 손 위로 몸을 굽혔다. 그러나 주워올린 건 손이 아니라 손목에서 빠져나온 은팔찌였다. 사미인이 몸을 폈다.

"미노 솔로." 그의 마지막 말이었다. "미노 솔로."

경찰들은 경찰서에 연락하여 아일라의 시신을 발견했다고 알렸다. 보안관은 다른 팀을 급파했다. 수사판사는 좀더 철저한 가택수색을 명했고, 올센의 금고를 열도록 허락했다. 금고에서 올센과 프랑스 지질학자의 거래 내용이 담긴 서류들뿐만 아니라 브랏센을 광산 보안책임자로 임명한다는 계약서가 나왔다. 그 안에는 라카날이 어떻게 성폭행했는지를 진술한 열다섯 살 마을 소녀 울리카의 진술서도 있었다.

네 명의 경찰은 다시 떠났다. 하늘은 점점 더 어두워졌다. 시야는 아직 괜찮았지만 지옥 같은 날씨로 돌변하는 건 시간문제였다. 니나는 걱정이 되었다. 이 날씨에 올바른 장소를 어떻게 찾지? 구름이 많이 꼈는데도 기온은 급격히 떨어졌다. 당장 철수하고 사냥은 나중으로 미뤄야 한다.

클레메트는 니나를 안심시켰다. 그는 이 산들을 속속들이 알았다. 그 어느 때보다 더욱. 머릿속에는 북과 요이크와 지도의 세세한 사항들이 고스란히 들어 있었다. 그들은 다시 길을 떠났다. 클레메트는 일정한 속도를 유지하며 팀을 이끌었다. 하지만 니나가 옳았다. 날씨는 시시각각 나빠졌다. 이런 날씨에는 노련한 가이드만이 툰드라에서 길을 찾을 수 있다.

바람은 땅에 쌓인 눈을 쓸어내며 수평으로 불었다. 얼굴을 완전히 가리는 헬멧을 썼는데도 얼음장 같은 바람이 왼쪽 관자놀이로 새어들었다. 누군가가 칼끝으로 관자놀이를 계속 쑤셔대는 것만 같았다. 질주를 잠깐 멈추고 장갑 낀 손을 헬멧 안에 넣어 바람을 막고 싶었다. 그러나 무거운 스노모빌이 균형을 잃을까 봐 핸들에서 손을 뗄 수가 없었다. 더군다나 최악의 상황이 다가오고 있었다. 태양은 여전히 지평선 위에 있었으나 시커먼 구름기둥이 바로 앞에서 일어났다. 설상가상으로 클레메트는 가파른 계곡으로 질러가는 길을 선택하여 더 험난한 여정을 만들었다. 대부분의 순록치기들이 피하는 길이었다. 클레메트는 귀중한 시간을 단축하기 위해 주저하지 않고 이 길을 택했다. 다른 경찰들도 용감하게 그 뒤를 따랐다.

마침내 계곡 반대편으로 나왔다. 그들은 휘어진 강굽이까지 완만하게 펼쳐진 비탈을 내려왔다. 강굽이를 돌아 달려가던 클레메트는 하마터면 작은 강 한복판에서 무릎 꿇은 남자를 칠 뻔했다. 시퍼렇게 멍이 든 얼굴은 온통 피범벅이었다. 남자는 이 미터 앞에서 스노모빌이 멈춰 서자 공포에 질린 눈으로 바라보았다. 올센이었다!

노인은 팔을 뻗어 눈 속에 반쯤 처박힌 스노모빌을 가리켰다. 스노모빌을 몰던 자는 눈에 파묻힌 커다란 돌을 보지 못하고 그대로 부딪혀 사고가 났다. 조금 더 멀리에 널브러져 있는 사람이 보였다. 움직임은 전혀 없었다.

"아, 당신이 우리를 구했어." 올센이 소리를 질렀다. 안도의 빛이 떠오른 얼굴은 목덜미를 쑤시는 통증에 곧 구겨졌다. "운전도 못 하는 무능한 놈 같으니. 위험천만한 악당이 있는 곳을 알려주려고 직접 나서서 길을 안내했는데…."

클레메트가 그를 밀치고 지나가 의식을 잃은 브랏센의 몸을 바로 돌렸다. 안심하던 올센의 목소리가 곧 잦아들었다. 클레메트는 경찰 두 명에게 올센과 브랏센의 처리를 맡기고 다시 길을 떠났다. 니나가 겨울 폭풍을 향해 나아가는 클레메트의 뒤를 따랐다.

라카냘은 머리를 흔들었다. 고통은 참을 수 없었고 도대체 무슨 일이 벌어진 건지 이해할 수 없었다. 신음하며 온몸을 떨었다. 상대방은 죽일 생각이 없는 듯했다. 사미인이 올가미를 풀어 자기를 묶었을 때 약간의 희망을 가졌다. 올가미가 몸을 바짝 조였다.

사미인은 올가미를 잡아당겨 끌고 가기 시작했다. 그들은 라카냘의 스노모빌 자국을 따라 끝없이 걸었다. 라카냘은 눈 속에 빠져 비틀거렸고 넘어질 때마다 극심한 고통에 울부짖었다. 매서운 바람이 잘린 손목을 사납게 물어뜯었다. 참을 수 없는 고통이 몰려왔다. 덤벼드는 추위 속에서 식은땀이 줄줄 흘렀다.

눈폭풍이 몰아쳐 땅과 하늘은 구분이 가지 않았다. 기세등등한 바람은 지나가는 길 위의 모든 걸 휩쓸었다. 그들은 소용돌이치며 사방으로 날아가는 눈 속으로 걸어갔다. 프랑스인은 비명을 지르며 사미인에게 욕설을 퍼부었다. 그러나 사미인은 무자비하게 올가미를 잡아당기며 묵묵히 걸어갔다. 겨울 폭풍에도, 점점 커지는 고통에도 무감한 표정이었다.

바람은 머지않아 잠잠해질 듯했다. 라카냘은 광산으로 내려가는 가파른 비탈을 보았다. 사미인은 스노모빌의 흔적을 따라 이곳까지 왔다.

그가 올가미를 다시 휙 잡아당겼다. 라카냘은 비명을 지르고 욕을 하며 앞으로 떨어졌다.

그들은 광구 앞에 있었다. 사미인이 다시 그를 잡아끌었다. 라카냘은 그 안으로 들어가기 위해 허리를 구부려야 했다. 사미인은 그를 캄캄한 동굴 안의 낮은 천장 아래로 끌고 왔다.

라카냘은 이자가 무슨 짓을 할지 짐작도 할 수 없었다. 그러다 번뜩 깨달았다. 하지만 너무 늦었다. 밧줄이 어깨와 팔과 허벅지를 칭칭 동여맸다. 앞으로 고꾸라졌다. 꼼짝할 수 없었다. 더는 손목을 움켜잡고 지혈할 수 없었다. 분노와 고통과 공포에 사로잡혀 미친 듯이 비명을 질렀다. 이곳에서 죽는다. 울부짖었다.

불현듯 사미인이 무언가로 자기 입을 틀어막고 있다는 걸 알았다. 몸부림쳤지만 저항할 힘이 없었다. 사미인이 입에 넣은 건 피치블렌드였다. 입 안을 가득 메운 염병할 이 돌덩이 때문에 더는 소리칠 수 없었다. 사미인은 라카냘이 목에 두른 스카프를 낚아채 입을 단단히 묶었다. 좁은 갱도를 통해 비치는 희미한 빛 속에서 완전히 지치고 넋이 나간 라카냘은 일어서서 사라지는 사미인의 모습을 보았다.

"미노 솔로. 아일라를 위해."

클레메트는 한 번도 와본 적 없는 이 계곡을 즉시 알아보았다. 니나와 함께 버려진 캠프를 발견했다. 스노모빌과 피로 물든 망치도 보았다. 거센 눈보라에 물건과 종이들이 사방으로 흩어졌다. 접이식 탁자는 좀 더 멀리 날아갔다. 바람이 모든 걸 휩쓸었다.

두 순록경찰은 아무 말도 하지 않았다. 오후 두 시밖에 안 됐는데도 하늘은 어두컴컴했다. 니나가 눈보라 속에서 희미해지는 눈 위의 자국을 가리켰다. 십 미터 이상도 보기 힘들었다. 지평선은 흐릿했다. 그들은 스노모빌에 올라타고 눈 위에 난 자국을 따라갔다. 눈밭에 빠지지 않고 장애물에 부딪히지 않게 속도를 조절했다.

공포가 엄습했다. 클레메트는 그 사실을 결코 인정할 수 없었지만 그럼에도 불구하고 두려웠다. 툰드라를 초토화시키는 겨울 폭풍은 공포의 원천이었다. 평생 동안, 겨울 폭풍에 대한 두려움을 극복하고자 애를 썼다. 순록경찰 막사에서 나와 순전히 정신력으로만 위협적인 눈폭풍의 위력에 홀로 맞서던 때가 떠올랐다. 얼마 전 아슬락이 다가왔을 때 두려움은 다시 찾아왔다.

그러나 클레메트는 알았다. 아슬락이 끔찍한 일을 저질렀다는 것을. 대가를 치러야 한다. 그를 체포해야 한다. 아직 그가 살아 있다면.

두 순록경찰은 여전히 천천히 달렸다. 눈에 난 자국을 따라가기가 점점 더 힘들어졌다. 눈은 악의적으로 쏟아졌고 폭풍이 앞길을 가로막았다. 헤드라이트 불빛으로 눈에 떨어진 붉은 자국을 두 번이나 보았다.

겨울 폭풍. 이 겨울 폭풍은 그때와 완벽히 똑같았다. 그는 머리에 떠오르는 이미지를 쫓아냈지만 끈질기게 다시 달라붙었다. 일곱 살의 클레메트가 보였다. 카우토카이노의 기숙학교 창가와 며칠 동안 열심히 모은 식량을 담은 작은 가방도.

두 사람을 위한 식량이었다. 농가로 되돌아갈 때까지 충분히 버틸 만한 양이었다. 사미어를 말하자 두들겨 팬 학교에서 함께 도망치기 위해 친구 것까지 마련했다.

그는 창가에 있었다. 얼어붙은 시커먼 밤, 몰아치는 겨울 폭풍 앞에서. 어두컴컴한 밤에 영하 삼십 도의 날씨를 뚫고 삼십 킬로미터의 길을 가야 했다. 완전한 어둠을 뚫고. 일곱 살의 나이에…. 지금과 똑같은 겨울 폭풍이었다.

클레메트는 그 사실을 알았다. 폭풍의 날카로운 이빨이 귀를 물어뜯으며 사납게 회오리쳤다. 고통스러웠다. 그래도 계속 전진해야 했다. 바람은 무장한 방한복을 비웃으며 사방으로 파고들었고 기억의 틈으로 비집고 들어왔다. 동일한 폭풍. 동일한 공포.

자국이 두 방향으로 난 지점까지 왔다. 왼쪽으로 난 자국은 미끄럼틀처럼 가파르게 내려가는 비탈로 이어졌으나, 눈보라 때문에 그 뒤는 보이지 않았다. 산 정상으로 나 있는 다른 자국을 따라갔다. 한 사람이 지나간 흔적이 흐리게 남아 있었다.

클레메트는 앞을 보았다. 긴장으로 얼굴이 일그러졌다. 헤드라이트 불빛이 땅끝에서 불어오는 사나운 눈바람을 헤치고 나아갔다. 광풍에 휩쓸린 눈 때문에 거의 보이지 않는 산 위쪽에 네 뿔이 달린 모자를 쓰고 한쪽 어깨가 으스러진 아슬락의 실루엣이 어른거렸다. 아슬락이 그를 기다렸다.

클레메트는 깊은 숨을 내쉬고 몸을 돌려 니나를 보았다. 폭풍에 시달린 동료의 초췌하고 지친 표정이 눈에 들어왔다.

"여기서 기다려." 그가 쉰 목소리로 외쳤다.

클레메트는 다시 전진했다. 아슬락과의 대면을 피할 수 없다는 걸 알았다. 니나도 그 사실을 어렴풋이 느꼈다. 아슬락 앞에 섰다. 완전히 지쳐 껍데기만 남은 듯한 모습과 어깨에서 흘러나온 피로 흠뻑 젖은 순록 가죽 외투. 아슬락은 온몸을 파고드는 고통도 전혀 내색하지 않고, 주먹만 굳게 쥐고 똑바로 섰다. 클레메트는 깊게 숨을 내쉬고 폭풍 소리를 이기기 위해 크게 외쳤다.

"왜? 마티스한테 왜 그런 거야?"

아슬락의 얼굴에서 차가움이 사라지고 형용할 수 없는 표정이 떠올랐다. 이제는 그의 얼굴에서 고통과 피로를 읽을 수 있었다. 눈꺼풀이 살짝 밑으로 처졌다. 아슬락은 고통스러운 표정을 짓지 않으려 애쓰며 고개를 저었다. 바람과 눈이 그의 얼굴을 인정사정없이 내리쳤다. 눈썹과 수염은 성에가 끼어 하얗게 변했다.

"내가 도착했을 때 마티스는 이미 죽어 있었어." 이번에는 아슬락이 소리쳤다. "난 울었어, 클레메트. 내 생애 처음으로 눈물을 흘렸다고."

클레메트는 진심에서 우러나온 말이라는 걸 알았다.

"아이였을 때, 난 울지 않았어. 아일라와 아이 때문에 운 적도 없어. 마티스는 인간들이 살해한 거야. 규칙과 순록관리청과 회사들의 희생자라고. 미노 솔로는 최악이었지. 자넨 알아야 해. 모두가 그를 죽음으로 몰아넣었어. 위원회에서 허가증을 발급해주었지. 그들은 내 아내를 알면서도 아무것도 하지 않았어. 그 때문에 난 마티스의 귀를 자르고 표시를 남긴 거야. 내가 그 귀들을 시내에 놔두고 떠난 건 그 때문이야. 사람들도 그 사실을 알아야 하니까."

"왜 나를 보러 오지 않았어?" 얼굴에 달려드는 조그만 얼음덩어리들 때문에 눈을 가늘게 뜨고 클레메트가 소리쳤다.

"나는 자네들의 법을 믿지 않아, 클레메트."

"마티스 눈 주위에 있던 피는?" 클레메트가 악을 썼다.

"우리의 조상들을 위해서야, 클레메트. 긴 겨울밤이 지나고 태양이 돌아오는 첫날, 나무 반지를 피에 적시지. 영혼을 잃었던 사람들을 돕기 위해 반지를 통해 첫날의 태양을 보는 거야."

아슬락은 지친 눈으로 침묵 속에 빠져들었다. 클레메트는 그 눈에서 인간에 대한 사랑을 똑똑히 보았다.

"마티스는 영혼을 잃었어." 아슬락이 소리쳤다. "이 모든 것 때문에. 난 그에게 반지를 놓아준 거야. 그는 태양이 돌아오는 날 죽었어. 하지만 저세상에서 영혼을 되찾았을 거야. 그는 이제 평안해."

아슬락은 클레메트에게 주먹을 내밀고 손을 폈다. 그 안에는 라카냐의 피에 물든 은팔찌가 있었다.

"이걸 아일라에게 전해줘. 아일라는 이게 뭔지 알 거야."

클레메트는 아슬락을 보았다. 숨이 가빠졌다. 팔찌에는 MO-SO라고 적혀 있었다. 마음속에서 말로 표현할 수 없는 감정이 솟구쳐 올랐다. 그가 팔찌를 받아들었다.

"아슬락…."

클레메트는 고개를 저었다. 눈가에 맺힌 눈물이 휘날리는 눈과 뒤섞였다. 살갗으로 파고드는 혹한의 바람도 더는 느껴지지 않았다. 바람 소리를 뚫기 위해 그가 또다시 큰 소리로 외쳤다.

"아슬락…, 아일라는 죽었어. 조금 전에 죽은 아일라를 발견했어. 추위 때문에 얼어 죽었다고."

클레메트는 아슬락이 잠깐 눈을 감는 것을 보았다. 꽉 쥐고 있던 주먹이 스르르 풀렸다. 마치 놓아버리겠다고 한순간에 결심한 것처럼. 그의 모습은 눈폭풍의 장막에 가려 점점 더 희미해졌다. 하늘도 더욱 어두워졌다. 헤드라이트 불빛은 이제 멀리까지 비치지 못했다. 아슬락이 클레메트에게 다가왔다. 그는 더 이상 소리치지 않았다.

"클레메트, 내 순록들이 고통받지 않도록 해주게."

두 남자가 마주 보았다. 클레메트는 주위로 내려앉는 어둠의 공포를 이겨내려고 안간힘을 썼다. 무슨 말이든 해야 했다. 하지만 마비된 것만 같았다. 아슬락이 뒤돌아섰다.

"아슬락!" 클레메트가 다시 소리쳤다. "프랑스인은 어딨지? 난 자네를 체포해야 한다고!"

아슬락이 다시 돌아서서 클레메트의 눈을 보았다.

"나는 산들의 심판을 받겠네." 그의 목소리가 쩌렁쩌렁 울렸다.

아슬락이 클레메트 앞으로 더 가까이 다가왔다.

"무서운가?" 아슬락이 물었다. 한없는 자애가 그의 얼굴에 처음으로 나타났다.

클레메트는 아무 말도 하지 않고 그를 보았다. 감정이 복받쳐 올랐다.

"무서워할 이유가 없어." 아슬락이 한층 부드러운 어조로 말했다.

"넌 내가 무슨 생각을 하는지 몰라!" 느닷없이 클레메트가 소리쳤다.

"난 자네가 무슨 생각을 하는지 알아."

"네가 뭘 아는데?" 클레메트가 울부짖었다. 눈물이 쿡쿡 찌르며 눈가에 차올랐다. "일곱 살이었다고! 그땐 일곱 살이었어!"

"하지만 같이 갔어야 했어, 클레메트. 약속했잖아."

클레메트는 더 이상 감정을 참을 수가 없었다. 더는 멈춰지지 않는 울음을 아이처럼 울면서 스노모빌 위에 털썩 주저앉았다.

니나는 아래쪽에서 그 장면을 무력하게 바라보았다. 그녀는 아슬락이 뒤돌아서서 걸어가는 모습과 경련을 일으키듯 몸을 떨며 우는 동료를 보았다. 그러나 꼼짝하지 않았다.

클레메트가 고개를 들었다. 아슬락은 극야 속으로 사라져갔다.

극지에 사는 소수민족의 생존과 투쟁 이야기

1994년, 스웨덴에 처음 도착한 나는 스칸디나비아의 생활과 문화와 역사에 대해 전혀 알지 못했다. 그곳에 간 이유는 스웨덴 여성을 만났기 때문이었다. 그리고 내 관심사는 오로지 그녀뿐이었다! 그러나 기자인 나는 아무것도 모르는 나의 무지가 오히려 장점이 될 수 있다는 사실을 곧 깨달았다. 그 어떤 선입견도 갖고 있지 않았기 때문이다. 내게는 모든 것이 완벽하게 새로웠다. 스칸디나비아 문화가 얼마나 놀라운지 알게 되었고 그 모두를 스펀지처럼 빨아들였다.

스웨덴에 도착하고 얼마 안 되어 스웨덴의 사미 의회를 위한 첫 선거가 열렸다. 스톡홀름 시청에 그곳에 사는 사미인들을 위한 투표소가 열렸다.

이 선거에 대해 궁금증이 일었던 나는 유권자들을 인터뷰하기 위해 그곳으로 향했다. 그리고 젊은 사미 대학생을 만나 얘기를 들을 기회가 있었다. 그녀가 투표한 정당은 사미 조상들의 영토에 대한 사미인의 권리를 보장했다. 그녀의 집안은 대대로 순록을 치며 살아왔고 조상의 땅을 방목지로 사용했다. 그러나 그들은 그 땅을 채굴하기 원하는 광업회사들에 대항해 싸우고 있었다. 그녀가 라플란드에 있는 가족의 집에 초

대해주어서 직접 그들의 생활을 볼 수 있었다.

그때가 사미인과의 첫 번째 만남이었고, 동시에 북유럽 사회의 어두운 면을 알게 된 때이기도 했다. 은근히 만연한 인종차별과 제국주의적 태도 때문에 불평등이 수십 년간 지속되었다. 사실, 나는 진보적인 사고를 지닌 이 나라에 살면서 이런 측면을 거의 느끼지 못했다. 그러나 이 새로운 자각은 사미족을 이해하는 데 큰 영향을 주었다.

잡지에서는 그들을 이국적인 민속문화를 지닌 민족으로 묘사하곤 하지만, 나는 그런 식으로 그들을 본 적이 결코 없었다. 그보다는 오히려 충분하지 않은 무기로 더 강력한 적에 대항하여 자기들의 정체성을 위해 싸우는 민족으로 보았다.

생존을 위한 그들의 투쟁에 비추어 보면, 사미인이 화려한 원색의 전통의상을 입고 산타의 순록을 기르는 원주민의 대명사로 알려지는 것은 부당한 일이라고 할 수 있다.

그들이 겪는 역경에 대해 더욱 깊은 인식을 갖게 된 후, 그런 인식을 전 세계 사람들과 함께 나누고 싶었다. 물론 그렇게 할 수 있는 최상의 방법을 알아내지 못했다는 아쉬움은 여전히 남아 있다.

몇 년 후, '순록경찰'에 대해 처음으로 알게 되었다. 이들은 노르웨이 북부에서 활동하는 특수경찰로 순록을 사육하면서 발생하는 분쟁들을 해결하는 임무를 지닌다. 나는 〈르몽드〉 신문에 순록경찰에 대한 기사를 여러 편 썼다. 그리고 더 후에는 그들에 관한 텔레비전 다큐멘터리를 제작했다.

이들 특수경찰을 따라다니면 라플란드의 생활방식을 독창적인 시각을 통해 쉽게 이해할 수 있다. 실제로 두 달 동안, 순록경찰이 순찰하는 곳들을 따라다녔다. 눈 내리는 겨울과 봄과 가을에 스노모빌을 타고 이동하면서 순록치기들과 함께하는 순록경찰들의 삶과 일에 대한 모든 것을 알게 되었다.

그와 동시에 외딴 이 북부지역을 깊이 있게 연구하면서 그곳의 공동체와 경제의 다양한 측면들에 대한 기사들을 썼다.

나는 이곳에서 스톡홀름이나 오슬로에서는 한 번도 들어보지 못한 이야기들을 들었다. 스칸디나비아의 완전히 다른 면을 보여주는 이야기들이었다. 고백하자면, 내가 만난 모든 사람과 내가 보고 들은 모든 이야기를 도저히 쓰지 않을 도리가 없었다.

올리비에 트뤽

신비한 라플란드로 떠나는 여행

외국소설 번역을 마치고 나면 긴 여행을 다녀온 듯한 기분이 든다. 수개월 동안 오롯이 소설 속의 지역을 돌아다니며 그곳 사람들과 함께 숨쉬고 생활하기 때문이다.

이번에는 북유럽 최북단에 위치한 라플란드를 실컷 누비며 살았다. 영하 사십 도에 육박하는 혹독한 툰드라의 기후를 상상하며 누구보다 먼저 겨울을 살았던 것 같기도 하다. 라플란드는 안데르센 동화《눈의 여왕》과 디즈니 애니메이션 〈겨울 왕국〉의 배경이기도 한 지역으로 겨울이 되면 해가 뜨지 않는 극야가 사십 일간 지속되고, 광활한 땅은 눈과 얼음에 뒤덮여 꽁꽁 얼어붙는다. 이 차가운 설원의 아름다움은 밤하늘을 물들이는 북극광으로 인해 신비함마저 덧입는다.

처음 이 책을 접했을 때 가장 눈길을 끌었던 건 추리문학상을 23개나 탔다는 사실이었다. 도대체 무슨 소설이기에 이렇게 많은 상을 탔을까? 하는 호기심에 책을 읽기 시작했는데, 읽으면 읽을수록 라플란드의 생생한 아름다움과 이곳에 사는 사미족의 역사와 문화에 빠져들 수밖에 없었다.

십칠 세기부터 시작된 식민지 정책에서 사미족은 많은 억압을 받았고

정체성을 부정당하며 샤머니즘을 신봉하던 민간신앙조차 버려야 했다. 지금은 그들의 의회와 학교도 있고 자신들의 언어를 사용하며 자치권을 보호받고 있지만 이렇게 되기까지 오랜 투쟁과 저항의 세월이 있었다.

유엔은 사미족을 지구상에서 보호해야 할 소수민족으로 지정했다. 그럼에도 불구하고 이들의 생존은 여러 요인으로 인해 위협받고 있는 실정이다. 무엇보다 칠만 명 정도에 불과한 적은 인구는 민족의 명맥을 잇기에는 부족해 보인다. 풍부한 천연자원의 보고인 라플란드를 호시탐탐 노리는 개발업자들의 경제논리는 자연환경을 파괴할 위험이 있다. 순록 방목지에 대한 사미족의 권리를 부당하다고 여기는 북유럽의 극우정당들 역시 이들에게는 위협적인 존재이다.

현재 순록을 유목하는 사미인은 전체 사미 인구의 십 퍼센트에 지나지 않는다. 게다가 기후변화로 인한 지구 온난화는 순록 유목을 더욱 힘들게 만든다. 눈을 파헤치고 이끼를 찾아 먹는 순록들은 눈이 녹았다가 어는 일이 반복되어 단단해진 땅에서 먹이를 찾을 수 없기 때문이다. 툰드라 사람들의 생존과 직결되던 순록을 더 이상 사육하지 못한다면 유목민이라는 정체성은 사라지고 만다.

프랑스 유수 언론지의 북유럽 통신원인 올리비에 트뤽은 이러한 사실에 문제의식을 가지고 오랫동안 사미족을 연구하고 취재해왔다. 그가 쓴 첫 소설《라플란드의 밤》은 이러한 연구와 취재의 결과이다.

그는 라플란드와 사미족이라는 낯선 주제를 민속학적인 관점에서 들여다보며 정치, 사회, 경제, 문화, 종교까지도 세밀하게 그려낸다. 생생한 한 편의 다큐멘터리가 서스펜스 가득한 스릴러로 완성된 것이다! 두 가지

장르가 섞여 자칫 긴장감이 떨어질 수도 있다는 우려는 접어도 된다. 그는 사실을 전달하는 기자로서의 재능과 듣는 이의 귀를 즐겁게 하는 이야기꾼의 입담을 모두 가지고 우리를 두근거리는 매혹적인 세계로 인도하기 때문이다.

소설은 노르웨이의 사미 마을 박물관에서 도난당한 북과 살해당한 순록치기를 주축으로 삼아 시공간을 뛰어넘는 흥미진진한 수사 과정을 보여준다. 수사를 맡은 순록경찰 클레메트와 니나를 따라 라플란드의 눈 쌓인 고원으로, 프랑스 파리로, 스웨덴 키루나로, 북유럽지질학연구소가 있는 소도시 말로 등으로 달리다보면 어느새 사미인들의 파란만장한 역사와 투쟁과 신화와 문화 속으로 깊숙이 들어가 있는 자신을 발견한다.

이국적인 낯선 풍경을 체감하며 강하고 매혹적인 사람들과 조우할 수 있었던 이번 여행은 그 어느 때보다 긴 여운이 남는 시간이었다.

이 책을 읽는 분들도 눈에 쌓인 고요한 툰드라와 아름다운 오로라, 척박한 땅에서 순록을 키우며 살아가는 사람들을 만나는 뜻 깊은 여행이 된다면 그보다 더한 보람은 없을 것 같다.

김도연

김도연

달콤한책 출판사를 운영 중이며 해외문학을 주로 펴내고 있다.
옮긴 책으로《내 손 놓지 마》《원스 어폰 어 타임 인 메트로》《로맨틱 블랑제리》《내 욕망의 리스트》《재즈클럽》《생각정리의 기술》《요리의 거장 에스코피에》 등 다수가 있다.

라플란드의 밤

발행일 2018년 1월 25일 초판1쇄

지은이 올리비에 트뤽
옮긴이 김도연

펴낸이 김도연
펴낸곳 달콤한책
출판등록 2012년 4월 19일 제300-2012-64호
주소 03022 서울시 종로구 창의문로 11길 5, 202호
전화 070-8202-3382
팩스 02-6008-3397
이메일 sweetbooks@sweetbooks.net
홈페이지 www.sweetbooks.net
페이스북 facebook.com/dalcombooks
트위터 twitter.com/dalcombooks
ISBN 979-11-957546-8-7 03860

이 도서의 국립중앙도서관 출판예정도서목록(CIP)은 서지유통정보지원시스템 홈페이지(http://seoji.nl.go.kr)와 국가자료공동목록시스템(http://www.nl.go.kr/kolisnet)에서 이용하실 수 있습니다. (CIP제어번호: CIP2018000090)